KB099159

〈호메로스 예찬〉 도미니크 앵그르. 1827. 파리, 루브르미술관 소장

이 사건이 원인이 되어 트로이전쟁이 발발한다.

〈파리스에게 납치당하는 헬레네〉 차노비 스트로치. 영국, 내셔널갤러리 소장

◀〈테티스에게 구애하는 펠레우스〉 적상도기 술잔. BC 500. 베를린, 샬로텐부르크 궁전 소장

▼〈펠레우스와 테티스 혼례를 축하하는 신들의 향연〉 코르넬리스 판 하를럼. 1593. 하를럼, 프랑스미술관 소장

▶아킬레우스를 불사신으로 만들다
테티스는 아들 아킬레우스를 불사신으로 만들기 위해 스틱스 강물에 넣었다 뺐는데, 테티스가 잡고 있던 발이 물에 잠기지 않아 발뒤꿈치가 그의 유일한 약점이 되었다.

▼〈아킬레우스를 교육시키는 케이론〉
장 밥티스트 레뇨. 1782. 프랑스, 루브르미술관 소장

아테나 여신과 헤르메스가 뒤에서 도와주는 두 전사가 맞서 싸우고 있다. 다리 부분에 도공 안도키데스의 서명이 새겨져 있다.

〈안도키데스의 화가〉
적회식 암포라, BC 530~520.

트로이전쟁에서 연일 이어지는 포위전으로, 여가 시간의 무료함을 달래기 위해 고민하고 있었다.

〈장기를 두는 아킬레우스와 아이아스〉
엑세키아스 작품. 흑상식 암포라, BC 540~530.

〈아테나 상〉
페이디아스 작품.
황금상아의 거상,
BC 438.

〈아를의 비너스 상〉
프락시텔레스의 〈테스피아이의 아프로디테 상〉의 로마시대 모각으로 보고 있다. BC 350~330. 파리, 루브르미술관 소장

◀〈넵투누스의 승리〉 니콜라 푸생. 1634. 미국, 필라델피아미술관 소장
그림의 왼쪽은 해신 포세이돈. 오른쪽 페이지는 그 세부 그림.

▼〈이다 산 위의 제우스와 헤라〉 제임스 베리. 1790~99. 영국, 셰필드미술관 소장

〈넵투누스의 승리〉 부분 니콜라 푸생. 1634. 미국, 필라델피아미술관 소장

〈제우스와 테티스〉 도미니크 앵그르. 1811. 프랑스, 그라네미술관 소장

아폴론 상 흰 대리석. 제우스 신전 서쪽 합각 있던 것으로 지진에 의해 손상된 것들 중 하나이다.

〈아킬레우스에게 돌아온 브리세이스〉 루벤스. 1630. 트로이 마을들을 함락시킨 아킬레우스는 전리품으로 브리세이스를 손에 넣는다.

〈아킬레우스의 분노〉 자크 루이 다비드. 1825. 아킬레우스는 여자 노예 브리세이스를 마지못해 아가멤논에게 건네고 화가 난 채로 전투에서 물러난다.

〈아가멤논을 죽이려는 아킬레우스를 막는 아테나〉 조반니 바티스타 티에폴로. 1757. 비첸차, 빌라 발마라나 소장

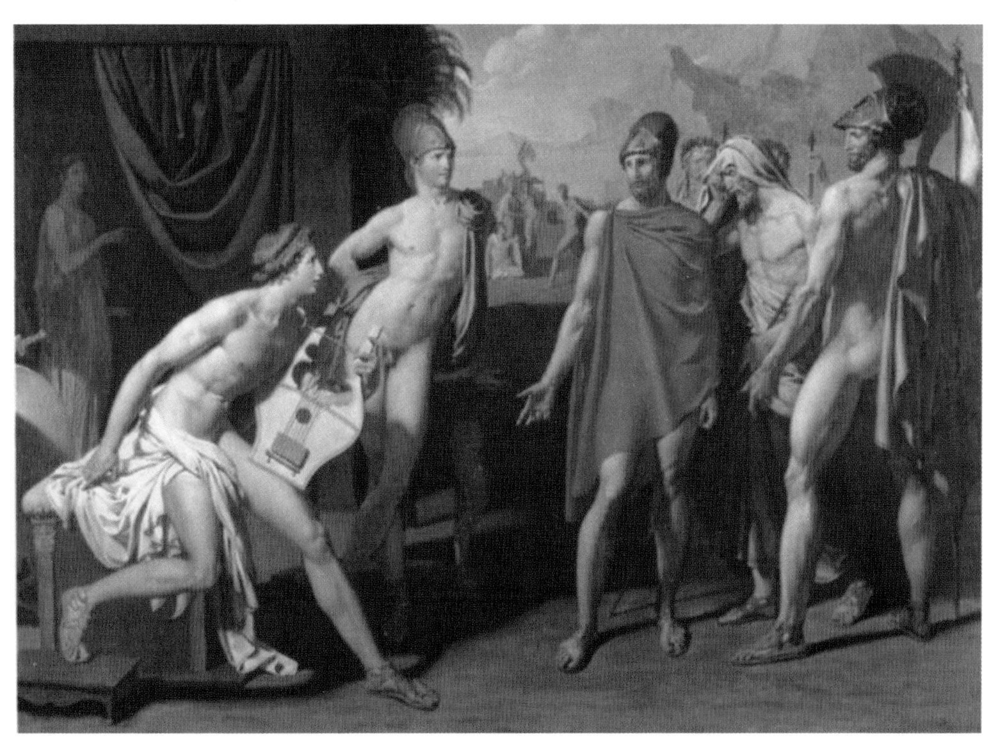

〈아가멤논의 사자를 맞이하는 아킬레우스〉 도미니크 앵그르. 1801. 파리 에콜 데 보자르 소장
오디세우스가 전장으로 돌아오도록 설득하지만, 아킬레우스는 검 대신 하프를 들고 이에 응하지 않는다.

◀〈테티스에게 무구를 건네는 헤파이스토스〉 헴스케르크. 16세기. 빈, 미술사미술관 소장

▼〈사르페돈의 매장〉 에우프로니우스. 직상식 크라테르, BC 510. 뉴욕, 메트로폴리탄미술관 소장

제우스의 명에 따라 잠의 신 히프노스와 죽음의 신 타나토스가 사르페돈의 시신을 그의 고향인 리키아로 옮겨 매장했다. 오른쪽 페이지는 세부 그림.

〈사르페돈의 매장〉 부분 적상식 크라테르, BC 510. 뉴욕, 메트로폴리탄미술관 소장

◀〈부상당한 파트로클로스를 치료해 주는 아킬레우스〉 브루치 출토 도자기 그림. BC 500. 베를린, 국립고대미술관 소장

▼〈파트로클로스의 매장〉 다비드. 1778. 더블린, 아일랜드국립미술관 소장

〈파리스의 심판〉 루카스 크라나흐. 1527. 덴마크, 코펜하겐미술관 소장

〈아킬레우스의 복수〉 아킬레우스는 적장 헥토르의 유체를 2륜마차에 매달고 12일 동안 끌고 다녔다.

〈헥토르의 죽음과 아킬레우스의 승리〉 안토니오 카리아니. 1815. 이탈리아, 카세르타 궁전 천장화

▼〈안드로마케의 비탄〉 다비드. 1783. 파리, 루브르미술관 소장
헥토르의 아내 안드로마케는 아킬레우스의 동정을 받아 겨우 돌아온 헥타르의 유체를 보고 통곡한다.

고대 왕국 간다라에서 발견된 부조 한눈에 '트로이 목마'라고 할 수 있는 작품이다.

〈트로이 목마의 행진〉 조반니 도메니코 티에폴로. 1773. 영국, 내셔널갤러리 소장
헥토르가 죽은 뒤에도 트로이군은 저항을 계속하는데, 그리스군이 거대한 목마를 두고 가자, 트로이군이 목마를 성 안으로 끌고들어간다.

〈트로이의 약탈〉 1480~82. 프랑스의 장식 사본 〈알모리아 왕국의 신화 기원〉에서

트로이 목마에서 쏟아져 나오는 그리스군 BC 6세기. 흑상도기

트로이의 화재 니콜라 푸생. 17세기. 목마에서 쏟아져 나온 그리스군은 트로이 성에 불을 지른다.

▶〈트로이의 약탈〉
트로이가 함락되었을 때 파리스와 헥토르의 아버지 프리아모스는 아킬레우스의 아들 피로스에게 피살된다.

▼〈트로이를 탈출하는 아이네이아스〉
페데리코 바로치. 1608.
이탈리아 반도에 새로운 나라를 만들기 위해 아이네이아스가 아버지를 들쳐메고 아내, 아이와 함께 트로이를 탈출하고 있다.

◀〈무구를 건네주는 테티스〉 체르베테리 출토. BC 6세기. 로마, 빌라줄리아국립미술관 소장
사랑하는 아들의 슬픈 운명을 알면서도 트로이 적장 헥토르와 싸움을 원하는 아들 아킬레우스를 위해 헤파이토스가 만든 무구를 건네주고 있다.

▼〈그물에 걸린 아레스와 아프로디테를 신들에게 보여주는 헤파이스토스〉
마르텐 반 헴스케르크. 1536.
아프로디테는 헤파이스토스의 아내이다. 즉 불륜이 드러난 것이다.

〈제우스의 번개를 만드는 헤파이스토스〉 루벤스. 1636~38.

〈에로스의 화살을 만들고 있는 헤파이스토스(불카누스)〉 티아리니. 1621~24. 레지오 에밀리아, 카사 디 리스파르미오 재단

▶〈헤파이스토스의 대장간에 온 아프로디테〉
조르지오 바사리. 1540~60. 이탈리아, 우피치미술관 소장

▼〈아프로디테와 헤파이스토스, 아레스〉
틴토레토, 1551~52. 뮌헨 알테 피나코테크미술관 소장

◀〈트리톤과 헤라클레스의 결투〉
흑상식 술잔, BC 6세기. 포세이돈의 아들, 바다의 신 트리톤과 싸우는 헤라클레스.

▼〈트리톤과 헤라클레스의 결투〉 세부 그림

〈헤라클레스, 데이아네이라, 켄타우로스의 네소스〉 바톨로메우스 슈프랑거. 1580~85. 헤라클레스와 세 번째 아내 데이아네이라. 바닥에는 켄타우로스 네소스의 사체가 있다. 네소스의 덫에 걸려 영웅은 죽음을 맞게 된다.

〈아레스와 아프로디테〉 베로네세. 1570. 뉴욕, 메트로폴리탄미술관 소장

〈아르테미스의 사냥〉 사냥을 하는 아르테미스(디아나). 몇몇 여자들도 동행했다.

〈아테나와 켄타우로스〉 보티첼리. 1485. 이탈리아, 우피치미술관 소장

세계문학전집001

Homeros

ILIAS

일리아스

호메로스/이상훈 옮김

동서문화사

디자인 : 동서랑 미술팀

일리아스

차례

ILIAS
일리아스

□ 주요 인물

아가멤논 미케네 성주이며, 그리스군의 총수.

메넬라오스 아가멤논의 아우. 스파르타의 왕이며 헬레네의 전남편.

아킬레우스 테살리아 프디에의 영주로 아카이아군의 영웅. 그와 아가멤논의 싸움이 이 작품의 주제이다.

파트로클로스 아킬레우스의 친구. 그로 인해 전쟁이 길어지며 이야기가 이어진다.

오디세우스 이타케 섬의 영주. 《오디세이아》의 주인공.

네스토르 필로스의 영주. 노장으로서 존경을 받는다.

디오메데스 아르고스 출신의 청년 무장.

프리아모스 일리오스의 성주.

헥토르 프리아모스의 맏아들로 트로이에서 제일가는 용장.

안드로마케 헥토르의 아내. 둘 사이에 어린아이 아스튀아낙스가 있다.

파리스 헥토르의 아우. 헬레네를 유혹하여 전쟁의 원인을 만든 장본인.

헬레네 본디는 메넬라오스의 아내. 파리스에게 반하여 함께 트로이로 달아났다.

아이아스 두 사람이 있다. 큰 아이아스는 살라미스의 영주 텔라몬의 아들. 몸이 크고 호걸이다. 작은 아이아스는 오일레우스의 아들. 몸은 작아도 걸음이 빠르다.

제1권
아킬레우스의 분노

노래하라 노여움을, 시의 여신이여. 펠레우스 아들 아킬레우스의 그 저주스러운 노여움이야말로 아카이아군을 수없이 괴롭혔으며 많은 용맹스러운 전사를 저승으로 보냈다. 그리고 그들의 주검은 들개와 사나운 새들의 밥이 되었다. 그러다가 제우스의 뜻이 이루어져 갔으니, 맨 처음 군사들의 우두머리인 아트레우스의 아들 아가멤논과 용맹한 아킬레우스가 싸움을 하고 헤어진 뒤의 일이다.

여러 신들 가운데 누가 이 두 사람을 맞붙어 싸우게 했단 말인가. 바로 레토와 제우스의 아들 아폴론이다. 그가 아가멤논 왕에게 화가 나서 아카이아군 진중(陣中)에 무서운 질병을 퍼뜨려 병사들이 잇따라 쓰러져 갔다. 아트레우스의 아들 아가멤논 왕이 아폴론의 사제인 크뤼세스를 모욕했기 때문이다. 처음에 그는 아카이아군의 진지 가까이 끌어올려져 있는 날랜 함선들을 찾아왔다. 아카이아군에 잡혀 있는 딸을 많은 몸값을 치르고 구해오려는 생각에서였다. 그는 손에 궁술의 신 아폴론의 거룩한 표지인 술을 단 황금 지팡이를 들고, 죽 늘어선 아카이아군의 모든 장수들에게 간청했다. 그중에서도 특히 병사들의 우두머리인 아트레우스 집안 두 왕에게 간절히 호소했다.

"아트레우스 집안 여러분들, 또 그 밖의 훌륭한 정강이받이를 댄 아카이아군이여, 그대들에게 올림포스 산 위에 살고 계시는 신들이 프리아모스의 도시를 함락하도록 허락하셔서 무사히 고향으로 돌아가게 해주시기를! 제우스의 아들인 궁술의 신 아폴론을 두려워하신다면 부디 내 딸을 돌려주시고, 그 대신 이 몸값을 받아주십시오."

이렇게 말하자 다른 아카이아군 장수들은 모두 입을 모아 찬성하고 그에게 경의를 표하며 아가멤논에게 그 막대한 몸값을 받으라고 권했다. 그러나 아트레우스의 아들 아가멤논만은 성을 불같이 내며 사제에게 모욕을 주어 내쫓으면서 폭언을 퍼부었다.

"노인이여, 그대가 이 이상 더 어물거리고 있거나 나중에 또 찾아오거나 하여 내가 이 빈 배들 옆에서 그대를 보지 않게 하라. 그때는 신의 홀(笏)도 화환도 그대 몸을 지켜주지 못할 것이다. 아무튼 나는 그 처녀를 돌려주지 않을 것이니, 그녀의 나이가 다 차기 전에는 먼 아르고스 땅 내 고향 집에 있으면서 북을 움직여 베를 짜고, 또 내 침상을 돌보며 세월을 보낼 것이다. 무사히 돌아가고 싶거든 고이 물러가서 나를 더 성나게 하지 말라."

그러자 노인은 두려움에 떨며 왕의 말을 따랐다. 하지만 파도 소리 요란한 바닷가를 묵묵히 걷더니 인기척이 없는 곳으로 가서는 아름다운 머릿결을 가진 레토가 낳은 신 아폴론에게 지성으로 기도했다.

"소원을 들어주시옵소서. 크뤼세 시 전체를 지켜주시고 거룩한 킬라 섬과 테네도스 섬을 당당히 다스리시는 궁술의 신 스민테우스*[1]여, 일찍이 내가 신전의 지붕을 이어 드리고, 또 진심으로 살찐 암소와 산양의 허벅다리를 구워서 제물로 바친 적이 있으니 이 소원을 이루어 주십시오. 다나오이군이 아폴론 신의 화살로 내 눈물의 앙갚음을 받도록 해주소서."

이렇게 빌자 포이보스*[2] 아폴론이 그 기도를 듣고, 마음속으로 큰 노여움을 불태우며 올림포스의 산봉우리를 타고 내려왔다. 두 어깨에는 활과 탄탄하게 뚜껑을 덮은 화살통을 메고 있었으므로, 아폴론이 몸을 흔들며 걸을 때마다 노여움으로 이글대는 그의 어깨 위에는 많은 화살들이 요란하게 소리를 냈다. 아폴론은 마치 고요히 밤이 다가오듯이 걸음을 옮겼다. 그리고 함선들로부터 좀 떨어진 곳에 자리를 잡고는 화살을 당기기 시작했다. 은으로 만든 활에서는 무서운 굉음이 일었다. 화살은 먼저 노새와 발이 빠른 개들을 덮쳤다. 그러고는 신이 병사들을 향하여 날카로운 화살을 잇따라 당겨 맞히자, 주검을 태우는 불길은 꺼질 줄 모르고 계속 활활 타올랐다.

아흐레 동안 이처럼 신의 화살은 진중을 샅샅이 내리덮쳤다. 열흘째 되는 날에 아킬레우스가 회의장으로 무사들을 모았다. 그것은 흰 팔의 여신 헤라가 그의 마음에 그런 생각을 불러일으켰기 때문이었다. 여신은 다나오이군이 자꾸

---

*1 아폴론의 별명으로 '쥐를 몰아내는 자'라는 뜻.

*2 아폴론의 별명으로 '빛이 나는 자'라는 뜻.

쓰러져 가는 것을 보고 그들을 딱하게 여겼던 것이다. 병사들이 모두 한자리에 모였을 때, 그들 가운데 가장 발이 날랜 아킬레우스가 일어서서 이렇게 말했다.

"아트레우스 집안의 왕이여, 우리가 이렇게 격파당했으니, 만약에 우리가 죽음을 면했다 치더라도 정말로 싸움과 질병이 한통속이 되어 아카이아군을 제압하려고 든다면 고국으로 되돌아갈 길밖에 없다고 생각하오. 그러니 누구든 점쟁이나 사제 또는 꿈풀이 잘하는 이에게 물어봅시다. 꿈이라는 것은 최고신 제우스께서 보내시는 것이니까. 그러면 그가 어째서 포이보스 아폴론이 이처럼 진노하셨는지 말해줄 것이외다. 우리의 기도 때문인지 아니면 제물 때문인지 말이오. 새끼염소나 잘 자란 산양의 기름진 살을 구운 구수한 냄새를 맡으시고, 우리 군에게서 질병을 몰아내 주실지도 모르는 일이오."

이렇게 아킬레우스는 말을 마치고 앉았다. 그러자 데스토르의 아들 칼카스가 일어섰다. 그는 새점을 치는 점쟁이 가운데서도 특히 첫째로 꼽히고 있는 자로서, 지금의 일이며 앞으로의 일이며 또 전에 있었던 일도 모두 알고 있었다. 그래서 그는 아카이아군 함선들을 자신의 점술로 일리오스 깊숙이 이끌어왔다. 그 점술은 포이보스 아폴론이 내린 것이었다. 그가 모든 사람이 모인 회의장에서 열변을 토했다.

"오, 아킬레우스여, 제우스로부터 사랑을 받고 있는 당신이 궁술의 신 아폴론께서 진노하신 까닭을 말하라고 하시니 내가 말하겠소. 하지만 당신은 정말 성심껏 말과 팔의 힘으로 나를 지켜주겠다고 맹세해 주오. 이제부터 내가 하는 말이 어떤 한 인물을 화나게 할는지도 모르기 때문이오. 그는 아르고스인 전부를 크나큰 위세로 다스리며 아카이아군이 복종하고 있는 인물이오. 그런데 한 나라의 왕으로서 지체가 낮은 인간에게 화를 낼 경우에는 언제나 한결 더 엄격한 법이니, 당장은 노여움을 억누르고 참을 수 있다 해도 앙갚음을 할 때까지는 끊임없이 원한을 가슴에 품고 있기 마련이오. 그러니 나를 안전하게 지켜주겠노라는 당신의 약속이 필요하오."

이에 발이 날랜 아킬레우스가 대답했다.

"안심하고 용기를 내어 무엇이든 알고 있는 대로 신의 뜻을 모두 말해보라. 그대 칼카스여, 제우스가 사랑하시는 아폴론에게 맹세코 언제나 그대의 기도로 다나오이군에게 신탁을 밝혀 전해준 것이므로 절대로, 내가 살아 있는 한 무슨 일이 있더라도, 아니 이 눈이 성한 동안은 가운데가 텅 빈 이 배들 옆에서 다나오이군 그 누구라 하더라도, 예컨대 지금 온 아카이아군에서 단연 남보다 뛰어남을 자랑하는 아가멤논일지라도 그대에게 폭력을 쓰게 하지는 않으리라."

그러자 비로소 이 훌륭한 예언자는 기운을 내어 입을 열었다.

"신께서 노여워하시는 것은 기도나 제물 때문이 아니라, 그 사제 때문이오. 아가멤논이 그 사람에게 치욕을 주고 딸을 돌려주지도 않은 데다 몸값을 받아주지도 않았소. 그 때문에 궁술의 신 아폴론께선 우리에게 고난을 주셨고, 또 앞으로도 주실 것이오. 그리고 빛나는 아름다운 눈의 처녀를 그리운 아버지에게 돌려주기 전에는 그 흉측한 질병을 거두지 않을 것이오. 그러니 몸값도 받지 말고 그냥 딸을 돌려줌은 물론, 신에게 바칠 거룩한 소 백 마리를 크뤼세로 가지고 가야 하오. 그러면 우리도 신의 마음을 달랠 수 있을 것이오."

그는 이렇게 말하고 나서 앉았다. 그러자 모두를 바라보며 아트레우스 집안의 용사가 일어섰다. 드넓은 나라를 다스리는 아가멤논으로, 얼굴에는 불쾌한 빛이 드러났고 가슴속은 걷잡을 수 없는 노여움으로 이글거려 두 눈이 활활 타오르는 불길과 같았다. 그는 먼저 칼카스를 심술 사나운 눈으로 노려보며 말했다.

"너는 나쁜 예언만을 알리는군. 여태까지 기쁜 일은 무엇 하나 말해준 적이 없다. 언제나 너는 나쁜 점만 치며 기뻐했고, 일찍이 좋은 예언은 한 번도 말해준 일이 없다. 이번만 해도 너는 다나오이군에게 신탁을 전한다면서, 궁술의 신 아폴론이 우리 군사에게 고난을 주는 것은 모두 내가 처녀 크뤼세이스를 잡아두고 비싼 몸값을 받지 않았기 때문이라고 말했다. 나는 정식으로 결혼한 클리타임네스트라보다도 그 처녀를 더 좋아하며 그래서 내 곁에 두고 싶다. 그녀는 귀와 손발의 생김새며 또 성품과 손재주가 내 아내보다 무엇 하나 빠지는 데가 없다. 그러나 어쩔 수 없다면 돌려보내기로 하겠다. 정말 그래야만 한다면 돌려보내겠다. 이는 내가 병사들이 죽는 것보다는 무사하기를 바라기 때문이다. 그렇다면 나에게 당장 다른 포상을 마련해 다오. 아르고스군 가운데서 나 혼자 아무런 포상이 없대서야 정당하다고 할 수 없지 않은가. 내가 탄 포상이 딴 데로 가버리는 것을 여러분들도 지금 두 눈으로 똑똑히 보고 있지 않는가."

이번에는 발이 날랜 용사 아킬레우스가 말했다.

"아트레우스 집안의 아들이여, 그대는 어느 누구보다도 지위가 높은 데다 물욕 또한 대단한 사람이오. 그런 그대에게 어떻게 마음이 넓은 아카이아군이 포상을 드릴 수 있겠소. 정말이지 우리는 공유할 수 있는 재물이 잔뜩 쌓여 있는 곳을 알지 못하오. 여기저기서 빼앗아 온 물건은 모두 이미 나누어 가졌으니, 병사들에게서 그것을 다시 찾아 모으는 것은 옳지 않다고 생각하오. 아무튼 당신은 지금 그 처녀를 신에게 돌려주어야 하오. 그러면 이번에는 아카이아군이 세 갑절 네 갑절 그 보상을 받을 것이오. 만일 앞으로 제우스가 훌륭한 성벽으로 둘러싸인 도시 트로이를 가진 도성을 치게 해주신다면 말이오."

아가멤논 왕이 대답했다.

"신과도 견주어질 만한 아킬레우스여, 그대는 용사이긴 하지만 그처럼 나를 속이지 마시오. 도저히 나를 설득할 수는 없을 테니까. 그러고 보니 그대는 포상을 받고 있으면서 나는 아무것도 받지 않은 채 가만히 앉아 있게 하려는 거로군. 나더러 처녀를 돌려주라는 거요? 그렇다면 그 대가로 마음이 넓은 아카이아 사람들이 그에 충분히 맞먹을 정도의 포상을 주면 더 좋고, 또 충분히 주지 않을 경우에는 내가 직접 나서서 빼앗을 것이오. 그대 몫이든 아이아스[*3]의 것이든, 또 오디세우스[*4]의 몫이든 빼앗아 오겠소. 나에게 빼앗긴 사람은 분명히 화를 내겠지만 말이야. 그러나 그것은 나중에 천천히 생각하기로 하고, 지금은 어서 처녀를 돌려보내도록 검은 배를 반짝이는 바다에 끌어내리게 해야겠소. 배 안에는 사공들을 알맞게 배치하고 백 마리의 소를 제물로 실어줍시다. 그러고는 볼이 아름다운 처녀 크뤼세이스를 태우는 것이오. 또 누구든 타협할 대장이 한 사람 지휘관으로 타도록 해야겠는데, 우리를 위해서 제사를 올려 궁술의 신 아폴론을 달래도록 말이오. 아이아스나 이도메네우스[*5]나 존귀한 오디세우스, 또는 펠레우스의 아들이며 모든 무사들 가운데서도 가장 무서운 사람, 그대든지 말이오."

그러자 왕을 쳐다보면서 발이 날랜 아킬레우스가 말했다.

"뭐라고? 뻔뻔스럽고 교활하며 포상만을 노리는 자로군. 그 같은 그대 말에 아카이아군의 어느 누가 기꺼이 복종하여 먼 곳으로 나가거나 적군과 싸우려

---

*3 살라미스 왕 텔라몬의 아들, 풍채와 용맹에 있어 아킬레우스에 버금가는 용사.
*4 이타케 섬의 왕으로서 라에르테스의 아들, 지모에 뛰어난 용장으로 《오디세이아》의 주인공.
*5 크레테 섬의 왕, 미노스의 손자.

고 하겠소? 나 또한 트로이군의 창을 쓰는 무사들 때문에 여기로 싸움을 하려고 온 것은 절대로 아니오. 특별히 내가 그들을 원망할 것은 없으니까. 여태까지 내 소 떼나 말들을 그들이 잡아간 일도, 또 기름진 땅이 용감한 무사들을 길러주는 프디에의 고향에서 곡식이 여문 밭을 짓밟아 놓은 적도 없으니, 그 사이에는 울창한 산줄기며 거센 바다가 있기 때문이오. 나는 다만 그대를 도와 함께 따라온 사람일 뿐이오. 염치도 없는 그대를 기쁘게 할 양으로, 단지 메넬라오스*6와 그대를 도와서 트로이인에게 보복하려 한 것인데 그대는 이런 사실을 전혀 생각지도 않거니와 마음에 두지도 않고, 이번에는 또 자기 쪽에서 내 포상마저 빼앗겠다고 벼르다니. 그것을 얻으려고 나 또한 무한히 애쓴 데다 아카이아인의 아들들이 나를 위해 준 것인데. 아무튼 여태껏 나는 언젠가 아카이아군이 트로이의 풍치 좋은 땅에 자리잡은 도시를 함락시켰을 경우에도 그대와 똑같은 포상을 탄 적은 없었소. 언제나 치열한 싸움의 대부분을 내 팔로 해치우는데도 막상 분배를 하면 당신이 받는 몫이 훨씬 크고 나는 보잘것없는 것들만 소중히 가지고 함대로 돌아가곤 했소. 계속 싸워 지친 몸으로. 그러나 이번에야말로 나는 프디에로 돌아가야 했소. 뱃머리가 위로 굽어 올라간 나의 배를 이끌고 고향으로 돌아가는 게 내겐 훨씬 나을 테니까. 이제 더는 여기서 모욕을 당하면서 그대를 위해서 부와 재물을 쌓아올려 줄 생각은 없소."

이번에는 무사들의 군주 아가멤논이 대답했다.

"그대 마음이 그렇게 조급하다면 멋대로 도망쳐도 좋소. 나로서도 이 이상 나를 위해 더 머물러 달라고 사정하지는 않을 테니까. 나에게는 아직 많은 훌륭한 이들이 있소. 나를 아껴주고 소중히 여겨주는 분들이 말이오. 더욱이 지모(智謀)의 주신 제우스께서도. 그대야말로 제우스가 지켜 키워주신 나라들의 왕 가운데서도 가장 가증스러운 사나이로다. 그대는 늘 다툼질이며 전쟁을 즐겨하고 있소. 그대가 아무리 용맹스럽다 해도 그 또한 신께서 내려주신 것이 아니겠소. 고향으로 배와 군사들을 이끌고 가서, 미르미돈*7들이나 잘 다스리시오. 그대 따위는 전혀 내 염두에도 두지 않겠소. 원망하고 있건 말건 내겐 상관없소. 다만 이것만은 꼭 실행하겠노라. 포이보스 아폴론이 크뤼세이스를 내게서

*6 아가멤논의 아우인 스파르타 왕. 그의 아내 헬레네가 트로이 왕 프리아모스의 아들 파리스와 달아나고 나서 10년에 걸친 트로이 싸움이 시작됨.

*7 아킬레우스 치하에 있는 프디에의 병사들 명칭.

빼앗았듯이, 그 처녀는 이제부터 내가 내 배로 사람을 시켜 보낼 테지만, 나도 직접 이제부터 군막으로 가서 내가 그대보다 얼마만큼 힘이 센 사람인지를 잘 알도록 그대가 포상으로 받은 브리세이스를 끌어오겠소. 그러면 다른 장수들도 나에 맞서 우쭐대며 나와 어깨를 나란히 하려고 드는 짓을 삼갈 테니까."

이렇게 말하자 펠레우스의 아들 아킬레우스는 분함을 못 이겨 목이 메고, 거친 털이 난 가슴속의 심장은 터질 듯했다. 날카로운 칼을 허리에서 빼어 장수들을 일어서게 하여 아가멤논을 쳐 죽일까, 그렇지 않으면 분노를 억누르며 들끓는 가슴을 달랠까 하고 망설여졌다. 가슴속, 마음속으로 결정짓지를 못해 망설이고 있을 때, 그리하여 커다란 칼을 칼집에서 막 빼려고 하자 아테나*[8]가 하늘에서 내려왔다. 두 사람을 마음에 두고 사랑스럽게 여기고 있던 흰 팔의 여신 헤라가 보낸 것이었다. 펠레우스의 아들 뒤로 다가서는 아테나의 모습은 아킬레우스에게만 보였고, 다른 이에게는 보이지 않았다. 여신이 그의 금발을 잡아당기자 아킬레우스는 소스라치게 놀라 뒤돌아보았다. 그리고 이내 그녀가 팔라스*[9]아테나임을 알았으니, 여신의 두 눈이 무서울 정도로 빛을 발하고 있었기 때문이다. 그래서 아킬레우스는 여신에게 목소리를 높여 기세 좋게 말했다.

"어찌 또 오셨습니까, 아이기스*[10]를 가지신 제우스의 따님께서는 아트레우스의 아들 아가멤논의 못된 짓을 보시려는 것인지요. 그렇다면 당신에게 말해두겠습니다. 또 이것은 반드시 성취되리라고 생각합니다. 그는 오래지 않아 자신의 거만스러운 마음가짐 때문에 목숨을 잃을 것입니다."

그러자 이번에는 지혜의 여신 아테나가 말했다.

"나는 그대의 화를 가라앉히려고 하늘에서 내려왔노라. 만일 내 말을 들어준다면 말이지. 나를 보내신 것은 흰 팔의 여신 헤라로, 두 사람 다 사랑하고 걱정해서이다. 이제 다툼을 멈추고 칼을 빼는 것도 그만두도록 하라. 그 까닭을 똑똑히 이야기해 주마. 그대는 지금 당한 이 횡포의 모욕에 대한 보상으로 그 세 갑절쯤 훌륭한 재물을 받을 수 있을 것이니 지금은 분노를 누르고 말을

---

*8 제우스의 딸로 어머니는 없이 그의 머리에서 태어났다는 전설이 있음. 그리스 편의 가장 유력한 수호신.

*9 아테나의 별명으로 '창 또는 아이기스를 휘두르는 자'라는 뜻.

*10 아이기스는 본디 '산양피'를 일컫는 말로, 헤파이스토스가 제우스에게 만들어 준 방패.

듣도록 하라."

발이 날랜 아킬레우스가 여신에게 대답했다.

"그야 물론 두 분의 말씀은 들어야 합니다. 여신이여, 비록 가슴이 노여움으로 들끓더라도 그러는 게 옳은 태도이니까요. 신들의 말씀을 얌전히 듣는 이라면 신들 또한 그 사람의 소원을 받아들여 주리라 하십니다."

이렇게 말하고 은제 칼 손잡이를 쥐었던 무거운 손을 멈추었다. 그리고 칼집에다 큰 칼을 도로 밀어넣은 것은 아테나의 명령에 얌전히 따르기 위해서였다. 여신은 다시 올림포스를 향하여 아이기스를 가진 제우스의 궁전으로, 여러 신들에게로 돌아갔다.

한편 펠레우스의 아들 아킬레우스는 그러고 나서도 또다시 아가멤논을 사정없이 욕하면서 좀처럼 노여움을 억누르려고 하지 않았다.

"그대는 술에 절어서 둔하여졌다. 얼굴은 뻔뻔스러운 개 같고 심장은 사슴처럼 겁 많은 사나이다. 아직 한 번도 갑옷을 걸치고 병사들과 함께 용감히 싸움에 나가본 적도 없고, 또 아카이아군의 장수들과 매복을 하는 것조차 결연히 해내지 못했다. 그대에게는 그것이 목숨에 관계되는 일로 보이기 때문이다. 하기야 아카이아군의 넓은 진영에 틀어박혀서 자기 방패막이를 해주는 인간으로부터 그가 받은 포상을 빼앗는 것보다 훨씬 수월한 일이겠지. 백성을 잡아먹는 왕이여, 그것도 그대가 보잘것없는 이들을 부하로 삼고 있기 때문일 테지만, 아가멤논이여, 남에게 모욕을 주는 것도 이것으로서 이젠 마지막이 될 것이오.

분명히 일러두겠소. 또 맹세를 하겠소. 이 지팡이를 두고 맹세하건대, 이건 이제 잎도 가지도 나지 않으리라. 한번 산에서 나무 그루터기를 떠나 온 이상 다시 싹이 터 무성해지지는 않으리라. 둘레의 나무껍질이며 잎들을 청동 도끼가 깎아서 벗겨내 버렸으니. 그리고 지금은 아카이아인의 자식들이 재판을 할 때면 이 지팡이를 손에 들고 판결을 내리는 게 전례가 되어 있소. 제우스 앞에서 법을 지키는 임무를 가진 사람이 말이오. 그러므로 이 맹세는 중대한 일이라고 할 것이오. 언젠가는 반드시 아카이아인의 자식들이 한 사람도 빼놓지 않고 아킬레우스가 있어주었으면, 생각할 때가 오리라. 아무리 그대가 애를 태워도 무사를 죽이는 헥토르*[11]의 손에 수많은 사람이 목숨을 잃고 쓰러져 갈 때

*11 프리아모스 왕의 맏아들로 트로이 편의 첫째가는 용장.

에는 수호신이 될 만한 것을 찾아내지 못할 것이오. 그러면 그대는 속으로 화를 내면서 아카이아군 가운데서 첫째가는 용사를 소중히 하지 않았음을 후회할 것이오."

아킬레우스는 이렇게 말하고 지팡이를 땅바닥에다 내동댕이쳤다. 황금 못을 여러 개 박은 지팡이였다. 그리고 자신은 자리에 앉았다. 한편 아가멤논 또한 여전히 화를 내고 있었다. 그러자 두 사람 사이에서 능변가 네스토르*[12]가 자리를 차고 일어섰다. 성량이 풍부한 연설가로 필로스군의 우두머리이다. 사람들이 말하길, 그의 혀끝에서는 꿀보다도 더 달고 부드러운 말이 흘러나온다고 한다. 또 그는 이미 두 세대의 인간들과 저세상으로 이별하고 지금 3대째 사람들을 다스리고 있는 노장이었다. 다시 말해 신성한 필로스의 고향에서 전에 그와 함께 자랐던 사람들과 거기에서 태어난 사람들의 두 세대와 저세상으로 이별한 자였다. 그 네스토르가 지금 여러 사람들을 생각하여 자리에서 일어나 말했다.

"허어, 이 무슨 일인가. 이토록 서글픈 일이 아카이아인의 나라에 일어나다니. 정말로 프리아모스나 그의 자식들이 기뻐하겠구나. 또 당신들 두 사람이 이렇게 으르렁대고 있는 것을 만일 듣기라도 하는 날엔 다른 트로이인들 또한 마음속으로 크게 기뻐할 게 아닌가. 다나오이군 가운데서도 모사에 있어서나 싸움에 있어서나 가장 뛰어난 두 사람이 다투니 말이다. 당신들 둘 다 나보다는 나이가 젊으니 자, 내 말에 따르오. 일찍이 나는 당신들보다 한결 뛰어난 용사들과도 사귀어 보았으나 그들은 절대로 나를 허술히한 적이 없다네. 아니, 정말로 그런 무인들은 다시 본 적이 없고, 또 앞으로도 보지 못할 테지. 페이리토스*[13]니 드뤼아스니 하는 병사들의 통솔자, 게다가 카이네우스, 엑사디우스, 신과도 맞먹을 만한 폴리페모스, 또 아이게우스의 아들 테세우스*[14]등, 이 사나이들은 불사의 신들과도 견줄 만한 인물들이었지.

그들은 이 지상에 사는 사람들 가운데 가장 용맹무쌍하오. 용맹을 견줄 자가 없었고 또 강력한 자들과만 싸우곤 했었지. 산속에 사는 켄타우로스*[15]들과

---

*12 필로스의 왕으로 아카이아 편의 가장 나이 많은 왕.

*13 테살리아의 라피타이족 왕으로 마인족 켄타우로스와 싸워 이를 물리침.

*14 전설의 아테나 왕. 페이리토스의 벗. 많은 영웅 전설의 주인공.

*15 테살리아의 펠리온 산을 거주지로 반인반마의 모습을 하고 있다.

맞서서 그들을 호되게 쳐부수었지. 그런데 나는 이들과 필로스에서도 멀리 떨어진 아피아로 가서 사귀고 있었어. 그들이 불러서 말이야. 더욱이 나는 혼자서 싸웠지. 오늘날 이 지상에 있는 인간들 가운데 그들과 싸울 수 있는 사람은 아무도 없을 거야. 그런데도 그들은 내 조언을 마음 깊이 받아들였고, 언제나 내 말에 귀 기울이고 들어주었지. 그러니까 당신들도 내 말을 들어야 하오, 듣는 게 이로울 테니까.

아가멤논, 그대도 비록 권위가 높다 하더라도 이 사람에게서 처녀를 빼앗으려고는 하지 마오. 아카이아인의 아들들이 맨 처음 이 사람에게 포상으로 준 그대로 놔두어야 하오. 또 그대도, 펠레우스의 아들이여, 나라의 군주와 맞서 싸우려고 생각해서는 안 되오. 홀을 가진 나라의 왕은 제우스가 영예를 내려 주신 것, 절대로 남이 미치지 못할 존경을 하늘에서 나누어 받고 있기 때문이지. 그러므로 그대가 용맹한 자이고 생모가 여신이라고 하더라도 이분의 지체는 그 위에 있소. 그는 더 많은 사람들의 지배자이니까. 또 아트레우스의 아들이여, 그대는 화를 억누르오. 그러면 내가 아킬레우스에게도 노여움을 버리도록 사정하겠소. 어찌되었든 그는 모든 아카이아인을 불운한 싸움에서 지켜주는 커다란 방어벽이니까."

이에 아가멤논 왕이 대답했다.

"아아, 노인이여, 그대가 말한 것은 정말로 모두 사리가 분명하오. 그런데 이 사나이는 다른 사람들을 모두 딛고 올라서려는 거요. 너나없이 모두 자기에게 따르게 하고 너나없이 모두 다스리려고 모든 사람에게 호령하려 생각하고 있는데, 나로서는 도저히 참을 수 없소. 그를 영원히 사는 신들이 창 다루는 뛰어난 무사로 만드셨다고 해서, 그렇게 제멋대로 지껄여도 된다고 허락하신 것은 아닐 것이오."

그의 말을 가로막으며 용감한 아킬레우스는 대답했다.

"하기야 무슨 일에도 그대가 하는 어떤 횡포에나 계속 양보만 하고 있다면, 나는 겁쟁이니 보잘것없는 놈이니 하고 불리어도 괜찮겠지. 아니, 그런 말은 다른 사람에게 하는 게 좋을 거야. 아무튼 지시를 받지 않을 테니까. 나는 이제 더 이상 그대 같은 사람을 따를 생각 따윈 전혀 없으니까. 또 한 마디 해두겠소. 가슴속에 잘 간직해 두시오. 나는 그대와도, 또 다른 누구와도 절대로 그 처녀를 위해서는 완력으로 싸우지 않을 것이외다. 그것은 나에게 준 자가 다시 빼앗아 가기 때문이오. 그러나 내 검은 쾌주선 속에 있는 내 소유물, 그 가운데 하나라도 내 승낙 없이 가지고 가는 것은 용서치 않을 것이오. 아니, 정말로 조그만 것에 대해서라도 용서치 않는 것을 곧 누구에게나 보여주겠소. 피가 검붉게 창 언저리에 튀게 된다는 것을."

이처럼 두 사람은 맞붙어 격렬한 말로 다투면서 자리에서 일어났고, 아카이아군의 함대들 옆에서 열린 회의를 파했다. 펠레우스의 아들은 군막 쪽에 있는 균형 잡힌 배로, 메노이티오스의 아들 파트로클로스*16와 그 밖의 한 무리 병사를 데리고 갔다. 한편 아트레우스의 아들은 빠른 배를 바다로 끌어내리게 하고 그 안에 20명의 사공을 골라 태웠다. 그리고 신에게 바칠 소 백 마리를 싣고 나서 아름다운 크뤼세이스를 데리고 와 앉혔다. 또 통솔자로는 지략이 뛰어난 오디세우스가 타고 갔다.

그들은 배를 타고 망망한 바다를 헤쳐 나아갔다. 한편 아트레우스의 아들은 병사들에게 목욕재계하여 부정을 씻으라고 명령했다. 그래서 모든 병사는 바닷물에 몸을 닦아 더러움을 씻고, 아폴론 신에게 최상급의 훌륭한 암소며 산양 제물을 황량하고 거친 바다 기슭에서 바쳤다. 그 기름진 고기가 타는 냄새가 하늘로 동그라미를 빙빙 그리면서 올라갔다. 이처럼 사람들은 군막이 떠들썩하도록 일하고 있었다. 그동안에도 아가멤논은 아킬레우스와의 맹렬했던 싸움을 그만두려 하지 않고 탈튀비오스와 에우리바테스 두 사람에게 명령했다. 이 둘은 그의 전령이자 충실한 시종이었다.

"펠레우스의 아들 아킬레우스의 군막에 다녀오너라. 그리하여 요령껏 볼이 예쁜 브리세이스를 데려오도록 하라. 만일 돌려주지 않으면 내가 직접 많은 사람을 이끌고 가서 빼앗아 오겠다. 그러면 그 녀석은 따끔한 맛을 볼 것이다."

이렇게 말하며 그들을 보냈다. 엄중한 말로 명령한 것이었다. 그래서 그들은 마지못해 황량한 거친 바닷가를 걸어 아킬레우스의 부하 미르미돈족이 있는 군막과 배가 있는 곳으로 찾아갔다. 마침 군막 옆의 검은 배 곁에 앉아 있는 아킬레우스를 만났지만, 그는 그들을 기쁜 얼굴로 맞이해 주지 않았다. 두 사람 쪽에서도 위축되어 한 나라의 군주 아킬레우스를 두려워하며 발을 멈추었다. 그리고 그에게 아무런 말도 못하고 묻지도 못한 채 있었다. 그러나 아킬레

*16 어렸을 적부터 아킬레우스를 따르고 있는 둘도 없는 벗.

우스는 마음속으로 무슨 일인지를 깨닫고 두 사람에게 말을 건넸다.

"잘 왔소이다. 전령 여러분, 제우스의 심부름꾼이며 또한 인간 세계의 소식을 전하는 자들이여, 더 가까이 오시오. 절대로 그대들에게 잘못이 있는 건 아니니까. 아가멤논이 그대들을 브리세이스 때문에 보낸 것일 테지. 자, 그럼, 제우스의 후예인 파트로클로스여, 그녀를 데려가도록 해주어라. 그런데 그대들 또한 증인이 되어다오. 축복받은 신들 앞에서도, 이윽고 죽을 사람들 앞에서도, 또 망측한 국왕 앞에서도. 언젠가 또 반드시 다른 사람들을 파멸에서 지키기 위해 내 도움이 꼭 필요하게 될 경우에 대비하여 말이오. 정말로 왕은 저주받은 마음으로 화가 나 앞뒤를 못 가릴 만큼 완전히 사리를 잃고 있는 것이오. 어떻게 하면 그들의 함선 옆에서 아카이아군이 안전하게 싸울 수 있을까 하는 것조차도 잊고 있소."

그가 이렇게 말하자 파트로클로스는 곧 사랑하는 벗의 말을 좇아 군막에서 아름다운 브리세이스를 데리고 나와 두 사람에게 건넸다. 그들은 다시 아카이아군의 함선이 있는 곳으로 돌아갔고, 여자도 내키지 않는 마음으로 전령들과 함께 갔다. 한편 아킬레우스는 억누르고 있던 눈물이 흐르자 곧 그곳에서 멀리 떨어져 잿빛 바닷가에 혼자 앉아 끝없이 드넓은 바다를 바라보았다. 그리고 양팔을 높이 들고 그리운 어머니인 바다의 여신 테티스에게 열심히 빌었다.

"어머니, 당신이 나를 명이 짧게 낳으셨다면 올림포스에 계시는 천둥 치는 제우스께서 나에게 명예만은 충분히 주시도록 하셔야 했을 겁니다. 그런데 지금 그분께서는 나를 조금도 소중히 아껴주시지 않습니다. 아트레우스의 아들인 넓은 땅을 다스리는 아가멤논이 나를 모욕했으니까요. 그는 내가 받은 포상을 빼앗아 갔습니다."

이렇게 눈물을 흘리며 말하자 그 목소리를 깊은 바다 밑에 있는, 바다의 노신 네레우스*17 곁에 앉아 있던 어머니인 여신이 들었다. 여신은 눈깜짝할 사이에 잿빛 바다에서 안개처럼 떠올랐다. 그리하여 아킬레우스 앞에 앉아서, 아직도 눈물을 흘리고 있는 아들을 손으로 쓰다듬으며 그 이름을 부르고 말을 건넸다.

"내 아들아, 어찌 울고 있느냐. 무슨 슬픔이 네 가슴으로 왔다는 거냐. 말해

---

*17 늙은 해신으로 많은 딸 네레이데스를 거느리고 있음. 아킬레우스의 어머니 테티스도 그중 한 딸.

보아라. 마음속에 숨겨두지 말고. 서로가 다 잘 알도록 이야기해 보아라."

그러자 어머니 신에게 발이 빠른 아킬레우스가 땅이 꺼지게 탄식하면서 말했다.

"다 알고 계실 텐데 새삼스럽게 어머니께 말할 것이 있겠습니까. 우리 아카이아군은 에에티온*[18]의 거룩한 도시인 테바이로 몰려가 성을 함락시키고 나서 노획물을 모두 이리로 날라왔습니다. 그 전리품을 아카이아인의 자식들은 자기네끼리 알맞게 나누었는데, 아트레우스의 아들 아가멤논에게 아리따운 크뤼세이스를 골라 내어주었더니만, 그 아버지인 궁술의 신 아폴론의 사제로 지내는 크뤼세스가 딸을 돈과 바꿀 셈으로 많은 몸값을 가지고 청동 갑옷을 입은 아카이아군의 빠른 배가 머물러 있는 뭍으로까지 왔습니다. 손에는 궁술의 신 아폴론의 신성한 표지인 화환을 감아 맨 황금 홀을 들고, 죽 늘어선 아카이아군 장수들 모두에게 간청했습니다. 그중에서도 병사들의 사령관 아트레우스 집안의 두 왕에게 말입니다.

그때 다른 아카이아군 장수들은 모두 입을 모아 찬성하고 사제에게 경의를 표하며 막대한 보상금을 받도록 권유했습니다만, 아트레우스의 아들 아가멤논은 아주 기분이 상하여 사제에게 모욕을 주어 내쫓아 버렸습니다. 노인은 화가 나서 돌아갔습니다. 그의 기도를 아폴론 신이 들으셨습니다. 본디 무척이나 그를 보살펴 주고 계셨기 때문입니다. 그래서 아르고스군을 향해 신께서 재화(災禍)의 화살을 계속 쏘셨으므로 병사들이 잇따라 죽어갔습니다. 신의 죽음의 화살이 아카이아군의 넓은 진중을 샅샅이 찾아들었던 것입니다. 그래서 우리에게 사정을 잘 아는 점쟁이가 궁술의 신 아폴론의 신탁을 맞혀 밝혀주었습니다.

때문에 나는 먼저 일어서서 신의 마음을 달래라고 권유했습니다만, 아트레우스의 아들 아가멤논이 화를 내고 벌떡 일어서더니 나에게 협박하며 말했습니다. 그리고 그것이 지금 실제로 행해진 셈입니다. 사제의 딸 크뤼세이스는 그대로 빠른 배에 실어 눈이 빛나는*[19]아카이아인들이 크뤼세로 데리고 가고, 아폴론 신에게도 제물을 가지고 갔습니다. 또 금방 전령들이 와서 군막에서 나의 브리세이스, 아카이아인의 자식들이 나에게 준 그녀를 데리고 간 겁니다. 그러

---

*18 헥토르의 아내인 안드로마케의 아버지로 테바이의 왕. 아카이아군에게 살해당했다.

*19 아카이아인의 형용사. '눈을 휘둥글린다, 민첩하다'는 뜻으로 흔히 풀이된다.

므로 어머니께서 할 수 있으시다면 당신의 자식을 감싸주십시오. 올림포스로 가셔서 간청해 보세요. 정말로 어머니께서 말이나 행동으로 제우스의 마음을 기쁘게 해드린 적이 있으시다면 말입니다. 아니, 어머니께서 곧잘 아직 아버지 집에 계셨을 무렵에 자랑스럽게 말씀하시는 것을 들었습니다. 그 먹구름을 모으는 크로노스*20의 아들 제우스를 위해 불사의 신들 가운데서 오직 어머니만이 모진 욕을 막아주셨다는 말씀 말입니다. 그것은 제우스를 다른 올림포스에 계시는 신들이 잡아 묶으려고 하셨던 때의 일이었지요. 헤라와 포세이돈*21, 그리고 팔라스 아테나 등이 말입니다.

그것을 어머니께서는 여신의 몸으로 달려가셔서 묶여 있는 제우스를 몰래 풀어드리고 이내 헤카톤케이로스*22를 높은 올림포스로 불러오셨습니다. 그것은 신들이 브리아레오스라 부르고 사람들은 모두 아이가이온이라고 일컫는 괴물로, 완력으로는 제 아버지 우라노스보다도 한결 더 세다고 합니다. 그가 크로노스의 아들 제우스를 곁에서 의기양양하게 모시고 있어서, 축복받은 신들도 겁에 질려 그 이상 더 묶기를 단념했다는 이야기 말입니다. 그때의 일을 제우스에게 일깨워 주시고 그 옆에 앉아 무릎에 매달리세요. 어떻게든 트로이 편을 보살피고 마음에 들게 하여, 아카이아군을 뱃고물과 바닷가로 몰아넣어서 계속 쓰러뜨리도록 해주실 것을 사정해 주십시오. 아트레우스의 아들인 드넓은 나라를 다스리는 아가멤논이 자신이 얼마나 잘못 생각했음을 깨닫도록 해주십시오. 아카이아군에서도 첫째가는 용사를 조금도 중히 여기지 않았음을 말입니다."

그러자 테티스는 눈물을 흘리면서 그에게 대답했다.

"아아 불쌍한 내 아들아, 어찌하여 내가 너를 낳아 길렀단 말인가. 슬픈 운명에 처할 너를 낳아놓았단 말인가. 너는 마땅히 눈물도 모르고 괴로움도 없이 함선들 옆에 앉아 있어야 할 것인데. 네 수명은 아주 짧은 한순간이요, 결코 오래가지 않는다는 것을 잘 알고 있으면서도, 그렇게 불운한 운명으로 궁전에서

*20 원시 신족 티탄의 한 사람으로 하늘과 땅의 아들. 제우스 통치 이전에 세계를 다스리고 있었는데 아들인 제우스에게 자리를 빼앗겼다고 함.

*21 옛 지신으로 새로운 그리스족의 판테온에서는 제우스의 형제로 여겨지고 흔히 바다의 주신으로 간주되었다.

*22 팔이 백 개인 괴물.

너를 낳았단 말인가. 그러면 이 사정을 천둥을 울리게 하는 제우스가 승낙해 주실는지 한번 간청해 보러 이제 나는 깊은 눈이 덮인 올림포스 산으로 가봐야겠다.

그동안 너는 빨리 달리는 함선들 옆에 앉은 채 아카이아군을 원망하며 화를 내고는 있을지언정 싸움에는 절대로 관여하지 말고 기다리고 있거라. 제우스께서는 마침 어제 오케아노스의 훌륭한 아이티오피아인*23들의 잔치에 가셨고, 신들께서도 모두 거기로 따라가셨다. 그래서 앞으로 열이틀째 날에야 올림포스로 돌아오실 것이다. 그러면 그때 너를 위해서 청동으로 된 제우스의 신전으로 내가 찾아가서 사정해 보겠다. 틀림없이 청을 들어주실 것이다."

말을 마치고 여신은 떠나버렸다. 아킬레우스는 그대로 거기에 남아 병사들이 강제로 그의 승낙도 받지 않고 빼앗아 간 아름다운 허리띠를 맨 여자 일로 아직도 마음속으로 화를 내고 있었다. 한편 오디세우스는 거룩한 제물을 배에 싣고 크뤼세에 도착했다. 그리하여 드디어 깊숙이 물길이 와 닿은 포구 안으로 들어서자, 먼저 돛을 내려 검은 배 안에 간수해 두고, 기둥 앞의 고무 밧줄을 당겨 돛대를 받침나무에 끌어다 붙이고는 배를 부두까지 노로 저어 나갔다.

그리고 닻줄을 여러 개 던져 단단히 비끄러매고 나서, 이번에는 승선원들이 모두 바닷가로 내려서서 궁술의 신 아폴론에게 바칠 제물인 소를 내렸더니, 크뤼세이스도 바다를 건너가는 배에서 내려섰다. 지혜가 뛰어난 오디세우스는 그녀를 제단 쪽으로 데리고 가서 아버지 사제의 손에 건네주며 말했다.

"오, 크뤼세스여, 나를 보낸 것은 무사들의 군주 아가멤논이다. 딸을 그대에게로 데려다주고 또 다나오이군을 위해서 포이보스 아폴론에게 거룩한 제물을 바침으로써 신의 마음을 달래기 위해서이다. 지금도 신께서 아르고스군에게 슬픔에 찬 화를 보내시기 때문이다."

이렇게 말하고 건네주었더니 사제도 기꺼이 그리운 딸을 맞았다. 그러고 나서 사람들은 이내 신에게 바치기 위해 거룩한 제물인 소를 훌륭히 만들어진 제단 둘레에 차곡차곡 줄지어 쌓아 놓고, 손을 씻은 뒤 절차대로 빻은 보리를 손에 들자, 크뤼세스는 모든 사람을 위해서 두 손을 치켜들고 큰 소리로 빌며 말했다.

---

*23 흑인족으로 세계의 남쪽 동서 양끝에 살고 있다고 여겨짐. 오케아노스는 세계 둘레를 감고 있다고 상상되었던 큰 강으로, 신격화하여 티탄의 한 사람으로 간주되었음.

"들어주소서 궁술의 신이시여, 크뤼세를 지켜주시고 신성한 킬라와 테네도스를 위세도 당당히 다스리시는 신이시여, 지금껏 제 소원을 들어주셨고 저를 소중히 여겨주시어, 아카이아군의 병사들에게 큰 손해를 끼쳐주셨나이다. 그처럼 이번에도 또다시 저의 간절한 소원을 이루게 해주소서. 이제는 다나오이군에게서 이 참혹한 질병을 거두어 주시옵소서."

포이보스 아폴론은 이 소원을 들어주었다. 그리하여 사람들은 빌기를 그치고 절차대로 빻은 보리를 뿌리고 나서 맨 먼저 제물로 바쳐진 소의 머리를 추켜올려 목을 잘라 가죽을 벗겼다. 그런 다음 양쪽 허벅다리 살을 잘라내고는, 이것에다 살코기를 겹으로 싸서 씌우고 그 위에다 날고기 조각을 늘어놓았다. 그것을 나이 많은 사제가 포갠 장작 위에 올려 굽고, 거기에 반짝이는 포도주를 부었다. 그 사제 곁에서는 젊은이들이 오지창의 쇠꼬챙이를 치켜들고 섰다.

이윽고 허벅다리 살이 잘 타자 모두들 내장을 맛보고 나서 다른 부분을 잘게 썰어 꼬챙이 둘레에 꿰었다. 그러고는 정성스럽게 구운 뒤 제물을 모두 불에서 내렸다. 이처럼 제사가 끝나고 음식 준비가 다 되자 식사를 하기 시작했다. 훌륭한 이 향연에는 무엇 하나 모자람이 없었다. 그리고 실컷 마시고 배불리 먹고 나자, 이번에는 젊은이들이 희석용 술동이에 가득 술을 붓고 잔을 들어 먼저 신에게 따르고 나서 차례차례로 모든 사람에게 따르며 돌아다녔다. 온종일 아카이아 젊은이들이 아폴론에게 찬가를 불러 신의 마음을 달래려고 궁술의 신 아폴론을 기리자, 신께서도 그것을 듣고는 마음을 풀었다.

그리하여 해가 저물어 어둠이 깔렸을 때, 그제야 사람들은 배의 닻줄 옆에서 잠을 청했다. 그리고 아침 일찍 밝아오는 장밋빛 손가락 새벽의 여신이 나타나자, 병사들은 아카이아군 넓은 진영을 향해 돌아갔다. 그들에게 궁술의 신 아폴론은 고마운 순풍을 보내셨다. 병사들은 돛대를 세우고 흰 돛을 활짝 펴서 늘어놓았고, 그 돛 한가운데로 바람이 불어 이것을 부풀게 했다. 또 배 밑의 앞과 양쪽에는 배가 나아감에 따라 물결이 일며 크게 철썩였다. 이렇게 하여 배는 물결을 타고 쏜살같이 달리고 달리며 목적지로 나아갔다. 그리하여 아카이아군의 넓은 진영에 마침내 이르자 모두들 검게 윤이 나는 배를 물가 모래펄 위에 높다랗게 뭍으로 끌어올렸다. 그 밑을 긴 버팀목으로 괴어놓은 뒤 저마다 자기 막사와 배가 있는 곳으로 돌아갔다.

그러나 제우스의 후예로 펠레우스의 아들이며 발이 날랜 용장 아킬레우스는 여전히 검은 쾌주선이 늘어서 있는 옆에 앉은 채 속을 태우고 있었다. 그래서 무사의 명예인 회의장에도 나타나지 않고, 싸움의 외침 소리며 육박전을 동경하고 있기는 했지만 싸움에도 끼지 않은 채 한군데에 가만히 앉아 노여워하고 있었다.

그런데 그날부터 꼭 열두 번째 아침이 되자, 올림포스로 영겁의 신들이 다 함께 제우스를 앞세우고 돌아왔다. 그러자 테티스는 자기 아들 아킬레우스의 부탁을 잊지 않고 있다가 바다의 물결을 뚫고 떠올랐다. 그리하여 아침 일찍부터 높은 하늘의 올림포스 봉우리로 올라갔다. 그리고 제우스, 저 멀고 먼 하늘까지 천둥을 울리는 크로노스의 아들이 홀로 다른 신들에게서 멀리, 많은 봉우리들이 있는 올림포스의 가장 높은 산꼭대기에 앉아 있는 것을 발견하고 곧 그 앞으로 가서 앉고, 왼손으로 무릎을 잡고 오른손으로는 신의 턱 밑을 만지면서 크로노스의 아들 제우스께 간청했다.

"아버지 제우스여, 정말로 제가 불사의 신들 가운데서 말이나 또 행동으로 언젠가 도움이 된 적이 있었다면 이 소원만은 들어주시어 제 아들에게 명예를 주십시오. 그애는 다른 누구보다도 명이 짧도록 운명을 타고났나이다. 그런데 지금 무사들의 군주 아가멤논이 치욕을 주었습니다. 그애가 받은 포상을 그자가 빼앗아 두고 있다는 겁니다. 그러니 아버지 신만이 그 치욕을 없애주실 수 있습니다. 올림포스에 계시는 조언자 제우스 아버지 신이여, 부디 아카이아군이 제 아들을 소중히 여기고 높은 명예를 줄 때까지 트로이가 승리하도록 해 주십시오."

먹구름을 모으는 제우스는 그 말에 아무런 대답도 하지 않고 오랫동안 묵묵히 앉아 있었다. 테티스는 무릎에 매달린 채 되풀이하여 말했다.

"자, 이제 확실한 것을 약속하겠노라고 승낙해 주십시오. 그렇지 않으면 거절하소서. 아버지 신께서는 아무것도 두려운 게 없으시니까요. 그러시면 제가 모든 신들 가운데서 얼마나 업신여김을 받고 있는 여신인가를 잘 알게 되겠나이다."

그러자 먹구름을 모으는 제우스가 매우 당황하여 말했다.

"그것은 정말로 아주 귀찮은 일이로군. 말하자면 너는 나를 헤라와 싸우도록 부추기는 것이니까. 그녀가 나를 비난하여 잔소리를 할 텐데. 그렇지 않아도 줄곧 불사의 신들 가운데서 나에게 따지고 들며, 싸움에 있어서 내가 트로이 편을 들고 있다고 우기고 있단 말이야. 그러나저러나 너는 이제부터 아랫세상으로 내려가거라. 헤라가 무엇인가 눈치채기라도 해서는 안 되니까. 내가 그 일을 염두에 두고 잘되도록 손써 주마. 그럼 자아, 네가 아주 안심하도록 고개를 숙여 끄덕여 보이지. 이것이 나에게는 불사의 신들 가운데서의 가장 중대한 의사표시이니까. 왜냐하면 내가 한번 고개를 숙여 끄덕이면 그것은 이제 다시는 돌이킬 수 없는 것이고 속이는 것마저 허용되지 않으며 반드시 이루어지고야 마는 법이기 때문이다."

이렇게 말하고 시커먼 눈썹의 크로노스의 아들 제우스가 승낙의 표시로 고개를 숙이자, 향기로운 머리털이 흔들흔들 불사의 신의 머리에서 늘어져 나부끼고, 그 기운은 올림포스의 큰 산봉우리를 우르릉우르릉 하고 흔들었다.

두 신은 이처럼 의논을 끝내고 헤어졌다. 테티스는 불꽃이 번쩍이는 올림포스에서 깊은 바다로 날아 내려가고 제우스는 자기 궁전으로 돌아갔는데, 그를 위해서 신들은 한결같이 자리에서 일어나 아버지인 주신을 맞았다. 어느 누구도 제우스에게 무심하게 행동할 수 없었던 것이다. 그리하여 제우스가 대좌 위에 앉자 왕비인 헤라는 아까 제우스가 바다의 노신 딸인 은빛 발을 한 테티스와 몰래 상의하고 있는 것을 보고 있었던 터라, 이내 찌르는 듯한 말로 크로노스의 아들 제우스에게 말했다.

"신들 가운데서도 가장 교활한 분인 당신은 누구와 또 밀담을 하고 계셨지요? 언제나 당신은 내가 없는 데서 여러 가지 비밀스러운 일을 꾀하셔서 심판을 내리기 좋아하세요. 그러면서도 늘 절대로 자기 쪽에서 무슨 생각이신지 자진해서 말하려고는 하지 않으세요."

그녀에게 이번에는 인간과 신들의 아버지가 대답했다.

"헤라, 절대로 내 생각들 전부를 속속들이 알려고 하지 마오. 설사 그대가 나의 왕비라고 할지라도 그것은 어려운 노릇일 테니. 그러나 그대가 들어도 괜찮을 일이라면 여러 신들 중에서도, 또 인간들 중에서도 그대보다 먼저 그것을 알 자는 절대로 없을 것이오. 하지만 내가 여러 신과도 상의하지 않고 혼자서 결정지으려는 것은 그대라 하더라도 사사건건 캐묻거나 꼬치꼬치 알려고 해서는 안 되오."

그러자 암소 눈*24의 여신 헤라가 말했다.

"경외하는 크로노스의 아드님이시여, 무슨 말씀을 그렇게 하십니까. 아니, 정말이지 예전에도 당신에게 캐묻거나 알아보려고 애쓴 적은 한 번도 없습니다. 언제나 방해 받지 않고 무엇이든 좋으실 대로 꾀하고 계시지 않았습니까? 그러나 이번만은 몹시 마음에 걸리는군요. 가슴속으로는 그 바다의 노신 딸인 은빛 발을 가진 테티스가 당신을 잘 속여 넘긴 것이 아닌가 하고 말입니다. 그리고 사실 오늘 아침 일찍 그 여자는 당신 옆에 앉아 무릎에 매달려 있었잖아요. 틀림없이 당신은 그 여자에게 단단히 약속하시며 어떤 승낙도 해주셨으리라고 생각해요. 아킬레우스에게 명예를 주고 아카이아군의 진영에서 많은 사람을 죽게 하겠노라고."

이에 먹구름을 모으는 제우스가 대답했다.

"별 쓸데없는 소리를 다 하는군. 그대는 언제나 억측이나 하며 나에게서 감시의 눈을 떼지 않고 있지. 하지만 무슨 짓을 하여도 아무런 소용이 없을 거요. 그러면 한층 더 내 마음에서 멀어질 뿐이니까. 그러면 더 괴로움을 겪게 될 텐데. 만일 그렇게만 된다면 그것이 바로 내 소망인 셈이지. 그러니 얌전히 앉아 있는 게 나을 거요. 내 말에 고분고분 따르면서 말이야. 그렇지 않은가. 올림포스에 있는 신들의 수가 아무리 많다 해도 내가 그대에게 무적의 팔을 휘두르려고 대들 경우에는 아무런 도움도 되지 않을 테니까."

이런 말을 듣자 암소 눈의 여신 헤라도 겁을 먹고 그대로 들끓는 가슴을 억누른 채 입을 다물고 말았다. 그러자 제우스의 궁전에 있는 모든 올림포스의 신들도 가슴 아파했다.

그때 솜씨 좋기로 유명한 헤파이스토스*25가 먼저 일어서서 말을 시작했다. 그것은 제 어머니인 흰 팔의 여신 헤라 편을 들어서였다.

"이건 정말 유감스럽고 견디기 어려운 일입니다. 만일 두 분께서 인간들을 위해서 이처럼 싸움을 하셔서 신들 사이에 큰 소동을 일으키신다면, 아무리 훌

---

*24 헤라는 아테나의 올빼미와 마찬가지로 소의 토템을 가지는 종족의 수호 여신으로 여겨진다. 호메로스에서는 오로지 그리스군의 편만 들고 트로이 편을 아주 미워하며 박해하는 것으로 되어 있음.

*25 보통 대장과 불의 신. 절름발이에다 용모도 보잘것없으며 제우스와 헤라의 아들로 여겨진다.

륭한 대접도 아무런 위안이 되지 않을 겁니다. 일이 커진다면 말입니다. 어머니께도 저는 충고드립니다. 물론 어머니께서도 잘 알고 계실 테지만, 부디 아버지 제우스의 기분을 잘 맞추시어 앞으로는 다시 잔소리를 하지 않으시고 그로 인해 저희들의 잔치를 망가뜨리지 않도록 해주십시오. 만일 올림포스에 납시어 번개를 던지시는 신 제우스께서 저희들을 이 자리에서 떨어뜨리려고 하시면 그야말로 큰 야단입니다. 아주 훌륭하신 어른이시니까 말씀이에요. 그러니 어머니께서는 상냥한 말씀으로 주신께 인사드리는 게 좋을 것이고, 그러면 올림포스의 어르신께서도 저희들을 부드럽게 대해주실 겁니다."

그는 이렇게 말하고 벌떡 일어서며 두 귀가 달린 잔을 사랑하는 어머니의 손에 건네고는 말했다.

"어머니 참으세요, 아무리 쓰라리더라도 참으세요. 그야말로 소중히 여기고 있는 어머니께서 두들겨 맞으시는 것을 이 눈으로 보고 싶지 않습니다. 그러면 아무리 괴롭더라도 도저히 지켜드릴 수 없습니다. 올림포스의 주인에게는 대항하기가 어려우니까요. 언젠가도 제가 한번 어머니를 도우려고 드니까 제 발을 잡고 이 거룩한 궁궐에서 내동댕이치셨습니다. 그래서 하루 종일 하늘을 날아서 해가 질 무렵에야 렘노스 섬에 떨어졌는데, 그때는 거의 숨이 끊어질 것 같았습니다. 그런 것을 섬에 사는 신티에스인들이 곧 보살펴 주었던 겁니다."

헤파이스토스가 이렇게 말하자 흰 팔의 여신 헤라는 미소를 지으면서 아들이 건네는 잔을 손에 받았다. 그러고 나서 그는 또 다른 신들에게도 오른쪽으로 차례차례로 술독에서 달콤한 신주를 떠서 따르고 다녔다. 이렇게 헤파이스토스가 분주히 돌아다니며 분위기를 바꾸자 축복받은 신들 사이에서 웃음소리가 끊이질 않았다.

이처럼 온종일 해가 질 때까지 잔치가 계속되어 더할 나위 없는 대접에는 모자라는 게 없었다. 아폴론 신이 언제나 즐기는 포르밍크스*[26]를 연주했고 여신들도 나타나 아름다운 목소리로 노래를 계속했다.

그러고 나서 드디어 눈부신 햇빛이 사라지자, 신들은 쉬려고 저마다 자기 집을 찾아 돌아갔다. 그들에게는 유명한 절름발이 헤파이스토스가 뛰어난 솜씨로 지어준 각자의 집이 있었다.

---

*26 호메로스 시대에 사용된 현악기.

올림포스에 계시는 번개를 던지는 신 제우스도 잠자리에 들었다. 그곳은 전부터 달콤한 잠이 찾아올 때마다 그가 눈을 붙이던 곳인데, 거기서 잠이 들자 그 곁의 황금 옥좌에서 헤라도 잠이 들었다.

제2권
아가멤논의 꿈

이처럼 다른 신들도, 말총 술 장식의 투구를 쓴 무사들도 하룻밤의 단잠을 자고 있었으나, 제우스만은 편안한 잠을 이루지 못하고 마음속으로 어떻게 하면 아킬레우스의 명예를 회복시켜 줄 것이며, 또 함선들의 진영 옆에서 이 많은 아카이아인을 쓰러뜨릴 것인가 이리저리 궁리하고 있었다.

제우스는 한 가지 좋은 방책을 떠올렸다. 그것은 아트레우스의 아들 아가멤논에게 화를 가져다줄 흉몽을 보내는 일이었다. 그래서 그는 흉몽을 불러서 거침없이 말했다.

"자, 흉몽아 다녀오너라. 아카이아군의 빠른 배가 있는 데로 가서, 아트레우스의 아들 아가멤논의 막사로 들어가 나의 명령대로 모두를 틀림없이 그대로 전하라. 긴 머리털의 아카이아군을 얼른 무장시키도록 일러주어라. 지금이야말로 트로이의 길 넓은 도시를 빼앗을 때가 되었다고 말이다. 그것은 올림포스에 살고 계시는 불사의 여러 신들이 이제 의견 대립을 없앴기 때문이며, 헤라 여신이 모든 신들에게 부탁하여 억지로 이해시킨 것으로, 이제 트로이군은 큰 어려움에 빠질 것이라고 말해라."

꿈의 신은 제우스의 말을 듣기 바쁘게 이내 달려가, 눈 깜짝할 사이에 아카이아군의 쾌주선들이 있는 데에 닿아 아트레우스의 아들 아가멤논에게로 다가갔다. 그리하여 지금 막사에서 한참 잠들어 있는 그를 만났다. 그 둘레에는 아직 향기로운 잠이 내리덮여 있었다. 신이 넬레우스의 아들 네스토르의 모습을 하고 그 머리맡에 서니, 네스토르는 아가멤논이 노인들 가운데서도 가장 존경하고 있는 사람이었다. 그의 모습을 빌려 거룩한 꿈의 신은 목소리를 높여 말했다.

"잠을 자고 있는 건가. 용맹한 마음을 지니고 있으며 말을 잘 길들이는 기사 아트레우스의 아들이여, 우두머리인 무장으로서 밤새도록 잠만 자고 있음은 잘못된 일이니라. 전군의 생사를 쥐고 있는 데다 엄청난 일을 해야 하기 때문이다. 그러므로 자, 어서 내 말을 들어라. 나는 제우스께서 보내신 심부름꾼이다. 주신께서는 저 멀리 계시지만, 그대를 무척 걱정하시고 가여워하신다. 그래서 그대에게 긴 머리털의 아카이아군을 얼른 무장시키라고 명령을 내리셨다. 이제야말로 트로이인들의 길 넓은 도시를 쳐서 빼앗을 수 있을 테니까. 올림포스에 살고 계시는 불사의 신들 사이에서 이제는 의견 대립이 없어졌기 때문이다. 헤라 여신의 부탁으로 모든 신들을 이해시킨 것인데 트로이 편은 제우스 때문에 큰 재난을 만난 셈이지. 그러므로 그대는 마음에 잘 기억해 두었다가 마음을 녹이는 잠이 떠난 뒤에도 절대로 잊어서는 안 되느니라."

이렇게 말하고 나서 꿈의 신이 떠나자, 뒤에 남은 아가멤논은 이루어질 리도 없는 일을 이리저리 마음속으로 되새기고 있었다. 그래서 그는 이날 어리석게도 프리아모스의 도시를 빼앗게 되리라 기대하게 되었다. 제우스가 꾀하고 있는 전쟁의 의도를 전혀 깨닫지 못하고 있었던 것이다. 말하자면 제우스는 이제부터 트로이 편이나 아카이아 편에 무서운 싸움을 몇 차례고 계속시켜 많은 괴로움과 슬픔을 주려 하고 있었다.

드디어 그는 잠에서 깨어났는데 거룩한 말씀의 울림이 주위를 꽉 채우고 있었다. 그는 똑바로 일어나 앉아 부드러운 새 옷을 입었다. 아름답고 매끄러운 것을. 그러고 나서 큰 겉옷을 몸에 두르고, 윤기 있게 살이 오른 발에는 아름다운 샌들을 신고, 어깨에는 은장식을 한 칼을 획 던지다시피하여 걸쳤다. 그러고는 자자손손 길이 전해질 왕홀을 들고서 청동 갑옷을 입은 아카이아군의 진영으로 나갔다.

그즈음 새벽의 여신이 제우스와 또 그 밖의 신들에게 날이 밝았음을 알리려고 높은 올림포스의 봉우리로 올라갔고, 아가멤논은 낭랑한 목소리의 전령들에게 일러 긴 머리털의 아카이아군을 모으도록 명령했다. 그리하여 그의 명령을 따라 병사들이 부랴부랴 모여들었다.

아가멤논은 먼저 필로스의 고향에서 태어난 왕 네스토르의 배 옆으로, 마음이 넓은 원로들을 불러 지혜를 모으는 회의를 열었다.

"친애하는 여러분들, 밤새 거룩한 꿈이 나를 찾아든 일을 들어주시오. 그것은 저 존귀한 네스토르와 모습이며 키며 생김새 모두가 아주 똑같았소. 그런데 그가 머리맡에 서서 나에게 말했소.

'잠을 자고 있는 건가. 용맹한 마음을 지니고 있으며 말을 잘 길들이는 기사 아트레우스의 아들이여, 우두머리인 무장으로서 밤새도록 잠만 자고 있음은 잘못된 일이니라. 전군의 생사를 쥐고 있는 데다 엄청난 일을 해야 하기 때문이다. 그러므로 자, 어서 내 말을 들어라. 나는 제우스께서 보내신 심부름꾼이다. 주신께서는 저 멀리 계시지만 그대를 무척 걱정하시고 가여워하신다. 그래서 그대에게 긴 머리털의 아카이아군을 얼른 무장시키라고 명령을 내리셨다. 이제야말로 트로이인들의 길 넓은 도시를 쳐서 빼앗을 수 있을 테니까. 올림포스에 살고 계시는 불사의 신들 사이에서 이제는 의견 대립이 없어졌기 때문이다. 헤라 여신의 부탁으로 모든 신들을 이해시킨 것인데 트로이 편은 제우스신 때문에 큰 재난을 당하게 된 셈이지. 그러므로 그대는 마음에 잘 기억하고 있으라.'

이렇게 말하고서 꿈의 신은 날아가 버리고, 기분 좋은 잠도 나에게서 떠났소. 그러니까 자, 여러분 어서 아카이아인의 아들들을 갑옷으로 무장하도록 합시다. 우선 내가 말로 시험해 보리라, 이것은 관례에도 어긋나지 않는 방법이니. 그리고 많은 노를 가진 배와 함께 도망쳐 돌아가도록 꾀어보겠다. 그때 그대들은 저마다 여기저기에서 여러 가지로 막도록 하시오."

그가 말을 마치고 앉자 모든 사람을 향하여 네스토르가 일어섰다. 모래펄이 많은 필로스의 왕인 그는 모든 사람을 위해 회의 자리에서 일어서서 말했다.

"오, 친애하는 아르고스군의 지휘들과 보호자들이여, 만일 이 꿈을 이야기하는 사람이 아카이아군 중의 누군가 다른 사람이라면 우리는 그것을 거짓말이라고 여겨 아랑곳하지 않고 내버려 두리라. 그런데 지금 그 꿈을 꾼 사람은 아카이아군 가운데서 가장 높은 지위를 자랑하는 인물인즉, 자, 어서 모두 아카이아인의 자식들을 무장시킵시다."

이처럼 목소리를 높여 말을 마치고 난 뒤 그가 먼저 일어나 돌아가자, 왕홀을 가진 왕들도 자리를 떠나 병사들의 목자(牧者)의 말에 따랐다. 그리하여 병사들이 줄을 이어 몰려오니 그 광경은 마치 한데 뭉친 꿀벌 떼가 잇달아 텅 빈 바위 속에서 끝없이 나오는 것 같았다. 그것은 포도송이처럼 뭉쳐 봄에 피는 꽃 위를 날아다니는, 그리하여 여기저기에서 잔뜩 엉켜 이리저리 날아다니는 그런 광경처럼, 많은 병사의 무리가 즐비하게 늘어선 배에서, 막사에서 줄을 지어 깊이 굴곡져 들어간 바닷가 회의장으로 줄줄이 쏟아져 모여들었다. 그들 사이에는 제우스의 심부름꾼에 대한 소문이 퍼져 모든 사람을 싸움터로 나가도록 부추겼다.

드디어 모두 모이니 회의장은 들떠 왁자하게 떠들썩했고, 사람들이 몰려들자 그 발밑에서 대지는 신음 소리를 토했다. 9명의 전령들이 소란을 가라앉히고자 "그만들 떠들고, 제우스가 지켜주시는 어른의 말을 들으라" 계속 소리치자 드디어 병사들도 자리에 앉아 왁자한 외침도 누그러졌다. 그때 아가멤논 왕은 신의 홀을 들고 일어섰다. 그것은 헤파이스토스의 수고에 의한 것으로, 이것을 헤파이스토스는 먼저 크로노스의 아들 제우스께 바쳤는데, 다시 제우스는 이것을 아르고스의 살해자*[1]에게 주시고, 헤르메스는 말을 채찍질하는 펠롭스 왕*[2]에게 주셨다. 그것을 이번에는 펠롭스가 병사들의 통솔자인 아트레우스에게, 그 아트레우스는 죽을 즈음에 많은 양을 치고 있던 뒤에스테스에게 전했다. 그것을 뒤에스테스가 또다시 많은 섬과 아르고스 온 지역을 다스리는 표시로서 아가멤논에게 바쳤다. 그 홀에 의지하여 아가멤논은 아르고스군에게 이야기를 시작했다.

"오, 친애하는 용사들, 무신 아레스를 섬기는 다나오이의 후예들이여. 크로노스의 아들이신 제우스는 모진 미로에 나를 빠뜨리셨다. 그 무정한 분이, 전에는 훌륭한 성벽을 가진 일리오스를 함락시키고 나서 귀국하게 해주겠노라고 단단한 약속을 하셨으면서도 이번에는 심술궂은 거짓된 일을 꾀하시어 나에게 불명예인 채 그대로 아르고스로 돌아가라고 명령하시는 것이다. 이처럼 많은 병사들을 잃고 만 지금에. 이렇게 하는 것이 우선 위세가 남보다 뛰어나신 제우스의 뜻에 맞는 것이리라. 정말로 주신이야말로 수많은 도시의 성루를 부수셨고 앞으로도 또 부수시리라. 그 힘은 비할 데 없이 큰 것이다. 그러나 그처럼 뛰어나고 그만큼이나 많은 아카이아 병사들이 헛되이 끝장도 나지 않은 싸움을, 그나마 수가 열세인 적군과 싸움을 계속해 왔다는 것은 후세 사람들이 들어도 부끄러운 짓이다. 게다가 또 언제쯤 싸움이 끝날는지 전혀 종잡

*1 헤르메스의 별명 가운데 하나.
*2 아트레우스의 아버지로 아가멤논의 할아버지가 됨. 뒤에스테스는 아트레우스의 아우.

을 수도 없다니.

우리 아카이아 편과 트로이 편이 굳은 맹세를 나누어 화해를 하고 양편의 수를 세기로 한다면, 트로이 편은 그 도시에 집을 가진 자를 모두 몰아오며 우리 아카이아 편은 각각 10명씩 조를 짜서 그 조마다 트로이인을 한 사람씩 술을 따르는 사람으로 할당할 경우, 그래도 많은 10인조가 술을 따르는 심부름꾼인 트로이군을 구하지 못할 것이다. 그러니 만큼 내가 생각하는 바로는 아카이아의 자식들은 이 도시에 살고 있는 트로이인보다 많다는 것이다. 그런데 그들을 도우러 여러 도시에서 창을 휘두르는 전사들이 몰려옴으로써 완전히 나를 훼방하여, 번화한 일리오스의 성을 함락시키려고 애써도 소용없도록 막고 있다.

벌써 위대한 제우스의 9년이라는 세월이 지나갔다. 그동안 배는 썩어버리고 밧줄도 늘어져 버리고 말았다. 우리 고향의 아내와 철없는 어린아이들은 어지간히 기다리다 못해 이제는 지쳐 있을 텐데, 우리가 목적하고 온 일은 조금도 이루어지고 있지 않다. 그러니까 자, 내가 이제부터 말하는 대로 모두 따르는 것이 어떠한가. 배를 타고 그리운 고향으로 모두 돌아가기로 하자. 이제는 길이 넓은 트로이를 함락할 수 없을 테니까."

이렇게 말함으로써 앞서 있었던 원로회의 회의에 대해 전혀 모르고 있는 병사들의 가슴속에 애틋한 생각을 끓어오르게 했다. 그래서 회의 자리가 한결같이 술렁거리는 모습은 마치 바다의 큰 물결 같았다. 이카리아 해*3에 동풍 에우로스와 남풍 노토스가 한데 어우러져 아버지 신 제우스의 뭉게뭉게 피어오르는 구름에서 휘몰아쳐 치솟게 하는 물결, 또는 서풍 제피로스가 불어와 보리 이삭이 모두 비스듬히 쓰러져 나부끼듯, 그처럼 모임 전체가 술렁거렸다. 병사들은 고함을 지르며 배를 향해 달려갔고 그들의 발밑에서는 흙먼지가 높이 일었다. 또 서로 악다구니를 쓰며 배에 매달려 반짝이는 바다로 끌어내리려고 밀치락달치락하며 배를 내릴 도랑까지 깨끗이 파냈다. 귀국을 서두르는 병사들의 외침 소리는 높은 하늘까지 닿았고, 배 밑에 깔려 있는 침목도 어느새 사라졌다.

이리하여 하마터면 아르고스군은 천명을 어기고 귀국하고 말았을 뻔했다.

---

*3 에게 해의 동부. 사모스 섬에 가까운 이카리아 섬 부근으로 곧잘 거칠어지는 바다로 여겨지고 있었음.

헤라가 여신 아테나에게 이렇게 말하지 않았더라면 말이다.

"아아, 아이기스를 가진 제우스의 따님인 아트리토네*4여, 정말로 저처럼 바다의 등을 타고 건너서 그리운 고향으로 아르고스군이 도망쳐 돌아가야 하는 것일까. 게다가 프리아모스 왕과 트로이인들이 거드름을 피우도록 아르고스 태생의 헬레네*5를 두고 가도 될까? 그 여자 때문에 수많은 아카이아인이 트로이에서 죽었는데, 그리운 고국에서 멀리 떨어져서 말이야. 자, 얼른 청동 갑옷을 입은 아카이아군 속에 들어가서 그대의 부드러운 말로 무사들을 한 사람 한 사람 붙들어 놓아요. 양 끝이 위로 굽어올라간 배들을 바다로 끌어내리게 해서는 안 되요."

지혜의 여신 아테나는 말이 떨어지기가 바쁘게 얼른 올림포스의 산꼭대기에서 훌쩍 날아내려 눈 깜짝할 사이에 아카이아군의 쾌주선이 놓여 있는 데에 닿았다. 그리하여 지혜로는 제우스와 맞먹는다고까지 일컬어지는 오디세우스가 서 있는 것을 발견했다. 그는 노를 젓는 자리가 훌륭히 만들어져 있는 검은 배에 아직 손을 대지 않고 있었다. 가슴도 마음도 쓰라린 생각에 사로잡혀 있었기 때문이다.

그 곁으로 가까이 다가가서 지혜의 여신 아테나가 그를 보고 말했다.

"제우스의 후예로 라에르테스의 아들이며 모사에 뛰어난 오디세우스여, 정말로 이처럼 그리운 고향으로 당신들이 도망쳐 돌아가야 하는 것일까. 그리고 프리아모스 왕과 트로이인들이 거드름을 피도록 아르고스 태생의 헬레네를 두고 가는가. 여자 때문에 얼마나 무수한 아카이아인의 병사가 그리운 고국도 아닌 이국 멀리 그 트로이에서 쓰러졌는데. 자, 병사들 속으로 들어가서 부드러운 말로 무사들을 한 사람 한 사람 말려요. 양 끝이 위로 굽어올라간 배들을 바다에 끌어내리게 해서는 안 되어요."

그는 목소리를 내어 말한 여신의 말씀을 알아듣고 뛰어가면서 웃옷을 내던졌다. 그것을 전령인 에우리바테스가 가지고 갔다. 이 사람은 이타케 섬 태생으로 주인인 오디세우스를 따르고 있던 자이다. 그리하여 아트레우스의 아들 아가멤논에게 다가가 선조에게서 전해진 불멸의 홀을 건네받아, 그것을 들고

*4 아테나의 별명. 흔히 '지칠 줄 모르는'이라든가 '부술 수 없는'이라는 뜻으로 풀이됨.

*5 틴다레오스의 아내 레다와 제우스 사이에서 태어난 딸. 메넬라오스의 아내로 파리스의 꾐에 빠져 일리오스에 와 있음. 그 때문에 트로이를 공략하기 위한 군대가 동원되었음.

청동 갑옷을 입은 아카이아군 진영으로 찾아갔다.

그리하여 누구건, 왕이든 한편의 우두머리이든 만날 때마다 그 옆으로 가까이 다가서서 훌륭한 말솜씨로 그를 붙잡고 말했다.

"도대체 무슨 짓인가. 비겁자처럼 두려워하고 있으니, 그대답지 않은 짓이오. 자신부터 차분히 가라앉히고 나서 다른 병사들도 잘 진정시켜라. 그대는 아직 아가멤논의 본심이 어떤지를 모르고 있지 않느냐. 지금은 그대들을 떠보고 있으며 이내 또 아카이아인의 아들들을 억누르려고 할는지도 모른다. 또한 회의장에서 그가 무어라고 말했는지 우리 모두가 들은 것도 아니다. 그가 화를 내어 아카이아인의 아들들을 징계하지 않도록 조심하라. 제우스가 키우신 국왕이 크게 화를 냈을 때에는 큰 야단이 나니까. 아무튼 그 권위는 제우스가 주신 것으로, 지혜를 헤아리시는 제우스 신이 그를 아끼시고 있기 때문이다."

또 여느 병졸들이 큰 소리로 아우성치고 있는 것을 보면 그 병사들을 홀로 후려치고는 이렇게 나무랐다.

"뭐, 이 따위 놈이 다 있어. 얌전히 앉아 있지 못하느냐. 그리고 내 말을 들어. 너보다는 뛰어난 사람이 하는 말이니. 너 따위는 싸움은 서투른 데다 용기는 없고 언제나 싸움에서든 회의 때든 축에 끼지도 못하지 않느냐 말이다. 여기에 있는 아카이아군의 누구나가 다 호령할 수 있는 건 아니다. 우두머리가 많은 것은 좋지 않은 일이지. 우두머리는 그저 한 사람만 있는 게 좋아. 지모와 책략에 뛰어난 크로노스의 아들 제우스가 왕홀과 법칙을 내림으로써 백성들을 다스리도록 인정해 주신 군주는 한 사람만 있는 것이 좋다는 말이다."

이렇게 말하고 그는 정돈시키면서 온 진영 안을 누볐다. 그래서 모든 사람은 또다시 회의장을 향해 늘어선 배에서 혹은 막사에서 왁자한 소리를 내며 달려갔는데, 그것은 마치 거친 파도가 넓은 해벽에 부딪쳐 울려퍼지면서 온 바다를 뒤흔드는 것 같았다.

그래서 대부분의 병사들은 모두 제자리를 찾아 앉았으나, 오직 한 사람 데르시테스*6만은 전혀 말을 삼가지 않고 여전히 떠들어대고 있었다. 사실 나이는 아무 쓸모도 없고 절도도 없는 무질서한 잔소리를 제 가슴에 잔뜩 품고 있어서, 예의도 질서도 아랑곳하지 않고 무엇이든 아르고스군을 웃길 수 있다고

---

*6 '뻔뻔스러운 사나이'라는 뜻의 이름.

생각되면 언제나 왕들과 시비하려 드는 사나이였다. 그는 또 일리오스의 성 밑으로 원정 나온 사람들 가운데 가장 볼품없는 사나이로 안짱다리에다 절름발이이고 두 어깨는 굽어 가슴 앞에 오그라들어 있었다. 게다가 그 위에 얹혀 있는 머리는 틀어져 있고 거기에 성긴 머리털이 듬성듬성 나 있을 뿐이었다. 그는 아킬레우스에게 가장 미움을 받고 오디세우스에게서도 매우 혐오를 받고 있었으니, 그들에게 언제나 성가시게 불만만 털어놓았기 때문이다. 이번에도 또다시 존귀한 아가멤논에게 몹시 큰 소리를 치고 욕지거리를 퍼부어댔으므로, 아카이아군 병사들은 모두 이 사나이에게 크게 성을 내고 마음속으로 분개하고 있는 참이었다. 그런데 그가 고함을 크게 질러 아가멤논을 나무라며 말했다.

"아트레우스의 아들이여, 무엇이 어째서 또 이번에도 불만을 토하며 탐내고 있는가. 그대의 막사는 모두 청동으로 가득 차 있고 막사 안에는 여자들도 많은 데다 모두들 아름답다. 그 여자들은 모두 우리 아카이아군이 도시를 함락시켰을 때마다 우선적으로 그대에게 바친 것이다. 그렇지 않으면 그래도 또 모자라 황금이 탐난단 말이냐. 일리오스에서 말을 길들이는 트로이인들이 어쩔 수 없이 자식의 몸값으로 실어올는지도 모르는 것들 말이다. 그들 또한 나나 다른 아카이아군의 병사가 잡아서 묶어 데려온 자들일 것이다. 그렇지 않으면 젊은 여자를 바라는 것인가. 그들을 실컷 귀여워할 양으로 남들은 손도 대지 못하게 하고 억눌러 두려고 말이야. 그러나 장수로서 아카이아의 자식들을 불행 속으로 끌어들이는 것은 몹쓸 짓이지.

그런데 너희들도 풀이 죽은 망신감들이로군. 이제는 아카이아의 사나이가 아니야, 계집들이지. 자, 고향으로 배를 돌려 모두 돌아가자. 그리고 이분은 그대로 여기 트로이에 놓아두고 가자꾸나. 포상을 마음대로 탐내어 가지도록. 언젠가는 우리가 이분을 지킴에 있어 얼마나 도움이 되었는지 조금이라도 깨닫도록 말이다. 이분은 지금만 해도 아킬레우스를 모욕하지 않았는가. 자기보다 훨씬 센 무사인데도. 그것도 제 발로 찾아가서 포상으로 탄 여자를 빼앗아 가두어 두고 있는 거야. 그런데 아킬레우스는 전혀 화를 내려고 하지도 않고 오히려 태연해했소. 만일 화를 내면 아트레우스의 아들이여, 그대가 남을 해치는 것도 이것으로 마지막이 될 것이다."

이처럼 데르시테스가 병사들의 사령관인 아가멤논을 욕하는데, 그 옆으로 불쑥 존귀한 오디세우스가 다가와 서서 눈을 아래로 내려 사나운 얼굴로 노려보면서 거친 말로 나무랐다.

"데르시테스, 말버릇 고약하군. 하기야 너는 알려진 잔소리꾼이긴 하다만 잠자코 썩 꺼져. 혼자서 여러 왕들과 싸움질하려 들지 말란 말이야. 하는 김에 말해두겠는데, 너보다 더 망측한 인간이 아트레우스의 아들을 따라 일리오스의 성 밑으로 온 군사 가운데 또 있으리라 생각지 않는다. 그러니 이젠 절대로 왕들에 대해 입에 올리거나 온갖 비난을 퍼부어 돌아가자고 우겨대지 마라. 우리도 확실히 모르고 있다.

그런데 너는 지금 병사들의 우두머리인 아트레우스의 아들 아가멤논을 비난하면서 앉아 있구나. 다나오이 편의 용사가 많은 재물을 그에게 주느니 어쩌니 하면서 말이야. 그것을 너는 비난하며 이러쿵저러쿵하고 그를 조롱하고 있는데, 너에게 똑똑히 일러두겠다, 이것은 꼭 실행될 테니까. 만일 앞으로 두 번 다시 또 지금처럼 어리석은 짓거리를 하고 있는 것을 보기만 하면 별수 없이 너를 붙들어 옷을 홀랑 벗겨놓고 말 테다. 웃옷이고 속옷이고 허리에 댄 천까지도 말이야. 그렇지 않다면 정말로 그때는 이 오디세우스의 목이 어깨 위에 얹혀 있지도 못할 것이고, 텔레마코스의 친아버지라고 불리지도 않게 될 것이다. 그건 그렇고, 네가 지금 이 회의장 밖에서 수치스럽게 매를 맞아 울부짖으면 쾌주선이 있는 데로 쫓아버리고 말리라."

이렇게 말하고 오디세우스는 지팡이를 들고 데르시테스의 등이며 두 어깨를 세게 때렸다. 그는 아픔을 못 이겨 몸을 웅크리고 눈물을 주르륵 흘렸는데, 그 등에서는 황금 홀에 맞아 피가 맺힌 푸른 멍이 퉁퉁 부어올랐다. 그래서 그는 기가 죽어서 주저앉아 아픔을 느끼면서도 어쩌지도 못하는 얼빠진 얼굴로 눈물을 닦았다. 줄지어 앉아 있는 병사들은 모두 안타깝게 여기면서도 데르시테스를 조롱거리로 삼아, 가까이 있는 이들과 눈짓을 나누면서 이렇게 말하는 것이었다.

"아니, 정말로 오디세우스는 무척 훌륭한 일을 하는군. 언제나 앞장서서 뛰어난 계획을 세우고 싸울 태세를 갖추니. 게다가 이번에 처리한 이 사건은 아르고스군의 모든 사람에게 아주 좋은 본보기였어. 이처럼 욕지거리를 퍼부으며 남을 해치려 하는 나쁜 사람을 회의장에서 더 이상 지껄이지 못하게 해주었으니까. 이제 아무리 저같이 우쭐대는 녀석이 있다 해도 두 번 다시 방자하게 군주님을 헐뜯는 말로 몰아세우는 짓은 하지 않을 거야."

이렇게 병사들은 서로 수군거렸다. 그리고 성을 함락시키는 오디세우스가 홀을 들고 일어서니, 그 곁에서 지혜의 여신 아테나가 전령의 모습을 빌려 병사들에게 조용히 하라고 호령했다. 맨 앞에 있는 사람이든 맨 뒤 사람이든 한자리에 있는 아카이아인의 아들들이 모두 이야기를 듣고 그 계획을 검토할 수 있도록 말이다. 그래서 오디세우스는 모든 사람의 이익을 도모하여 회의석에서 일어나 말했다.

"아트레우스의 아들인 왕이여, 바야흐로 아카이아군의 사람들은 그대를 온 인류에 대하여 더할 나위 없이 비난받을 만한 사람으로 만들 셈이다. 그리고 말을 먹이는 아르고스에서 이곳으로 출발하려고 할 때 굳게 맹세했던, 그 훌륭한 성벽을 둘러치고 있는 일리오스를 함락시키고 나서야 돌아가자는 약속도 완전히 실행할 뜻이 없는 모양이다. 그래서 아직 나이도 어린 병사들이 홀어미가 된 여자들처럼 서로 울며불며 고향으로 돌아가고 싶다고 한다. 아니, 정말로 이런 데서 견디어 내기란 마음이 지칠 정도로 대견한 일이다. 그도 그럴 것이 불과 한 달 정도 아내에게서 떨어져 여럿이 노를 젓는 배에 타는 것마저도 누구나 투덜거리기 마련이니까. 더욱이 겨울 폭풍이 휘몰아쳐 바다가 거칠어져서 끝내 돌아가지 못한다든가 할 때에. 그런데 지금 우리가 이곳에 머문 지도 벌써 9년이 넘으려 하고 있다. 그러니 만큼 나로서도 아카이아군이 뱃머리가 굽어올라간 배 곁에서 투덜투덜 불평을 털어놓았다고 해서 결코 부당하다고는 생각하지 않는다. 하지만 오랫동안 기다렸으면서도 아무런 수확도 없이 돌아간다는 것은 부끄러운 노릇이다.

참으라, 그대들이여. 칼카스의 예언이 정말인지 그렇지 않은지 확실해질 때까지. 조금만 더 기다려라. 우리가 가슴속에 잊지 않고 그의 예언을 기억하고 있기 때문이다. 그대들도 모두 증인이다. 죽음의 여신들이 채어 가지 않은 사람들이면 누구나. 마치 프리아모스와 트로이의 사람들에게 재난을 가져다주면서 아카이아군의 함대들이 아울리스*7 바닷가에 모였던 것이 어제나 그저께의 일인 것 같다. 그래서 우리 둘레의 양편에 성스러운 제단을 쌓고 불사의 여신에게 순결한 소 백 마리를 제물로 바쳤다. 거기는 샘에서 물이 찰찰 흘러

*7 보이오티아의 항구. 여기에 아카이아군이 모여 트로이로 출항했다.

나오는 곳이었다. 아름다운 플라타너스 나무 밑이었다. 그때 위대한 징조가 나타났던 것이다. 등이 새빨갛게 물든 커다란 구렁이, 그것도 엄청날 만큼 큰 것이[8] 제단 밑에서 기어나오더니 플라타너스 나무를 향해서 나아갔다. 거기에는 여덟 마리의 새끼 참새와 그것들의 어미새까지 아홉 마리가 가장 높은 나뭇가지의 잎사귀 뒤에 숨어 웅크리고 있었다. 그러자 그 커다란 구렁이는 가엾게도 소리쳐 우짖는 새끼새를 모두 잡아먹어 버렸다. 그래서 어미새가 귀여운 새끼들을 잃은 것을 슬퍼하며 둘레를 날아다니고 있는 것을, 또다시 구렁이가 몸을 획 꿈틀거려 이쪽저쪽으로 우짖어대고 있는 새의 날개를 잡아챘다. 이리하여 커다란 구렁이가 새끼참새와 어미새까지 먹어치우고 났을 때, 그 전에 바로 이 구렁이를 나타나게 하신 신께서 다시 그 모습을 보이지 않게 해버렸기 때문에, 즉 책략이 뛰어난 크로노스의 아들이 돌로 만들어 버렸기 때문에 이것을 본 우리는 우두커니 선 채 일의 기괴함에 어안이 벙벙했던 것이다. 그런데 이 무서운 징조가 신들에게 올리는 번제에 내렸을 때 칼카스가 거기에서 이내 신탁을 여쭈어 알리었다.

'머리털을 길게 기른 아카이아군이여, 어찌 그대들은 할 말을 잃어버렸는가. 우리에게 이 커다란 징조를 보이신 것은 지모의 신 제우스이다. 늦게나마, 아주 늦게 성취될 테지만 그 명성은 결코 멸망하지 않을 것이다. 마치 이 구렁이가 새끼참새와 어미새[9]를 모두 먹어치워 버린 것처럼 우리도 같은 횟수를 이곳에서 싸움으로 보낼 테지만, 10년째에는 이 길 넓은 도시를 쳐서 무너뜨릴 수 있을 것이다.'

이렇게 칼카스는 신탁을 풀이했다. 그것이 바야흐로 모두 그대로 실현되려는 것이다. 그러니 자, 너 나 할 것 없이 모두 이대로 이곳에 머무르도록 하라. 훌륭한 정강이받이를 댄 아카이아의 사람들이여, 프리아모스 왕의 큰 도시를 쳐서 무너뜨릴 수 있을 것이다."

이렇게 말하자 아르고스군이 크게 함성을 질렀고, 둘레의 배도 아카이아군의 외침 소리에 굉장한 반향을 받아서 울렸다. 존귀한 오디세우스의 말에 모두 찬성했으므로 그 사람들 가운데 서서 게레니아의 기사[10] 네스토르가 말

*8 그것은 바로 올림포스의 신 제우스 자신이 이승에 보낸 것이었을 것이다.
*9 여덟 마리의 새끼에 그것을 낳은 어미새를 합쳐 아홉 마리.
*10 네스토르의 이 형용사는 아주 유래가 깊은 것인 모양이나 분명하지 않음.

했다.

"아, 질렸다. 그대들은 이러쿵저러쿵하고 말한다는 것이 고작해야 싸움뿐이니. 자신들이 하는 일이 무엇인지조차 모르는 어린아이들처럼 그저 외쳐대기나 할 뿐이지 않은가. 도대체 어떻게 해주겠다는 건가. 우리의 약속들과 맹세들은 불 속에나 던져버리는 게 나을 것이다. 한번 무사가 한, 이전의 결정이며 계획이며 또 신 앞에 굳게 맹세한 일이며 신의 뜻을 표지로 나눈 오른손의 약속을 말이다. 왜냐하면 우리는 꽤 오랫동안 이곳에 와 있었으면서 아무 소득도 없는 말다툼만 일삼아 결국 아무런 방법 하나 제대로 찾아내지 못했으니까.

아트레우스의 아들이여, 그대는 부디 의연한 자세로 확고하고 흔들리지 않는 의견을 지켜 아르고스군을 이끌어 격렬한 싸움이 끝날 때까지 내내 지휘를 맡아주시오. 도대체가 한두 사람쯤, 아카이아군 가운데서 다른 의견을 가지고 불평하는 녀석들쯤이야 멋대로 파멸하도록 버려두어도 좋을 것이오. 절대로 그 따위 녀석들의 의견대로 되는 일이란 아르고스로 돌아가게 되기 전에는 없을 테니까. 그 전에, 아이기스를 가진 제우스께서 하신 약속이 진실인지 아닌지 알기 전에는 말이오. 그런데 그날 그 위엄과 권위는 어느 신보다 뛰어나신 제우스께서 승낙하신 표징이라 믿소. 쾌주선을 타고 우리 아르고스군이 트로이 사람들에게 살육과 죽음의 운명을 가져다주러 출항했던 그날의 일 말이오. 제우스께서는 오른쪽으로 번갯불을 번뜩이게 하여 길조를 나타내셨소. 그렇기 때문에 누구건 집으로 돌아가려고 서둘러서는 안 되오. 트로이인의 아내를 빼앗아 그들을 완전히 차지하게 되기 전에는, 그리고 헬레네를 트로이에 빼앗겼다는 것, 그로 인한 분노에 대해 실컷 앙갚음이 되기 전에는 말이오.

만일 또 누군가가 함부로 집에 돌아가고 싶어서 노젓는 자리를 가진 그의 검은 배에 손을 대보라. 그러면 그 누구보다도 먼저 죽음의 운명을 만날 테니까. 아무튼 왕이여, 그대도 잘 생각해 보고 또 남의 의견에도 귀를 잘 기울이시오. 내 말이 어떤 것이든 그것을 절대로 그냥 흘려버려서는 안 되오. 무사들을 부족과 씨족별로 나누시오. 아가멤논이여, 그리하여 씨족은 씨족을 도울 수 있고 부족은 부족을 도울 수 있도록 말이오. 만일 그대가 그렇게 시키고 또 아카이아군이 그것에 좇아 나뉜다면, 그렇게만 되면 지휘관과 병사들 가운데서 누가 비겁한 겁쟁이이고 누가 용감한 자인지 이내 알 것이오. 저마다 따로 싸움을 하는 셈이니까요. 게다가 이 도시를 무너뜨리지 못한 경우라 하더라도 그것이 신의 뜻인지 아니면 병사들이 비겁하고 싸움에 서툰 탓인지 알게 될 것이오.”

그러자 아가멤논이 답했다.

“노인이여, 정말로 이번에도 그대의 웅변에는 아카이아의 아들들도 꼼짝할 수 없게 되었소. 제우스 아버지 신도, 아테나도, 아폴론 신도 들어주십시오. 이처럼 내 뜻을 받아주는 사람이 열 명만 아카이아 편에 있어준다면 아무것도 두려울 것이 없을 텐데. 그러면 프리아모스 왕의 도시도 이미 우리 손에 걸려 함락되고 약탈당하여 굴복했으련만. 그런데 아이기스를 가진 크로노스의 아들 제우스가 내게 주신 것은 쓰라림과 괴로움뿐이었소. 그래서 나를 변변치도 않은 말다툼과 싸움에 되풀이하여 처넣으실 뿐이었소. 아까만 해도 나는 아킬레우스와 여자 때문에 싸움을 했소. 서로 심한 입씨름을 하면서 말이오. 내가 먼저 화를 냈었지. 그러나 우리가 한마음으로 일한다면 그때에는 트로이인들에게는 조금의 유예도 없이 재앙이 닥치련만.

그럼, 자, 곧 싸움을 시작할 수 있도록 모두 식사를 하러 가라. 너 나 할 것 없이 모두 창을 잘 갈아놓아라. 방패도 잘 살펴두고. 모두 발이 날쌘 말에게 먹이를 잘 주어라. 누구나 전차 바퀴의 축을 잘 살펴 싸울 준비를 하라. 하루 종일 이 진저리 나는 싸움으로 적과 승부를 겨루게 될 테니. 드디어 밤이 와 병사들의 숨찬 위세를 가라앉히기까지는 한순간도 쉴 겨를이 없으리라. 하기야 모두들 가슴받이의 가죽띠까지 흠뻑 땀에 젖겠지. 또 긴 창을 쥐는 손도 지치리라. 잘 닦인 모든 전차를 끄는 말들도 흥건하게 땀에 젖을 것이다. 그러나 누구든 스스로 싸움터를 버리고 뱃머리가 굽어올라간 배 옆에서 어물거리고 있는 놈을 내가 보는 날에는, 그때는 들개나 독수리나 까마귀의 밥이 되는 것을 피할 길이 없을 것으로 알라.”

이렇게 말하자 아르고스군은 마치 물결이 높이 솟은 해안에 부딪쳐 떨어지듯이, 남동풍을 타고 철썩이며 튀어나온 바위에 부딪쳐 부서지는 소리같이 크게 외쳤다. 그러나 그 바위를 때리는 물결은 언제까지 물러서지 않고 이쪽저쪽에서 휘몰아치는 바람을 타고 밀려드는데, 병사들은 모두 자리를 떠나 부랴부랴 저마다의 진영으로 흩어져 갔다. 그리고 막사마다 불을 피우고 연기를 내며 점심을 먹었다. 또 저마다 불멸의 신들 가운데 자신들이 모시는 신에게 격렬한 싸움에서 죽음을 피할 수 있게 해달라고 비는 것이었다.

그런데 무사들의 군주 아가멤논은 막강한 크로노스의 아들 제우스에게 다섯 살 난 살찐 소 한 마리를 제물로 바쳤다. 그리고 온 아카이아군 원로와 장수들을 불러 모았다. 먼저 네스토르와 크레테의 이도메네우스 왕을, 그 뒤를 이어 두 아이아스*11와 티데우스의 아들 디오메데스를, 또 여섯 번째에는 지혜가 제우스 못지않은 오디세우스를 불렀다. 목청 좋은 메넬라오스도 자진해서 찾아왔는데, 그는 마음속으로 자기 형이 얼마나 다급해하고 있는지를 잘 알고 있었기 때문이었다. 그리하여 모든 사람이 소 둘레에 늘어서서 보리를 손에 들자, 아가멤논 왕이 기도했다.

"영광이 있으소서, 먹구름을 모아오며 높은 하늘에 계시는 위대하신 제우스여. 부디 그 전에 해가 지고 어둠이 덮치게는 하지 마소서. 프리아모스가 사는 궁의 연기로 꺼멓게 그은 대들보를 거꾸로 뒤집어엎어 타오르는 불로 문을 태워버리고, 헥토르의 갑옷을 가슴께에서 청동 칼로 쳐서 찢기 전에는. 또 누구나 헥토르의 주검을 둘러싸고 그 전우들이 흙먼지 속에 반듯이 엎어져 흙을 입안에 물게 할 수 있을 때까지."

이렇게 말했지만 본디 제우스의 뜻은 절대로 그의 소원을 들어주지 않으리라는 것이었다. 그러기는커녕 제물은 받았지만 달갑지 않은 고생을 오히려 더 크게 늘려주리라 생각했다.

모두의 기도가 끝나고 보리를 뿌리는 의식도 마치자, 소의 머리를 쳐들어 올려 목을 잘라 가죽을 벗기고, 두 허벅다리의 뼈를 잘라냈다. 그 위에 살코기를 겹으로 덮어 감추고, 또 그 위에 날고기 조각을 늘어놓았다. 그리고 잎사귀 하나 없는 장작 조각으로 굽고 나서 살코기를 꼬챙이에 꿰어 헤파이스토스의 불꽃 위에 얹어 구웠다. 그런 뒤 구워진 살코기를 모두 나누어 먹고 나서 다른 부분을 잘게 썰어 꼬챙이 끝에 꿰어 정성스럽게 구운 뒤 그 모두를 불에서 내렸다. 그러고 난 다음 의식도 끝나고 음식 준비가 갖추어지자 모두 아침식사를 하기 시작했는데, 더할 나위 없는 만족스러운 잔치였다. 이리하여 먹고 마시기에도 포만감을 느낄 즈음에 모든 사람 가운데 먼저 말한 것은 게레니아의 기사 네스토르였다.

---

*11 아이아스는 트로이 출정군 중에 둘이 있는데 한 사람은 살라미스의 왕 텔라몬의 아들인 큰 아이아스, 또 한 사람은 로크리스의 오일레우스의 아들로 작은 아이아스로 불린다.

"영광스러운 아트레우스의 아들이며 무사들의 군주이신 아가멤논이여, 이제 더는 여기에서 시간을 낭비하지 맙시다. 또 더는 신께서 우리의 손에 내려주신 일을 늦추어서는 안 될 것이오. 그러니까 자, 전령들에게 명하여 청동 갑옷을 입은 아카이아군 병사들을 함선들 앞에 한 사람도 남기지 말고 집합시킵시다. 그리고 조금이라도 빨리 격렬한 싸움을 시작할 수 있도록 우리는 이대로 나란히 아카이아군의 넓은 진영 안을 나갑시다."

무사들의 군주 아가멤논도 두말할 나위 없이 찬성하고, 이내 낭랑한 목소리를 쩌렁쩌렁 울리는 전령들에게 일러 머리털을 길게 기른 아카이아군들을 싸움터로 불러내어 오도록 명령했다. 그들이 명령을 전달하자 병사들은 재빨리 모여들었고, 아트레우스의 아들을 둘러싸고 있던 제우스의 비호 아래 있는 왕들이 서둘러 병사들을 분열시키자, 그 사이를 지혜의 여신 아테나가 그토록 존귀한 아이기스, 절대로 낡지도 않고 뚫을 수도 없는 그 방패를 치켜들고 나아갔다.

그 방패를 둘러싼 황금으로 된 백 가닥의 술이 간들간들 흔들렸다. 술은 어느 것이나 모두 훌륭히 만들어진 것으로, 그 한 가닥 한 가닥이 소 백 마리 값어치가 있었다.

그것을 들고 아카이아군 병사들 사이를 여기저기 누비고 뛰어다니며 진군을 격려하여 병사 한 사람 한 사람의 가슴속에 용기를 불러일으킴으로써 쉬지 않고 싸움을 계속하도록 부추겼다. 그래서 병사들에게도 싸우는 편이 그리운 고향 땅으로 배를 타고 돌아가는 것보다 더 즐거운 일로 여겨졌다.

마치 무서운 불길이 광대한 숲을 태우듯이 산꼭대기 멀리서도 똑똑히 보이는 작렬하는 불꽃처럼, 몰려오는 병사들의 수없는 청동제 병기의 번뜩임이 찬연히 빛나 하늘 높이까지 닿았다.

또 마치 날아가는 엄청난 새 떼들, 기러기인지 학인지 분간할 수 없는 긴 목을 가진 새 떼가 아시아의 고향 풀밭이며 카위스트리오스 강가에서 여기저기 날아다니다 날개를 푸드덕거리고, 엄청난 외침을 지르면서 아래로 내려앉으려 할 때 풀밭이 온통 소리를 내듯이, 그처럼 병사들의 수많은 무리가 배에서, 막사에서 스카만드로스의 벌판으로 흘러들어갔다. 그러자 보병들의 발밑에서, 더러는 전차의 말발굽 밑에서 대지는 굉굉한 소리를 울렸다. 꽃이 만발한 스카만드로스의 풀밭에 늘어선 병사들의 수는, 제철을 맞아 피는 나뭇잎이며 꽃의 수만큼이나 많았다.

마치 잔뜩 떼지어 윙윙거리는 파리 떼들이 봄철에 진한 젖이 양들의 젖통을 질척하게 적실 때면 양을 넣는 우리에서 얼키설키 날듯이, 그처럼 수많은 긴 머리털의 아카이아군이 트로이 편에 맞서서 산산이 파괴시킬 듯이 벼르며 벌판에 늘어섰다.

흩어진 산양 떼가 풀밭에서 서로 뒤얽혔을 때 산양을 치는 목동들이 그래도 쉽게 구별하며 나가듯이, 지휘관들은 그 병사들을 여기로 또 저기로 전투 태세를 갖추도록 나누어 세웠다. 그 사이에 선 아가멤논 왕의 면모와 머리 모양은 번갯불을 번쩍이는 제우스를 닮았으며, 허리는 아레스, 가슴은 포세이돈을 닮았으니, 마치 소 떼 가운데서도 잘생긴 황소가 유난히 눈에 띄듯이 이내 알아볼 수 있었다. 이같이 이 거사 날에 제우스는 아트레우스의 아들 아가멤논을 남달리 뛰어난 많은 영웅들 사이에서도 출중하게 나타나도록 하신 것이었다.

이번에는 말해주십시오. 올림포스의 궁전에 계시는 뮤즈 여신들이여. 당신들 여신께서는 그즈음에 계셔서 모든 일을 아시기 때문입니다. 그런데 우리는 다만 헛소문을 들었을 뿐 하나도 모르고 있습니다. 어느 장수들이 다나오이군을 이끌고 갔는지도, 그 우두머리들이 누구였는지도 모르고 있습니다.

이처럼 많은 사람의 이름은 나에게 열 개의 입과 혀가 있었다 하더라도 또 목소리가 아무리 웅장하고 심장이 청동같이 강하다 하더라도 올림포스에 계시는 뮤즈 여신들이여, 아이기스를 가진 제우스의 딸들이 일리오스 성 밑에 온 병사들을 일일이 모두 일러주시지 않는다면, 그 많은 사람들의 이름을 댈 수도, 말할 수도 없을 것이기 때문입니다.

그러면 함선들의 장수들과 함선들의 이름만 이제부터 남김없이 말하기로 하겠습니다.

보이오티아*[12]또는 선군의 목록

*12 아티카 주 서북에 이어진 지방. 그 주민이 보이오토이임.

보이오토이의 군세를 이끈 것은 페넬레오스와 레이토스, 아르케실라오스나 프로토에노르와 클로니오스. 이들은 휘리에나 바위가 많은 아올리스나 스코이노스로부터 스콜로스와 언덕이 많은 에테오노스를 수령하는 이, 또는 데스페이아이와 그라이아, 무도장이 넓은 뮈칼렛소스에 사는 자이다. 또 하르마에서 에일레시온과 에뤼드라이에 사는 사람들, 엘레온과 휠레와 페테온을 다스리는 사람들로 오칼레이아와 메데온의 요새(要塞)에 자리잡고 있는 성새(城塞)를 가지며, 코파이와 에위트레시스와 비둘기가 많이 있는 디스베를 차지하고 있었다. 또 크로네이아와 목초가 많은 할리아르토스를 차지한 자, 플라타이아와 글리사스를 봉토로 하는 자, 테바이의 탄탄히 쌓인 성에 자리잡고 전에는 거룩한 옹케스토스인 포세이돈의 훌륭한 원림(園林)을 차지하는 사람들, 포도송이가 탐스러운 아르네를 점유한 자, 미데이아와 신성한 뉘사, 나라의 변경에 있는 안테돈을 차지하고 있는 이 등 이러한 사람들을 태워 50척의 배가 나왔다. 그 한 척마다 보이오토이 젊은이가 백이십 명씩 타고 있었다.

그리고 아스플레돈과 미뉘아이족의 오르코메노스에 사는 사람들, 그 지휘관은 아스칼라포스와 이알메노스로 둘 다 무신 아레스의 아들이었다. 이 두 사람은 아스티오케가 아제우스의 아들 악토르의 집에 있었을 즈음, 아직 깨끗한 처녀의 몸으로 고루*[13]에 올라갔다 강력한 아레스로 인해 낳은 아들이다. 아레스는 살며시 처녀에게 다가와 자고 갔다고 전해진다. 그들을 따라 배 30척이 왔다. 그다음의 포키스군은 스케디오스와 에피스트로포스가 지휘했다. 이 사람들은 나우볼로스의 아들인 마음이 넓은 이피토스의 아들로, 퀴파릿소스와 바위가 많은 퓌토, 더할 나위 없이 신성한 크리사와 다울리스, 파노페우스를 차지하고 있었다. 또 아네모레이아와 휘암폴리스에 살거나 또는 거룩한 케피소스 강가에 살거나, 케피소스의 원류 가까이 있는 릴라이아에 살고 있었다. 이들과 함께 40척의 검은 배가 따라왔다. 그리하여 그들은 포키스군의 함대들을 정비하여 줄을 서게 하고 보이오티아군 왼쪽에 자리잡게 했다.

그리고 로크리스군을 지휘하고 있는 것은 오일레우스의 아들로 발이 날랜 아이아스*[14]였다. 몸집이 작은 편이며, 텔라몬의 아들 아이아스처럼 키가 크지 않아 허우대가 작고 삼으로 만든 가슴받이를 걸치고는 있었지만 창을 들면

---

*13 여자들의 침실로 만들어져 있는 사닥다리 위의 방.

*14 여기에서는 작은 아이아스. 키가 작았으므로 그렇게 불렸음.

온 헬라스에서 또 아카이아군에서도 당할 자가 없었다. 그 지휘 아래 퀴노스와 오포에이스와 칼리아로스를 다스리는 자, 벳사와 스카르페와 아름다운 아우게이아이와 타르페와 트로니온 등 보아그리스 강변을 차지하는 자들이 따르고 있다. 이리하여 아이아스를 따라온 것은 로크리스군의 검은 배 40척으로 이들은 거룩한 에우보이아 섬 맞은편에 자리잡고 있었다.

한편 에우보이아를 차지하고 굉장한 기세를 올리는 아반테스들은 칼키스와 에레트리아, 포도송이가 탐스럽게 영그는 히스티아이아, 바닷가에 있는 케린도스와 디오스의 험준한 도시에 자리잡고 있거나 또는 카뤼스토스를 차지하며 스튀라에 사는 자들로, 이 사람들을 이끌고 있던 자는 무신 아레스의 벗으로 칼코돈의 아들이고 의기양양한 아반테스들의 우두머리인 엘레노르였다. 그와 함께 날쌘 아반테스들이 따라왔다. 뒤쪽만 머리털을 길게 기른 이름난 창의 명수로, 물푸레나무의 창을 내밀어 적의 갑옷을 가슴께에서 찔러 찢기를 열망하고 있었다. 그와 함께 40척의 검은 배가 따라왔다.

그리고 아테나이의 탄탄히 지어진 성채를 차지하고 있는 사람들, 그곳은 마음이 큰 에렉테우스의 고향인데, 그는 옛날 제우스의 딸 아테나가 키웠다. 친어머니는 다산의 여신 대지의 신이었다. 그러한 그를 여신은 아테나이로 데려와, 여신의 풍족한 집에 앉혔다. 그곳에서는 아테나이의 젊은이들이 해마다 수소와 새끼양을 여신에게 바쳐 제사를 지냄으로써 신을 달래는 것이 관습이었다. 또 이 아반테스들을 이끄는 자는 페테오스의 아들인 메네스데우스였는데, 전차와 방패를 가진 무사들의 훈련에서는 이 세상에 있는 인간으로서 그와 견주려는 자는 한 사람도 없었다. 오직 네스토르만이 나이가 훨씬 많았지만 유일한 그의 경쟁상대였다. 그와 함께 검은 배 50척이 따라왔다. 아이아스는 살라미스 섬에서 12척의 배를 이끌고 와서 아테나이인들이 진을 치고 있는 데로 데리고 가서 대기시켰다.

아르고스와 성벽을 둘러친 티린스에 자리잡고 있는 사람들과 헤르미오네와 아시네의 깊숙한 포구에 임한 도시를 가진 사람들, 트로이젠과 에이오네스, 포도가 풍성한 에피다우로스와 아이기나와 마세스를 차지한 아카이아의 젊은이들, 이들을 지휘하고 있는 것은 목청 좋은 디오메데스*[15]와 세상에 명성을 날

* 15 티데우스의 아들로 지혜와 용맹이 뛰어난 젊은 무사.

리고 있는 카파네우스의 사랑하는 아들 스테넬로스로, 이 사람들에 이어 세 번째로 에우리알로스가 가담했다. 그는 탈라오스의 후예인 메키스테우스의 아들로 세상에 알려진, 신이나 다름없는 무사였다. 이들을 모두 통솔하는 것은 목청 좋은 디오메데스로, 이 사람들에게는 검은 배 80척이 따라왔다.

미케네의 튼튼한 성채를 차지하고 있는 사람들, 풍부한 코린토스와 잘 쌓인 클레오나이, 또 오르네이아이와 아름다운 아라이튀레아, 시퀴온 등 그 옛날 아드라스토스가 다스리고 있던 땅을 차지하는 사람들, 히페레시에와 험준한 고노엣사와 펠레네를 차지하고 있는 자, 아이기온에서 아이기알로스 전체에 걸쳐 있고 넓은 헬리케 근처에 사는 사람들, 이들의 100척 배를 지휘하는 자는 아트레우스의 아들 아가멤논이었다. 그의 뒤에는 온 아카이아에서 가장 많은, 또 가장 뛰어난 병사들이 따라왔다. 그 속에서 자신은 빛나는 청동 갑옷을 입고 의기양양했으며, 모든 영웅들 속에서 뛰어난 풍채는 견줄 자가 없었는 데다 남달리 많은 병사들을 거느리고 있었다.

한편 깊은 골짜기가 많은 라케다이몬*16을 차지하고 있는 사람들, 파리스와 스파르테, 비둘기가 많이 사는 메세, 브뤼세아이와, 아름다운 아우게이아이에 사는 사람들, 아미클라이에서 헬로스 등 해안에 있는 도시를 차지하는 사람들, 또 라아스와 오이튈로스에 자리잡고 있는 사람들, 이 사람들의 함대를 인솔하는 것은 그 아우인 함성도 용맹스러운 메넬라오스로 60척에 이르는 배를 끌고 다른 사람들로부터 멀리 떨어져 싸움 준비를 시키고 있다. 그 사이를 그는 자신의 전투열에 스스로 흥분되어 왔다 갔다 하면서 병사들을 격려했다. 그리고 마음속으로는 헬레네가 도망친 것과 그로 인해 받은 슬픔에 대한 앙갚음을 위해 서두르고 있었다.

필로스와 아름다운 아레네, 알페이오스 강의 나루터인 트리온과 잘 쌓인 아이퓌, 퀴파릿세이스, 암피게네이아에 사는 사람들, 프텔레오스와 헬로스와 도리온에 자리잡고 있는 사람들, 이곳에서는 옛날 뮤즈 여신들이 드라키아인 다뮈피스를 만나 노래를 못하게 했다고 전해진다. 그는 그때 오이칼리아의 왕인 에우리토스 곁을 떠나가는 길이었는데, 감히 아이기스를 가진 제우스의 따님들인 뮤즈 여신들과 노래를 겨루어도 이길 수 있노라고 큰소리쳤다. 그래

---

*16 스파르타를 일컬음. 그 일대의 영토를 가리킴.

서 여신들이 화가 나서 그를 불구로 만들고 그에게서 신이 준 노래의 힘을 빼앗았으며 하프를 타는 재주마저 잃게 했던 것이다. 그런데 이 사람들을 게레니아의 기사 네스토르가 지휘했는데, 그와 함께 90척의 속이 빈 쾌주선들이 왔다.

다음은 퀼레네의 험준한 산기슭에 있는 아르카디아를 차지하고 있는 사람들, 아이퓌토스*[17] 무덤 옆의 무사는 상대편 가까이 다가가서 창을 쓰는 습관이 있다. 또 페네오스와 양을 많이 가지고 있는 오르코메노스에 사는 사람들로부터 리페와 스트라티아와 바람이 잘 부는 에니스페, 또 테게아와 아름다운 만티네이아를 차지하고 있는 사람들, 스튐팔로스의 주민이며 팔라시에에 자리 잡고 있는 사람들, 이 사람들의 60척 배를 이끄는 것은 앙카이오스의 아들이며 통치자인 아가페노르로, 그 배들마다 안에는 많은 아르카디에 병사들이 타고 있었는데 모두가 전술을 잘 터득한 자들이었다. 그런데 무사들의 군주 아가멤논은 포도줏빛 바다를 건너가도록 일부러 그들에게 노젓는 자리가 훌륭히 만들어져 있는 배를 주었으니, 그것은 그들이 본디 바다의 일에는 길들지 않은 자들이었기 때문이다.

그리고 부프라시온 등 거룩한 엘리스 주에 살고 있는 사람들, 휘르미네에서 뮈르시노스를 경계로 하고 올레니에의 바위와 알레이시온으로 경계를 지은 지역에 사는 자들인데, 이들을 이끄는 장수는 네 사람이 있어 그 각자에게 10척의 쾌주선이 따랐고, 그 배에는 에페이오이인이 타고 있었다. 그중 일부는 암피마코스와 탈피오스가 이끈 것인데, 이 두 사람은 각각 크테아토스와 에우리토스의 아들들로 모두 악토르의 후예이다. 또 하나의 함대는 아마링케우스의 아들로 굳세고 용맹한 디오레스가 이끌고 있고, 네 번째 함대는 신의 모습처럼 보이는 폴뤽세노스에게 인솔되었다. 그는 아우게이아스의 아들 아가스테네스 왕의 아들이다.

또 둘리키온이며 바다 저편에서 엘리스와 서로 대치되어 있는 신성한 엘키나이 열도에서 온 사람들을 이끄는 것은 무신 아레스와도 필적할 메게스라는, 제우스가 사랑하는 기사 퓔레우스의 아들이었다. 그 아버지 퓔레우스는 옛날 자신의 아버지인 아우게이아스에게 화를 내어 둘리키온으로 옮겨가 살았던

---

*17 엘라토스의 아들로 옛 아르카디에 왕.

것이다. 그를 따라온 검은 배는 40척에 이르렀다.

그리고 오디세우스가 이끌고 온 것은 의기양양한 케팔레네스의 사람들로, 이타카 섬과 나뭇잎 그림자가 흔들리는 숲이 많은 네리톤을 차지한 자들과 크로퀼레이아에서 바위가 많은 아이길립스에 사는 자들, 자퀸토스 섬을 차지하고 사모스 섬 일대에 자리잡고 있는 사람들, 또 본토를 차지하고 바다 건너편의 뭍에 사는 자들이었다. 이 사람들을 지혜에 있어서는 제우스 못지않은 오디세우스가 지휘했으며, 뱃전 쪽에 붉은색을 칠한 12척의 배들이 따라왔다.

아이톨리아인을 이끌고 온 것은 오일레우스의 사위 안드라이몬의 아들 토아스로, 이 사람들은 플레우론에서 올레노스와 퓔레네, 또 바닷가에 있는 칼키스와 바위가 많은 칼뤼돈에 살고 있는 자들이었다. 마음이 넓은 오일레우스의 자식들은 없어지고 그 자신도 벌써 세상을 떠난 데다 금발의 멜레아그로스도 이미 죽은지라 토아스가 전권을 위임받아 모든 일에 있어 아이톨리아인들을 다스렸다. 그렇기 때문에 그를 따라 40척의 검은 배가 따라왔던 것이다.

크레테인은 창을 잘 쓰기로 이름난 이도메네우스가 지휘했다. 크레테인들은 크노소스와 성벽을 두른 고르튄에서 뤽토스, 그리고 밀레토스와 백악(白堊)이 풍부한 뤼카스토스를 차지한 사람들, 또 파이스토스와 뤼티온 등 살기 좋은 곳에 자리잡고 있는 도시들, 그 밖에도 백 개의 시가 있다는 크레테 섬 일대에 사는 자들인데, 이들을 통솔하는 것은 앞서서 말한 창을 잘 쓰기로 이름난 이도메네우스와 무사를 다스리는 에뉘알리오스*[18]와도 견줄 만한 메리오네스*[19]로, 이 두 사람에게 이끌려 80척의 검은 배가 따라왔다.

틀레폴레모스는 헤라클레스*[20]의 아들로 용감하고 키가 컸다. 이 인물이 로도스 섬에서 9척의 배를 이끌고 왔다. 기개에 있어 남다른 로도스 섬 사람들은 세 부족으로 나뉘어 로도스 섬 일대의 린도스와 이엘리소스와 백악이 많은 카메이로스 세 곳에 살고 있었다. 이 사람들을 인솔하는 것은 창으로 이름난 틀레폴레모스로 아스티오케가 강력한 헤라클레스에게서 낳은 아들이다. 그리고 그녀는 헤라클레스가 에퓌레의 셀레에이스 강가에서 제우스가 키운

---

*18 아레스와 동일시됨.

*19 이도메네우스의 서출. 이 싸움에서 가장 용감한 영웅의 한 사람.

*20 제우스와 알크메네의 아들로 제우스의 아내 헤라의 질투 때문에 에우리스데우스의 신하가 되어 많은 어려움을 치르는 영웅.

젊은 군주들의 수많은 도시를 함락시킨 뒤 데려온 여인이었다.

그런데 틀레폴레모스는 훌륭한 집에서 어느 정도 자라자 곧 백부 리킴니오스를 죽여버렸다. 벌써 나이를 많이 먹은 리킴니오스는 군신 아레스의 벗이었다. 그러고는 즉시 배를 몇 척 만들게 하고 많은 사람들을 불러모아 조국을 떠나 바다 위에서 지냈다. 용사 헤라클레스의 다른 자식들과 손자들이 보복하러 몰려왔기 때문이다. 그래서 그는 유랑을 계속하면서 온갖 어려움을 거듭한 끝에 마침내 로도스에 닿았다. 그리하여 따라온 사람들을 부족별로 나누어 세 지역에 살게 했다. 그리고 제우스의 자비에 힘입었으니, 신들과 인간들을 다스리는 크로노스의 아들 제우스는 바로 그들에게 막대한 재물을 내려주었던 것이다.

또 쉬메 섬에서 니레우스가 균형이 잘 잡힌 배 3척을 이끌고 왔는데, 니레우스는 아글라이아와 카로포스 왕 사이에 난 아들이었다. 이 니레우스는 명망도 드높은 펠레우스의 아들 아킬레우스를 따라 일리오스 성 밑으로 쳐들어온 다나오이 군사 중에서도 가장 미남으로 알려진 사나이인데, 힘은 그리 세지 않고 따르고 있는 부하도 적었다.

니쉬로스 섬과 카르파토스 섬, 카소스 섬, 에우리필로스가 다스리는 코스이 섬과 칼뤼드나이의 섬들, 이 섬과 사람들을 페이딥포스와 안티포스가 지휘했다. 이 둘은 헤라클레스의 아들인 텟살로스 왕의 두 아들로 알려졌다. 그 밑에 가운데가 깊숙한 30척의 쾌주선들이 따라왔다.

그다음에는 펠라스기콘의 아르고스에 사는 모든 사람들, 알로스와 알로페, 트레퀴스에 사는 사람들, 프디에와 여자가 아름답기로 이름난 헬라스를 차지한 자들로 미르미도네스와 헬레네스와 아카이아라 불리고 있었다. 이 사람들이 타고 온 배 50척의 지휘자는 아킬레우스인데, 그들은 그 진저리나는 아우성 속의 전투에는 뜻이 없었다.

왜냐하면 그들을 전열에 세워 이끌고 갈 인물이 한 사람도 없었기 때문이다. 발이 날랜 용감한 아킬레우스는 머리결이 고운 여인 브리세이스 때문에 화가 나서 아직 진영에 누워 꼼짝 않고 있었다. 그녀는 그가 뤼르넷소스에서 고생을 거듭한 끝에 포상으로 얻은 것으로, 뤼르넷소스를 함락시켜 테바이의 성벽을 뚫었을 때 창을 뛰어나게 잘 쓰는 뮈네스와 에피스트로포스, 셀레피오스의 아들인 에우에노스 왕의 두 아들을 쓰러뜨리고 나서야 획득한 것이었다.

그는 이 여인 때문에 괴로워하며 누워 있기는 했으나 이내 자리에서 일어나야 할 운명에 있었다.

또 퓔라케와 데메테르*[21]의 성역이 있는, 꽃으로 가득 찬 퓌라소스의 도시와 양들의 어머니로 불리는 이톤을 차지하고 있는 사람들, 또 바닷가의 안트론과 목초를 잠자리로 삼는 프테레오스에 사는 사람들, 이 사람들을 아레스의 벗 프로테실라오스가 아직 살아 있을 동안은 지휘하고 있었다. 그런데 이미 그는 어두운 땅속으로 사라지고, 그 부인은 비탄에 잠겨 퓔라케에 혼자 남아 있을 뿐 집도 미완성인 채였다. 그 프로테실라오스가 아카이아 편에서 맨 먼저 배에서 뛰어내리는 것을 다르다노스 편의 무사가 죽였던 것이다.

그러나 그들이라고 하여 지휘자가 없는 것은 아니었으니, 그 사람들을 지금 정비시키고 있는 것은 아레스의 벗 포다르케스라는 필라코스의 아들로서, 양을 많이 가지고 있던 이피클로스의 아들, 기상이 늠름한 프로테실라오스와는 친형제로 바로 손아래 아우였다. 하지만 아레스의 벗인 용맹스런 영웅 프로테실라오스가 더 나이도 많고 용감했기에, 병사들은 지금 지휘자에 대한 불만은 없었으나 이미 죽은 용감했던 장수를 생각하며 슬퍼하고 있었다. 그를 따라 40척의 검은 배가 따라왔다.

또 보이베 호수 옆 페라이에 사는 사람들, 보이베와 글라퓌라이, 잘 지은 이올코스에 사는 사람들, 이 사람들의 11척 배를 이끌고 온 것은 아드메토스의 사랑하는 아들인 에우멜로스인데, 그는 아드메토스에게 여인 가운데서도 인품이 뛰어난 알케스티스*[22]가 낳은 아들이었다. 이 부인은 펠리아스 왕의 딸 가운데서도 가장 아름다운 미인이었다.

그리고 메토네와 타우마키에에 사는 사람들, 멜리보이아와 돌밭의 올리존을 차지하고 있는 사람들, 이 사람들을 이끄는 것은 활을 쏘는 재주가 매우 비상한 필록테테스*[23]로 7척의 배를 가지고 왔다. 그 하나하나에 타고 있는 노젓는 사람은 쉰 명으로, 모두 활쏘기에 숙달된 전사들이었다.

그런데 필록테테스는 어느 섬에 누워 심한 고통으로 괴로워하고 있었다. 바로 가장 신성한 섬인 그곳에 재액을 꾀하는 흉악한 물뱀에게 물린 큰 상처로

---

*21 옛 대지의 여신, 뒤에는 제우스의 누이로서 농사 곡물의 신으로 모셔졌다.

*22 남편 아드메토스 때문에 죽었다가 나중에 명부(冥府)의 왕에게 허락받아 살아남.

*23 활의 명수. 헤라클레스가 죽게 되었을 때 이를 도와 그 활을 얻었다.

괴로워하고 있는 그를 아카이아인의 아들들이 두고 왔기 때문이다. 그곳에서 그는 슬퍼하면서 누워 있었는데, 오래지 않아 아르고스군의 신전에서는 이 필록테테스를 생각하지 않을 수 없는 운명이 되었다. 그런데 그들도 우두머리 필록테테스를 그리워하고는 있었지만, 그렇다고 이들에게 지휘자가 없는 것은 아니었다. 바로 오일레우스의 서자 메돈이 통솔을 맡고 있었다. 레네가 성을 함락시킨 오일레우스에게 낳아준 아들이었다.

또 트리케*[24]와 가파른 언덕에 자리잡고 있는 이토메를 차지한 사람들, 그리고 오이칼리아의 왕 에우리토스의 도시 오이칼리아에 사는 사람들을 이끄는 것은 아스클레피오스의 두 아들 포달레이리오스와 마카온으로, 둘 다 뛰어난 의사였다. 이들을 따라 30척의 배들이 왔다.

그다음은 오르메니온을 차지하고 있는 사람들, 또 히페레이아의 샘과 아스테리온, 티타노스의 하얗게 반짝이는 산봉우리들을 차지한 사람들이었다. 이 사람들을 이끌고 온 것은 에우아이이온의 훌륭한 아들 에우리필로스로, 그와 더불어 40척의 검은 배가 따라왔다.

아르깃사를 차지한 사람들, 귀르토네에 사는 사람들, 또 오르테와 엘로네, 백악의 도시 올로옷손 등에 사는 사람들을 이끌고 온 것은 싸움에 만만치 않은 폴리포이테스로, 불사의 신 제우스가 낳은 페이리토스의 아들이다. 바로 페이리토스가 털북숭이 반인반마들을 쳐 펠리온 산에서 그들을 쫓아내 아이티케스로 내몬 그날에, 페이리토스에 의하여 세상에 이름도 드높은 히포다메이아가 그를 잉태한 것이다. 폴리포이테스는 혼자가 아니라 아레스의 벗인 레온테우스와 동행했는데, 그는 카이네우스*[25]의 아들인, 기상이 뛰어난 코로노스의 아들이었다. 이 두 사람과 함께 40척의 검은 배가 따라왔다.

또 구네우스는 테살리아의 퀴포스에서부터 22척의 배를 이끌고 왔다. 이 배에는 에니에네스인과 싸움에 만만치 않은 페라이보이인이 타고 있었는데, 이들은 겨울과 폭풍이 거칠게 휘몰아치는 도도네 부근에 살고 있었다. 또 아름다운 티타레시오스*[26] 강기슭에 밭을 일구던 사람들도 있었다. 이 강은 페네이

＊24 테살리아 서부의 도시.
＊25 라피다이의 한 사람.
＊26 후대의 에우로포스 강.

오스*[27]에 맑은 물을 흘려보내는데, 은빛 소용돌이를 치는 페네이오스와는 섞이지 않고 마치 기름처럼 본류의 흐름 위를 지난다. 그것은 본디 무서운 맹세의 표시로 쓰이는 저승에 있는 강 스틱스의 지류이기 때문이었다.

마그네테스*[28]를 이끌고 온 것은 텐드레돈의 아들 프로토스로, 이 사람들은 페네이오스의 강과 나뭇잎 그늘이 흔들리는 펠리온 산 일대에 살고 있었다. 이들을 발이 날랜 프로토스가 지휘하고 있었고, 40척의 검은 배가 따라왔다.

이 사람들이 다나오이군의 장군과 지휘관으로 일컬어지고 있는데, 뮤즈 여신이여, 아트레우스 집안의 왕들을 따라온 무사들 가운데서, 또 말 중에서 가장 뛰어난 자는 누구입니까?

말 가운데서 가장 우수한 것은 페레스 왕의 후예가 거느린 두 필의 말로서, 발이 빠른 이 말은 에우멜로스*[29]만이 나는 새처럼 몰 수 있었다. 털 빛깔도 같고 나이도 같고 키도 자로 잰 듯이 같은 이 두 마리의 말은, 페라이에서 은궁을 가진 아폴론이 기른 것으로 양쪽 다 수말이었으며 무신 아레스의 위엄을 태우고 가는 것 같았다.

또한 무사들 가운데서 유달리 뛰어난 자는 텔라몬의 아들 아이아스였다. 그러나 아킬레우스가 화가 나서 출전하지 않을 때만이요, 아킬레우스가 아이아스보다 훨씬 뛰어났다. 말 또한 이름도 드높은 펠레우스의 아들 아킬레우스를 태우고 있는 것이 가장 뛰어났다.

그런데 지금 그는 뱃머리가 휘어올라간, 바다를 건너가는 배 안에 누워 전군을 통솔하는 아트레우스 집안의 아가멤논에게 원한을 품고 있었으며, 그 병졸들은 바닷가에서 원반이나 가느다란 창을 던지고 활을 쏘며 시간을 보내고 있었다. 말들도 저마다 제가 끄는 전차 곁에서 토끼풀과 질척한 땅에서 돋아나는 미나리를 뜯으며 서 있었다.

말 주인들의 전차는 제각기 막사 속에 단단히 덮개가 씌워져 있었다. 그래서 병사들도 무신 아레스가 사랑하는 그들의 장수가 나오지 않아서 유감스

---

*27 테살리아의 큰 강.

*28 테살리아 동부 연해 지방의 주민.

*29 페레스의 아들.

럽게 여기면서도 진중을 어정거리며 돌아다닐 뿐 싸움에는 나설 생각을 하지 않았다.

그들이 쏟아져 나가는 광경이 마치 대지가 온통 불에 덮친 듯 굉장하여, 그 발밑에서 나는 대지의 신음 소리는 마치 그 옛날 튀포에우스 때문에 천둥을 좋아하는 제우스가 크게 노하여 튀포에우스의 주거지라고 전해지는 아리마에서 땅에 채찍질하던 그때와도 같았다.

그처럼 그들이 나아감에 따라 병사들의 발밑에서 대지는 크게 신음했고, 그 소리는 순식간에 온 들판으로 번져갔다.

그래서 트로이 편에는 전령으로서 바람의 발을 가진 날쌘 무지개의 여신 이리스가 아이기스를 가진 제우스에게서 고뇌에 찬 명령을 가지고 찾아왔다.

이때 트로이아인들은 지금 막 프리아모스 왕의 궁전 앞에 노소를 불문하고 모두 한데 모여 회의를 열고 있는 중이었다. 그 바로 가까이 와서 발을 멈추고, 프리아모스의 아들 폴리테스로 변신하여 발이 빠른 이리스는 말했다. 이 폴리테스는 발이 날랜 관계로 트로이군의 파수병으로 늙은 아이쉬에테스의 무덤 동산 꼭대기에 앉아 아카이아군이 그들의 함선에서 언제 나오는가를 기다리고 있는 중이었는데, 그 모습을 빌려 발이 날랜 이리스가 말했다.

"오, 노인이여, 언제나 그대는 마치 평화로운 때인 것처럼 끝없이 잔소리하기만 좋아하는 것 같군요. 그런데 지금 도저히 피할 수 없는 싸움이 일어나려 하고 있습니다. 여태까지 나는 헤아릴 수 없이 무사들의 싸움에 참가했습니다만, 결코 이처럼 많은 군사들은 본 적이 없습니다. 정말이지 나뭇잎의 수만큼, 바닷가 모래알의 수만큼, 그토록 많은 무리가 들판을 가로질러 이 성을 향해 몰려오고 있습니다.

헥토르여, 그대에게 특별히 부탁하노니 이렇게 해주시오. 프리아모스의 이 큰 수도에는 각 나라에서 모여든 동맹군들이 셀 수 없이 많은 데다 넓은 지역에 걸쳐 분포되어 있는 각 나라의 사람들이오. 말도 저마다 다르니 각각 자기 휘하의 부족을 지휘하게 하여, 자기 백성을 정렬하게 하고 전투태세를 갖추도록 일러주시오."

헥토르는 여신의 말을 알아듣고 즉시 회의를 끝냈다. 그리고 모든 사람들은 병기를 가지러 달려갔다. 성문은 모두 열리고 그곳으로부터 병사들이 걸어서 혹은 전차를 몰고 성난 파도같이 밀려나가는데, 그 굉장한 소리는 하늘까지 닿는 듯했다.

그런데 이 도시 바로 앞의 넓은 벌판에, 한길로부터 멀리 떨어져서 외따로 우뚝 서 있는 둥근 언덕이 있었다. 이 언덕을 사람들은 '가시덤불의 언덕'이라고 불렀다. 그러나 불사의 신들은 '종횡무진하는 뮈리나의 무덤'이라 부르고 있었다. 그 근처에서 트로이군과 동맹군들은 전열을 갖추었다. 트로이인들의 지휘는 번쩍이는 투구의 위대한 헥토르가 맡고 있었다. 그는 프리아모스의 아들로, 그 밑에는 꽤 많은 엄선된 병사들이 창을 들고 사기충천하여 전투태세를 갖추고 있었다.

또 다르다니에인의 군사들을 이끌고 있는 것은 앙키세스의 아들인 용맹한 아이네이아스였다. 그는 존귀한 아프로디테가 이데 산기슭에서 여신의 몸으로 인간을 가까이 해서 앙키세스에게서 잉태한 아들이다. 그런데 아이네이아스는 혼자가 아니었으며 곁에는 안테노르*[30]의 두 아들이 보좌하고 있었다. 아르켈로코스와 아카마스가 함께했는데, 그들은 전투에서는 전술의 전반에 걸쳐 숙달한 무사이다.

이데 산 맨 아래 산기슭 젤레이아에 살고 있는 사람들은 풍족한 데다 늘 아이세포스의 검은 강물을 마시고 있는 트로이인으로, 이들을 인솔하는 것은 뤼카온의 훌륭한 아들 판다로스이다. 그는 아폴론에게서 활을 받았다는 사람이었다.

또 아드레스테이아*[31]와 아파이소스의 들판을 차지하고 있는 이들과 피티에이아와 테레이에의 가파른 언덕을 차지하고 있는 사람들을 이끄는 자는 아드라스토스와 아마 가슴받이를 댄 암피오스로, 이들 모두 페르코테의 왕 메롭스의 아들이었다. 이 사람은 세상의 그 누구보다 점술이 뛰어났으므로, 자기 아들들에게 싸움터에 나가는 것을 좀처럼 허락하지 않았다. 그런데 그 둘이 아버지의 타이름 따위는 무시한 채 싸움터로 나온 것은, 말하자면 검은 죽음의 여신들이 이끌었기 때문이다.

그리고 페르코테와 프락티오스에 살고 있는 사람들, 또는 세스토스와 아비

---

*30 트로이 편 원로의 한 사람. 온후하며 특히 사려가 깊고 헬레네를 아카이아 편에 돌려주도록 권했다.

*31 트로아스 지방의 북쪽 바다에 위치한 도시.

도스, 혹은 거룩한 아리스베를 차지하고 있는 이들, 이 사람들을 다스리고 있던 것은 휘르타코스의 아들이자 무사들의 우두머리인 아시오스로 셀레에이스 강변에 있는 아리스베에서 날쌘 준마를 타고 온 자이다.

히포토스는 창의 명수로 펠라스고이족을 잔뜩 이끌고 왔다. 그들은 땅이 좋고 기름진 라리사에 사는 자들로, 그들을 지휘하는 히포토스와 무신 아레스의 후예인 퓔라이오스는 펠라스고스 왕 테우타모스의 아들인 레토스의 두 아들이다.

트라케군을 이끌고 온 자는 아카마스와 페이로스로, 이 사람들은 물의 흐름이 세찬 헬레스폰토스*[32]를 경계로 하여 그 안쪽에 사는 사람들이다.

에우페모스라고 불리는, 창으로 이름난 키코네스족의 장수는 케아스의 후예로 제우스가 지키는 트로이제노스의 아들이었다.

그리고 퓌라이크메스는 활을 잘 쓰는 파이오니아인을 데리고 넓은 악시오도스 강변의 머나먼 아미돈에서 왔는데, 이 악시오스 강은 더할 나위 없이 맑은 물을 논밭에 대주는 강이다.

파플라고니아의 주민을 이끌고 온 것은 퓔라이메노스로 야생 노새의 산지로 알려진 에네토이족의 땅에서 태어난 심장에 털이 난 사나이다. 이 사람들은 퀴토로스를 가진 데다 세사몬을 차지하고 있으며, 파르테니오스 강변의 크롬나에서 아이기알로스와 고지에 있는 에뤼티노이에 이르는 세상에 널리 이름난 집에서 살고 있었다.

할리조네스 부족을 데리고 온 것은 오디오스와 에피스트로포스로 머나먼 알뤼베*[33]에서 왔다. 그곳은 은의 산지로 세상에 알려져 있었다.

뮈시아*[34]인들을 이끄는 것은 크로미스와 새점 기술을 터득한 엔노모스인데, 이 사나이는 새점의 힘으로도 검은 죽음의 운명에서 벗어나지 못하고 발이 날랜 아이아코스의 후예 아킬레우스 손에 트로이군과 그 동맹군의 병사들이 무수히 죽어갔던 그 강 속에서 죽었다.

포르퀴스와 신과 모습이 닮은 아스카니오스는 먼 아스카니에에서 전투에 참가하고자 분기한 프리기아족을 이끌고 왔다.

---

*32 지금의 마르모라 해를 잇는 다르다넬스 해협을 이름.

*33 소아시아의 동북.

*34 소아시아 서안 중북부.

메오네스를 지휘하고 있던 것은 메스틀레스와 안티포스라는 탈라이메네스의 두 아들로, 귀가이에 호수의 요정이 낳은 자들이다. 그들은 트몰로스 산 밑에 사는 메오네스들을 이끌고 왔다.

그리고 나스테스는 야만족의 말을 쓰는 카리아인을 지휘하고 있었는데, 이 사람들의 수도는 밀레토스로 프티론의 숲이 빽빽하게 우거진 산들과 마이안드로스의 강물에서 뮈칼레의 험준한 산정에 자리잡고 있는 자들이다. 그들은 암피마코스와 나스테스 휘하에 있었다. 나스테스와 암피마코스는 노미온의 훌륭한 아들로, 처녀처럼 황금으로 치장하고 싸움터로 나가기를 원했다. 결국 사려가 없는 짓이었으니 황금도 그의 처참한 최후를 물리쳐 주지는 못했으며, 발이 날랜 아이아코스의 후예 아킬레우스에 의해 강 속에서 죽고, 그 황금은 용맹한 정신의 아킬레우스가 가져가 버렸다.

사르페돈과 나무랄 데 없는 글라우코스는 이름도 드높은 링케아군의 통솔자로, 소용돌이치는 크산토스 강가의 머나먼 링케아로부터 군사들을 이끌고 왔다.

제3권
메넬라오스와 파리스의 결투

그리하여 지휘자들이 자기 병사들을 정렬시키자 트로이인들은 환성을 올리고 떠들썩한 소리를 내면서 나아갔다. 그 광경은 마치 높은 하늘에서 들려오는 학 떼의 울음소리 같기도 했다. 또는 외마디로 우는 새 떼와도 같았다. 새 떼가 겨울의 폭풍과 무서운 큰비를 피하려고 소리 지르며 수평선을 향해서 날아가는 것은 피그마이오이족에게 살육과 죽음을 가져다 준다고 한다. 아침 일찍부터 새들이 심한 싸움을 시작할 때면 더욱 그러했다.

한편 의기양양한 아카이아군은 조용히 침묵하며 적을 향해 다가갔는데, 마음속으로는 서로 힘을 합해 이기리라 다짐하고 있었다. 마치 동남풍이 산봉우리에 안개를 온통 몰아붙이는 것처럼 목자들에게는 전혀 달갑지 않으나 도둑에게는 밤보다도 오히려 나은 편일 때와 같이 돌을 던져서 떨어지는 정도의 거리밖에는 더 앞을 볼 수가 없다. 그만큼 요란스레 밀고 나아가는 이들 군사들의 발밑에서는 흙먼지가 하늘로 피어올랐다. 그들은 이리하여 무척이나 빨리 들판을 지나갔다.

양군이 마주 달려와 드디어 가까워졌을 때, 트로이 편의 선두에 나타난 장수는 신으로 착각할 만한 알렉산드로스*[1]로 표범 가죽의 방패를 걸치고 둥근 활을 손에 들고, 칼과 또 청동 칼날을 댄 두 자루의 창을 휘두르면서, 아르고스군의 장수들 가운데 누구든지 좋으니 자기와 일대일로 사생결단의 결투를 하자고 소리 질렀다.

파리스가 병사들 앞에 나서 큰 걸음으로 당당하게 오는 것을 보고 무신 아

*1 파리스. 프리아모스의 아들. 스파르타의 왕 메넬라오스의 왕비 헬레네를 꾀어서 돌아와 트로이 원정의 원인을 제공했다.

레스의 벗인 메넬라오스가 기뻐했다. 그 모습은 마치 굶주린 사자가 뿔이 난 수사슴 혹은 야생 염소 같은 커다란 짐승의 사체를 만났을 때와 같았다. 이를테면 사자가 날랜 개나 혈기왕성한 젊은이들이 좇으려고 애써도 그것을 게걸스럽게 먹어치우며 꼼짝도 않는 것처럼 말이다. 메넬라오스는 신으로도 착각할 만한 알렉산드로스를 바로 눈앞에서 보자 기뻐했다. 왜냐하면 괘씸한 그를 혼내주려고 벼르고 있었기 때문이다. 그는 전차에서 병기를 지니고 뛰어내렸다.

그런데 신으로도 착각할 만한 알렉산드로스는 메넬라오스가 선두에 모습을 나타낸 것을 보자 덜컥 가슴이 내려앉아, 한편의 병사들 무리 속으로 죽음의 운명을 피하려고 물러서고 말았다. 마치 산속 골짜기에서 사람이 큰 구렁이를 보고 옆으로 도망쳐 비켜서는 것과 같았다. 구렁이를 보고 부르르 다리를 떨고, 얼굴빛도 창백해진 채 다시 돌아서서 줄행랑치는 모습과도 같이, 알렉산드로스는 아트레우스의 아들 메넬라오스에게 겁을 먹고 용맹한 무사들인 트로이의 병사들 속으로 어쩔 수 없이 물러서 버렸다. 그것을 본 헥토르는 꾸짖으며 말했다.

"괘씸한 파리스여, 외모만 그럴듯하지 계집에게 미친 간사한 자여. 정말로 너는 태어나지도 않고 결혼도 하지 말고 죽었으면 좋았을 거다. 정말로 그게 바람직한 일이었다. 이처럼 남에게 누를 끼치고 의혹의 눈길을 받기보다는 그편이 훨씬 나았을 텐데. 긴 머리털의 아카이아군이 통쾌하게 웃으리라. 너의 훌륭한 모습을 보고 의젓한 용장이라 생각하고 있었는데, 실제로는 전혀 담력도 없고 용감하지도 않은 것을 알게 되었으니 말이다.

그런 주제에 배를 타고 바다를 건너가 충실한 전우들을 모아놓고는 다른 나라 사람과 사귀고 먼 나라에서 창술로 이름이 드높은 무사의 아내인 아름다운 용모의 여자를 데리고 왔구나. 네 아비에게, 또 네 나라에게, 모든 시민에게도 커다란 화의 근원이요, 적에게는 기쁨의 원인, 너 자신에게는 수치의 근원이 되는데도 그리하다니.

자, 어디 한번 이번엔 네가 아레스의 벗이라는 메넬라오스를 기다려 보는 것이 어떻겠느냐. 그러면 네가 어떤 사나이의 아리따운 아내를 빼앗아 왔는지 이해가 되리라. 내 머리털과 육신이 흙먼지에 파묻혀 버리면 하프도, 미의 여신 아프로디테의 온갖 선물도 도저히 방패막이는 되지 않을 테니까 말이야.

그런데 정말로 트로이 사람들은 흐리멍텅해. 그렇지 않았다면 너는 진작 이런 커다란 화를 저지른 죄로 돌옷*2이 입혀져 있었을 것이다."

이에 대하여 신으로도 착각할 만한 알렉산드로스가 말했다.

"헥토르, 정말로 형님의 질책은 하나하나 조리에 닿으며 결코 부당한 것이 아니오. 그러나 언제나 형님의 마음은 도끼처럼 날카롭고 가차 없구려. 선재(船材)를 솜씨 있게 다듬을 수 있는 목수의 손에 들려 그가 팔 힘을 올려주며 나무를 깎아 나가는 도끼처럼 말이오. 그처럼 형님의 가슴속에 있는 말은 용서라는 것을 모르오. 제발 황금의 아프로디테의 고마운 선물에 대해서는 이러쿵저러쿵 말하지 말아주오. 정말로 신들이 주시는 영예로운 선물은 신들께서 손수 주시는 한은 가벼이 여김을 허락받지 못하는 것인즉, 또 아무리 열렬히 바란다 해도 인간이 절대로 받을 수 있는 것이 아니오.

그건 그렇고 지금 내가 무기를 들고 싸움에 나가기를 바란다면, 다른 트로이군과 아카이아 편을 모두 땅에 앉히고 나와 무신 아레스의 벗이라는 그 메넬라오스를 한가운데 오게 하여 헬레네와 재물 전부를 걸고 결투를 하게 해주오. 두 사람 가운데 승리를 거둔 쪽이 모든 재물을 가지며 그 여자를 집으로 데려가도록 말이오. 그러면 다른 사람들은 화해를 하고 굳은 서약을 나눈 뒤, 우리는 기름진 땅 트로이에서 살아가게 될 것이고, 저들은 말을 치는 아르고스와 아름다운 여자의 나라 아카이아로 돌아가게 될 것이리다."

이 이야기를 듣고 헥토르도 크게 기뻐하며 트로이군의 가운데로 들어가, 창 한가운데를 잡고서 그들의 대열을 가라앉히기 시작했다. 그래서 모든 사람이 앉자 긴 머리털을 가진 아카이아군이 그들에게 활을 당겨 화살을 겨누고는 돌을 던지려 했다. 그때 목소리를 높여 외친 자는 무사들의 군주 아가멤논이었다.

"멈춰라, 아르고스군이여, 쏘지 마시오. 아카이아의 젊은이들아, 투구가 번쩍이는 헥토르가 지금 무엇인가 말하고 싶어하는 모양이오."

사람들은 모두 전투태세를 풀고 눈 깜짝할 사이에 곧 잠잠해졌다. 그러자 헥토르가 양군 사이에 서서 말했다.

"잘 들어라, 트로이인들과 정강이받이를 댄 아카이아인들이여, 그대들은 내

---

*2 돌을 던져 죽이는 것을 비꼬아 말한 것.

게 귀를 기울여, 이 시비의 원인을 낳은 알레산드로스의 말을 들으시오. 트로이인들과 아카이아인들은 모두 그 훌륭한 병기를 풍요로운 대지 위에 내려놓으시오. 알렉산드로스 자신과 무신 아레스의 벗인 메넬라오스 단둘이 우리들 한가운데서 헬레네와 재물 전부를 걸고 결투하기를 바란다고 하오. 어느 쪽이건 승리를 거둔 사람이 모든 재물을 차지하며 그 여인을 데려가게 하시오. 그러면 남은 사람은 화해를 하고 굳은 서약을 나누기로 합시다."

이렇게 말하자 모두 쥐 죽은 듯이 잠잠히 앉아서 입을 다물었다. 그들 가운데 목청 좋은 메넬라오스가 말했다.

"그럼, 내 말도 들어달라. 유달리 내 가슴은 언제나 쓰라린 생각으로 미어지는 듯하다. 하지만 이제 아르고스군과 트로이 편이 싸움을 그만둘 때가 온 것 같소. 이미 우리의 싸움이며, 또 알렉산드로스의 방자한 도전으로 모두 여태까지 엄청난 고생을 해왔으니까. 그러니 우리 두 사람 가운데 누구건 죽음의 운명이 기다리고 있는 쪽이 죽으면 그것으로 그만이오. 다른 사람들은 즉시 싸움을 그만두고 돌아가 주길 바라오.

그러면 새끼양을 가져오너라. 대지와 태양에게 바치도록 한 마리는 흰 양을, 또 한 마리는 검은 암양을 가져오라. 제우스 신에게는 우리 쪽에서 다른 것을 가지고 오리라. 그리고 프리아모스 왕이 직접 맹세의 말을 굳게 약속하도록 모셔와 달라. 왕의 자식들이란 것은 모두 건방지고 믿을 수 없는 자들뿐이니까. 만약이라도 제우스의 존귀한 맹세를 오만불손하게도 깨뜨린다든가 해서는 안 된다. 언제나 나이가 차지 않은 자들의 마음은 들떠 있는 법이나, 점차 나이가 들어가면 앞일도 지난 일도 아주 잘 판단할 수 있게 되므로 쌍방에게 최선의 결과가 나오기 마련이다."

이렇게 말하니 아카이아 측도 트로이 측도 일제히 이젠 이 길고 지루한 전쟁을 그만두게 되나 보다 하는 기대로 환성을 올렸다. 그리고 전차를 대열이 있는 데까지 물린 뒤 거기에서 모두들 수레에서 내려 갑옷마저 벗고 기다렸다. 땅바닥 위에 놓여 있는 병기는 모두 그 근처에 모아 놓았다. 그리고 헥토르는 성안으로 급히 전령 두 명을 보냈다. 그들에게 얼른 새끼양을 가지고 오고, 또 프리아모스 왕을 불러오게 했다. 한편 아가멤논 왕도 전령 탈튀비오스를 시켜 그들의 배가 있는 데로 가서 새끼양들을 가지고 오도록 명령했다. 그는 아무 이의 없이 존귀한 아가멤논의 말대로 따랐다.

한편 무지개 여신 이리스는 시누이이자 안테노르의 며느리 모습을 빌려 흰 팔의 헬레네에게 심부름꾼으로 갔다. 안테노르의 아들인 헬리카온에게 시집간 프리아모스의 딸들 가운데서 용모가 가장 아름다운 라오디케의 모습으로 간 것이다. 그리하여 헬레네가 큰 방에 홀로 있는 것을 찾아냈다. 마침 커다란 베틀로 두 폭의 자줏빛 천에 온갖 전쟁의 무늬를 놓고 있었다. 말을 길들이는 트로이인과 청동 갑옷을 입은 아카이아인이 그녀 때문에 무신 아레스의 손에서 겪은 수많은 전투 장면을 짜넣고 있었다. 그 옆에 다가선 발이 빠른 이리스 여신이 말했다.

"사랑스러운 동생, 이리 와요. 불가사의한 일들을 보는 것 같아요. 말을 길들이는 트로이인과 청동 갑옷을 입은 아카이아군이 여태까지는 서로 맞서, 비탄을 자아낼 싸움을 벌이려 하고 있었지요. 들판에서 저주스러운 싸움만을 생각하고 있었는데, 그게 글쎄 지금은 잠자코들 앉아 있어요. 모두들 방패에 기대어 있는가 하면, 옆에는 긴 창이 땅에 꽂혀 있어요. 그러고는 알렉산드로스와 아레스의 사랑을 받는 메넬라오스가 긴 창을 손에 들고 당신을 두고 결투를 하려는 거예요. 그래서 어느 쪽이든 승리를 거둔 사람의 자랑스럽고 사랑스러운 아내로서 당신은 불려갈 거예요."

이렇게 말하고 여신은 달콤한 그리움을 헬레네의 가슴에 불어넣었다. 전 남편과 고국과 부모님에 대한 생각이다. 그러자 그녀는 금방 희게 반짝이는 삼베옷을 걸친 채 눈물을 뚝뚝 떨어뜨리면서 안방에서 뛰어나갔다. 두 몸종도 같이 따라갔는데, 피테우스*3의 딸 아이트레와 암소의 눈을 한 클뤼메네이다. 그리하여 금방 스카이아이의 성문*4 있는 데에 닿았다.

그런데 프리아모스 왕과 판토스, 혹은 튀모이테스와 람포스, 클뤼티오스, 무신 아레스의 벗인 히케타온을 둘러싼 사람들, 그리고 유달리 지혜가 있는 사람으로 알려진 두 사람 우칼레곤과 안테노르, 이들 나라의 장로들이 때마침 스카이아의 성문 위에 자리를 잡고 있었다. 모두 늙어서 전투에서는 이미 물러나 있었지만, 울창한 숲 속의 나무 위에 앉아 맑게 큰 소리로 울어대는 매미처럼 뛰어난 능변가였다. 그때 트로이인의 지도자들은 문루에 앉아 있다가 헬

*3 트로이젠의 영주로 아테나이 왕 테세우스의 외조부.

*4 일리오스의 서문을 이루는 주요한 문으로 스카만드로스 들판 쪽에 있음. 다르다노스의 문이라고도 일컬어짐.

레네가 문루 쪽으로 다가오는 것을 보고는 조용히 서로 얼굴을 번갈아 보고 거침없이 말을 주고받았다.

"정말로 트로이인들과 훌륭한 정강이받이를 댄 아카이아인들이 오랜 세월 동안 굳이 고난을 겪어온 것이 저 여인 때문이라면, 나무랄 일만은 아닌 듯하오. 어쩌면 그 용모가 불사의 여신들과 저토록 닮을 수가 있단 말인가. 하나 그렇다고 해도 배에 태워 돌려보내는 게 낫겠소. 그리하여 우리 후손에게 화근을 남기지 않게 합시다."

이때 프리아모스는 헬레네를 큰 소리로 불러 말했다.

"이리 오너라, 귀여운 며느리야. 전 남편과 친척들, 벗들을 바라볼 수 있도록 내 앞에 앉아라. 너에게 책임이 있는 것은 아니다. 신들에게야말로 이 책임이 있는 것, 신들께서 나에게 아카이아인과의 비참한 싸움을 보내준 것이니. 그런데 저기에 보이는 아주 큰 무사의 이름을 가르쳐 주지 않겠느냐, 저기 저 의젓하고 키가 큰 아카이아 무사는 누구냐. 정말로 체격으로 보아서는 저보다 더 큰 사나이가 얼마든지 있으나 저처럼 위풍당당하게 훌륭한 무사는 나로서는 일찍이 본 적이 없구나. 또 저처럼 위엄을 갖춘 자는 말이다. 아마도 나라의 왕인 모양인데."

시아버지인 프리아모스의 질문에 여인들 가운데서도 가장 고귀한 여인 헬레네가 대답했다.

"아버지, 언제나 어렵고 황송하옵니다. 처음 여기로 아드님을 따라서 왔을 때 침실과 친척들, 나이가 차지 않은 딸아이와 그리운 동갑내기 친구들도 모두 버리고 온 제가 정말로 그때 죽었더라면 좋았을 것입니다. 하지만 그것이 모두 뜻대로 되지는 않았었지요. 그래서 지금도 역시 눈물로 날을 보내며 시들어 가고 있습니다. 그런데 지금 저에게 물으신, 알고 싶어하시는 점을 이제부터 여쭙겠습니다. 저분이야말로 바로 아트레우스 집안의 넓은 나라를 다스리는 아가멤논으로, 나라를 잘 다스리는 국왕이시며 용맹하신 창의 명수이십니다. 게다가 저에게는 공교롭게도 시아주버니였습니다."

그러자 늙은 왕은 그를 보고 감탄하고 큰 소리로 말했다.

"아아, 행복한 아트레우스 집안의 아들이군. 행운을 타고 태어나 착하고 행복한 영혼의 비호를 받고 있다니. 확실히 그야말로 그 위엄과 권위 밑에 그를 좇는 아카이아 나라의 젊은이들이 많으리라. 나도 옛날 포도가 많은 프리기

아에 간 적이 있었다. 거기에서 나는 발이 빠른 말을 모는 프리기아의 무사들, 오트레우스와 신과도 같은 뮈그돈을 좇는 자들을 만났는데, 그 수는 정말로 엄청난 것이었다. 그들은 마침 상가리오스 강 언덕에 진을 치고 있는 참이었다. 나도 그들을 도우러 가서 그들과 한곳에 모여 있었다. 그때는 바로 그 장부 못지않다는 아마존들이 쳐들어왔을 때의 일이었다. 그런데 그때의 사람 수는 이 반짝이는 눈의 아카이아군처럼 많지는 않았다."

이번에는 다음으로 오디세우스에게 눈길을 멈추고 늙은 왕이 다시 물었다.

"귀여운 며느리야, 그럼 저 사나이, 저기에 있는 자는 도대체 누구인지 가르쳐 주겠느냐. 키는 아트레우스의 아들 아가멤논보다 머리 하나쯤 작아 보이지만 어깨너비라든가 가슴께는 오히려 넓은 듯하고, 그의 갑옷은 만물을 키우는 대지 위에 놓아둔 채 그 자신은 길잡이 양처럼 병사들의 진열 사이를 오가고 있구나. 나로서는 저 사나이를 부드러운 털이 촘촘하게 잘 자란 숫양으로 비유하면 좋을 듯하구나. 은백 암양들의 큰 무리 속을 헤치고 나가는 숫양 말이다."

그러자 그 물음에 제우스의 딸 헬레네가 대답했다.

"저 사람은 라에르테스의 아들로 지혜가 많은 오디세우스라고 하며, 우뚝우뚝 솟은 바위투성이 이타카 땅에서 자라나 온갖 책모와 위계와 또 빈틈없는 전술을 터득하고 있는 자입니다."

이번에는 남달리 슬기로운 안테노르가 말했다.

"마님, 정말로 틀림없이 지금 말씀하신 대로입니다. 이전에 존귀한 오디세우스는 여기에 온 적이 있었지요. 그때 당신의 일로 사절이 되어 무신 아레스의 벗인 메넬라오스와 함께 왔었습니다. 그 사람들에 대해 나는 오래전부터 알고 있었으므로 나의 집에 묵게 하고 호족의 저택으로 맞아들였을 때, 이 두 사람의 풍모와 빈틈없는 생각 등을 충분히 알아보았기 때문입니다. 그런데 트로이 사람들이 모임에 참석하여 같이 서 있을 때는 메넬라오스가 넓은 어깨로 풍채가 뛰어나 보였습니다. 그러나 앉아 있을 때는 오디세우스 쪽이 더 훌륭해 보였던 것입니다.

그런데 드디어 모든 사람들을 향해 말을 하고 지략을 펼쳐야 할 단계에 이르자 아니나 다를까 메넬라오스 쪽은 쉽고 가볍게 말을 하기 시작했습니다. 나이는 오디세우스보다 아래였지만 그의 말은 간결하고 또렷했으며, 불확실하게 어물거리거나 하는 일은 절대로 없었습니다. 그런데 막상 지혜가 많은 오디세우스가 일어나자 곧추선 채, 눈을 아래로 내리깔아 땅바닥에다 시선을 고정하고서 홀을 앞뒤로 내두름 없이 꽉 쥐고 있는 모습은 어딘가 지혜가 모자란 사람처럼 보였습니다. 그러나 드디어 큰 소리가 가슴속에서부터 터져나오기 시작하여 겨울날 눈보라처럼 말을 토하기에 이르면, 그때엔 이미 그 누구도 인간의 몸으로 오디세우스에게 대항할 수 있는 자는 없었습니다. 그때에는 오디세우스의 그런 외모를 보더라도 별달리 미심쩍어하지 않게 됩니다."

세 번째로 아이아스를 보고 늙은 왕이 물었다.

"저기에 있는 또 한 사람의 아카이아 무사는 도대체 누구인고. 의젓하고 키가 크며 아르고스군 가운데 있으면서 키와 어깨너비만으로도 뛰어나 보이는 저 사나이는 누구냐?"

그에게 여인 중에서도 기품이 가장 높은 흰 옷의 헬레네가 대답했다.

"저 사람은 거대한 아이아스로 아카이아군을 지켜주는 울타리로 알려진 자입니다. 또 한편에서는 이도메네우스가 크레테군 가운데 신처럼 둘러싸여 서 있고, 크레테군의 대장들이 그 둘레에 모여 있습니다. 몇 차례인가 군신 아레스의 벗인 메넬라오스는 크레테에서 오실 적마다 저 이도메네우스를 저희 집으로 불러 대접하곤 했습니다.

그런데 지금 이렇게 바라보니 반짝이는 눈의 아카이아인들 속에 제가 잘 알고 이름도 여쭐 만한 분들은 대부분 모두 눈에 띄었는데, 병사들을 통솔하는 장수로서 오직 두 사람만이 아직 눈에 띄지 않습니다. 말을 잘 다루는 카스토르와 권투를 잘하는 폴리데우케스로, 그들은 저와 같은 어머니에게서 태어난 형제들입니다. 아마 즐거운 라케다이몬에서 따라오지 않았거나, 아니면 바다를 건너는 배를 타고 여기까지는 왔지만 이제 와서 저로 인한 많은 치욕과 비난을 두려워하여 무사들의 싸움에 참가하기를 바라지 않은 것이겠지요."

이렇게 말했지만 이 두 사람은 이미 만물을 낳은 어머니 대지로 돌아가 라케다이몬에 있는 그리운 고향 땅에 고스란히 묻혀 있었던 것이다.

그런데 전령들은 도성을 지나 두 마리의 양과 마음을 달래는 포도주, 밭의 열매를 산양피 부대에 담아 신들에 대한 정성스러운 맹세의 표시를 하여 날라 왔다. 그리고 반짝이는 혼주병*5과 금잔도 전령 이다이오스가 가지고 와 늙은 왕 곁으로 다가오더니 말을 건네어 재촉했다.

"일어나옵소서, 라오메돈 왕의 아드님이시여, 말을 잘 길들이는 트로이인과 청동 갑옷을 걸친 아카이아군과, 양편의 장수들이 아래 들판으로 내려가 정성스러운 서약식을 올려주시도록 청하고 있습니다. 한편에서는 알렉산드로스와 무사 아레스의 벗인 메넬라오스가 긴 창을 손에 들고 아내를 차지하기 위해 싸울 것입니다. 그래서 승리를 거둔 쪽에 여인도 재물도 따라가기로 하고, 다른 사람들은 화해를 하고 굳은 맹세를 나눈 뒤 저희들은 땅이 기름진 트로이에서 살고, 그들도 말을 기르는 아르고스와 아름다운 여자의 나라 아카이아로 돌아가게 될 것입니다."

이렇게 말하니 늙은 왕은 몸을 떨며 부하들에게 일러 말을 전차에 매게 했고, 부하들은 즉시 늙은 왕의 명령을 따랐다. 그리하여 프리아모스 왕이 마차에 타고 고삐를 뒤로 세차게 당기니, 그 옆으로 안테노르가 무척이나 화려한 2인승 전차를 타고 와서 두 사람은 함께 아카이아의 성문을 지나 들판을 향해 빠르게 마차를 몰고 갔다.

마침내 그들은 트로이군과 아카이아군 사이에 이르러 마차에서 만물을 기르는 대지로 내려서, 곧 트로이군과 아카이아군 한가운데로 나아갔다. 그러자 이내 무사들의 군주 아가멤논이 우뚝 일어서고 지혜가 많은 오디세우스도 이를 따르니, 이름도 드높은 전령들은 신에 대한 굳은 서약의 물건들을 차려놓고 나서 혼주병에 포도주를 따라 물을 탄 다음 군주들의 손 위에 정수(淨水)를 부었다.

그러고 나서 아트레우스 집안의 왕 아가멤논은 손에 단검을, 언제나 장검의 커다란 칼집 옆에 달아 차고 있던 것을 빼어 새끼양들의 머리에서 털을 얼마만큼씩 잘랐다. 그러자 이번에는 전령들이 트로이 편과 아카이아 편의 장수들에게 그 양 머리의 털을 나누어 주었다.

이윽고 모든 사람을 대표하여 아트레우스 집안의 왕은 두 손을 높이 들고 큰 소리로 기도했다.

"제우스 아버지 신이시여, 이데의 산봉우리*6에서 통치하시는 지극히 이름

---

*5 술을 섞는 커다란 병 또는 동이.

*6 제우스는 번개의 신이므로, 구름을 모으는 높은 산 이데의 산봉우리가 마땅히 그 거소로

이 드높으시고 위대하신 신이시여, 또 태양과 모든 사물을 보시고 모든 사물을 들으시는 신이시여, 또 모든 강과 땅, 땅 밑의 저승에서 누구건 거짓 맹세를 했을 경우에 생명이 다한 날 그 인간들을 벌하시는 한 쌍의 신들*7 여러분께서 이 서약의 증인이 되시고 서약을 굳게 지키도록 해주시옵소서. 이제 알렉산드로스가 메넬라오스를 이긴다면, 그때는 그가 헬레네와 재물을 모두 다 가질 것이며, 그리고 우리는 바다를 건너는 배를 타고 고국으로 돌아갈 것입니다. 그러나 만일 금발의 메넬라오스가 알렉산드로스를 이기면 그때에는 트로이 편이 헬레네도 재물도 모두 다 돌려주기로 하겠습니다. 그것이 후세 사람들에게도 전해지도록 마땅한 배상을 아르고스 편에 지불하기로 결정짓도록 하겠습니다. 또 만일의 경우 프리아모스와 그의 자식들이 알렉산드로스가 쓰러지고 나서도 배상금 치르기를 승낙하지 않을 때에는, 내가 그대로 여기에 남아서 배상금을 받기 위한 싸움을 끝까지 계속할 작정입니다."

이렇게 말하고 그는 가차 없는 칼날로 새끼양의 목을 찔렀다. 그리하여 막 숨이 끊길 듯 말 듯 헐떡이고 있는 양들을 청동 날로 삶의 힘을 빼앗고 땅바닥 위에 내려놓았다. 그러고 나서 사람들은 혼주병에서 포도주를 여러 개의 잔에 나누어 영원한 불멸의 신들에게 기도를 올렸다. 그리고 아카이아 측의, 또 트로이 측의 사람들은 모두 다 이처럼 빌었다.

"제우스여, 영예롭고 위대하신 신, 또 그 밖의 불사의 신들이시여, 어느 쪽이건 먼저 이 서약을 저버림으로써 해를 끼친 자는 마치 이 땅에 붓는 술처럼 자신들의 두개골이 저 자신의 것이든 자식들 것이든 이 땅바닥에 쏟아지도록, 또 그 아내는 남의 것이 되도록 하여주시옵소서."

이처럼 모든 사람들이 말했으나 크로노스의 아들 제우스는 전혀 그들의 소망을 허락하려 하지 않았다. 그들에게 다르다노스의 후예 프리아모스도 말했다.

"트로이인들과 정강이받이를 댄 아카이아군들이여, 잘 듣거라. 그럼, 이제부터 나는 바람이 휘몰아치는 일리오스로 다시 돌아가겠노라. 아무래도 도저히 이 눈으로 내 귀여운 자식이 무신 아레스의 벗인 메넬라오스와 싸우는 것을 보며 견디어 내지 못할 테니까. 제우스 신은 이미 둘 중의 어느 쪽에 죽음이

생각되었다.

*7 저승의 왕 플루톤과 그 아내 페르세포네를 가리킴.

운명으로 정해져 있는지를 알고 계시리라. 또 그 밖의 불사의 신들께서도 말이다."

이렇게 말하고 나서 신과도 같은 늙은 왕은 새끼양들을 마차에 실었다. 그리고 자신도 마차에 올라 고삐를 뒤로 세게 당겼다. 그 바로 곁에서는 안테노르가 무척이나 화려한 2인승 전차에 나란히 타고, 그들은 그대로 일리오스로 돌아갔다. 프리아모스의 아들 헥토르와 존귀한 오디세우스는 장소를 잘 숙지하고 나서 이번에는 어느 쪽이 먼저 청동 창을 던질 것인지를, 제비를 만들어 청동으로 굳힌 가죽 투구에 넣어 흔들어서 정하기로 했다. 병사들은 그동안에도 아카이아 편이고 트로이 편이고 할 것 없이 이렇게 서로 기원했다.

"제우스 아버지 신이여, 이데 산에서 다스리시는 영예롭고 위대하신 신이여, 두 사람 가운데 어느 쪽이건 이런 일을 양군 사이에 초래하게 한 자, 그자가 죽게 하여 하데스의 집으로 들어가게 하소서. 그러나 저희들에게는 다시 화해의 굳은 맹세를 나누게 해주시옵소서."

반짝이는 투구의 위대한 헥토르가 고개를 돌리고 제비를 흔들자, 먼저 파리스의 제비가 뽑혀 나왔다. 그러자 모든 병사들은 줄을 지어 앉았다. 그곳에는 그들의 기세 좋은 말들과 솜씨를 부린 병기가 놓여 있었다. 그런데 그때 두 어깨에 훌륭한 갑옷의 위풍당당한 알렉산드로스, 머릿결이 고운 헬레네의 남편으로 알려진 파리스가 싸울 준비를 갖추고 있었다.

그는 먼저 장딴지에 은제의 뒤꿈치 죔쇠가 달린 화려한 정강이받이를 대었다. 가슴에도 동생 뤼카온의 가슴받이를 둘렀고, 어깨에는 은으로 된 징을 박은 청동 검을 메었다. 크고 탄탄한 방패를 들고 남자다운 잘생긴 머리 위에 훌륭한 투구를 쓰자, 말총 술 장식의 투구 위에서 늘어져 휘날리는 장식털의 모습이 볼 만했다. 그리고 손에 알맞게 꽉 잡히는 굵직하고 튼튼한 창을 들었다. 한편 무신의 벗인 메넬라오스도 그와 마찬가지로 병기를 몸에 지녔다.

두 사람은 자기 편 군사들이 있는 곳에서 무장을 다 마치자 트로이군과 아카이아군 한가운데를 헤치고 나아갔다. 이 둘을 볼 수 있는 사람들은 그들의 사나운 눈빛에 모두 얼어붙을 정도였다. 말을 길들이는 트로이인도, 훌륭한 정강이받이를 댄 아카이아군도 마찬가지였다. 그러자 그 둘은 미리 정해 놓은 곳으로 나아가 발을 멈추었다. 그리고 서로 원한을 가슴에 품은 채로 긴 창을 휘둘렀다. 먼저 알렉산드로스가 긴 그림자를 드리우는 창을 던져 아트레우스의 아들 메넬라오스의 균형 잡힌 탄탄한 둥근 방패를 맞혔다. 그러나 청동 창끝의 칼날은 방패를 뚫지 못하고 튼튼한 방패 한가운데로 꽂히며 휘어버렸다. 그러자 다음으로 청동 창을 들고 나아간 것은 아트레우스의 아들 메넬라오스로, 먼저 제우스 아버지 신께 기도하며 말했다.

"제우스여, 저에게 먼저 나쁜 짓을 한 저 거만스러운 알렉산드로스에게 앙갚음을 하도록 허락해 주소서. 그리고 제 손으로 그를 쓰러뜨릴 수 있게 하소서. 그것을 보고 후세의 사람들도, 우정으로 맞아준 집주인을 몰라보고 해코지하겠다는 생각을 품지 못하게 몸을 떨며 두려워하게 하소서."

이렇게 말하고 높이 치켜들어 긴 그림자를 드리우는 창을 던져 프리아모스의 아들 파리스의 튼튼한 둥근 방패를 맞혔다. 날카로운 창날은 화려한 방패를 푹 꿰뚫어 기묘하고 화려하게 솜씨를 부린 가슴받이까지 뚫고 들어가 똑바로 그 옆구리를 따라 웃옷을 찢었으나, 살짝 몸을 튼 파리스는 검은 죽음의 운명을 피했다. 그래서 아트레우스의 아들이 은으로 된 징을 박은 칼을 빼어 번쩍 치켜들자마자 투구의 정수리를 내려치니, 이것이 어찌된 일인가. 투구의 정수리 좌우로 칼날은 여기저기 산산조각이 나서 손에서 떨어졌다. 아트레우스의 아들은 크게 울부짖어 먼 하늘을 우러렀다.

"제우스 아버지 신이여, 신들 가운데서도 당신처럼 냉혹하신 분은 또 없으십니다. 정말로 알렉산드로스에게 앙갚음을 톡톡히 하게 되리라 믿고 있었는데, 지금 이처럼 제 칼은 손바닥 가운데서 산산조각이 나고, 던진 창도 저의 뜻을 벗어나 날아가기만 했지 저 녀석에게 맞지 않다니 말입니다."

이렇게 말하고 그는 곧 파리스에게 달려들어 투구에 달린 말총 장식을 움켜잡고 돌아서서는 정강이받이를 잘 댄 아카이아군 쪽으로 끌고 가니, 여러 실로 꼰 털끈이 부드러운 턱 아래에서 목을 죄어들었다. 이 끈은 턱 아래쪽으로 드리워져 네 개의 뿔 달린 투구를 고정하도록 되어 있었던 것이다. 이때 제우스의 딸인 미의 여신 아프로디테가 주시하고 있다가 투구를 졸라 맨 끈을 끊어주지 않아서 파리스를 끝까지 끌고 가는 데 성공했더라면, 아마 큰 명예를 얻을 수 있었을 것이다.

그래서 우악스러운 그의 힘찬 손바닥에 잡혀 끌려간 것은 빈 투구뿐이었다. 용사 메넬라오스는 이 투구를 빙빙 돌려 정강이받이를 잘 댄 아카이아군 가운데다 휙 내던졌고, 충실한 그의 부하들이 받아 놓았다. 그러고 나서 그가 다시 파리스를 죽이고자 온힘을 다해 청동 창을 들고 달려들었다. 그러나 아프로디테는 여신답게 힘들이지 않고 파리스를 낚아채어 짙은 안개에 숨기고, 향기로운 방으로 데려다 앉혀 놓았다. 그리고 자신은 또 헬레네를 부르러 가서 그녀와 높은 탑의 망루에서 만났다. 거기에는 트로이의 여자들이 많이 있었다.

그래서 여신은 손을 내밀어 이 세상의 것 같지 않은 아름다운 엷은 옷을 입고 나부끼면서, 양털을 빗는 나이 많은 유모의 모습을 빌려 말했다. 이 여자는 본디 헬레네가 라케다이몬에 살고 있을 무렵, 그녀를 섬기며 양의 털술을 예쁘게 만들어 주는 등 유달리 그녀를 보살펴 주었던 여자였다. 그 늙은 여자의 모습을 빌려 거룩한 신 아프로디테가 말했다.

"자, 이리 오세요, 알렉산드로스 님이 집으로 돌아오시라고 찾고 계십니다. 그분이 규방의 소용돌이 무늬로 조각된 침상 속에서 기다리고 계시는데, 그 부드러운 남자다움과 옷으로 환히 빛나는 모습은 정말로 이제 금방 무사와 한바탕 싸움을 벌이신 분이라고는 여겨지지 않습니다. 그렇기는커녕 이제부터 무도회에 나가시려는 참이거나 지금 막 춤을 추고 나서 앉아 계시는 분 같습니다."

이렇게 말하고는 그녀의 가슴에 애틋한 생각을 불러일으켰으나, 헬레네는 이내 여신의 유달리 깨끗한 목, 따뜻한 가슴과 나아가서는 반짝반짝 빛나는 눈을 보자 기겁을 하고는 즉시 말을 받아 이름을 부르며 말했다.

"어머나, 정말로 이상하시군요. 어찌 나를 이처럼 속이고 싶어하시는 거예요. 혹은 또 어딘가 더 먼 도시로, 훌륭한 나라로 데리고 가시려는 건지, 프리기아나 아름다운 마이오니아의 그곳에 누군가 또 근심하는 사람 가운데 마땅한 분이라도 생겨서, 아마 틀림없이 지금 거룩한 알렉산드로스를 메넬라오스가 이김으로써 가증스러운 저를 고향으로 데려가려고 드니까, 그래서 지금 여기에 음흉한 계획을 가슴에 숨기고 오신 걸 거예요.

그분 곁에나 가 앉아 계세요. 신들의 길에서 떠나 앞으로는 절대로 올림포스로는 발을 돌리지 마시고, 그분을 위해서나 마음 졸이며 시중을 들고 계시는 것이 좋을 거예요. 어쩌면 당신을 마님으로나 몸종쯤으로는 삼아주실는지도 모르니까. 그때까지 말이에요. 그렇지만 나는 이제 거기에는 가지 않겠어요. 그런 것을 하는 날에는 괘씸한 계집이라는 말을 들을 테니까요. 만일 그분의 잠 시중을 또다시 들거나 했다가는 트로이의 여자들이라면 누구나 다 뒤에서 나를 욕할 거예요. 그렇지 않아도 지금 그지없는 쓰라림으로 가슴이 가득해요."

그러자 화가 난 거룩한 아프로디테가 말했다.

"나를 성나게 하지 말아라. 고집스러운 여자로구나. 화가 나서 너를 버리면 그땐 큰일일 텐데. 지금처럼 너를 귀여워하고 있는 만큼 너를 미워하기라도 한다면, 그래서 내가 트로이와 다나오이의 양편 사이에 서서 무서운 적의를 부추기면 너도 처참한 최후를 마칠 뿐이야."

이렇게 말하자 제우스에게서 태어난 헬레네도 푹 기가 죽어 눈부실 만큼 새하얀 면사포로 얼굴을 가리고 트로이 여자들이 알아채지 않게 조용히 걸어갔다. 여신이 앞장서서 나아갔다.

이리하여 그들이 알렉산드로스의 더없이 호화로운 집에 다다르자, 그때부터 몸종들은 즉시 시중들 준비를 했고, 여인들 가운데서도 거룩한 여인 헬레네는 높다란 침상이 있는 규방으로 나아갔다. 그녀를 위해서 미의 여신 아프로디테가 손수 의자를 들어 알렉산드로스의 맞은편으로 날라 내려놓으니 헬레네가 앉았다. 아이기스를 가진 제우스의 딸 헬레네는 두 눈을 내리깐 채 남편을 나무랐다.

"싸움을 피하고 계시더군요. 정말로 내 남편이었던 용맹스러운 무사가 차라리 그대로 죽었더라면 좋았을 거예요. 예전에는 무척이나 자랑하셨어요. 무신 아레스의 벗이라는 메넬라오스보다 자기가 힘으로나 솜씨로나 또 창으로나 뛰어나다고. 그러시다면 자아, 다시 한 번 무신 아레스의 사랑을 받는 메넬라오스를 떳떳이 맞아 싸움에 도전하러 가세요. 하지만 나로서는 그만두시도록 권하고 싶은 마음입니다. 그리고 금발의 메넬라오스와 힘을 겨루어 싸우는 것도, 그토록 험악한 칼싸움도 그만두시도록 말이에요. 자칫 그 사람의 창에 찔려 죽기라도 하면 큰일이니까요."

그러자 파리스가 여러 가지로 변명하여 대답했다.

"아니, 아내여, 그처럼 심술궂은 비난을 퍼부어 내 마음을 너무 괴롭히지 말아주오. 이번에는 확실히 메넬라오스가 아테나 여신의 도움으로 승리를 거두었지만, 다음에는 내가 그 녀석을 이길 것이오. 우리 편인 신들도 계시니까. 그러나 그보다도 잠자리에 들어 사랑스러운 마음으로 즐깁시다. 정말로 여태까지 이처럼 욕망이 내 마음을 사로잡은 적은 없었소. 맨 처음 아름다운 라케다이몬에서 당신을 채어와 바다를 여행하는 배에 태워 데려오던 그 길에, 크라나에 섬에서 그리운 마음으로 서로 굳은 결합의 맹세를 주고받았던 그때도, 지금의 당신을 향한 그리움, 이 몸을 녹이는 애틋한 마음 같지는 않았었소."

이렇게 말하고 침상으로 앞장서 향하니 아내도 같이 따라갔다. 이리하여 그들은 장식을 많이 한 침상 속에서 자고 있었다.

한편 아트레우스의 아들 메넬라오스는 행여 신으로도 착각할 만한 알렉산드로스를 찾아낼 수 있을까 하고 군중 속을 야수처럼 헤매고 다녔다. 그러나 트로이 편에도, 이름난 동맹군 가운데에도 누구 한 사람 그때 무신 아레스의 벗인 메넬라오스에게 알렉산드로스를 찾아내 알려주질 못했다. 만일 정말로 찾아냈더라면 친절을 베풀어 숨겨주지도 않았으리라. 왜냐하면 모든 사람들로부터 마치 검은 죽음의 운명이기라도 한 듯이 혐오를 받고 있었기 때문이다. 그러자 모든 사람을 향해 무사들의 군주 아가멤논이 말했다.

"트로이인들도, 다르다노이인들도, 도우러 온 동맹군들도 내 말을 들으라. 승리는 완전히 무신 아레스의 벗 메넬라오스의 것으로 정해졌다. 그러니 그대들은 아르고스 태생의 헬레네에게 많은 재물을 주고, 그것이 또 후세 인간들에게도 전해지도록 메넬라오스에게 건네어라. 배상금을 마땅히 치르라."

이렇게 아트레우스의 아들 아가멤논이 말하자 다른 아카이아군도 모두 찬성했다.

제4권
트로이와 아카이아 최초 격전

하늘에서는 그리스*[1] 편을 드는 여신 헤라와 아테나가 의논하여 트로이를 멸망시키기 위해서 화해를 깨게 하려고 트로이 장수 판다로스를 부추겨 메넬라오스를 활로 쏘게 한다. 메넬라오스는 부상당하며, 그리스군은 분격하여 정전 합의는 물거품으로 돌아간다. 양측 군대는 다시 싸움을 시작하게 되고, 아가멤논 왕은 부대를 돌아보고 사열하며 독려한다.

신들은 제우스 곁에서 황금을 깐 넓은 마루에 자리를 찾아 앉아 있고, 그 사이를 청춘의 여신 헤베*[2]가 신주를 따르고 다니자, 신들은 황금 잔을 들고 서로 주거니 받거니 하며 트로이인들의 도시를 내려다보고 있었다. 마침 그때 크로노스의 아들 제우스는 심술궂게 비아냥거리는 투로 말을 걸어 헤라를 성이 나도록 부추겼다.

"여신들 가운데서는 아르고스의 헤라와 아랄크메네의 아테나 두 사람이 메넬라오스의 편을 들고 있군. 그런데 이렇게 보니 그대들은 먼발치에 앉은 채 방관하면서 즐기고들 있구나. 저 사랑의 여신*[3]아프로디테는 줄곧 파리스 곁으로만 쫓아가 그의 몸에서 죽음의 운명을 막아주는구려. 지금만 해도 그렇지, 이제 죽으리라는 것을 알고 있던 그를 살려내놓더란 말이야. 그러나 뭐니 뭐니 해도 승리는 무신 아레스의 벗 메넬라오스 차지야. 그러니 우리는 이 사건을 어떻게 처리해야 할 것인지 상의하자. 다시 한 번 재앙의 무서운 창검 소리를 듣게 할 것인지, 아니면 두 군대 사이에 서로의 화목과 우의를 보낼 것인

*1 아카이아.
*2 헤베는 '청춘'이란 뜻의 추상명사로 그 신격화.
*3 유명한 아프로디테의 형용사로 이 여신은 몸매의 아름다움과 풍요·사랑의 사절로 되어 있다.

지, 혹은 여러분에게 기쁜 일이라면 이 프리아모스 왕의 도시는 그대로 두고 아르고스 태생의 헬레네를 메넬라오스가 도로 데리고 돌아가게 하면 어떨까."

이렇게 말하자 아테나와 헤라 두 여신은 뿌루퉁한 얼굴로 투덜거렸다. 둘은 아까부터 서로 가까이 붙어 앉아 트로이 편에 재앙을 불러일으킬 계략을 꾀하고 있었는데, 사실 아테나가 아무런 말도 하지 않고 다만 아버지 신 제우스에게 토라진 얼굴을 지어 보인 것은 격렬한 노여움으로 마음을 가누지 못하고 있었기 때문이다. 한편 헤라는 노여움을 억누르지 못한 채 내뱉듯이 말했다.

"경애하는 크로노스의 아드님이시여, 그게 무슨 말씀이십니까. 어째서 당신은 내가 그토록 땀 흘리며 애쓴 일을 망가뜨려서 물거품이 되게 하시려는 것입니까. 프리아모스와 그 자식들에 대한 재앙으로 병사들을 모으기 위해 내 말까지 지쳐 떨어지게 했는데. 마음대로 하세요. 하지만 다른 신들은 아무도 찬성하지 않을 거예요."

그러자 구름을 모으는 제우스가 무척 못마땅해하며 말했다.

"야릇한 말을 하는구려. 대체 무엇 때문에 프리아모스와 그의 자식들이 그대에게 그처럼 나쁜 짓을 했다고 말하는 거요. 그처럼 기를 써가며 일리오스의 잘 쌓은 성을 깡그리 부수려 들고 있으니. 아니, 그대가 직접 일리오스의 성문과 긴 성벽 안으로 들어가서 프리아모스와 프리아모스의 자식들, 그리고 다른 트로이인들까지 산 채로 잡아먹기라도 하면 가슴의 노여움을 가라앉힐 수가 있단 말이오? 그대 하고 싶은 대로 하구려. 이 말다툼이 나중에까지 나와 그대 사이에 큰 싸움의 원인이 되어서야 되겠소.

그런데 따로 그대에게 한 가지 말해둘 것이 있소. 가슴에 잘 새겨두고 잊지 않도록 하시오. 어느 때이건 내가 꼭 어딘가의 도시를 멸망시키고자 할 때에, 그 도시에서 그대가 돌보는 무사들의 형편이 어떻게 되든 절대로 내 노여움을 막으려 해서는 안 되오. 그냥 내버려 두시오. 나도 지금 전혀 마음이 내키지 않는 것을 기꺼이 그대에게 양보했으니까. 태양 아래, 그리고 별무리가 수놓인 이 하늘 아래 지상에서 숨 쉬는 인간들의 나라야 얼마든지 있지만, 그중에서도 유달리 신성한 이 일리오스는 내가 가장 소중히 여기는 도시요. 훌륭한 물푸레나무 창을 지닌 그의 무사들은 일찍이 나의 제단에 더할 나위 없는 제물이나 깨끗한 옷, 고기 태우는 냄새가 끊어지게 한 적이 없기 때문이오. 그런 것들이야말로 우리가 즐겨 받는 명예의 선물이 아니겠소!"

이에 암소의 눈을 한 헤라가 대답했다.

"내게도 정말 특히 소중한 도시가 셋 있습니다. 아르고스와 스파르타와 길이 넓은 미케네예요. 이 도시들을 당신이 밉게 여긴다면 언제든지 멸망시키세요. 절대로 나는 훼방을 놓을 생각도 없거니와 원망하지도 않을 테니까요. 왜냐하면 내가 그것을 아까워하여 멸망을 방해하려고 해도 어차피 끝내 당신 뜻대로 될 거예요. 당신이 훨씬 강하니까요. 그렇지만 나의 노력까지도 허사가 되게 할 수는 없어요. 나도 신이고, 또 당신과 같은 혈통에서 나온 데다 음흉한 재주에 뛰어난 크로노스의 자식 중에서도 우두머리 딸이라 일컬어지고 있으며, 이 가문의 혈통과 모든 불사신들을 다스리는 당신의 아내로 불리고 있기 때문이에요.

아무튼 이러한 점에서는 우리 서로 양보하기로 한 것이니, 다른 불사의 신들도 모두 따를 거예요. 그럼 여보, 어서 아테나에게 일러 트로이 편과 아카이아군의 무서운 싸움터로 달려가서 트로이군 쪽에서 먼저 맹약을 어기고 세상에 이름을 떨치고 있는 아카이아군에게 해를 끼치도록 하게 해주세요."

이렇게 말하자 인간들과 신들의 아버지인 제우스도 이의 없이 승낙하여 이내 아테나에게 위세도 당당히 말했다.

"얼른 막사로 가거라. 트로이 편과 아카이아군의 한가운데로 가서, 트로이군이 먼저 서약을 어겨 세상에 이름을 떨치고 있는 아카이아군에게 해를 끼치게 하라."

그가 이런 말로 진작부터 기세를 올리고 있는 아테나를 부추기니, 그녀는 바로 올림포스의 산봉우리에서 훌쩍 뛰어내려갔다. 마치 음흉한 재주에 뛰어난 크로노스의 아들 제우스가 던진 별똥별처럼, 아테나는 선원들에게 혹은 병사들의 넓은 진영에 보내는 하나의 전조로서 찬란하게 빛나며, 수많은 불꽃의 꼬리를 넓은 창공에 흩뿌리는 모습으로 지상을 향해서 날아가 그 한가운데로 뛰어내렸다. 이것을 바라보는 말을 길들이는 트로이인들도, 정강이받이를 훌륭하게 댄 아카이아군도 똑같이 무슨 일인가 하고 기겁을 했다. 그리고 서로 옆에 있는 사람과 얼굴을 마주보며 이렇게 말하는 자들도 있었다.

"저것은 또다시 처참한 싸움과 무서운 싸움의 외침 소리가 시작되려는 것이거나 그렇지 않으면 인간계에서 전쟁을 주관하시는 제우스 신이 양군 사이에 우의를 맺어주시려는 징조일 것이다."

이렇게 아카이아 편과 트로이 편의 무사들은 말했다. 한편 아테나는 트로이 편의 군대 속으로 들어갔는데, 안테노르의 아들로 굳건하고 이름도 높은 라오도코스의 모습으로 변장했다. 이 용맹스럽게 창을 쓰는 무사의 모습을 하고 판다로스가 어디에 있느냐며 묻고 다녔다. 그리하여 마침내 뤼카온의 이름도 드높은 호방한 아들 판다로스가 서 있는 것을 발견했는데, 그를 사이에 두고 방패를 든 무사들이 몇 줄이나 늘어서 있었다. 이들은 아이세포스 강 유역에서 따라온 자들이다. 그 바로 옆에 다가서서 여신은 위엄 있게 말했다.

"자네, 내 부탁 좀 들어주지 않으려나, 뤼카온의 용맹심을 가진 아들이여. 어디 한번 마음을 굳게 먹고 메넬라오스에게 날쌘 화살을 쏘아보지 않으려나. 그러면 틀림없이 모든 트로이 사람은 물론 더욱이 알렉산드로스 왕에게서 감사와 영예를 받게 될 것이다. 만일 아트레우스의 아들로서 아레스가 아끼는 메넬라오스가 자네 화살에 맞아 쓰러져 가련한 화장의 장작더미 위에 얹히는 것을 그가 본다면 말이다. 그러니 자, 세상에 이름 높은 메넬라오스를 쏘아 쓰러뜨려라. 빛에서 태어나 활로 이름을 얻은 아폴론에게 빌어라. 거룩한 도시 젤레이아에 다시 돌아가면 갓난 훌륭한 새끼양을 제물로 바치겠노라고 말이다."

아테나가 이렇게 말하며 어리석은 사나이의 마음을 유혹하자 그는 이내 윤이 나게 닦아 놓은 활집에서 활을 꺼내 들었다. 이 활집은 야생 산양인 영양의 뿔로 만든 것으로, 그 영양은 그가 직접 양 떼의 길목에 숨어 기다리고 있다가 바위 사이에서 나오는 것을 명치를 겨누어 쏘아 잡은 것이다. 가슴을 겨누어 쏘았으므로 짐승은 벌렁 뒤로 바위에 넘어졌다. 머리통에서부터 열여섯 뼘 길이로 자란 그 뿔을, 세공인이 잘 다듬어 두 대를 이어 붙여 완전히 매끈하게 닦은 뒤 황금 고리를 달았다. 이 활을 땅바닥에 대고 구부려서 편 뒤 조심스럽게 아래에 놓았다. 그리고 그의 용감한 부하들은 그의 앞을 방패로 가려주었다. 이는 아트레우스의 아들인 무신 아레스가 아끼는 메넬라오스를 맞히기 전에 아레스의 벗인 아카이아의 자식들이 성급히 공격하지 못하게 하기 위해서였다.

그리하여 그는 화살통의 뚜껑을 열어 아직 한 번도 본 적이 없는 화살, 검은 아픔이 묻어날 깃털 달린 화살을 꺼냈다. 이어 곧 활시위에 날카로운 화살을 야무지게 끼우고는 빛에서 태어나 활로 이름 높은 아폴론에게 기도를 올렸다. 만일 다시 고향인 거룩한 젤레이아로 돌아가게 되면, 갓난 훌륭한 새끼 양 제물을 반드시 바치겠노라고 약속했다. 그와 동시에 화살의 오늬와 활시위를 함께 잡고 활시위가 가슴에 닿도록 무쇠의 화살촉을 활 등까지 당겼다. 그러고 나서 커다란 활이 그야말로 둥그렇게 휠 때까지 잡아당겼다가 놓자, 활은 울고 활시위는 요란스레 소리내며 화살은 날카로이 곧장 무리들 속을 꿰뚫고 기세를 부리며 날아갔다.

그러나 메넬라오스여, 축복받은 불사의 신들이 결코 그대를 잊어버리고 계시지는 않았도다. 그 첫째는 제우스의 딸로 사냥감을 가져다주는 여신 아테나가 똑바로 그의 앞에 가로막고 서서 날카로운 화살을 막아주셨다. 마치 어머니가 단잠자는 어린아이로부터 파리를 쫓아주듯이, 그대 몸에서 화살을 살짝 빗나가게 해주셨다. 그러고는 그 화살을 손수 배에 두른 황금 고리가 달린 띠가 겹쳐진 위, 즉 가슴받이가 두 겹으로 겹쳐진 데로 방향을 돌려주셨다.

그래서 날카로운 화살은 바로 배띠가 꼭 겹쳐진 자리에 맞아, 정교하게 만들어진 허리띠를 뚫고 들어가서는 온갖 기교를 부려서 만든 가슴받이까지 꿰뚫었고, 투창들을 막아주는 담장 구실을 하여 가장 방어에 도움이 되는 구리 허리띠까지 푹 꿰뚫었다. 그러나 화살은 맨 위 장부의 살갗만을 긁었을 뿐이었다. 그런데도 마치 사람이 새빨간 빛깔로 상아를 물들였을 때처럼 금방 검붉은 피가 상처에서 흘러나왔다. 마이오니아나 카리아의 여자는 말 재갈의 볼 장식으로 쓰고자 상아를 물들이는데, 이렇게 안방에 간수해 둔 것을 많은 기사들은 자기 말에 달기를 원했다. 빨갛게 물든 상아는 장엄하게 갖추어야 할 국왕의 말에게는 장식물이요, 마부에게는 자랑감이기도 했다. 그와 같이 메넬라오스여, 그대 몸의 균형잡힌 두 허벅지와 장딴지, 아래로는 아직도 깨끗한 발뒤꿈치까지 피에 젖고 말았다.

검은 피가 상처에서 콸콸 흘러나오는 것을 보자 무사들의 군주 아가멤논은 몸을 부르르 떨었다. 또 무신 아레스가 아끼는 메넬라오스도 몸을 떨었다. 그러나 그는 화살촉을 잡아맨 실과 미늘이 아직 살 밖에 나와 있는 것을 보고, 기운이 다시 가슴속에 용솟음쳐 오름을 느꼈다.

그리하여 아가멤논이 모든 사람들 가운데 서서 긴 한숨을 토하며 메넬라오스의 손을 잡고 이렇게 말하자, 부하들도 모두 탄식했다.

"사랑하는 아우여, 나는 정말로 그대를 죽일 양으로 서약을 주고받았던가,

그대 혼자만을 아카이아군들 앞에 내보내 트로이군과 싸우게 했다니. 그래서 트로이 편이 그대를 쏘아 굳은 서약을 짓밟았구나. 하지만 절대로 그 서약이나 새끼양의 피가 헛된 법이 없으리라. 또 서약의 표시로 부은 맑은 술과 신의를 내걸고 나눈 오른손의 악수 역시 결코 헛되지 않으리. 비록 지금 당장은 아니더라도 올림포스에 계시는 제우스가 언젠가는 꼭 이루어지게 하시어 커다란 보상으로 갚게 될 것인즉, 자기 생명으로 또는 아내와 자식들로 비싼 대가를 치르리라.

그것을 나는 충분히 가슴으로, 또 머리로 알고 있다. 언젠가는 신성한 일리오스와 훌륭한 물푸레나무 창의 프리아모스와 그의 무사들이 멸망할 날이 오리라. 높은 하늘에 사시며 높은 자리에 계시는 크로노스의 아들 제우스가 이 속임수에 노하시어 손수 어둠에 싸인 아이기스를 그들 모든 사람들의 머리 위에 휘두르실 때가 오리라. 이러한 것들은 맹세대로 되지 않고는 못 견디는 것이다.

그런데 그보다도 메넬라오스여, 만일 어쩌다가 그대가 죽어 이승의 운명을 마친다면, 그대 때문에 무서운 괴로움이 나를 덮칠 것이다. 그러면 나는 도저히 견딜 수 없는 마음의 가책을 안고 목마른 아르고스로 돌아가게 될 것이다. 이제 멀지 않아 아카이아군은 고향 생각이 나서 돌아가고 싶어질 것이다. 그래서 아르고스 태생의 헬레네도 프리아모스와 트로이인들의 자랑거리로 남겨두고 가게 될 것이다. 그리고 그대는 시작한 일도 이룩하지 못한 채 트로이 땅에 묻혀 흙에서 썩을 것이다. 신이 난 트로이인들은 누구라고 할 것 없이 영예도 드높은 메넬라오스의 쌓아올린 무덤 위에 뛰어올라가 이렇게 말하리라.

'제발 이렇게 됨으로써 모든 일에 있어 아가멤논의 노여움이 끝나주었으면 좋겠다. 이번만 해도 아카이아군을 멀리 여기까지 끌고 온 일이 헛되이 끝나고 말았다. 그리고 다시 그리운 고향으로 용감한 메넬라오스를 버려두고 빈 배만 이끌고 돌아갔다.'

언젠가는 이렇게 사람들이 말할 것이다. 그때는 넓은 대지여, 입을 벌려 나를 삼켜다오."

금발의 메넬라오스가 그를 안심시키려고 격려했다.

"안심하십시오. 그리고 조금이라도 아카이아의 병사들이 겁을 먹게 하지도 말아주십시오. 날카로운 화살이 급소에 꽂힌 것은 아닙니다. 거기에 들어가기 전에 대장장이 세공인들이 정성들여 만든 배띠가 막아주고, 그 밑에 배에 두른 천이며 허리띠의 고리쇠 등이 막아주었습니다."

그러자 아가멤논이 대답했다.

"정말로 그랬으면 오죽 좋으랴, 사랑하는 메넬라오스여, 그런데 상처는 의사가 잘 진찰하여 치료될 약이라도 발라줄 것이다. 그것이 어쩌면 괴로운 통증을 멎게 해줄지도 모른다."

이렇게 말하고 그는 신성한 전령 탈뒤비오스에게 일렀다.

"탈뒤비오스, 되도록 빨리 그 아스클레피오스의 아들이라는 훌륭한 의사 마카온을 이리로 불러오너라. 무신 아레스의 벗인 아트레우스의 아들 메넬라오스를 진찰하게 하자. 누군가가 그를 화살로 쏘았다. 트로이군이나 링케아군 가운데 궁술을 잘 익힌 그 사나이에게는 명예이지만 우리에게는 슬픔이로다."

전령은 그 말대로 즉시 따랐다. 청동 갑옷을 걸친 아카이아군 병사들이 떼지어 있는 속을 헤치며, 마카온은 어디에 있느냐고 물어보며 찾기가 무섭게 그 사람이 서 있는 것을 발견했다. 그런데 그 양옆에는 방패를 가진 무사들이 몇 줄이나 겹겹이 서 있었다. 말의 산지인 테살리아의 트리케에서 그를 따라온 자들이었다. 바로 그의 곁에 다가가서 힘차게 말을 건네었다.

"가십시다, 아스클레피오스의 아들이여. 아가멤논 왕이 부르고 계십니다. 아카이아군의 장수인 무신 아레스의 벗 메넬라오스를 보살펴 달라고 말입니다. 누군가 트로이나 링케아 사람으로 궁술을 잘 익힌 자의 화살에 맞았습니다. 그에게는 명예이지만 우리에게는 슬픔이오."

전령은 이렇게 말하며 그의 가슴속에 격렬한 감정이 솟아오르게 했다. 그리하여 그들은 아카이아군의 넓은 진영을 지나 무리들 사이를 뚫고, 마침내 금발의 메넬라오스가 화살의 상처를 입고 누워 있는 곳에 도착했다. 그 주위에는 원을 그리듯이 장수들이 모두 모여 있었다. 그 한가운데로 신과도 같은 무사 마카온이 성큼성큼 헤치고 들어가, 곧장 야무지게 합쳐진 배띠에서 화살을 빼어 들었다. 그러자 거꾸로 빠져나오는 화살의 날카로운 미늘들이 부서져 떨어졌다.

그리하여 그는 번쩍거리는 허리띠와 그 아래의 앞치마와 대장장이가 애써 만든 배띠를 푼 뒤에 날카로운 화살이 찌른 데를 살피고 피를 빨아낸 다음, 거기에 아픔을 멎게 하는 약초를 조심스럽게 발랐다. 그것은 옛날 그의 아버지

아스클레피오스에게 케이론*4이 친절에 대한 정표로 가르쳐 준 것이었다.

이처럼 모든 사람들이 용맹스러운 메넬라오스를 치료하고 있는 동안에도, 방패를 든 트로이군 병사들의 대오가 자꾸 몰려왔다. 그래서 그들도 다시 병기를 몸에 차고 격렬한 싸움을 위해 신경을 곤두세웠다.

이 무렵에 고귀한 아가멤논이 졸거나 몸을 사리거나 싸울 의욕을 잃은 모습을 본 이는 없었을 것이다. 오히려 그는 무사에게 영예를 주는 싸움을 열망하며, 말을 놔두고 화려하게 장식한 청동 수레마저 타지 않은 채 걸었을 정도였다. 말들이 콧바람도 거칠게 울부짖어대는 것을 병사인 에우리메돈이 방해가 되지 않게 한옆으로 끌어당겼다. 페이라이오스의 아들인 프톨레마이오스의 아들이었다.

아가멤논은 그에게 여러 가지로 자세히 지시를 내리고 많은 대열 사이를 호령과 격려 속에 나가는 동안, 자기 몸이 피곤해지면 즉시 수레를 가지고 오도록 명령하고 나서도, 자기는 또 걸어서 무사들의 대열 속을 돌아다녔다. 그리고 날쌘 말을 모는 다나오이인들 가운데서 싸우고자 서두르는 자들을 볼 때마다, 그 곁으로 가서 말을 건네며 한층 더 격려했다.

"아르고스군이여, 절대로 조금도 격렬한 투지를 늦추지 말라. 절대로 아버지 제우스께서는 거짓말쟁이들 편을 드시지는 않을 테니까. 아니, 자기 쪽에서 틀림없이 먼저 굳센 약속을 어기고 맹세를 저버린 자들, 그자들의 살찐 알몸은 무서운 독수리들의 밥이 될 것이다. 또 그들의 사랑하는 아내와 순진한 자식들은, 우리가 이 도시를 함락시킨 뒤 곧장 배에 태워 데리고 갈 것이다."

아가멤논은 이 몸서리나는 전투에서 물러나 멍하니 서 있는 사람들을 발견할 때면 성을 내며 모진 말로 나무랐다.

"함성만 지르는 아르고스인이여, 수치스런 자들이여. 부끄럽지도 않은가. 어찌 이같이 새끼사슴처럼 놀란 시늉을 하고 멈춰 서 있는가. 넓은 들판을 달리다 지쳐 발을 멈춘, 그래서 이제 가슴속에는 조금의 기력도 남아 있지 않은 사슴처럼, 너희들은 우두커니 넋을 잃은 채 행여 크로노스의 아들 제우스가 너희들 위에 구원의 손길이라도 뻗쳐주시지 않나 보려고 싸움마저 멈추고 있다니. 도대체 트로이군이 흰 거품이 물결치는 바닷가로, 뱃머리도 그럴싸하게

*4 켄타우로스족 가운데 한 사람. 의술과 음악, 무술에 뛰어남.

나란히 끌어올려져 있는 배 가까이로 찾아오기를 기다리고 있는 것인가."
이처럼 그는 여러 가지로 지시하면서 무사들의 대오를 살피며 걸어갔다. 무사들의 무리 사이로 차츰차츰 나아가는 동안 크레테인들이 있는 곳에 이르자, 때마침 용맹한 이도메네우스의 측근들이 갑옷으로 싸울 태세를 갖추고 있었다. 이도메네우스는 선두 대열에 끼어 있어 그 기세는 거친 산돼지 같았고, 메리오네스는 후방 진열을 격려하고 있었다. 이 광경을 보고 무사들의 군주 아가멤논은 크게 기뻐하고 곧 이도메네우스에게 상냥한 말씨로 말을 건넸다.

"이도메네우스여, 전쟁에서나 그 밖의 일에서나, 그리고 아르고스군의 대장들이 좋은 술을 혼주병에 넣고 물을 타서 대접하는 연회석에서도 그대를 날쌘 말을 모는 다나오이군 가운데서 특히 훌륭하다 여기고 있소. 왜냐하면 긴 머리의 아카이아인 가운데에도 아직 자기 몫만의 술을 들이켜는 자가 얼마든지 있는데, 그대 앞에는 나와 꼭 마찬가지로 마음이 내킬 때 마실 수 있도록 잔이 언제나 가득 채워져 있기 때문이오. 그대가 전부터 자부하던 바로 그대로의 용사라면, 자, 일어나서 싸움에 나가시오."

그러자 이번에는 크레테군의 장수인 이도메네우스가 말했다.

"아트레우스의 아들이여, 물론 나는 처음 약속하고 승낙한 대로 앞으로도 당신의 충실한 벗이 될 것입니다. 하지만 그보다도 긴 머리의 다른 아카이아인들을 격려하여 즉시 싸움을 시작하도록 합시다. 트로이 편이 서약을 무효로 만들었으니 그들에게는 결국 죽음과 재난이 주어지겠지요. 그들이 먼저 서약한 것을 저버렸으니까 말이오."

아트레우스의 아들은 기쁜 마음으로 앞으로 나아갔다. 그리고 대군 사이를 돌아다니다가 이번에는 두 아이아스가 있는 곳에 이르렀다. 두 사람은 지금 갑옷을 입었고, 주위에는 보병들이 구름같이 그들을 따르고 있었다. 그것은 마치 언덕의 조망대에서 양치는 목동이 이쪽을 향해 몰려오는 먹구름을 볼 때와 같았다. 멀리 떨어져 있는 자에게는 바다를 덮고 몰려오는 것이, 더욱이 세찬 바람까지 뒤에 거느리고 올 때에는 콜타르보다 더 검게 보인다. 그것을 보면 양치는 사나이는 몸이 오싹해져 굴로 산양들을 몰아넣는다. 그처럼 두 아이아스를 따르는 젊은이들, 제우스의 보호를 받고 있는 이 사람들의 대오는 꽉 짜인 채로, 구름 같은 대열을 이루고 방패와 창을 기세 좋게 곧추세우면서 싸움을 벌일 곳으로 몰려가고 있었다.

그들을 바라보고 아가멤논은 크게 기뻐하며 그들에게 큰 소리로 재빨리 말을 건넸다.

"두 아이아스여, 청동 갑옷을 입은 아카이아군의 지휘관들이여, 그대들 둘에게는 구태여 명령을 내리지 않겠소. 그대들이 충분히 병사들에게 힘껏 싸우도록 격려하고 있으니까. 정말로 아버지 제우스와 아테나, 아폴론의 이름으로 모두가 그대들만큼 과감한 기세를 마음에 가져주었으면 좋으련만. 그러면 금방 프리아모스 왕의 도시도 우리 손에 먼저 약탈을 당하고 굴복하고 말 텐데."

아가멤논은 이렇게 말하고는 그들을 떠나 다른 부대를 찾아 걸음을 옮겼다. 거기에서 만난 것은 필로스에서 온 사람들의 우두머리로 큰 소리로 외치고 있는 능변가 네스토르였다. 그는 지금 막 자기 부하들을 격려하여 싸움터로 내보내는 중이었으며, 키가 큰 펠라곤이나 알라스토르, 크로미오스, 하이몬 어른 혹은 병사들의 통솔자 비아스 같은 사람들이 중심이 되어 있었다. 선두에는 말과 전차와 더불어 기사들을 세우고, 후미에는 많은 보병으로 무사들을 접전 때의 방어벽인 양 배치했다. 그 중간에 허약한 자들을 밀어넣은 것은 누구라도 싫건 좋건 싸우게 하자는 계략이었다.

먼저 전차의 기사들에게 명령하여 저마다 자기 말을 몰아 무리들 속에 뛰어들어 혼란을 일으키는 일이 없도록 주의시키고 나서 말했다.

"누구든 자신의 말 모는 실력과 용기를 믿은 나머지 혼자 먼저 앞으로 달려나가서 트로이군과 싸우려고 서둘러서는 안 된다. 또 후퇴해서도 안 된다. 그러면 그대들이 약해질 테니까. 그리고 자기 전차에 탄 채 적의 전차와 서로 맞닿을 듯한 경우에는 창으로 찔러도 좋다. 그편이 훨씬 편리한 전법이다. 그런 식으로 옛사람들도 성채라든가 성벽 같은 것을 함락했으니 그들이 이러한 전법과 기개를 가슴속에 간직하고 있었기 때문이다."

이와 같이 옛날부터 전술에 능통한 노장이 격려해 주었다. 그래서 이 모양을 바라보고 있던 아가멤논은 매우 기뻐하며 그를 향해 위풍당당히 말했다.

"오오, 노장군이여, 실로 그대 가슴속에 깃든 기개만큼 그대의 무릎이 따라 움직이고 체력도 단단했으면 좋으련만. 하지만 잔인한 늙은 나이가 그대를 괴롭히고 있으니. 차라리 다른 사람이 늙음을 이어받고, 그대는 좀더 젊고 기운찬 자들과 함께할 수 있었으면 고마우련만."

이번에는 게레니아의 기사 네스토르가 말했다.

"아트레우스의 아들이여, 나도 지난날 그 용감한 에레우달리온을 죽였을 때처럼 내가 젊다면 하고 진정으로 바라는 바이오. 그러나 신은 인간에게 모든 것을 한꺼번에 내려주시지는 않는 법이오. 그 무렵에 내가 젊었다면 지금 내가 늙은 것은 당연한 일. 아무튼 기사들 사이에 섞여서 조언이나 말로 격려를 하겠소. 그게 바로 노장들의 특권이라고도 할 수 있으니까. 창 따위는 나보다 훨씬 나이도 젊고 팔 힘에도 자신 있는 이들이 마구 휘둘러 줄 것이오."

이렇게 말하자 아트레우스의 아들은 기뻐하면서 그 자리를 떠났다. 그리고 이번에는 페테오스의 아들로 말에 채찍질하는 메네스데우스가 서 있는 곳으로 갔다. 그 주위에는 싸움터에 나가서 공격할 태세를 단단히 갖추고 있는 아테나이 사람들이 몰려 있었다. 또 그 가까이에 서 있는 자는 슬기에 넘치는 오디세우스였으며, 부근 일대에는 케팔레네스에서 온 만만찮은 병사들이 줄을 지어 서 있었다. 그것은 아직 여기까지 전투의 함성이 들려오지 않았기 때문이다. 말을 길들이는 트로이군도, 아카이아군도 조금 전에 간신히 대오를 움직이며 부대를 겨우 내보내기 시작했을 뿐이었으므로, 이곳 사람들은 가만히 서서 대기하고 있었다. 언제라도 아카이아 측의 다른 수비 부대가 밀고 나와서 트로이 측을 공격하기만 하면 전투에 나설 작정으로 있었기 때문이다.

이 사람들을 보자 무사들의 군주 아가멤논은 큰 소리로 꾸짖었다.

"오오, 제우스의 보호를 받으신 영주 페테오스의 아들 메네스데우스여, 그리고 언제나 지모와 책략에 능하여 계산이 빠른 오디세우스여, 어째서 그대들은 팔짱을 낀 채 멍청히 서서 우물쭈물 뒷걸음질치며 다른 부대에 의지하고 있는가. 그대들은 마땅히 선두 대열에 서서 대항하고, 몸을 불태울 격전에 참가하리라 기대하고 있었는데. 그럴 수밖에 없는 것이, 그대들은 우리가 향연을 베풀 때마다 가장 먼저 초대되는 사람들이기에, 언제나 우리 아카이아 사람들이 장로들을 위해 베푸는 향연 때마다 참가할 것이라 생각했다. 거기서는 그대들이 구운 고기를 실컷 뜯기도 하고 꿀처럼 달콤한 포도주 잔을 기울이기도 하면서 흥겨워하는 것을 보게 되길 바랐다. 그러던 그대들이 지금은 열 개 부대에 이르는 아카이아군이 그대들 눈앞에서 서슴지 않고 칼을 들고 맹렬히 싸우는데도 그저 바라보며 흥겨워만 할 참인가."

그러자 왕을 눈을 쏘아보며 지혜에 넘치는 오디세우스가 말했다.

"아트레우스의 아들이여, 무슨 말씀을 그렇게 함부로 하시는 겁니까? 어쩌면 그렇게 우리 전투력이 부족하다고 말씀하실 수 있는지요. 언제나 우리 아카이아군은 말을 길들이는 트로이인들과 격렬한 접전을 벌이고 있는데. 소원이시라면, 또 그것이 그토록 걱정이시라면 텔레마코스의 아버지가 길들이는 말을 탄 트로이군 진영과 격전을 벌이고 있는 모습을 보아주십시오. 그런데도 그런 어처구니없는 말씀을 하시다니."

오디세우스가 화를 내자 아가멤논은 그를 향해서 웃으면서 자기가 한 말을 고쳐 말했다.

"제우스의 후예인 라에르테스의 아들 오디세우스여, 책략에 뛰어난 그대를 내가 두드러지게 나무랄 일도 없거니와 새삼 격려할 필요도 없다. 나도 그대가 가슴속에 정다운 마음을 갖고 있다는 것과 나와 의견이 조금도 틀리지 않다는 것을 잘 알고 있으니까. 그러니 내가 지금 말실수라도 했다면, 그 벌충은 나중에 하기로 하지. 그런 일은 모두 신들이 소용없는 것으로 만들어 주시기를 기도합시다."

이렇게 말하고 그는 그들을 떠나 다른 곳으로 걸음을 옮기다가, 이윽고 티데우스의 아들로 용감무쌍한 디오메데스가 서 있는 것을 보았다. 주위에는 말과 튼튼하게 만든 전차가 놓여 있고, 그 옆에 카파네우스의 아들 스테넬로스가 우두커니 서 있었다. 이것을 보자 아가멤논은 꾸짖으며 말했다.

"어이가 없구나. 용맹한 기상으로 말을 길들이는 티데우스의 아들이 무얼 우물쭈물 주저하고 있는가. 어째서 이 전쟁 중에 한가하게 구경만 하고 있는가. 티데우스였더라면 이렇게 뒷걸음질치지는 않았을 것이다. 오히려 언제나 전우들보다 훨씬 앞장서서 적과 싸웠다고, 그가 고군분투하는 모습을 실제로 본 사람들이 들려주었다. 나는 그를 만난 적도 본 적도 없지만 뛰어난 인물이었다 알고 있다.

그러고 보니 그는 전쟁과는 관계없이 사절로 신과도 같은 폴리네이케스와 함께 군대를 지원받기 위해서 미케네에 온 일이 있다. 그 무렵 그들은 테바이의 거룩한 보루로 원정을 기도하고 있어서, 정선된 지원부대를 보내달라고 부탁하러 왔었다. 그래서 모두들 그 부탁을 들어주려 했으나 제우스께서 불길한 조짐을 보이셔서 마음들이 변하고 말았다.

그래서 그들은 떠나갔고 상당히 먼 길을 걸었다. 그리하여 아소포스 강가,

갈대가 무성하게 자라 풀잎 잠자리가 생긴 곳에 이르렀을 때, 이번에는 아카이아인이 티데우스를 다시 사절로 임명했다. 그래서 그는 출발하여 카드모스의 수도*5사람들이 여럿이서 연회를 베풀고 있는 용감한 에테오클레스의 성을 찾아갔다. 더욱이 그때 말을 달리는 티데우스는 아무런 연고도 없는 이방인이었는데, 조금도 두려워하지 않고 혼자서 많은 카드모스 사람들과 어울렸을 뿐 아니라 오히려 솜씨를 겨루자고 그들에게 도전하여 경기마다 손쉽게 이겼지. 아테나 여신이 그토록 대단한 원조자로서 그를 보호하고 있었기 때문이다.

그러자 말을 잘 타기로 이름난 카드모스 시민들은 화가 나서 그가 돌아가는 길목에 빈틈없이 복병을 숨겨놓았다. 쉰 명 남짓한 젊은이들을 지휘한 것은 두 사람으로, 하이몬의 아들 마이온이라고 하는 불사의 신과 견줄 만한 억센 사나이와, 아우토포노스의 아들로 폴리폰테스라고 하는 만만찮은 투사였다. 그러나 티데우스는 이 사람들에게마저 수치스러운 죽음을 안겨주었다. 그들을 모두 죽이고 오직 한 사람만을 고향 테바이로 돌려보냈기 때문이다. 신의 계시에 따라 마이온을 돌려보낸 것이다. 아이톨리아 태생의 티데우스는 이러한 용사였는데, 그가 낳은 아들은 말재주에서는 더 나을는지 모르지만 전쟁에서는 참으로 아버지보다 못한 자로구나."

이렇게 말했으나 용맹스러운 디오메데스는 한 마디도 대답하지 않았다. 존경하는 나라의 임금이 하는 꾸중에 대해서 겸손한 태도를 보인 것이다. 그러나 영예에 빛나는 카파네우스의 아들 스테넬로스가 반박했다.

"아트레우스의 아들이시여, 똑똑히 본 듯이 말씀은 잘하시나 거짓말은 하지 말아주십시오. 우리는 선친들보다는 훨씬 낫다고 생각하고 있습니다. 일곱 성문의 테바이 성을 공략한 것도 우리니까요. 그것도 훨씬 적은 군사를 이끌고 가서 그토록 견고한 성벽에서 말입니다. 여러 신들이 보여주신 조짐과 제우스의 보호에 기대기는 했습니다만. 이에 반해서 그분들*6은 스스로 마음이 오만해져서 자신들을 망치고 말았습니다. 그러니 제발 우리를 선친들과 같이 취급하지 말아주셨으면 합니다."

그러자 그를 노려보며 용맹스런 디오메데스가 말했다.

"이봐, 너는 잠자코 있거라. 내가 하라는 대로만 하면 되는 거야. 나는 조금

---

*5 테바이를 말한다, 카드모스는 테바이 건국의 시조이다.

*6 선친들. 테바이를 공격한 장군들.

도 병사들의 우두머리이신 아가멤논을 나쁘게 생각할 까닭이 없으니 말이다. 훌륭한 정강이받이를 대고 있는 아카이아 군대를 전쟁에 나서도록 독려하고 계시니까. 만일 아카이아군이 트로이군을 쳐부수고 신성한 일리오스를 공략하면 이분 또한 높은 영예를 받으실 게다. 반대로 만일 아카이아군이 지는 날에는 심한 비탄에 잠기시겠지. 그러니 우리도 격전에 대한 왕성한 기개를 되찾자꾸나."

그는 이렇게 말하자마자 갑옷을 입고 무장한 채 전차에서 땅 위로 뛰어내렸다. 무서운 굉음이 분기한 용장들의 가슴받이에서 우렁차게 울리니 아무리 대담한 젊은이라도 공포에 사로잡혔으리라.

마치 요란스레 울리는 바닷가에 밀어닥치는 파도가, 뒤흔드는 서풍 아래 잇따라 솟구쳐 일어나듯이 처음에는 넓은 앞바다에 높은 물결이 일었다. 다음에는 그 파도가 육지로 밀려와서 부딪쳐 부서지며 우렁차게 울리는가 하면, 곶(串) 양쪽에 큰 호를 그리며 높다랗게 고개를 쳐들고 허옇게 물거품을 토해냈다. 이때 잇따라 꼬리를 물고 다나오이 군대의 대열이 사정없이 몰려갔다. 그러자 지휘를 맡은 자들은 저마다 자기 부대에 명령을 내리고, 병사들은 명령에 따라 모두 말없이 걸음을 옮겼다. 그 모양은 이토록 많은 사람들이 나름대로의 생각에 잠겨 있는 것이라기보다는 모두가 지휘자를 무서워하여 입을 열지 않는 것 같았다. 모든 병사들이 온갖 기교를 부린 화려한 갑옷을 입고 대열은 앞으로 나아갔다.

그러나 트로이 쪽은 마치 부잣집 안마당에서 흰 젖을 짜주기를 기다리고 있다가 새끼양들의 울음소리를 듣고는 끊임없이 울어대는 수많은 암양 떼와도 같았다. 마치 이처럼 트로이군의 함성은 넓은 진영 가득히 울려퍼졌다. 그 많은 사람들이 모두 같은 언어, 같은 음성을 갖고 있는 것이 아니고, 여러 곳에서 불러온 사람들이라 여러 가지 말이 뒤섞여 있었기 때문이었다.

이들은 아레스가 격려하고, 다른 이들은 눈이 빛나는 아테나와 공포의 신과 패주의 신 그리고 언제나 끝없이 기세를 올리는 투쟁의 여신 에리스가 격려했다. 에리스는 남자를 죽이는 아레스의 누이이자 부하인데, 처음에는 고개를 숙이더니 나중에는 머리를 하늘 높이 쳐들고 지상을 걸어다닌다.

그리하여 이윽고 그들이 한곳에 이르러 맞부딪쳤을 때 서로 가죽 방패를 부닥뜨리며, 창과 청동 가슴받이를 걸친 무사들의 억센 칼이 맞붙어 겨루는 듯했다. 손잡이가 달린 큰 방패가 서로 바짝 붙어 서며 엄청난 소음이 일었다. 그리하여 이 무렵부터 죽이는 자들과 죽어가는 무사들의 비명과 자랑스레 소리치는 승리의 함성이 되풀이되고 대지에 피가 괴어 흘렀다. 마치 비바람에 물이 불은 겨울 골짜기의 냇물이 산골짜기를 흘러내려 한곳으로 몰리고, 떨어져서 깊은 웅덩이를 이루는 계곡에서 큰 수원의 물줄기가 여러 가닥 함께 흘러 넘치며 부딪치듯 그 둔중한 소리가 먼 산속에 있는 목자들의 귀에도 들렸다. 그와 같이 뒤섞여서 싸우는 양쪽 군대에서 고함과 온갖 소음이 왁자하니 일었다.

먼저 안틸로코스*7가, 트로이 측의 전사로 선두에 나서서 무용을 떨친 탈뤼시오스의 아들 에케폴로스를 쓰러뜨렸다. 그 광경을 말하면, 먼저 말총 술 장식을 단 투구의 뿔을 꿰뚫어 이마에 창을 꽂으니, 청동을 댄 창끝이 뼈를 꿰뚫고 들어갔으므로 두 눈에 죽음이 덮치어 그 자리에 쓰러졌는데, 마치 격렬한 싸움으로 탑루가 무너지는 듯했다.

칼코돈의 아들 엘레페노르는 기세등등한 아반테스들의 대장이 쓰러지자 그의 다리를 잡고 빗발치듯 쏟아지는 화살 밖으로 끌고 가서 재빨리 그 갑옷을 벗기려고 서둘렀다. 그러나 그의 노력 역시 순식간에 끝나버렸다. 그가 시체를 끌고 가려는 것을 기상이 늠름한 아게노르가 발견하고, 엘레페노르가 몸을 구부리는 순간 방패 옆으로 드러난 그의 옆구리를 청동 날이 박힌 나무창으로 찔렀기 때문이다. 그의 팔다리는 금세 마비되고 말았다. 이렇게 그 몸뚱이에서 목숨이 떠나자, 그 시체를 짓밟아 가며 트로이 측과 아카이아군 사이에선 무참한 일들이 펼쳐졌다. 사람들은 이리 떼와도 같이 서로 번갈아 덤벼들어 무사가 무사를 잇따라 쓰러뜨렸다.

때마침 텔라몬의 아들 아이아스는 안테미온의 아들로 혈기 왕성한 젊은 무사 시모에이시오스를 쓰러뜨렸다. 이자는 본디 그 어머니가 이데 산에서 내려와 시모에이스 강둑에서 낳은 자식이었다. 그때는 양 떼를 지키는 부모가 양 떼를 몰고 자주 내려오곤 했다. 그래서 사람들은 그를 시모에이시오스라고 불렀다. 그는 그 사랑스런 부모에게 길러준 은혜를 갚지 못했다. 왜냐하면 그는

---

*7 필로스의 왕. 네스토르의 장남, 예의바른 젊은이였으나 나중에 아버지를 옹호하다가 죽는다.

얼마 살지 못했고, 기상이 늠름한 아이아스의 창끝에 쓰러졌기 때문이다. 마치 백양목과도 같이 그가 앞장서서 쳐들어오는 것을 오른쪽 가슴 옆을 겨누어 찌르니, 청동 창은 곧장 어깨를 꿰뚫고 들어갔다. 그는 먼지를 일으키며 땅 위에 쓰러졌다. 그것은 본디 큰 늪의 낮은 땅에 자라던 포플러나무로 매끄러운 줄기에 가지는 오직 꼭대기에만 무성하게 나 있었다. 이 나무를 어떤 수레 제조공이 특별히 훌륭한 3인승 전차의 바퀴 테로 쓰려고 굽혀서, 불덩이 같은 쇠칼로 잘라냈다. 그래서 지금은 이 잘라낸 나무들을 말리느라 강둑에 널었다.

그 모양과 똑같이 안테미온의 아들 시모에이시오스를 제우스의 후예인 아이아스가 쓰러뜨렸다. 그를 겨누어 프리아모스의 아들로 화려한 가슴받이를 걸친 안티포스가 무리들 속에서 날카로운 창을 내던졌다. 그러나 그에게는 맞지 않고 오디세우스의 부하인 용사 레우코스가 시체를 막 저쪽으로 끌고 가려다가 허벅지 위쪽에 맞고 말았다. 그리하여 시체를 덮치며 쓰러지니 시체는 그 손에서 떨어졌다. 부하가 죽는 것을 본 오디세우스는 가슴에 온통 분노가 끓어오르면서, 불처럼 빛나는 청동 갑옷으로 무장하고 앞장서서 선두 대열 사이로 걸어나갔다. 그가 똑바로 나아가 우뚝 멈춰 서서 좌우로 눈을 부라리며 번쩍이는 창을 집어 던지니, 그 무서운 기세 때문에 창을 던지는 무사 앞에서 트로이군이 뒷걸음쳤다.

던진 창은 빗나가지 않고 프리아모스의 아들 데모콘에게 맞았다. 그는 아비도스에서 날랜 암말에 안장을 얹고 아버지 곁으로 달려온 자로서, 오디세우스는 부하가 죽은 데 화가 나서 그의 관자놀이를 찌른 것이다. 그 청동 창끝이 귀밑머리 이쪽에서 저쪽으로 뚫고 나갔으므로, 죽음이 그의 두 눈을 덮치고 소리도 요란스레 쾅 쓰러지니 갑옷 장신구가 몸 위에서 덜거덕거렸다.

이에 기가 질려서 트로이 측 선두 대열과 영예에 빛나는 헥토르도 함께 뒤로 물러서니, 아르고스 부대는 소리 높여 함성을 지르면서 시체를 끌고 가는 한편 다시 앞으로 밀고 나아갔다. 그러나 페르가모스*8에서 이것을 내려다본 아폴론은 괘씸하다고 화를 내며 트로이 편을 향해 큰 소리로 격려했다.

"일어서라, 말을 길들이는 트로이인들아. 싸움에서 아르고스군에게 한 치라

*8 일리오스의 아크로폴리스, 즉 궁전 등이 있는 고지.

도 물러서지 말라. 그들이라고 해서 두들겨 맞거나 찔렸을 때 가죽과 살을 째는 청동 칼날을 막을 만큼 살갗이 돌도 아니고 쇠도 아니다. 아니 오히려 저 아킬레우스, 머리칼이 아름다운 여신 테티스의 아들조차도 싸움에 나오지 않고 있다. 정박하고 있는 배들 옆에서 가슴을 괴롭히는 노여움을 억지로 누르고 있구나."

이렇게 성의 높은 곳에서 화가 난 아폴론이 말했는데, 한편 아카이아군을 독려하고 있는 것은 제우스의 딸, 더없는 영광에 빛나는 트리토게네이아*9였으며, 게으른 자를 보면 무리들 사이로 돌아다니며 뛰어내려 격려를 했다.

그때 마침, 아마링케우스의 아들 디오레스를 운명의 덫이 잡았다. 오른쪽 장딴지의 뒤꿈치 부근을 뾰족한 돌덩이에 맞은 것이다. 돌을 던진 자는 트라케에서 온 군대의 지휘자 페이로스이며, 아이소스 출신으로 임부라소스의 아들이라고 했다.

무참한 돌이 양쪽 뒤꿈치 뼈를 박살내 버렸으므로, 그는 두 손을 그리운 전우들에게 내민 채 숨도 못 쉬고 뒤로 먼지를 일으키며 벌렁 쓰러졌다. 그러자 돌을 던진 페이로스가 달려들어 창으로 배꼽 옆을 쿡 찔렀다. 땅바닥에 온통 창자가 터져 흐르고, 그의 두 눈은 죽음이 덮쳐버렸다.

그러나 이 사나이가 급히 달려가는 것을 아이톨리아 사람 토아스가 창을 들어 정통으로 가슴을 치니, 청동 창끝이 허파에 꽂혔다. 그래서 토아스는 성큼성큼 그 옆에 다가서서 묵직한 창을 가슴팍에서 뽑기가 무섭게, 날카로운 칼을 뽑아 느닷없이 배 한가운데를 찔러 목숨을 빼앗았다.

하지만 그자의 갑옷을 벗기지는 못했다. 왜냐하면 정수리에 털이 난 드라키아인 전우들이, 손에 손에 긴 창들을 들고 둘러서 있었기 때문이다. 그래서 그는 무척 체구가 크고 힘이 센 데다가 기상 또한 뛰어났으나, 하는 수 없이 그 자리에서 물러서고 말았다.

이렇게 하여 한편은 드라키아 부대의, 다른 한편은 청동 갑옷을 입은 에페이오이 부대의 지휘자들이 모래 먼지 속에 서로 나란히 길게 쓰러져 있었다. 그리고 그 주위에서는 줄곧 수많은 사람들이 죽어갔다.

이 무렵, 어떤 사람이든 이 자리에 나와서 싸움을 거드는 것을 대수롭지 않

---

*9 아테나의 별명.

게 여길 자는 없었을 것이다. 비록 그가 창에도 찔리지 않고 날카로운 청동의 칼에도 상하는 일 없이, 팔라스 아테나가 그 손을 잡고 이끌어 줄 뿐 아니라 화살이 거센 기세를 막아주었다 하더라도, 싸움터 한가운데를 돌아다니며 거들어야 하는 것은 말이다. 그만큼 수많은 트로이 군사들과 아카이아 군사들이 이날 싸움에서 모래 먼지 속에 나란히 엎어져서 죽어갔기 때문이다.

제5권

디오메데스의 격전, 아프로디테와 아레스에 도전

그리스 측 아르고스의 대장 디오메데스는 왕의 격려를 받고 난 뒤, 여신 아테나가 용기를 불어넣자 전장을 달리며 트로이 편 무사들을 무찌르고 판다로스를 쓰러뜨린다. 이어 여신 아프로디테에게 상처를 입히고 아폴론에게 꾸지람을 듣지만, 아테나 여신의 힘을 얻어 무신 아레스까지 상처를 입힌다. 트로이군은 파리스의 맏형 헥토르를 중심으로, 그리스군은 아이아스와 오디세우스가 디오메데스를 편들어 서로 격전을 벌인다.

이때 티데우스의 아들 디오메데스에게 팔라스 아테나가 용기와 담력을 내려주었다. 그가 모든 아르고스 군대 중에서도 특히 빼어난 영예를 차지할 수 있도록 하기 위해서였다. 그의 투구와 큰 방패에서 지칠 줄 모르는 불꽃이 타오르게 하니, 그 모습은 여름 하늘 큰개 별자리의 으뜸별 시리우스(天狼星)와도 같았다. 더욱이 세계의 끝에 맞닿은 바닷물에 씻겨, 점점 밝게 빛나는 별과 같은 불꽃을 그의 머리와 두 어깨에 타오르게 하여, 병사들이 가장 많이 몰려 있는 싸움터 한가운데로 돌진하게 했다.

한편 트로이 편에 다레스라는 부유하고 지체도 높은 사람이 있었다. 헤파이스토스의 사제로 페게우스, 이다이오스라는 두 아들을 두었는데, 둘 다 전법과 전술에 통달해 있었다. 이 두 사람이 지금 대열에서 떨어져 되돌아서더니 디오메데스를 향해 돌진해 왔다. 두 사람이 전차에 탄 채 도전해 오자 그는 땅 위를 걸어서 나아갔다. 이렇게 서로 마주보고 가까워졌을 때, 페게우스가 먼저 긴 그림자를 긋는 창을 던졌다. 그 창의 뾰족한 끝이 티데우스 아들의 왼쪽 어깨로 날아갔으나 몸에는 맞지 않았다. 디오메데스도 청동 창을 쥐고 돌진하니, 그 손에서 날아간 창은 페게우스의 가슴팍에 맞아 그를 전차에서 떨어뜨렸다.

이것을 본 이다이오스는 교묘하게 기교를 부려서 만든 두 바퀴의 전차를 버리고 뛰어내렸으나, 그렇다고 죽은 형제를 막아설 만큼 과감히 다가오지는 못했다. 그렇게 하다가는 그 자신이 검은 죽음을 피할 수 없었기 때문이다. 그런데 그때 그의 늙은 아버지가 완전히 비탄에 잠기지 않도록 헤파이스토스가 그를 지켜 밤의 어둠으로 감싸서 무사히 구출해 냈다. 그리하여 기세등등한 티데우스의 아들은 적의 마차에서 말을 몰아내어 함선들 안의 텅빈 곳으로 끌고 가라고 부하들에게 넘겨주었다.

한편 기세가 드높았던 트로이군은, 다레스의 두 아들 중 하나는 간신히 죽음을 면했으나, 하나는 전차 옆에서 살해되는 것을 보고 모두 마음속으로 분개했다. 때마침 지혜의 여신 아테나가 난폭한 아레스의 손을 잡고 말을 건넸다.

"아레스, 아레스여, 인류의 파멸과 살인의 피에 젖어 성채를 파괴하는 자여, 어떠세요. 트로이군과 아카이아군을 서로 자기들끼리 싸우게 버려두고 우리는 그냥 방관하기로 하면. 어느 쪽에 아버지 제우스께서 승리의 영광을 주시든지, 우리는 뒤에 물러나 있기로 해요. 그렇게 제우스의 분노를 피하기로 하면 어때요?"

이렇게 말하고 그녀는 난폭한 아레스를 싸움터에서 데리고 나가, 스카만드로스의 높은 강둑에 앉혔다. 그리하여 다나오이 부대는 트로이군을 격파하고, 대장들은 모두 적의 무사들을 무찔렀다. 먼저 무사들의 군주 아가멤논이 할리조네스의 우두머리인 위대한 오디오스를 전차에서 밀어뜨렸다. 그가 먼저 등을 돌리는 순간 아가멤논이 그의 두 어깨 한가운데쯤을 창으로 푹 찔러 가슴팍으로 꿰뚫으니 그는 땅을 울리며 쓰러졌고, 몸뚱이 위에선 갑옷이 요란한 소리를 냈다.

또 이도메네우스는 마이오네스족으로, 보로스의 아들인 파이스토스를 쓰러뜨렸다. 기름진 땅의 타르네에서 온 자이다. 이 사나이가 마차에 막 타려고 하는 것을, 창으로 이름난 이도메네우스가 자루가 긴 창으로 오른쪽 어깨를 찌르자 때마침 전차에서 툭 떨어지는 그의 모습을 어둠이 휩싸버렸다. 그 갑옷을 이도메네우스를 뒤따르던 이들이 벗기기 시작했다.

스트로피오스의 아들로 훌륭한 사냥꾼이었던 스카만드리오스를 아트레우스의 아들 메넬라오스도 날카로운 창으로 쓰러뜨렸다. 그도 그럴 것이, 여신 아르테미스가 손수 산골짜기에서 숲이 길러주는 야생동물 따위를 잡는 기술을 그에게 가르쳐 주었기 때문이다. 그러나 이때는 사냥의 여신 아르테미스조차, 그리고 전부터 탁월하다는 소문이 나 있던 그 사격의 기술조차 아무런 도움도 되지 않았다고 한다. 바로 아트레우스의 아들인 창으로 이름난 메넬라오스가, 자기 앞에서 달아나는 그의 등을 향해 창을 던졌기 때문이다. 그는 앞으로 고꾸라졌고, 몸뚱이 위에서는 갑옷이 덜거덕거리며 소리를 냈다.

또 메리오네스는 페레클로스를 쓰러뜨렸다. 하르몬의 아들인 텍톤의 아들로서, 손끝으로 갖가지 정교하기 짝이 없는 기구를 만드는 여러 기술을 익히고 있는 자인데, 기예(技藝)의 신 팔라스 아테나가 특별히 돌보아 준 덕분이었다. 그가 알렉산드로스*1를 위해서도, 모든 트로이 사람들을 생각해서도, 또 그 자신으로 봐서도 온갖 불행의 근본이 된, 균형이 잘 잡힌 배를 만들었던 것이다. 그러한 재앙을 불러일으킨 것도 결국은 여러 신들이 내리는 징조를 충분히 해독할 방법을 모르고 있었기 때문이리라. 이 사나이를 메리오네스가 좇아가서 붙들고 오른쪽 엉덩이를 창으로 쿡 찌르니, 그대로 곧장 뚫고 들어간 창끝이 뼈 밑으로 방광 근처에서 툭 튀어나왔고, 악 하는 비명과 함께 무릎을 꿇고 쓰러지는 그에게 죽음이 내리덮였다.

한편에서는 페다이오스를 메게스가 죽였다. 이는 안테노르의 아들이었는데, 서자로 태어나기는 했어도 품위 높은 테아노가 남편의 체면을 세우기 위해 친자식처럼 소중하게 기른 자였다. 그를 지금 창의 명수로 소문난 퓔레우스의 아들 메게스가 가까이 다가가 날카로운 창으로 목덜미를 쿡 찌르니, 곧장 청동 창날이 들어박혀 혀뿌리를 찢고 치아 위로 나와서 차가운 청동 창날을 꽉 깨문 채 먼지 속에 엎어졌다.

또 스카만드로스 강 신의 사제로, 온 나라 사람들에게서 신처럼 존경을 받고 있는 기상이 뛰어난 돌로피온의 아들인 용감한 휩세노르를 에우아이몬의 훌륭한 아들 에우리필로스가 자기 앞에서 달아나는 그를 뒤좇아가 그의 어깨를 칼로 내려쳐서 굳센 팔을 잘라버렸다. 피투성이가 된 팔이 땅에 떨어지고, 그 사나이의 두 눈에는 에누리 없는 진자줏빛 죽음의 운명이 내리덮였다.

이와 같이 모두가 격렬한 접전을 벌이고 있는 가운데 티데우스의 아들 디오

---

*1 파리스.

메데스가 지금 어느 편과 함께 있는지, 트로이 측을 무찌르고 있는지, 트로이 군대와 겨루고 있는지 아무도 알 수 없었을 것이다. 왜냐하면 그는 물이 불어오는 강처럼 평원을 휩쓸고 있었기 때문이다. 그 강은 거센 폭풍우를 타고 무서운 속도로 흘러가서는 강과 둑을 허물며 나간다. 제우스가 내리는 비가 세차게 쏟아져서 갑자기 강이 넘쳐흐르면, 아무리 단단히 다진 둑이라도 이를 지탱할 힘이 없고, 무성한 과수원의 울타리라도 도저히 막을 수는 없다. 그래서 젊은이들이 정성들여 가꾼 논밭을 홍수는 모조리 황폐하게 만든다. 그처럼 티데우스의 아들 때문에 트로이 측은 굳게 짠 대열이 몇 개나 혼란에 빠져서 병사들은 많은데도 공격에 버티어 내질 못했다.

그런데 이 디오메데스가 눈앞에서 이런 진열을 휘저으며 들판을 지나 달려오는 것을, 뤼카온의 아들 판다로스가 발견했다. 그는 즉각 디오메데스를 겨냥해 활을 굽혀 힘껏 끌어당겨서는 돌진해 오는 그의 오른쪽 어깨에 화살을 맞히니, 곧장 꿰뚫고 들어간 화살로 그의 가슴받이는 피가 튀어 벌겋게 물들었다. 뤼카온의 영예도 드높은 아들이 기뻐하며 큰 소리로 말했다.

"자, 일어서자. 의기 왕성한 트로이인들이여. 말을 길들이고 부리는 사람들아. 아카이아군 제일가는 용사가 지금 맞았다. 만일 링케아에서 제우스의 아들 아폴론이 나를 이리로 보내신 것이 사실이라면, 그가 아무리 애써도 저 큰 화살을 맞았으니 이젠 오래 견디지 못할 것이다."

이렇게 그는 자랑스레 말했지만, 그 재빠른 화살에도 디오메데스는 굴하지 않고 뒤로 물러가 말과 전차를 놓아둔 앞에 이르러 걸음을 멈추고 카파네우스의 아들 스테넬로스에게 말했다.

"그대 카파네우스의 아들아, 전차에서 내려와 내 어깨에 박힌 날카로운 화살을 뽑아다오."

스테넬로스는 전차에서 땅 위로 뛰어내려와 그의 곁에 다가가 재빨리 화살을 뽑아냈고, 그러자 피가 부드러운 천 사이로 힘차게 뿜어나왔다. 그래서 이때 목소리도 우렁찬 디오메데스가 기도했다.

"들어주십시오, 아이기스를 가진 제우스의 딸 아트리토네*2여, 만일 언젠가 저나 제 아버지를 염려해 주시어 심한 싸움 중에서도 도와주신 적이 있다면,

---

*2 아테나.

이번에도 저를 가엾게 여기소서. 아테나 여신이여, 제발 저 사나이를 제가 던지는 창이 닿는 곳으로 오게 하여, 그 목숨을 뺏게 해주소서. 저를 몰래 쏘아 놓고는 이제 빛나는 햇빛을 제가 오래 보지는 못할 것이라는 등 큰소리를 치고 있습니다."

이렇게 빌자 이 소원을 팔라스 아테나가 듣고 그의 팔다리를 발끝에서 손끝까지 가볍게 해주었다. 그러고는 바로 옆에 가 서서 위엄 있게 말했다.

"디오메데스여, 이제 그만 안심하고 트로이군과 싸워라. 그대 가슴속에 그대 아버지가 지녔던 불굴의 용기를 불어넣어 주었으니. 그 큰 방패를 휘두르며 전차를 타고 싸우던 기사 티데우스가 갖고 있던 그러한 용기를 불어넣었노라. 또한 그대 두 눈을 여태까지 가리고 있던 안개를 걷어주었다. 이제 상대가 신인지 인간인지를 똑똑히 분별할 수 있을 것이다. 그러니 신께서 지금 이 자리에 그대를 시험하러 오시더라도, 결코 그대는 영원히 존재하는 신들과 맞서 싸우지 말아라. 만일 제우스의 딸 아프로디테가 싸움 속으로 뛰어들거든 날카로운 청동 창칼로 그녀를 찔러주어라."

이렇게 말하고 여신은 가버렸다. 빛나는 눈의 아테나였다. 한편 티데우스의 아들은 다시 한 번 선두 대열 속에 뛰어들었다. 그는 진작부터 트로이 군대와 대결하고자 마음속으로 벼르고 있었기 때문이다. 여느 때보다 곱절로 용기가 솟아올랐다. 마치 사자가 들판에서 털이 북슬북슬한 양 떼를 습격하여 둘러친 우리를 뛰어넘어갔다가, 양치기에게서 받은 상처로 쓰러지기는커녕 오히려 사나운 사자의 살기만 부채질한 꼴이었다. 양치기는 도무지 사자를 막지 못하고 오두막 뒤에 몸을 숨기고, 양 떼는 방치되어 그저 무서워 떨기만 하며 서로 몸을 비비대고 소란을 떨고 있는 동안, 사자가 힘이 뻗는 대로 높다란 우리의 울타리를 훌쩍 뛰어넘는다. 그처럼 기세도 사납게 용맹스런 디오메데스는 트로이군과 싸워 나갔다.

그는 아스튀노스와 병사들을 지휘하는 히페이론을 무찔렀다. 한 사람은 가슴 위를 청동 날이 달린 창으로 찔러서 쓰러뜨렸고, 또 한 사람은 커다란 칼로 어깨 옆 빗장뼈를 쳐서 목덜미와 등에서 어깨를 잘라내 버렸다. 그러나 이 두 사람은 그대로 내버려 두고, 디오메데스는 아바스와 폴리이도스에게 덤벼들었다. 이들은 꿈을 해몽하는 늙은이 에우리다마스의 아들이었다. 이 두 사람이 떠나올 때 늙은이는 해몽을 하지 않았던지 용맹스런 디오메데스가 이들을 쓰러뜨리고 말았다.

그러고는 파이노포스의 두 아들인 크산토스와 토온에게 달려들었다. 이들은 둘 다 아직 나이 어린 젊은이들로, 그들의 아버지는 늙어서 쇠약해져 재산을 물려줄 다른 아들을 낳지 못했다. 그들을 이제 디오메데스가 죽였으니, 두 사람의 목숨을 빼앗은 사실은 그들의 아버지에게 비탄과 눈물과 안타까운 생각만을 남겨주었다. 전쟁에서 살아남아 고향에 돌아오는 아들을 맞이할 수 없기 때문이다. 그래서 친척들은 상속자 없는 재산을 나누어 가졌다.

그러고 나서 그는 한 대의 전차에 같이 타고 있는 다르다노스의 후예인 프리아모스의 두 아들 에켐몬과 크로미오스를 붙잡았다. 마치 사자가 소 떼 사이에 뛰어들어 나무 사이에서 풀을 뜯고 있는 송아지와 암소들의 목덜미를 물어뜯듯이, 티데우스의 아들은 두 사람을 마차에서 거칠게 끌어내려 갑옷을 벗기고, 말 두 필을 자기 부하들에게 넘겨주면서 배가 있는 데로 몰고 가게 했다.

이와 같이 그가 병사들의 대열 속을 휘젓고 돌아다니고 있는 것을 아이네이아스*3가 발견하고, 창이 빗발치는 싸움터를 비집고 신과도 같은 판다로스를 찾아 돌아다녔다. 그리하여 마침내 이 영광도 드높고 용맹스러운 뤼카온의 아들을 만나자, 그 앞에 가서 걸음을 멈추고 그를 똑바로 바라보며 말을 건넸다.

"판다로스여, 그대의 활과 날개를 가진 화살과 그대의 높은 명성은 어디로 갔는가. 이곳에서는 아무도 그대와 솜씨를 겨룰 만한 자가 없고, 또 링케아에서도 그대보다 낫다고 자랑하는 자가 없다. 그러니 제우스에게 두 손을 쳐들고 기도한 뒤 저자에게 활을 쏘아다오. 저기 저자는 누군지는 모르지만 용맹을 발휘하여 많은 용사들의 무릎을 꺾음으로써 우리 트로이 편에게 막심한 손해를 주었으니까 말이다. 만일 그 일이, 어느 신께 바친 희생물이 마음에 안 드셔서 화를 내시고 트로이인들을 나무라시는 것이 아니라면. 신의 격노는 엄한 법이니까."

이번에는 뤼카온의 영예도 드높은 아들이 말했다.

"아이네이아스, 청동 갑옷을 입은 트로이군의 조언자여, 나는 용맹이 뛰어난 티데우스의 아들과 저 사나이가 모든 점에서 닮았다고 생각하오. 큰 방패의 모양으로 보나 대롱 모양의 투구 장식에서 미루어 보나, 또 말을 보아서나 말

---

*3 트로이 왕족 앙키세스와 여신 아프로디테의 아들. 트로이 멸망 뒤 이탈리아로 달아나 거기서 로마인의 원조가 되었다고 한다.

이오. 그러나 신인지 아닌지는 확실히 알 수 없소. 만일 지금 내가 말하는 사나이가 용맹이 뛰어난 티데우스의 아들이라 하더라도 신의 도움 없이는 저토록 날뛰지는 못할 것이오. 아마도 바로 가까이에 두 어깨를 구름에 감춘 어느 신께서 붙어 서 있는 모양이오. 그분이 날아오는 재빠른 화살을 저 사나이에게서 다른 데로 빗나가게 해버리신 것이오. 왜냐하면 조금 전 내가 그에게 활을 쏘아 분명히 오른쪽 어깨를 맞혀서, 곧장 가슴받이의 오목한 널빤지를 꿰뚫었기 때문이오. 그래서 나는 이제 저자를 저승의 왕에게 보낸 줄 알고 있었는데도 쓰러뜨리지 못했다면 틀림없이 어느 신께서 우리에게 화를 내고 계시는 것이오.

그런데 여기에는 타고 가려 해도 말도 없고 전차도 없소. 물론 아버지 뤼카온의 저택이라면 열한 대의 전차가, 그것도 아름답게 갓 만들어 온 것이 나란히 서 있소. 모두 천으로 덮여 있고 그 옆에서는 전차마다 두 마리의 말이 흰 보리와 밀을 씹고 있소. 내가 떠나올 무렵, 창으로 이름을 날린 늙은 무사 뤼카온은 자상하게도 훌륭하고 견고한 저택 안에서 여러 가지 당부를 해주었소. 심한 격전에 임할 적에는 말과 전차에 올라타고 트로이 부대를 지휘하라고 가르쳐 주었는데, 나는 그 말을 듣지 않았지. 들었더라면 훨씬 덕을 보았을 텐데. 말을 아끼는 마음에서 그랬다오. 병사들이 성안에 있을 때엔 늘 배불리 먹이던 여물을 제대로 못 먹일까 염려하여, 고향에 그대로 두고 떠나왔다오. 그리고 활과 화살에 의지하고 걸어서 일리오스에 온 것이오. 그런데 그 활과 화살이 지금은 아무 구실도 못하는 지경이 되어버렸소.

왜냐하면 나는 이미 두 사람의 대장에게 활을 쏘았기 때문이오. 티데우스의 아들 디오메데스와 아트레우스의 아들 메넬라오스에게. 두 사람 모두 분명히 맞혀서 피를 흘리게 했는데도 오히려 더욱더 분발하게 만들었을 뿐이었소. 그러고 보면 휜 활을 내가 고리에서 벗겼을 때의 조짐은 정말 흉조였음에 틀림없소. 그리운 일리오스를 향해서 고귀한 헥토르를 도우려고 트로이 군사들을 이끌고 출발하던 날, 그날 활을 벗겨 내렸을 때 말이오. 내가 만일 고향에 돌아갈 수 있게 되고, 이 눈으로 고국과 아내와 지붕이 높다란 큰 저택을 바라보게만 된다면, 그때는 당장 나의 목을 다른 나라 사람이 베어도 한이 없을 것이오. 만일 내가 이 활을 토막토막 부러뜨려 훨훨 타는 불 속에 던지지 않는다면 말이오. 나를 따라왔으면서 아무 소용도 없는 물건이니까."

이번에는 트로이 군사들의 대장 아이네이아스가 대답했다.
"그런 말은 하지 말게나. 먼저 우리 두 사람이 말과 전차를 이끌고 저 무사와 맞서 싸워, 무기를 들고 시험해 보기 전에는 어떻게 할 수도 없을 것이오. 그러니 자, 내 전차에 타시오. 트로스의 말*4이란 어떤 것인가 구경을 좀 시켜줄 테니까. 벌판 위를 여기저기 바람처럼 질주하는 것을 얼마나 익혔는지 알게 될 것이오. 설혹 다시 한 번 제우스께서 티데우스의 아들 디오메데스에게 영예를 주고 싶어하시더라도, 이 두 마리는 우리 두 사람을 안전하게 도시에 데려다줄 것이오. 그러니 자, 지금 고삐를 받아주시오. 내가 싸우기 위해 전차에서 내리겠소. 아니면 그대가 저자를 맡으시오. 그렇다면 내가 전차 쪽을 맡을 테니까."
그러자 뤼카온의 영광에 빛나는 아들이 말했다.
"아이네이아스여, 그대가 손수 고삐를 잡고 그대의 말을 모는 것이 나을 것이오. 몰던 사람이 몰아야 굽은 나무로 만든 전차를 훨씬 쉽게 몰아갈 테니까. 그리고 만일 다시 한 번 우리가 티데우스의 아들이 무서워 달아나야 할 경우에도 그럴 것이오. 말이 겁을 먹고 정신을 차리지 못하여 그대의 목소리만 찾아 싸움터에서 수레를 끌고 가지 않아도 난처할 테니 말이오. 그렇게 되면 기상이 뛰어난 티데우스의 아들이 우리에게 덤벼들어 우리를 죽이고, 전차의 말들을 좇아 빼앗아 갈 것이오. 그러니 자, 그대가 말을 몰도록 하게나. 저 사나이가 덤벼들 때는 내가 도맡아 날카로운 창으로 맞설 것이오."
이렇게 서로 말을 주고받은 두 사람은 기교를 부린 전차에 올라타고 기세도 사납게 티데우스의 아들을 향해 날쌘 말을 몰아나갔다. 카파네우스의 영광에 빛나는 스테넬로스가 그 모양을 바라보고 얼른 티데우스의 아들을 돌아보며 당당하게 말했다.
"티데우스의 아들 디오메데스, 진심으로 사랑하는 나의 벗이여, 그대와 결전을 벌이기를 열망하며 굳건한 두 전사가 돌진해 오고 있소. 그중 한 사람은 활 쏘는 기술이 능숙한 판다로스로, 뤼카온의 아들이라면서 큰소리치는 자요. 또 한 사람 아이네이아스는 명예도 드높은 앙키세스의 아들로 태어나, 어머니는 아프로디테라고 자랑하는 자이오. 그러니 자, 전차를 타고 되돌아가시오.

*4 제우스가 가니메데스의 보상으로 준 신마(神馬).

이제 그렇게 선두 대열 속에서 종횡무진 설치는 짓은 그만해 다오. 자칫 잘못 그대의 귀중한 목숨이라도 잃는 날엔 큰일이니까."

그러자 그를 노려보며 용맹스런 디오메데스가 선언했다.

"절대로 도망간다는 소리를 내게는 하지 말라. 그래 보아야 귀도 기울이지 않을 것이다. 싸움을 피해서 숨어다니거나 겁이 나서 꽁무니를 뺀다는 것은 내 성격에 맞지 않으니까. 그대가 보다시피 아직 기운이 넘쳐 이렇게 늠름하지 않느냐. 게다가 전차를 탈 마음도 내키지 않으니 그냥 이 상태로 저놈들에게 대항해 가자. 팔라스 아테나가 겁내지 말라고 하신다. 글쎄, 하나쯤은 살아 달아날지 몰라도. 저놈들 둘을 다 우리 손에서 재빠른 말이 데리고 돌아가진 못할 것이다.

그런데 그대에게도 한 마디 해둘 말이 있다. 가슴속에 잘 간직해서 기억하고 있게. 만일 지모에 능한 아테나 여신이 두 사람을 다 쓰러뜨리는 명예를 주시는 경우, 그대는 여기 있는 이 재빠른 말들을 전차 난간에서 고삐를 꽉 끌어당긴 채 그대로 이 자리에 붙들어 놓게. 그러고는 기회를 보아 아이네이아스의 전차에 달려들어 트로이 측으로부터 정강이받이를 댄 아카이아 편 쪽으로 몰아가는 거다. 저 말들은 본디 트로스에게 멀리 천둥을 울리는 제우스께서 내려주신 말의 혈통이기 때문이다. 그의 아들 가니메데스의 보상으로.*5 그러기에 새벽과 태양 밑에 있는 말 가운데 가장 뛰어난 것이며, 그 씨를 무사들의 군주 앙키세스가 라오메돈*6한테서 암말로 유혹하여 몰래 훔쳐 내었다. 그래서 그의 저택에서 망아지가 여섯 마리나 태어나자, 그중 네 필은 앙키세스가 자기 몫으로 남겨두어 집 마구간에서 기르고, 나머지 두 필은 아이네이아스에게 나누어 주었으니, 그 무서움으로 적을 패배시키는 것이 바로 저 말들이다. 만약에 저놈들만 잡을 수 있다면 정말로 대단한 명예를 얻게 될 거다."

그들이 이런 이야기를 주고받고 있는 사이에, 두 사람이 재빠르게 날쌘 말을 달려 돌진해 왔다. 먼저 기회를 잡아 뤼카온의 영광에 빛나는 아들 판다로스가 디오메데스를 향해서 말했다.

---

*5 트로스의 아들이었는데 용모가 너무 아름다워 제우스가 시동으로 삼으려고 천상계로 데려가 버렸다.

*6 트로스의 아들, 프리아모스의 아버지.

"겁 없고 용맹한 디오메데스, 영예도 드높은 티데우스의 아들이여, 어이가 없게도 그 날쌘 화살마저 그대를 해치우지 못한 모양이구나. 그렇다면 이번에는 다시 한 번 투창으로 맞는가 안 맞는가를 시험해 보리라."

이렇게 말하자마자 기다란 그림자를 끄는 창을 마구 휘둘러 던져 티데우스의 아들이 든 큰 방패를 맞히니, 날아간 청동 창끝은 그것을 푹 꿰뚫고 가슴받이에까지 미쳤다. 그러자 그를 향해 뤼카온의 영광에 빛나는 아들이 큰 소리로 외쳤다.

"맞았다. 디오메데스, 옆구리에 푹 꽂혔구나. 그대는 이제 오래가지 못하리, 그대는 결국 내게 대단한 자랑거리를 주었도다."

이에 조금도 굽히지 않고 용맹스런 디오메데스가 말했다.

"빗나갔다, 맞지 않았다. 그러나 하나라도 쓰러뜨려 저 방패를 꽂는 전사의 신 아레스에게 피에 진저리나게 하기 전에는 그대들과의 싸움은 절대로 멈추지 않을 작정이다."

이렇게 말하며 창을 던지니 그 투창을 아테나 여신이 판다로스의 눈 옆 콧날로 돌리어 하얀 이들을 꿰뚫게 했다. 그리하여 사나이의 혀는 닳지도 않은 날카로운 청동 창끝에 뿌리째 잘리고, 창끝이 바로 턱 밑을 꿰뚫고 밖으로 쑥 튀어나갔으므로 그는 견디지 못하고 전차에서 뒹굴어 떨어졌다. 그러자 몸뚱이 위에서 훌륭하게 번쩍번쩍 빛나던 갑옷이 덜거덕거리며 소리를 냈다. 다리가 빠른 말들도 무서워서 옆으로 비켜서니, 그 자리에서 그의 영혼도, 의기도 허물어져 사라졌다.

그러자 아이네이아스는 가죽 방패와 긴 창을 옆에 끼고 전차에서 뛰어내렸다. 아카이아 병사가 혹시 시체를 끌고 가지나 않을까 염려하여 자신의 무용을 믿고 시체 주위를 마치 사자처럼 성큼성큼 돌았다. 그리고 창과 균형이 잘 잡힌 방패를 앞으로 내밀어 들고 몸을 가누며, 누구건 자기를 향해서 달려드는 놈은 죽일 것 같은 기세로 무서운 소리를 질러댔다.

그때 티데우스의 아들이 바윗덩이를 집어들었는데, 요즘 사람 같으면 남자가 둘이 덤벼들더라도 들지 못할 정도로 무거운 것이었다. 그것을 혼자서 가볍게 번쩍 쳐들더니 아이네이아스의 허리를 향해 내던졌다. 넓적다리와 허리뼈가 연결되는, 세상에서 흔히 허리의 경첩이라고 일컫는 바로 그 자리였다. 돌덩이는 허리의 관절을 부수고 양쪽 다리의 근육마저 잘라버렸으며, 울퉁불퉁한 돌덩이는 그의 살갗을 마구 찢어놓았다. 용사 아이네이아스는 넘어지면서도 무릎 꿇는 자세로 몸을 지탱하고 억센 손 끝으로 땅에 몸을 받쳤으나, 두 눈엔 이미 거뭇거뭇한 죽음이 서서히 내리덮이고 있었다.

이로써 무사들의 군주 아이네이아스는 그 무렵 소를 기르고 있던 앙키세스로부터 그를 낳아준 어머니요, 제우스의 딸인 아프로디테가 재빨리 발견하지 않았더라면 아마 죽어버렸을지도 모른다. 이 여신은 사랑하는 아들의 두 옆구리에 흰 팔을 두르고, 그의 몸 앞쪽에는 화려한 천을 몇 겹으로 접어 넓게 펴서 가렸다. 이것은 만일에 날쌘 말을 달리는 다나오이 부대의 병사라도 달려와서 청동 창을 가슴에 던져 목숨을 빼앗아 가는 일이 없도록, 투창 따위를 막는 방어막이 되었다.

이렇게 여신은 자기의 사랑하는 아들을 싸움터에서 살며시 데리고 나가려 했다. 한편 카파네우스의 아들 스테넬로스는 앞서 목청도 우렁찬 디오메데스가 지시한 여러 가지 조치들을 잊지 않고, 자기의 외발굽 말들을 싸움의 어수선한 소용돌이에서 떨어진 곳으로 끌고 가서 전차 난간으로부터 고삐를 낚아채어 세워 놓았다. 그리고 아이네이아스의 갈기도 훌륭한 말을 붙잡아 정강이받이를 훌륭하게 댄 아카이아 군대의 진중으로 몰아 친한 동료 데이필로스에게 넘겨주며, 특히 이 사나이를 같은 또래 중에서도 충분히 분별심 있는 사람이라 확신하여 속이 깊숙한 함선들로 끌고 가라고 일렀다. 그리고 용사 스테넬로스는 자기 전차에 뛰어올라 윤이 반드르르하게 빛나는 고삐를 손에 잡고, 당장 티데우스의 아들이 있는 곳을 향해 굳건한 발굽의 말로 세차게 달려갔다. 그때 마침 디오메데스는 퀴프리스*7를 향해서 용서를 모르는 청동의 칼을 휘두르며 달려들고 있는 중이었다. 여신이 몹시 겁이 많을 뿐 아니라 힘이 없는 데다가, 전쟁 때 무사들을 지휘할 만한 여신 속에는 도저히 끼지 못하고, 아테나 여신이나 도시를 공략하는 에뉘오*8들과는 전혀 다르다는 것을 알고 있었기 때문이다.

이윽고 많은 무리들 속을 헤치고 쫓아가서 가까이 다가갔을 때, 의기왕성한 티데우스의 아들은 날카로운 창을 쑥 앞으로 겨누면서 달려들었다. 창은 아프로디테의 연약한 손끝을 찌르고, 아담한 여신들이 손수 짠 아름다운 옷을 뚫

---

*7 키프로스 섬의 주인 아프로디테 여신을 말한다.

*8 아레스처럼 전쟁을 다스리는 여신.

고서 손목을 찔러 살갗에 구멍을 내었다. 그리하여 불멸의 신에게서는 피가 흘러내렸으니, 이것은 신혈로 더없이 행복한 신들의 몸 안을 흐르는 것이다. 신들은 곡식도, 향기 좋은 인간의 술도 마시지 않는다. 그러기에 신혈은 인간의 피와 다르며 그들은 불사신이라고 불린다.

그래서 여신은 크게 비명을 지르면서 자기 아들을 놓아버렸다. 그때 포이보스 아폴론이 마침 그를 두 손으로 받았다. 그리고 혹시나 누군가 날쌘 말을 달리는 다나오이군의 무사가 달려와서 청동 창으로 가슴팍을 찔러 목숨을 앗아가는 일이 없게 칠흑 같은 구름으로 가리어 지켜주었다. 그때 여신을 향해 목청도 우렁찬 디오메데스가 외쳤다.

"제우스의 딸 아프로디테여, 전쟁이나 칼싸움의 자리에서 물러나라. 당신은 연약한 아녀자들을 입으로 농락하는 것으로 충분하지 않습니까. 당신이 앞으로도 계속 싸움터에 나타난다면, 반드시 언젠가 멀리서 싸움이라는 그 말을 듣기만 하더라도 부들부들 떨게 될 때가 올 것입니다."

이렇게 말하니 여신은 매우 심한 아픔을 참으며 떠나갔다. 호되게 타격을 받고 상처의 통증에 괴로워하며 고운 살결이 피에 젖어 있는 그녀를 바람의 발을 가진 무지개 여신이 무리들 속에서 부축해 데리고 나갔다. 그때 여신은 싸움터 오른편에 난폭한 아레스가 어스름 구름 속에 창과 두 필의 날쌘 말을 감추어 놓은 채 앉아 있는 것을 발견했다. 그래서 여신은 사랑하는 오라비에게 몸을 굽혀 무릎을 꿇고, 여러 사정을 애원하면서 황금의 앞가리개를 가진 말을 부탁했다.

"사랑하는 오라버니, 불사의 신들이 살고 있는 올림포스에 갈 수 있도록 나를 데리고 갈 말과 전차를 빌려주세요. 상처가 몹시 아프답니다. 언젠가는 죽게 되어 있는 인간 무사, 티데우스가 입힌 상처지요. 정말 이제는 아버지 제우스와 싸울 기세랍니다."

여신이 이렇게 말하자 아레스는 황금 앞가리개를 하고 있는 말을 빌려주었다. 그리하여 여신은 애절한 마음에 아파하면서도 전차의 앞자리에 올라앉았다. 그 옆에 무지개 여신도 올라타 고삐를 손에 쥐고 채찍을 치며 전차를 모니, 두 필의 말은 재빨리 달려나갔다. 그리하여 금방 신들이 사는 곳인 험한 올림포스에 도착하여 바람의 발을 가진 날렵한 무지개 여신은 말을 세워서 수레에서 끌러 놓고, 그 옆에 향기로운 먹이를 던져주었다.

한편 고귀한 여신 아프로디테는 자기 어머니 디오네*9의 무릎에 쓰러졌다. 그러자 그녀도 딸을 품에 안고 손으로 쓰다듬으며 이름을 부르면서 말했다.

"오오, 대체 누가 너를 이렇게 만들었느냐. 귀여운 내 딸에게 어느 신이 무지막지하게 이런 짓을 했느냐. 마치 네가 무슨 큰 잘못이라도 저지른 듯이 이렇게 했구나."

그러자 사랑의 여신 아프로디테가 말했다.

"내가 귀여운 아들 아이네이아스를 싸움터에서 살짝 빼내려 한다고 해서 티데우스의 아들로 기상이 거친 디오메데스가 상처를 입혔어요. 그 아이가 나에게는 누구보다도 소중하답니다. 말하자면 이제는, 이 무서운 전쟁의 소용돌이가 트로이 사람들과 아카이아군만의 일이 아니고, 다나오이 사람들은 벌써부터 불사신인 신과도 싸우려 드는 거예요."

이에 여신 중에도 신성한 디오네가 말했다.

"참아라 내 딸아, 괴롭겠지만 꾹 참아라. 올림포스 궁전에 사는 우리 불사신들 가운데 인간의 손에 해를 입는 자가 허다한 걸 어쩌겠느냐. 서로 심한 고통을 안겨주면서 말이다. 아레스도 참았단다. 알로에우스의 아들 오토스와 힘이 억센 에피알테스 둘이서 튼튼한 쇠사슬로 그를 묶었을 때는 큰 청동 항아리 속에 13개월이나 갇혀 있었단다. 그래서 하마터면 죽을 뻔했었지. 싸움에 지칠 줄 모르는 아레스도 말이야. 두 사람의 계모뻘 되는 아름다운 에리보이아가 헤르메스에게 알려주어서, 헤르메스가 심한 감금으로 기진맥진해 거의 다 죽어가는 아레스를 몰래 구출해 준 거란다.

또 헤라 여신도 참았단다. 암피트리온의 힘 센 아들 헤라클레스가 오른쪽 유방에 미늘 세 가닥 화살을 쏘았을 때였지. 그때에는 그녀도 견디지 못할 만큼 아팠다더구나. 그리고 저 무서운 명부의 주인 하데스조차 다른 신들과 마찬가지로 그 날쌘 큰 화살을 참으셨단다. 그분들 같은 사람, 다시 말해서 아이기스를 가진 제우스의 아들 헤라클레스가 필로스에서 송장들과 같이 계시는 것을 쏘아 고통을 주었다는 것이지. 그 때문에 하데스는 제우스 궁전이 있는 올림포스의 높은 산 위로, 아픔과 고통에 시달리면서 간신히 찾아오셨단다. 그런데 그 화살이 굳센 어깨에 푹 꽂혀서 가슴을 괴롭히고 있는 것을, 의술의 신

*9 본디 '신의 여왕'이라는 뜻, 제우스의 아내로서 우러름을 받음.

파이에온이 통증을 멎게 하는 약을 발라 고쳐드렸지. 물론 본디 불사신의 몸을 갖고 계셨기 때문이긴 하지만 말이다.

몹쓸 사나이, 어처구니없는 짓을 하는 인간이구나. 활을 가지고 올림포스에 사는 신들마저 괴롭히면서 못된 짓을 저지르다니. 하지만 너를 쏘도록 그 사나이 디오메데스를 부추긴 것은 빛나는 눈의 아테나란다. 바보로구나. 티데우스의 아들은 마음속으로 깨닫지 못하다니, 죽음을 모르는 신과 싸우려는 인간은 결코 목숨이 길지 못하다는 것을. 그리고 전쟁과 무서운 싸움으로부터 돌아가더라도 자식들이 무릎에 기대며 아빠라고 부르는 것조차 허용되지 않는다는 것을.

그러니 티데우스의 아들도, 제아무리 용맹한 자라도 자기보다 센 이와는 싸우지 않도록 조심하는 게 좋을 것이다. 게다가 아드라스토스의 딸로 남달리 사려 깊은 아이기알레이아가 오랫동안 구슬피 울면서 가족들의 단잠을 깨우는 일이 없도록 하는 게 좋을 것이다. 굳게 맹세한 사랑하는 남편, 아카이아군 중에서 제일이라는 용사를 그리워하며, 말을 길들이는 디오메데스의 마음이 착한 아내가 되는 사람을 말이다."

이렇게 말하고 두 손으로 여신의 팔에서 신혈을 닦아내니, 손의 상처는 낫고 심한 아픔도 깨끗이 가셨다. 그러나 이것을 바라보고 있던 아테나와 헤라 두 여신은 심술궂게 크로노스의 아들 제우스에게 비꼬는 말투로 대들었는데, 먼저 불평의 말을 꺼낸 것은 눈이 빛나는 아테나였다.

"아버지 제우스여, 혹시 말씀드리는 것이 기분에 좀 언짢으실지 모릅니다만, 정말 어쩌자고 퀴프리스는 아카이아의 한 여자를 꾀어 지금 그이가 무척이나 귀여워하는 트로이 편에 딸려 보내려고, 치맛자락이 긴 아름다운 한 여자를 돌보다가 황금 브로치로 긁혀서 보드라운 손에 상처까지 입었답니다."

인간과 신들의 아버지 신은 빙그레 웃으며 황금의 아프로디테를 불러놓고 말했다.

"내 딸아, 결코 전쟁에 관한 일을 그대의 지배 아래 맡긴 것이 아니다. 그러니 그대는 동경에 찬 결혼에 대한 일이나 맡아보아라. 이런 일은 날쌘 아레스나 아테나가 모두 처리할 테니까."

이와 같이 신들이 서로 이야기를 주고받고 있는 사이에 이쪽에선 아이네이아스를 향해서 목청도 우렁찬 디오메데스가, 그것도 아폴론이 몸소 그를 지켜

주고 있는 것을 알면서 덤벼들고 있었다. 그는 위대한 신들도 전혀 두려워하지 않고, 오로지 아이네이아스를 죽여 세상에 이름난 그 갑옷을 벗기려고 안간힘을 썼다. 세 번이나 기세도 사납게 때려 죽이려고 덤비는 것을, 세 번 모두 아폴론은 그 빛나는 큰 방패로 물리쳤다. 그러나 네 번째로 대단한 기세로 돌진해 왔을 때, 궁술의 신 아폴론은 무서운 목소리로 그를 꾸짖었다.

"그대, 티데우스의 아들아, 조심하라. 그만하고 뒤로 물러나라. 결코 신들과 같다고 오만하게 생각해선 안 된다. 본디 죽음을 모르는 신과 땅을 걷는 인간과는 결코 같은 종족이 아니니까."

이렇게 말하자 티데우스의 아들도 궁술의 신 아폴론의 분노를 피하려고 조금 뒤로 물러섰다. 한편 아폴론은 무리들로부터 떨어진 곳에 아이네이아스를 데리고 가서 신성한 페르가모스에 데려다 놓았다. 거기는 신전이 서 있는 곳이었다. 과연 거기서 레토의 딸, 수렵의 여신 아르테미스가 널찍한 안방에서 아이네이아스를 치료하여 훌륭한 제모습으로 돌려주었다.

한편 궁술의 신 아폴론은 아이네이아스와 똑같게, 갑옷과 투구까지도 바로 그대로인 허상을 싸움터에 내보냈으므로, 그 허상을 둘러싸고 트로이군과 용감한 아카이아 군대는 서로 베고 찌르기를 계속해 갔다. 가슴 앞을 막은 소가죽으로 만든 둥근 테가 보기 좋은 큰 방패며, 술장식이 붙은 거친 털가죽으로 만든 방패를 둘러싼 채로. 그때 마침 난폭한 아레스를 향해서 포이보스 아폴론이 말했다.

"그대 아레스여, 피투성이 살인마, 성벽의 파괴자여, 한번 저 사나이를 찾아가 싸움에서 물러나게 해주지 않겠소. 저 티데우스의 아들을 말이오. 저 녀석은 이제 아버지 제우스와도 감히 싸우려고 덤빌 것이오. 처음에는 퀴프리스의 바로 앞으로 다가가서 손목을 찔러놓더니, 다시 나한테도 사나운 기세로 덤벼들더란 말이외다."

이렇게 말하고 그는 페르가모스의 언덕 높은 곳에 앉았다. 한편 재앙의 근원 아레스는 트로이 편의 진지로 들어가서, 드라키아 부대의 대장인 걸음이 빠른 아카마스의 모습을 빌려서 사람들을 부추기며 제우스의 보호를 받는 프리아모스 왕의 아들들을 격려했다.

"오오, 제우스가 지켜주시는 프리아모스 왕의 아드님들이여, 더 이상 어디까지 아카이아군에게 병사들이 살해되는 것을 내버려 둘 참이오. 아마 저 튼튼하게 쌓아올린 성문 근처에서 싸울 때까지 기다릴 참이구려. 그분이 쓰러져 있소. 우리가 고귀한 헥토르와 다름없이 존경하는 고매한 앙키세스의 아들이 말이오. 그러니 모두 가서 싸움의 혼란 속에서 용감한 동료들을 구해냅시다."

그는 이렇게 말하며 한 사람 한 사람의 용기를 북돋웠다. 이때 또한 사르페돈*10은 고귀한 헥토르를 심하게 비난했다.

"헥토르여, 그대가 평소에 갖고 있던 용기는 대체 어디로 간 거요? 병사들이나 도와주는 군대 따위는 없더라도 혼자서, 형제와 의형제들 힘만 빌리면 도시를 지킬 수 있다고 하지 않았소? 그러나 지금은 한 사람도 얼씬거리지 않고 그림자도 보이지 않소. 그뿐이오? 오히려 사자를 둘러싼 개나 마찬가지로 꽁무니를 빼면서 웅크리고 있잖은가. 그래서 응원을 하기 위해 끼어든 우리가 오히려 지금은 앞에 나서서 싸우는 형편이오.

나도 도와주기 위해서 꽤나 먼 길을 달려왔소. 링케아는 여기서 머나먼, 소용돌이치는 크산토스 강변에 있기 때문이오. 그곳에 사랑하는 아내와 철없는 아들을 두고 왔소이다. 그리고 많은 재산도, 가난한 자들이 탐내는 재산마저도 두고 온 거요. 그러면서도 나는 링케아 부대를 격려하고 적의 무사와 싸우겠다는 결의를 갖고 있소. 게다가 나는 아카이아군이 갖고 싶어한다든가 데려가고 싶어할 만한 병기라고는 아무것도 안 가지고 있소. 그런데도 그대는 그저 멍청하니 서 있을 뿐, 다른 병사들을 독려해서 저항하고 버티어 처자식들을 지키라고 명령조차 않는구려.

어쨌든 아무쪼록 조심해야 할 것이오. 무엇이든 옭아 잡는 대마 그물에 걸려서 행여 적의 포로나 미끼가 되는 일이 없도록 말이오. 그러면 그들은 당장 그대들의 도시도 공략하게 될 것이오. 이러한 모든 일을 밤낮으로 신경 쓰는 것은 마땅히 그대의 의무요. 먼 나라에까지 이름을 떨친 동맹군의 지휘자들에게도 꿋꿋이 버티라고 격려해야 그대는 준엄한 비난을 멀리할 수 있을 것이오."

사르페돈이 말하자 헥토르는 가슴에 깊은 충격을 받았다. 그리하여 바로 갑옷을 입은 채 전차에서 땅으로 뛰어내려, 날카로운 창을 휘두르면서 진중을 사방으로 뛰어다니며 싸우라고 격려하여 무서운 혼전을 불러일으켰다.

---

*10 링케아의 영주로 제우스의 아들.

그래서 병사들도 모두 되돌아와 아카이아군과 맞서 버티고 서니, 아르고스 부대 또한 모두 한자리에 진열을 갖춘 채 이들을 기다리며 조금도 두려워하지 않고 물러서지 않았다. 그 모양은 마치 바람이 귀중한 보리타작 마당에서 겨를 휘몰아 싣고 가는 것과 똑같았다. 알곡과 겨를 가려낼 때, 사람들이 키질을 하면 겨가 점점 뽀얗게 쌓이듯이 금발 머리 데메테르가 바람이 세차게 불어대는 속에서 종횡무진 설치자 아카이아군은 완전히 먼지로 하얗게 되었다. 격렬한 접전을 벌이는 병사들 틈에서 말들이 서로 뒤섞여 밀치락달치락하는 동안, 그 발에 짓밟혀 일어나는 먼지가 전차수들이 전차를 몰고 돌아다니는 동안에도 바람을 타고 날렸기 때문이다.

병사들이 전력을 다해 서로들 부딪쳐대는 그 주변에, 난폭한 아레스가 싸움에서 트로이 편에 가세하려고 여기저기 뛰어다니면서 밤을 휘덮었다. 이렇게 그는 황금 칼을 찬 포이보스 아폴론의 부탁을 실천해 갔다. 아폴론은 팔라스 아테나가 가버린 것을 확인한 다음, 트로이 측의 기세를 부채질해 달라고 부탁했던 것이다. 여신은 모두가 알듯이 다나오이군의 편이었기 때문이다. 그리고 아폴론은 궁전의 풍요로운 곳, 후진에서 아이네이아스를 내보내어 이 병사들의 지도자 가슴속에 용기를 불어넣어 주었다.

이리하여 아이네이아스가 전우들 사이에 들어가자, 그가 아직 살아 있는데다 끄떡도 하지 않고 나타났을 뿐 아니라, 원기도 충분히 왕성한 것을 보고 모든 병사들이 기뻐했다. 그러나 아무것도 두 사람에게 물어보지 않았다. 은궁을 가진 아폴론이나, 인간에게 재앙을 주는 아레스나, 진력도 내지 않고 줄곧 기를 쓰는 싸움의 여신 에리스 등이 불러일으키는 전쟁이 그것을 허락하지 않았기 때문이다.

한편 이쪽에서는 두 아이아스 형제와 오디세우스와 디오메데스가 다나오이 군대를 독려했다. 그리고 병사들이 트로이 군대의 무력에도, 공격에도 겁을 먹지 않고 그 자리에 버티고 서 있었다. 그 모습은 마치 그늘을 드리워 주는 구름을 입김으로 흩뜨려 버리는 북풍과 그 밖의 모질게 불어닥치는 바람이 모두 잠자는 동안에, 크로노스의 아들 제우스가 높은 산꼭대기에 걸어놓는 꿈짝도 하지 않는 구름과 비슷했다. 마치 그 구름처럼 다나오이 군대는 지긋이 트로이 군대를 꿈쩍 않고 막고 서서 물러나려 하지 않았다. 그동안에도 아트레우스의 아들 아가멤논은 부대 사이를 이리저리 돌아다니며 여러 가지로 격려했다.

"오오, 벗들이여, 사나이답게 행동하라. 용맹심을 가지고 심한 결전 동안에는 서로서로 명예를 존중하라. 무사가 서로 명예를 존중한다면, 죽는 자보다 무사한 자가 많은 법이다. 그러나 달아나고 물러서는 자는 아예 아무런 영광도 구원도 없을 것이오."

그는 이렇게 말하며 재빨리 창을 던져서, 기상도 드높은 아이네이아스의 동료인 선두에 선 무사 데이코온을 맞혔다. 그는 페르가소스의 아들로, 맨 앞에서서 싸우는데도 발이 빨랐으므로, 트로이인이 프리아모스의 아들들과 마찬가지로 경의를 표하고 있는 자였다. 이 사나이의 방패에 아가멤논이 창을 던지니 방패는 투창을 막아내지 못하고 날카로운 청동 창끝이 푹 꿰뚫고 들어가서 배에 두른 띠를 뚫고 아랫배에 꽂혔다. 이후 그가 쿵 하고 소리도 요란스레 쓰러지니 몸뚱이 위에서 갑옷이 덜거덕거리며 울렸다.

그 무렵 이쪽에서는 아이네이아스가 다나오이 편의 대장급 무사 두 명을 쓰러뜨렸다. 그들은 디오클레스의 두 아들로 크레돈과 오르실로코스라고 하며, 아버지는 파라이에 살고 있으며 생활도 넉넉하고 알페이오스 하신의 후예라는 집안의 자손이었다. 이 드넓은 강은 필로스 사람들이 사는 마을을 흐르고 있었으니, 오르틸로로스를 수많은 사람들의 군주로 받들고 부터, 오르틸로로스는 기상도 드높은 디오클레스를 낳았다. 그 디오클레스가 크레돈과 오르실로코스라는 전쟁의 기술에 통달한 쌍둥이 아들을 낳았는데, 이제 갓 청년이 된 두 사람은 검은 빛깔의 배를 타고 어린 말처럼 훌륭한 일리오스로 아르고스 부대를 따라왔던 것이다. 그러나 그들은 전투에 관해서는 잘 알지 못했다. 아트레우스의 아들 아가멤논과 메넬라오스를 위해 적과 싸우려고 왔을 뿐이었다. 그런데 이 두 사람에게 그대로 이 자리에서 죽음의 종말이 덮치고 만 것이다.

그것은 마치 두 마리의 사자가 산줄기 여러 봉우리 사이사이 짙게 우거진 수풀 속에서 어미사자에게 양육되어 크게 자라서는 드디어 소나 살찐 양 따위를 잡아먹으려고, 사람들이 지어놓은 축사를 마구 짓밟고 다니다가, 마침내 자기 자신들도 사람들의 손에 걸려 날카로운 청동에 의해 죽고 말 듯이 두 사람도 아이네이아스의 손에 무성하게 높이 자란 전나무처럼 쿵 하고 넘어져서 땅에 쓰러졌다.

이를 가련하게 생각한 군신 아레스의 벗 메넬라오스는 빛나는 청동 갑옷을 입고 길다란 창을 들고서 선두 대열 사이로 달려나갔다. 그 기세를 아레스가 부채질한 것은 아이네이아스의 손에 죽게 하자는 속셈에서였다. 그런데 그때 기상도 드높은 네스토르의 아들 안틸로코스가 보고 선두 대열을 헤치고 따라 나간 것은, 이 병사들의 통솔자 위에 무슨 불길한 일이라도 일어나서 자기들의 노력에 큰 손해나 입지 않을까 두려워했기 때문이었다.

그동안에도 두 사람은 그야말로 팔과 끝이 날카로운 창을 서로 받쳐 겨누고 금세라도 싸울 듯이 기세가 넘쳤다. 거기에 안틸로코스가 병사들의 통솔자 메넬라오스 바로 옆에 딱 붙어 서니, 비록 아이네이아스도 민첩한 전사라고는 하나, 두 사람의 무사가 서로 의지하고 서서 대기하는 것을 보고는 더 이상 버틸 수가 없었다. 그래서 시체를 아카이아 측으로 끌고 간 두 사람은 가련한 형제의 주검을 부하들에게 넘겨주고, 자신들은 되돌아가서 선두 대열 속에 끼어 계속 싸워 나갔다.

이때 두 사람은 군신 아레스에 못지않은 필라이메네스를 쓰러뜨렸다. 이는 의기왕성한 창을 쓰는 무사들만 모인 파플라고니아 군대의 우두머리였는데, 지금 아트레우스의 아들로서 창으로 이름 높은 메넬라오스가 우뚝 선 그를 창으로 찔러 어깻죽지의 빗장뼈를 맞혔던 것이다.

한편 안틸로코스는 고삐를 잡는 그의 부관 뮈돈을 죽였다. 이 용감한 아튐니오스의 아들이 막 외발굽의 말들을 끌어가려고 다가오는 것을 돌멩이를 던져 팔꿈치 한가운데를 맞혔으므로 상아로 하얗게 장식한 고삐는 땅에 떨어져 먼지에 휩싸였다.

그러자 안틸로코스가 달려들어 칼로 관자놀이를 힘껏 찌르니, 뮈돈은 입을 벌리고 헐떡이면서 세공도 훌륭한 전차에서 거꾸로 떨어졌다. 그리고 이마와 어깨를 아래로 모래 먼지 속에 곤두박아 깊은 모래에 꽂혔으므로 상당히 오랫동안 그대로 박혀 있었다. 그런데 마침내 두 필의 말이 걷어차니 깊은 모래 땅 속에 나뒹굴었다. 그 말들은 안틸로코스가 채찍으로 쳐, 아카이아 진영 쪽으로 몰고 나갔다.

그런데 헥토르가 이 광경을 대오 속에서 발견하고 그들을 향해 큰 소리를 지르면서 덤벼들었다. 그 뒤를 트로이군의 강력하게 짜여진 대열이 따라나아갔다. 그 선두에 선 것은 군신 아레스와 존경스런 에뉘오 여신이었다. 이 여신이 두려움을 모르고 아우성치는 트로이 군사들을 거느리고 나아가면, 아레스는 손에 무시무시한 큰 창을 들고 때로는 헥토르 앞으로, 때로는 그의 뒤로 왔다 갔다 하면서 나아갔다.

이 광경을 보자 목청도 우렁찬 디오메데스도 몸서리쳤다. 그는 마치 사람이 드넓은 들판을 가다가 물결이 빠른 강가에 이르렀을 때처럼, 바다에 쏟아져 들어가는 물이 부글부글 거품을 일으키면서 도도히 흘러가고 있어서 어쩔 줄 몰라하며 망연히 뒤로 물러섰다. 이 티데우스의 아들도 뒤로 물러서며 병사들에게 말했다.

"오, 여러 병사들이여, 저 용맹스런 헥토르는 얼마나 놀랍도록 훌륭한 무사이며 얼마나 대담무쌍한 전사인가. 더욱이 그에게는 언제나 신들 가운데 적어도 누군가 하나는 붙어 있어서 파멸을 막아주고 있단 말이다. 지금도 저처럼 아레스가 인간의 모습을 하고 곁에 붙어 있다. 그러므로 트로이 편으로 향한 채 줄곧 뒤로들 물러가거라. 신과 힘으로 싸워 보자고 공연히 기를 써서는 안 된다."

이렇게 말하고 있는 동안 트로이군은 그들 바로 옆에까지 진격해 왔다. 이때 헥토르는 싸움의 기술이 매우 능숙한 무사 메네스데스와 앙키알로스를 죽였다. 두 사람은 한 전차에 타고 있었다. 그러나 이 두 사람이 쓰러진 것을 텔라몬의 아들인 위대한 아이아스가 가련하게 여기고, 곧 그 옆으로 달려가 붙어 서더니 번쩍이는 창을 셀라고스의 아들 암피오스를 겨누어 던졌다. 이 사나이는 파이소스에 살았는데, 재산도 넉넉하고 넓은 목장을 갖고 있었다. 하지만 운명이 그를 프리아모스와 그 자식들을 돕게 하려고 이곳으로 이끈 것이다.

그를 향해 지금 텔라몬의 아들 아이아스가 그의 허리띠를 겨누어서 창을 던지니, 아랫배에 긴 그림자를 끄는 큰 창이 꽂히면서 그는 쿵 하고 땅을 울리며 넘어졌다. 영예에 빛나는 아이아스는 갑옷을 벗기려고 재빨리 그 옆으로 달려갔는데, 그때 트로이군이 모두 번쩍번쩍 빛나는 날카로운 창을 던져서 그의 큰 방패엔 창이 가득 꽂혔다.

그래도 아이아스는 다가가서 발로 꾹 밟고는 시체에서 청동 창을 뽑았는데, 쏟아져 들어오는 무기에 방해를 받아서 다른 훌륭한 갑옷은 적의 두 어깨에서 뜯어낼 수 없었다. 그는 늠름한 트로이 군대의 힘찬 기세가 무서웠던 것이다. 그들이 여럿이 한데 뭉쳐 용맹하게 몰려와서는, 아이아스 같은 키도 크고 힘도 센 빼어난 인물에게 굽히지 않고 대들어 자기 편 대열에서 쫓아냈다. 그래서 그도 어쩔 수 없이 주춤해져서 물러났다.

이와 같이 모두 격렬한 전투를 계속하고 있었다. 그런데 헤라클레스의 아들로 용감하고 키도 큰 틀레폴레모스에게 엄격하고 용서를 모르는 운명이 신에게도 겨룰 만한 사르페돈을 맞서게 했다. 그리하여 두 사람이 마주 달려가 서로 가까워졌을 때—이 두 사람은 하나는 먹구름을 모으는 제우스의 아들, 하나는 손자였는데—먼저 틀레폴레모스가 상대에게 말을 건넸다.

"사르페돈이여, 링케아 군대의 지휘자여, 그대가 여기 와서 이렇게 의기소침해 있다니 무슨 사정이라도 있단 말인가. 아니면 전쟁에는 아직 익숙하지 못한 것인가. 그대가 아이기스를 가진 제우스의 아들이니 어쩌니 하는 것은 거짓말이리라. 왜냐하면 그대의 역량은 옛날 인간 세상에 제우스한테서 태어났다는 사람들에게는 크게 못 미치기 때문이다.

그러나 저 강력한 헤라클레스는 얼마나 큰 인물이라 일컬어지는가! 저 대담무쌍하고 사자의 용기를 가진 영웅, 그분이 바로 나의 아버지시다. 그 옛날 그는 라오메돈에게서 약속받은 말을 찾기 위해 이 땅에 왔다. 불과 여섯 척의 함선들과 지금보다 훨씬 적은 군대를 이끌고, 일리오스의 성을 공략하여 그 거리를 폐허로 만드셨다고 한다.*11 그런데 그대의 마음은 비겁하고 부하들의 수는 자꾸 줄어만 간다. 이래서는 그대가 일부러 링케아에서 왔다고 해도 트로이인에게는 아무런 방어도 힘도 되지 않을 것 같구나. 설혹 그대가 매우 용맹스럽다고 하더라도 오히려 내 손에 쓰러져 저승길의 문을 들어서게 되기 십상일 뿐일 게다."

이에 대해 링케아 군대의 대장 사르페돈이 말했다.

"틀레폴레모스여, 과연 헤라클레스는 신성한 일리오스를 멸망시켰지만, 그것은 영예도 드높은 장부 라오메돈이 어리석었던 탓이다. 다시 말하여 그는 헤라클레스의 은혜를 충분히 입었으면서도 심한 말로 비난을 퍼부었고, 뿐만 아니라 그가 먼 길을 찾아온 목적인 말들을 내주지 않았기 때문이다. 그러나 그대에게는 내가 장담해 두지만, 틀림없이 여기서 살육과 검은 죽음의 운명이

*11 라오메돈은 바다의 괴물로부터 딸을 구해주는 자에게 말을 주겠다 약속해 놓고, 헤라클레스가 그것을 실행했는데도 약속을 안 지켰으므로, 그는 트로이를 공략하고 왕녀를 빼앗아 갔다고 한다.

내 손으로 그대에게 전해지리라. 내 창에 그대는 쓰러져 영광은 나에게, 그대 혼백은 훌륭한 말을 가진 명부의 왕에게 인도되리라."

이렇게 사르페돈이 말하자 틀레폴레모스는 물푸레나무 창을 높이 쳐들었다. 순간 두 사람의 손에서 동시에 길다란 나무창이 날았다. 그리하여 사르페돈의 창은 상대편 목덜미 한가운데에 가서 맞아 깊은 고통을 주며 창끝이 꽂혀 들어갔다.

그리고 그의 두 눈에 캄캄한 죽음의 어둠이 내리덮었다. 한편 틀레폴레모스의 긴 창은 적의 왼쪽 허벅지에 맞아, 창끝이 맹렬한 기세로 깊이 파고들어가서 간신히 뼈를 피해 꿰뚫었는데, 아버지 제우스가 역시 재앙을 막아주었다.

그래서 신에게 견줄 만한 이 사르페돈을 용감한 부하들이 싸움터에서 부축해 데려갔다. 그러나 모두 너무 다급해서 허벅지에 맞은 긴 창이 질질 끌려가며 몸의 무게를 더해주는데도, 누구 하나 깨닫지도 못했을 뿐 아니라 물푸레나무 창을 그가 걸어갈 수 있도록 허벅지에서 뽑아버릴 생각조차 못했다. 그토록 모두 정신없이 애를 쓰며 전투에 임하고 있었던 것이다.

이쪽에서는 또 틀레폴레모스를 훌륭한 정강이받이를 받친 아카이아군 병사들이 싸움터에서 들고 나갔는데, 그것을 보자 고귀하고 참을성 많은 오디세우스조차도 마음속 깊이 분개하여 이 궁리 저 궁리에 잠겼다. 달려나가서 아직도 크게 천둥을 치는 제우스의 아들 사르페돈을 추격할 것인가, 아니면 링케아 군대에서 더 많은 목숨을 빼앗을 것인가 결정을 내리지 못하고 있었다.

그러나 운명은 기상이 높은 오디세우스에게도 제우스의 강력한 아들 사르페돈을 날카로운 청동의 무기로 쓰러뜨리도록 허락하지 않았다. 그래서 아테나 여신은 그의 기개를 링케아 부대의 병사들에게로 돌렸다. 이때 오디세우스는 코이라노스와 알라스토르, 크로미오스, 알칸드로스, 할리오스, 노에몬, 프뤼타니스 등을 마구 무찔러 나갔다. 그리하여 번쩍이는 투구의 위대한 헥토르가 빨리 이것을 발견하지 않았더라면 더 많은 링케아 병사들이 고귀한 오디세우스에게 살해되었을 것이다. 헥토르는 불꽃처럼 번쩍이는 청동 갑옷을 몸에 두르고 다나오이 군대에 공포심을 불러일으키며 선두 대열 사이를 나아갔다. 이렇게 달려나오는 그의 모습을 보고 제우스의 아들 사르페돈은 기뻐하면서도 애달프게 하소연했다.

"프리아모스의 아들 헥토르여, 제발 내가 다나오이군의 포로가 되지 않도록, 엎어진 채로 놓아두지 말고 나를 지켜다오. 그 뒤에는 그대들의 도시 안에서 목숨이 끊어져도 상관없으니까. 나는 어차피 고향으로 돌아가 그리운 조국의 땅을 밟고, 사랑하는 아내와 귀여운 아들을 기쁘게 해준다는 것은 이젠 바랄 수도 없는 몸이니 말이오."

이렇게 말했으나 번쩍이는 투구를 쓴 헥토르는 아무 대답도 없이 그저 그 옆을 지나 달려갔을 뿐이었다. 한시바삐 아르고스 군대를 무찔러 많은 적의 목숨을 빼앗아야겠다고만 생각하고 있었기 때문이다. 그사이에도 용감한 부하들은 신에게도 견줄 수 있는 사르페돈을 아이기스를 가진 제우스의 두드러지게 훌륭한 떡갈나무 밑으로 들어다가 앉히고, 그가 평소에 사랑하는 부하이자 무용이 뛰어난 펠라곤이 허벅지의 상처에서 물푸레나무 창을 쑥 뽑아냈다. 그러자 순간적으로 숨이 끊어지며 그 두 눈에 검은 안개가 뒤덮였으나 조금 뒤 되살아났다. 주변에 스치는 북풍의 힘이 어루만져 거의 다 사라져 가던 그의 목숨에 생기를 불어넣었던 것이다.

한편 아르고스 군대는 트로이 쪽에 아레스가 있다는 것을 알자 그와 청동 갑옷을 입은 헥토르에게 밀리면서도, 오히려 검은 배 쪽으로 달아나려 하지 않고, 그렇다고 두 사람을 향해 싸움을 걸려고도 하지 않은 채로 그냥 계속 조금씩 뒤로 물러가기만 했다.

프리아모스의 아들 헥토르와 청동의 아레스가 누구를 가장 먼저 죽이고 누구를 맨 나중에 죽였던가. 먼저 신에게도 견줄 만한 테우트라스, 다음에는 말에 채찍질하는 오레스테스, 아이톨리아의 창수 트레코스, 오이노마오스, 그리고 창을 잘 쓰는 오이놉스의 아들 헬레노스, 그리고 화려하게 멋을 낸 훌륭한 허리띠를 두른 오레스비오스를 죽였다. 이자는 휠레에 살았는데, 케피소스 호숫가에 재물을 모으느라 상당히 열심이었던 자다. 그 근처에는 다른 보이오티아 사람들이 매우 기름진 땅을 차지하고 살고 있었다.

그런데 흰 팔의 여신 헤라는 이처럼 아르고스 군대가 격렬한 싸움에서 쓰러져 가는 것을 보고, 곧 아테나 여신을 향해 물 흐르듯 거침없이 말했다.

"참으로 기가 막혀요. 아이기스를 가진 제우스의 딸 아트리토네여, 정말 우리는 메넬라오스와 기대할 수 없는 약속을 한 셈이군요. 성벽을 튼튼하게 둘러친 일리오스를 공격한 다음에는 귀국시켜 주겠노라는 약속 말이지요. 만일 재앙의 아레스가 저렇게 맹렬히 설치는 대로 내버려 두면 말이에요. 그러니 우리도 사나운 투지를 따르도록 합시다."

이렇게 말하자 빛나는 눈의 아테나는 아무런 이의 없이 따랐다. 이리하여 여신의 우두머리인 헤라, 위대한 크로노스의 딸이 나서서 황금 앞가리개를 두른 말의 전차를 준비하기 시작했다. 그의 딸인 청춘의 여신 헤베가 무쇠 굴대 양쪽에 곧 동그랗게 굽힌 바퀴를 달았다. 이 바퀴는 청동으로 만든 것으로 여덟 개 살이 붙어 있었다. 둘레의 쇠붙이는 결코 닳아 없어지지 않는 황금으로 만들었으며, 그 위에 청동의 겉바퀴가 꼭 박혀 있어서 보기에도 훌륭한 수레바퀴였다.

그리고 빙글빙글 도는 바퀴 중심부는 은으로 만들었고, 차체에는 금과 은으로 장식한 가죽끈을 둘러쳤으며, 그 주위에는 또 이중으로 된 난간이 둘려 있었다. 거기서 은으로 된 채가 앞으로 나와 있었는데, 헤베는 그 끝에 황금의 훌륭한 멍에를 매고 그 아래에 헤라는 발 빠른 말들을 끌어 매었다. 어서 빨리 싸움과 전쟁의 함성에 뛰어들어 한몫 끼고 싶어 안절부절못하는 말들이었다.

한편 아이기스를 가진 제우스의 딸 아테나는 아버지 신의 궁전 문지방에 다채롭게 수놓은 부드러운 옷을 벗어 던졌다. 그것은 여신이 손수 짜서 직접 마무리한 것이었다. 그리고 여신은 먹구름을 모으는 제우스의 갑옷을 두르고, 눈물에 찬 싸움터에 나가기 위해 갑옷을 몸에 걸쳤다. 또 양쪽 어깨에는 많은 술이 달린 무서운 아이기스를 걸쳤다. 그 주위를 '공포'가 원을 그려 둘러쌌다.

그중에는 '투쟁'과 '무용'과 그리고 소름끼치는 '추적'도 끼어 있었으며, 중앙에는 고르곤의 목*[12]이라는 무시무시한 괴물이, 아이기스를 가진 제우스가 내려준 괴이한 상징이 새겨져 있다.

또 여신의 머리에는 양쪽에 뿔이 돋았고 네 개의 별을 단 황금으로 만든 투구를 썼다. 백 개 도시의 전사들을 새겨 넣은 투구였다. 이리하여 불꽃처럼 빛나는 전차 쪽으로 발걸음을 옮겼다. 그 손에는 묵직하고 튼튼한 커다란 창을 쥐고 있었다. 이 창은 내로라하는 용사들의 무리라도, 높고 존귀한 아버지의 딸이 그들에게 분노했을 때 마구 무찌르곤 했던 것이다.

---

*12 그리스 신화에 나오며 매우 유래가 오래된 영물로, 부릅뜬 눈을 하고 저주와도 관계있다 한다.

이윽고 헤라가 채찍을 들어 말들을 후려쳐 신호하니, 하늘의 문이 소리도 요란스레 열리기 시작했다. 문지기는 계절의 여신인 호라이들이었다. 드넓은 푸른 하늘도 올림포스도 그들의 관리에 맡겨져 있다. 잔뜩 싸여 있는 구름을 여는 것도 닫는 것도 그들의 일이었다. 그리하여 문을 지나 두 신은 채찍을 휘둘러 말머리를 돌려 갔다. 그러다가 크로노스의 아들 제우스가 다른 신들과 떨어져서 혼자, 봉우리가 많은 올림포스의 가장 높은 산봉우리에 앉아 있는 모습을 보았다. 그러자 거기서 마차를 세우고 흰 팔의 여신 헤라는 크로노스의 아들인 지극히 높으신 제우스에게 물었다.

"아버지 제우스시여, 아레스가 저토록 모질고 잔인한 짓을 해도 화가 나지 않으세요? 얼마나 많은 병사들을 죽였는데, 아카이아군들을 말이에요. 더욱이 마구잡이로, 정말 어처구니없는 방법으로 제 가슴을 아프게 했어요. 그런데도 퀴프리스와 은궁을 가진 아폴론 등은 그 머리가 모자라는 아레스를 부추겨 놓고 그것을 즐기고 있어요. 그는 규정과 관례는 아무것도 몰라요. 아버지 제우스여, 제가 만일 아레스를 좀 호되게 두들겨 주고 싸움에서 쫓아버린다면 노하시겠습니까?"

먹구름을 모으는 제우스가 대답했다.

"그렇다면, 좋소. 아테나에게 그와 싸우게 하구려. 그녀는 언제나 아레스에게 따끔한 맛을 보여왔으니까."

이렇게 말하니 흰 팔의 여신 헤라는 아무런 이의 없이 복종하여 다시 말에 채찍질을 했다. 두 필의 말은 부지런히 땅과 별이 빛나는 하늘 사이를 날아갔다. 그리하여 관망대에 앉은 사람이 포도빛 띤 바다를 바라볼 때, 멀리 어렴풋하고 희미하게 두 눈으로 볼 수 있는 가장 넓은 거리만큼 단번에 껑충 뛰어 신들의 말은 울음소리 드높여 달려갔다. 이윽고 트로이의 두 강이 흘러들어가는 곳에 이르렀을 때, 거기는 시모에이스 강과 스카만드로스 강의 물이 섞이는 곳인데, 여기에 도착했을 때 흰 팔의 여신 헤라는 마차를 세우고 말을 굴대에서 끌러 주더니, 주변에 아지랑이를 가득 뿌렸다. 시모에이스 강은 말이 먹을 여물로 암브로시아를 잔뜩 돋아나게 했다.

그리고 여신들은 아르고스의 무사들을 지켜주어야겠다는 기세로 당당하게, 마치 구구대는 비둘기처럼 걸음을 옮겨갔다. 드디어 엄청나게 많은 정예 용사들이 모여서 말을 길들이는 강력한 사나이 디오메데스를 둘러싸고 있는 곳에 이르렀다. 그 모양은 날고기를 먹는 사자 떼인 듯, 야생의 멧돼지인 듯 그 강력한 힘은 결코 얕잡아 볼 수 없는 것이었다. 그러한 용사들이 몰려 있는 곳에 가서 선 흰 팔의 여신 헤라는 청동의 목청을 가졌다는 의기도 왕성한 스텐토르의 모습을 빌렸다. 이 사람은 쉰 명의 목소리를 합친 것과 같은 큰 소리로 외쳤다.

"부끄러움을 아시오. 아르고스인들이여, 혹독한 비난을 받을 만한 이들이여. 당신들은 겉보기엔 제법 훌륭해 보이지만 별수 없구나. 용감한 아킬레우스가 싸움터에 나와 있는 동안에는 한 번도 트로이 군대가 다르다노스 문 밖으로 나온 적은 없었소. 그의 만만찮은 창이 무서워서 말이오. 그런데 지금은 성채에서 멀리까지 나와 가운데가 깊이 파인 배 옆에까지 와서 싸우는 형편이지 않은가."

그녀는 이렇게 말하여 사람들의 용기를 불러일으켰다. 한편 빛나는 눈의 여신 아테나는 티데우스의 아들 곁으로 달려갔다. 마침 이 대장은 말과 전차 등이 놓여 있는 옆에서, 판다로스의 활에 맞은 상처를 식히고 있는 중이었다. 화살이 훌륭한 원형 방패에 붙은 폭이 넓은 손잡이 끈에 스쳐서 땀에 젖은 상처가 아팠으며, 그 통증으로 손이 마비되기 시작했던 것이다. 그래서 방패 끈을 쳐들고 한창 거무스레한 피를 닦아내고 있던 중이었다. 여신은 말 매는 멍에를 잡고 큰 소리로 말했다.

"참으로 티데우스는 자기와 너무나 닮지 않은 자식을 낳았군. 티데우스는 체구는 작았지만 진정 용맹스런 무사였다. 내가 싸움을 하는 것도, 전장에서 화려하게 솜씨를 보이는 것도 허락하지 아니한 무렵에도 그러했지. 아카이아 사람들과 헤어져서 그가 테바이에, 많은 카드모스의 도시에 사는 자들 사이에 사절로 갔을 때, 그들은 티데우스에게 큰 홀에서 편안한 마음으로 식탁에 앉으라고 권했었다. 그러나 그는 이전과 조금도 다름없는 굳센 기상을 가지고, 카드모스의 젊은이들에게 도전하여 모든 종목에서 당당히 이겼다.

내가 그대 옆에서 도와주고 지켜주기도 하면서 열심히 트로이군과 싸우도록 독려하고 있는 셈인데, 아무래도 그대의 팔다리는 되풀이된 돌격으로 지쳤거나, 아니면 비겁한 겁에 사로잡힌 모양이구나. 그렇다면 그대는 이제 오일레우스 아들의 무용이 뛰어난 티데우스의 자식이라고 할 수는 없다."

그러자 용맹스러운 디오메데스가 대답했다.

"지금 누가 말씀하고 계시는지 알고 있습니다. 아이기스를 가진 제우스의 따님이시여. 그러므로 진심으로 다 털어놓고 말씀드리겠습니다만, 저는 결코 비겁한 겁이나 망설임 따위에 사로잡혀 있는 것이 아니라, 아까 저에게 하신 말씀을 잊어버리지 않고 있을 뿐입니다. 저한테 말씀하시기를, 축복받은 신들과는 맞서 싸우지 말라고 하셨습니다. 다만 제우스의 따님 아프로디테가 전쟁터에 나타났을 때는 날카로운 창으로 찔러주라고 하셨습니다. 그러기에 지금 저는 이렇게 물러앉아 있으며, 다른 아르고스에서 온 사람들에게도 모두 여기 몰려와서 때를 기다리도록 지시한 것입니다. 아레스가 싸움 전체를 누르고 지배하고 계시다는 것을 알았기 때문입니다."

그러자 이번에는 빛나는 눈의 여신 아테나가 대답했다.

"티데우스의 아들 디오메데스여, 참으로 그대는 탄복할 만한 사람이구나. 하지만 그렇다고 해서 아레스를 무서워할 것은 없다. 또 어떤 불사의 신이라도 말이다. 그만큼 내가 그대를 돕고 있다. 그러니까 먼저 아레스를 향해서 외발굽 말을 달려 바짝 다가가서 찔러주어라. 난폭한 아레스라고 해서 사정 볼 것은 없으니까. 그 신은 거칠게 설치고는 있어도 두말할 것 없는 불량배인 데다가 간에 붙었다 쓸개에 붙었다 하는 자니까. 얼마 전만 해도 나와 헤라에게 트로이 군대와는 싸우지만 아르고스 편은 지켜주겠노라 다짐해 놓고, 지금은 트로이 편을 들면서 이쪽 일은 전혀 관심도 두지 않고 있으니 말이다."

이렇게 말하고는 스테넬로스를 전차에서 땅 위로 밀어내니, 그가 부랴부랴 뛰어내렸다. 여신은 전의에 불타서 용감한 디오메데스 옆으로 뛰어올랐다. 기세등등한 그 모습에 너도밤나무로 깎은 수레의 굴대가 그 무게로 우지끈 소리를 냈다. 무서운 여신과 무장한 용사를 함께 태웠으므로.

그리하여 팔라스 아테나는 채찍과 고삐를 잡기가 무섭게 먼저 아레스를 향해 외발굽 말을 몰아갔다. 바로 그때 아레스는 거인 페리파스라는 아이톨리아 제일가는 용사의 갑옷을 벗기고 있었다. 그는 오케시오스의 영예도 드높은 아들이었다. 살인으로 피투성이가 된 아레스가 그의 무구를 벗기고 있는 것을 보자, 아테나는 힘센 아레스에게 보이지 않도록 하데스의 투구를 덮어썼다.

한편 인간에게 재앙을 끼치는 아레스는 용감한 디오메데스가 눈에 띄자, 거대한 페리파스는 그대로 그 자리에 뉘어놓고, 곧장 말을 길들이는 디오메데스를 향해서 다가왔다. 그리하여 서로 아주 가까워졌을 때, 아레스가 먼저 그의 목숨을 빼앗으려고 서둘면서 전차의 멍에와 고삐 너머로 청동 창을 내밀었다. 그 창을 빛나는 눈의 아테나가 손으로 잡아 옆으로 밀치면서 전차 밖으로 허공을 찔러 빗나가게 했다.

그리고 이번에는 목청도 우렁찬 디오메데스가 청동 창을 내밀었다. 팔라스 아테나가 그 창을 아레스가 언제나 배띠를 두르고 있는 배의 가장 밑쪽으로 돌려놓았다. 그 자리를 찔러 상처를 입히고 아름다운 피부를 찢어놓은 다음, 창을 다시 쑥 뽑아버렸다. 그러자 청동의 아레스는 천지가 진동하는 듯한 소리를 질렀다. 마치 구천 명, 아니 만 명의 병사들이 전쟁에서 칼을 맞대고 싸우면서 외치듯이 엄청나게 큰 소리를 질렀다. 그 때문에 아카이아 군대도 트로이 군대도 겁에 질려 다리를 덜덜 떨며 몸을 가누지 못했다. 전쟁에 지칠 줄 모르는 아레스가 그토록 심한 고함을 질러댔던 것이다.

마침 무더위 뒤라 심하게 부는 바람이 일었을 때, 짙은 구름 사이로 하늘 아래의 기운이 거뭇하게 내려다보였다. 그와 마찬가지로 티데우스의 아들 디오메데스의 눈에는 청동의 아레스가 구름을 거느리고 넓은 창공으로 올라가는 것이 보였다. 그리하여 순식간에 그는 신들이 사는 험한 올림포스의 산봉우리에 도착하여, 괴로워하며 크로노스의 아들 제우스 곁에 앉았다. 그리고 상처에서 불사의 신혈이 흘러내리는 것을 보여주며, 울먹이는 소리로 거침없이 말했다.

"아버지 제우스여, 이렇게 심한 소행을 보시고도 노하지 않으십니까. 줄곧 우리 신들은 저마다 인간의 편을 들어, 더없는 고초들을 겪고만 있습니다. 첫째, 아버지 신에게는 모두가 불평을 갖고 있습니다. 왜냐하면 그렇게 분별없는 따님을, 저주받은 여자*13를 낳으셨기 때문입니다. 늘 고약한 짓만 꾀하고 있는 여자를 말입니다. 그래서 다른 올림포스 신들은 모두 아버지 신의 지시에 따르면서 주신으로서 우러러보고 있지만, 그녀만은 하는 말이나 행동을 그대로 내버려 두시고 조금도 꾸짖지 않으십니다. 홀로 낳으신 따님이라 그러시겠지만 말입니다.

지금도 그녀는 티데우스의 아들인 오만한 디오메데스를 부추겨서 불사의 신들에게 마구 난폭한 짓을 저질렀습니다. 처음에는 퀴프리스 옆에 가서 손목

---

*13 아테나 여신을 말한다. 제우스는 혼자서 머리로부터 아테나를 낳았다고 한다.

에 상처를 입혔고, 이번에는 또 저에게 마치 미치광이처럼 덤벼들게 했습니다. 저는 워낙 걸음이 빨라서 피할 수 있었습니다만, 그렇지 않았던들 아마도 저는 그대로 그곳에서, 무서운 송장에 둘러싸여 줄곧 괴로워하고 있었을 것입니다. 또 살아 있다고 하더라도 청동 창에 찔려서 허약하게 껍데기만 남게 되었을 것입니다."

이에 먹구름을 모으는 제우스가 그를 쏘아보며 말했다.

"뭐냐, 간에 붙었다 쓸개에 붙었다 하는 녀석아. 내 옆에 뻔뻔스럽게 앉아서 우는소리를 하지 말아라. 올림포스에 사는 여러 신들 가운데 네가 가장 내 마음에 안 드는 녀석이다. 너는 언제나 싸움이라든가 투쟁이라든가 전쟁 같은 것만 좋아하니 말이다. 네 어머니 헤라의 기세로도 누를 수도 막을 수도 없을 정도지. 나도 간신히 말로 복종시키고 있을 정도니까. 그러니 마침내 너도 네 어머니가 부추겨서 이런 꼬락서니가 되도록 한 게지. 그렇다고 이 이상 오래 네가 괴로워하는 것을 가만히 지켜볼 수는 없다. 그러나저러나 너는 내 아들이고, 너희 어머니가 나에게 낳아준 자식이니까. 만일 네가 다른 신에게 태어나서 이렇듯 난폭한 짓을 한다면, 그야말로 벌써 우라노스의 족속*[14]보다 훨씬 깊은 땅 밑으로 쫓겨갔을 것이다."

이렇게 말하고 의술의 신에게 고쳐주라고 명령했으므로 파이안은 상처에 통증이 멎는 약을 발라서 그를 치료해 주었다. 그는 죽을 운명을 타고나지는 않았기 때문이다. 마치 흰 우유에 무화과 즙을 섞어 저으면 젖자마자 흐르던 우유가 금방 굳듯이, 그와 같이 금방 사나운 아레스를 낫게 해주었다.

그리고 청춘의 여신 헤베가 그를 목욕시켜 아름다운 옷을 입혀주자 아레스도 크로노스의 아들 제우스 옆에 가서 의기양양하게 자리를 잡고 앉았다.

한편 아르고스의 헤라와 아랄코메네의 여신 아테나도 인간에게 화를 끼치는 아레스가 무사들을 죽이지 못하도록 막아놓고는 다시 제우스의 신전으로 돌아왔다.

---

*14 여기서는 티탄족을 말한다.

제6권
헥토르와 안드로마케의 만남

디오메데스는 싸움터에서 링케아의 대장이자 사르페돈의 사촌동생인 글라우코스를 만나 통성명한 뒤, 지난날 서로 매우 친한 집안임을 알게 되어 싸우는 대신 선물을 주고받고 나서 헤어진다. 한편 트로이 군대의 기둥인 프리아모스 왕의 맏아들 헥토르는 트로이 여자들에게 신을 향해 승리를 기도하게 하고, 아내 안드로마케에게 작별 인사를 하기 위해 일리오스 성으로 돌아간다. 죽음을 각오하고 나가는 남편과 부모도 형제도 다 잃은 젊은 아내와의 슬픈 이별 장면이 계속된다. 그런 다음 그는 아우 파리스와 나란히 성문을 나간다.

그리하여 무서운 전투의 메아리는 트로이 군대와 아카이아 군대만의 접전으로 진행되었다. 청동 날의 날카로운 창이 여기저기 서로의 가슴팍을 노려 날아가고 날아오는 가운데 전투는 시모에이스와 크산토스 강 사이의 평원 위로 번져갔다.

먼저 아카이아 편에 방어의 담장이라고 일컬어지는 텔라몬의 아들 아이아스가 트로이 측의 전열을 돌파하여 자기 편 무사들에게 빛을 던져주었다. 그것은 트로이 군대의 드라키아 부대에서도 견줄 데 없는 용사를 쓰러뜨렸기 때문이다. 그자는 에우소로스의 아들 아카마스로 기상도 씩씩하고 키도 큰 무사였는데, 아이아스가 먼저 말총 장식을 단 투구의 뿔을 맞춰 그 이마에 창을 꽂아버렸던 것이다. 그래서 그의 뼛속으로 청동 창끝이 꿰뚫고 들어가 순식간에 어둠이 두 눈을 휘덮고 말았다.

또 목소리도 용맹스러운 디오메데스가 악쉴로스를 죽였다. 이자는 테우드라노스의 아들로, 아름다운 마을 아리스베에서 살림도 풍족한 데다 모든 사람들한테 사랑받는 자였다. 그는 길가에 집이 있었고 오는 사람마다 환대해

주었지만, 이때는 그들 중 누구 하나 그 앞에 버티고 서서 처참한 최후를 막아주려는 사람이 없었으니, 그와 그의 전차를 몰던 시종 칼레시오스 두 사람이 함께 목숨을 잃었다.

에우리알로스는 드레소스와 오펠티오스를 무찌른 뒤 곧장 아이세포스와 페다소스를 뒤쫓았다. 이들은 옛날 아바르바레에의 샘에 사는 요정이 영예도 드높은 부콜리온에게 낳아준 자식들이었다. 부콜리온은 당당한 라오메돈의 아들이었으며, 나이로 보아서는 맏아들이지만 결혼하지 않은 어머니에게서 태어났다. 그리하여 산 위에서 양을 치고 있는 동안 샘의 요정과 사랑하게 되고, 요정은 이윽고 쌍둥이를 낳았던 것이다. 이 두 아들의 목숨과 손발을 지금 메키스테우스의 아들이 가볍게 꺾은 뒤 두 어깨에서 갑옷까지 벗겨가 버렸다.

또 싸움에서는 조금도 망설이지 않는 폴리포이테스가 아스튀알로스를 쓰러뜨렸다. 오디세우스는 청동 창으로 페르코테 사람 피뒤테스를, 테우크로스는 용감한 아레타온을 무찔렀다. 한편 네스토르의 아들 안틸로코스는 번쩍이는 창으로 아블레로스를, 용맹한 사나이 아가멤논은 엘라토스를 쓰러뜨렸다. 이 자는 아름답게 흐르는 사트니오에이스 강변에 우뚝 솟은 페다소스 항구에 살고 있었다. 또 레이토스의 군주는 달아나는 필라코스를 쫓아가서 죽이고, 에우리필로스는 멜란디오스를 무찔렀다.

목소리도 용맹스러운 메넬라오스가 아드라스토스를 사로잡은 경위를 보자. 전차를 끄는 두 필의 말이 평야를 이리저리 달아나다가 능수버들 가지에 걸렸다. 앞이 굽은 쌍두마차인 전차의 채 끝이 부러지는 바람에, 말은 겁에 질려 곧장 우왕좌왕 달아나는 다른 병사들의 뒤를 따라 성 쪽으로 달려가 버렸다. 그리고 아드라스토스는 전차 위에서 바퀴 옆으로 굴러떨어져 모래땅에 입을 처박고 엎어져서 뒹굴었다. 그 곁으로 아트레우스의 아들 메넬라오스가 기다란 그림자를 끄는 창을 쥐고 달려가자, 아드라스토스는 적의 무릎에 매달리며 애원했다.

"제발 사로잡아 주시오, 아트레우스의 아들이여. 그리고 넉넉하게 내 몸값을 받으시오. 나의 아버지는 부유하여 많은 재물이 집 안에 가득 있소. 아버지는 내가 아카이아군의 배 안에 살아 있다는 소식을 듣게 되면 청동이든 황금이든, 온갖 기교를 부린 쇠붙이든 헤아릴 수 없이 많은 몸값을 치를 것이오."

이렇게 그는 메넬라오스에게 열심히 호소하며 설득시키려 애를 썼다. 그리하여 메넬라오스가 아카이아군의 재빠른 배가 매여 있는 곳으로 그를 데려가라고 시종에게 넘기려 하는데, 아가멤논이 달려와 나무랐다.

"메넬라오스여, 어찌 그리 심약한가. 어째서 그대는 또 이런 자들의 일을 걱정하는가. 트로이인들이 우리에게 그토록 선한 짓을 하던가. 그들 중에 아무도 우리 손에서 엄한 최후를 면치 못하게 하라. 비록 어머니가 배 안에 가진 태아라도 사내아이라면 살려두지 못한다. 묻어줄 사람도 없도록 흔적도 없이 일리오스에서 죽여 없애버리자."

이런 말로 군주는 올바른 일이라 설득함으로써 아우의 마음을 돌렸다. 메넬라오스가 자기 몸에서 아드라스토스의 군주를 밀쳐버리자 아가멤논이 옆구리를 쿡 찔렀으므로, 아트레우스의 아들은 그 가슴을 밟고 물푸레나무 창을 뽑았다.

한편 네스트로는 큰 소리로 아르고스 군대를 향해 부르짖었다.

"오오, 우리 사람들이여, 다나오이 군대 용사들이여, 군신 아레스를 따르는 자들이여. 지금은 누구든 되도록 많은 전리품을 배로 가져갈 생각으로, 갑옷을 벗기는 일에만 얽매여 뒤처져서는 안 된다. 그보다는 적의 무사들을 무찌르자. 그러고 나면 그따위 것은 넓은 들판 가득히 넘어진 시체에서 얼마든지 안심하고 벗겨낼 수 있을 것이다."

그는 이렇게 말하여 모든 사람들에게 용기와 힘을 불러일으켰다. 이 무렵, 아마도 트로이군은 아레스가 귀히 여기는 아카이아군 때문에 겁에 질려서 일리오스로 달아났을지도 모른다. 만일 아이네이아스와 헥토르 옆으로 다가온 프리아모스의 아들 헬레노스라는, 비길 자 없이 새점을 잘 치는 사나이가 이렇게 말하지 않았던들 말이다.

"아이네이아스와 헥토르여, 언제나 힘든 일이 트로이 군대나 리퀴아 군대 중에서도 당신들에게 가장 많이 맡겨진다는 것은 전쟁이든 모사에 있어서든 모든 일에 당신들이 가장 뛰어났기 때문이오. 그러니 여기서 버티고, 두루 돌아다니면서 병사들이 겁에 질려 달아나 여자들의 품 안에 쓰러져서 적들을 기쁘게 만들기 전에 성문 앞에서 막도록 하시오. 두 분이 우리편 부대를 분발시켜 일어나게 할 수 있다면, 우리도 제아무리 괴롭더라도 끝까지 버티어 다나오이군과 싸워 나가리다. 무슨 일이 있더라도 그렇게 해야 하는 것이니까.

그러나 헥토르여, 당신은 성에 들어갔다 오시오. 그리고 어머니께 말씀하시오. 당신의, 그리고 내 어머니에게 말이오. 나이 많은 여자들을 불러모아 성채의 언덕 위에 있는, 빛나는 눈의 아테나 신전에 참배하고 신성한 신전 문을 열쇠로 열게 하십시오. 그리고 집에 갖고 있는 옷 가운데서 가장 아름답고 또 큰 것으로, 자신이 가장 좋아하는 옷을 꺼내서 늘어진 머리결도 훌륭한 아테나 신상의 무릎 위에 걸쳐놓도록 하시오. 또 송아지 열두 마리를, 그것도 한 살배기로 아직 채찍 한 번 맞아보지 않은 것을 신전 안에서 희생물로 바치겠다고 맹세하도록 시키시오. 만일 여신이 이 도시와 트로이인들의 가정과 아내와 철없는 아이들을 가련하게 생각하신다면, 부디 성스러운 일리오스로부터 저 거친 사나이, 창의 능수, 패주를 일삼게 하는 용맹스러운 무사인 티데우스의 아들을 멀리 물러나게 해주시도록 기원하시오. 그자야말로 아카이아군 가운데 가장 강력한 자라고 나는 생각하고 있소. 무사들의 우두머리라는 아킬레우스도 여신한테서 태어났다고 사람들은 말하지만, 결코 우리가 이토록 무서워하지는 않았었소. 그런데 저자가 심히 날뛰니, 어느 누구도 그 기세에 맞설 수가 없더란 말이오."

헥토르는 그의 말에 반대하지 않았다. 당장 전차에서 갑옷을 입은 채 땅 위에 뛰어내리더니, 날카로운 창을 흔들어대며 진중 여기저기를 쫓아다녔다. 그러면서 사람들을 격려하여 싸움으로 몰아세우고 무서운 전투의 소용돌이를 불러일으켰다. 그러자 모두들 걸음을 멈추고 뒤돌아서서 아카이아군을 맞아 저항했다. 그래서 아르고스 군대도 약간 뒤로 물러서며 살육을 멈추었다. 그리고 트로이 군대가 역습해 왔으므로 누군가 죽음을 모르는 신 가운데 한 분이 별이 무리짓는 창공에서 트로이 편을 돕기 위해 내려오지 않았나 생각했다.

다시 헥토르가 커다란 소리로 트로이 군대를 격려했다.

"용맹무쌍한 트로이의 군사여, 그리고 세상에 널리 그 이름을 떨친 동맹군들이여, 씩씩한 우리 편 동지들이여, 열화 같은 투지를 잊지 마시오. 내가 일리오스로 돌아가 우리 장로들과 아내들에게 일러 여러 신에게 기도를 올리고 훌륭한 희생물을 바치도록 하겠소."

이렇게 외치고 나서 번쩍이는 투구의 헥토르는 떠나갔다. 그의 몸과 발꿈치 및 목덜미에는 검은 빛깔의 두꺼운 가죽으로 가려져 있었다. 매듭 쇠붙이가 가운데에 달려 있는 커다란 방패의 가장자리를 빙 둘러 단을 댄 그 가죽이다.

이때 힙폴로코스의 아들 글라우코스*1와 티데우스의 아들 디오메데스는 양쪽 진영의 한가운데를 향해 한바탕 싸움을 벌일 기세로 달려나갔다. 이윽고 서로 가까워졌을 때, 목소리도 우렁찬 디오메데스가 먼저 상대방을 향해 소리쳤다.

"대체 그대는 어떠한 사람인가. 머지않아 목숨을 잃을 인간 중에서 비길 데 없이 뛰어난 용사이면서도, 여태까지는 무사에게 영광을 주는 싸움에서 한 번도 본 적이 없구나. 그러나 지금 보건대, 그대는 아무튼 대담성에 있어서는 어느 누구보다도 뛰어나구나. 그림자를 길게 끄는 나의 창을 기다리고 있다니. 하지만 내 힘에 맞서려는 자야말로 불운한 부모의 아들이다. 그대가 불사의 신 가운데 한 분으로 하늘에서 내려왔다면 모르겠지만. 나로서도 하늘 위에 계시는 신들과 싸울 생각은 조금도 없으니까.

왜냐하면 저 드뤼아스의 아들로 용맹스럽기로 유명한 뤼쿠르고스*2조차도 오래 목숨을 부지하지 못했기 때문이오. 그는 세상에서 다 알듯이 하늘의 신들과 다투어, 신성한 뉘사 산에서 미쳐 날뛰는 디오니소스*3의 유모들을 모두 내쫓았소. 그 여자들은 모두 사람을 죽이는 뤼쿠르고스의 소 잡는 도끼에 맞아 제사를 치를 때 쓰는 연장들을 땅에 떨어뜨렸지.

그래서 디오니소스도 겁에 질려 바다의 파도 사이에 숨어 가라앉는 것을 테티스가 받아 무서움에 떠는 그를 품에 안아주었소. 그가 퍼붓는 욕설에 이 신은 어쩔 줄 몰라하며 떨고 있었으니까. 그래서 안락의 삶을 누리고 있는 신들은 그를 미워하여, 먼저 크로노스의 아들 제우스가 그를 장님으로 만들어 버렸소. 죽음을 두려워하지 않은 나머지 신들에게도 미움을 사고 있었으므로 그 뒤 오래 목숨을 부지하지는 못했소.

그러니 나도 축복을 누리는 신들과 싸우고 싶지는 않소. 그러나 만일 그대가 땅의 수확을 먹고사는 인간에 속하는 자라면, 좀더 가까이 오시오. 한결 빠르게 최후의 순간으로 이를 수 있도록 말이오."

---

*1 사르페돈의 사촌동생으로 리퀴아의 영주.

*2 드라키아의 에도네스의 왕. 디오니소스의 신앙에 반대하여 이를 배척하려다가 신벌을 받았다.

*3 제우스와 세멜레와의 아들로 술과 신학과 연극의 신, 디오니소스의 신앙은 열광과 음주가 따랐다.

이에 대해 힙폴로코스의 영광에 빛나는 아들이 말했다.

"티데우스의 아들이여, 기상이 높은 그대는 어째서 나의 가문을 따지고 묻는가. 나뭇잎이 살아가는 모양이야말로 인간의 삶과 조금도 다를 것이 없소. 때로는 바람이 불어와 땅 위에 나뭇잎을 흩뿌리지만, 또 한편에서는 봄을 맞아 숲 속에서 자라나 나뭇잎을 무성하게 하오. 마찬가지로 인간 세상도 한편에서는 태어나고, 한편에서는 잊히고 사라져 가는 법이오.

그러나 그대가 알고자 한다면, 자세히 우리 집안을 이야기하리다. 말을 기르는 아르고스의 한구석에 에퓌라라는 도시가 있소. 그곳에 시지프스*4라는, 인간 가운데서 가장 지혜로운 사람이 있었소. 아이올로스의 아들이요. 그가 얻은 아들이 글라우코스이며, 글라우코스 또한 인품이 뛰어난 벨레로폰테스를 낳았소. 신은 그에게 수려하고 아름다운 인물을 주었소. 그 때문에 그에게 프로이토스*5가 가슴속에 은밀히 흉계를 꾸며 아르고스 사람들의 고향에서 내쫓았소. 프로이토스는 벨레로폰테스보다 더 강력했으니, 제우스가 그에게 프로이토스의 왕홀 아래 복종시켰기 때문이었소.

그가 쫓겨난 원인은 이렇소. 프로이토스의 아내인 고귀한 안테이아가 그에게 홀딱 반하여 남몰래 욕심을 채우려 했으나, 벨레로폰테스는 용기 있는 사람이었을 뿐만 아니라 지조 또한 바르고 굳었으므로 조금도 그녀의 말을 들으려 하지 않았소. 그래서 여자는 거짓말을 지어내어 프로이토스에게 고자질을 했소.

"죽여버리세요, 프로이토스. 벨레로폰테스를 죽여주세요. 제가 싫다고 하는데도 자꾸만 동침하자고 조르는걸요."

그녀가 이렇게 말하니 끓어오르는 분노가 왕을 사로잡은 것이오. 그래도 죽이는 것만은 피했소. 왜냐하면 마음이 꺼림칙했기 때문인데, 링케아에 그를 보내어 겹으로 접은 널빤지에 갖가지 흉측스러운 재앙의 표지를 새겨서 들고 가게 했소. 목숨을 해치는 흉계를 여러 가지 적은 것으로, 그것을 왕의 장인에게 가져가서 보이도록 명령한 것이었다오. 그가 그 때문에 생명을 잃도록 하기 위

---

*4 아이올로스의 아들로 에퓌라, 즉 나중에 코린토스를 세우고 거인 아틀라스의 딸과 결혼한다. 교활하여 죽은 뒤 지옥에 떨어져 형벌로 급한 비탈에 큰 돌을 올리도록 명령을 받았다고 한다.

*5 링케아의 왕 이오바테스의 사위.

해서 말이오.

그리하여 그는 링케아를 향하여 여러 신들의 비호를 받으며 나아갔소. 이윽고 링케아의 크산토스 강이 흐르는 곳에 이르렀을 때, 드넓은 링케아의 영주는 그를 진심으로 융숭하게 대접하여 아흐레 동안 잔치를 베풀고 아홉 마리의 소를 잡아주었소. 그러다가 열흘 째 되던 아침, 장밋빛 손을 펴는 새벽이 찾아왔을 때, 왕은 사위 프로이토스한테서 들고 온 것이 있으면 그것을 내놓으라고 요구했소.

마침내 사위가 준 그 사악한 표지를 받아 들자, 먼저 무시무시한 키마이라를 죽이고 오라고 명령했소. 이 괴물은 신의 부류에 속하는 것으로 인간계의 것이 아니었으며, 앞모습은 사자, 뒷모습은 큰 구렁이, 가운데는 암양의 모습을 가졌고, 훨훨 타는 무서운 불꽃을 입에서 토해내고 있었소. 그것을 그는 신들이 내려주신 신령한 힘으로 때려 죽였소. 이어 왕은 명성을 멀리까지 떨치고 있는 솔뤼모이족*6과 싸우고 오라고 명령했소. 이 싸움이야말로 그가 참가한 것 가운데서 가장 격렬한 무사들의 전투였소.

세 번째는 또 남자도 못 당하는 아마존의 여군*7을 무찔렀소. 그런데 그가 돌아오자 또다시 빈틈없는 간계를 꾸며, 드넓은 링케아 땅에서 골라낸 용사들을 그가 오는 길목에 매복시켜 놓았소. 그러나 그 사람들은 두 번 다시 집에 돌아오지 않았소. 왜냐하면 인품이 뛰어난 벨레로폰테스가 그들을 모두 죽여 버렸기 때문이오. 이리하여 마침내 그가 진실로 신의 당당한 후예라는 것을 깨닫자, 국왕은 그대로 그를 붙잡아 자기 딸과 인연을 맺어주고, 자기가 간직하고 있는 모든 위엄과 권리의 절반을 그에게 나누어 주었소. 그래서 링케아 사람들도 더할 나위 없이 훌륭한 영지를 골라서 심어진 나무와 논밭, 나무랄 데 없는 토지를 그가 갖도록 했던 것이오.

그 공주는 용기 있는 벨레로폰테스에게 세 아이를 낳아주었으니, 바로 이산드로스와 힙폴로코스와 라오다메이아가 그들이오. 이 라오다메이아를 전지전능하신 제우스가 사랑하여 신과도 견줄 만한 청동 갑옷을 두른 사르페돈을 낳게 했던 것이오. 그러나 그도 결국은 신들의 미움을 사게 되었고 알레이온의 들판을 가로질러 비통한 마음을 억누르며 세상 사람들이 지나는 곳을 피

---

*6 링케아의 원주민으로 사납기 짝이 없는 야만인.

*7 소아시아 북변의 궁술에 능한 유목민. 여군으로 이름 높다.

하여 외로이 헤매어 들어가고 말았던 것이외다.
또 그 아들 이산드로스는 세상에 이름난 솔뤼모이족과 싸우다가 전쟁에 싫증을 낼 줄 모르는 군신 아레스에게 죽었으며, 남은 공주 라오다메이아는 황금의 고삐를 잡는 아르테미스의 노여움을 받아 죽어버렸소.
그런데 힙폴로코스는 나의 아버지, 나는 그에게서 태어났소. 그래서 나를 이 트로이로 보내셨는데, 떠날 무렵 여러 가지로 당부를 해주시며, 언제나 용감하게 싸워 공을 세우고, 모든 면에서 늘 뛰어나도록, 또 조상 대대로 혈통에 욕을 보이지 않도록 해야 한다고 타이르셨소. 우리 집안 조상은 에퓌라에서도 드넓은 링케아에서 용감무쌍한 용사라고 일컬어졌으니까. 이러한 집안, 그리고 혈통에서 태어났음을 자랑스럽게 생각하고 있소."
이렇게 말하니 목소리도 우렁찬 디오메데스는 매우 기뻐하며 손에 쥐고 있던 긴 창을 땅 위에 찍어 세우고, 마음을 녹이는 부드러운 말투로 병사들의 지휘자 글라우코스에게 말했다.
"그렇다면 그대와 나는 오랜 옛날부터 조상 대대로 매우 친근한 집안이 되는 셈이오. 고귀한 오일레우스는 옛날 영예도 드높은 벨레로폰테스를 자기 집에 머무르게 하여 20일 동안 손님으로 대접한 적이 있었다오. 그래서 두 사람은 서로 훌륭한 물건을 주고받았소. 오일레우스는 자줏빛으로 물들인 복대를 선사하고, 벨레로폰테스는 두 귀가 달린 황금 잔을 선물했다고 하오. 출전 때 집에 두고 왔지만 그 잔을 나는 지금도 가지고 있소. 내가 아직 너무나 어릴 때 집을 나갔기 때문에 나는 아버지 티데우스를 기억하지 못하오. 아카이아의 병사들이 테바이에서 전사했을 무렵의 이야기요.
그러니 지금은 그대가 아르고스에 왔을 때, 내가 그대를 위해 머물 만한 곳의 주인 노릇을 해줄 것이오. 내가 만일 그쪽 나라에 간다면 그대가 주인이 되어줄 테고. 이제 우리 서로의 창을 피하기로 합시다. 아무리 전쟁의 소용돌이 속이라 하더라도 말이오. 아직 나에게는 트로이 군대에도, 멀리까지 이름이 난 원군의 병사 중에도 죽일 자가 많소. 그리고 그대도 아카이아 군대에 죽일 만한 자가 많이 있을 줄 아오. 그러니 우리도 서로 갑옷을 바꾸기로 합시다. 우리 주변에 있는 자들도 우리가 조상 대대로 절친한 사이임을 자랑스러워한다는 것을 잘 알 수 있도록 말이오."
이렇게 두 사람은 통성명을 하고 나자 마차에서 동시에 뛰어내려 서로 손을 맞잡고 오랜 우의를 즐거워했다. 이즈음 또다시 크로노스의 아들 제우스가 글라우코스의 분별을 흐리게 해버렸으므로, 그는 티데우스의 아들 디오메데스에게 그가 준 청동 갑옷 대신 황금으로 만든 것을 주고, 소 아홉 마리 값어치 대신 백 마리 값어치의 물건을 선사하고 말았다.

한편 헥토르가 스카이아 문과 떡갈나무*8가 서 있는 곳에 이르자, 그를 둘러싸고 트로이 사람들의 아내와 딸들이 우르르 몰려왔다. 그리고 저마다 자기 자식들과 형제들, 혹은 친척들과 남편들의 소식을 물었다. 그러자 그는 차례로 여러 사람들에게 신에게 기도를 드리라고 명령했다. 이미 많은 자들 위에 재앙이 걸려 있었기 때문이다.

그리하여 이윽고 프리아모스의 화려한 궁전에 이르니, 반드르르하게 다듬은 주랑을 갖춘 궁전 안에는 잘 다듬은 돌로 꾸민 쉰 개의 안방이 가지런히 만들어져 있었다. 거기서는 프리아모스의 아들들이 격식을 따라 맞이한 아내들과 살고 있었다. 또 딸들을 위해서는 맞은편에 안마당의 울타리 안에 잘 다듬은 돌로 꾸민 열두 채의 지붕 덮인 방이 역시 가지런히 지어져 있었다. 여기서는 프리아모스의 사위들이 저마다 얌전한 아내들과 살고 있었다. 이곳에 오니 저쪽에서 후덕한 헥토르의 어머니 헤카베가 프리아모스의 딸 중에서 가장 인물이 고운 라오디케와 함께 나타났다. 그러고는 황급히 헥토르의 손을 잡고 매달리며 말했다.

"내 아들아, 어째서 그대는 광포한 전쟁터를 두고 돌아왔느냐. 아마도 천한 이름을 가진 아카이아 군대의 자식들이 이 도시를 공략하려고 쳐들어오며 괴롭히고 있을 테지. 그래서 여기와 보루의 언덕 높은 곳에서 제우스께 두 손을 높이 쳐들어 기원할 생각으로 돌아온 것이로구나. 그렇다면 기다리고 있거라. 내가 곧 벌꿀처럼 단 포도주를 가지고 올 테니. 그것으로 먼저 아버지 제우스와 그 밖의 여러 신들에게 신주를 드린 다음에 너도 마시면 힘이 솟아날 것이다. 몹시 피로한 사람에게는 술이 기력을 돋워 주니까. 집안사람들을 지키느라고 무던히 수고를 했으니까."

이에 번쩍이는 투구의 위대한 헥토르가 말했다.

---

*8 일리오스의 서문 가까이에 있는 나무.

"아니, 어머니, 마음을 달콤하게 녹여놓는 포도주 따위는 가져오지 마십시오. 그것으로 팔다리의 맥이 빠져서 용기를 잃으면 큰일입니다. 그리고 깨끗하지 않은 손으로 제우스께 빛나는 술을 따라 제사를 모시는 일도 삼가야 합니다. 또 무슨 일이 있더라도 먹구름을 모으는 크로노스의 아드님에게, 피와 먼지를 덮어쓰고 더러워진 제가 기도드린다는 것도 좋지 않은 일입니다.

그보다는 어머니께서 사냥감을 갖다주시는 아테나 신전에 흙으로 구운 제기를 들고 가서 나이 든 여자들을 불러모아서 참배를 하십시오. 그리고 이 성에 있는 옷 중에서 가장 아름답고 가장 큰 것, 그리고 어머니가 가장 좋아하시는 옷을 골라 머리결이 고운 아테나 신상의 무릎에 걸치십시오. 또 신에게 열두 마리의 송아지를, 그것도 한 살배기로 아직 채찍도 닿지 않은 것을 신전 안에서 제물로 바치겠다고 맹세하십시오. 만일 여신께서 이 도시와 트로이인 가정의 아내들과 철없는 아이들을 가엾게 여기시거든 제발 성스러운 일리오스로부터 저 사나운 창의 명수, 패주를 일삼게 하는 용맹스러운 무사 티데우스의 아들을 물리쳐 달라고 기원하십시오.

아무튼 어머니께서는 지금부터 사냥감을 갖다주시는 아테나 신전으로 가십시오. 저는 파리스를 찾으러 나가겠습니다. 그를 불러내어 내 말을 듣겠는지 물어보고 싶습니다. 이대로 대지가 갈라져서 그를 삼켜버렸으면 좋으련만. 올림포스에 계시는 제우스께서 트로이 사람들이나 기상이 높은 프리아모스나 그 자식들에게 엄청난 재앙의 근원으로서 파리스를 기르셨습니다. 그 녀석이 하데스에게로 가는 것을 본다면, 저도 가슴에 뭔 쓰라린 한탄이 말끔히 가셔버린 듯한 느낌을 갖게 될 것입니다."

이렇게 말하니 헤카베는 집 안으로 걸음을 옮겨 시녀들에게 지시를 했다. 그러자 그들은 곧장 온 도시 안에서 나이 든 여자들을 모아 왔다. 한편 여왕은 몸소 커다란 방 안으로 들어갔는데, 거기에는 갖가지 기술을 부려서 만든 천과 옷이 간직되어 있었다. 시돈 도시의 여자들이 만든 것으로 신으로 착각할 만한 알렉산드로스가 넓은 바다 위를 항해하여 손수 시돈에서 가지고 온 것이었다. 그것은 바로 훌륭한 아버지를 가진 헬레네를 데리고 온 바다 여행 때의 일이다. 헤카베는 그 옷 중에서 한 벌을 집어들어 아테나에게 바치기 위해 가지고 갔다. 여러 옷 가운데서도 가장 호화롭게 기교를 부린 것으로 아름다움이나 그 크기가 뛰어나고 별처럼 빛났으며, 다른 것보다 깊숙이 간직해 둔 것이었다. 그녀가 나아가자 많은 늙은 시녀들이 그 뒤를 따라 부지런히 걸어갔다.

이리하여 그들 모두 보루의 언덕 높이 서 있는 아테나 신전에 도착하자, 뺨이 아름다운 무녀 테아노가 그들을 위해 문을 열어주었다. 킷세스의 딸로 말을 길들이는 안테노르의 아내인데, 트로이 사람들은 그녀를 아테나의 여사제로 삼고 있었던 것이다. 그리고 여자들이 일제히 통곡하며 아테나에게 두 손을 들고 기원하자, 뺨이 아름다운 테아노는 옷을 집어 들어 긴 머리결이 고운 아테나의 무릎 위에 바치고, 기도와 더불어 제우스의 딸에게 이렇게 빌었다.

"아테나 여신님, 여신 가운데서도 가장 고귀하시며 도시를 힘써 지켜주시는 여신께서는 제발 디오메데스의 창을 꺾어주옵소서. 그리고 그가 스카이아 문 바로 앞에서 쓰러져 죽게 해주소서. 그렇게 해주신다면 금방이라도 열두 마리의 소를 이 신전에, 한 살배기 송아지로 아직 채찍도 맞아보지 않은 것을 제물로 바치겠나이다. 만일 여신님께서 이 도시와 트로이 사람들 가정의 아내들과 철없는 아이들을 가엾게 생각하여 주신다면 말입니다."

이렇게 빌며 말했지만 팔라스 아테나는 외면하고 있었다. 한편 나이 든 여인들이 제우스의 딸에게 기도를 드리고 있는 동안, 헥토르는 알렉산드로스의 훌륭한 저택으로 찾아갔다. 그것은 그가 그 무렵 땅이 기름진 비옥한 트로이에서도 목수로 솜씨를 가장 인정받고 있는 사람들과 함께 손수 지은 것이었다. 그들은 알렉산드로스를 위해 안채와 본채와 넓은 집회실 등을 보루의 언덕 위에, 프리아모스와 헥토르의 저택 바로 가까이에 지어주었다. 그곳에 지금 제우스가 사랑하는 헥토르가 찾아갔는데, 손에 열한 자나 되는 긴 창을 들고 있었다. 그 창 끝에는 청동 날이 번쩍번쩍 빛나고 그 둘레에는 황금 고리쇠가 달려 있었다. 그가 안채에 있는 파리스를 찾아가니 마침 그는 두드러지게 훌륭한 갑옷과 큰 방패, 가슴받이 같은 것을 손질하고 있었으며, 굽은 활에 윤을 내고 있는 중이었다. 그리고 아르고스 태생의 헬레네는 여느 때와 같이 시녀들 사이에 앉아 하녀들에게 세상에도 널리 알려진 수예를 시키고 있었다. 파리스를 보자 헥토르는 모욕적인 투로 말했다.

"너는 대체 무엇을 하고 있느냐. 원한을 가슴속에만 품고 있는 것은 어리석은 일이다. 이 도시 사람들은 성채와 험한 보루의 주위에서 싸움을 계속하며 잇따라 쓰러지고 있다. 그것도 다 네 탓이 아니냐. 전투의 함성과 울부짖음이 도시를 둘러싸고 싸움의 불길은 훨훨 타오르고 있는데, 만일 누군가가 저주스러운 싸움을 하지 않고 게으름 피고 있는 것을 보았을 때는 너라도 분노가 치솟을 것이다. 그러니 어서 일어나거라. 금방이라도 이 도시가 사납게 타는 불꽃으로 뜨거워지기 전에."

이에 신처럼 보이는 알렉산드로스가 말했다.

"헥토르여, 형님의 비난은 당연한 것이고 부당하다고 말할 수는 없습니다. 그러므로 까닭을 이야기할 테니 내 말을 잘 들어주시오. 결코 내 쪽에서 트로이 사람들을 그렇게 심하게 원망하여 안방 구석에 처박혀 있었던 것은 아니며, 오히려 가슴속의 쓰라림을 안고 있을 생각이었던 겁니다. 그러나 지금은 아내가 나를 부드러운 말로 달래고 설득하여 싸움터로 나가게 하려는 참입니다. 나도 그편이 좋을 것 같은 생각이 들고요. 승리라는 것은 그때그때 상황으로 사람에서 사람으로 옮겨가는 것이니까. 그러니 조금만 더 기다려 주십시오. 싸움에 나갈 갑옷을 입을 테니까요. 아니면 먼저 가시렵니까. 그러면 나는 뒤쫓아갈 테니까요. 충분히 따라갈 수 있을 겁니다."

이렇게 말했으나 번쩍이는 투구의 헥토르는 아무런 대꾸도 하지 않았다. 한편 헬레네는 그를 향해 정답고 부드러운 말을 건넸다.

"시아주버님, 이렇게 말씀드리는 저는 수치를 모르는 암캐와도 같이, 재앙을 가져오는 무서운 여자랍니다. 정말, 어머니가 처음으로 저를 낳으셨을 때, 부는 바람의 나쁜 숨결이 그날로 즉시 저를 험한 산골짜기나 우렁차게 울리는 바다의 파도 사이로 낚아채 갔더라면 좋았을 텐데요. 그랬더라면 이런 결과가 되기 전에 파도가 저를 휩쓸어 가고 말았을 테니까요. 그게 아니고 신들이 이와 같은 재앙을 정해주신 일이라면, 저는 좀더 훌륭한 무사의 아내가 되었어야 했습니다. 세상 사람들의 분노도 모욕도 잘 분별할 줄 아는 무사의 아내 말입니다.

그런데 저이는 아직도 확고한 마음가짐도 되어 있지 않고, 앞으로도 있을 것 같지 않습니다. 그러므로 마땅히 그러한 대가를 치르려 마음먹고 있지요. 아무튼 자, 이제 안으로 들어오세요. 그리고 여기에 앉으세요. 이 하찮은 여자 때문에, 또 알렉산드로스가 저지른 잘못 때문에 정말 너무나 괴로워하고 계시네요. 하지만 우리는 제우스께서 비운을 내려주셨으므로 후세 사람들의 입에 두고두고 오르내리게 될 거예요."

이에 번쩍이는 투구의 헥토르가 대답했다.

"나를 앉히려고 하지 마오, 헬레네여. 그러고 있을 겨를도 없으니. 벌써부터 나의 마음은 트로이 사람들을 수호하여 싸우라고 재촉하고 있기 때문이오. 병사들은 어서 내가 돌아오기를 고대하고 있다오. 아무튼 그대는 내가 아직 이 도시 안에 있는 동안에 따라나설 수 있도록 이 사람을 일어서게 해주오. 빠를수록 좋소. 앞으로 다시 그들 곁으로 돌아가게 될 것인지, 아니면 당장에 신들이 나를 아카이아군의 손을 빌려 쓰러뜨려 버릴는지 모르는 일이기에, 나는 지금부터 가신들과 사랑하는 아내와 귀여운 아들을 만나러 집에 들러야 하기 때문이오."

이렇게 말을 마치고 번쩍이는 투구를 쓴 헥토르는 그 자리를 떠났고, 훌륭한 자기 집에 곧 도착했다. 그러나 어느 방에도 흰 팔의 안드로마케는 보이지 않았다. 그녀는 아이와 아름다운 옷을 입은 시녀를 데리고 높은 망루에 올라가 탄식하여 울고 있었던 것이다. 헥토르는 기품 높은 아내가 집 안에 보이지 않았으므로 문지방에 발을 멈추고 시녀들을 향해 말했다.

"자, 시녀들이여, 확실한 이야기를 해다오. 어느 쪽으로 흰 팔의 안드로마케가 나갔는가? 나의 누이 집인가, 아니면 아름답게 차려입은 동서들에게로 찾아갔는가? 아니면 긴 머리채도 아름다운 다른 트로이 부인들이 무서운 여신의 마음을 달래려고 기도를 올리고 있는 아테나의 신전으로 나갔는가?"

그러자 충실하게 집안일을 맡아서 돌보는 늙은 시녀가 말했다.

"헥토르 님, 사실을 말하라고 엄하게 말씀하시니, 특별히 어디 누이들을 찾아가시거나 아름답게 차려입은 동서들을 찾아가신 게 아닙니다. 아테나 신전에 찾아가신 것도 아니고요. 마침 거기서 긴 머리채도 아름다운 다른 트로이 부인들이 무서운 여신의 마음을 달래려 하고 있기는 합니다만. 마님께서는 일리오스의 높은 성벽으로 나가셨습니다. 트로이 군사들이 고전하는 반면에 아카이아 편은 대단히 우세하다는 소식이 들려서, 정말로 실성이라도 하신 것처럼 성벽으로 부랴부랴 달려가셨습니다. 유모가 아기를 안고 따라가기는 했습니다만."

집안일을 맡아보는 늙은 시녀가 말을 끝내자 헥토르는 황급히 달려나갔다. 그리고 먼저 온 길을 되돌아 잘 닦아진 한길을 성큼성큼 걸어나갔다. 그리하여 큰 도성을 가로질러 스카이아 문에 이르렀고, 그 문을 지나서 아래 들판으로 막 나가려 했다. 그때 늘 많은 선물을 사람들에게 주는 그의 아내인, 기상이 높은 에에티온의 딸인 안드로마케가 그를 향해 달려왔다.*9 안드로마케가 그를 만났을 때, 시녀가 한 사람 따라왔으며 품에는 아직 말도 못 알아듣는 천진하고 철없는 젖먹이를 안고 있었다. 순결한 하늘의 별에도 견줄 만한 그 귀여운 아들을 헥토르는 스카만드리오스라 이름지었지만, 다른 사람들은 곧잘 아스튀아낙스*10라고 불렀다. 그것은 헥토르가 혼자서 일리오스를 지키고 있었기 때문이다.

아무튼 이때 헥토르가 말없이 가만히 아이를 들여다보며 미소를 지으니, 안드로마케는 그 옆에 다가서서 눈물을 흘리며 남편의 손을 꼭 잡고서 말했다.

"정말 당신 같은 분은 안 계세요. 그 용맹스러움이 파멸의 원인이 되는 거예요. 게다가 아직 이 철없는 젖먹이도, 불행한 이 몸도 가엾게 생각지는 않으시는 모양이지요. 이제 곧 당신을 빼앗기고 과부가 될 터인데, 당장이라도 아카이아군이 일제히 공격해 와서 당신의 목숨을 빼앗을지 모르니까요. 당신을 잃느니보다 차라리 제가 땅속에 들어가는 편이 낫겠어요. 앞으로 당신이 최후를 맞으시면 오직 비탄만 남을 것이니 무슨 위안이 있겠어요. 게다가 저에게는 아버지도 어머니도 안 계시니 말이에요.

제 아버지는 킬리키아인들의 구조도 훌륭한 도시, 저 높은 성문을 가진 테바이를 공략할 무렵 용감한 아킬레우스의 손에 돌아가셨어요. 하지만 그 사람은 에에티온을 죽이기는 했어도 갑옷까지 벗겨 가지는 않았습니다. 그것은 마음에 꺼리는 데가 있어서였지요. 그래서 온갖 기교를 다 부린 갑옷과 시체를 태우고는 그 위에 봉분을 만들어 주었습니다. 산에 사는 요정들, 아이기스를 가진 제우스의 따님들이 그 봉분 주위를 빙 둘러 느릅나무를 심어주셨고요. 그리고 아버지의 성 안에는 본디 7명의 오라버니와 동생들이 살고 있었는데, 그들 모두가 한 사람도 남지 않고 하루 사이에 하데스에게 보내어지고 말았답니다. 그들은 다리를 꼬는 소와 하얀 털의 양 떼 옆에 있었는데, 발이 빠르고 용맹스러운 아킬레우스가 그들을 죽였기 때문이지요.

---

*9 에에티온이란 울창한 숲에 덮인 플라코스 산기슭에 있는, 플라코스 산기슭 테바이에 살면서 킬리키아 사람들을 통치하고 있던 영주이다. 그 딸로서 그녀는 청동 갑옷을 몸에 두른 헥토르에게 시집온 것이다.

*10 도성의 군주라는 정도의 뜻.

어머니는 울창한 숲으로 덮인 플라코스 산 밑에서 영지를 다스리고 계셨는데, 아킬레우스가 다른 전리품들과 함께 이곳으로 끌고 왔다가 헤아릴 수 없이 많은 몸값을 받고 도로 풀어주긴 했지만, 아버지의 궁전에서 활의 여신 아르테미스가 쏘아 죽이고 말았습니다. 그러니 지금은 헥토르 님, 당신은 저의 아버지도 되시고 어머니도 되시고 또 형제도 되는 셈이에요. 그리고 무엇보다도 제가 의지하는 귀한 남편이기도 하고요. 그러므로 제발 가엾게 여기시고 지금은 이대로 이 자리에, 이 보루에 머물러 계세요. 제발 이 어린 것을 고아로, 아내를 과부로 만들지 말아주세요. 병사들은 저 무화과나무 곁에 두세요. 거기가 성벽에 올라가기도 가장 쉽고, 성벽에 대한 공격을 받기도 쉬운 곳이니까요. 이미 세 번이나 그곳에 적이 몰려왔어요. 두 사람의 아이아스를 둘러싼 용사들과 유명한 이도메네우스와 아트레우스 집안의 왕들과 티데우스의 용감한 아들 디오메데스의 동료 등이 모두 몰려와 쳐들어오려고 안간힘을 쓰고는 했답니다. 혹시 누군가 점 잘 치는 사람이 그들에게 가르쳐 주었거나, 아니면 그 사람들이 스스로 알아채고 재촉했거나 지시했는지도 모르겠어요."

번쩍이는 투구를 쓴 위대한 헥토르가 말했다.

"두말할 것 없이 나도 그러한 것은 잘 알고 있다오, 여보. 그러나 내가 가장 부끄럽게 여기고 또 두려워하고 있듯이, 만일 내가 싸움터를 떠나 달아나서 숨어다니는 것은 내 마음이 허락하지 않소. 옛날부터 그렇게 배워왔으니 말이오. 언제나 용감하게 행동하고 트로이 군대의 선두에서 싸우도록, 그리고 아버지나 나 자신을 위해서 빛나는 영광을 차지할 수 있도록 말이오. 물론 나도 머리로 뿐만 아니라 마음속으로부터 잘 알고 있소. 언젠가 이 거룩한 일리오스도 프리아모스도, 그 프리아모스의 물푸레나무 창도, 훌륭한 병사들도 멸망해 사라져 버릴 날이 올 거요.

그러나 그 트로이 사람들이 뒷날에 받을 괴로움도 그토록 마음에 걸리지는 않소. 어머니 헤카베의 비탄도, 아버지 프리아모스 왕이나 형제들의 고난도 결국은 적의 손에 살해되어 흙먼지 속에 엎어지겠지. 하지만 그것조차도 그대가 받을 고통만큼 마음에 걸리지는 않는단 말이오. 누군지도 모를 청동 갑옷을 입은 아카이아의 무사가 눈물에 젖은 그대를 억지로, 자유로운 나날을 뺏고는 노예로 끌고 갈지도 모를 일이니까. 그리하여 아르고스에 살면서 다른 여자의 지시로 베를 짜게 될는지, 아니면 혹은 멧세이스나 히페리아의 샘에서 물을 길어 나르게 될는지, 지독한 모욕을 한 몸에 받으면서 냉엄한 운명에 강제로 맡겨질지도 모르오.

이렇게 말하는 사람도 있을 거요. 그대가 밤낮 눈물에 젖는 것을 보고 '저 여자가 그 헥토르의 아내다. 옛날 일리오스를 포위하고 전쟁이 있었을 때, 말을 길들이는 트로이군 중에서도 용사로 이름났고 언제나 공훈을 세운 사나이였지' 하고 말하는 사람들이 있어서, 그대에게 새삼스레 쓰라린 생각을 품게 할지도 모르오. 굴종의 날을 막아주던 그토록 훌륭한 남편을 잃었다는 슬픔으로 말이오. 그러나 제발 그때 나는 이미 죽어서 끌어올린 무덤 아래 있고 싶소. 그대의 비명을 듣기 전에, 그대가 끌려가는 것을 알기 전에 말이오."

이렇게 말하고 영광에 빛나는 헥토르는 자기 아이를 향해서 손을 내밀었으나, 아이는 오히려 그리운 아버지의 모습에 겁을 먹었다. 청동 갑옷과 말총 장식이 투구 꼭대기에서 늘어져 무시무시하게 흔들리고 있는 광경에 질려서 단단한 띠를 졸라맨 유모의 품 안으로 소리를 지르면서 파고들었다. 그러자 사랑하는 아버지도, 어머니인 안드로마케도 웃음을 터뜨렸다. 영광에 빛나는 헥토르는 곧 머리에서 투구를 벗고 땅 위에 내려놓았다. 눈부시게 빛나는 투구를 그대로 둔 채 그는 귀여운 아들에게 입을 맞춘 뒤 두 손으로 안아올렸다. 그리고 제우스와 그 밖의 신들에게 기원했다.

"제우스여, 그리고 여러 신들이여, 부디 여기 있는 저의 아들에게도 저와 마찬가지로 트로이 사람들 사이에서 이름을 떨치고, 또 나처럼 힘이 세어 일리오스를 힘차게 통치해 나갈 수 있도록 해주소서. 또 그가 전쟁에서 돌아오는 것을 보고 모든 사람들이 '정말 이 사나이는 제 아버지보다 훨씬 훌륭한 무사로구나' 칭송하도록 해주소서. 그리하여 적의 무사들을 무찌르고 피에 젖은 전리품을 들고 돌아와 제 어머니를 기쁘게 하도록 해주소서."

그는 이렇게 말하고 사랑하는 아내의 팔에 아이를 내려놓았다. 그녀는 아이를 향기 그윽한 품에 받고 눈물을 글썽이며 미소를 지었다. 남편은 그 모습을 바라보고 마음이 쓰라려 손으로 쓰다듬으며 말했다.

"딱한 사람이군. 제발 너무 가슴아파하며 탄식하지 말아주오. 아직은 아무도 나를 주어진 수명에서 벗어나 하데스에게 보내려고 하지는 않소. 게다가 죽음의 운명이라는 것은 어떤 자라도 인간인 이상 겁쟁이든 용감한 자든 피할 수 없는 법이오. 자, 그러니 집으로 돌아가서 베를 짜든가, 실을 잣든가, 그대가 맡은 일이나 하도록 하오. 전쟁은 사나이들이 모두 맡아할 테니. 그중에서도 특히 내가 염려할 일이오."

이렇게 말하고 나서 영광에 빛나는 헥토르가 말총 장식을 단 투구를 집어 드니, 사랑하는 아내도 집을 향하여 몇 번이나 뒤돌아보고 또 뒤돌아보고, 눈물을 비오듯 흘리면서 걸음을 옮겨갔다. 그리하여 곧 안드로마케는 무사를 쓰러뜨리는 헥토르의 훌륭한 성에 이르렀고, 안으로 들어가니 많은 시녀들이 그녀를 맞이했다. 그 시녀들 가운데 누구 하나 그녀를 바라보며 애도의 울음을 터뜨리지 않은 사람이 없었다. 헥토르가 아직 살아 있는데도 집에서는 벌써 여자들이 울음을 터뜨리고 있는 셈이었다. 그도 그럴 것이 아무도 헥토르가 싸움터에서, 그리고 아카이아 군대의 용맹함에서 벗어나 집에 돌아온다고는 도저히 생각할 수 없었기 때문이다.

한편 파리스는 대들보 높은 그의 집 안에서 청동을 정교하게 다듬어서 만든 세상에 이름난 갑옷을 다 입고 나더니, 거리를 가로질러 마치 외양간에 매여 있던 준마가 죽통의 보리에 싫증이 나서 줄을 끊고 넓은 평원 위를 말굽 소리도 상쾌하게 달려가듯이 재빠른 걸음걸이로 달려나갔다. 흘러가는 맑은 강에서 늘 몸을 씻곤 했기 때문에, 의기양양하게 머리를 높이 쳐들고 좌우로 갈기가 두 어깨에 씩씩하게 흘러내린 채로, 말은 언제나 찾아가곤 하던 들과 목장으로 자기의 빛나는 영광을 믿고 늠름하게 걸음을 옮겨갔다.

프리아모스의 아들 파리스는 페르가모스의 꼭대기 위에서 찬란하게 빛나는 태양처럼 갑옷으로 온몸을 번쩍이면서 달려 내려갔다.

큰 소리로 웃으면서 잽싼 걸음을 옮겨놓으니, 얼마 안 가서 용맹스러운 형 헥토르를 만났다. 헥토르가 막 자기 아내와 무척 정다운 이야기를 나눈 그 자리에서였다.

그래서 그를 향해 먼저 신처럼 보이는 알렉산드로스가 말을 건넸다.

"형님, 아마도 바쁘게 떠나셔야 할 것을, 내가 이르시는 대로 바로 오지 않아서 지체를 하시게 했나 봅니다."

이에 번쩍이는 투구의 헥토르가 대답했다.

"너는 우스운 소리를 하는구나. 누구든 제대로 된 무사라면 싸움에서 너의 활약을 가볍게 여기지 않을 것이다. 그저 네가 스스로의 마음으로 전쟁에 참가하려 하지 않고 게으름을 피울 뿐이다. 나는 너에 대해서 트로이 사람들이 갖가지 모욕적인 말을 할 때마다 마음이 몹시 괴롭단다. 그들은 모두 너 때문에 무척 고생들을 하고 있지 않느냐. 아무튼 자, 이제 가보자. 그러한 일은 언제나 나중에 어떤 형태로든 보상을 할 수 있을 테지. 하늘 위에 영원히 사시는 신들에게, 트로이 땅에서 훌륭한 정강이받이를 댄 아카이아 군대를 몰아낸 다음, 자유를 축하하는 술을 빚는 독들을 성관 한가운데 차려놓고 바칠 수 있도록. 다행히 제우스가 언젠가 우리에게 허락해 주신다면 말이다."

제7권
헥토르와 아이아스의 결투/시체들의 매장

다시 싸움터로 나간 헥토르는 아카이아군에게 결투를 신청하여 아킬레우스 다음가는 용사라는 아이아스와 싸운다. 서로 온 힘을 다하여 싸우는 동안, 강화의 수단으로서 트로이 측은 파리스에게 헬레네를 돌려주자고 권하나 파리스는 듣지 않고 배상금을 늘리겠다고 제의하지만 아카이아 측이 응하지 않아 싸움은 계속된다. 그러다가 아카이아 편은 웬일인지 형세가 불리하다면서 참호를 파고는 방어벽을 쌓아 올린다.

영광에 빛나는 헥토르가 성문 밖으로 달려나가니 아우 알렉산드로스도 함께 따라나갔다. 두 사람 모두 기세가 등등했다. 바다를 항해하다가 모두 잘 깎아 만든 노를 젓는 데 힘이 들고 피로 때문에 팔다리가 축 늘어져 있는 때에, 바람을 고대하고 있는 선원들을 향해 하느님이 순풍을 보내주시듯이, 그처럼 고대하던 두 사람은 트로이 군대가 기다리고 있는 곳에 나타났다.

그때 두 사람이 쓰러뜨린 자 가운데 하나는 아레이토스 왕의 아들로 아르네에 살던 메네스티오스였으며, 곤봉을 쓰는 아레이토스와 암소의 눈을 한 필로메두사가 낳은 아들이었다. 한편에서 헥토르는 에이오네우스를 날카로운 창으로 투구 가장자리 밑 목덜미를 찌르니 팔다리가 축 늘어지며 쓰러져 버렸다. 또 힙폴로코스의 아들로 링케아군의 대장인 글라우코스는 격렬한 공방전 끝에 이피노스를 기다란 창으로 찔렀다. 이 덱시오스의 아들이 말에 올라타는 순간 어깨를 찌른 것이다. 그리하여 그는 마차에서 땅으로 떨어지면서 팔다리가 축 늘어져 버렸다.

그리하여 이 두 사람이 격렬한 싸움 속에서 아르고스 군사들을 마구 무찔러 나가는 것을 빛나는 눈의 여신 아테나가 발견하고, 올림포스의 험준한 봉우리에서 내려와 신성한 일리오스로 향했다. 그것을 트로이군의 승리를 꾀하고 있던 아폴론이 페르가모스에서 바라보고, 즉시 그녀를 향하여 달려갔으니 두 신은 떡갈나무 옆에서 마주쳤던 것이다. 먼저 제우스의 아들 아폴론이 말했다.

"무엇을 하러 제우스의 따님쯤 되시는 분이 올림포스를 내려오셨는가? 강렬한 욕망에 사로잡힌 까닭이 무엇이오? 틀림없이 트로이 편이 죽는 것은 아예 불쌍하게 여기지도 않고 다나오이 군대를 위해 전황을 바로잡아 거꾸로 승리를 안겨주고 싶어서이겠지. 그보다는 내 말을 좀 들어보시오. 그편이 훨씬 나을 테니까. 오늘은 일단 싸움도 살육도 모두 중지시킵시다. 이 도시를 완전히 멸망시키는 것이 그대 불사의 여신들의 염원이라면, 일리오스의 최후를 확인할 때까지는 나중에 얼마든지 싸울 수 있을 테니까."

이번에는 빛나는 눈의 여신 아테나가 말했다.

"궁술의 신이여, 그렇게 하십시다. 나도 그런 생각으로 올림포스에서 내려와 트로이군과 아카이아 군대 사이로 온 것입니다. 그런데 무사들의 싸움을 어떻게 중지시킬 생각이시지요?"

이에 제우스의 아들 아폴론이 말했다.

"말을 길들이는 용맹스러운 사나이인 저 용감한 헥토르를 내세웁시다. 먼저 다나오이 군대 중에서 누군가가 서로 칼을 맞겨누어 싸우자고 일대일 결투에 불러내도록 합시다. 그러면 그들은 간담이 서늘해져서 청동 정강이받이를 댄 아카이아군의 누군가를 내세워, 용감한 헥토르와 싸우게 하지 않겠습니까."

이렇게 말하자 빛나는 눈의 여신 아테나도 이의 없이 동의했다. 이 신들의 계획을 프리아모스의 사랑하는 아들인 헬레노스가, 의논을 한 두 신이 좋다고 일치한 계획을 알아차렸다. 그래서 헥토르 옆으로 다가가 그에게 말을 건넸다.

"헥토르여, 프리아모스의 아들인 형님께서는 제우스에 못지않은 지혜를 갖고 계시지만, 지금은 내 말을 들으십시오. 나는 그대의 동생이니까요. 다른 트로이 군대와 아카이아군은 모두 앉아 있게 하고, 형님은 아카이아 군대 중 제일가는 용사와 단둘이 힘을 겨루어 싸우자고 불러내면 어떠실까요. 결코 형님의 운세로는 아직 최후를 맞이하지는 않으실 테니까요."

이런 말을 듣자 헥토르도 무척 기뻐하며 한복판으로 나아가 창 한가운데를 쥐고 트로이 군대를 저지시켰다. 그러자 한 사람도 남김없이 그 자리에 앉았다. 한편에서는 아가멤논이 훌륭한 정강이받이를 댄 아카이아 군대를 앉히니,

아테나와 은궁의 신 아폴론도 독수리의 모습을 빌려 아이기스를 가진 아버지 제우스의 높이 치솟은 떡갈나무 가지로 내려와 병사들에게 흥미를 느끼면서 자리를 잡았다. 병사들의 대열이 빽빽하게 모두 자리에 앉자 둥그런 방패와 많은 투구, 그리고 날카롭게 선 창 등이 울퉁불퉁하게 파도치는 광경은, 마치 방금 다시 불어닥친 서풍 때문에 온 바다에 잔잔한 파도가 일어 지나가면 그 밑에 거뭇하게 바다가 드러나 보이는 듯이, 아카이아 군대와 트로이 군대의 대열이 거뭇거뭇하게 들판에 펑퍼짐하게 늘어앉았다. 그때 헥토르가 양군 사이로 나아가서 말했다.

"내 말을 들어주시오. 트로이인과 훌륭한 정강이받이를 댄 아카이아군이여. 마음속에서 스스로 우러나오는 것을 지금부터 말하려는 것이니. 먼젓번 맹세는 높은 하늘 위에 계시는 크로노스의 아드님 제우스가 지키게 해주시지 않고 양군에 대해 악의에 찬 계책만을 꾸미고 계시오. 그대들이 훌륭한 망루를 많이 가지고 있는 트로이의 성을 함락시키든지, 아니면 거꾸로 바다를 건너는 배 옆에서 그대들이 궤멸할 때까지 끝장을 보기로 마음을 정하신 것 같소. 그러나 그대들 가운데는, 아카이아의 모든 땅에서 온 용사들 가운데는 지금 이 자리에서 나와 싸우고 싶어 안달이 난 사람도 있을 것이오. 그러한 무사는 용감한 헥토르의 적수로서 이리로 나와주시오.

그래서 나는 이렇게 선언하겠소. 제우스가 우리를 위해 증인이 되어주시도록 말이오. 만일 그 사람이 나를 청동 창으로 쓰러뜨릴 경우, 갑옷을 벗겨서 가운데가 빈 배로 갖고 가도 좋소. 그러나 내 시체는 집으로 가지고 가도록 해주기 바라오. 그러면 죽은 나를 트로이의 사나이들과 그 아내들이 화장해 줄 것이니까. 만약에 내가 그자를 쓰러뜨렸을 경우, 아폴론께서 영광을 나에게 주셨을 때는 갑옷을 벗겨 성스러운 일리오스로 들고 가서 궁술의 신 아폴론의 신전 벽에 걸기로 하겠소. 그러나 그 시체는 노젓는 자리가 마련된 배로 돌려주겠소. 그자를 긴 머리의 아카이아군이 약을 바른 뒤, 그를 위해 넓은 헬레스폰토스의 해안에 무덤을 만들어 줄 수 있도록 하겠소.

그리하여 언젠가는, 후세에 태어난 인간들 그 누군가가 이렇게 말할 것이오. 노걸이를 많이 단 배를 타고 포도줏빛 바다를 건너가면서, '저거야말로 아득한 옛날 여기서 최후를 마친 무사의 무덤이란다. 그 옛날 용감하게 싸우다가 영예도 드높은 헥토르에게 죽은 사나이의 것이란다' 말할 사람도 있을 것이오.

그러면 나의 영광도 사라져 버리는 일이 없을 것이오."

이렇게 말하니 모두 일제히 숨을 죽이고 조용해졌다. 거절하는 것은 수치인 줄 알지만 수락하자니 두려웠기 때문이다. 이윽고 메넬라오스가 일어서서 모두를 비난했다.

"허, 그대들은 큰소리만 쳐놓고 이제는 아카이아의 사나이가 아니라 여자가 되었는가. 만일 누군가 다나오이군 중에서 헥토르를 상대하러 나아가지 않는다면, 이것은 두고두고 커다란 치욕이 되겠구나. 차라리 모두 고스란히 앉은 채로 각자 그 자리에서, 기력도 영예도 잃고 물과 흙이 되어버리면 좋을 텐데. 그렇다면 그를 향해 내가 갑옷을 입고 나가기로 한다. 아무튼 승부의 밧줄은 하늘에서 영원히 사시는 신들의 손에 달려 있으니까."

이렇게 말하고 그는 훌륭한 갑옷을 몸에 걸쳤다. 이때 만일 아카이아의 대장들이 일어서서 붙잡지 않았던들 메넬라오스는 헥토르에게 인생의 종말을 맞게 되었을지도 모른다. 그보다 훨씬 용감한 무사이기 때문이다. 아트레우스의 아들로 드넓은 나라를 다스리는 아가멤논 또한 그 오른손을 잡고 말했다.

"제정신이 아니구나. 제우스의 보호를 받는 메넬라오스여. 비록 마음에 들지 않더라도 꾹 참고, 절대로 이런 제정신이 아닌 짓을 해서는 안 된다. 지기 싫어하는 성질만으로 그대보다 뛰어난 무사와 싸울 생각을 가져서는 안 돼. 프리아모스의 아들 헥토르와 싸우는 것은 다른 자들도 뒷걸음질치기 때문이다. 아킬레우스도 그대보다는 훨씬 무용이 뛰어났지만, 저 사나이와는 무사에게 영광을 주는 전쟁에서 결투하기를 두려워했었다. 아무튼 부하들의 부대 사이로 가서 앉아 있어라. 그에게는 다른 상대를 아카이아군이 내세울 테니까. 비록 그가 공포를 모르고 또 끝까지 결전을 바란다 하더라도, 심한 대결을 하지 않고 무서운 결투에서 벗어날 수만 있다면 반드시 기꺼이 무릎을 꿇을 것이다."

왕은 이렇게 말하여 아우의 마음을 잘 설득시켜 놓았다. 그의 옳은 충고로 메넬라오스가 간신히 복종하자, 부하들이 크게 기뻐하며 그의 어깨에서 갑옷을 벗겨주었다.

한편 네스토르가 일어나서 아르고스 군사들을 향해 말했다.

"허, 이 무슨 큰 근심이 아카이아 나라를 엄습해 왔단 말인가. 저 노인, 말을 달리는 무사 펠레우스도 무척 탄식할 것이오. 저 훌륭한 미르미돈군의 상담역, 그리고 웅변가로서도 유명한 그 사나이는 언젠가 나한테 물어보고 매우 기뻐했었는데.*[1] 그러한 자들이 지금은 모두 헥토르의 위세가 겁이 나 목을 움츠리고 있다는 말을 들으면, 아마도 불사의 여러 신들에게 자기 두 손을 내밀고, 이 손발에서 혼백이 빠져나가 하데스의 궁전으로 가게 해달라고 빌 것이오. 제우스와 아테나와 아폴론이여, 내가 그 옛날 물결도 빠른 켈라돈의 강변에서 필로스의 군대와 창을 잘 쓰는 아르카디아 군사들이 만나 결전을 벌였을 때와 같이 다시 젊어질 수만 있다면 좋으련만. 페이아의 벽루 옆에서 이아르다노스 강을 사이에 둔 싸움이었소.

그때 적군으로부터 에레우탈리온이 선두로 나섰소. 신으로도 잘못 볼 정도의 무사로서 두 어깨에는 아레이토스 왕의 갑옷을 걸치고 있었소. 존귀한 아레이토스의 갑옷이었소. 그를 곤봉장이 무사라고 사나이들이 불렀는데, 고운 띠를 두른 여자들이 지어준 별명이었소. 그 까닭은 그가 활과 화살이나 긴 창을 들고 싸우는 것이 아니라, 언제나 철제 곤봉을 휘둘러 적진을 두들겨 부수었기 때문이오. 그러나 기어이 그 군주를 뤼쿠르고스*[2]가 간계를 써서 죽이고 말았소. 결코 힘으로써가 아니고 간계로 좁은 길목에서 그를 죽였으니 그곳에서는 그 쇠몽둥이도 그를 구해주지 못했소. 다시 말해서 뤼쿠르고스가 먼저 덤벼들어 단창으로 몸뚱이 한가운데를 찌르니 뒤로 벌렁 땅바닥에 넘어지고 말았소. 이어 그 갑옷을 벗겼는데, 그것은 청동의 아레스가 내려주신 선물이었소. 그 뒤부터 그는 언제나 그 갑옷을 몸에 두르고 전쟁의 소용돌이 속에 나아가고는 했었소. 그러다가 뤼쿠르고스가 성안에서 늙은이가 되었을 때, 사랑하는 시종 에레우탈리온에게 입으라고 내려주었소. 그 갑옷을 몸에 두르고 아군의 무용을 자랑하는 무사들에게 도전해 온 것이오.

그런데 모두 몹시 겁이 나서 와들와들 떨고 있을 뿐 누구 하나 나아가서 싸우려고 하는 자가 없었으므로, 혈기에 찬 마음이 나를 부추겨서 싸우게 했소. 그것은 나의 다부진 정신에서 한 일이었지만, 나이는 그중에서 가장 어렸소. 그리하여 그와 싸우지 않으면 안 되는 궁지에 빠지고 말았던 것이오. 바로 내가 말이오. 그런데 아테나가 영광을 내려주셨기 때문에 정말 그와 같은 뛰어나게 키도 크고 힘이 센 무사를 쓰러뜨릴 수가 있었소. 그야말로 대단한 거구로 키도 몸집도 엄청나게 커서 그냥 꿈틀거리며 쓰러져 있었소. 정말 그때와

---

*1 자기 성에서 아르고스인들의 집안이며 신분을 모두 물어보았을 때의 일이었다.

*2 아르카디아의 영주.

같이 젊어지고 체력도 든든했으면 좋겠소. 그러면 당장 번쩍이는 투구의 헥토르도 싸움 상대를 얻었을 것이오. 그대들은 아카이아 군대 안에서 용감한 대장으로 이름들이 나 있는데, 그중에서 자진해서 헥토르와 맞서 싸울 만한 기세를 가진 자가 한 사람도 없단 말이오."

이렇게 노인은 꾸짖었다. 그러자 모두 아홉 사람이 우뚝 일어섰다. 맨 먼저 일어선 것은 무사들의 왕 아가멤논이었으며, 이어 티데우스의 아들인 용맹스러운 디오메데스가 일어섰다. 뒤따라 기세도 사나운 무용을 몸에 지닌 무사들인 두 아이아스, 그리고 다음에는 이도메네우스와 그의 부관이 동시에 일어섰다. 메리오네스라고 하여 무사를 죽이는 군신 에뉘알리오스에 비길 만한 사나이였다. 그다음에는 에우아이몬의 훌륭한 아들인 에우리필로스가 일어섰다. 그리고 안드라이몬의 아들 토아스와 존귀한 오디세우스도 일어서서 모두 일제히 용감한 헥토르와 싸우겠다고 지원했다. 그 사람들 사이에 서서 다시 게레니아의 기사 네스토르가 말했다.

"그러면 모두 차례로 빠짐없이 제비를 뽑는 것이 좋겠다. 누가 맡을 것인가 결정하게 말이오. 그 사나이야말로 훌륭한 정강이받이를 댄 아카이아 사람들을 기쁘게 해줄 것이오. 게다가 만일 격렬한 싸움과 무서운 살육을 면하고 돌아가게만 된다면, 그 자신의 마음도 매우 기쁠 것이오."

이렇게 말하니 모두 자기 제비에 표시를 하여 아트레우스의 아들 아가멤논의 투구 안에 던져넣었다. 그리고 무사들은 기도를 올리려 신들을 향해 두 손을 높이 쳐들었다. 드넓은 하늘을 우러러보며 그들은 이렇게 말했다.

"아버지 제우스여, 부디 제비를 아이아스나 티데우스의 아들 디오메데스, 아니면 황금이 풍부한 미케네의 왕이 뽑게 해주소서."

그들은 이렇게 기도했다. 그리하여 게레니아의 기사 네스토르가 투구를 흔들자 여러 사람들이 바라던 인물의 제비가 툭 튀어나왔다. 바로 아이아스의 것이었다. 그것을 전령이 들고 다니면서 무리들 사이를 오른쪽으로 돌며 차례로 장군들에게 보여주었다. 그러나 아무도 누구의 것인가 분간을 할 수 없었으며, 오직 자기 것이 아니라는 것만은 알았다. 무리들 속을 여기저기 들고 다닌 끝에 마침내 그 제비에 자기 표시를 하여 투구 안에 던져넣은 사람인, 다름 아닌 영광에 빛나는 아이아스 앞에 와서 섰다. 아이아스가 손을 내밀자 전령이 다가서서 그 손에 쥐어주는 제비의 표시를 보고 확인하여 마음으로 기쁘게 생각했다. 그리하여 아이아스는 제비를 자기 발 옆 땅바닥에 내던지고 소리 높여 말했다.

"벗들이여, 이것은 틀림없는 나의 제비요. 나는 마음으로 기쁘게 생각하오. 반드시 저 용감한 헥토르에게 이기리라 믿고 있소. 그러므로 자, 그대들도 지금부터 내가 갑옷을 몸에 걸치는 동안, 모두들 크로노스의 아들 제우스에게 빌어다오. 트로이 사람들이 듣지 못하도록 혼자서 말없이 기도하시오. 아니 드러내 놓고 해도 좋소. 우리는 그 누구도 전혀 두려워하지 않으니까. 어떤 자라도, 비록 전쟁의 기술에 능통한 자라 해도 억지로 그럴 생각도 없는데 내가 먼저 달아나게 할 수는 없을 것이오. 나도 결코 그토록 지각없는 자로 살라미스에서 태어나 거기서 자라난 인간은 아니니까."

이렇게 말하자 사람들은 모두 크로노스의 아들 제우스에게 기도를 올렸다. 그리고 드넓은 하늘을 우러러보며 기도하는 자도 있었다.

"아버지 제우스여, 이데 산에서 다스리시는 가장 위대하신 신이여, 부디 아이아스에게 승리를 안겨주시어 빛나는 영예를 차지하게 해주소서. 만약에 신께서 헥토르를 특별히 좋아하시고 그 몸을 걱정하신다면, 하다못해 두 사람에게 똑같이 힘과 영광을 내려주소서."

이렇게 말하는 동안 아이아스는 번쩍이는 청동 갑옷을 몸에 걸치고 거뜬하게 무구들을 갖추고 앞으로 달려나갔다. 마치 크로노스의 아들이 목숨을 빼앗는 격렬한 전쟁 속에서 싸우도록 부추겨 놓은 병사들을 향하여 거대한 아레스가 싸움터로 걸어 들어가는 것 같았다. 아카이아 군대의 방어벽이라고도 일컬어지는 아이아스는 하늘을 찌를 듯이 우뚝 몸을 솟구치고, 무서운 얼굴에 웃음을 띠면서 길게 그림자를 끄는 큰 창을 손에 쥐고 흔들어대면서 성큼성큼 걸음을 옮겨나갔다.

그 모습을 바라보고 아르고스 군대는 함성을 울리며 기뻐했지만, 트로이 군대는 너 나 할 것 없이 모두 무서워 온몸을 떨었다. 헥토르 자신도 심장이 두근거렸다. 그는 자기 쪽에서 도전한 시합이라 이제는 도저히 두렵다고 물러설 수도, 병사들 사이로 달아날 수도 없었다.

아이아스는 어느새 바로 가까이까지 탑 같은 큰 방패를 들고 다가왔다. 청동을 입힌 일곱 겹 가죽의 그 방패는 튀키오스가 있는 기술을 다하여 만든 것이었다. 휠레에 살면서 방패 제작에서는 겨룰 자가 없다는 그 사나이가 그를 위해 번쩍번쩍 빛나는 일곱 겹의 소가죽을 입혀서 방패를 꾸며준 것이다. 살이 쪄서 튼튼한 소가죽, 그 위에 청동을 펴서 덮은 그 방패를 가슴 앞에 들고, 텔라몬의 아들 아이아스는 헥토르의 바로 앞에까지 다가오더니 위협적으로 말했다.

"헥토르여, 결투를 하게 되면 그때서야 그대도 깨달을 것이오. 다나오이 군대 속에 무사를 죽이는 사자의 간담을 가졌다는 저 아킬레우스 말고도, 아직 얼마나 많은 용기 있는 대장들이 대기하고 있는가를. 하기야 그는 바다를 건너는 뱃머리가 굽은 배들 사이에 처박혀서, 병사들의 통솔자인 아가멤논에게 원한을 품은 채 누워 있지만. 우리도 모두 그 정도는 된다오. 그대와 맞싸우는 데 무슨 부족함이 있겠는가. 그런 자가 얼마든지 있으니. 자, 아무튼 그대부터 덤벼라."

이에 키가 크고 번쩍이는 투구의 헥토르가 대답했다.

"제우스의 후예인 텔라몬의 아들, 아이아스여, 그대 병사들의 지휘관이여, 철없는 개구쟁이나 여자를 시험하듯이 싸우는 일에 전혀 경험도 없는 인간처럼 나를 대하지는 말아라. 나는 전쟁에도, 사람을 베는 기술에도 충분히 숙달해 있다. 혹은 오른쪽으로, 혹은 왼쪽으로 잘 말린 소가죽 방패를 쓰는 법도 충분히 안다. 그것이 방패를 든 무사의 투쟁 방법이다. 또 날랜 전차들이 혼잡한 한가운데로 돌진해 들어가는 방법도 알고 있고, 백병전에서 살벌한 아레스에게 바칠 싸움의 춤도 잘 익혀놓고 있다. 그러나 나의 희망은 그대와 같은 용맹스러운 자라면 살며시 틈을 보고 치지 않고, 오히려 그대가 보는 앞에서 정정당당히 맞서보고 싶을 뿐이다."

이렇게 말하기가 무섭게 길게 그림자를 끄는 커다란 창을 던져서, 아이아스의 무서운 방패, 소가죽을 일곱 겹이나 바르고 그 위에 입힌 청동판을 찍었다. 겉껍데기에 여덟 번째로 입힌 금속판을 맞힌 것이다. 마침내 여섯 장이나 닳지 않은 청동판 속을 날카로운 창 끝이 꿰뚫고 들어갔으나 일곱 장째 가죽에서 멈추고 말았다. 그러자 이번에는 위대한 신 제우스의 후예인 아이아스가 길게 그림자를 끄는 창을 던져, 프리아모스의 아들 헥토르가 가진 둥근 방패를 찍으니, 튼튼한 창은 번쩍번쩍 빛나는 방패를 꿰뚫고 들어가서, 온갖 기교를 부려 만든 가슴받이까지 뚫고 지나갔다. 곧장 옆구리에까지 나온 창이 속옷마저 찢었으나, 그도 만만치 않은 무사라 재빨리 몸을 틀어 어두운 죽음을 피했다.

두 사람은 동시에 두 손으로 긴 창을 뽑기가 무섭게 서로를 겨누어서 마치 날고기를 먹는 야생의 사자인 듯, 아니면 들에 엎드린 멧돼지인 듯이 그 강력한 힘을 가벼이 여길 수 없는 모습으로 사납게 덤벼들었다. 프리아모스의 아들은 그때 적의 방패 한가운데를 창으로 찍었으나, 청동 외피는 찢지 못하고 창끝이 굽고 말았다. 이것을 본 아이아스가 덤벼들어 방패를 찍으니, 창 끝이 쿡 꿰뚫고 들어갔다. 헥토르가 억척스럽게 끌어당기는 것을 위로 찌를 기세로 목을 긁어 시커먼 피가 솟아나왔다.

그래도 번쩍이는 투구의 헥토르는 싸움을 그치려 하지 않고 한 걸음 물러나 억센 손으로 땅바닥에 뒹굴고 있던 검과 울퉁불퉁한 커다란 돌을 집어들었다. 그것으로 아이아스의 소가죽을 일곱 장 입힌 무서운 방패의 한가운데 위를 치니, 청동 소리가 쩡그렁 사방에 울려퍼졌다. 이번에는 아이아스가 그보다 더 큰 돌덩이를 집어들어 빙빙 돌린 다음 짐작도 할 수 없는 팔심을 실어 후려쳤다. 그리하여 절구 같은 큰 돌이 방패에 맞아 안으로 찢고 들어가서 헥토르의 무릎에 상처를 입혔다. 그러나 방패에 밀려 뒤로 벌렁 나자빠진 것을 아폴론이 얼른 일으켜 주었다.

그리고 전령들이, 다시 말해 제우스와 인간들의 전갈을 전하는 사람들이 달려오지 않았던들 마침내는 칼을 잡고 서로 맞붙어 마구 찔러대기 시작할 참이었다. 그중 하나는 트로이 측에서 온 이다이오스였고, 나머지 하나는 청동 갑옷을 입은 아카이아 편의 탈튀비오스로, 둘 다 충분히 분별을 가진 무사들이었다. 이들이 양군 한가운데로 달려나와 홀을 내밀었다. 그러자 먼저 슬기로운 계획을 잘 이해하고 있는 전령 이다이오스가 말했다.

"이제 그만들 두십시오. 싸움도 다툼도 이제 멈추십시오. 먹구름을 모으시는 제우스께서는 쌍방이 비길 데 없는 용사들이므로 두 분 모두 아끼고 계시오. 그것은 우리도 이미 잘 알고 있는 일이오. 게다가 날이 완전히 어두워졌소. 밤의 지시에 따르는 것도 좋을 것입니다."

이렇게 말하니 텔라몬의 아들 아이아스가 대답했다.

"이다이오스여, 헥토르에게 그렇게 말하도록 권하는 것이 좋을 것이오. 저쪽에서 먼저 우리 아카이아군의 대장 모두에게 도전했으니까, 그쪽에서 먼저 제의하게 하라. 그러면 나도 기꺼이 그의 말을 들어주마."

이번에는 키가 크고 번쩍이는 투구의 헥토르가 말했다.

“아이아스여, 신은 그대에게 커다란 체구와 억센 팔심과 분별까지 내려주셨다. 게다가 활에서도 그대는 아카이아 군대 중에서 제일가는 명수지만, 싸움도 승부도 오늘만은 멈추기로 하자. 나중에 다시 신의 뜻으로 우리의 우열이 정해지고 한쪽에 승리가 주어질 때까지 싸우기로 하자. 이제 완전히 밤이 되었고 밤의 지시에 따르는 것도 좋은 일이니.

그것으로 그대도 함선들 옆에 있는 아카이아 군사들을 기쁘게 해줄 수 있을 것이다. 특히 그대가 거느리고 온 부하들과 집안사람들을 말이다. 나도 프리아모스 왕의 크디큰 도성에서 기다리고 있는 트로이의 사나이들과 옷자락을 끄는 트로이의 여자들을 기쁘게 해주련다. 그러면 그들은 나를 위하여 기도를 드리고 여러 신을 함께 모신 신전으로 나아갈 것이다. 그러면 자, 서로 훌륭한 선물을 교환하기로 하자. 아카이아 군대와 트로이 편의 여러 사람들이 이렇게 말하도록 하자. 이 두 대장은 목숨을 탐내는 승부를 위해 서로 싸웠지만, 다시 우정으로 맺어져서 작별을 고했다고.”

그는 이렇게 소리 높여 말하고는, 무수히 은 못을 박은 칼을 집어 칼집과 함께 잘 다듬은 가죽끈을 아이아스에게 넘겨주었다. 그러자 아이아스도 심홍색의 아름다운 가죽띠를 건네주었다. 두 사람은 이와 같이 작별하여, 이쪽은 아카이아 군대 속으로 돌아가고, 저쪽 헥토르는 트로이 군사들이 몰려 있는 속으로 들어갔다. 이 광경을 보고 있던 사람들은 그가 아무 탈 없이 살아서 돌아온 데 무척 기뻐했다. 아이아스의 용맹스러움과 저항할 길 없는 솜씨를 벗어나서 돌아왔기 때문이다. 그리고 곧 도성 쪽으로 살아온 이 사람을 안내해 갔다. 또 이쪽에서도 아이아스를 훌륭한 정강이받이를 댄 아카이아 군사들이 크게 기뻐하는 고귀한 아가멤논 앞으로 안내해 갔다.

그리하여 그들 모두가 아트레우스 아들의 막사로 들어가자 무사들의 군주 아가멤논은 한 마리의 소를, 그것도 다섯 살배기 암소를 존엄한 크로노스의 아들에게 바쳤다. 그 뒤에 모두 그 가죽을 벗기고 잘 장만하여 말끔히 팔다리를 자르고는 솜씨 있게 잘게 썰어 많은 쇠꼬챙이에 꿰어 알뜰히 모두 불에 구워 내었다.

이렇게 일을 마치고 잔치 준비가 끝나자 모두 함께 식사를 시작했다. 모두들 넉넉한 음식에 마음이 흡족했다. 그래서 아트레우스의 아들, 드넓은 나라를 다스리는 아가멤논은 목에서부터 허리까지의 등심을 고스란히 아이아스에게 상으로 내려주었다. 이리하여 마시는 것도 먹는 것도 이제 충분히 만족했을 때, 모두를 위해 먼저 장로 네스토르가 앞장서서 계획을 제안했다. 그것은 이미 오래전부터 그의 의견이 가장 훌륭한 것으로 인정받고 있었기 때문이다. 그래서 그가 지금 모두를 위해서 자리에 일어나 말했다.

"아트레우스의 아들과 그 밖에 모든 아카이아 군대의 대장들이여, 긴 머리의 아카이아 군사 중에도 전사한 자들이 많이 있소. 그들의 검은 피를 기세도 사나운 아레스가 아름다운 물결의 스카만드로스 강변에 흩뿌렸으며, 그 혼백은 모두 저승으로 가버렸다오. 그러므로 주군께서는 날이 새거든 아카이아군에게 전투를 잠시 중지시키는 것이 좋겠습니다. 그리고 모두 모여 죽은 자의 시체를 수레에 싣고 말과 나귀에 끌려 이곳으로 나르도록 합시다. 그러고는 배에서 조금 떨어진 곳에서 시체에 불을 질러 태우도록 합시다. 우리가 다시 고향으로 돌아갈 때, 그들의 자식들에게 뼈라도 가져갈 수 있도록 말입니다.

그리고 그 화장터 근처에는 너 나 할 것 없이 평원에서 모아온 것으로 하나의 무덤을 만듭시다. 거기에 의지해서 배와 우리 자신을 방어하기 위해 곧 간척지의 방어벽을 쌓도록 합시다. 그 방어벽에는 여기저기 튼튼하게 문을 달고, 말과 전차가 통과하도록 길을 닦읍시다. 또 그 바로 바깥쪽에는 깊은 참호를 파서 적군의 마차나 병사들을 그 언저리에서 막아내고 싸움에도 용맹스런 트로이 군사들이 당장 덤벼들지 못하게 만듭시다."

이렇게 말하니 근처에 대기하고 있던 영주들도 모두 이에 찬성했다.

한편 일리오스의 성채 위에서는 트로이 사람들이 프리아모스의 성관 문 옆에서 왁자하게 떠들어대며 모임을 열고 있었다. 이를 향해 지혜와 분별이 누구보다 뛰어난 안테노르가 먼저 일어서 말했다.

"여러분, 트로이의 사람들도, 다르다노이도, 원군으로 달려온 동맹국의 여러분도 들어보시오. 내 가슴속에서 말하라고 명령하는 일을 지금 이야기할 테니까. 자, 지금부터 아르고스 태생의 헬레네를 보물과 함께 아트레우스의 아들들에게 데리고 가서 넘겨주기로 합시다. 지금 우리는 굳은 약속을 속이고 어겨서 그들과 싸우고 있는 것입니다. 그러니 이렇게 하지 않고서는 도저히 우리에게 무슨 이익이 돌아오리라 기대할 수 없습니다."

그가 이렇게 말하고 자리에 앉자 이어 일어선 것은 고귀한 알렉산드로스, 즉 아름다운 머리를 땋아 올린 헬레네의 남편인데, 이 사람이 지금 그에게 위엄 있는 말로 대꾸했다.

"안테노르여, 그대가 지금 권한 것은 전혀 내 마음에 안 드는 이야기요. 그보다 좀더 나은 것을 생각해 낼 수도 있었을 것이오. 그러나 만일 그대가 진지하게 그러한 말을 한 것이라면, 그거야말로 신들이 손수 그대의 분별심을 잃게 한 것이라고 말할 수밖에 없소. 아무튼 나는 말을 길들이는 트로이 사람들에게 선언해 두겠소. 그러한 제안은 거부하며 절대로 내 아내를 돌려보내지 않겠노라고. 그러나 재물이라면, 아르고스에서 우리집으로 가지고 온 것은 모두 돌려줄 테고, 게다가 내가 가진 것까지 더 보태주어도 상관없소."

알렉산드로스가 이렇게 말하고 앉았다. 그러자 이번에는 다르다노스의 후예인 프리아모스가 일어섰다. 지혜에 있어서는 신 못지않은 그가 여러 사람들을 위해 슬기롭게 궁리하여 열변을 토했다.

"내 생각을 들어다오. 트로이 사람들도, 다르다노이도, 원군으로 와 있는 동맹군 여러분도 모두 내 말을 들으시오. 내 가슴속에서 말하라고 나에게 명령하는 것을 이야기할 테니까. 지금은 먼저 성안 사람들은 전과 마찬가지로 저녁 식사를 마치고, 감시를 게을리하지 말고, 각자 불침번을 서야 하오. 그리고 새벽이 되거든 이다이오스를 가운데가 빈 함선들로 보내서 아트레우스의 아들 아가멤논과 메넬라오스에게 알렉산드로스가 방금 한 말을 전하게 하시오. 그가 이 전쟁의 장본인이니까. 그리고 다음과 같은 확실한 제의를 하기로 합시다. 그들이 처절한 아우성으로 가득 찬 싸움을 잠시 동안만, 죽은 자의 시체를 태울 때까지 멈추어 줄 수 없겠느냐고. 나중에 다시 신의 뜻으로 우리의 우열이 정해지고 한쪽에 승리가 지어질 때까지 싸우도록 할 테니까."

그들은 모두 그의 말에 귀를 기울여 받아들였으며, 그러고는 트로이 군대의 온 진영이 부대마다 저녁을 먹었다.

한편 날이 새자마자 이다이오스는 가운데가 빈 배가 있는 곳으로 나아가서 다나오이 편 사람들, 아레스의 부하라는 사람들이 아가멤논의 뱃머리 옆에서 의논을 하고 있는 곳에 이르렀다. 그리하여 여러 사람들의 한가운데로 들어가서 목소리가 큰 전령이 그들에게 말했다.

"아트레우스 집안의 군주여, 그리고 온 아카이아 군대의 장수들이여, 프리아모스 왕과 그 밖에 영예도 드높은 트로이의 여러분들에게서 알렉산드로스의 말씀을 전하라는 명령을 받고 찾아왔습니다. 혹시 그것이 여러분들의 뜻에도 맞아 쾌히 승낙이라도 하실지 모른다는 생각에서입니다. 알렉산드로스, 그가 전쟁의 장본인이기 때문이지요. 다시 말해서 보물은 파리스가 가운데가 빈 배에 실어 트로이로 운반해 온 것들, 진정 그 전에 그가 죽어버렸으면 좋았겠습니다만, 그것은 고스란히 돌려드리고, 게다가 집에 있는 것까지 덧붙여 드려도 좋다고 하십니다. 하지만 세상의 이름 높은 메넬라오스의 아내였던 부인은, 트로이 사람들도 돌려보내라고 권하고 있습니다만 돌려보낼 수 없다고 하십니다.

또 이것도 제의하라 했습니다. 혹시 여러분들께서는 처절한 아우성으로 가득 찬 싸움을 잠시 동안 죽은 자의 시체를 태워버릴 때까지 멈추어 줄 수 있는가, 그 뒤에 다시 신의 뜻으로 우리의 우열이 정해지고 한쪽이 승리할 때까지 싸우기로 하면 어떤가 하는 말씀이십니다."

이렇게 말하자 사람들은 모두 조용히 입을 다물었다. 그러다가 잠시 뒤, 목청도 우렁찬 디오메데스가 여러 사람들을 향해서 말했다.

"절대로 이제 와서 알렉산드로스한테서 헬레네와 보물 따위를 받을 수는 없다. 아무리 어리석은 자라도 이제 트로이 사람들에게는 파멸의 검은 줄이 둘려 있음을 잘 알고 있을 것이다."

그 자리에 앉아 있던 아카이아인의 아들들은 말을 길들이는 디오메데스가 하는 말에 감탄하여 일제히 함성을 질렀다. 그래서 이때 아가멤논이 이다이오스를 돌아보고 말했다.

"이다이오스여, 그대는 직접 아카이아 사람들이 하는 말을, 모두가 어떻게 그것을 판단하는가에 관해서 듣고 있는 것이오. 나의 의견 또한 같소. 그러나 시체를 화장하는 일은 조금도 상관하지 않겠소. 최후를 마친 사람들의 주검에는 이제 아무런 원한도 없으니까. 죽은 뒤에는 재빨리 불로 위로해 주는 것이 좋은 법. 그 증인은 천둥을 우렁차게 울리는 헤라의 남편인 제우스에게 맡기자."

이렇게 말하고 그는 모든 홀을 신에게 받들어 보였다. 그리하여 이다이오스는 성스러운 일리오스로 다시 돌아왔다. 트로이 사람들도 다르다노이족도 모두 한자리에 모여 이다이오스가 돌아오기를 기다리면서 앉아 있었다. 곧 그가 돌아와 사람들 한가운데에 가서 선 채 저쪽의 전갈을 전했다. 그리하여 얼른 채비를 하고 더러는 시체를 운반해 오고 더러는 장작을 가지고 왔다. 한편 아르고스 군사들도 시체를 나르고 장작을 구하기 위해 노젓는 자리도 훌륭한 배에서 달려나왔다.

태양은 지금 막 논과 밭 위에 새로운 빛을 던지며 조용히 일렁거리는 깊은 오케아노스 강에서 하늘로 치솟아 올라갔다. 그때 양군에서 나온 사람들은 서로 나아가서 마주쳤다. 이때는 시체를 일일이 분간하기도 쉬운 일이 아니었다. 그러나 말라붙은 피딱지를 물로 씻어 내리고, 뜨거운 눈물을 뿌리면서 수레 위에 시신들을 안아올렸다. 위대한 프리아모스가 울부짖는 것을 금했으므로, 모두 입을 다문 채 비통한 마음으로 시체를 태우기 위해 장작을 쌓아올렸다. 이윽고 불을 붙여 다 태운 뒤 성스러운 일리오스로 돌아갔다. 이와 마찬가지로 훌륭한 정강이받이를 댄 아카이아 군사가 비통한 마음으로 말없이 시체를 끌어 모아 태우는 장작 위에 재고는, 이윽고 불을 붙여 다 태우고 나서 가운데가 빈 배로 돌아갔다.

이튿날 아침 일찍부터, 아직 먼동이 트기 전 어둑어둑한 시간에 화장터 옆에 아카이아 군대에서 선발한 병사들이 모였다. 그리고 화장한 자리 근처인 평원에서 마구 날라온 병사들의 시체를 모아 태운 자리에 하나의 커다란 봉분을 쌓아올려 갔다. 거기에 의지해서 방어벽을 세우고, 그 주위에는 몇 개의 높다란 망루를 만들어 배와 그들의 방어를 굳혔다. 그리고 방어벽 여기저기에 튼튼한 문을 달아 이 문을 통해서만 전차가 통과할 수 있도록 길을 만들었다. 또 바깥쪽에는 방어벽에 붙여서 참호를 깊이 파고 폭도 넓게 하여 참호 안에는 많은 통나무를 꽂아놓았다.

이와 같이 긴 머리의 아카이아 사람들은 쉬지 않고 일을 했다. 신들은 번개를 집어던지는 제우스 옆에 앉아 청동 갑옷을 입은 아카이아인들의 대공사를 눈이 휘둥그레져서 바라보고 있었다. 그 신들을 향해서 대지를 뒤흔드는 포세이돈이 먼저 말했다.

"아버지 제우스여, 대체 이 끝없이 넓은 대지 위에 사는 인간들 중에서 자기 의중이나 생각을 아직도 여러 신들에게 보고하는 자가 있을까요? 저기 저렇게 또다시 긴 머리의 아카이아 군대는 배를 지킨답시고 방어벽을 둘러친 데다가 그 주위에 참호까지 팠는데, 신들에게는 소문난 큰 제물을 도무지 바치지 않고 있는 것을 보시지 않습니까. 이 소문은 아침 햇빛이 비치는 모든 나라에게 전해지겠지요. 그리하여 나와 포이보스 아폴론이 기껏 애를 써서 라오메돈

왕을 위해 지어준 저 성벽*3은 잊어버리게 되겠지요."

이에 먹구름을 모으는 제우스가 역정을 내며 말했다.

"이런이런, 대지를 뒤흔들고 그 세력도 크디큰 그대가 무슨 말을 하는가. 여러 신들 중에서 다른 자라면 그와 같이 생각하고 두려워할 수도 있겠지. 그대보다 완력에 있어서나 위엄에 있어서나 훨씬 보잘것없는 자들이라면 말이오. 그러나 분명히 그대의 영광은 아침 햇빛이 비치는 땅이면 어디나 전해질 것이다. 알겠는가. 틀림없이 앞으로 다시 긴 머리의 아카이아 병사들이 함선들을 이끌고 그리운 조국 땅을 향해서 떠나가 버리면, 저 방어벽은 부수어서 바닷속으로 모두 흘려보내고, 아카이아 군사들이 만든 커다란 방어벽이 그대의 힘으로 허물어지고 말도록 이 넓디넓은 바닷가를 다시 모래로 덮으면 될 것이다."

신들은 서로 이런 말들을 주고받았다. 그동안에 해는 지고 아카이아 군사의 일도 완전히 끝나자, 진영 여기저기서 사람들은 소를 잡아 저녁을 먹었다. 때마침 렘노스 섬에서 포도주를 싣고 온 배가 바닷가에 닿았다. 몇 척이나 되는 이들 배는 이아손의 아들 에우네오스가 보낸 것으로, 그는 휩시필레*4가 병사들의 지도자 이아손에게 낳아준 아들이었다. 그리고 아트레우스 집안의 아가멤논과 메넬라오스에게는 이아손의 아들이 따로 60섬이나 되는 꿀술을 선물로 보냈다.

그 배에서 긴 머리의 아카이아 군사가 술을 사 왔다. 어떤 사람들은 청동을 대신 주고, 어떤 사람들은 번쩍이는 쇠를 대신으로, 어떤 사람은 소가죽으로, 어떤 사람은 살아 있는 소와 바꾸고, 어떤 사람들은 노예들을 대신 주었다. 그리하여 흥겨운 향연을 베풀어 밤이 새도록 긴 머리의 아카이아 사람들이, 또 성안에서는 트로이 사람들과 도우러 온 동맹국 사람들이 잔치를 벌였다. 그러나 그날 밤새도록 그들에게 전지전능한 제우스는 불길한 재앙을 꾀하며 무시무시하게 천둥을 쳐댔다. 그 소리에 사람들은 새파랗게 질려 두려움에 떨었으며, 술잔의 포도주를 땅 위에 부어 크나큰 위엄을 지닌 크로노스의 아들 제우스에게 먼저 신주를 올리지 않고서는 아무도 감히 마시려 하지 않았다. 이윽고 모두 자리에 누워 잠이 주는 선물을 받았다.

---

*3 일찍이 프리아모스 왕의 아버지 라오메돈을 위해 두 신이 쌓았다는 일리오스의 성벽.

*4 이 섬의 여왕.

제8권

트로이를 돕는 제우스

올림포스 산 위의 구름 속에서 제우스는 여러 신들을 모아 양군의 전투에 끼어드는 것을 금하고, 트로이 가까이에 있는 이데 산 꼭대기에 자리를 잡고 앉아 트로이 측을 도와서 아카이아군을 해치게 한다. 포세이돈과 헤라, 아테나 등은 아카이아 측을 돕고 싶지만 허락되지 않는다. 트로이 군사들은 성에서 나와 스카만드로스 강가 평야에 진을 친다.

새벽이 사프란색 옷을 입고 땅 위에 골고루 빛을 뿌리자, 천둥을 울리는 제우스는 봉우리가 많은 올림포스 가장 높은 꼭대기에서 신들의 회의를 열었다. 먼저 그가 이야기를 시작하니 여러 신들은 모두 그 말에 귀를 기울였다.

"남신도 여신도 모두 함께 내 말을 잘 들어다오. 내 가슴에서 내게 말하라고 재촉하는 것을 지금 이야기할 테니까. 그러니 결코 어떤 여신이든 혹은 남신이든 내 말을 조금이라도 거스르려 해서는 안 되오. 그보다는 오히려 한시바삐 일을 끝낼 수 있도록 모두가 다 동의를 해주었으면 하오. 만약에 누구든 다른 신들에게서 떨어져 혼자 자기 마음대로 트로이 편이든 다나오이 편이든 들러 가다가 나에게 들키는 날이면, 그 신은 수치스럽게 매를 맞고 올림포스로 돌아오는 것이 고작이리라. 아니면 붙들어서 몽롱하게 흐린 타르타로스의 깊고 깊은 만 구석에 집어넣어 버리든가. 그곳에는 땅 밑에서도 가장 깊은 굴속의 감옥이 있고, 그 문은 쇠로 만들어졌으며, 문지방도 바닥도 모두 청동으로 되어 있지. 게다가 하늘과 땅이 떨어져 있는 그 거리만큼 하데스에게서도 더 깊이 내려간 곳이오. 거기에 들어가는 날이면 모든 신들 가운데서도 내 힘이 얼마나 강력한지 깨닫게 될 것이야. 자, 누구든지 한번 시험해 보려무나. 그러면 신들도 모두 알게 될 테니까. 황금의 밧줄을 하늘에서 늘어뜨려 남신도 여신도 모두 매달려 보라. 모두 제아무리 안간힘을 쓰더라도 결코 이 제우스, 뜻이 최고로 깊은 소유주를 하늘에서 땅으로 끌어내리지는 못할 것이다. 그보다는 오히려 내가 진심으로 같이 끌어당기려 든다면, 그야말로 모두를 땅과 더불어, 그리고 바다와 더불어 끌어올릴 수도 있지. 밧줄을 올림포스의 뾰족한 봉우리에 둘둘 감아 두면 이번에는 모든 것이 허공에 매달리고 말 것이다. 그만큼 나는 신들보다 인간들보다도 뛰어난 존재이다."

이렇게 말하니 신들은 모두 한결같이 입을 다물었다. 제우스의 말에 몹시 놀라고 만 것인데, 그만큼 그의 말이 격렬했던 것이다. 한참 있다가 간신히 빛나는 눈의 여신인 아테나가 말했다.

"저희들의 아버지이신 크로노스의 아드님이시여, 최고의 왕이신 그 위엄에 아무도 대항하지 못한다는 것은 물론 모두 잘 알고 있어요. 그렇기는 하지만 저희들은 다나오이 편이, 창을 잡으면 용맹스러운 무사들이 너무나 불행한 운명에 가득 차 쓰러져 갈 것을 가엾게 생각하고 있습니다. 말씀하시는 대로 전쟁에서 손을 떼기로 하겠어요. 하지만 아버지의 미움 때문에 그들이 모두 쓰러지지 않도록 아르고스 군대에게 도움이 될 만한 조언을 가르쳐 주는 것만은 허락해 주세요."

이에 대해 제우스가 미소를 지으며 말했다.

"안심하여라, 사랑하는 딸 아테나여. 물론 나는 진정으로 하는 소리가 아니다. 또 너에게는 상냥하게 대해주고 싶구나."

이렇게 말하고 제우스는 수레에 청동 편자를 단 말 두 필을 매게 했다. 잽싸게 뛰는 황금빛 갈기를 가진 말들이었다. 그리고 자신도 황금 갑옷을 입고는, 황금으로 만든 세공이 훌륭한 채찍을 쥐고 마차에 올라 채찍을 후려치며 말을 몰아 나가니, 땅과 별이 총총히 빛나는 하늘 사이를 두 필의 말은 나는 듯 달려갔다. 그리하여 곧 이데 산에 이르렀다. 짐승들의 어머니라 일컬어지는 샘이 많이 있는 그 산의 주봉이며, 제우스의 성역과 훈향이 그득한 제단이 있는 가르가로스 봉우리에 닿았다. 그곳에 여러 신들과 인간들의 아버지인 제우스는 마차를 세웠다. 그리고 말들을 수레에서 풀어주고 그 위에 안개 기운을 가득 뿌려놓고는, 산정에 위세도 당당히 자리를 잡고 앉아 트로이 사람들의 도시와 아카이아 군대의 배 등을 내려다보았다.

마침 그때 긴 머리의 아카이아 병사들의 온 진영은 식사를 하느라 분주했으며, 그것이 끝나자 모두 곧 갑옷을 들쳐 입으며 무장하기 시작했다. 또 한편에서 트로이 사람들은 시내에서 갑옷으로 무장하고, 비록 수는 아카이아 군대에 못 미치더라도 아이들과 아내들을 지키기 위해서 여전히 맞붙어 싸우겠다는 기세가 등등했다. 이와 같이 하여 성문이 모두 활짝 열리고 병사들이 밀려나가니, 걸어가는 군사들 사이에서 또 마차를 모는 군대에서 우렁찬 소리가 메아리쳐 울렸다.

이윽고 양군이 대치하여 한 지점에 이르자, 서로 가죽 방패를 맞부딪치고 창과 청동 갑옷을 입은 병사들이 억센 힘을 맞부닥뜨리니, 가운데가 불룩한 많은 큰 방패들이 탕탕 부딪쳐 엄청나게 요란스러운 소리를 냈다.

이와 더불어 죽이는 자와 죽어가는 자들의 신음 소리, 혹은 자랑스러운 승리의 함성 등이 동시에 울렸으며 대지에는 가득히 피가 흘렀다. 아침이 지나고 낮이 되자, 양군에서 서로 던지는 화살과 창이 비오듯 쏟아져 병사들은 잇따라 쓰러져 갔다. 이윽고 해가 하늘 한가운데에 두 다리를 걸치고 서자, 제우스는 황금으로 만든 평형 저울을 꺼내놓고, 두 접시에 말을 길들이는 트로이 측과 청동 갑옷을 입은 아카이아 측 쌍방의, 긴 고뇌의 근원이 되는 죽음의 운명을 올려놓았다. 그리고 저울 한가운데를 쥐고 들어올리니 아카이아 측의 운명이 아래로 처졌다. 아카이아군의 죽음의 운명이 수많은 생물을 기르는 대지를 향해서 기울어지고, 트로이 측은 드높은 하늘을 향해서 올라간 것이다.

그래서 제우스는 손수 이데 산에서 심한 천둥을 일으켜 훨훨 타오르는 번개를 아카이아 군대를 향해서 내보내니, 이것을 본 자들은 모두 놀라고 너 나 할 것 없이 다 새파랗게 질려서 가슴이 공포에 휩싸였다.

이도메네우스도 아가멤논도 이제 더 이상 버틸 수가 없었다. 군신 아레스의 수행병이라 일컬어지는 두 아이아스도 더 버티지 못했다. 그러나 오직 한 사람 게레니아의 기사 네스토르만이 혼자 남아서 버티고 있었다. 아카이아 군대의 상담역인데, 그도 그러고 싶어서 버티는 것이 아니라 말이 부상당했기 때문이었다. 땋은 머리도 아름다운 헬레네의 남편인 고귀한 알렉산드로스가 활로 그의 말을 갈기가 나 있는 관자놀이의 정수리, 곧 말의 급소를 쏘았던 것이다.

그리하여 말은 괴로움에 뛰어올랐으며, 그 골 속으로 꿰뚫고 들어간 청동 화살촉의 고통 때문에 마구 몸을 비틀어 전차 끄는 말을 당황시켰다. 그래서 노인이 뛰어나가 단검으로 말에 매어둔 가죽끈을 자르려 했다. 그사이에 벌써 헥토르의 준마들이 양군 병사들로 혼잡을 이루는 틈을 타 대담한 기수인 헥토르를 등에 태우고 잽싸게 접근해 왔다. 그리하여 이때 목청도 우렁찬 디오메데스가 이 모양을 재빨리 발견하지 않았던들 아마도 네스토르 노인은 목숨을 잃었을 것이다. 곧 그는 무서운 소리를 지르며 오디세우스를 재촉했다.

"제우스의 후예인 라에르테스의 아들이며 지략에 넘치는 오디세우스여, 그대는 방패를 등에 짊어진 채, 난전 속에서 등을 창으로 찔리지 않으려고 겁쟁이처럼 어디로 달아나는가. 그러지 말고 거기에 서라. 노인에게서 저 사나운 사나이를 쫓아버리자꾸나."

이렇게 말했으나 참을성 많고 용감한 오디세우스는 들리지 않았던지, 그대로 곧장 아카이아군의 가운데가 빈 배 쪽으로 달려가 버렸다. 그래서 디오메데스는 혼자 부대의 선두 대열 속에 끼어 넬레우스의 아들 네스토르의 전차 앞으로 다가가 그를 향해서 소리를 높여 위세도 당당하게 말을 건넸다.

"오 노인이여, 나이 젊은 병사들이 그대를 무척 괴롭히는군요. 그런데 그대는 이제 팔심도 완전히 약해지고 노령에도 시달리는데, 보아하니 수행병들도 시원치 않고 말조차 느린 모양이군요. 그러니 자, 내 전차에 타시오. 트로스의 말이 어떤 것인가 알게 될 테니까. 재빠르게 평야 위를 어느 방향으로든, 추적하는 일도 달아나는 일도 몸에 잘 단련돼 있지요. 공포를 적에게 안겨주는 이 말들은 아이네이아스한테서 빼앗은 것이지요. 그쪽 말은 두 수행병이 끌고 가게 하고, 우리 둘은 이 전차를 말 길들이는 트로이 쪽을 향해 몰아 들어갑시다. 내 창도 내가 이 손으로 쥐면 얼마나 사나워지는가를 헥토르에게 알려주고 싶으니까."

게레니아의 기사 네스토르도 아무 이의 없이 동의했으므로 그가 타고 있던 말은 용감한 스테넬로스와 마음씨 고운 에우리메돈 두 사람의 수행병이 끌고 갔다. 그리고 두 사람은 함께 디오메데스의 전차에 올랐고, 네스토르가 두 손으로 반들반들한 고삐를 잡고 말을 채찍으로 후려쳐 곧장 헥토르에게 가까이 다가갔다. 그리하여 그가 곧장 이쪽을 향해 달려드는 것을 티데우스의 아들이 창을 던지니, 헥토르에게 맞지 않고 고삐를 잡고 있던 수행병인 기세도 왕성한 테바이오스의 아들 에니오페우스의 가슴 젖꼭지 근처에 맞아 전차에서 굴러떨어지니, 말들이 재빠른 발걸음으로 비켜서 달려갔다. 그리하여 그대로 그의 숨도 힘도 사그라지니, 자기 마부가 죽었으므로 헥토르의 가슴은 심한 비탄에 휩싸였다.

그러나 마부의 일을 슬퍼하면서도 그 자리에 엎어진 것을 그대로 두고 다른 대담한 마부를 찾으러 나갔는데, 말들은 그리 오래도록 지시하는 사람 없이 방치되지는 않았으니, 곧 이피토스의 아들로 대담한 아르케프톨레모스를 발견했기 때문이다. 그래서 얼른 이 사나이를 걸음이 잽싼 말의 전차에 태우고 그의 손에 고삐를 넘겨주었다.

그리하여 만일 인간과 신의 아버지인 제우스가 재빨리 이것을 발견하지 않았더라면 파멸하여 손댈 수 없는 사태가 일어나 그야말로 일리오스의 성안에 양처럼 갇혀버리게 되었을지도 모른다. 그래서 아버지 신은 무서운 천둥을 울리고 허옇게 번쩍이는 번개를 디오메데스의 전차 바로 앞 땅에 내던졌다. 그래서 유황이 타면서 무서운 불꽃이 솟아오르자 두 필의 말은 겁에 질려 수레 밑으로 웅크러들고, 네스토르는 손에서 번쩍이는 고삐를 떨어뜨렸다. 그래서 그는 속으로 겁이 나서 디오메데스를 향해서 말했다.

"티데우스의 아들이여, 자, 이번에는 외발굽 말들이 달아나도록 합시다. 그대는 제우스가 내리시는 비호가 지금은 그대 위에 있지 않다는 것을 인정하지 않는가. 오늘은 크로노스의 아들 제우스께서 저기 저 사나이에게 영광을 내리시지만, 뒷날에는 우리에게도 내려주시겠지. 그게 제우스의 뜻이라면 비록 그대가 제아무리 용맹스러운 자라 하더라도, 인간의 신분으로는 제우스의 뜻을 조금도 굽힐 수 없는 법이오. 그는 훨씬 위대한 신이니까."

이번에는 함성도 용맹스러운 디오메데스가 말했다.

"과연, 노인이시여, 그대의 말씀은 하나하나가 이치에 닿는 것뿐이오. 그러나 심한 아픔이 나의 가슴과 마음을 덮쳐오는구려. 헥토르는 언젠가 트로이 사람들을 모아놓고 이렇게 말할 것이오. 티데우스의 아들은 내가 무서워 배 있는 곳까지 달아나 버리더라고. 그때는 드넓은 땅이 갈라져서 나를 삼켜버리기를!"

이에 게레니아의 기사 네스토르가 말했다.

"이런 이런, 용맹스럽고 과감한 티데우스의 아들이 무슨 말을 하는가. 만약 그대를 헥토르가 겁쟁이며 용기 없는 자라고 말하더라도, 트로이 사람이든 다르다노이 사람이든 결코 그 말에 동의하지 않을 것이다. 또 의기왕성한 트로이의 방패를 가진 전사들의 부인도 그렇게 생각지는 않을 것이다. 아직 한창 젊고 사랑하는 남편들을 그대가 모래 먼지 속에 쓰러뜨렸으므로."

이와 같이 소리 높여 말하고 그는 외발굽 말머리를 돌려 전쟁의 소용돌이 사이로 달아나기 시작했다. 그를 향해 트로이 군사와 헥토르가 엄청난 고함을 지르면서 신음 소리 깃든 화살과 창을 퍼부었다. 그에게 커다란 소리로, 훤칠한 키에 번쩍이는 투구의 헥토르가 외쳤다.

"티데우스의 아들이여, 재빠른 말을 잘 타는 다나오이 군대는 특히 그대를 존중해 왔다. 연회석상에서 윗자리는 너의 것이었고, 고기의 연한 부분도, 철철 넘치는 많은 술잔들도 모두 너의 것이었다. 그러나 앞으로는 그대를 경멸하게 될 것이다. 계집보다 나을 것이 없으니 말이다. 달아나라, 이 비겁한 꼭두각시여. 그대는 나를 몰아내고 우리 도시를 둘러싼 성벽에 기어오르지도 못할 것이며 여자들을 함선에 태워 데려가지도 못할 것이다. 그 이전에 그대를 죽음의 신에게 인도하게 될 테니까."

이렇게 말하니 티데우스의 아들 디오메데스는 망설였다. 마차를 돌려 맞서 싸우느냐, 아니면 이대로 돌아가느냐. 세 번이나 그는 마음 밑바닥에서 골똘히 생각했지만, 세 번 다 이데의 산정에서 전지전능한 제우스가 천둥을 울려, 트로이 측이 승리할 듯한 전조를 트로이 사람들에게 주었다는 결론을 얻었다. 그러자 헥토르는 트로이 군대를 바라보고 멀리까지 들리도록 큰 소리로 말했다.

"트로이 사람들도, 링케아 군사도, 접근전에 능숙한 다르다노이족도 용감하게 싸워다오. 전우들이여, 기세도 사나운 무용의 마음을 잃어서는 안 되오. 나는 잘 알고 있소. 크로노스의 아드님이신 제우스는 진심으로 우리에게 승리와 커다란 영광을, 반대로 다나오이 군대에는 고난을 주려 마음먹으셨다는 것을 말이오. 바보 같은 놈들이오. 실로 진영을 에워싸는 방어벽을 저런 식으로 쌓은 자들은 허약해서 아무 짝에도 쓸모가 없을 뿐 아니라 우리 공격을 막아내지도 못할 것이오. 말들도 파놓은 참호 위를 쉽사리 뛰어넘어갈 것이오. 그러나 내가 이윽고 가운데가 빈 배 곁에 이르거든, 그때 활활 타는 불을 잊지 말고 준비해 갖고 있으시오. 배를 모두 불질러 없애고, 배 옆에서 연기로 정신 못 차리는 아르고스 군사들까지 모두 도륙하고 말 테니."

그리고 말들을 돌아보며 격려했다.

"크산토스와 포다르고스, 아이톤과 고귀한 람포스*[1]여, 이제야말로 나에게

---

*1 모두 말 이름들. 순서대로 황갈색 말, 발 빠른 말, 밤색 말, 흰 말.

여태까지 돌보아 준 보답을 해다오. 저 기상이 높은 에에티온의 딸 나의 아내 안드로마케가, 가장 먼저 너희들에게 흐뭇하게 밀을 먹이로 주곤 했었고, 때로 마음 내키면 포도주까지 마시라고 섞어주기도 했었지. 그것도 믿음직한 남편이라고 자랑하는 나보다도 먼저 주었지. 그러니 서둘러 쫓아가라, 저 네스토르가 자랑하는 방패를 빼앗고 싶으니까. 그것이 모두 황금으로 되어 있다는 소문은 이제 하늘까지 자자하다. 또 말을 길들이는 디오메데스의 어깨에서 헤파이스토스가 애써 만든, 온갖 솜씨를 다 부리고 갖가지 세공을 다한 가슴받이를 벗겨주고 싶구나. 이 두 가지만 빼앗을 수 있다면 아카이아 군사를 오늘 밤중이라도 배에 태워 쫓아보내게 될 것이다."

그가 이렇게 뽐내며 소리치니 이 말을 들은 여신 헤라는 몹시 못마땅하여 앉은 자리에서 몸을 떨어 올림포스의 높은 봉우리까지 뒤흔들어 놓았다. 그러고는 해신 포세이돈을 향해서 말했다.

"세력도 광대하여 대지를 뒤흔드는 신이시여, 다나오이 군사가 잇따라 죽어가는데도 아무런 연민을 느끼지 않으시니 정말 서글프군요. 그 사람들은 헬리케나 아이가이에서 언제나 마음에 드는 제물을 잔뜩 바치고 있는데 말입니다. 그러니 그들이 승리를 얻도록 배려해 주세요. 만일 우리 다나오이 편을 드는 신들이 뜻을 모아 트로이인들을 물리쳐 버리고 멀리 울려퍼지는 제우스만 만류하도록 노력하면, 그도 별수 없이 이데 산정에 혼자 앉으신 채 난처해지고 말 것입니다."

이에 매우 당황하여 대지를 뒤흔드는 신이 말했다.

"헤라여, 천만의 말씀, 그게 무슨 말씀이시오. 아니, 나는 결코 그런 생각을 갖지 않으려오. 크로노스의 아들 제우스에 대해서 우리 다른 신들이 싸움을 걸다니. 저쪽이 훨씬 강한 걸요."

신들이 이러한 일들을 서로 의논하고 있을 때, 배에서 그 주위 방어벽이 있는 데까지 참호를 둘러 판 곳에는, 모두 그 안에 갇히고 만 아카이아 군대의 마차와 방패를 가진 병사들로 가득 차 있었다. 그들을 그 안으로 몰아넣은 것은 기세도 민첩하며 군신 아레스와도 흡사한 프리아모스의 아들 헥토르였다. 그에게 제우스가 영광을 내려준 것이었다. 그리하여 정말 균형이 잘 잡힌 함선들마저 활활 타는 불로 태워 없앨 수도 있었을 것이다. 만일 헤라가 아가멤논의 마음속에 몸소 부랴부랴 아카이아 군사들을 격려할 생각을 불러일으키지 않았더라면 말이다.

그리하여 아가멤논은 아카이아군의 막사들과 함선들 옆으로 나아가서 자줏빛으로 물들인 기다란 덮개를 튼튼한 손으로 누르면서, 오디세우스의 안이 매우 널찍해 보이는 검은 배 옆에 가서 걸음을 멈추었다. 그 배는 양 끝에 있는 여러 배에도 목소리가 잘 들리도록, 다시 말해 텔라몬의 아들 아이아스 진영 쪽에도, 또 아킬레우스 진영에도 잘 들리도록 꼭 중간에 위치해 있었기 때문이다. 이 두 사람은 균형이 잘 잡힌 배를 양 끝에 끌어올려 놓았었다. 자기 용기와 힘을 믿고 한 일이었다. 그리고 아가멤논은 다나오이 군사들이 다 들을 수 있도록 목청 높여 부르짖었다.

"부끄러움을 알자, 아르고스 사람들이여. 겉보기에는 훌륭하지만 속은 형편없이 보잘것없구나. 그 호언장담은 어디로 갔는가. 우리야말로 세상에 비길 자 없는 용사들뿐이라고, 렘노스 섬에서 허세를 부리며 그대들이 떠들어댄 그 이야기들 말이다. 뿔이 우뚝한 황소를 잡아 고기를 배불리 먹고, 잔에 철철 넘치도록 포도주 병의 술을 비울 때, 그대들 한 사람 한 사람이 전투 때에는 능히 트로이인 백 명이나 이백 명과 맞붙어 싸우겠다고 큰소리치던 그 호언장담 말이다. 그런데 지금은 당장이라도 활활 타는 불로 배를 태울 기세인 헥토르 한 사람도 당해내지 못하여 이 지경이구나.

아버지 제우스여, 실로 지금까지 세력이 강대한 나라의 주인들 어느 누구도 이토록 어리석은 혼미 속에 끌어넣으셔서 커다란 영예를 그에게서 빼앗은 적이 없으실 텐데. 저는 언제나 노가 많이 달린 배를 몰아 이 땅으로 오는 도중에 신들의 훌륭한 제단을 볼 때마다 그냥 못 본 체 지나온 적이 없습니다. 그때마다 저는 소의 향기로운 살점과 허벅지를 구워 바치고는 했었지요. 그것은 오직 견고한 보루를 둘러친 트로이를 공략하고 싶은 일념에서였습니다. 그러기에 제우스여, 이 소원만은 꼭 이루도록 해주소서. 우리 자신이나마 무사히 목숨을 잃지 않고 달아날 수 있도록 해주소서. 또 이와 같이 아카이아 군대가 트로이 편에 무너져 버리는 일이 없도록 구해주소서."

이렇게 말하니 제우스도 눈물을 흘리고 있는 그가 가엾은 생각이 들어서 그의 병사들이 구원받고 죽지 않을 것임을 그에게 약속하고 나서 곧 독수리 한 마리를 날려보냈다. 새들 가운데서도 제우스의 조짐을 전달하는 가장 확실한 전령인 이 새는 발톱으로 발빠른 암사슴이 낳은 새끼 사슴을 차고 있었는데, 제우스의 아름다운 제단 위에 이르러 그 새끼 사슴을 떨어뜨렸다. 그곳이야말로 아카이아 사람들이 모든 신탁을 내리는 제우스를 모시는 장소였다. 그래서 사람들은 모두 이 새가 제우스한테서 직접 왔다는 것을 깨닫고, 한결 맹렬하게 트로이 측에 덤벼들어 전투에 안간힘을 썼다.

이 무렵 다나오스의 병사는 물론 매우 많았지만, 누구 하나 재빨리 티데우스의 아들 디오메데스를 앞질러서 재빠른 전차 저쪽으로 참호를 건너와 적에게 달려들어 단판 승부를 겨루겠다고 자랑할 수 있는 자는 없었다. 오히려 가장 먼저 디오메데스가 갑옷을 입고 무장한 트로이군의 무사 프라드몬의 아들 아겔라오스를 쓰러뜨렸다. 마차를 돌려 달아나기 시작하는 것을, 휙 몸을 돌리는 찰나 뒤에서 두 어깨 사이의 등 한가운데를 창으로 찔렀던 것이다. 창끝이 가슴을 꿰뚫고 나가자 그대로 수레에서 굴러떨어지니, 몸뚱이 위에서 갑옷이 덜거덕거리고 소리를 냈다.

그의 뒤를 이어 아트레우스 가문의 군주들, 아가멤논과 메넬라오스, 그리고 두 사람의 아이아스 등, 늠름하고 용기를 아울러 갖춘 자들이 모여들고, 이어 이도메네우스와 그 수행원이며 무사를 쓰러뜨리는 군신 에뉘알리오스에 비견되는 무사인 메리오네우스, 그 뒤에 다시 에우아이몬의 훌륭한 아들 에우리필로스가 달려왔다. 아홉 번째로 테우크로스*[2]가 뒤로 휘는 활을 힘껏 당기면서 텔라몬의 아들 아이아스의 큼직한 방패 뒤로 달려와 달라붙었다. 이때 아이아스가 큼직한 방패를 살짝 옆으로 치워 주면, 이 무사는 틈을 노려 적의 군사 한 사람에게 활을 쏘아 맞혔다. 그때마다 적은 쿵 하고 쓰러져 숨이 끊어지고, 이쪽은 이쪽대로 마치 젖먹이가 어머니 뒤에 가서 숨듯 아이아스의 가슴 앞에 숨으면, 그도 그때마다 번쩍이는 방패로 가려주었다.

이때 영예도 드높은 테우크로스가 먼저 쓰러뜨린 것이 트로이 측에 있는 누구인가? 가장 처음에 오르실로코스, 이어 오르메노스와 오펠레스테스, 다시 다이토르에 크로미오스, 신과도 겨루어질 뤼코폰테스와 폴리아이몬의 아들 아모파온, 멜라닙포스, 이들을 모두 차례로 풍요로운 대지에 쓰러뜨려 놓았다. 이 모습을 보고 기뻐한 것은 무사들의 군주 아가멤논이었으니, 굳센 활 힘으로 트로이 편의 진열을 무찔러 나가는 테우크로스의 옆에 다가서서 친히 말

*2 아이아스의 배다른 동생.

을 건넸다.

"테우크로스여, 그대는 실로 영예로운 사나이다. 텔라몬의 아들이자 무사들의 우두머리인 그대처럼 활을 쏠 것 같으면, 아마도 그것으로 그대는 다나오이 군대를 살리는 구원의 빛이 될 수 있을지도 모르겠소. 또 아버지 텔라몬의 명예도 될 것이오. 어릴 때부터 그대를 길러주셨소. 서자인데도 그대를 자기 궁전에서 보살펴 주신 것이오. 멀리 있더라도 그분의 명예를 높이는 게 좋을 것이오. 또 그대에게 똑똑히 말해두리다. 내가 지금 그대에게 하는 말은 반드시 이루어질 것이 틀림없소. 만일 나에게 아이기스를 가진 제우스와 아테나가 견고하게 쌓아올린 일리오스의 도시를 공략하도록 허락해 주신다면, 나 다음으로 가장 먼저 그대의 손에 명예로운 포상을 쥐어줄 것이오. 세발솥이나 두 필의 준마, 게다가 마차까지 딸려서 함께 주거나 그대와 한 잠자리에 오를 만한 여자를 그대에게 주겠소."

이에 영예도 드높은 테우크로스가 대답했다.

"최고의 영광을 가지신 아트레우스의 아들이여, 그렇잖아도 애쓰고 있는 나를 왜 또 격려하십니까. 결코 이 몸에 힘이 남아 있는 한 멈추지 않을 것입니다. 우리가 적의 군대를 일리오스로 다시 밀어붙인 이래, 나는 활을 들고 지켜보며 적의 무사들을 잇따라 쓰러뜨리고 있습니다. 이미 여덟 개나 가느다란 갈고리가 달린 화살을 쏘아대고 있으며, 그 하나하나가 싸움에 민첩한 젊은 무사들의 몸에 가서 꽂히고 있습니다만, 저 미쳐 날뛰는 개만은 맞힐 수가 없습니다."

테우크로스는 이렇게 말하기가 무섭게 헥토르를 쓰러뜨리고 싶어 마음만 조급해진 채 또 활시위에서 그를 겨누어 곧장 화살을 날려보냈다. 그러나 그에게는 맞지 않고 인품이 훌륭한 고르귀티온이라는 프리아모스의 용감한 아들의 가슴에 푹 꽂혔다. 이자는 아이쉬메에서 출가해 온 그의 어머니, 여신과도 같은 아름다운 카스티아네이라가 낳은 아들이었다. 그는 정원에 있는 양귀비 열매가 씨를 잔뜩 품고 봄비에 축축이 젖어 묵직하게 고개를 숙이는 것처럼 투구의 무게에 못 이겨 고개를 한쪽으로 꺾었다.

다시 테우크로스는 또 한 개의 화살을 재어 활시위에서 날렸다. 헥토르를 똑바로 겨누어 쓰러뜨리려고 안간힘을 쓰며 쏜 것인데, 이번에도 역시 맞지 않았다. 아폴론이 빗나가게 했기 때문이다. 그 대신 용감한 아르케프톨레모스라

하는 헥토르의 전차를 모는 마부에게, 투지 왕성한 그 가슴팍의 언저리에 푹 꽂혔다. 그가 견디다 못해 수레에서 굴러떨어지니 말이 비켜 재빠른 걸음으로 달리기 시작했다. 그리하여 그는 그대로 그 자리에서 힘이 빠지며 숨이 끊어졌다. 헥토르의 가슴은 마부를 잃은 심한 비탄에 휩싸이고 말았다. 그러나 부하의 죽음을 슬퍼하면서도 그대로 내버려 두고, 바로 옆에 있던 케브리오네스를 불러 전차 고삐를 잡으라고 명령했다. 그가 명령에 복종하여 말고삐를 잡았다. 헥토르는 엄청나게 무서운 함성을 지르면서 번쩍이는 전차에서 땅 위로 뛰어내렸다. 그러고는 돌덩이를 손에 쥐더니 테우크로스를 향해서 때려죽이겠다는 사나운 기세로 다가갔다.

한편 이쪽도 화살통에서 날카로운 화살을 한 개 뽑아 시위에 재고 어깨까지 끌어당겼다. 바로 그런 그를 겨누어 이번에는 헥토르가 목덜미와 가슴을 가르는 빗장뼈 근처, 가장 무서운 급소라는 곳을 겨누어서 자기를 쏘려고 안간힘을 쓰고 있는 테우크로스를 삐죽삐죽하게 날카로운 돌덩이로 후려쳤다. 그러자 테우크로스는 활시위가 끊어지고 손도 팔도 한꺼번에 마비되고 말았다. 그는 무릎을 꿇고 간신히 버텼지만 활은 손에서 떨어졌다. 그때 형 아이아스가 아우가 당한 것을 그냥 보고 있지 않고 얼른 달려가 막아서면서 큼직한 방패로 가려주었다. 그러자 그의 성실한 전우 에키오스의 아들 메키스테우스와 용감한 알라스토르 두 사람이 몸을 굽혀 텅 빈 배가 즐비하게 서 있는 곳으로, 심하게 신음 소리를 내는 그를 옮겼다.

그리하여 다시 한 번 트로이 편에게 올림포스에 사는 제우스가 기세를 올려주었으므로, 그들은 깊은 참호 앞에까지 곧장 아카이아 군대를 밀어붙였다. 그 선두에서 헥토르가 힘을 자랑하며 의기양양하게 달려나갔다. 그 모습은 마치 사냥개가 멧돼지나 사자 따위를 잽싸게 뒤쫓아가 덤벼들 때 옆구리나 엉덩이에 달려들어 짐승이 몸을 뒤틀기를 기다리는 듯했다. 헥토르는 그렇게 긴 머리의 아카이아 군사를 쫓아가면서 줄곧 뒤에 처진 자를 무찔러 나갔는데, 그들은 그저 달아나기만 할 뿐이었다. 그리하여 정신없이 패주하여 간신히 말뚝과 참호 사이에 이르렀을 때, 많은 사람들이 트로이군의 손에 죽기는 했으나, 그래도 그들은 배 안에서 버티며 서로 격려하면서 모든 신들에게 두 손을 치켜들고 저마다 소리 높여 기도를 올렸다.

한편 헥토르는 이리저리 갈기도 훌륭한 말을 달리며 돌진했다. 마치 눈 흘기는 고르곤이나 싸움하기를 즐기는 신 아레스처럼 사나운 모습이었다. 그런데 흰 팔의 여신 헤라는 아카이아 군사를 보고 가엾게 생각하여 곧 위엄 있게 아테나에게 말했다.

"아, 아이기스를 가진 제우스의 딸이여, 우리 둘이서 이 이상 다나오이군의 패배를 보고만 있어도 괜찮을까? 고작 한 사람의 사나이로 말미암아 불행한 패배의 운명이 그들에게 몰려올 것 같아. 저 프리아모스의 아들 헥토르는 이제 말도 못할 만큼 사나울 대로 사나워져서 이미 너무나 많은 해악을 끼치고 있구나."

그러자 빛나는 눈의 여신 아테나가 대답했다.

"정말 저 헥토르가 아르고스 군사의 손에 의해 고향에서 최후를 맞이하여 목숨도 혼도 모두 잃어버리면 좋겠어요. 그런데 우리 아버지 제우스께서는 괴이한 책략에 빠져 계시는군요. 너무하신 분이에요. 언제나 비뚤어져서 내 계획을 망쳐놓고 마시거든요. 이젠 그 일을 고스란히 잊고 계세요. 몇 번이나 내가 곤경에 빠진 아드님 헤라클레스를 도와준 일 같은 것 말이지요. 에우리스테우스가 시킨 과업[*3]때문에 고생할 때 말이에요. 정말 그는 하늘을 향해 늘 우는 소리를 늘어놓곤 해서, 제우스는 그때마다 나를 내려보내 지켜주고 도와주라 셨던 겁니다. 그때 내가 지금 형편을 약삭빠르게 가슴속에서 짐작하고 있었던 들, 그가 저승의 문을 지키는 하데스에게 가서 그 천한 개[*4]를 데려오라는 명령을 받고 갔을 때, 억센 증오의 강물을 무사히 건너오게 하지는 않았을 텐데요. 그런데도 이제 와서 나를 미워하시고 테티스의 음모를 이루어 주려 하시다니. 그 여자가 제우스의 무릎에 입 맞추고 손을 뻗어 수염을 어루만지면서 도시를 공략하는 아킬레우스에게 영광을 내려달라고 애원을 했거든요. 하지만 반드시 빛나는 눈의 딸인 나를 다시 귀여워하실 때가 올 거예요.

아무튼 지금 당장 외발굽의 말들을 준비하라고 분부해 주세요. 그동안에 나는 아이기스를 가진 제우스의 궁전으로 들어가서 전투를 위해 갑옷을 걸치고 나올 테니까요. 만일 우리 둘이서 전투가 한창인 소란 속에 나타난다면, 저

---

*3 제우스의 아내 헤라의 질투로 헤라클레스는 에우리스테우스의 신하가 되어 목숨을 건 모험을 열두 가지나 해야 했다.

*4 머리가 셋이고 입에서 불을 뿜고 있다는 케르베로스를 말한다.

프리아모스의 아들인 번쩍이는 투구의 헥토르가 과연 기뻐할는지 볼 만하겠네요. 틀림없이 이번에는 아카이아 군대의 함선 옆에 트로이 편들도 수도 없이 엎어져서 개와 독수리들의 밥이 될 거예요.”

이렇게 말하니 흰 팔의 헤라도 이의가 있을 까닭이 없었다. 그래서 위대한 크로노스의 따님인 여신들의 우두머리 헤라는 고개를 끄덕이고 황금 앞가리개를 걸친 마차를 준비시켰다. 아이기스를 가진 제우스의 딸 아테나는 하늘하늘한 천에 색색으로 손수 온갖 솜씨를 부려서 장만한 옷을 아버지 신의 궁전에 벗어놓고, 먹구름을 모으는 제우스의 웃옷을 걸치고 혼란스러운 전쟁에 나가려고 갑옷을 몸에 둘렀다. 그런 다음 손에는 묵직하고 튼튼한 창을 쥔 채 불꽃처럼 빛나는 수레 쪽으로 걸음을 옮겼다. 이 고귀한 아버지 신의 딸이 화가 나기만 하면 제아무리 내로라하는 용사들의 대오라도 무찌르고 마는 그 창이었다.

이윽고 헤라가 채찍을 들어 말을 재촉하니 하늘의 대문이 크게 신음하며 저절로 열렸다. 이 문을 지키는 여신은 호라이들로, 거대한 하늘과 올림포스가 이들에게 맡겨져 있어 짙은 구름을 여닫는 일도 그녀들의 소관이었다. 헤라와 아테나 두 여신은 채찍을 맞아도 잘 달리는 말들을 몰아서 이 문을 지났다.

그런데 제우스가 이데의 산정에서 이 광경을 바라보고 크게 노하여 곧장 황금 날개를 가진 무지개의 여신 이리스를 전령으로 내세워 재촉했다.

“자, 재빠른 이리스여, 얼른 가서 저들을 돌려보내라. 결코 내 앞에 나타나지 못하게 하여라. 우리가 말다툼하는 것은 좋지 않으니까. 그러나 만일 말을 듣지 않을 때는 이렇게만 분명히 말해두어라. 이것은 반드시 이루어질 것인즉, 저 둘의 마차에 맨 말들의 다리를 부러뜨려 놓겠다. 게다가 둘을 전차에서 밀어 던지고 마차도 산산조각 내도록 하겠다. 그러면 10년의 세월이 흐르더라도 번갯불에 덴 그 상처는 완전히 낫지 않을 것이다. 그러면 빛나는 눈의 여신도 제 아버지와 다투면 어떤 변을 당하는가를 알게 되겠지. 헤라에게는 새삼스레 화나거나 분하지도 않구나. 언제나 내가 하는 일이면 무엇이든 엉망으로 만들려고 하니까.”

이렇게 말하니 질풍처럼 걸음이 빠른 무지개의 여신은 순식간에 이데의 산에서 높이 치솟은 올림포스에 도착했다. 그리고 주름이 많이 잡힌 올림포스의 대문 바로 앞에서 두 신을 만나 붙잡아 놓고 제우스의 말을 전했다.

"어디로들 그렇게 서둘러 가세요? 두 분이 무엇을 그렇게 기를 쓰고 꾸미고 계십니까? 크로노스의 아들 제우스께서 아르고스 측을 돕지 말라고 하셨어요. 그리고 이렇게 장담하고 계시는데, 아마 틀림없이 그렇게 하실 거예요. 두 분의 마차에 매인 말들의 다리를 부러뜨려 놓겠다고 하셨습니다. 게다가 두 분을 전차에서 밀어 던지고 마차도 산산조각이 나게 부수어 놓겠다고 하십니다. 그리하여 10년의 세월이 흐르더라도 그 상처는 완전히 낫지 않을 것이라고 하십니다. 번갯불에 덴 상처가 말이에요. 빛나는 눈의 여신이 자기 아버지와 다투면 어떤 변을 당하는가 알게 하시기 위해서랍니다. 하지만 헤라 님에 대해서는 그다지 화도 안 나고 분하지도 않으시답니다. 이미 여느 때에도 제우스께서 하시는 일이면 무엇이든 엉망으로 만들려는 버릇이 있다시면서. 대담하고 뻔뻔스런 이여, 하지만 진정으로 대담하게도 제우스께 맞서서 그 무시무시한 큰 창을 집어든다면 더없이 무서운 분이십니다."

걸음이 빠른 여신은 이렇게 말하고 사라져 버렸는데, 헤라가 아테나에게 말했다.

"아이기스를 가진 제우스의 딸인 그대와 둘이서, 내가 참 어쩌자는 것인지 모르겠네. 제우스께 맞서서 인간들을 위해 싸우는 일은 이제 그만두어야겠군요. 인간 따위는 제멋대로 죽든 살든 운에 맡겨놓으면 되니까. 그리고 그분이 생각하고 계시는 대로 트로이 측에도 다나오이 측에도 적당히 결말을 지으시도록 내버려 둡시다."

헤라가 이렇게 말을 하고는 먼저 온 길로 외발굽의 말을 돌리니, 두 신을 위해 계절의 여신 호라이들은 갈기도 훌륭한 말들을 수레에서 끌러 신성하고 향기로운 외양간에 매고, 수레는 몹시 번쩍이는 한쪽 벽에 기대어 놓았다. 두 여신은 속으로 매우 괴로워하면서도 황금의 긴 의자 위에 다른 신들과 함께 앉았다.

한편 아버지 제우스는 이데의 산봉우리에서 훌륭한 바퀴를 단 수레와 말을 올림포스 쪽으로 몰고 가서 신들의 궁전에 도착했다. 그러자 그를 위해서 대지를 뒤흔드는 신 포세이돈이 말고삐를 끄르고 수레는 대(臺) 위에 얹어 천으로 반듯하게 덮었다. 그리고 멀리까지 목소리가 우렁차게 울리는 제우스가 황금 옥좌에 앉으니, 그 발밑에서 거대한 올림포스의 산덩어리가 건들건들 흔들거렸다. 두 여신 아테나와 헤라만은 제우스에게서 떨어진 곳에 앉아 아무런 말도 건네지 않고 있었으니, 제우스는 속으로 잘 알고 있어 먼저 말했다.
"어째서 그대들은 그렇게 가슴을 앓고 있는가, 아테나와 헤라여. 설마 그대들은 무사들에게 영광을 주는 전쟁에서 그토록이나 미워하고 있는 트로이 군대를 무찌르느라 피로한 것은 아닐 테지. 아무튼 나의 위세, 나의 팔이 무적인 이상 나에게 이기지는 못하리라. 그대들도 마찬가지, 그렇게 하기 전에 훌륭한 팔다리가 먼저 떨리기 시작하여 멎을 줄 모르게 될 것이다. 싸움터나 전쟁의 잔인한 광경을 직접 목격하기 바로 그전에 말이다. 그러니 이렇게 말해두지. 이 말은 반드시 실행될 것으로, 한 번 번개에 맞은 다음에는 두 번 다시 그대들은 수레를 타고 올림포스로, 불사의 신들이 사는 이 궁전에 돌아오지 못할 것이다."
이렇게 말하니 아테나와 헤라는 시무룩한 표정으로 투덜거렸으나, 여전히 트로이 군사들에 대해 흉계를 꾸미려 둘이 붙어 앉아 있었다. 특히 아테나는 입을 다문 채 아무 소리도 않고 앉아 제우스에 대한 심한 분노에 사로잡혀 있었다. 한편 헤라는 가슴속의 울화를 누르지 못하고 말했다.
"가장 두려운 크로노스의 아드님이시여, 무슨 말씀을 하시는 겁니까? 물론 우리도 당신 힘에 당할 수 없다는 것은 알고 있어요. 하지만 그래도 우리로서는 다나오이 군사, 창을 잡으면 용감하기 짝이 없는 그들이 정말 불행한 운명에 쓰러져 가는 것을 한탄하지 않을 수 없어요. 그러나 말씀대로 싸움에서는 손을 떼기로 하겠어요. 하지만 계책만은 아르고스 군대에게 가르쳐 주고 싶어요. 그들이 당신의 노여움 때문에 전멸해 버리지 않도록 무언가 도움이 되는 것을 말이에요."
먹구름을 모으는 제우스가 대답했다.
"과연 그 말대로이다. 원한다면 당장 내일 아침에 보여주리다. 암소 눈의 헤라 여신이여, 이 막강한 크로노스의 아들이 아르고스 측의, 창을 잡으면 용감하기 짝이 없는 자들을 무수히 무찔러 죽이는 장면을 보여주겠소. 물론 저 용맹스러운 헥토르가, 발이 빠른 펠레우스의 아들 아킬레우스가 배 옆에서 일어서기 전에는 전투에서 물러나는 일은 없을 것이오. 그날은 고물들 근처에서 아카이아 군사들이 전사한 파트로클로스의 시체를 둘러싸고 무서운 궁지에 빠지고 나서야 싸우게 될 것이오. 이것은 나의 뜻이오. 나는 그대를 조금도 개의치 않소. 그대가 화를 내더라도, 혹은 그대가 땅과 바다의 가장 밑바닥, 이아페스트나 크로노스가 있는 명부의 가장 밑바닥에 던져지더라도 말이오. 거기서는 이제 태양신 히페리온의 빛도, 부는 바람도 즐길 수 없소. 오직 깊은 타르타로스만이 그들을 둘러싸고 있을 뿐이오. 그대가 길을 잘못 들어 그곳에 도착한다 해도 나는 조금도 개의치 않을 참이오. 그대보다 더 뻔뻔스런 자도 없으니까."

흰 팔의 헤라는 아무 대꾸도 하지 못하고 앉아 있었다. 그러는 동안 오케아노스 바다에 눈부신 햇빛도 가라앉고 곡식을 영글게 하는 논밭 위로 검은 밤이 내리덮였는데, 이 일몰은 트로이 편에게는 고맙지 않은 일이었다. 그러나 아카이아 측에게는 세 번이라도 신께 기원해서 얻음직한 고맙기 이를 데 없는 캄캄한 밤이 찾아온 것이었다.

한편 영광에 빛나는 헥토르가 트로이군의 회의를 열었다. 그가 사람들을 데리고 간 곳은 배에서 떨어진 소용돌이치는 강가로, 시체 따위는 전혀 보이지 않는 널찍한 장소였다. 거기서 사람들은 마차에서 내려 제우스가 아끼는 헥토르가 하는 말에 귀를 기울였다. 그는 한 자나 되는 창을 쥐고 있었다. 그 창의 청동 끝이 손 위에서 번쩍번쩍 빛나고 있었으며, 황금 고리가 잘록한 창대에 둘러 있었다. 이 창에 기대어 그는 트로이 사람들을 향해서 말했다.

"트로이 사람들도, 다르다노이족도, 그리고 도와주러 온 전우들도 내 말을 잘 들어다오. 배도 아카이아 군사도 모두 무찌르고 곧 바람이 몰아치는 일리오스에서 돌아가리라고 조금 전까지만 해도 나는 기대하고 있었소. 그런데 그러기 전에 밤이 왔소. 그것이 지금 아르고스 군대와 그 함대들을 파도치는 물가에서 무사히 구해준 것이오. 아무튼 지금은 어두운 밤의 희망에 따라 저마다 저녁 식사를 준비하도록 합시다. 그러니 먼저 갈기도 고운 말들을 전차에서 끌러주고, 말 옆에는 여물을 던져주시오. 그리고 얼른 시내로 가서 소와 팔팔한 양을 끌고 오시오. 또한 마음을 부드럽게 하는 포도주도 가져오고, 곳간에 가서 곡식도 갖고 오시오. 장작도 얼마든지 마련해 오고. 이렇게 하여 일찌감치 새벽이 올 때까지 그 빛이 하늘에 이르도록 밤새도록 활활 불을 피웁시다. 만일 밤중에라도 긴 머리의 아카이아 군사가 바다를 건너 달아나는 일이 없도록 말이오. 정말 아무런 방해도 받지 않고 편안한 기분으로 배를 타고 가게 하지는 않을 테요. 오히려 너 나 할 것 없이 고향에 돌아가서까지 우리의 화살을 음미시켜야겠소. 배로 뛰어오를 때 화살을 맞거나 끝이 날카로운 창에 찔리거나 해서 말이오. 그러면 다른 자들도 말을 길들이는 트로이 사람들에 대해 눈물겨운 전쟁을 걸어오지는 않을 테니까.

그리고 제우스가 아끼시는 전령들로 하여금 갓 어른이 된 소년들이나 머리칼이 희끗희끗해진 노인들은 도성 둘레에 쌓은 방어벽의 망루에 올라 감시를 하라고 온 도시 안에 외치게 하십시다. 그리고 연약한 여자들은 저마다 집 안에 불을 크게 피우는 게 좋을 것이오. 모두 출전하고 집에 없는 사이에 복병이 성안에 침입하지 못하도록 튼튼한 경비를 세우도록 하시오.

마음이 넓고 큰 트로이 사람들이여, 내가 권하는 대로 하시오. 그리하여 이 시각에 적합한 계책은 먼저 이런 것으로 하고, 내일 아침 일은 다시 또 말을 길들이는 트로이인들과 하기로 합시다. 제우스와 그 밖의 신들에게 빌면서 내가 고대하는 것은, 검은 배에 실어 죽음의 신들이 끌고 온 개들을 이곳에서 쫓아내는 일이오. 그러나 그것은 그렇다 치고라도 밤 동안은 우리가 스스로를 지키지 않으면 안 되오. 날이 새거든 아침 일찍부터 갑옷으로 무장하여 가운데가 빈 배 곁에서 격렬한 전투를 시작합시다. 그러면 저 티데우스의 아들인 용맹스러운 디오메데스가 나를 뱃전에서 일리오스의 성 밑까지 밀어붙일는지, 아니면 내가 그놈을 청동 창으로 넘어뜨려 피에 젖은 갑옷을 벗겨 오게 될지 알게 될 것이오.

내일이면 그의 용기를 확인할 수 있을 것이오. 덤벼드는 나의 창을 견딜 수 있는지 없는지. 그러나 아마 분명히 상처를 입고 함선들 속에 엎어지게 될 것이며, 또한 그 주위에는 많은 전우들이 쓰러져 있을 것이오. 내일이 되어 다시 태양이 솟아오르고, 내가 언제까지나 불사의 몸으로 나이도 먹지 않으며, 또 아테나나 아폴론처럼 모든 사람들의 칭찬과 존경을 받게 되면 얼마나 좋겠소.

이제 이날이 반드시 아르고스 군대에게 재앙을 가져다줄 것이오."

이렇게 헥토르가 말하자 트로이 사람들은 기쁨에 젖었다. 그들은 멍에 밑에서 땀에 젖은 말들을 끌러 가죽끈으로 저마다 자기 전차 옆에 매어놓고, 성에서 소와 팔팔한 양들을 끌어내 왔으며, 마음을 부드럽게 하는 포도주와 곳간에서 곡식도 꺼내오게 하고 많은 장작도 쌓아올렸다. 이렇게 하여 불사의 신들에게 훌륭한 제물을 바쳤던 것이다. 평원에서 높은 하늘까지 몰아쳐 부는 바람이 그 굽는 냄새를, 그 달콤한 향기를 사방으로 퍼뜨렸다. 그러나 축복을 누리는 신들은 그것을 받으려 하거나 또 그들의 기도를 들으려 하지 않았다.

모두들 무척이나 성스러운 일리오스와 훌륭한 물푸레나무 창의 프리아모스와 그의 훌륭한 병사들을 미워했기 때문이다.

어쨌거나 그들은 사기도 드높게 전투가 있었던 곳에서 대낮처럼 불을 피워 대면서 밤새도록 진을 쳤다. 그것은 마치 맑은 하늘에 바람이 잘 때 달 주위에 별의 모습이 뚜렷이 나타나는 것과 같았다. 주위의 망대들과 조망이 트인 언덕 위에도, 산봉우리의 끝에도, 깊은 골짜기의 주름에도 남김없이 모두 드러나고, 끝없이 드높은 하늘이 열려 시원하게 구석구석까지 바라보였다.

그 별의 수만큼이나 많은 트로이군의 모닥불들이 일리오스의 앞쪽 함선들과 크산토스 강의 물줄기 사이에서 타오르고 있는 것이 바라다보였다. 평원에 활활 타오르는 모닥불의 수는 일천 개였으며, 저마다 그 둘레에는 쉰 명씩이나 되는 병사들이 활활 타오르는 불빛 속에 앉아 있었다. 그리고 말들은 흰 보리와 밀을 여물로 얻어먹으며 전차 옆에 서서 옥좌에 앉은 아름다운 새벽의 여신을 기다리고 있었다.

제9권
아킬레우스에게 사절을 보내다

패색이 짙어지자 아가멤논도 후회하여 회의를 열었다. 의논한 결과 아킬레우스를 전쟁에 참가하도록 부탁하기 위해 오디세우스를 대표로 하여 아이아스, 포이닉스 등으로 구성된 사절을 파견한다. 그리하여 많은 보물과 처녀 브리세이스까지 돌려주겠다고 말하지만, 아킬레우스의 노여움은 풀리지 않아서 승낙하지 않는다.

이렇게 트로이군은 파수를 보고 있었다. 한편 아카이아 군대는 사기 저하로 위축된 상태의 패주를 가져온 엄청난 공포에 사로잡혀 용사들은 모두 견딜 수 없는 슬픔에 잠겨 있었다. 그 모양은 마치 트라케에서 불어오는 북풍과 서풍이, 많은 물고기가 사는 바다를 뒤흔들어대는 것과 같았다. 이 두 바람이 느닷없이 불어닥쳐 시커먼 파도가 순식간에 고개를 쳐들고 바닷가에 여러 가지 해초를 토해놓듯이, 아카이아 군사의 가슴속 깊은 곳은 쓰라린 비탄으로 흔들렸다.

이때 아트레우스의 아들 아가멤논은 솟구치는 한탄에 가슴이 메인 채 왔다 갔다 하고 있다가 목소리가 우렁찬 전령들을 시켜서 장수들을 회의에 모이도록 했다. 그러나 한 명씩 따로 부르고 큰 소리는 내지 말라 일러놓고, 자기가 앞장서서 장수들 사이로 애쓰고 다녔다. 이윽고 모두 회의 자리에 침통한 표정으로 앉았을 때, 아가멤논이 솟는 샘처럼 눈물을 흘리면서 일어섰다. 마치 높은 암벽이 거무스름한 물을 쏟아내듯 눈물을 흘리고 깊은 한숨을 토해내며 아르고스 군대를 향해서 말했다.

"오오, 친애하는 아르고스 군대의 지도자들과 대장들이여, 크로노스의 아들 위대한 제우스는 나를 심한 당황의 포로로 만드셨소이다. 실로 짓궂은 분이십니다. 전에는 훌륭한 방어벽을 둘러친 일리오스를 공략한 뒤 귀국시켜 주겠다고 약속하셨는데. 그렇게 분명히 승낙해 놓으시고 이제 와서 고약한 속임수를 꾸며서는, 이토록 많은 병사가 죽어가니 아르고스로 돌아가라고 말씀하시는군요. 이것이야말로 막강하신 제우스의 뜻이 틀림없소. 지금까지 숱한 나라의 성이 파괴되었는데 앞으로도 그럴 것이요. 그 신의 힘은 유례없이 막강하니까. 아무튼 내 말을 이해해 주기 바라겠소. 그대들도 배를 이끌고 그리운 고향으로 돌아가십시다. 이제 우리는 길이 넓은 트로이를 공략할 수는 없을 테니까."

이렇게 말하니 모두 입을 다물고 침묵했다. 한참 동안 아카이아의 아들들은 우수에 잠긴 채 묵묵히 앉아 있었으나 이윽고 목소리도 씩씩한 디오메데스가 일어나 말했다.

"아트레우스의 아들이여, 군주께서 그렇게 사려 분별이 모자라는 말씀을 하신다면, 이 회의 석상에서 토론을 하지 않을 수 없습니다만, 그런 것은 이러한 자리에서는 허락된 일이므로 결코 화를 내지 말아주시기 바랍니다. 처음 군주께서는 다나오이 군대 중에서 내가 전투하는 모습을 보고 비난하시면서 싸움에 약하고 용기도 없다고 말씀하셨습니다. 이에 대해서는 아르고스의 젊은이들도 늙은이들도 모두 잘 알고 있습니다. 그런데 음흉한 크로노스의 아드님께서는 군주님에게 절반밖에는 주시지 않았습니다. 다시 말해서 왕홀로 모든 사람보다 뛰어난 존경을 받게는 해주셨지만 투지는 주시지 않았단 말입니다. 이것이 가장 중요한 것인데도.

천만의 말씀입니다. 군주님은 진심으로 아카이아군의 아들들이 싸움에 약하고 용기도 없다고 생각하십니까? 만일 군주님의 마음이 귀국하고 싶어 못 견딜 지경이라면, 제발 돌아가십시오. 길은 열려 있고 미케네에서 따라온 수많은 함선 또한 바닷가에 즐비하게 서 있습니다. 그러나 다른 자들, 긴 머리의 아카이아 군사는 그냥 버틸 것이며 트로이를 함락할 때까지 싸울 것입니다. 아니, 그들도 그만 거기 있는 배를 이끌고 그리운 고국으로 돌아가 버리는 것이 좋겠습니다. 그래도 우리 두 사람, 나와 스테넬로스는 일리오스의 끝장을 볼 때까지 싸울 것입니다. 우리는 모두 신의 인도에 따라 여기 와 있으니까요."

아카이아군의 아들들은 모두 말을 길들이는 디오메데스의 말에 감탄하여 갈채를 보냈다. 그러자 이번에는 기사 네스토르가 일어서서 말했다.

"티데우스의 아들 디오메데스여, 싸울 때에도 그대는 누구보다 강하지만 회의 때에도 같은 또래 가운데 가장 뛰어나구려. 아카이아 군대 중에서 누구 하나 그대의 말을 얕잡아 듣는다든가 거역하려는 자는 없을 것이오. 하지만 아직 이야기는 끝나지 않았소. 역시 그대는 나이가 젊소. 내 아들의, 그것도 가장 막내아들뻘이요. 그런데도 분별 있는 충고를 아르고스인들의 왕에게 해주는구려. 그러나 내가 그대보다 훨씬 나이가 많으니까 감히 참견을 해서 이야기의 결말을 짓도록 하겠소. 어느 누구든 심지어 아가멤논 왕조차도 내 말을 소홀히 여기지는 않을 테니까. 동지들 사이의 무서운 싸움을 좋아하는 자는 동료들과도 어울리지 못하고 규율에도 어긋나는 인간이며, 집에서도 쫓겨난 인간이 틀림없을 테니 말이오. 그러나 우선은 캄캄한 밤의 권유에 따라 저녁 식사 준비나 시작하도록 하십시다. 그리고 저마다 방어벽 안쪽에 파놓은 참호를 따라 돌며 야간 경비를 골라 배치하도록 하시오.

젊은 사람들에 대한 나의 지시는 이 정도로 하지요. 그리고 아트레우스의 아들이여, 지위가 가장 위니까 선두에 서시는 것이 좋겠소. 그리고 장로들에게 맛있는 음식을 나누어 주시오. 그것이 당연한 일이며 부끄러운 일이 아니니까 말이오. 군주님의 진영에는 술이 가득 있소. 아카이아군의 배가 매일같이 드라키아에서 바다 위로 실어 온 것이오. 많은 자들을 지배하는 분이시니 군주께서 도맡아야 할 것이오. 많은 인간들을 모았을 때는 가장 훌륭한 책략을 권하는 자의 말을 들으셔야 하오. 아카이아 군사들 전체가 지금 무엇보다도 필요한 것은 훌륭하고 건실한 계책이라오. 이제는 적군이 바로 배 옆에서 불을 가득 피우고 있으니까. 대체 누가 이러한 것을 좋아하겠소? 우리 군이 죽느냐 사느냐는 오늘 밤에 결정될 것이오."

모두들 그의 말에 귀를 기울이고 고개를 끄덕였다. 경비 당번이 된 자는 갑옷을 몸에 두르고 달려나가 네스토르의 아들인 병사들의 중대장 드라쉬메데스나 군신 아레스의 아들들인 아스칼라포스와 이알메노스, 메리오네스, 아파레우스, 데이피로스 등을 둘러쌌다. 그리고 크레온의 아들인 용감한 뤼코메데스를 에워싸고 경비를 섰다. 이 경비 당번의 우두머리는 모두 일곱 사람이었다. 그 젊은이들 각자가 손과 손에 긴 창을 쥐고 나아가 참호와 방어벽의 중간쯤에 자리를 잡았다. 그리고 그 자리에 장작을 피우고는 저마다 저녁 식사 준비를 시작했다.

한편 아트레우스의 아들 아가멤논이 아카이아군의 장로들을 자기 막사로 불러 그 앞에 정성어린 요리들을 차려내니, 사람들은 눈앞의 진수성찬에 손을 내밀었다. 그리하여 술과 고기를 충분히 들었을 때, 가장 먼저 장로 네스토르가 모두 앞에 계략을 제시했다. 그의 의견은 전부터 가장 훌륭한 것으로 간주되고 있었다. 그가 지금 모든 사람들을 위해서 계획을 세워 자리에서 일어나 말했다.

"더없이 높은 영예를 받으시는 아트레우스의 아들이여, 무사들의 군주이신 아가멤논이여, 군주님의 분부대로 나는 남을 것이오. 또 명령대로 일을 시작할 것이오. 왜냐하면 군주님은 많은 병사들의 왕으로서 그들을 위해 밤낮없이 계획을 짜시도록 제우스가 왕홀과 규율을 내려주셨으니까 말이오. 그러기에 군주님은 충분히 하고 싶은 말을 하기도 하고 듣기도 해야 하며, 다른 사람에게 유익한 말을 듣고 싶다면, 귀를 기울여 다른 사람의 희망을 들어주어야만 할 것이오. 어쨌든 시작된 일은 모두 군주님에 의해서 결정되는 것이라오. 그러니 먼저 내가 가장 좋다고 생각되는 바를 말씀드리기로 하리다.

왜냐하면 그때 이래 달리 이보다 더 훌륭한 책략을 생각하는 자가 없었기 때문이오. 내 생각 이상의 것을 이전에도 지금에도 말이오. 제우스의 후예인 아가멤논이여, 군주께서 처녀 브리세이스를 빼앗으려고 우리 걱정에는 귀도 기울이지 않고, 아킬레우스의 분노도 상관없이 그의 진지로 나아간 그때 이래로 말입니다. 그 무렵에는 어지간히 나도 그만두시라고 말렸지만 자신의 오만한 마음에 굴복한 군주께서는 불사의 신들조차 존경하는 아킬레우스를 모욕했던 것이오. 한 번 준 사례품을 다시 빼앗았으니까. 그러나 지금부터라도 마음에 드는 선물을 하거나 성의를 다한 사과를 하거나 해서 그의 마음을 달래고 우리 편으로 되돌릴 수는 없을지 모두 함께 잘 의논해 보도록 합시다."

이번에는 병사들의 군주 아가멤논이 말했다.

"장로여, 그대가 나의 어리석음을 나무라는 것은 당연한 일이오. 어리석은 짓이었다는 것은 나도 부인하지 않겠소. 제우스가 그를 마음에 두고 좋아하신다면, 그는 혼자 힘으로 많은 적을 물리칠 만한 용사요. 바로 지금 이 무사 헥토르에게 영예를 주어 아카이아 군대를 무찌른 것처럼 말이오. 그러나 아무튼 사악한 마음에 사로잡혀 잘못을 저질렀으니, 그 대가로 이번에는 헤아릴 수 없는 보상금을 기꺼이 치르겠소. 지금부터 그대들 눈앞에서 비길 데 없이 훌륭한 선물을 열거해 보이겠소. 아직 불에 얹어보지도 않은 큰 솥이 일곱 개, 황금 추*1가 열 개, 번쩍이는 작은 솥이 스무 개, 그리고 준마 열두 필로 이는 모두 경주에서 우승한 늘씬한 말들이오. 이 통발굽 말들이 가져다주는 많은 상품들, 이토록 많이 받는 사나이는 결코 수확에 부족을 느끼지 않을 것이며, 더없이 귀중한 황금을 차지하지 못했다는 소리는 듣지 않을 것이오. 이 밖에 뛰어난 수예 솜씨를 가진 일곱 명의 여자들도 주겠소. 레스보스 섬의 여자로 내가 레스보스를 공략했을 때 골라낸 여자들 중에서도 인물이 뛰어나오. 이 여자들을 선사하리다. 그 가운데는 그 전에 내가 빼앗아 온 브리세이스도 끼어주리다. 게다가 굳게 맹세하거니와 결코 나는 사람들이 남녀 간에 그러하듯 그 아이와 잠자리에 든 적도 없고 서로 말을 나눈 적도 없소.

이런 물품들을 지금 당장 전달해 주리다. 그리고 만약에 신들이 우리에게 프리아모스의 위대한 도시 일리오스를 함락하도록 허락해 주신다면, 전리품을 우리 아카이아군이 나누어 가질 때, 한몫 끼게 하여 배를 청동과 황금의 그릇으로 채워 돌아가게 할 것이오. 또 트로이의 여자 중에서 아르고스 태생인 헬레네 다음으로 뛰어나게 인물 고운 여자들을 스무 명쯤 손수 고르게도 하겠소. 그리하여 논밭이 특히 기름진 아카이아의 아르고스로 돌아간 다음에는 나의 소중한 아들 오레스테스와 같은 명예를 주어 사위로 삼겠소. 나에게는 나무로 지어진 훌륭한 궁전에 크뤼소데미스와 라오디케와 이피아낫사라는 세 딸이 있소. 이 세 딸 중에 누구든 그가 바라는 공주를 약혼 예물을 받지 않고 정실로서 아킬레우스의 아버지 펠레우스의 집으로 데려가게 하겠소. 게다가 결혼 지참금을 가득 딸려 보낼 것이오. 여태까지 어느 누구도 출가하는 딸에게 일찍이 준 적이 없을 만큼 많은 지참금을 말이오.

먼저 훌륭한 구조로 지은 도성 일곱을 선사할 것이니, 바로 카르다뮐레, 에노페, 목초가 풍부한 히레, 성스러운 페라이, 그리고 목장의 풀이 우거진 안데이아, 아름다운 아이페이아와 포도 덩굴 무성한 페다소스 등이오. 이들은 모두 바다에 가깝고 모래언덕이 많은 필로스의 경계 가까이에 자리잡고 있으며, 주민들은 많은 새끼양과 암소를 기르고 있소. 그리고 그들은 아킬레우스를 신처럼 섬길 것이고, 또 그의 지도 아래 올바로 규율을 지켜나갈 것이오. 만일

*1 금을 타원형으로 녹인 것인데, 다시 말해서 금방망이이다.

그가 분노를 거둔다면 나는 이 모든 약속을 지키겠소. 그러니 이제는 아킬레우스도 고집을 그만 피우는 것이 좋을 것이오. 하데스는 무정하고 타협을 하지 않소. 그렇기 때문에 모든 신 가운데서 사람들이 가장 싫어하는 것이오. 그러므로 그도 내 말을 듣는 편이 나을 것이오. 나의 왕권은 한결 더 존귀하고 나이로 말하더라도 미안하지만 내가 위니까."

그때 게레니아의 기사 네스토르가 대답했다.

"영예도 드높은 아트레우스의 아들, 병사들의 군주이신 아가멤논이여, 당신께서 아킬레우스 왕에게 보내신다는 물품들은 결코 흔한 것들이 아니오. 그러면 자, 얼른 사자를 불러 조금도 지체하지 말고 한시바삐 펠레우스의 아들 아킬레우스의 막사로 보냅시다. 그러면 내가 지금 사람을 고를 테니 그 사람들은 승낙해 주시오. 먼저 제우스의 사랑을 받는 포이닉스가 앞장서고 다음에는 큰 아이아스와 용감한 오디세우스가 동행하시오. 전령으로는 오디오스와 에우리바테스를 데리고 가라. 크로노스 아들 제우스에게 모두 함께 자비를 빌도록 손을 씻는 정수를 떠오고, 말들을 삼가라고 명령해 다오."

주위에 있는 사람들은 그 말을 듣고 기뻐했다. 곧장 전령들은 물을 길어 와서 손에 부어주었다. 시중드는 사람들은 혼주병을 술로 가득 채우고는 잔을 들어 형식대로 의식을 마친 뒤, 차례로 사람들의 잔에 술을 부어 나갔다. 그리하여 여러 신들에게 술잔을 바치고 사람들도 실컷 마시고 나자, 모두 아트레우스의 아들 아가멤논의 막사를 나섰다. 게레니아의 기사 네스토르는 그들에게 저마다 눈짓을 주고받으면서 여러 가지로 지시를 해주었다. 특히 오디세우스에게는 다짐을 주면서 인품이 훌륭한 펠레우스의 아들 아킬레우스를 설득시키기 위해 있는 방법을 다 쓰라고 일렀다.

그들은 파도가 밀려오는 해변을 따라 걸어갔다. 대지를 떠받들고 대지를 뒤흔드는 포세이돈에게 아이아코스의 후예인 아킬레우스의 마음을 쉽게 설득시킬 수 있도록 해주십사 하고 속으로 열심히 기도했다. 이윽고 미르미돈들의 진영과 배들이 있는 곳에 도착해 보니 아킬레우스는 지금 심심풀이로 하프를 타고 있었다. 아름다운 장식이 달린 그 하프 위에는 은으로 만든 줄받침이 끼여 있었다. 전에 에에티온의 도성을 점령했을 때 손에 넣은 물건이었다. 그 하프로 마음을 달래면서 그는 무사들의 영광의 노래를 부르고 있었다. 그 맞은편에는 파트로클로스가 혼자 말없이 앉아 아이아코스의 후예가 노래를 그치기를 기다리고 있었다. 그 자리에 두 사람이 들어섰다. 존귀한 오디세우스가 앞장서서 그의 눈앞에 이르러 우뚝 걸음을 멈추니, 아킬레우스는 깜짝 놀라며 하프를 손에 쥔 채 앉아 있던 자리에서 벌떡 일어섰다. 파트로클로스도 같은 모양으로 두 사람을 바라보고 일어섰다.

그리하여 그들에게 손을 내밀면서 걸음이 빠른 아킬레우스가 말했다.

"어서 오게. 그대들은 절친한 나의 친구들로서 환영받으리라. 오래 기다렸지. 내가 비록 기분이 상했더라도 아카이아 사람들 중에서도 그대들은 가장 친한 벗들이오."

이렇게 말하며 아킬레우스는 그들을 막사 안으로 안내해 가서 긴 의자의 자줏빛으로 물들인 깔개 위에 앉히고는 가까이에 서 있는 파트로클로스에게 일렀다.

"자, 메노이티오스의 아들이여, 큼직한 술동이를 갖다 놓고 여러분들에게 각각 잔을 드리고 한결 독한 술을 만들어 다오. 지금 이 지붕 아래 있는 분들은 가장 친한 벗들이니까."

파트로클로스는 사랑하는 전우가 시키는 대로 했다. 그리고 그는 고기 써는 도마를 난로 불빛이 비치는 자리에 내오게 하여, 그 위에다 양고기와 산양의 등심을 올려놓고, 다시 살찐 돼지의 기름진 뒷다리를 올려놓았다. 아우토메돈이 붙들고 아킬레우스가 잘라서 아주 먹기 좋게 썰어지자, 쇠꼬치에 꿰는 사이에 신으로도 착각할 만한 무사 메노이티오스의 아들이 활활 타게 불을 피워 놓았다. 그리고 불이 거의 다 타서 불꽃이 시들기 시작할 무렵 밑불을 헤쳐 고기 꼬치를 얹었다. 다시 석쇠에서 꼬치를 집어 정결한 소금을 뿌린 다음 잘 구워 나무 쟁반에 담았다. 그러자 파트로클로스가 빵을 집어 훌륭한 네 발 바구니에 각각 담아서 나누었다. 아킬레우스는 고기를 나누어 담고는 품위 높은 오디세우스의 맞은편, 반대쪽 벽 앞에 가서 자리를 잡으며, 친구 파트로클로스에게 명하여 신들에게 제물을 태워드리라고 부탁하니, 그는 고기 조각을 불에 던져 넣었다. 이윽고 그들은 눈앞에 차려진 요리에 손을 내밀었다. 마시는 것도 고기를 먹는 것도 이제 충분히 만족하게 되었을 때, 아이아스가 포이닉스에게 눈짓했다. 그것을 오디세우스가 눈치채고 잔에 술을 가득 부어 아킬레우스의 앞에 쳐들면서 말했다.

"감사하오, 아킬레우스여. 아트레우스의 아들 아가멤논의 진영에서나 이 자리에서나 먹고 싶은 음식은 충분히 갖고 있으니 우리는 맛 좋은 음식에는 부족을 느끼지 않소. 그런데 지금 우리 마음에 걸리는 것은 맛있는 요리가 아니고 우리 군대가 매우 중대한 위기에 빠져 있다는 사실이오. 제우스의 양자인 그대 아킬레우스여, 그래서 우리는 가슴 아파하고 있는 것이오. 만일 그대가 방어에 나서주지 않는다면, 훌륭한 갑판이 마련되어 있는 우리 배들이 무사히 남아 있을 건가, 아니면 궤멸하고 말 것인가 알 수 없게 되었소.

그 까닭은 배와 방어벽 바로 가까이에 용감한 트로이 군사와 먼 나라에도 소문이 난 증원군이 야간 경비를 풀어 진중 곳곳에서 무수한 불을 피우고 있기 때문이오. 그런데도 우리는 제지하지도 못하고 있기 때문이오. 적은 곧 검은 배에 덤벼들 생각으로 있는 것이오. 게다가 크로노스의 아들 제우스마저 그들에게 길조를 보여 오른쪽에 천둥을 울리기 때문에, 헥토르는 이것을 기회로 기세도 무섭게 신의 뜻을 빌려 맹렬한 기승을 부리고, 인간이든 신이든 구별할 새도 없이 무서운 광기에 사로잡혀 있소. 그러면서 그는 한시바삐 빛나는 새벽이 오기를 학수고대하고 있소. 그는 배들의 뱃머리 장식을 잘라버리고 기세도 사납게 배는 훨훨 타는 불로 태워 없애며, 게다가 아카이아 군사가 배 옆에서 연기에 취하여 우왕좌왕하는 것을 모두 무찔러 버리겠다고 벼르고 있소. 그러기에 우리는 속으로 신들께서 그의 이 장담을 실현시켜 주시지나 않나, 이제 이 트로이에서 말을 기르는 아르고스로부터 멀리 떨어져 죽는 운명은 아닌가 크게 염려하고 있는 것이오.

그러니 자, 일어서 주시오. 비록 늦더라도, 아카이아의 젊은이들이 트로이군의 진격 소리에 괴로워하는 것을 구해주려는 의지가 있다면.

그대도 나중에 가서 후회할 일이 생길 것이오. 일단 불행이 일어나고 난 다음에는 되돌릴 수 없는 법이니까. 그러니 그 전에 다나오이 군대를 재앙의 날로부터 지켜줄 것을 생각해 주오. 친구여, 그대의 아버지 펠레우스께서는 프디에에서 아가멤논을 위해 그대를 보내시던 그날에 그대에게 당부했소.

'내 아들아, 용기는 신의 뜻에만 맞는다면, 아테나와 헤라가 내려주실 것이다. 그러나 너는 교만해지는 마음을 가슴속에 꾹 눌러놓고 있거라. 상냥한 마음 씀씀이야말로 가장 좋은 일이다. 네가 아르고스 군사의 젊은이들과 노인들에게서 소중한 대우를 받으려면 화근이 되는 다툼으로부터는 손을 떼도록 하여라.'

이렇게 아버지가 훈계하신 것을 잊었던 모양이구려. 그러니 지금부터라도 마음을 고쳐 가슴을 괴롭히는 노여움을 버리시오. 아가멤논은 그대가 노여움을 가라앉히면 그 대신 이런 물품을 보내겠다고 하셨소. 아가멤논이 진영에서 보내겠다고 한 물건들에 관해 좀 들어보게나. 내가 열거할 테니까. 먼저 아직 불에 얹어보지 않은 큰 솥 일곱 개, 황금 추 열 개, 번쩍이는 작은 솥 스무 개, 그리고 준마 열두 마리, 그것도 경주에서 우승한 늘씬한 말들이오. 아가멤논의 이 말들이 경주에서 탄 상품들, 그토록 많은 재물을 차지하는 사나이는 결코 전리품이 부족하다거나 귀중한 황금을 차지하지 못했다는 말을 듣지 않을 것이오. 이 밖에 뛰어난 수예 솜씨를 가진 여자 일곱 명도 딸려 보낼 것이오. 레스보스의 여자로 그가 레스보스를 공략했을 때 골라낸 여자들 중에서도 인물이 뛰어난 여자들이며, 더욱이 그 가운데서는 그전에 그가 빼앗아 온 브리세이스도 끼여 있을 것이오. 게다가 굳은 맹세로 말하기를, 그는 세상의 관습이긴 하지만 자신은 그 여자의 잠자리에 든 적도 없고 서로 말을 나눈 적도 없다고 하오.

그대는 이 모든 것을 받을 것이오. 그리고 만약에 신들이 우리에게 프리아모스의 위대한 도시 일리오스를 공략하도록 허락해 주신다면, 전리품을 우리 아카이아 군대가 나누어 가질 때 한몫 끼게 하여 배를 청동과 황금 그릇으로 가득 채워 돌아가도 좋을 것이오. 또 트로이의 여자 중에서 아르고스 태생인 헬레네 다음으로 뛰어나게 인물 고운 여자들을 스무 명쯤 손수 골라도 좋소. 그리하여 논밭이 특히 기름진 아카이아의 아르고스로 돌아간 다음에는, 늦게 태어나 사치스럽게 자란 오레스테스 왕자와 동등한 명예를 주어 왕의 사위가 될 것이오. 왕에게는 훌륭한 저택 안에 크뤼소데미스와 라오디케와 이피아낫사라는 세 딸이 있소. 이 세 사람 중에서 누구든 원하는 공주를, 약혼 예물을 받지 않고 정실로서 펠레우스의 집으로 데려가게 한다는 말씀이시오. 게다가 여태까지 어느 누구도 출가하는 딸에게 일찍이 딸려 보낸 적이 없을 만큼 많은 지참금을 줄 것이라 하오.

먼저 선물로 보낼 훌륭한 구조의 도성은 일곱 군데, 바로 카르다뮐레, 에노페, 목초가 풍부한 히레, 성스러운 페라이, 그리고 목장의 풀이 우거진 안데이아, 아름다운 아이페이아와 포도 덩굴이 무성한 페다소스가 그것이오. 모두 바다에 가깝고 모래언덕이 많은 필로스의 경계 가까이에 자리잡고 있으며, 주민들은 많은 새끼양과 암소를 갖고 있소. 그들은 그대를 신처럼 숭배하여 공물을 바칠 것이고 그대의 주권 아래 올바른 규율을 지켜나갈 것이오.

그대가 화를 풀어준다면 이 모든 약속을 실행하시겠다는 말씀이오. 그대가 아트레우스의 아들 아가멤논을, 그와 그의 선물을 진심으로 싫어하고 미워한다 하더라도, 지칠 대로 지쳐 괴로워하고 있는 아카이아 병사들을 가엾게 생각해 주시오. 모든 아카이아의 병사들이 그대를 신처럼 존경할 것이오. 정말 그대는 대단한 공훈을 세울 수 있을 테니까요. 이제야말로 헥토르를 쓰러뜨릴 수 있을 것이오. 그자는 저주받은 광기에 사로잡혀 이 땅에 배를 타고 온 다나오이 군대 가운데, 누구 하나 자기를 이겨낼 자가 없다 생각하고 그대 바로 옆에까지 바싹 다가올 테니까."

이에 걸음이 빠른 아킬레우스가 대답했다.

"제우스의 후예인 라에르테스의 아들, 계략에 능한 오디세우스여. 분명하게 내가 생각하고 있고 또 실행하게 될 일들에 관해 할 말은 해야 되겠소. 그러니 이제 번갈아 옆에 와서 권유하는 것만은 그만두시오. 나에게는 그가 지옥의 문과 마찬가지로 싫은 인간이오. 가슴에 품고 있는 생각과 하는 말이 다른 사나이니까. 아무튼 나는 내가 최선이라고 생각하는 것을 이야기하리다. 아트레우스의 아들 아가멤논은 나를 도저히 설득할 수 없을 것이오. 다른 다나오이 사람들도 마찬가지요. 아무리 내가 쉴 새 없이 적군과 결전을 벌여도 조금도 고맙게 생각하지 않더군요. 뒷전에 처져 있건, 앞에 나가 열심히 싸우건 대우는 똑같았소. 겁쟁이도, 뛰어나게 용기 있는 자도 아무런 차별 없이 똑같이 평가되었소. 게으름을 피워도, 많은 공을 세워도 죽고 나니 모두 같더이다.

나는 언제나 내 목숨을 내놓고 싸워왔지만 오히려 마음에 고통을 받았을 뿐 아무런 보답이 되지 않았소. 마치 아직 날개도 안 난 새끼새를 위해서 어미새가 보는 대로 먹이를 모두 날라다 주고 자신은 야위어 가듯이, 나도 몇 날 몇 밤이나 한숨도 자지 못한 데다가 낮은 낮대로 피비린내 나는 날을 아침부터 밤까지 싸웠었소. 그것은 결국 아가멤논의 무사들과 그 부인들을 위해서 싸운 셈이오. 실제로 내가 배를 이끌고 공략한 도시는 열둘이나 되오. 육로로도 이 토지가 기름진 트로이에서만도 열한 번은 될 것이오. 그 모든 도시에서 나는 많은 훌륭한 재물을 빼어와서 모두 아트레우스의 아들 아가멤논에게 넘겨주었소. 그것을 그놈은 뒤에 앉아 기다리다가 재빠른 배 옆에서 받아서는 거의 다 차지했소.

그런데 다른 대장이나 영주들에게 분배한 상품은 그대로 모두 그들이 갖고 있지만, 아카이아군 중에서도 나한테서만 다시 빼앗아 가서 내 마음에 든 그 여인을 붙잡아 놓고 있는 것이오. 그 여자와 실컷 밤에 재미나 보라지. 그런데 무엇 때문에 아르고스 군대가 트로이군과 싸워야만 했소? 그야말로 머리결도 아름다운 헬레네 때문이 아니었소? 그렇다면 생각하는 인간 중에서 아내를 사랑하는 것은 아트레우스의 두 아들뿐이란 말이오? 천만에. 용감하고 분별 있는 사나이라면 모두 자기 아내는 귀엽고 사랑스러운 법이오. 그것은 내 경우에 있어서도 같소. 비록 창으로 빼앗은 여자이기는 하나 그것을 진정으로 귀엽게 생각하고 있는 것은 마찬가지란 말이오. 그러니 새삼 내 손에서 상으로 준 그 여자를 다시 빼앗아 가서 나를 속인 이상, 이제는 더 나를 어지럽히러 오지 말아주시오. 속이 빤히 들여다보이오. 승낙은 하지 않을 작정이오.

그러므로 오디세우스여, 그는 그대와 다른 영주들과 의논해서 활활 타는 불에서 함선들을 지킬 궁리나 하는 것이 좋을 것이오. 아마 내 힘을 빌리지 않고도 힘든 일을 무척 많이 할 수 있을 것이오. 이를테면 저 방어벽을 둘러치고 그 주위에 폭이 넓은 큰 참호를 파서는 그 속에 말뚝까지 박아놓지 않았는가. 그러나 그것조차도 무사를 죽이는 헥토르의 용맹을 누를 수는 없소. 하지만 내가 아카이아 군사와 함께 싸우고 있을 때는 헥토르 따위가 성벽을 멀리 떠나와서 싸운다는 생각은 아예 엄두도 못 냈으며, 스카이아 문이나 떡갈나무 근처까지밖에 나오지 못했소. 언젠가 거기서 그는 나를 홀로 기다리고 있다가 간신히 나의 칼을 피할 수 있었지.

그런데 나는 이제 헥토르와 싸울 생각은 조금도 없으니, 내일이라도 제우스와 모든 신에게 제물을 바친 다음, 내 함대에 충분한 짐을 싣고 바다에 밀어내리다. 그때야말로 그대가 주의를 기울인다면 아침 일찍이 물고기가 헤엄치는 헬레스폰토스로 나의 배가 돛을 올리고 향하는 것을 보게 될 것이오. 나의 부하들이 열심히 저어나갈 것이오. 그리하여 이름도 드높은 대지를 뒤흔드는 포세이돈이 순탄한 항해를 허락해 주신다면 사흘째에는 땅이 기름진 프티아에 닿을 수 있게 될 것이오.

그 땅에는 이리로 떠나올 때 두고 온 물건이 가득 있소. 게다가 황금이며 아름다운 띠를 맨 여자들이며, 회색 강철, 나누어 준 것은 모두 가져가리다.

그러나 공훈의 상품은 준 자가 억지를 써서 다시 빼앗아 갔소. 저 아가멤논 왕, 아트레우스의 아들 그 사람이 말이오. 그러니 그에게 지금 내가 한 말을 모두 똑똑하게 전해주시오. 만일 또다시 그가 다나오이 군사의 누군가를 속이려 든다면, 다른 아카이아인들도 화를 내어 대항하는 것이 좋을 것이오. 언제까지나 수치를 모르는 얼굴에 가죽을 덮어쓴 사나이니까. 비록 그가 개 같은 근성이라도 설마하니 나를 똑바로 쳐다보지는 못할 것이오.

그리고 앞으로 어떤 의논을 들고 오더라도 나는 응하지 않을 것이오. 나를 완전히 속였으니 협력도 하지 않을 참이오. 두 번 다시 그 감언이설에 넘어가지 않을 것이오. 한 번으로 충분하오. 한껏 마음대로 하라고 하라. 전지의 신 제우스가 그놈의 분별심을 거두어 버리셨으니까. 그리고 그가 주는 선물은 모두 거절하겠소. 티끌만큼도 개의치 않겠소. 설혹 지금 그가 가진 모든 것을 열 배, 스무 배로 늘려주더라도 나는 싫소. 또 어디 다른 데서 가져온 것이라도, 오르코메노스*2에 바치는 공물이건, 아이귑토스의 테바이의 보물, 그 집집마다 엄청나게 많은 재물을 간직하고 백 개의 성문이 있으며, 그 문마다 이백 명의 무사들이 말과 수레를 끌고 와서 실어 나른다는 그 도시건 다 싫소. 또 바닷가의 모래알, 한길의 먼지만큼 많이 가져오더라도 나에게 분노의 감정을 갖게 한 그 오만불손함에 대한 보복을 하기 전까지는 아가멤논은 나를 설득시킬 수 없을 것이오.

게다가 아트레우스의 아들 아가멤논의 딸 따위를 아내로 맞이할 생각은 없소. 설혹 그 인물이 황금의 아프로디테에 못할 바 없고, 그 수예 솜씨가 빛나는 눈의 아테나와 비견된다 하더라도 결코 아내로 삼지 않겠소. 다른 아카이아 사나이를 고르는 것이 좋을 것이오. 그자에게 알맞고 나보다 지위가 높은 자를 말이오. 만일 신들이 무사히 나를 수호해 주셔서 고향에 돌아가게 된다면, 아마 틀림없이 아버지 펠레우스가 직접 좋은 아내를 구해주실 테니까. 온 헬라스에, 온 프티아에 아카이아의 딸들은 많소. 도성이며 보루를 갖고 있는 훌륭한 군주들의 딸도 많고. 누구든 마음에 드는 여자를 아내로 맞을 것이오. 그곳에 있을 때 내 늠름한 마음은 나더러 알맞은 배우자를 구하여 정식으로 결혼해 노인 펠레우스가 갖고 있는 재산이나 즐기며 살아가라고 어지간히 졸

*2 보이오티아의 옛 도시로 미니아스의 보고로서 이름이 나 있었다.

라댄 일도 있었지. 나로서는, 번화한 도시 일리오스가 간직하고 있다고 사람들이 말하는 그 보물 모두와도 목숨만은 바꿀 수 없는 일이니까. 그 옛날 평화로운 시절에 아카이아 병사들이 오기 전부터 그들이 갖고 있던 것이든, 활의 명수 포이보스 아폴론의 바위만으로 된 퓌토의 신전에 돌로 문지방을 쌓은 곳간 안에 단단히 저장해 둔 보물을 모두 준다고 하더라도.

왜냐하면 소나 살찐 양 따위는 다시 약탈해 올 수도 있을 것이고, 세발솥이나 밤색 말도 몇 마리이든 다시 살 수 있겠지만, 무사의 생명은 한 번 튼튼한 성벽 밖으로 나가버리면 두 번 다시 불러올 길도 없고, 빼앗아 올 수도, 다시 사들일 수도 없는 것이오. 내 어머니인 여신, 은빛 발을 가진 테티스가 내게 말씀하시기를, 두 가닥으로 갈라진 운명이 마지막 한계로까지 나를 이끌어 갈 것이라고 하셨소. 만일 이대로 머물러 트로이인의 도시를 노리고 싸운다면 귀향의 기회를 놓치는 대신 불멸의 영예를 차지하겠지. 만일 고향으로 돌아가서 그리운 조국의 땅을 밟을 때는 드높은 명예는 없어지는 대신 내 수명은 길어질 것이고, 그리 빨리 마지막 한계에 이르지는 않을 것이오.

그러므로 나는 다른 사람들에게도 권하고 싶소. 도저히 그대들은 치솟은 일리오스 성의 최후는 볼 수 없을 것이오. 그러므로 고향으로 돌아가는 편이 좋을 것이라고. 멀리 천둥 울리는 제우스가 트로이 사람들 위에 강력한 가호를 내리셔서 병사들의 사기도 충천하고 있으니까. 그대들은 지금부터 돌아가서 아카이아군의 대장들에게 똑똑히 내 대답을 전해주시오. 그것이 원로들의 역할이니까. 훌륭한 함선들과 아카이아군 병사들을 속이 빈 배 사이에서 구할 좀더 다른 궁리를 해보란다고. 아무튼 지금의 이 책략은 내가 받아들이지 않으므로 아무런 소용도 없을 테니까. 그런데 포이닉스는 이대로 나한테 머물러 있도록 하시오. 만약에 그대가 그럴 생각이라면 내일 함께 배에 올라 그리운 고향에 따라가도록 하시오."

이렇게 말하니 모두 그 말투에 질려버려서 한결같이 입을 다물고 말았다. 그토록 그는 단호하게 거절하고 만 것이다.

잠시 뒤 겨우 늙은 기수 포이닉스가 철철 눈물을 흘리면서 입을 열었다. 그는 아카이아군의 함선들에 대한 걱정이 이만저만이 아니었다.

"영광에 빛나는 아킬레우스여, 그대가 분노에 몸을 맡긴 결과 귀국할 것을 진지하게 생각하고, 배를 불사르는 파괴적인 불길로부터 구해주기를 거부한다면, 사랑하는 젊은이여, 어떻게 이제 와서 그대와 헤어져 이 땅에 혼자 남아 있겠소? 나이 많은 기사 펠레우스가 프티아에서 그대가 아가멤논 곁으로 보내던 그날, 나를 그대에게 딸려 보내셨소. 그대는 그때 어린 소년에 불과했고, 무사가 높은 영예를 차지하는 장소인 처참한 싸움터에서나 회의 석상에서나 아무것도 몰랐기 때문에 그분은 나를 딸려 보내시며 그것을 모두 가르치라고 하셨소. 화술과 행동에 있어서 숙달한 인물이 되도록 말이오.

그러니 사랑하는 젊은이여, 이제 와서 그대 뒤에 혼자 처져 남아 있다니 어림도 없는 일이오. 설혹 신께서 그 옛날 내가 처음으로 나의 아버지 오르메노스의 아들 아뮌토르와의 갈등을 피하여 인물 고운 여자들이 많이 사는 헬라스를 떠나올 무렵처럼, 일부러 내 노년의 껍질을 벗겨 혈기에 찬 젊은이로 만들어 주신다고 하더라도 말이오. 내 아버지는 머리결도 아름다운 첩 때문에 나에게 매우 화를 내었소. 아버지가 그 여자만 귀여워하고 아내인 나의 어머니를 모욕했기 때문에, 어머니는 늘 내 무릎에 매달려서 그 첩이 늙은이를 싫어하도록 그녀를 손에 넣으라고 애원하신 거요. 나는 승낙하여 그렇게 했었소. 그런데 아버지는 곧 눈치채고 복수의 여신들을 불러내어 마구 저주를 하셨소. 앞으로 절대 자기 무릎에 내가 낳은 귀여운 손자를 앉히지 말아달라고. 그리하여 여러 신들이, 지하의 제우스와 송구스러운 페르세포네가 그 저주를 실현시켜 주었다오.

나는 아버지를 날카로운 청동 칼로 죽여버리려 했으나, 누군가 불사의 신 한 분이 이 울화를 누르시고 아카이아인들 사이에서 아버지를 죽인 자라는 소리를 듣지 않게끔 내 마음에 백성들의 소문이라든가 많은 사람들의 질책과 비난이 떠오르게 해주셨소.

그 무렵 나는 아버지가 화를 내고 있는데 집 안에 우물쭈물 앉아 있을 생각은 조금도 없었지만, 집안사람들과 친척들이 너 나 할 것 없이 모두 열심히 나를 달래며 집 안에 붙들어 놓았다오. 그리하여 몇 마리나 살찐 양과 다리를 굽혀 걷는 뿔 굽은 황소가 도살되고, 또 몇 마리나 기름진 수퇘지가 털을 태우기 위해 헤파이스토스의 불꽃 위에 뉘어지곤 했었소. 또 늙은 아버지의 사기항아리에 든 술도 많이 마셨소. 아흐레 밤을 모두 내 옆에 붙어 앉아 서로 번갈아 감시를 하면서 한 번도 불을 꺼뜨리지 않고 밤을 새웠다오. 단정하게 울타리를 둘러친 안마당으로 이어진 주랑 밑에, 혹은 안방 문앞에 있는 행랑방

안에 불을 피워대면서 말이오.
그러나 열흘째 밤이 되었을 때, 어둠을 타고 나는 튼튼하게 만든 안방 문을 부수고 빠져나왔소. 안마당의 울타리도 쉽게 뛰어넘어 경비하는 사나이와 하녀들의 눈도 감쪽같이 속이고서 말이오. 그러고는 드넓은 헬라스를 이리저리 숨어다니다가 마침내 땅도 기름진 양 떼의 어머니라고 일컬어지는 프티아로 와서 펠레우스 주군에게 의지하게 된 것이오. 주군께서는 쾌히 나를 맞아 융숭하게 대접해 주셨소. 마치 친아버지가 자기 자식을 귀여워하듯이, 많은 재산을 물려줄 늦게 태어난 외아들에게 대하듯이 아껴주셨다오. 게다가 나에게 재물을 주시고 많은 주민들을 나누어 주셨소. 그리하여 나는 프티아의 국경에 살면서 돌로페스의 주민들을 다스려 왔던 것이오.
그리고 그대를 진정으로 귀여워하며 이렇게 키워 놓았소. 신과도 같은 아킬레우스여, 그대는 다른 사람들과 연회에도 잘 나가려 하지 않았고, 집 안에서 음식을 차렸을 때도 내가 그대를 무릎에 안아올려서 요리한 고기를 잘게 찢어서 먹이고 잔을 채워서 들려줄 때까지는 자기 손으로 먹으려 하지 않는 성미였소. 그런 형편이었으니 성가신 어린이가 으레 그러하듯이 포도주를 입에서 흘려 내 속옷 가슴팍을 적셔놓은 적이 몇 번이던가. 결국은 신들이 내게는 자식을 점지하시지 않을 것임을 알고 있었기 때문에 이렇게 그대를 위해서는 꽤나 힘도 들이고 고생도 했소. 그러니 신과도 같은 아킬레우스여, 그대를 내 자식처럼 여기고 언젠가는 무서운 재난으로부터 나를 구해주리라고 생각하고 싶소.
아킬레우스여, 오만스러운 분노는 억제해 주오. 결코 인정 없는 마음을 가져서는 안 되오. 위엄과 지위와 힘에서 인간보다 훨씬 뛰어난 신들조차도 굽히고 참는 일이 있는 법이오. 실수나 죄를 저질렀을 때는 그 신들에게 향과 지성의 서원, 마실 것, 혹은 구운 고기의 제물을 갖추어 놓고 인간들은 빌며 도움을 구하는 것이 보통이오. 왜냐하면 사리(事理)의 여신 리타이는 제우스의 따님이기는 하나 절름발이인 데다가 얼굴에는 주름이 잡히고 두 눈이 사팔뜨기여서, 미망(迷妄)의 여신 아테 뒤를 따라다니면서 뒷바라지를 하는 것이 일이기 때문이오. 그런데 아테는 힘도 세고 걸음도 빨라 누이인 리타이를 저만큼 뒤에 처지게 하고는 재빨리 달려가 곳곳에서 선수를 쳐 인간들에게 화를 미치더란 말이오. 그래서 사리의 여신은 뒤에 따라가 그 뒤처리를 하고 돌아다니는 것이오.

그러니 인간이 바로 옆에 온 이 제우스의 따님들을 두려워하고 공경한다면, 그 사람에게 커다란 이익을 주고 기도도 들어주는 것이 보통이오. 그러나 이 신들을 모욕하고 경멸하여 냉정하게 쫓아버리는 자에게는, 여신들이 크로노스의 아들 제우스에게 미망의 여신이 따라다녀서 잘못을 범하게 함으로써 보복을 해달라고 부탁하게 되는 거요. 그러니 아킬레우스여, 이 제우스의 따님들에게 무례한 짓을 하지 말도록 해야 하오. 누구나 훌륭한 사람은 마음을 누르고 참는 법이오. 만일 아트레우스의 아들이 선물도 보내지 않거나 아니면 나중에 보내겠다는 말도 전혀 하지 않는다면, 그래서 여전히 화를 내고 있는 것이라면 아무리 여러 사람들이 바라고 있더라도 나는 결코 그대에게 분노를 버리고 아르고스 군사를 도우라는 소리를 하지 않겠소. 그러나 지금은 당장에라도 많은 선물을 보내겠다고 할 뿐 아니라 나중 일도 여러 가지로 약속을 하면서, 아카이아의 모든 군대 중에서 대장들까지 간청의 사절로, 그대가 보기에 아르고스인들 가운데서 가장 친한 사람들을 골라 보내지 않았소. 그러니 그 사람들의 말이나 노고를 모욕해서는 안 된단 말이오. 전에는 화를 내더라도 별로 비난받을 이유가 없었소.

하지만 옛 영웅들의 무훈에 관한 이야기에 전해 내려오는 바에 따르면, 제아무리 무섭게 화가 났더라도 그들은 선물을 보내오면 마음을 누그러뜨려 달래는 말에 귀를 기울였다고 하오. 나는 그러한 일들을 하나하나 전부터 알고 있었소. 결코 새로운 이야기는 아니나 마음속에 간직했던 이야기들을 친구들인 여러분들에게 들려드리기로 하겠소.

쿠레테스족과 용맹스러운 아이리아인들이 칼뤼돈이란 도시를 사이에 두고 싸우면서 서로 살육을 계속하고 있었소. 아이톨로이는 아름다운 칼뤼돈을 지키려 했고 쿠레테스는 이를 공격해서 이 도시를 전쟁으로 황폐하게 만들기를 바라고 있었소. 그것은 황금의 아르테미스 여신이 화가 나는 일이 있어서 그들의 머리 위에 재앙을 내렸기 때문이었소. 왜냐하면 오일레우스가 신에게 올리는 추수 제물을 바치는 제사를 비탈진 밭에서 지내지 않았기 때문이오. 다른 신들에게는 큰 제물들이 바쳐졌지만, 잊었던지 아니면 깨닫지 못했던지 오직 한 분 제우스의 따님인 아르테미스에게만 바치지 않게 되었소. 그리하여 큰 실수를 저지르고 말았던 거요.

활을 쏘는 여신은 이 실수에 화가 나서 야생의 사나운 멧돼지 한 마리를 보내셨소. 그 멧돼지가 오일레우스의 밭에 가서 행패를 부렸소. 그 멧돼지는 큰 나무들을 몇 그루나 뿌리째 뽑아 밭에 쓰러뜨렸으며, 과수원에 가서는 꽃이 달린 채로 몇 그루나 되는 나무를 뽑아버리곤 했다오. 그놈을 오일레우스의 아들 멜레아그로스가 여러 나라 여러 도시에서 사냥을 담당하는 무사들과 개들을 불러 모아 간신히 죽였었소. 적은 인원으로는 도저히 죽일 수가 없었던 것이오. 그토록 큰 멧돼지였으니 많은 사람들을 안타까운 화장터로 보내기도 했소. 그런데 여신은 이 소득을 에워싸고, 다시 말해 멧돼지의 대가리와 거센 털이 난 가죽을 놓고 쿠레테스와 의기왕성한 아이톨리아 사이에 대단한 소동과 싸움을 일으켜 놓았던 것이오.

그런데 군신 아레스의 사랑을 받는 멜레아그로스가 싸움터에 나가 있는 동안에는 적인 쿠레테스의 형세가 좋지 않아 수만 많았지 자기 도시의 성벽 밖으로 나가서는 싸움을 견뎌내지 못했소. 그러다가 가슴속을 부글부글 끓게 하는 대단한 분노가 사려 깊은 멜레아그로스를 사로잡고 말았소. 바로 그는 자기 어머니 알타이아*3에게 화가 나서 아름다운 아내 클레오파트라 옆에만 붙어앉아 싸움에는 나가지 않고 세월을 보내게 되었더란 말이오.

이 여자는 에우에노스*4의 딸인 복사뼈가 아름다운 마르펫사와 이다스와의 사이에 태어난 딸이었으며, 아버지 이다스는 그 무렵 이 세상에 사는 인간 가운데서 가장 강하여 복사뼈가 아름다운 처녀를 위해 포이보스 아폴론에게까지 대항해서 활을 든 사람이라오. 그들 사이에 태어난 딸을 집에서 부모들이 별명으로 알퀴오네라고 부른 것은, 그 어머니가 궁술의 신 포이보스 아폴론에게 납치되었을 때 알퀴오네의 슬픈 운명을 탄식하며 울었기 때문이었소.

그는 아내 곁에 누워 가슴을 죄어대는 분노에 심기가 불편했는데, 어머니가 그에게 건 저주 때문에 화가 나서였다오. 그의 어머니가 자기 오라버니가 살해된 것을 밤낮으로 한탄하며 여러 신에게 기도를 한 것이오. 그리하여 기름진 땅을 몇 번이나 두 손으로 두들기며 하데스와 세상에도 무서운 페르세

*3 멧돼지 머리와 털가죽 때문에 멜레아그로스는 외삼촌을 죽이고, 어머니는 아들을 저주하여 그의 죽음을 신에게 빈다.

*4 아이톨리아의 영주로 군신 아레스의 아들이라고 한다. 나중에 강에 몸을 던져 죽어서 그의 이름이 강 이름이 되었다.

포네[*5]의 이름을 불러대면서 땅바닥에 무릎을 꿇고 앉아 있었는데, 앞가슴을 눈물로 축축이 적신 채 아들에게 죽음을 내려달라고 빌어대는 소리를 어둠의 밑바닥에서 몽연한 기운 속을 거닐고 있던 복수의 여신이 귀담아들은 것이오.

그런데 그때 성문 근처에서는 큰 소동이 일어나 망루를 향해 적군이 공격하는 소리가 왁자하게 일었소. 아이톨리아의 장로들은 사제들을 골라서 사절로 보냈고, 그에게 밖으로 나와서 막아달라고 많은 선물을 약속하면서 간청하게 했소. 바로 아름다운 칼뤼돈의 평야 중에서 땅이 기름지고 가장 두드러지게 좋은 장소를 골라 가지라고 제의한 것이오. 그 절반은 포도밭, 나머지 절반은 아무것도 심지 않은 밭을 골라 가지라고 말이오. 그리고 나이 많은 기사 오일레우스도 지붕이 높다란 안채 문앞에 서서, 빗장을 지른 나무 문을 몇 번이나 두들겨대면서, 심지어 아들에게 무릎을 꿇으면서까지 애원했소. 그리고 몇 번이나 누이와 어머니까지 탄원을 했지만, 그는 점점 더 고집을 피우며 차갑게 거절하고 말았소. 또 많은 친구 중에서 특히 사이좋고 마음 맞는 사람들이 번갈아 찾아와서 간청을 해도 그의 마음을 움직일 수는 없었다고 하오. 그리하여 마침내 안채에까지 화살이 맹렬히 날아와 꽂히고, 망루에는 적 쿠레테스가 기어올라와서 거리에 불을 지르기 시작하지 않았겠소.

이때 마침내 멜레아그로스에게 아름다운 띠를 맨 그의 부인이 눈물에 젖어 사정하면서, 함락된 도시에 사는 사람들이 얼마나 모진 꼴을 당하는지 말했소. 남자들은 모두 학살당하고, 보루도 거리도 모두 재가 되고, 아이들과 띠를 단단히 맨 여자들은 이방인에게 끌려가게 된다는 것을 자세히 설명해 주었던 거요. 이 처참한 이야기를 듣자 차츰 멜레아그로스의 마음도 움직이기 시작하여 마침내 일어나서 아름답고 화려한 갑옷을 몸에 둘렀소. 이렇게 하여 스스로 나서서 결국 이겼고, 아이톨리아 사람들을 위해 재앙의 날을 막아주었소. 하지만 그때는 그들이 많은 선물을 그에게 주지 않았으니, 그는 훌륭한 선물은 받지 못하게 된 채 그저 재앙만 막아주고 만 셈이었소.

그러니 그대도 그러한 마음을 결코 가져서는 안 되오. 또 행여 마음이 악에 홀려서도 안 되오. 만일 함선에 불이 붙으면 방어하기는 점점 더 어려워질 것

---

*5 명부의 왕 하데스의 아내.

이오. 그러므로 선물이 약속되어 있는 동안에 나아가는 것이 좋겠소. 아카이아 군대는 그대를 신과 다름없이 떠받들게 될 테니까. 만약 그대가 선물도 없이 전사를 죽이는 싸움에 들어간다면, 그때 가서 아무리 힘껏 싸우더라도 같은 영광을 누리지는 못할 것이오."

이에 걸음이 빠른 아킬레우스가 대답했다.

"포이닉스여, 제우스의 비호를 받는 노인이여, 나는 그러한 영광은 갖고 싶지도 않소이다. 제우스가 주신 운명으로 이제 충분히 영광을 받았다고 생각하니까. 굽은 뱃머리 옆에서 이 가슴에 목숨이 붙어 있는 한, 이 무릎이 일어설 수 있는 한 그 운명을 받아갈 참이오. 그런데 그대에게 달리 할 말이 있소. 잘 기억해 두기 바라오. 이 이상 더 한탄하면서 우는소리를 늘어놓고 아트레우스의 아들 아가멤논에 대한 충성으로 내 마음을 괴롭히는 일은 말아주시오. 그대가 그자에게 마음을 다해야 할 까닭은 없으니까. 그런 일로 호의를 갖고 있는 나한테서 외면당해서는 안 되오. 그보다는 나와 함께 나를 성가시게 하는 자를 괴롭게 해주는 편이 나을 것이오. 그럼 이 사람들이 내 대답을 전달할 테니까, 그대는 이대로 여기 남아 부드러운 잠자리에서 쉬도록 하시오. 그리고 새벽빛이 비치기 시작하거든 고향을 향해서 돌아가든가 남아 있든가 의논하도록 합시다."

이렇게 말하고 그는 다른 사절들이 그의 막사에서 돌아갈 생각을 갖도록 파트로클로스에게 눈짓하여 포이닉스를 위한 편안한 잠자리를 준비시켰다. 이에 텔라몬의 아들로 신과도 같은 아이아스가 모두에게 말했다.

"제우스의 후예인 라에르테스의 아들, 지혜로운 오디세우스여, 자 돌아갑시다. 아무래도 오늘의 이 방문으로는 우리가 찾아온 목적을 이룰 수 없을 것 같소. 이렇게 되면 빨리 이 상황을 다나오이 군대에게 전해주는 것이 중요하오. 좋은 소식은 아니지만, 지금쯤 모두 기대를 걸고 기다리고 있을 테니까. 아킬레우스는 고매한 그의 마음을 증오심으로 채워 고집스럽게도 생각을 돌리려고 하지 않는구려. 우리가 다른 사람에 도저히 미치지 못할 만큼 그를 소중히 대접해 온, 벗들의 우의조차 조금도 생각지 않는다는 것은 무정한 행동이오. 세상에는 형제를 죽인 사람한테서조차, 또 죽은 자기 아들에 대해서조차 보상금을 받고 용서해 준 예가 얼마든지 있소. 그 살인자가 많은 보상금을 지불하고 그 고장에 그대로 머물러 있으면 살해당한 측도 보상금을 받고 분한 마음을 가라앉혀 감정을 억제하고 물러앉는다오. 그러나 신들은 그대의 가슴 속에, 그것도 단 한 사람의 여자 때문에 용서를 모르는 증오심을 불어넣으셨소. 그러나 우리가 이제 일곱 명의 가장 좋은 여자들을 골라주고 많은 물품과 함께 선물하는 것이니까, 그대도 굽혀서 마음을 누그러뜨려 그대 집을 찾아온 손님에게 고개를 숙여주시오. 다나오이 군대 속에서 선발되어 온 우리는 지금 이 지붕 밑에 그대 곁에 와 있을 뿐 아니라, 누구보다도 그대를 마음으로 소중하고 친근하게 생각하고 있는 것이오. 모든 아카이아 군대 속에서도 특별히 말이오."

이에 걸음이 빠른 아킬레우스가 대답했다.

"제우스의 후예로 텔레몬의 아들인 아이아스여, 병사들의 우두머리인 그대는 모든 것을 내 생각대로 이야기해 준 것 같소이다. 그래도 나의 마음은, 노여움으로 부풀어 오른 그때의 일을 생각할 때마다, 아르고스 군사의 신전에서 아트레우스의 아들이 나를 모욕하며 폭언을 토한 그때의 일을, 마치 들강아지처럼 나를 다루던 일을 잊을 수가 없소. 아무튼 그대들은 돌아가서 나의 대답을 그대로 전해주시오. 나는 피투성이 싸움에 나갈 생각이 전혀 없다고. 지혜로운 프리아모스 왕의 아들인 저 용감한 헥토르가 그야말로 내 부하 미르미돈 등의 진영과 배 근처에까지 아르고스 군사를 무찌르며 다가와서 배를 불로 새까맣게 그을려 놓기 전에는 말이오. 그러나 내로라하는 헥토르도 나의 이 막사와 검은 배 옆에서는 제아무리 전쟁에 갈증이 났더라도 물러날 것이오."

이렇게 말하니 사절들은 두 귀가 달린 잔을 들어 신들에게 올리고는 오디세우스를 앞세우고 늘어서 있는 배를 따라 되돌아갔다. 한편 파트로클로스는 전우들과 시녀들을 시켜서 포이닉스를 위해 급히 든든한 침상을 마련하게 했다. 여자들은 시키는 대로 잠자리를 깔고 그 위에 양털 이불과 무명 시트, 그리고 촘촘히 짠 마직천 등을 덮었다. 그래서 노인은 여기에 누워 빛나는 새벽이 오기를 기다렸다.

한편 아킬레우스는 견고하게 꾸민 막사 안쪽에서 잠자리에 들었다. 그 옆에는 그가 전에 레스보스에서 데리고 온 여자, 포르바스의 딸로서 두 볼이 아름다운 디오메데가 같이 누웠다. 그 건너편에는 파트로클로스가 자리에 누웠는데, 그 곁에는 아름다운 허리띠를 맨 이피스가 잤다. 용감한 아킬레우스가 에뉘에우스의 도시인 험난한 스퀴로스를 함락시킨 뒤 그에게 준 여자였다.

사절들이 아트레우스 아들의 막사에 돌아오자, 아카이아의 병사들은 황금잔을 들며 그들을 맞이했다. 여기저기서 일어나 잔을 내밀며 묻는 중에서도 먼저 무사들의 군주 아가멤논이 물어보았다.

"말해다오, 아카이아 군대의 커다란 영예인 존경할 오디세우스여, 아킬레우스는 활활 타는 불을 우리 배에서 멀리 격파해 줄 의사가 있는가? 아니면 아직 분노가 그의 마음을 누르고 있어서 거절했는가?"

이에 참을성 많고 용감한 오디세우스가 말했다.

"최고의 영예를 가지신 아트레우스의 아들, 무사들의 군주이신 아가멤논이여, 그 사나이는 도무지 분노를 가라앉히려 하지 않고 오히려 한층 더 격해지며, 군주님의 뜻도 선물도 아예 받으려 하지 않습니다. 군주님이 직접 아르고스 군대 사이에서 어떻게 하면 배와 아카이아 군사를 무사히 방어할 수 있는가 궁리하라고 말합니다. 그리고 자신은 새벽빛이 비치기 시작하면 당장 노젓는 자리도 훌륭한, 뱃머리가 굽은 배들을 바다에 띄우겠다고 했습니다. 그뿐 아니라 다른 사람들에게도 배를 타고 고향으로 돌아갈 것을 권하고 싶다고 말했습니다. '결코 그대들은 치솟은 일리오스 성의 최후를 볼 수는 없을 것이다. 멀리 천둥을 울리는 제우스가 일리오스 성 위에 보호의 손길을 뻗으셔서 적군의 사기도 매우 높기 때문이다' 말했습니다. 여기 있는 사람들도 같이 간 아이아스와 두 사람의 전령과 함께 내 말을 증명할 것입니다. 두 사람 다 분별 있는 사람들이니. 포이닉스 노인은 그대로 저쪽에서 묵고 있습니다. 내일 아침 희망한다면 배를 타고 그리운 고국으로 따라오라고 아킬레우스가 권했기 때문입니다. 그러나 결코 그를 억지로 데리고 가지는 않을 것입니다."

이렇게 말하니 그 자리에 있던 사람들은 모두 묵묵히 입을 다물었다. 오랫동안 아카이아 사람들은 슬픔에 말을 잃고 있었으나 함성도 씩씩한 디오메데스가 간신히 입을 열어 말했다.

"최고의 영광을 가지신 아트레우스의 아들, 무사들의 군주 아가멤논이여, 그 영예도 드높은 펠레우스의 아들에게 많은 선물을 주면서까지 간청하지 말았어야 할 것을 그랬습니다. 그 사나이는 그렇잖아도 거만한데, 이제 군주께서는 더한층 거만하게 만들어 버렸습니다. 아무튼 이제 그자에게는 개의치 말고 떠나든 머물든 내버려 두도록 합시다. 그 사나이의 가슴속에 있는 감정이 그를 분기시켜, 신이 그를 부추기기만 하면 언제든지 다시 전쟁에 나오게 될 것입니다. 그러니 우선은 여러분들, 제 말씀대로 하지 않으시겠습니까? 지금은 애타는 마음을 먹을 것과 마실 것으로 만족시키고 잠을 자도록 합시다. 그것이 또 힘과 용기가 되는 법이니까. 그러나 아름다운 장밋빛 손가락을 가진 새벽이 빛을 비치기 시작하거든 아트레우스의 아들이여, 즉각 병사들과 말을 재촉하여 배 앞으로 내보내 주십시오. 그리고 군주님도 몸소 선두 대열에서 싸워주십시오."

그가 이렇게 말하자 영주들도 모두 찬성했다. 말을 길들이는 디오메데스의 말에 의견을 함께한 것이다. 그리고 그 자리에서는 그대로 신들에게 신주를 바친 다음, 저마다 막사로 돌아가 몸을 눕히고 잠이 보내는 선물을 받았다.

제10권

오디세우스와 디오메데스의 모험

아가멤논 왕은 아우 메넬라오스와 함께 병사들을 격려, 참호의 방비를 굳힌다. 그날 밤 모험을 좋아하는 디오메데스는 오디세우스와 더불어 몰래 트로이 진영을 습격하러 간다. 도중에 트로이군의 정찰 돌론을 만나 이를 속이고 트로이군 진영에 침입해 드라키아 왕 레소스의 숙사를 덮쳐 그를 죽인 다음 기마를 훔쳐 도망쳐 나온다.

온 아카이아 군대의 다른 대장들은 배 옆에서 밤새도록 부드러운 잠에 몸을 맡긴 채 정신없이 자고 있었지만 오직 한 사람, 병사들의 우두머리인 아트레우스의 아들 아가멤논만은 기분 좋은 잠에 몸을 맡기지 못한 채 가슴속에서 이 궁리 저 궁리에 골똘해 있었다. 그 모습은 머리채도 아름다운 헤라 여신의 남편인 제우스가, 번개를 치고 형언할 수 없이 큰비나 진눈깨비나 눈을 내리게 하지나 않을까 하여 대비하고 있는 모양과 같았다. 그것은 폭설이 논밭을 휘덮을 때라든가 격렬한 결전의 큰 힘을 겨룰 때라든가 하는 상태와도 같이, 아가멤논은 가슴속에서 몇 번이나 신음 소리를 내며 마음속으로 떨었다.

때마침 멀리 트로이의 평원을 바라보니 무수한 모닥불이 일리오스의 성 앞에서 타오르고 있고, 퉁소와 생황 소리, 그리고 군사들이 마구 떠드는 소리가 들려오고 있었다. 그리고 눈을 돌려 아카이아군의 함대들과 병사들을 바라보면서 그는 몇 번이나 머리를 쥐어뜯으며 괴로워했고 높은 하늘에 있는 제우스를 원망하며 신음했다. 그러다가 마침내 이것이 가장 좋은 방법이라고 마음속으로 생각한 것은, 무사들 가운데에서 맨 먼저 넬레우스의 아들 네스토르를 찾아가 다나오이 편의 군대를 위해 무언가 재앙을 피할 훌륭한 계책이라도 함께 생각해 달라고 부탁하는 일이었다. 그래서 자리에서 일어나, 먼저 겉옷을 입고 매끄러운 발에는 아름다운 샌들을 신었다. 그런 다음 이번에는 큼직한 적갈색 사자 가죽을 어깨에 걸쳤는데, 그것은 발등까지 내려오는 긴 것이었다. 그리고 창을 들고 나갔다.

마침 그와 마찬가지로 메넬라오스도 줄곧 두려움에 떨고 있었다. 그는 눈꺼풀에 잠이 깃들 겨를도 없이 아르고스 군사가 심한 타격을 입지나 않을까 걱정하고 있었기 때문이었다. 자기 때문에 멀리 바다를 건너 용감한 싸움을 각오하면서 트로이까지 찾아왔기에, 그는 먼저 널찍한 등에 얼룩진 표범 가죽을 걸친 다음 청동으로 만든 관을 집어 머리에 쓰고 억센 손에 창을 쥐었다. 그러고는 아르고스군의 총대장이자 고국 사람들이 신처럼 받들고 있는 형 아가멤논을 깨우려고 나갔다. 그런데 바로 그 형과 뱃머리 근처에서 딱 마주쳤다. 두 어깨에 화려한 갑옷을 걸친 형 아가멤논도 메넬라오스가 찾아온 것이 매우 반가웠다. 먼저 메넬라오스가 말했다.

"형님, 무슨 일로 그렇게 무장을 하고 계십니까? 혹시 누군가에게 트로이 측을 정찰시키러 내보내실 작정이십니까? 하지만 걱정입니다. 누구 한 사람이라도 그러한 일을 맡으려는 이가 있을는지요. 혼자 가서 적군의 정찰을, 그것도 향기로운 밤의 어둠 속에서 하고 올 만한 대담무쌍한 사나이여야 할 테니까요."

이에 아가멤논이 대답했다.

"나에게나 그대에게나 좋은 책략이 필요하다. 제우스의 비호를 받는 메넬라오스여, 제우스의 생각이 바뀌었으니 아르고스 군사와 함대를 무사히 막아 줄 만한 슬기로운 책략이 필요해. 아마도 제우스는 헥토르가 바치는 제물에 더 마음이 끌리신 모양이야. 여태까지 한 사나이가 하루 동안 이토록 끔찍한 일을 대담무쌍하게 해치운 것은 본 적도 없으며 들은 기억도 없기 때문이다. 제우스가 아끼시는 헥토르가 여신의 아들도 남신의 자식도 아닌 신분인데도 아무런 도움 없이 아카이아 군사들에게 덤벼든 것을 보면 말이다. 그가 저지른 짓은 아르고스 군사에게 두고두고 영향을 미칠 것이다. 참으로 무서운 손해를 아카이아 군대에 입혔어. 그건 그렇고 자, 지금부터 즐비한 함선들을 따라 얼른 달려가서 아이아스와 이도메네우스를 불러오도록 해라. 나는 존귀한 네스토르에게 가서 일어나라고 부탁해 보겠다. 보초 서는 신성한 부대를 찾아가서 명령하도록 부탁해 보자. 그의 말이라면 가장 잘 들을 테니까. 그의 아들이 야간 경비 당번의 지휘자이니까. 그와 이도메네우스의 수행병인 메리오네스, 이 두 사람을 우리가 특히 신뢰해 왔으니까."

그러나 메넬라오스가 말했다.

"나더러 어떻게 하라는 명령이며 지시입니까? 그대로 거기서 그들과 함께 형님이 오시기를 기다리고 있을까요? 아니면 명령을 잘 전한 다음 다시 달려올까요?"

이에 무사들의 군주 아가멤논이 말했다.

"그냥 거기서 기다려 다오. 진중에는 길이 여러 갈래여서 서로 엇갈려 못 만나면 안 되니까. 그러나 어디든지 가는 곳마다 큰 소리로 이름을 불러 잠에서 깨어나도록 명령해 다오. 모든 무사들을 그들의 아버지로부터의 혈통을 들어 격려해 주어 남김없이 영예를 주고, 결코 흥분하는 일이 없도록 우리 스스로 애쓰도록 하자. 제우스는 우리에게 태어났을 때부터 이토록 무겁고 성가신 노고를 주신 것이니."

그는 이렇게 말하며 충분한 지시를 내려준 뒤 아우를 떠나보냈다. 그리고 자신은 병사들의 우두머리인 네스토르를 찾아갔다. 그리하여 곧 검은 배 곁의 막사 안 부드러운 잠자리 속에서 네스토르를 발견했다. 그 옆에는 매우 정교한 갑옷과 둥근 방패, 두 자루의 창과 번쩍이는 털이 달린 투구가 놓여 있었다. 그 옆에는 또 화려한 허리띠도 있었다. 이 노인이 무사를 죽이는 싸움에 부하를 거느리고 나설 때에는, 늙었다고는 하나 아직 비참할 만큼 노쇠하지는 않았으므로 늘 이것을 허리에 두르는 버릇이 있었다. 그래서 지금 네스토르는 팔꿈치로 상체를 괴고 머리를 들고서 아트레우스의 아들에게 물었다.

"거기 있는 사람은 누구신가? 다른 사람들은 자고 있는데 혼자 캄캄한 어둠을 무릅쓰고 배와 진중을 빠져나온 사람이 대체 누구요? 당나귀라도 찾고 있나, 아니면 전우라도 찾는 중인가, 말을 하라. 아무 소리도 없이 이쪽으로 다가오고 있는 그대여, 무슨 볼일인가?"

그러자 무사들의 군주 아가멤논이 대답했다.

"오오, 넬레우스의 아들 네스토르여, 아카이아군의 커다란 영광인 그대는 잘 알고 있으리라. 여기 있는 것은 아트레우스의 아들 아가멤논이다. 제우스는 이 가슴에 숨이 붙어 있고 이 다리가 내 몸을 버티고 있는 한은 나를 어느 누구보다도 심하게 끊임없는 고통에 휩쓸려 들게 했다. 이렇게 돌아다니고 있는 것도 달콤한 잠이 내 눈꺼풀에 깃들지 않고, 전쟁에 대한 것, 아카이아 군대의 재난에 대한 것 등이 근심이 되기 때문이다. 다나오이 편의 형세가 매우 걱정스러워 마음도 어수선하고, 이 궁리 저 궁리 골똘한 생각에 빠져들어 심장마저 가슴 밖으로 튀어나올 것 같으며, 매끄러운 무릎도 와들와들 떨릴 지경이다. 그러나 어떻게 할 수 있다면, 그래도 아직 잠들지 않고 있으니 지금부터 한번 야간 경비 당번을 찾아가서 살펴보지 않겠는가? 혹시 모두 피로와 졸음이 엄습해 완전히 쓰러져 잠에 취해 경비를 고스란히 잊고 있지나 않는지 알아보도록 하자. 적의 병사들이 바로 곁에 있으니, 어쩌면 밤의 어둠을 타고 공격을 노리고 있을지도 모르니까."

그러자 게레니아의 기사 네스토르가 말했다.

"최고의 영예를 지니신 아트레우스의 아들, 무사들의 군주 아가멤논이여, 설마 전지전능하신 제우스가 헥토르의 생각대로 모두 이루어 주시지야 않을 테지요. 만일 아킬레우스가 그 잔혹한 분노를 누르고 생각을 바꾸어 주었더라면, 이보다 더한 근심으로 헥토르도 괴로워할 것입니다. 아무튼 군주님을 따라나서겠습니다만 다른 사람들도 깨우도록 하지요. 창으로 이름 높은 티데우스의 아들이나 오디세우스, 걸음이 빠른 작은 아이아스나 펠레우스의 용감한 아들 메게스라도. 그러나 그보다는 누구든 달려가서 저 신과도 비슷한 큰 아이아스와 이도메네우스 군주 두 사람을 불러오는 것이 좋겠소. 이 두 사람의 배는 가장 먼 곳에 배치되어 있어 가까이에서는 볼 수 없으니까요. 그건 그렇고 메넬라오스는 친하기도 하고 존경도 하고 있지만 몹쓸 사람이군. 이렇게 말하면 화를 내시겠지만, 숨기지 않고 말하지요. 어떻게 나 몰라라 하며 군주님에게만 이런 수고를 떠맡긴단 말이오? 지금이야말로 그가 대장들을 찾아다니며 부탁을 하고 수고를 해야 할 때인데. 우리는 더 이상 견디기 어려운 한계에까지 와 있는데도 말이오."

이에 무사들의 군주 아가멤논이 말했다.

"노인이여, 언젠가 또 다른 기회에 그 책망을 듣기로 하지. 그는 때로 게으름을 피워 힘든 일을 소홀히 하는 경우도 많으나, 그것은 귀찮게 생각한다거나 생각이 모자라서가 아니라, 나를 생각해서 체면을 차려 내가 일어서기를 기다리고 있는 것이오. 그러나 이번에는 나보다 훨씬 전에 깨어나서 나를 찾아온 것을, 내가 지금 막 말을 꺼낸 그 사람들을 찾으러 보내놓았소. 그러니 나가보시오. 경비를 내보낸 사람들과 문 앞에서 만나게 될 테니까. 거기 집합하도록 명령해 놓았소."

그러자 게레니아의 기사 네스토르가 말했다.

"그렇다면 아르고스 군사도 그를 원망하지 않고 지시를 받았을 때나 분부를 들었을 때나 그 명령을 어기지도 않을 것입니다."

이렇게 말하고 그는 겉옷을 두르고 잘생긴 발에는 화려한 샌들을 신었다. 그리고 심홍색으로 물들인 외투를 두 어깨에 고리를 걸어 걸쳤다. 그것은 이중으로 되어 있으며 폭도 넓고 겉에는 털이 가득히 나 있었다. 그는 날카로운 청동 날을 단 굵직한 창을 쥐고 청동 갑옷들을 입은 아카이아군 함선들 앞을 지나갔다. 그리하여 먼저 지혜가 제우스에 미칠 것이라는 오디세우스에게 게레니아의 기사 네스토르가 소리를 쳐서 잠에서 불러 깨우니, 그 소리가 곧바로 그의 마음을 깨웠으므로, 그는 곧 막사 밖으로 모습을 나타내며 그들에게 말을 건넸다.

"어쩐 일로 이렇게 향기로운 밤인데도 진영을 빠져나와 홀로 배 사이를 서성거리고 계십니까? 무슨 급한 일이라도 생겼습니까?"

그러자 게레니아의 기사 네스토르가 말했다.

"제우스의 후예인 라에르테스의 아들, 지략이 풍부한 오디세우스여, 탓하지 말라. 대단한 어려움이 아카이아군에게 닥치고 있다. 아무튼 따라와 다오. 다른 사람들도 깨울 테니. 철수할 것인가 전쟁을 계속할 것인가를 결정하기 위한 의논 상대가 될 만한 사람들을 깨워야겠다."

이렇게 말하자 지략이 넘치는 오디세우스는 막사 안으로 들어가 두 어깨에 갖은 기교를 부린 큰 방패를 짊어지고 그들을 따라나왔다. 이윽고 모두는 티데우스의 아들 디오메데스가 있는 곳으로 가서, 그가 무장을 한 채 막사 밖에 누워 있는 것을 보았다. 양쪽에는 부하들이 자고 있었고 머리맡에는 방패들이 놓여 있었으며, 그 옆에는 창이 손잡이 쪽을 아래로 하여 똑바로 세워져 있었는데, 청동 창끝이 마치 제우스의 번개처럼 번쩍이고 있었다. 그러나 영웅은 잠들어 있었으며 몸 아래에는 들소 가죽을 깔고 머리에는 아름다운 모피를 베고 있었다. 게레니아의 기사 네스토르는 그 옆으로 가서 발로 흔들어 깨우며 꾸짖고 격려했다.

"일어나라, 티데우스의 아들이여, 어쩌자고 밤새도록 잠을 자는가? 그대는 모르는가? 트로이군이 평야 한가운데로 진격해 우리 함선들 가까운 언덕에 진을 치고 있는 것을 말이오. 이제 양군을 갈라놓은 거리마저 좁혀져 있단 말이오."

이렇게 말하니 그는 잠에서 깨어 일어나서 네스토르에게 위세당당하게 말을 건넸다.

"정말 원기도 왕성한 분이시구려, 노인이여, 손에서 힘든 일을 놓지 않으시니. 진중을 두루 돌아다니며 영주들을 한 사람 한 사람 깨울 만한 젊은이가 달리 아무도 없었던가요? 그대에게는 두 손 들어야겠군요."

이번에는 게레니아의 기사 네스토르가 말했다.

"과연 그렇다, 디오메데스여, 그대 말은 모두 옳다. 내게는 훌륭한 아이들이 있고 또 병사들도 많아서 그중 누구든 달려가서 깨워줄 것이다. 그러나 아카이아군에게는 지금 위급한 사태가 벌어지고 있다. 지금이야말로 우리 모두가 면도날 위에 서 있기 때문이다. 아카이아군이 무참한 파멸에 빠지느냐, 아니면 살아남느냐 하는 갈림길에 서 있으니까. 자, 얼른 가서 걸음이 빠른 아이아스와 펠레우스의 아들 메게스를 깨워다오. 그대는 나보다 젊으니까. 내가 딱하다 생각이 든다면 말이오."

이렇게 말하니 디오메데스는 두 어깨에 발등까지 내려오는 적갈색 사자 가죽을 걸치고 창을 집어들었다. 이윽고 영웅은 그 사람들을 깨워 데리고 왔다.

그들이 야간 경비병들이 모여 있는 곳으로 동료들과 함께 가니, 경비를 지휘하는 사람들이 잠들어 있지 않고 눈을 뜬 채 갑옷까지 들쳐 입고 앉아 있는 것이 보였다. 그 광경은 마치 개들이 안마당에서 양 떼를 둘러싸고 힘들여 감시를 하고 있는 것과 같았다. 사나운 맹수가 숲을 헤치고 산과 산 사이를 다가오는 소리를 들으며, 그 짐승 때문에 대단한 소동이 인간들과 개들 사이에서 일어나면 양들의 잠도 모조리 달아나듯이. 그렇게 줄곧 불길한 밤을 감시했으며, 기분 좋은 잠도 이 사람들의 미간에서 사라지고 없었다. 트로이 군사가 움직이는 소리를 들을 때마다 그 평원 쪽으로 몸을 돌리곤 했기 때문이기도 했다. 그 광경을 보고 노인은 흐뭇해하며 격려하는 말을 건넸다.

"친애하는 아들들이여, 앞으로도 그와 같이 감시를 계속하라. 우리 적이 기뻐하지 않도록 결코 잠에 사로잡히지 말아라."

노인이 이렇게 말한 뒤 참호를 빠져나가니 그 뒤를 의논 상대로 불리어진 아르고스 군대의 대장들도 따라갔다. 그들과 함께 메리오네스와 네스토르의 훌륭한 아들 안틸로코스도 따라갔다. 대장들이 불러낸 사람들이었다. 이윽고 그들은 파놓은 참호를 건너 밖으로 나가 아무것도 없는 곳에 가서 모두 땅바닥에 앉았다. 거기서는 많은 시체가 뒹굴고 있는 지대가 똑똑히 바라보였다. 그 자리는 밤이 모든 것을 휘덮었을 때 용감한 헥토르가 아르고스군의 살상을 멈추고 물러간 지점이었다. 그 자리에 앉아서 서로 말을 주고받았는데, 먼저 게레니아의 기사 네스토르가 입을 열었다.

"오, 동료들이여, 그야말로 대담하게 자기 기력을 믿고 의기왕성한 트로이군의 진중에 침입할 이는 없는가? 그리하여 가장 인접한 적군 부대의 누군가를 사로잡아 오거나 트로이 군사 사이에 퍼지고 있는 소문을 듣고 오는 것이다. 그들이 어떤 모의를 하고 있는지, 이대로 성에서 떨어진 곳인 배 옆에 진을 치고 있을 계획인지, 아니면 아카이아군을 마구 무찌른 다음에는 도시로 물러갈 것인지 등등을. 이러한 것을 모두 염탐해 다시 우리 곁으로 돌아오기만 한다면 그 사나이의 영예야말로 이 천하, 인간의 온 세계에 떨칠 것이고 또 훌륭한 상도 받을 것이다. 함선들을 이끌고 여기까지 온 대장들이라면 저마다 그에게 검은 암양을, 그것도 새끼가 딸린 놈을 선사할 테니까. 그것과 비교될 만한 대가는 달리 없을 것이다. 또 축하의 잔치에도 언제나 초대를 받게 될 것이다."

이렇게 말하자 모두 침을 꿀꺽 삼키며 입을 다물었다. 그 사람들을 향해서 목소리도 씩씩한 디오메데스가 말했다.

"네스토르여, 나의 용기와 자랑스러운 기세가 나를 가까이에 있는 적진으로 침입하라고 부추깁니다. 트로이군의 진영에 침입하라고 말이오. 그런데 누군가 한 사람 더 같이 가준다면 마음이 든든하기도 하고 대담해질 것도 같습니다만. 둘이서 함께 가면 서로 재빨리 상황을 살펴보고 무엇이 유익한지 알 수 있으나, 혼자서는 무엇을 깨닫더라도 지각은 느리고 계략은 허술한 것이 되기 쉬우니까요."

이 말을 듣고 많은 사람들이 디오메데스를 따라가겠다고 나섰다. 그중에는 두 사람의 아이아스도 끼어 있었다. 둘 다 군신 아레스의 아들이었다. 게다가 메리오네스도 지원하는가 하면 네스토르의 아들도 꼭 보내달라고 부탁하며 자원했다. 아트레우스의 아우, 창의 명수인 메넬라오스도 참가를 희망했고, 참을성 있는 오디세우스도 트로이군의 진영 속을 잠행하고 싶다고 말했다. 왜냐하면 그는 언제나 모험을 갈구하고 있었기 때문이다. 그 사람들 사이에 서서 무사들의 군주 아가멤논이 말했다.

"티데우스의 아들 디오메데스여, 그대는 어지간히도 내 마음에 드는 사나이다. 그렇다면 지원자 중에서 가장 적당하다고 생각되는 사람을 누구라도 동행으로 선택하라. 가고 싶어하는 사람은 많으니까. 마음속으로 체면을 차려 적임자를 두고 가거나, 혹은 집안을 보고 그쪽이 지위가 높다는 생각으로 적당치 않은 이를 택해서는 안 될 것이다."

이렇게 말한 것은 바로 금발의 메넬라오스를 걱정해서였다. 그 사람들을 향해서 다시 목소리도 씩씩한 디오메데스가 말했다.

"만일 나에게 스스로 동행을 선택하라고 한다면 어떻게 신성한 오디세우스를 잊을 수 있겠습니까? 그의 마음은 아무리 힘든 일이 닥쳐도 침착하고 신중하며, 두드러지게 늠름한 기상을 가진 데다가 팔라스 아테나의 총애를 받고 있습니다. 이분이 같이 가주신다면 아무리 활활 타오르는 불 속에서라도 두 사람 다 무사히 돌아올 수 있을 것입니다. 그는 뛰어난 분별을 갖고 있으니까요."

이번에는 강인하고 용감한 오디세우스가 말했다.

"티데우스의 아들이여, 너무 그렇게 나를 칭찬하지도 말고 비난도 하지 말아다오. 서로 잘 알고 있는 아르고스 사람들 사이에서 말을 하고 있는 것이니. 그보다는 자아, 어서 가도록 하자. 밤도 이제 어지간히 깊어서 새벽도 가깝다. 별들도 저렇듯 돌고 밤도 거의 지나가고 있다. 밤의 3분의 2는 끝나고 3분의 1만이 남았다."

이렇게 말하고 두 사람은 갑옷을 몸에 둘렀다. 먼저 티데우스의 아들 디오메데스에게는 싸움에서 물러설 줄 모르는 트라쉬메데스가 겹날의 날카로운 단검과*[1] 방패를 빌려주었다. 그리고 머리에는 황소 가죽으로 만든 투구를 씌웠다. 그것은 금속으로 꾸미지도 않고, 장식털도 없는 가죽 두건으로 혈기 왕성한 젊은이의 머리를 보호하는 데 썼다. 한편 메리오네스는 오디세우스에게 활과 함께 화살통과 칼을 내주었다. 그리고 머리에는 가죽으로 만든 투구를 씌웠다. 그 투구의 안쪽으로는 많은 가죽끈이 튼튼하게 얽혀져 있었으며 겉에는

---

*1 자기 것은 배에 두고 왔으므로.

빛나는 멧돼지의 흰 이빨이 빈틈없이 사방으로 보기 좋게 새겨져 있고, 한가운데에는 모피가 입혀져 있었다. 이것은 전에 엘레온에 있는 오르메노스의 아들 아뮌토르의 경비도 엄준한 성에 들어가서 아우톨뤼코스가 훔쳐 온 것이었다. 이것은 스칸데이아에 보내어 퀴테라의 암피다마스에게 준 것을 암피다마스가 다시 몰로스에게 선물로 주었으며, 그가 자기 아들 메리오네스에게 쓰라고 내준 것이었으니 이것을 마침내 이때 오디세우스의 머리에 씌워서 꼭 맞추어 놓았다.

이윽고 두 사람은 우람한 갑옷을 몸에다 두르고 나서 대장들을 그 자리에 모두 남겨둔 채 떠났다. 이 두 사람을 위해서 팔라스 아테나는 길 바로 옆 오른쪽에 푸른 백로 한 마리를 내려보냈다. 밤의 어둠 속에서 두 사람의 눈에는 잘 보이지 않았으나, 우는 소리를 들었을 때 그 새가 나타내는 길조에 오디세우스는 매우 기뻐하며 아테나 여신에게 기도했다.

"들어주소서, 아이기스를 가진 제우스의 따님이시여. 언제나 힘든 일이 생길 때마다 저를 도와주시고, 저의 일거수일투족을 뚜렷이 아시는 여신 아테나여, 지금이야말로 은혜를 베푸소서. 트로이군을 괴롭힐 만한 큼직한 공훈을 세우게 하신 다음, 노걸이도 훌륭한 저희 함선으로 저를 무사히 돌려보내 주소서."

이어 목소리도 씩씩한 디오메데스가 기도했다.

"이번에는 저의 기도를 들어주소서, 제우스의 따님이신 아트리토네여, 그 옛날 저의 아버지인 용감한 티데우스와 함께 테바이에 나가셨듯이 부디 함께 하여주소서. 그가 아카이아 군대를 위한 사자로서 갔을 때의 일입니다. 청동 갑옷을 입은 아카이아 군사와는 아소포스 강가에서 헤어진 뒤 카드모스의 주민들에게 강화 제의를 위해 간 것입니다만 돌아오는 길에 여신의 도움으로 매우 어려운 일을 수행할 수 있었습니다. 지금이야말로 그때처럼 몸소 제 곁으로 오셔서 지켜주소서. 저는 여신에게 한 살배기 암송아지, 이마도 넓고 아직 훈련도 안 받았으며 이제까지 멍에를 지어본 일도 없는 놈을 제물로 바치겠습니다. 더욱이 그 뿔 둘레에 황금을 입혀서 바치겠습니다."

이렇게 두 사람이 빌면서 말하자 팔라스 아테나는 들어주었다. 이리하여 두 사람은 제우스의 딸 아테나에게 기도를 다 드리고 나자 출발했다. 그 모습은 마치 두 마리의 사자와도 같았다. 그들은 어둠을 타고 살육된 시체와 검은 피 사이를 누비며 나아갔다.

그러나 헥토르도 유별나게 기세등등해진 트로이군을 그냥 잠재워 두지 않고, 주요 대장들과 트로이 군대의 인솔자 또는 통솔자라고 일컬어지는 사람들을 모두 불러 모았다. 그리고 긴밀한 회의를 열고 말했다.

"누가 이 일을 맡아서 완수할 사람은 없는가? 막대한 상을 줄 테니까 그 보수는 충분히 만족할 만한 것이 될 것이다. 먼저 상으로 전차가 한 대, 그리고 목이 우뚝하여 높이 쳐드는 말이 두 필, 그것도 아카이아 군사의 재빠른 배 곁에 있는 것 중에서 가장 좋은 말을, 누구든 대담하게 임무를 완수한 사람에게 주리라. 더욱이 그 일은 그 사람의 명예도 되는 임무이다. 바로 속도가 빠른 함선들 바로 옆에까지 가서 정세를 염탐하고 돌아오는 역할이다. 빠른 배를 전처럼 여럿이서 감시하고 있는지, 아니면 우리에게 참패를 당해서 완전히 기가 죽어 이제 달아날 것을 모두 의논하고 있는지, 혹은 무서운 피로에 지쳐서 밤새도록 경비할 기력을 잃고 말았는지를."

이렇게 말하니 사람들은 침을 삼키고 입을 다물었다. 그런데 트로이군에 신성한 전령 구실을 하고 있는 에우메데스의 아들 돌론이라는 자가 있었다. 돈이 많았으며 청동 갑옷을 가진, 모습은 보기 흉했지만 걸음이 매우 빠른 사나이였다. 5남매 중의 외아들이었는데, 이 사나이가 이때 트로이인들과 헥토르를 향해서 말했다.

"헥토르여, 나의 용기와 자랑스러운 기세가 나를 재촉해 속도가 빠른 배 가까이에 가서 염탐하고 올 것을 권하고 있습니다. 그러니 그 홀을 들어 맹세해 주십시오. 정말로 그 말과 청동으로 장식한 전차를 주시렵니까? 인품이 빼어난 펠레우스의 아들이 타는 전차를 말입니다. 저는 결코 소용없는 정찰을 하고 오지는 않겠습니다. 또 관찰도 틀리게는 하지 않겠습니다. 왜냐하면 저는 곧장 적진을 향해서, 아가멤논의 배 있는 데까지 서슴지 않고 나아갈 것이기 때문입니다. 아마도 그 근처에서 주요 대장들과 의논하고 있을 테니까요. 달아날 것인가, 싸움을 계속할 것인가 하고 말이지요."

그가 이렇게 말하자 헥토르는 홀을 들고 그에게 맹세했다.

"이제는 헤라의 천둥을 울리는 남편 제우스께서 직접 증명해 주십시오. 결코 그 말에는 트로이군의 다른 어느 누구도 태우지 않을 것이다. 오직 그대만이 언제까지나 그것을 자랑으로 삼게 될 것이다."

그는 이런 말로 공허한 맹세를 덧붙여서 그 사나이를 격려했다. 그러자 곧 돌론은 어깨에 굽은 활을 걸고 겉에 잿빛 이리 털가죽을 걸쳤다. 그리고 다람쥐 가죽으로 만든 투구를 머리에 쓰더니 날카로운 창을 손에 쥐고 적의 함선들을 향해서 출발했다.

그러나 그는 진영으로 돌아와 헥토르에게 보고하지는 못할 운명이었다. 그는 트로이 편 말들과 병사의 무리들을 떠나 열심히 걸음을 재촉했다. 그러자 그가 다가오는 모습을 발견하고, 제우스의 후예 오디세우스가 디오메데스를 돌아보며 말했다.

"디오메데스여, 적진 쪽에서 누군가 이리로 오고 있다. 우리 함선의 상황을 염탐하러 오는 자인지, 아니면 숨 끊어진 송장에서 무얼 벗기러 왔는지 모르지만, 우선 이 들판에서 우리를 살짝 지나치게 해두자. 그런 다음에 덤벼들어서 저놈을 사로잡도록 하자. 만일 걸음이 빨라서 우리 손을 빠져나간다고 하더라도, 그렇게 되면 곧장 배 있는 쪽으로 달아나는 셈이 된다. 어설피 창으로 찌르려 하다가 성채 쪽으로 달아나게 하는 일이 없도록 해야 한다."

두 사람은 이렇게 말하면서 옆으로 살짝 비켜 송장 사이에 엎드려 있으니, 얼마 안 있어 돌론이 조심성 없이 급하게 옆을 달려 지나갔는데, 마치 당나귀가 한 번 숨 쉬며 밭을 가는 거리만큼 떨어졌을 때—당나귀라는 것은 깊은 경작지에서 두 조각의 나무를 붙여 만든 쟁기를 끄는 데 소보다 훨씬 유용하지만—느닷없이 두 사람이 달려왔으므로, 그는 그 소리를 듣고 걸음을 멈추었다. 헥토르의 취소 명령으로 트로이 군사인 그의 전우가 부르러 온 줄 알았기 때문이다.

그러나 이제 사정거리가 좀더 가까워졌을 때, 두 사람이 적의 무사임을 깨닫고 걸음아 날 살려라고 달아나기 시작하자 그들도 황급히 그 뒤를 쫓았다. 그 광경은 마치 톱니 같은 이빨의, 사냥에도 충분한 경험이 있는 두 마리의 개가 어린 사슴이나 토끼를 몰아 정신없이 수풀 사이를 뒤따라가면, 짐승은 헐떡거리며 앞으로 앞으로 달음질칠 때와 같이, 티데우스의 아들과 용맹스러운 오디세우스는 그를 트로이 군대에서 더 멀리 떨어지게 하여 기를 쓰고 쫓아갔다.

하지만 바로 함선들 쪽으로 달아나서 경비하고 있는 무리 속으로 뛰어들게 되었을 때, 아테나 여신은 티데우스의 아들에게 기력을 불어넣어 주었고, 청동 갑옷을 입은 아카이아 군사의 누군가가 먼저 그를 잡았으므로 그가 선수를 빼앗기는 일이 없도록 손을 써주었다. 그래서 창을 겨누며 덤벼든 용맹스러운 디오메데스가 이렇게 소리쳤다.

"이놈, 거기 섰거라, 안 서면 창으로 찌를 테다. 결국 너는 그리 오래지 않아 내 손에서 죽음을 피할 수 없을 것이다."

이렇게 말하면서 창을 던졌으나 일부러 맞히지는 않았다. 잘 갈아진 창끝은 오른쪽으로 아슬아슬하게 어깨를 스치며 날아가 땅에 푹 꽂혔으므로 사나이는 간이 콩알만 해지면서 멈칫 걸음을 멈추었다. 무릎이 와들와들 떨리고 이가 덜거덕거렸으며 얼굴은 무서움으로 파랗게 질려 있었다. 거기에 두 사람이 숨을 헐떡이며 달려가 손으로 움켜잡았다. 그러자 사나이는 눈물을 흘리며 애원했다.

"제발 나를 사로잡아 주십시오. 제가 몸값을 낼 테니까요. 집에는 청동도 황금도, 공들여 만든 쇠붙이도 많이 있습니다. 아버지는 만일 내가 죽지 않고 아카이아군의 배에 살아 있다고 들으면 막대한 보상금을 두 분에게 드릴 것입니다."

이 말을 듣고 지혜로운 오디세우스가 말했다.

"안심하라, 결코 죽음을 걱정할 필요는 없다. 그보다는 이 일을 똑똑히 말하라. 무엇하러 너희 진영에서 아카이아군의 함선들을 향해, 더욱이 혼자서 다른 사람은 다 자고 있는 어두운 밤을 타고 오고 있는가? 숨 끊어진 송장의 어느 것을 벗기려 왔는가, 아니면 헥토르가 속이 빈 배가 있는 곳으로 가서 자세히 정찰해 오라고 그대를 보냈는가, 혹은 그대 스스로 왔는가?"

이에 돌론이 무릎을 와들와들 떨며 애원했다.

"숱한 거짓말로 헥토르가 제 마음을 유혹하여 엉뚱한 쪽으로 끌어들였습니다. 용감한 펠레우스의 아들 아킬레우스의 외발굽 말들을, 청동으로 정교하게 꾸민 수레와 함께 주겠다고 약속한 다음, 걸음이 빠른 저에게 밤을 무릅쓰고 적군 병사들 바로 옆에까지 가서 정찰하고 오라 명령했기 때문입니다. 재빠른 배들을 전처럼 모두 경비하고 있는지, 아니면 우리 손에 패배해 달아나려고 모여 의논하고 있는지, 아니면 이제 무서운 피로에 지쳐 밤의 경비를 할 기력마저 잃었는지 따위를 정찰해 오라고 명령했습니다."

그러자 지략 있는 오디세우스가 웃으면서 말했다.

"용맹스러운 아이아코스의 후예 아킬레우스의 말을 원했다니 정말이지 대단한 상을 받으려 했구나. 죽어야 하는 인간들이 그것들을 길들이거나 수레를 끌기에는 여간 힘이 들지 않을 것이다. 죽음을 모르는 신의 어머니에게서 난 아킬레우스만은 이야기가 다르지만. 그보다는 먼저 나에게 분명히 말하라. 여기에 올 때 어디서 그대는 병사들의 우두머리인 헥토르와 헤어졌는가? 그의 전쟁 무구들은 어디에 놓여 있는가? 또 말들은 어디 있는가? 다른 트로이군 경비 초소와 침소는 어디 있는가? 그들은 은밀히 어떤 모의를 하고 있는가? 이대로 성에서 멀리 떨어진 채 저 장소, 바로 배 가까이에 머물러 있을 참인가, 아니면 아카이아군을 무찔렀으니 도시로 물러갈 작정인가?"

이에 에우메데스의 아들 돌론이 말했다.

"네, 제가 일일이 상세하게 말하겠습니다. 헥토르는 언제나 의논 상대가 되어주는 사람들과 함께 성스러운 일로스의 무덤 근처에서 회의를 열고 있습니다. 전쟁의 소음에서 멀리 떨어진 곳이기 때문입니다. 그러나 당신께서 물으시는 경비 초소에 대해 말씀드리자면, 진영 안에 호위도 경비도 두고 있지 않습니다. 물론 트로이 군사가 피우는 모닥불은 많습니다만, 모두 어쩔 수 없이 서로 잠을 깨워가면서 경비를 서도록 독려하고 있으며, 여러 나라에서 온 동맹군 쪽은 트로이 사람들에게 경비를 맡겨놓고 깊이 잠들어 있습니다. 그들로선 아내와 자식들이 가까이 살고 있는 것도 아니니까요."

지략이 뛰어난 오디세우스가 답했다.

"그러면 그들은 말을 길들이는 트로이 군사와 섞여서 자고 있는가, 아니면 따로 자고 있는가? 잘 알 수 있도록 낱낱이 말하라."

이에 에우메데스의 아들 돌론이 말했다.

"네, 제가 그것도 일일이 말씀드리겠습니다. 먼저 바다에 가까운 쪽에는 카레스의 군사와 굽은 활을 가진 파이오니아, 그다음에는 렐레게스와 카우코네스의 용감한 펠라스고이의 군사들이 있습니다. 그리고 튐브레에 가까운 쪽에는 링케아 군사와 훌륭한 병사들인 뮈시아가 있으며, 말을 타고 싸우는 프리기아 군사와 말총을 투구에 단 메이오네스*2가 자리를 차지하고 있습니다.

그런데 왜 그런 곳을 일일이 물어보십니까? 만일 트로이군의 진지에 잠입하실 생각이라면 새로 온 트라케 군사가 가장 끝쪽으로 다른 부대와 떨어져서

---

*2 소아시아 서부의 종족으로 그 점령지는 마이오니아.

진을 치고 있습니다. 그 왕은 레소스라고 하여 에이오네우스의 아들입니다만, 그가 가진 말이야말로 제가 본 가운데에서 가장 훌륭하고 대단합니다. 눈보다 흰 털에 바람처럼 빨리 달리죠. 그의 수레는 금과 은으로 훌륭하게 장식되어 있으며 그가 가져온 갑옷은 금으로 되어 있어 눈이 휘둥그레질 만큼 멋집니다. 그것은 정말 죽어야 하는 인간 따위가 몸에 두르기에는 아까울 만큼 불사의 신들에게나 어울리는 물건입니다. 아무튼 지금부터 저를 속도도 빠른 함대 곁으로 끌고 가든지, 아니면 용서 없이 새끼줄로 묶어 그대로 이 자리에 남겨두고 가든지 해주십시오. 그리고 두 분은 가서 제가 한 말이 사실과 맞는가 틀리는가 조사해 보십시오."

이를 사나운 눈으로 쏘아보며 용맹스러운 디오메데스가 말했다.

"돌론이여, 네 비록 좋은 것을 가르쳐 주었다만, 한번 내 손에 걸려들어온 이상 아예 달아날 생각은 하지 말아라. 왜냐하면 지금 그대를 풀어 돌려보내면 나중에 반드시 상황을 자세히 살피려고 염탐을 한다든가 맞서 싸우겠다든가 해서 아카이아군의 재빠른 함선들이 있는 곳으로 되돌아오게 될 것이다. 그러나 내 손으로 여기서 목숨을 끊어버리면 다시는 그대가 아르고스 군대에 해를 끼치는 일도 없을 테지."

이렇게 말하기가 무섭게 사나이가 큼직한 두 손을 자기 턱 앞으로 내밀며 매달리려 하는 것을, 디오메데스가 칼을 뽑아 목덜미를 후려쳐서 목의 힘줄을 끊어버리니, 아직 무슨 말을 지껄이고 있는 사나이의 목이 먼지 속에 굴러떨어졌다.

그의 머리에서 다람쥐 가죽의 투구를 벗기고 이리 가죽과 휘어서 활줄을 맨 활과 창 따위를 빼앗아, 용감한 오디세우스가 두 손에 높이 쳐들고 수확을 다스리는 아테나에게 바치며 소리 높여 기원했다.

"이 물건들을 받아주소서. 올림포스에 계시는 모든 불사의 신 중에서 가장 먼저 도와주십사 청을 드린 아테나여. 그리고 이번에는 부디 드라키아 군사의 잠자리와 말들이 있는 곳으로 이끌어 주소서."

이렇게 말하고 그는 그 물건들을 높이 쳐들었다가 나직이 자란 수양버들 위에 올려놓고 금방 눈에 띄도록 갈댓잎과 무성한 수양버들 가지를 꺾어서 몇 겹으로 얹었다. 이것은 재빨리 사라져 가는 밤의 어둠을 타고 되돌아올 때 놓치지 않기 위한 표지였다. 두 사람은 앞으로 더 나아가서 갑옷과 피로 가득 찼던 장소를 지나, 이윽고 트라케 군사의 부대에 닿았다. 적군들은 아직도 피로에 지쳐 세상모르고 잠들어 있었다. 저마다 자기 곁에 훌륭한 갑옷을 가지런히 세 줄로 늘어놓았으며, 또 저마다 옆에는 한 쌍의 말들이 서 있었다. 왕인 레소스는 그 한가운데에 자고 있었다. 오디세우스가 그를 먼저 발견하고 디오메데스에게 가리켜 보이며 말했다.

"보게나, 디오메데스여, 저것이 그 사나이, 아까 죽인 돌론이 말한 그 말들이다. 자, 한번 나아가서 다부진 무용을 발휘해 다오. 그대가 갑옷을 입은 채 멍청하게 서 있다는 것은 어울리지도 않는 일이지. 말들을 풀도록 하시오. 아니면 그대가 병사들을 해치우겠는가? 그러면 말은 내가 보살피겠소."

이렇게 말하자 푸른 눈의 아테나가 디오메데스에게 용맹심을 불어넣어 주었다. 그는 닥치는 대로 좌우로 마구 베어나갔다. 그리하여 칼에 맞은 병사들의 무참한 신음 소리가 솟아오르고 대지는 피로 벌겋게 물들었다. 그 광경은 마치 사자가 지키는 사람이 없는 가축 떼를 습격해 염소 또는 양에게 덤벼드는 것과 같았다. 그와 같이 티데우스의 아들은 트라케 군사에게 달려들어 열두 명까지 죽여 나갔다. 한편 지략 있는 오디세우스는 티데우스의 아들이 죽인 시체를 하나하나 발을 쥐고 끌어냈다. 그것은 갈기도 훌륭한 말들이 걸려서 넘어지지 않고 쉽게 밖으로 나갈 수 있도록, 또 시체를 밟고 놀라는 일이 없도록 해야겠다고 생각했기 때문이다. 이 말들은 아직 시신에 익숙해 있지 않았다.

마침내 티데우스의 아들은 열세 사람째의 사나이로서 왕 곁으로 다가가 두려움으로 헐떡이고 있던 그의 목숨을 빼앗아 버렸다. 아테나의 계략으로 오일레우스의 후예인 티데우스라는 악몽이 왕의 머리맡에 서 있었기 때문이다. 그 사이에 참을성 많은 오디세우스는 외발굽 말들을 가죽끈으로 함께 엮어 활로 후려치며 진중에서 끌고 나갔는데, 정교한 왕의 전차에 달린 번쩍번쩍 빛나는 가죽 채찍을 잡을 생각을 미처 못했던 것이다. 그리고 휘파람을 불어 용감한 디오메데스에게 신호를 보냈다.

그때 디오메데스는 무언가 대담한 일을 궁리하고 있었다. 훌륭한 무구들이 실린 전차를 끌고 가버릴까, 그 멍에를 들고 끌어내 버릴까, 아니면 번쩍 들어서 지고 나갈까, 그보다는 더 많은 트라케 병사를 죽여줄까 하고. 이처럼 망설이고 있을 때 아테나가 바로 옆에 다가서며 용감한 디오메데스에게 말했다.

"기상이 드높은 티데우스의 아들이여, 돌아갈 일을 생각하여라. 속이 빈 배가 있는 곳까지 쫓겨 돌아가서는 좋지 않으니까. 아니면 우연히 다른 신이라도 나타나 트로이 군사를 불러 깨우기라도 하면 큰일이니까."

디오메데스는 여신의 목소리를 알아듣고 곧 말에 뛰어오르니, 오디세우스가 활로 후려친 말들은 아카이아군의 재빠른 함선들을 향해 달리기 시작했다.

그러나 은궁을 가진 아폴론도 결코 눈먼 감시를 하고 있는 것은 아니었다. 아테나가 티데우스의 아들을 돌보고 있는 것을 발견하자, 그는 여신에게 화를 내면서 트로이 군대 속에 기어들어가 트라케 부대를 지휘하는 히포코온을 불러 깨웠다. 레소스의 훌륭한 사촌뻘 되는 이 사나이가 잠에서 깨어 벌떡 일어나 보니, 이미 준마들이 서 있던 자리는 텅 비었고 병사들은 피투성이가 되어 무참히 꿈틀거리고 있었다. 그는 공포의 외마디소리를 지르고는 친한 전우들의 이름을 불러대며 돌아다녔다. 그리하여 트로이군이 서로 이름을 부르면서 몰려드는 고함 소리와 그 밖에 형용할 수 없는 소음이 왁자하게 일기 시작했다. 그리고 아카이아의 두 무사가 텅 빈 배로 돌아가기 전에 저지른 참담한 소행을 보고 아연해졌다.

두 사람은 조금 전 헥토르의 첩자를 죽인 바로 그 자리에 이르렀다. 거기서 제우스가 아끼는 오디세우스가 준마의 고삐를 잡아당기니, 티데우스의 아들은 땅에 내려 피에 젖은 갑옷을 오디세우스에게 집어주고 다시 말에 올라 채찍질을 했다. 두 필의 말은 순순히 속이 빈 배를 향해서 달려갔다. 그리로 가는 편이 말들에게도 더 좋았기 때문이다. 그러자 네스토르가 가장 먼저 말발굽 소리를 듣고 소리 높여 말했다.

"보라 전우들이여, 아르고스 군대를 지휘하고 이끄는 사람들이여, 내 말이 틀린 것일까, 아니면 맞는 것일까 말하지 않을 수 없는 기분이구려. 걸음이 빠른 말들의 발굽 소리가 귀에 들리오. 그것이 오디세우스와 용맹스러운 디오메데스가 트로이군의 진지에서 외발굽의 말들을 이렇게 빨리 몰고 오는 소리라면 좋으련만. 그러나 아르고스 군대 속에서 용기 있는 사나이들이 무슨 변을 당하지나 않았을까 무척 마음에 걸리는군. 트로이 편이 저토록 소란을 피우고 있으니 말이오."

이 말이 다 끝나기도 전에 두 사람은 이미 모습을 나타내어 땅에 내려서니, 사람들은 기뻐서 어쩔 줄 몰라하며 오른손을 내밀고 축하의 말로 맞이했다.

먼저 네스토르가 말했다.

"자, 말해다오, 아카이아 군대의 지대한 영광이며 그 명성도 드높은 오디세우스여. 그대들이 어떻게 이 말들을 빼앗아 왔는지, 트로이 군대 속에 숨어들어가서 끌고 나왔는가, 아니면 어느 신이라도 만나서 얻어왔는가? 이 말들은 햇빛을 닮았구려. 비록 늙은 무사이지만 언제나 트로이군과 싸워왔고, 배 곁에서 우물쭈물하고 있었던 기억은 없소. 그러나 일찍이 이만한 말은 본 적도 없으며 다룬 적도 없소. 그러니 그대들이 어느 신이라도 만나 이 말들을 받은 것이겠지. 두 사람 다 먹구름을 모으는 제우스에게도, 아이기스를 가진 제우스의 따님, 푸른 눈의 아테나에게도 총애를 받고 있으니까."

이에 지략 있는 오디세우스가 대답했다.

"오, 넬레우스의 아들 네스토르여, 아카이아 측의 위대한 영광이시여. 신이라면 마음대로 손쉽게, 이보다 훌륭한 말이라도 내려주실 테죠, 우리보다 훨씬 뛰어난 분들이니까. 노인이여, 그러나 여기 있는 이 의문의 말들은, 드라키아에서 갓 도착한 그 임자를 용감한 디오메데스가 죽였다오. 다른 열두 명의 훌륭한 무사들도 함께 말이오. 그리고 우리는 함대 가까이에서 정찰 나온 사나이를 붙잡아 죽였는데, 그는 아군의 상황을 살피러 헥토르와 그 밖의 고매한 트로이인들이 보낸 자였소."

그가 이렇게 말하고 껄껄대고 웃으며 외발굽의 말들을 몰아 참호 위를 건너가자, 다른 아카이아 사람들도 기쁨에 넘쳐 뒤따랐다. 이윽고 튼튼하게 만든 티데우스 아들의 막사에 이르러 외양간 위에 늘어뜨린 가죽끈에 말을 매었다. 그곳에는 디오메데스가 전부터 가지고 있던 준마들이 꿀처럼 단 보리알을 씹으며 서성대고 있었다. 한편 오디세우스는 아테나에게 바치는 공물로 삼으려고 돌론에게서 벗긴 피에 젖은 갑옷을 배의 이물에 놓았다. 그리고 두 사람은 바다에 들어가 흠뻑 젖은 땀을 씻어내 마음이 상쾌해지자, 반들반들하게 닦은 욕조 속에 들어가 목욕을 했다. 목욕을 마친 두 사람은 풍족하게 올리브기름을 몸에 바르고, 식탁에 앉아 가득 채워진 술동이에서 꿀처럼 달콤한 포도주의 첫잔을 따라 아테나에게 바쳤다.

제11권
아가멤논의 용맹

날이 밝아오자 아가멤논은 갑옷을 몸에 두르고 병사를 격려, 적장을 무찌르다가 코온에게 허벅지를 찔려 물러난다. 디오메데스도 오디세우스, 의사 마카온 등도 부상당한다. 그리스의 움직임을 멀리서 바라본 아킬레우스는 친구 파트로클로스를 보내 전황을 살피게 한다. 수심에 찬 노장 네스토르는 파트로클로스에게 아킬레우스의 구원을 요청하면서, 만일 그게 안 된다면 하다못해 파트로클로스만이라도 부하를 이끌고 구하러 와달라고 간청한다.

새벽의 여신이 잠자리에서, 긍지도 드높은 티토노스*[1]곁에서, 불사의 신들과 인간들에게 빛을 보내주려고 일어났다.

그때 제우스는 손에 전쟁의 상징을 든 무시무시한 여신 에리스를 아카이아군의 재빠른 배가 있는 곳으로 내려보냈다. 준엄한 여신은 오디세우스의 속이 빈 커다란 검은 배에 가서 걸음을 멈추었다. 그 배가 온 진영의 꼭 한가운데에 위치해 있어서 한쪽은 텔라몬의 아들 아이아스의 막사까지, 또 한쪽은 아킬레우스의 막사에까지 목소리가 모두 들리기 때문이다. 이 두 사람은 자기 용맹과 완력을 믿고 균형이 잘 잡힌 배들을 가장 끝쪽에 끌어올려 놓았다. 그곳에서 여신은 큰 소리로 아카이아 군대 한 사람 한 사람에게 끊임없이 싸움을 계속하도록 사나운 기세를 불어넣었다. 그러자 그들은 배를 타고 그리운 고향으로 돌아가기보다 전쟁을 하는 편이 더 즐거운 기분이 들었다.

아트레우스의 아들 아가멤논은 큰 소리로 아르고스 군사에게 무기를 들라고 명령하고, 자신도 번쩍이는 청동 갑옷을 입었다. 먼저 정강이에 은으로 만

---

*1 트로이 왕. 라오메돈의 아들이며 새벽의 여신 에오스의 사랑을 받았다.

든 훌륭한 정강이받이를 대고 나서 가슴받이를 가슴에 둘렀다. 이것은 키프로스 왕 키뉘라스가 우호의 표시로 보내준 것인데, 아카이아 군대가 배를 타고 트로이에 원정한다는 소문이 키프로스까지 파다하게 퍼져서 키뉘라스의 귀에까지 들어갔을 때 왕을 기쁘게 하고자 그가 보내준 것이었다.

겉에는 열 가닥의 짙은 군청색 줄과 열두 가닥의 황금줄, 그리고 스무 가닥의 주석줄이 박혀 있었으며, 푸른 구렁이가 양쪽에서 세 마리씩 목을 향해 고개를 쳐들고 있는 모양은 크로노스의 아들 제우스가 구름 사이에서 말을 가진 인간들에게 전조로서 보여주는 무지개와도 같았다. 그리고 두 어깨에는 칼을 걸쳤는데, 거기에는 여러 개의 황금 징이 눈부시게 반짝이고 있었다. 한편 이것의 칼집은 은으로 만들었으며 황금 고리가 달려 있었다. 이어 그는 몸을 충분히 감출 정교하고도 엄청난 방패를 들었다. 그 방패의 겉에는 청동으로 열 개의 동그라미가 새겨져 있었다. 그리고 그 안에는 주석으로 만든 하얀 돌기가 스무 개나 박혀 있고, 한가운데에도 검고 큰 돌기가 박혀 있었다. 방패 가장자리에는 빙 둘러보기에도 무시무시한 고르곤의 목이 무서운 눈초리를 하고 있었다. 그 주변에는 '공포'니 '패주'니 하는 모양이 그려져 있고, 또 은으로 만든 손잡이 가죽이 늘어져 있었다. 게다가 윗부분에는 군청색 구렁이가 똬리를 틀어 도사리고 앉은 궁형(弓刑) 받침이 달려 있었으며, 그 구렁이는 한 줄기의 목에서 머리가 셋이나 돋아나 양쪽에서 꿈틀대고 있었다. 또 머리에는 양쪽에 뿔이 솟은 데다가 네 개의 별이 달려 있는 말총 장식 투구를 쓰니, 위에서 늘어져 휘날리는 털의 모습이 무시무시했다. 그러고는 청동 날이 박힌 두 자루의 창을 잡자, 날카로운 창끝이 번쩍거렸다. 그때 아테나와 헤라는 황금이 풍부한 미케네의 왕 아가멤논에게 영광을 내리는 표시로 우렁찬 천둥을 울렸다.

대장들은 저마다 자기 전차의 마부들에게 순서대로 참호 앞에 말을 대기시켜 놓도록 명령하고, 자기들은 갑옷을 몸에 두른 채 달려나가니 새벽 일찍부터 어마어마한 함성이 솟아올랐다. 그들은 마부보다 훨씬 빨리 참호 앞에 대오를 갖추었고 마부들도 조금 떨어져서 그 뒤를 따라갔다. 그동안에 크로노스의 아들은 지긋지긋한 동란을 혼란스럽게 만드느라 높은 하늘에서 피에 물든 이슬을 뿌렸다. 또다시 지금부터 용감한 병사들을, 그것도 수없이 저승의 왕 앞으로 보내려 하고 있었던 것이다.

한편 이쪽 편에서는 트로이 군대가 들판 높다란 곳에서 키가 큰 헥토르와 인품이 훌륭한 폴리다마스, 트로이인 전체에게 신처럼 존경받고 있는 아이네이아스, 게다가 안테노르의 세 아들들, 바로 폴리보스와 용감한 아게노르와 불사의 신과도 비길 아카마스 등을 둘러싸고 있었다.

그 선두 대열 속에 헥토르가 균형이 잘 잡힌 방패를 들고 서 있는 모습은 마치 구름 사이에서 요사스러운 별*[2]이 번쩍번쩍 빛나는 모습을 나타내기도 하고, 어둑어둑한 구름 뒤로 숨어버리기도 하는 모습과 같았다. 그와 같이 헥토르는 선두 대열 사이에 나타나기도 하고 뒤에 처진 부대를 독려하기도 했는데, 빈틈없이 청동 갑옷을 두른 그의 모습은 아이기스를 가진 아버지 제우스의 번개처럼 번쩍거렸다.

그리하여 양군은 마치 보리를 베는 사람들이 양쪽에서 서로 마주보고 보리이랑을 베어나가듯, 다시 말해 어떤 부자의 밭에서 벤 보리 다발이 잇따라 넘어져 가듯 트로이군과 아카이아군은 서로 뒤쫓고 서로 베고 하여 어느 쪽도 무서워 도망칠 생각을 하는 병사가 없었다. 싸움은 양쪽이 서로 우열을 가리기 힘들어서 병사들은 모두 이리처럼 사납게 덤벼들었다. 그것을 바라보며 많은 한탄을 가져다주는 투쟁의 여신 에리스가 즐기고 있었다. 여러 신들 가운데서 오직 혼자서 이 전투에 참여하고 있었기 때문이다. 다른 신들은 저마다 올림포스 산기슭에 세워놓은 훌륭한 저택의 큰 방에 조용히 앉아 이 싸움터에 나오지 않았다.

그러나 모두 똑같이 검은 구름을 모으는 크로노스의 아들을 비난하고 있었다. 제우스가 트로이 측에 영광을 주려는 마음을 품고 있었기 때문이다. 하지만 그런 것은 조금도 개의치 않고 아버지 신은 슬며시 다른 신들과 떨어진 곳에서 영광에 찬란히 빛나면서 기쁨에 차 앉아 있었다. 트로이인들의 도시와 아카이아 군대의 배들, 또 청동의 번쩍이는 빛, 죽이는 자와 죽는 자 등을 내려다보면서.

신성한 날이 차츰 자라나는 아침나절의 거룩한 햇빛이 넘치는 동안에는 양군에서 쏘는 무기가 어지럽게 날아가 병사들은 잇따라 쓰러졌다. 이윽고 나무꾼이 산골짜기에서 점심을 먹는 시간이 되어 큰 나무를 잘라 나가는 두 손은 피로해지고 싫증이 났으며 즐거운 식사에만 마음이 사로잡혀 있는 무렵이 되

*2 천랑성 시리우스. 여러 가지 해악을 인간에게 가져온다고 생각되었다.

자, 다나오이 군사는 전열마다 서로 격려해 자기들의 용기로 적의 대열을 무너뜨렸다. 그중에서도 아가멤논은 솔선해 덤벼들어서, 비에노르라는 병사들의 우두머리를, 이어 다시 그의 마부인 오일레우스를 함께 쓰러뜨렸다. 오일레우스가 마차에서 뛰어내려 아가멤논을 향해 곧장 덤벼드는 것을 그가 날카로운 창으로 이마를 찔렀다. 덤벼들다 찔렸으므로 무거운 청동 투구조차 창끝을 막지 못해 투구와 뼈를 꿰뚫고 창이 들어가니 골이 쏟아져 나왔다.

그리하여 무사들의 군주 아가멤논은 그들의 갑옷을 모두 벗겨서 가슴을 드러낸 채 그 자리에 굴려놓고, 이번에는 이소스와 안티포스를 죽여서 벗길 참으로 덤볐다. 이 두 사람은 모두 프리아모스의 아들로 본처의 자식과 첩의 자식이 함께 전차를 타고 달려나왔다. 첩에게서 난 이소스가 고삐를 잡고, 또 한 사람, 잘 알려진 안티포스가 그 옆에 타고 있었다. 이 두 사람은 지난날 이데 산기슭에 있는 언덕에서 양을 치고 있었던 것을 아킬레우스가 둘 다 붙잡아 덩굴로 묶어놓았다가 몸값을 받고 풀어준 적이 있었다. 그런데 이때 아트레우스의 아들이자 드넓은 나라를 다스리는 아가멤논이 한 사람은 젖가슴을 창으로 찌르고, 나머지 안티포스는 귀 옆을 칼로 찔러 말에서 떨어뜨렸다.

그러고는 재빨리 이 두 사람의 아름다운 갑옷을 벗겼다. 전에 이데 산에서 걸음이 빠른 아킬레우스가 끌고 왔을 때, 재빠른 배 옆에서 이들을 볼 때부터 프리아모스의 아들이라는 것을 알고 있었기 때문이다. 그 광경은 사슴의 잠자리를 습격해 새끼사슴의 가냘픈 생명을 빼앗아 가듯이, 마치 수사자가 날쌘 암사슴의 어린 새끼를 잡아 힘도 안 들이고 억센 이빨로 우지직 깨물어 먹는 것과 같았다. 어미 사슴이 비록 가까이 있다고는 하더라도 어미도 다리가 떨려 자식을 지킬 수 없고 힘센 야수의 습격이 두려워 우거진 덤불과 수풀 사이로 땀을 흘리면서 쏜살같이 달아나듯이 말이다. 마찬가지로 트로이 편의 어느 누구도 이 두 사람의 죽음을 막지는 못했으며, 오히려 자신들까지 아르고스 군대의 위세에 눌려 달아났다.

그다음으로 그는 페이산드로스와 싸움에 잘 견디는 힙폴로코스를 붙잡았다. 이들은 지혜가 반짝이는 안티마코스의 두 아들이었다. 그들의 아버지 안티마코스는 특히 알렉산드로스한테서 훌륭한 선물로 황금을 받고 헬레네를 메넬라오스에게 돌려주는 데 반대한 사람이다. 이 사나이의 두 아들이 한 전차에 타고 준마로 달려오는 것을 아가멤논이 붙잡은 것이다. 그러자 두 사람의 손에서 빛나는 고삐가 떨어지고 말들은 놀라 날뛰었다. 아트레우스의 아들이 눈앞에 사자처럼 우뚝 막아서자, 두 사람은 수레 위에서 애원했다.

"제발 사로잡아 주십시오. 아트레우스의 아들이여, 그리고 적당한 몸값을 받아주십시오. 안티마코스의 성에는 많은 보물이 간직되어 있습니다. 우리 아버지는 만일 우리가 살아서 아카이아군의 함대 안에 있는 것만 안다면 청동이니 황금 또는 공들여 만든 쇠붙이 같은 것을 골라 군주님에게 막대한 몸값을 드릴 것입니다."

두 사람은 울부짖으면서 왕에게 온갖 말로 자비를 빌고 간청했으나 돌아온 것은 무자비한 대답일 뿐이었다.

"만일 정말로 그대들이 계략꾼 안티마코스의 아들들이라면, 전에 그는 트로이인의 회의 석상에서 메넬라오스와 신에게도 비길 만한 오디세우스가 교섭하러 갔을 때, 그 자리에서 죽여 아카이아에 돌려보내지 말라고 권했다는구나. 그러니 이제야말로 자기 아버지의 무도한 죄를 갚는 것이 좋으리라."

이렇게 말하자마자 그가 페이산드로스의 가슴을 창으로 꿰찌르니 마차에서 굴러떨어져 땅바닥에 엎어졌다. 이어 힙폴로코스가 뛰어올라 달아나는 것을 땅에 쓰러뜨렸다. 그리고 두 팔을 칼로 베고 목을 쳐서 밀어 던져 통나무처럼 병사들 사이로 굴려보냈다. 그러고는 이 두 사람을 내버려 둔 채 전열이 가장 혼잡한 곳에 뛰어드니, 훌륭한 정강이받이를 댄 다른 아카이아 군사도 함성을 지르며 뒤따라 돌진했다. 보병 부대들은 견디지 못해 달아나는 적군을 베어 쓰러뜨리고 기사는 기사를 무찔렀다. 그리하여 평원 일대에는 심하게 울려대는 말발굽이 차올린 흙먼지가 하늘 높이 솟아올랐다.

이와 같이 청동 칼을 휘두르는 사이에도 아가멤논은 적을 무찌르는 한편 아르고스 군사를 격려하며 추격해 갔다. 그 광경은 마치 사납게 타들어가는 불이 울창한 숲을 습격할 때, 소용돌이치는 바람이 사방으로 불꽃을 날리고, 나무들은 세차게 불어닥치는 불길에 밀려 뿌리째 넘어가는 듯했다. 달아나는 트로이군 병사들이 몇 사람이나 아트레우스의 아들 아가멤논의 손에 걸려 죽어갔으므로, 무수한 말들이 인품도 훌륭한 고삐의 주인을 찾아 고개를 쳐들고 빈 전차를 끌며 우왕좌왕 전장을 달렸다. 그러나 그 주인들은 땅바닥에 나뒹굴어져 있었다. 그들의 아내에게는 이보다 더한 슬픔이 없겠지만, 사나운 독수리들은 기뻐할 만한 모습이었다. 하지만 제우스는 헥토르만은 화살과 돌이 빗발치듯 쏟아지는 와중에서, 먼지와 병사들의 살육과 유혈의 그 소란 속에서 살짝 멀리해 놓았다. 한편 아트레우스의 아들은 다나오이 군사를 독려해 뒤쫓아갔다. 트로이 군사들은 먼 옛날 다르다노스의 아들 일로스의 무덤 옆을 지나 도시를 향해 평야 한가운데를 가로질러 무화과나무를 스치며 달아났다. 그러자 아트레우스의 아들은 함성을 지르면서 쉴 새 없이 뒤쫓았다. 그 무적의 두 손은 튀어오른 피로 물들어 있었다.

그러나 스카이아이 문의 거대한 떡갈나무 아래 이르자, 앞서 가던 자들은 걸음을 멈춘 채 뛰어오는 트로이 편을 기다렸다. 다른 부대는 아직 평야를 마치 소 떼처럼 이리저리 달아나고 있었다. 그 소 떼를 밤의 어둠을 타고 온 수사자가 모두 쫓아버렸는데, 한 마리만은 처절할 만큼 살육을 당해, 사자는 억센 이빨로 먼저 목을 꽉 물어뜯고 이어 피도 내장도 모조리 먹어치웠다. 그와 같이 아트레우스의 아들 아가멤논은 늘 가장 뒤처진 병사부터 무찔러 나가니, 적병은 그저 정신없이 달아나기만 했다. 그중에는 엎어지거나 뒤로 벌렁 나자빠지며 아가멤논의 손에 의해 마차에서 굴러떨어지는 병사가 꼬리를 물었다. 아가멤논은 닥치는 대로 창을 휘둘렀다. 그가 막 도시와 가파른 성벽 밑에 이르려 하고 있을 때, 인간들과 신들의 아버지인 제우스는 하늘에서 내려왔다. 그리고 이데 산의 봉우리 사이에 앉아서 손에 번개를 든 채 황금 날개를 가진 무지개의 여신 이리스를 불러 급히 심부름을 보냈다.

"자, 날랜 무지개의 여신 이리스여, 가서 헥토르에게 전하고 오너라. 병사들의 우두머리인 아가멤논이 선두 대열 근처에서 마구 무사들을 무찌르고 사납게 설치고 있는 것이 보이는 동안에는, 헥토르는 뒤로 물러서서 다른 무사들에게 적군과 격렬히 맞서게 하라. 그러나 아가멤논이 창에 찔리거나 화살에 맞거나 하여 전차에 몸을 피하거든, 그때는 내가 그에게 적군을 무찌를 수 있는 힘을 내려주기로 하겠다. 훌륭한 갑판이 덮인 배가 있는 곳에 그가 도착할 때까지, 그리고 해가 져서 거룩한 밤이 찾아올 때까지."

이렇게 말하니 바람처럼 걸음이 빠른 무지개의 여신은 즉각 분부대로 이데 산을 내려가서 일리오스에 이르렀다. 약삭빠른 프리아모스의 아들인 용감한 헥토르는 말들과 튼튼하게 만든 수레들 사이에 서 있었다. 그 곁에 가서 걸음이 빠른 무지개의 여신이 말했다.

"프리아모스의 아들 헥토르여, 그대는 지혜가 제우스에게 비길 만하리라. 그 제우스가 지금 나를 보내어 그대에게 이렇게 전하라신다. 병사들의 우두머리인 아가멤논이 선두 대열에서 마구 무사들을 무찌르고 사납게 설치고 있는 것이 그대 눈에 보이는 동안에는 싸움에서 물러나 있는 것이 좋다. 그리고 다른 무사들에게 적과 격렬히 맞서 싸우도록 권해야 한다. 그러나 만일 그가 창에 찔리거나 화살에 맞거나 하여 전차로 몸을 피하거든, 그때는 그대에게 적군을 무찌를 수 있는 힘을 내려주실 것이다. 훌륭한 갑판이 덮인 배가 있는 곳에 그대가 닿을 때까지, 그리고 해가 져서 거룩한 밤이 찾아올 때까지."

이렇게 말을 마친 뒤 걸음이 빠른 이리스는 사라져 갔다. 헥토르는 갑옷을 걸친 채 수레에서 땅으로 뛰어내려 날카로운 창을 휘두르며 진중을 구석구석 돌아다니면서, 병사들을 격려하여 전투로 몰아내고 무서운 결전을 벌이게 했다. 그래서 군사들이 뒤돌아서서 아카이아군과 맞서 버티고 서니, 이쪽에서 아르고스인들도 전열을 가다듬고 섰다. 바야흐로 대전의 기운이 무르익어, 서로 쏘아보며 대치하는 가운데 아가멤논이 기선을 잡아 뛰쳐나온 것은 맨 앞에서 싸우려는 생각에서였다.

이제 말씀해 주소서, 올림포스에 있는 무사 여신들이여. 트로이 군대 중에서, 혹은 그 이름을 떨친 응원 부대 중에서 가장 먼저 아가멤논에게 도전한 것은 누구입니까?

그는 바로 이피다마스라는 사나이로서 안테노르의 아들로 용맹스러운 무사였다. 양 떼의 어머니라 일컬어지는 트라케 땅의 기름진 고장에 태어나 어린 시절을 외조부 킷세우스의 성에서 자랐다. 이 킷세우스의 딸이 볼이 아름다운 테아노이다. 이윽고 찬란한 청춘이 한창때에 이르렀을 때, 그를 그 고장에 그냥 붙들어 놓고 싶어 외조부는 자기 딸을 그의 아내로 주었다. 그리하여 결혼하고 얼마 되지 않았을 때, 아카이아인들에 대한 소문을 듣고 신방을 나와 열두 척의 뱃머리가 굽은 배를 이끌고 트로이를 찾아왔다. 균형이 잘 잡힌 그 배들은 페르코테의 항구에 묶어두고 자신은 걸어서 일리오스까지 왔던 것이다. 그런데 그가 지금 아트레우스의 아들 아가멤논에게 도전한 것이다.

드디어 두 사람이 서로 접근해 바로 가까이까지 닿았을 때, 겨냥이 틀리어 서로 동시에 내지른 창 중에서 아트레우스의 아들이 찌른 것은 옆으로 빗나갔지만, 이피다마스는 아가멤논의 가슴받이 아래 허리띠 근처를 찌르고 힘찬 손으로 기운껏 밀며 몸을 가누어 나갔다. 그러나 화려한 허리띠는 꿰뚫리지 않고 그 훨씬 안쪽에서 창끝이 은에 부딪쳐 납처럼 굽어버렸다. 그 창을 손으로 덥석 움켜쥐고, 드넓은 나라를 다스리는 아가멤논은 수사자 같은 기세로 끌어당겨 비틀어 뺏으면서 칼로 이피다마스의 목을 후려치니, 그는 몸을 흐느적거리며 쓰러져 버렸다.

이리하여 그는 그 자리에 쓰러져 영원히 잠들고 말았다. 가엾게도 결혼한 아내로부터 멀리 떨어져서 오직 트로이 시민들을 구하려다가 참변을 당한 것이다. 그는 아내에게서 즐거움도 얻지 못하고 결혼 선물만 주었으니, 먼저 소가 백 마리, 게다가 목장에 무수히 있던 염소와 양을 섞어서 천 마리를 보내겠노라고 약속했다. 이 사나이를 아트레우스의 아들 아가멤논이 죽이고 갑옷을 벗긴 다음 그 화려한 병기를 들고 아카이아 군대에 돌아가려 한 것이다.

그때 정예의 용사로 불리는 코온이 이것을 보았다. 그는 안테노르의 맏아들이었는데, 아우가 살해되는 것을 보니 깊은 슬픔이 밀려와 눈앞이 캄캄해졌다. 그래서 창을 쥐고 곧 대오에서 빠져나가 존귀한 아가멤논의 눈에 띄지 않게 옆으로 다가가 팔꿈치 아래 팔 중간쯤을 찌르니, 번쩍이는 창끝이 푹 꿰뚫고 들어갔다. 무사들의 군주 아가멤논은 깜짝 놀라며 온몸을 부르르 떨었으나 여전히 싸움에서 물러나려 하지 않고 오히려 기세등등하게 창을 움켜쥐며 코온에게 덤벼들었다.

이때 코온은 아버지와 어머니가 같은 이피다마스를 끌고 가려고 서둘러 동료 장수들을 부르고 있었다. 그리하여 무리 속으로 끌고 가는 것을 아가멤논이 배가 불룩한 큰 방패 뒤에서 잘 갈은 청동 창끝으로 꿰찌르니 코온의 사지가 축 늘어졌다. 그래서 옆으로 다가가 그 목을 이피다마스의 몸뚱이 위에 쳐서 떨어뜨렸다. 이렇게 안테노르의 두 아들은 아가멤논의 손에 의해 저승으로 보내졌다.

그 뒤에도 아가멤논은 다른 무사들의 대열 사이를 창과 칼 혹은 커다란 돌덩이로 마구 치고 다녔는데, 그동안에도 상처에서는 검붉은 피가 흘러내리고 있었다. 그러다가 서서히 말라 피가 멎으니 욱신거리는 통증이 아트레우스 아들을 괴롭히기 시작했다. 마치 산고를 겪는 여자가 날카로운 아픔의 화살에 찔리듯이 고통스러웠다. 출산의 신 에일레이튀이아이라는 헤라의 딸들, 무섭게 욱신대는 진통의 여신들이 보내는 아픔처럼 날카로운 통증이 아트레우스의 아들을 엄습했으므로 그는 감당할 수 없는 고통을 느끼고 전차에 올라타서 마부에게 속이 빈 배가 있는 데로 가라고 명령했다. 그러면서 사방에 울리는 커다란 소리로 다나오이 군대를 향해 부르짖었다.

"오, 전우들이여, 아르고스 군사의 지도자들과 영주들이여, 지혜의 신 제우스는 지금 나에게 트로이군과 온종일 싸우는 것을 허락하지 않으시니, 이제는 그대들이 바다를 건너는 함선들을 귀찮은 공격으로부터 막아다오."

이렇게 말하는 동안 마부가 속이 빈 배를 향해 갈기도 훌륭한 말에 채찍을 휘두르니, 두 필의 말은 그가 하라는 대로 재빨리 달려나갔다. 그 가슴팍은 거품에 젖고 아랫도리는 온통 흙먼지에 덮여 더러웠지만, 통증에 괴로워하는 군주를 싸움터에서 멀리 떨어진 곳으로 운반해 갔다.

한편 헥토르는 아가멤논이 되돌아가는 것을 보고 트로이군과 링케아 군사를 커다란 소리로 격려했다.

"트로이 군사도 링케아 군사도, 가까이 접근해서 싸우는 다르다니에 사람들도 모두 씩씩하라. 친구들이여, 열화와 같이 전진하는 용기를 잊지 말라. 적군 최강의 용사는 사라졌다. 크로노스의 아들 제우스는 나에게 커다란 영예를 주셨다. 자, 드높은 영광을 차지하기 위해서 곧장 앞으로 용감한 아카이아 군대를 향해 외발굽의 말들을 몰아가라."

그는 이렇게 말하며 모든 병사들의 기세와 용기를 북돋웠다. 그 광경은 마치 사냥꾼이 흰 이빨을 드러내는 개들을 야생의 수퇘지나 사자에게 덤벼들도록 마구 부추기는 것과 같았다. 이와 같이 프리아모스의 아들 헥토르는 인간을 멸망시키는 아레스와도 같이 의기왕성한 트로이 군대를 아카이아 군사를 향해 몰아세웠다. 그 자신도 사기충천해 자줏빛 바다를 뒤흔드는 바람처럼 선두 대열 사이로 싸움터에 뛰어드니, 그 모습이 마치 휘몰아치는 질풍과 같았다.

프리아모스의 아들 헥토르는 제우스가 그에게 영예를 내려준 그때 누구를 먼저, 그리고 누구를 나중에 무찔렀던가. 처음에는 아사이오스, 그리고 아우토노스, 오피테스, 클뤼티스오의 아들 돌롭스, 오펠티오스, 아겔라오스, 그리고 아이쉼노스, 오로스, 게다가 전투에 만만치 않은 히포노스를 죽였다. 이들 다나오이 군사들의 대장들을 죽이고 다시 많은 병사들을 무찔러 나가는 모습은, 마치 날씨를 맑게 하는 남풍이 불어 모은 구름을 서풍이 거센 바람으로 몰아 사방으로 흩어버리려는 광경과 흡사했다. 그래서 무수한 파도가 일렁이며 부풀어 올랐다가 몰아쳐 가면, 높이 치솟는 물보라가 불어닥치는 바람결에 따라 여기저기 흩날리어 사라지는 것처럼 적병들의 숱한 목숨들은 헥토르의 손에 사라져 갔다.

이때 어쩌면 아카이아 군사들은 궤멸하여 속수무책의 상태에 빠져서 배 안으로 도망쳐 들어갔을는지도 모른다. 티데우스의 아들 디오메데스를 향해서 오디세우스가 이렇게 소리치지 않았던들 말이다.

"티데우스의 아들이여, 어찌하여 그대는 기세도 용기도 잊고 말았는가. 자, 이리 와서 내 옆에 서라. 번쩍이는 투구의 헥토르가 우리 배들을 점령하는 날이면, 우리는 그야말로 세상의 비난을 모면하지 못할 것이다."

이에 용맹스러운 디오메데스가 대답했다.

"물론 나도 머물러 버티며 견디어 보겠다. 하지만 우리가 도움이 되는 것도 잠시 동안일 것이다. 먹구름을 모으는 제우스가 아마도 우리보다 트로이 편에 힘을 실어줄 생각이신 모양이니까."

이렇게 말하기가 무섭게 튐브라이오스의 왼쪽 가슴을 창으로 찔러 수레에서 떨어뜨렸다. 한편 오디세우스도 튐브라이오스 왕의 신과 같은 수행병 몰리온을 쓰러뜨렸는데, 이들은 이제 싸울 기력이 없었으므로 그대로 남겨두고 두 사람은 무리들 속으로 치고 들어가 마구 날뛰기 시작했다. 그것은 두 마리의 멧돼지가 기세도 거센 사냥개의 무리 속에 뛰어드는 것과도 같았다. 그와 같이 되돌아서서 돌진해 트로이군을 무찔렀으므로, 아카이아 군사는 용감한 헥토르를 겨우 피해 한숨을 돌릴 수 있었다.

이때 그들은 한 대의 전차와 함께 그 나라 사람들 가운데서도 훌륭한 무사 둘을 쓰러뜨렸다. 그것은 페르코테의 메롭스라는 사람의 두 아들로, 그 아버지는 누구보다도 뛰어난 예언자였다. 그는 아들들에게 전쟁에 나가기를 허락하지 않았으나, 두 사람은 끝내 말을 듣지 않고 출전했다. 검은 죽음의 운명이 그들을 끌어냈기 때문이었다. 이들에게서 티데우스의 아들인 창으로 이름난 디오메데스가 생명을 빼앗고 세상에 알려진 갑옷을 벗기니, 한편 오디세우스는 히포다모스와 히페이로코스를 죽였다.

이때 크로노스의 아들은 이데 산에서 전황을 내려다보며 양군에게 막상 막하의 전투를 전개시켰으므로, 병사들은 모두 서로의 적을 쓰러뜨려 나갔다. 마침 티데우스의 아들 디오메데스는 파이온의 아들 아가스트로포스 군주를 기다란 창으로 허리께를 찔렀다. 그는 말을 타고 달아나려 했으나 자기 말이 가까운 곳에 있지 않아 걸어서 선두 대열에 끼어 돌진하다가 마침내 아까운 목숨을 잃고 말았다. 그러나 헥토르가 전열 너머로 재빨리 이것을 발견하고 그쪽으로 함성을 지르면서 밀고 나가니, 트로이군 부대도 그 뒤를 따라 돌진했다. 그 모습을 보고 치를 떤 것은 목소리도 씩씩한 디오메데스였는데, 그는 곧 옆에 있는 오디세우스를 돌아보고 말했다.

"저기 우리 쪽을 향해서 성가신 녀석이 달려온다, 저 강력한 헥토르가. 그러나 버티고 서서 그를 막아내자."

그는 이렇게 말하고 길게 그림자를 끄는 창을 휘둘러 집어 던지니, 잘 겨누어 머리를 노린 겨냥은 빗나가지 않고 투구 앞에 맞았으나, 창끝은 투구의 청동에 맞아 튕겨 나가서 살갗에는 미치지 못했다. 포이보스 아폴론의 선물인 네 개의 뿔이 달린 둥근 투구가 막아주었기 때문이다. 그러나 그 충격은 꽤 컸으므로 헥토르는 물러나 무리들 속에 섞인 채 버티고 섰다가 한쪽 무릎을 꿇고 쓰러진 뒤 팔로 땅을 짚으며 몸을 지탱했다. 그 눈에 검은 어둠이 내리덮이는 듯했으나 티데우스의 아들이 창이 날아간 뒤를 쫓아가서 땅에 꽂힌 창을 찾아다니며 저만치 멀어진 사이에 헥토르는 크게 한숨을 쉬고 다시 전차에 뛰어올라 자기편 진중으로 달려감으로써 죽음의 검은 손에서 빠져나왔다. 이를 향해 창을 손에 들고 뒤쫓으면서 용맹스러운 디오메데스가 말했다.

"이번에도 죽음을 모면했구나. 바로 가까이까지 재앙이 다가갔는데도 포이보스 아폴론이 살려주었구나. 창들이 요란하게 울리는 곳으로 들어갈 때마다 이 신에게 기도하는 모양이지. 그러나 내게도 도와주시는 신이 계시니, 이번에는 반드시 처치하고 말 테다. 우선은 다른 병사들을 닥치는 대로 없애주지."

이렇게 말하고 창으로 유명한 파이온 아들의 갑옷을 벗겼다. 그 틈에 머리채도 아름다운 헬레네의 남편 알렉산드로스가 병사들의 우두머리인 티데우스의 아들 디오메데스에게 활을 돌려 겨누었다. 마침 디오메데스는 그 옛날 이 나라의 장로였던 다르다노스의 아들 일로스의 무덤 위에 서 있는 비석 곁에서 용감한 아가스트로포스의 화려한 가슴받이를 벗기고 있는 참이었으며, 어깨의 큰 방패도 무거운 투구도 이미 벗겨놓고 있었다. 그것을 겨누어 활시위를 힘껏 끌어당겨 쏘니, 화살은 똑바로 날아 오른쪽 발등을 꿰뚫고 들어간 뒤 그 여세로 땅에 푹 꽂혔다. 알렉산드로스는 기뻐서 웃으며 숨어 있던 곳에서 뛰쳐나와 우쭐댔다.

"맞았다. 화살은 헛되이 날아가지 않았구나. 그러나 그대의 배를 꿰뚫어 맞혀서 목숨까지 빼앗을 수 있었더라면 더 좋았을 텐데. 그러면 우는 산양이 사자를 무서워하듯 언제나 그대를 무서워하는 트로이군도 재난에서 한시름 놓을 수 있었을 텐데."

이에 조금도 굴하지 않고 용맹스러운 디오메데스가 말했다.

"활을 쏘는 더러운 험담가여, 뿔활 따위나 자랑하고 계집이나 탐내는 자야. 만일 그대와 갑옷을 벗어 던지고 힘으로 결투를 한다면 그 활도, 많은 화살도 아무런 소용이 없을 거다. 지금도 내 발등을 조금 긁어놓고서 뻔뻔스럽게 자랑을 떠벌리지만, 뭐 이 까짓것, 여자나 철없는 개구쟁이에게서 맞은 정도에 지나지 않는다. 대수롭지 않은 겁쟁이의 화살 따위는 아무렇지도 않다. 만일 내가 쏘았더라면 조금 스치기만 했더라도 화살의 힘으로 당장에 목숨을 빼앗았을 것이다. 그리하여 네 녀석의 아내는 한탄한 나머지 자기 얼굴을 할퀴고, 아이들은 고아가 되며, 대지를 벌겋게 물들이고 여자들이 아닌 많은 독수리에 둘러싸인 채 썩어가겠지."

이렇게 말하고 있는 동안 창으로 이름 높은 오디세우스가 얼른 달려와서 앞을 막아서자, 디오메데스는 뒤에 앉아 재빨리 화살을 발등에서 뽑았다. 그러자 심한 아픔이 온몸을 꿰뚫으며 욱신거리기 시작했다. 디오메데스는 전차에 뛰어올라 몹시 괴로워하면서 마부에게 명해 속이 빈 배가 있는 곳으로 말을 몰아가게 했다.

한편 창으로도 이름 높은 오디세우스는 혼자 뒤에 남게 되었다. 모두 달아나 버렸으므로 곁에는 이제 아르고스 군사는 한 사람도 없었다. 그러자 침통하게 자기 마음을 향해서 말했다.

"자, 나는 어떻게 되는 것인가? 만일 적의 군사들이 많다고 겁을 먹고 달아나면 대단한 치욕이다. 그러나 혼자서 적군에게 둘러싸이면 더 심한 고난에 처하겠지. 다른 다나오이인들은 모두 크로노스의 아드님이 달아나게 해준 모양이구나. 그런데 어쩌자고 나는 지금 당치 않게도 이런 일을 마음속으로 생각하고 있을까? 싸움을 피해 달아나는 자는 비겁한 자라는 것을, 싸움으로 무훈을 세우고 싶은 자는 단호히 버티지 않으면 안 된다는 것을 잘 알고 있는데 말이다. 베거나 혹은 베이거나 간에."

이와 같이 자문자답하며 마음속으로 골똘히 생각하고 있는 동안, 트로이군의 방패를 든 무사들이 전열을 지어 다가와서는 그를 에워쌌는데, 이거야말로 그들은 한가운데에 재앙을 놓고 둘러쌌다고 할 수 있을 것이다. 마치 큰 멧돼지를 혈기 왕성한 젊은이들과 사냥개들이 둘러쌀 때와 같이, 멧돼지는 깊은 숲 속에서 나와 주름잡아 일그러진 아가리 사이의 하얀 이빨을 갈아댔다. 모두 한꺼번에 덤비려고 하자 멧돼지의 이빨 부딪치는 소리가 들리므로 무서운 짐승이라 모두 그대로 멈칫 물러섰다. 이와 같이 이때 제우스가 아끼는 오디세우스를 에워싸고 트로이 병사들이 덤벼들었다.

오디세우스는 먼저 용감한 데이오피테스에게 덤벼들어 어깨 밑을 날카로운 창의 일격으로 꿰찔렀다. 그리고 다음에는 토온과 엔노모스를 쓰러뜨리고, 이어 케르시다마스가 전차에서 뛰어내려 돌진해 오는 것을 큰 방패의 아래쪽을 창으로 쿡 찔렀다. 그는 흙먼지 속에 뒹굴며 손바닥으로 흙을 움켜쥐었다. 이들은 그대로 버려두고 이번에는 힙파소스의 아들 카롭스를 창으로 꿰찔렀다. 이 사나이는 부자로 알려진 소코스의 형이었다. 신으로도 보일 무사 소코스가 형을 구하려고 다가와 그 곁에 서서 부르짖었다.

"영예도 드높은 오디세우스여, 책략에도 행동에도 여러 사람들의 칭찬을 받고 있는 그대는 오늘에야말로 힙파소스의 아들인 두 용사에게 큰소리를 치겠지. 두 사람을 모두 쓰러뜨리고 갑옷을 빼앗을 터이니까. 그러나 거꾸로 내 창에 찔려 목숨을 잃게 될지도 모른다."

이렇게 말하자마자 그가 균형이 잘 잡힌 둥근 방패를 찌르니, 화려한 방패를 튼튼한 창이 꿰뚫어 온갖 기교를 다 부린 가슴받이에까지 관통해 옆구리 살을 갈기갈기 후벼 팠다. 그래도 팔라스 아테나가 창끝이 내장에 이르게까지는 하지 않았다. 오디세우스는 그 상처가 결코 치명적이 아님을 깨닫고 곧 뒤로 물러나 소코스를 향해 말했다.

"불행한 젊은이여, 준엄한 파멸이 곧 그대에게 닥치리라. 그 말대로 그대는 나를 트로이군과 싸우지 못하도록 만들었지만, 나도 오늘 바로 지금 이 자리에서 반드시 그대에게 검은 죽음의 운명을 안겨줄 테다. 나의 창에 쓰러지면 자랑거리가 될 테니. 그리고 영혼은 이름난 저승의 왕 하데스에게 보내주겠노라."

이렇게 말하니 소코스는 획 몸을 돌려 달아나려고 성큼성큼 되돌아갔다.

그 뒤돌아선 등골의 두 어깨 사이에 오디세우스가 쿡 창을 꽂아 가슴팍까지 꿰뚫으니 그는 쿵 땅을 울리며 넘어졌다. 고귀한 오디세우스는 자랑스럽게 말했다.

"보라, 계략 넘치는 소코스여, 말을 길들이는 힙파소스의 아들이여, 그대를 먼저 죽음이 붙들었구나. 그것을 피하지 못했다니 가련도 하군. 그대의 아버지도 어머니도 죽어가는 너의 눈꺼풀을 감겨주지 못하게 되었다. 그 대신 날고기를 뜯어먹는 독수리 떼가 날개로 빈틈없이 휘덮고 그대를 에워싸겠지. 그러나 나는 죽으면 훌륭한 아카이아 사람들이 장례를 치러줄 것이다."

이렇게 말하고 그가 용맹한 소코스의 굵직하고 무거운 창을 그의 살에서, 이어 배가 불룩한 큰 방패에서 뽑으니 그 자리에서 피가 솟아나와 그의 기력을 금방 약화시켰다. 의기왕성한 트로이 군사는 오디세우스의 피를 보고 모두 한꺼번에 밀어닥쳐 무리를 짓고 달려들었다. 그래서 오디세우스는 뒤로 물러서서 전우들을 불렀다. 세 번 잇따라서 허락하는 한껏 고함을 지르니, 그 부르짖음을 아레스의 벗인 메넬라오스가 듣고 곧장 바로 옆에 있던 아이아스를 돌아보고 말했다.

"아이아스, 제우스의 후예인 텔라몬의 아들이여, 병사들의 지휘자인 그대여, 어딘가 가까이에서 참을성 많은 오디세우스의 부르짖음이 들린다. 격렬한 전투 사이에 트로이 군사가 그를 다른 전우들과 떨어뜨려 둘러싼 모양이다. 자, 적의 군사들 속으로 쳐들어가자. 막아주어야 할 테니까. 만일 트로이 군사들 속에 혼자 처져서 봉변을 당하지나 않을까 걱정이다. 그리하여 다나오이 군사들에게 매우 원통한 생각을 갖게 하지 않을까 두렵구나."

이렇게 말한 뒤 메넬라오스가 앞장서니 신으로도 보일 아이아스도 그 뒤를 따라가는 동안에 제우스가 사랑하는 오디세우스를 발견했다. 그를 둘러싸고 트로이 병사들이 욱시글거리는 모양은 마치 산골짜기에서 적갈색 이리 떼가 상처입은 뿔 돋은 사슴을 습격하는 것과 같았다. 먼저 사람의 화살에 맞아 상처입은 사슴, 그 사슴은 힘껏 달려 겨우 살아나기는 했으나 그것도 피가 뜨겁고 무릎에 힘이 있는 동안만이었으며, 마침내 화살의 상처 때문에 완전히 힘이 빠져 쓰러지니, 날고기를 즐기는 이리 떼가 골짜기에 몰려 음침한 수풀 사이에서 사납게 덤빈다. 거기에 신의 인도로 흉포한 수사자가 나타나니 이리들은 겁이 나서 달아나고, 이번에는 사자란 놈이 잡아먹으려고 덤빈다. 마치 그러한 광경과 똑같이 지혜로운 오디세우스를 에워싸고 용감한 트로이 군사가 우르르 공격하니, 용사는 창을 움켜잡고 종횡무진 휘두르며 적군의 공격을 막았다. 그러는데 아이아스가 탑만큼이나 큰 방패를 들고 다가가서 옆에 붙어서니, 트로이 병사들은 겁에 질린 채 사방으로 흩어져 달아났다. 그리하여 용사의 손을 잡고 아레스의 벗인 메넬라오스가 전투 속을 누비며 부축해 나오자 수행병이 마차를 가까이 끌어다 댔다.

한편 아이아스는 트로이 군사들에게 덤벼들어 프리아모스의 첩에게서 난 도뤼클로스를 죽이고, 이어 판도코스를 부상 입힌 다음, 뤼산드로스와 퓔라소스와 필라르테스를 잇따라 찔러 나아갔다. 그 광경은 마치 강물이 불어 평지로 넘쳐흐르는 것과 같았다. 산에서 흘러내리는 겨울 냇물이 제우스가 쏟아붓는 비에 힘을 얻어 많은 떡갈나무와 많은 소나무를 넘어뜨린 뒤 강으로 밀어 내려서 엄청난 황토와 찌꺼기를 바다에 실어낼 때와도 같이, 이때 영광에 빛나는 아이아스는 평원에서 말들과 전사들을 미친 듯이 베어 제치며 나아갔는데, 헥토르는 전혀 이 사실을 모르고 있었다. 그는 그때 싸움터 왼쪽에 있는 스카만드로스 강에서 싸우고 있었다. 그 강변에서는 다른 데서보다 두드러지게 많은 무사의 우두머리들이 쓰러지고, 누를 수도 없는 고함 소리가 위대한 네스토르와 아레스의 벗인 이도메네우스를 에워싸고 있었다.

한편 헥토르도 그들과 교전하며 창과 마차를 조종해 무섭게 활약하면서 젊은 무사들의 전열을 휘저어 나아갔다. 그래도 용감한 아카이아 군사는 절대로 그들이 나아가는 길 앞에서 물러서지는 않았을 것이다. 그런데 이때, 머리채가 아름다운 헬레네의 남편 알렉산드로스가 병사들의 우두머리인 마카온의 오른쪽 어깨에 세 개의 갈고리가 달린 화살을 꽂아 그 분전(奮戰)을 막았다. 그래서 무용을 다투는 아카이아군도 자칫 전세가 역전되어 그가 사로잡히지나 않을까 몹시 두려워했던 것이다. 이도메네우스가 고귀한 네스토르에게 소리질렀다.

"아카이아군의 크나큰 영광인 넬레우스의 아들 네스토르여, 자, 수레에 올라 마카온을 옆에 태우고 달려가 주십시오. 그리고 한시바삐 외발굽의 말들을 함선들 쪽으로 몰아주십시오. 의사란 화살을 뽑기도 하고 아픔을 덜게 하는 약을 바르기도 하는 역할에 있어 많은 병사들의 가치와 맞먹는 귀중한 사람이니까."

이렇게 말하자 게레니아의 기사 네스토르는 금방 승낙해 당장 자기 마차에 올라타고는 자기 옆에 소중한 의사 아스클레피오스의 아들 마카온을 태웠다. 그리고 말에게 채찍을 해대니 한 쌍의 말은 속이 빈 배가 있는 곳으로, 자기 마음이 바라는 곳으로 나는 듯이 달려나갔다.

한편 케브리오네스는 트로이군이 흔들리고 있는 것을 보고 헥토르에게 다가가서 말했다.

"헥토르여, 우리 두 사람은 지금 지긋지긋한 소음에 찬 싸움터 후방에서 싸우고 있습니다. 그런데 다른 트로이 군사는 말도 인간도 한 덩어리가 되어 아우성치고 있는 듯합니다. 텔라몬의 아들 아이아스가 소란을 피우기 때문인데, 저 녀석은 어깨에 폭 넓은 방패를 짊어지고 있지요. 나는 그를 잘 압니다. 아무튼 우리도 저쪽으로 전차를 돌려서 달려갑시다. 저쪽에서는 특히 기마 무사와 보병들이 서로 질세라 기를 쓰고 죽여대며, 잊을 수도 없을 엄청난 함성이 하늘에 닿을 듯 솟아오르고 있으니까요."

이렇게 말하고 그가 갈기도 보기 좋은 말들에게 소리도 요란스레 채찍을 후려치니, 말들도 재빨리 그 움직임을 깨닫고 힘차게 달리기 시작해 재빠른 전차를 트로이군과 아카이아군이 싸우고 있는 쪽으로 많은 시체와 방패를 짓밟으며 돌진해 갔다. 전차의 굴대 아래쪽은 온통 피가 튀어 벌겋게 물들었고, 전차 둘레의 난간도 말굽과 수레의 쇠바퀴에서 튀기는 피보라에 젖어 피투성이가 되어 있었다. 헥토르는 병사들이 욱시글거리는 속으로 뚫고 들어가려 애쓰면서, 다나오이 군사에게 불길한 전투의 소란을 가져다주며 거의 쉴 새 없이 창을 휘둘러댔다. 그러면서 다른 부대의 대오에도 창과 칼과 큼직한 돌을 던져 연거푸 몰아세웠는데, 텔라몬의 아들 아이아스와 맞서는 것만은 삼가고 있었다. 헥토르가 자기보다 뛰어난 자와 싸우는 것을 제우스가 좋아하지 않았기 때문이다.

그때 높은 옥좌에 앉아 있던 아버지 제우스가 아이아스의 마음속에 공포심을 불어넣었다. 그래서 그는 섬뜩해져서 벌떡 일어나 소가죽 일곱 겹을 입힌 방패를 등에 메더니 떨면서 야수처럼 혼전의 양상을 곁눈으로 쏘아보며 조금씩 무릎을 번갈아 끌어대며 물러났다. 마치 황갈색 수사자를 소를 넣은 울안에서 농부와 개들이 겨우 쫓아냈을 때와 같다. 사람들은 밤새도록 자지 않고 지키며, 사자가 소 가운데서도 살찐 놈을 물어 가지 못하도록 애쓰고, 사자는 아직 고기가 먹고 싶어 못 견뎌하며 단숨에 돌진하려 하지만 도무지 뜻대로 되지 않는 것처럼 말이다. 그리고 그 눈앞에는 대담한 사나이의 창이 몇 번이나 날아오고, 훨훨 타는 횃불마저 날아와 마음만 초조해질 뿐 그게 무서워 새벽녘에야 사자도 몹시 안타까워하면서 마침내 허둥지둥 꽁무니를 뺀다. 이와 마찬가지로 아이아스는 아카이아군의 일이 걱정스러워 무척 괴로워하며 트로이 군사들에게서 내키지 않는 걸음으로 되돌아섰다.

그 광경은 마치 밭을 가는 게으른 당나귀가 아이들을 얕잡아 보고 쫓아도 끄덕도 하지 않는 것과 같다. 그 당나귀를 때리느라 벌써 몇 개나 막대기가 부러졌어도, 그래도 다시 무성한 밭에 들어가 잘 자란 보리를 마구 뜯어먹으므로 아이들이 기를 쓰고 막대기질을 하지만 그 힘은 아무런 소용이 없는 것처럼 말이다. 그러다가 이제는 당나귀가 꼴을 뜯어먹기도 싫증이 날 무렵에야 힘들여서 겨우 쫓아내게 된 것같이, 이때 텔라몬의 아들 큰 아이아스를 의기왕성한 트로이 군사와 여기저기서 모여든 많은 원군들이 날카롭게 긴 창으로 큰 방패의 한가운데를 쉴 새 없이 찍어대면서 뒤쫓고 있었다.

아이아스 쪽에서도 몇 번이나 사나운 방어전을 생각하고 발걸음을 돌려 말을 길들이는 트로이군의 전열을 눌러 막으려 하다가 다시 등을 돌리곤 했다. 그리하여 어떻게든 속력이 빠른 선두 대열에 적이 이르지 못하도록 막으면서 자기는 트로이 군사와 아카이아 군사의 중간쯤에 걸음을 멈추고 버티어 서서는 마구 설쳤다. 대담한 적이 던진 창 몇 자루가 더 앞으로 날아가고자 하면서 그의 큰 방패에 꽂혀 멈추었으나, 대부분은 흰 살갗에 닿기도 전 중간 지점에 떨어져 그의 살을 꿰뚫기를 열망하며 땅에 꽂혔다.

때마침 이 광경을 바라본 에우아이몬의 영예도 드높은 아들 에우리필로스는 잇따라 날아가고 있는 창에 아이아스가 난처해하고 있는 것을 알고, 그 곁으로 달려가서 나란히 붙어 서며 번쩍이는 창을 던져 병사들의 우두머리인 파우시아스의 아들 아피사온의 명치 아래를 찍어 순식간에 팔다리를 마비시켰다. 에우리필로스는 당장 달려가서 그 어깨에서 갑옷을 벗기려 했다.

그 모습을 발견한 것은 신으로도 착각할 알렉산드로스였으며, 아피사온의 갑옷을 벗기려 하고 있는 에우리필로스를 겨누어서 활을 돌려 끌어당겨 오른쪽 허벅지에 화살을 꽂았고, 마침 갈대로 만든 화살대가 쪼개지며 허벅지에 고통을 주었다. 그래서 그는 죽음의 운명을 피하려고 자기편 무사들이 몰려 있는 곳으로 후퇴하면서 사방에 울리는 커다란 목소리로 다나오이 군사들에게 부르짖었다.

"오 전우들이여, 아르고스 군사의 지휘관들과 보호자들이여, 발걸음을 돌려 버티어 서서 아르고스를 위해 용서 없는 창날을 막아주시오. 던지는 창에 몰려 지긋지긋한 소음에 가득 찬 싸움에서 아무래도 무사히 벗어날 수 있을 것 같지 않으니. 자, 텔라몬의 아들 큰 아이아스를 둘러싸고 똑바로 적을 막아서 주시오."

이렇게 에우리필로스가 화살에 맞고도 소리치니, 병사들이 그 옆에 달려가 막아서며 큰 방패를 어깨에 걸치고 창을 번쩍 들었다. 아이아스도 이제 전우가 있는 곳에 도착했으므로 그들 앞에 이르러 되돌아서서 적을 마주 보고 우뚝 섰다.

이와 같이 하여 양군은 한창 타오르는 불꽃처럼 맞붙어 싸웠다. 한편에서는 넬레우스 집안의 말들이 네스토르를 싸움터에서 땀을 흘리며 실어 날랐고, 또 병사들의 우두머리인 마카온도 운반되어 갔다. 그 모습을 걸음이 빠르고 기품이 높은 아킬레우스가 무심코 발견했다. 그는 그때 널찍한 중간 선실을 가진 배의 고물 옆에 서서 사람들의 심한 노고며 눈물어린 패주의 광경을 바라보고 있었기 때문이다. 그래서 곧 뱃전에서 친구 파트로클로스를 부르니, 그는 막사 안에 있다가 그 소리를 듣고 군신 아레스의 모습 그대로 밖으로 나왔다. 이것이야말로 그가 겪는 불행의 시작이었다. 먼저 메노이티오스의 무용이 빼어난 아들 파트로클로스가 물었다.

"무슨 일이십니까, 아킬레우스여. 나에게 무슨 볼일이라도 있으십니까?"

이에 걸음이 빠른 아킬레우스가 답했다.

"메노이티오스의 기품 있는 아들이여, 내 마음의 즐거움인 파트로클로스여, 이제야말로 아카이아 사람들이 못 참을 만큼 한계에 다다랐으니, 나의 무릎 아래로 와서 열심히 간청할 것으로 보인다. 아무튼 달려가서, 제우스의 사랑을 받는 파트로클로스여, 저 싸움터에서 실려 온 부상자가 누군지 물어보고 와다오. 아무래도 뒷모습으로 미루어 아스클레피오스의 아들 마카온과 비슷하더라만, 전차가 정신없이 전속력으로 내 앞을 달려가는 바람에 그 전사의 얼굴을 보지 못하고 말았다."

이렇게 말하니 파트로클로스는 사랑하는 벗의 말을 따라 막사가 즐비한 아카이아군의 함선들 앞을 달려갔다.

한편 조금 전 그들은 넬레우스의 아들 네스토르의 막사에 닿자 모두 전차에서 풍요한 대지에 내려섰다. 말들은 뒷바라지를 하는 에우리메돈이 노인의 전차에서 끌러놓았다. 그리고 모두 바닷가에 서서 불어 지나가는 바람을 쐬며 속옷의 땀을 식힌 다음, 막사 안으로 들어가서 의자에 몸을 기댔다. 그들을 위해 아름답게 머리를 땋은 헤카메데가 여러 재료를 넣은 죽을 끓여주었다. 이 여자는 아킬레우스가 테네도스 섬을 공략했을 때 노인에게 준 사람으로, 도량이 넓은 아르시노스의 딸이었다. 그런데 아카이아군이 계략에 있어서 모든 사람들 가운데에서 으뜸간다고 해서 네스토르를 위해 골라준 것이었다.

이 여자가 그들을 위해 먼저 상을 들고 왔다. 보기 좋은 감청색 다리를 가진 반드르르하게 광을 낸 상이었다. 그 위에 그릇을 얹었는데, 그 안에는 양파와 술에 딸려 내는 꼬치 음식, 그리고 노란 꿀도 들어 있고 거룩한 보리를 빻은 가루도 곁들여 있었다. 그리고 그녀는 더욱 훌륭하고 높다란 술잔을 옆에 늘어놓았다. 이것은 노인이 고향에서 가지고 온 것으로 둥근 황금 못이 몇 개나 박혀 있고 네 개의 손잡이가 붙어 있었으며, 그 손잡이에는 저마다 양쪽에 황금 비둘기가 한 마리씩 앉아 있고 밑에는 바닥이 두 개나 붙어 있었다. 이 잔에 술이 가득 차면 다른 사람들은 식탁에서 들어올리는 것조차 힘이 들었는데도 늙은 네스토르는 가볍게 집어들 수 있었다.

이 잔에 지금 여러 사람들을 위해 여신과도 같은 그녀가 프람네산의 포도주로 끓인 죽, 산양 치즈를 청동 강판에 갈고 흰 보릿가루를 위에 뿌려서 여러 재료로 마련한 죽을 먹기를 권하며 내놓았다. 두 사람은 이것을 다 마시고 목의 갈증을 가라앉힌 다음 서로 이야기를 나누며 환담으로 서로의 마음을 위로했다. 그때 신으로도 보이는 무사 파트로클로스가 문간에 들어와 섰다. 그 모습을 보자 노인은 화려한 의자에서 몸을 일으킨 뒤 그의 손을 잡고 안내하면서 앉으라고 권했으나, 파트로클로스는 끝내 사양했다.

"앉을 겨를이 없습니다. 제우스가 지켜주시는 노인이여, 부상당해 실려온 자가 누구인지 물어보고 오라며 나를 보낸 이는 두렵고 엄격한 분이십니다. 하지만 병사들의 우두머리 마카온을 보았고 이제는 알았습니다. 그럼, 지금부터 아킬레우스에게 이 이야기를 알리러 돌아가렵니다. 제우스가 지켜주시는 노인이여, 그가 어떤 사람인지는 잘 알지 않습니까. 그는 무서운 사람이라 잘못이 없는 사나이를 탓하기도 합니다."

이에 게레니아의 기사 네스토르가 답했다.

"어째서 또 아킬레우스가 이토록 아카이아인의 아들에 대한 일을 걱정하는 것이오? 몇 사람이나 화살과 창으로 다쳤느냐 따위를 말이오. 그는 우리 진영이 얼마나 타격을 받고 있는지 조금도 모르고 있소. 내로라하는 사나이는 모두 화살이나 창으로 부상해 배에 누워 있다오. 티데우스의 아들인 용맹스러운 디오메데스가 다쳤는가 하면, 창으로 이름 높은 오디세우스도, 또 아가멤논도 상처를 입었고, 에우리필로스마저 허벅지에 화살을 맞아 다쳤소. 그리고 이 사람은 시위에서 날아간 활에 맞은 것을 내가 방금 싸움터에서 데리고 나왔소. 그러나 아킬레우스는 용기 있는 인물이라면서도 다나오이 군사들을 걱정도 하지 않고 가엾게 생각지도 않소.

아르고스 군사들이 맞서는 보람도 없이 재빠른 배들이 바다 가까이에서 활활 불에 타서 없어지는 것을, 그리고 우리도 차례차례 쓰러져 가는 것을 기다리고 있는 것이오? 이제는 나의 체력도 그 옛날 이 싱싱한 손발에 깃들어 있던 때와 같지 않소. 마치 그 엘리스인과 우리가 소 떼 약탈사건 때문에 싸움을 시작한 그 무렵처럼 다시 한 번 젊어져서 몸이 굳건해지면 좋으련만. 그때 나는 이튀모네우스를 죽였었소. 그 용감한 히페이로코스의 아들로 엘리스에 살고 있던 사나이였는데, 보복으로 빼앗은 소 떼를 내가 몰고 가려 하자 그는 자기 소를 지키며 앞장서서 싸우다가 내 손으로 던진 창에 맞아 쓰러졌다. 그래서 주위에 몰려 있던 시골 백성들은 모두 혼쭐나고 말았지.

그리고 우리는 주변 목장에서 산더미 같은 전리품을 긁어모았소. 쉰 마리가 넘는 소 떼, 같은 수의 양 떼, 같은 수의 돼지 떼, 같은 수의 목장에 무리짓는 염소 떼 따위를 가질 수 있었지. 그리고 밤색 말은 백오십 필에 이르렀으며, 더욱이 거의가 암놈인 데다가 그중 몇 마리는 새끼까지 데리고 있었소.

그 소득을 우리가 밤새도록 넬레우스의 영지인 필로스 성으로 몰고 가자, 내가 처음으로 전쟁에 나가 그토록 많은 전리품을 가지고 왔기에 넬레우스는 여간 기뻐하지 않았소.

그리하여 이튿날 새벽빛이 비치기 시작하면서 전령들이 우렁찬 소리로 풍성한 엘리스 땅에 받을 빚이 있는 이는 모이라고 알렸소. 그 소리를 듣고 필로스 시민 가운데에서 주요한 이들이 모여 전리품은 적당히 분배되었소. 우리 필로스 주민은 수가 적어 언제나 엘리스인들에게 욕을 먹고 있었으며, 많은 사람들이 에페이오이*[3]에게 받을 빚이 있었던 것이오. 그것은 오래전에 용맹스러운 헤라클레스가 나타나 우리를 몹시 해치는 바람에 내로라하는 이가 모두 쓰러졌기 때문이지.*[4] 아버지 넬레우스도 굳건한 아들을 열둘이나 두고 있었는데, 나 하나를 남기고는 그때 모두 살해당하고 말았소. 그래서 청동 갑옷을 입은 에페이오이들은 오만해져서 우리를 함부로 다루고, 하고 싶은 일을 제멋대로 저지르고 있었던 것이오.

이런 까닭으로 노인 넬레우스는 소 떼와 많은 양 떼 가운데에서 삼백 마리를 골라 목자들까지 모조리 자기 몫으로 차지했소. 왜냐하면 아버지는 엘리스에 받을 빚이 많았기 때문이오. 전에 그는 사두마차 경주에서 늘 상을 타던 말들을 수레와 함께 올림피아 경기장에 보냈었소.

그는 상품인 큰 세발솥을 노리고 경주에 내보낸 것인데, 무사들의 군주인 엘리스 왕 아우게이아스는 말들은 자기가 잡아두고서, 가슴 아파하는 마부만 돌려보냈지. 그때 그들의 말과 행동 때문에 노인은 분개하고 있던 터라 자신으로 인해 받을 몫만큼 받지를 못해서 고개를 숙이고 돌아가는 자가 없도록 나머지를 주민들에게 넘겨주어 분배시켰던 것이오.

그리하여 우리는 그렇게 모든 일을 처리하고 도성 여기저기서 신에게 제물을 바쳤소. 그런데 사흘째 되는 날, 전의를 가다듬은 많은 적들이 외발굽 말과 더불어 우리 도성으로 전속력으로 밀려왔지. 몰리오네의 쌍둥이 아들들*[5]도 적군에 끼어 공격해 왔소. 아직 어린아이라 기세는 거칠고 용사의 기술도 충분히 터득하고 있지 않았지.

그런데 트리오엣사라는 도시가 있었소. 험준한 언덕에 의지해 아득한 알페이오스 강변 모래언덕이 연이은 필로스의 언저리에 자리잡은 곳인데, 적들은 그 도시를 단숨에 공략할 기세로 포위해 쑥대밭을 만들려고 했지. 그러나 평원을 거침없이 가로질렀을 때, 아테나 여신이 올림포스에서 달려와 한밤중에

---

*3 엘리스 주의 주민.

*4 아우게이아스에게 복수하기 위해 헤라클레스가 와서, 넬레우스가 원조를 거부한 것에 노하여서 그 아들들을 모두 죽였다고 한다.

*5 아우게이아스의 아우. 아크토르의 아들인 크테아토스와 에우리토스. 아버지는 포세이돈이라고 하며 어머니는 몰리오네.

우리에게 기별하러 오셔서 무장하라고 경고해 주셨소. 그리고 여신이 필로스에서 불러 모은 사나이들은 싫어하는 기색은커녕 싸움을 하려고 의기왕성해 있었소. 그러나 넬레우스는 나에게는 갑옷을 입고 나가지 못하게 했으며, 내 말을 어디다 감추어 버렸소. 나 같은 것은 아직 싸움하는 법을 전혀 모른다고 생각하고 있었기 때문이었지.

그런데도 우리편 기마 무사들 사이에서도, 더욱이 말도 타지 않았지만 내가 두드러지게 뛰어나 보였소. 아테나가 그런 식으로 전쟁을 이끌었기 때문이오. 아레네의 도성 가까이에 바다로 흘러들어가는 미뉘에이오스라는 강이 있었소. 거기서 우리 필로스의 기마 무사들이 날이 새기를 기다리고 있으니, 보병 부대도 뒤따라 밀어닥쳤지. 거기서부터 우리는 갑옷으로 완전히 무장하여 빈틈없이 곧장 밀고 나가서, 점심때 알페이오스의 성스러운 강가에 이르렀소. 이 땅에서 권위도 뛰어난 제우스에게 훌륭한 제물을 바쳤지. 그리고 알페이오스*6와 포세이돈에게 황소 한 마리씩을, 다시 푸른 눈의 아테나에게는 소 떼에서 골라낸 암송아지 한 마리를 바쳤소. 그런 뒤 우리 군사는 대오별로 저녁 식사를 마치고 저마다 무장한 채로 강가에서 잠을 잤소. 그사이에도 의기왕성한 에페이오이인들은 당장에라도 공략하려는 기세로 성을 포위하고 쑥대밭으로 만들기를 바라고 있었지. 그러나 그보다 빨리 아레스의 위대한 행위가 그들에게 드러났소. 다시 말해서 빛나는 태양이 하늘에 솟아오르기가 무섭게 우리는 일제히 제우스와 아테나에게 기도를 드린 다음 전투를 시작했소.

이윽고 필로스군과 에페이오이인들이 맞부딪쳤을 때, 가장 먼저 적의 무사를 쓰러뜨린 것은 나였으니 외발굽 말을 빼앗아 돌아왔소. 그 무사는 물리오스라는 용맹한 사나이로 아우게이아스의 사위였으며, 넓은 대지가 성장시키는 모든 약초에 대한 지식을 갖고 있는 금발의 맏딸 아가메데의 남편이었소. 그가 덤벼드는 것을 내가 청동날의 창으로 치니 그는 쿵 하고 흙먼지 속에 넘어졌지. 내가 그의 전차에 올라타고 선두 대열에 끼어 밀고 나가니, 의기왕성한 에페이오이인들도 기마군의 대장으로 싸움에서 이름 떨친 무사가 내 손에 죽는 것을 보았으므로 겁에 질려 이리저리 흩어져 달아났소.

그러는 사이에 나는 시커먼 회오리바람이 휘몰아치듯 적을 습격해 쉰 대의

*6 올림피아 피사 지방을 흐르는 강. 여기서는 강의 신을 가리킨다.

전차를 빼앗았는데, 각 수레 양쪽에는 두 사람의 무사가 내 창에 쓰러져 흙을 물고 있었소. 그리고 이 두 사람의 아버지인 아득한 곳을 알고 대지를 뒤흔드는 포세이돈이 깊은 안개에 이들을 감싸서 싸움터 밖으로 구해내지 않았던들, 악토르의 손자인 몰리오네 형제도 쓰러뜨릴 수가 있었을 것이오. 이때 제우스는 필로스인에게 커다란 힘을 주셨지. 그 무렵까지 우리는 넓은 평원을 가로질러 적을 무찌르면서, 그리고 화려한 갑옷을 빼앗으면서 계속 뒤쫓아, 마침내 밀이 풍요한 부프라시온에 말을 들여놓았소. 그리하여 올레니에의 바위에서 알레이시온이라고 부르는 언덕까지 갔는데, 그 땅에서 아테나가 우리 군사를 되돌아가게 했지. 나는 마지막으로 무사 한 사람을 무찌르고는 그대로 버려둔 채 돌아섰소. 우리 군사들은 부프라시온에서 필로스로 재빠른 말을 달려 돌아왔는데, 너 나 할 것 없이 신들 가운데에서는 제우스에게, 인간 가운데에서는 이 네스토르에게 감사를 했지.

무사들 사이에서 전에는 나도 이쯤 되는 인물이었소. 그런데 아킬레우스는 자신의 용기를 혼자서 즐기려 하고 있소. 언젠가 그도 군대가 전멸하고 나면 반드시 후회하게 될 것이오. 여보게, 그대에게 아버지 메노이티오스가 분명히 이렇게 말했었지. 그날 그대를 프티아에서 아가멤논에게 보냈을 때 나와 고귀한 오디세우스, 이 두 사람이 그가 하는 말을 모두 들었소.

우리는 풍요로운 아카이아에서 병사들을 끌어모으기 위해 펠레우스의 훌륭한 궁전에 도착했던 것인데, 그때 집 안에서 메노이티오스를 만났었지. 그리고 그대와 옆에 있던 아킬레우스도 보았소. 나이 지긋한 기사 펠레우스는 암소의 살찐 허벅지고기를 천둥을 울리는 제우스에게 바치느라 넓은 뜰에서 굽고 있었지. 마침 그때 황금 잔을 손에 들고 빨간빛이 찬란한 포도주를 연기가 솟아오르는 거룩한 제물에 붓고 있었는데, 그대들 두 사람은 소고기를 장만하기에 바빴소. 그때 우리가 넓은 방 입구에 나타난 것이오. 그러자 아킬레우스는 깜짝 놀라면서 뛰어 일어나 팔을 잡고 우리를 안내해 자리를 권한 다음, 손님이 찾아왔을 때의 예의에 따라 훌륭한 음식을 잘 차려주었지.

한참 뒤 먹는 것도 마시는 것도 충분히 즐겼을 때, 내가 먼저 입을 열어 그대들에게 싸움에 나서라고 권했었소. 그대들 두 사람은 곧장 마음이 움직였으며 아버지들은 여러 가지로 주의를 주었지. 먼저 펠레우스 노인이 자기 아들 아킬레우스에게 끝까지 용감하게 싸워서 뛰어난 공훈을 세우라고 타이르면,

악토르의 아들 메노이티오스도 이렇게 말했소.

'내 아들이여, 집안이나 혈통은 틀림없이 아킬레우스 님이 위이시다. 그러나 나이로 보면 그대가 더 위이다. 또 힘으로는 그에게 훨씬 뒤지지만, 이치에 맞는 말을 하고 부드럽게 충고하며 잘 이끌어 드리도록 하라. 그 충고를 들어주시면 그보다 다행한 일은 없을 테니까.'

이렇게 노인이 말씀하신 것을 그대는 잊고 있겠지. 하지만 지금이라도 기상이 과격한 아킬레우스에게 그렇게 말하면 들을지도 모르오. 누가 알겠소? 그대가 신의 도움으로 잘 설득해 그의 마음을 움직여 놓을지. 벗의 설득은 고마운 법이니까. 그러나 아킬레우스가 신의 계시를 마음속으로 망설이고 있다든가, 제우스의 분부를 존귀한 어머니가 그에게 알려주었다든가 한다면, 하다못해 그대에게 다른 미르미돈 군사를 딸려 출전시키게라도 해다오. 그러면 그대가 다나오이 군사들의 구원의 빛이 될 수도 있을 테니까. 그리고 그대에게 그 훌륭한 갑옷을 빌려주어 싸움터에 입고 나가게 할 수 있도록 하시오. 그러면 트로이인들도 아킬레우스로 잘못 알고 싸움터에서 물러날 것이니. 그렇게 되면 여태까지 시달리고 있던 아카이아군의 아레스 아들들도 좀 쉴 수 있을 것이다. 짧더라도 싸움터의 휴식은 휴식이오. 그것으로 피로를 풀면 이번에는 피로한 적을 쉽사리 배에서, 혹은 즐비한 막사에서 성안으로 몰아넣을 수도 있을 것이오."

그가 이렇게 말하여 파트로클로스의 가슴속에 기운이 끓어오르게 했으므로, 그는 아이아코스의 후예인 아킬레우스의 함대들이 있는 곳을 향해 달려나갔다. 그러나 신성한 오디세우스의 배가 있는 곳까지 파트로클로스가 달려왔을 때—이 장소에서 언제나 회의와 재판 따위가 이루어졌으므로 신들에 대한 제단도 이 자리에 차려져 있었지만—그는 여기서 부상한 에우리필로스와 마주쳤다. 제우스의 후예인 에우아이몬의 아들 에우리필로스는 허벅지에 화살을 맞아 절룩절룩 절며 싸움터에서 빠져나왔는데, 두 어깨와 머리에서는 땀이 줄줄 흘러내리고 처참한 상처에서는 아직도 검은 피가 솟아나고 있었다. 그러나 아직도 정신은 또렷했다. 그것을 보자 메노이티오스의 용감한 아들은 가엾은 생각이 들어 아픈 마음을 가누지 못해 위로했다.

"아, 가엽도다, 다나오이 군사를 지휘하고 통솔하는 분들이여, 이와 같이 가족과 조국에서 멀리 떠나와 트로이 땅에서 사나운 개들에게 그대들의 흰 육신을 포식시키게 될 줄이야. 그러나 이것만은 가르쳐 주시오. 제우스가 지켜주시는 에우리필로스여, 아직도 아카이아 군사들은 거인 같은 헥토르를 지탱할 수 있을는지요, 아니면 그의 창에 덧없이 죽어가고 말 것인지요?"

이에 부상당한 에우리필로스가 대꾸했다.

"제우스의 후예인 파트로클로스여, 이제 아예 아카이아군에게는 아무런 수호도 없을 것이오. 오직 검은 배 곁에서 쓰러질 따름입니다. 왜냐하면 일찍이 뛰어난 용사라 일컬어지던 분들이 모두 화살에 맞거나 상처를 입거나 해 배 안에 즐비하게 누워 있는 형편이며, 그것도 트로이 군사의 손에 의한 것이라 그들의 사기만 오를 뿐이기 때문입니다. 그건 그렇고 그대는 나를 도와 검은 배로 가서 허벅지에 박힌 화살촉을 파내주시오. 그리고 검은 피를 미지근한 물로 닦은 다음 고통을 멎게 하는 약을 발라주십시오. 켄타우로스족 가운데에서도 가장 정의를 지키는 케이론이 아킬레우스에게 가르쳐 준 것을 그대가 배웠다고 하더군요. 의사래야 포달레이리오스[*7]와 마카온 두 사람뿐인데, 한 사람은 상처를 입고 오히려 훌륭한 의사를 필요로 하는 형편이 되어 막사 안에 누워 있는 실정이고, 나머지 한 사람은 평원에서 트로이 군대와 격렬한 전투를 하고 있기 때문입니다."

이에 메노이티오스의 용감한 아들 파트로클로스가 말했다.

"어떻게 할 수 있을까요, 어떻게 하면 좋을까요, 에우리필로스여. 지금 나는 아킬레우스에게 아카이아 군대의 상담역인 게레니아의 기사 네스토르가 한 말을 전하러 가는 중이니까요. 그러나 곤란을 겪고 있는 그대를 모르는 척 버려둘 수도 없는 일입니다."

그가 이렇게 말한 뒤 가슴 밑을 부축해 병사들의 우두머리를 막사 안으로 데리고 들어가니, 수행병이 맞이하고 소가죽을 땅바닥에 깔았다. 그 위에 길게 눕혀 칼을 잡고 허벅지에서 날카롭고 뾰족한 화살촉을 빼낸 다음, 거기서 흘러내리는 검은 피를 미지근한 물로 깨끗이 씻어냈다. 그리고 그 위에 통증을 없애는 쓴 풀뿌리를 두 손으로 잘 비벼서 문지르니, 그 풀뿌리가 통증을 말끔히 가라앉혀 주었다. 그리고 상처도 아물고 피도 멎었다.

---

*7 약초와 의술에 능했다는 아스클레피오스의 아들.

제12권
방어벽에서의 전투

아킬레우스의 분노가 아직도 풀리지 않고 있는 동안, 트로이군은 헥토르를 앞세워 내친김에 곧장 아르고스 군대의 배가 있는 곳까지 전진한다. 링케아 왕 사르페돈은 함대들을 보호하기 위해 둘러싼 방어벽의 감시용 망루를 부수고, 헥토르도 마침내 방어벽의 일부를 돌파해 진지 안으로 군사를 이끌고 돌진해 들어간다.

이와 같이 막사 안에서 메노이티오스의 용감한 아들이 화살에 상처를 입은 에우리필로스를 치료하고 있는 동안에도 아르고스 군대와 트로이 군대는 서로 어우러져 싸우고 있었다. 그리고 이제 다나오이 측의 참호도, 그 위의 폭넓은 방어벽도 더 이상 적을 지탱할 수 없었다. 이 방어벽은 배를 지키기 위해 지은 것으로 주위에는 참호가 파져 있었다. 방어벽을 쌓으면서 제사를 지내지 않아 신들에게 신성한 제물이 바쳐지지 않은 것이었다. 아카이아 군대를 위해 재빠른 배와 수많은 전리품을 안에 넣고 둘러쳐 만든 방어벽이었지만, 신들의 뜻을 어기고 세웠기에 결코 오래도록 튼튼하게 서 있을 수가 없었다.

그리하여 헥토르가 살아 있고, 아킬레우스가 여전히 노여움을 가라앉히지 않으며, 프리아모스 왕의 도시가 함락되지 않은 동안은 아카이아군의 이 큰 방어벽도 튼튼하게 버티었다. 그러나 트로이 편에서도 용사라 일컬어지던 사람들이 모두 죽고, 아르고스 측에서도 많은 사람이 죽었다. 죽은 자도 살아남은 자도 있었으나, 프리아모스의 도시도 10년 만에 마침내 함락되고, 아르고스 군사도 배를 타고 그리운 고향으로 돌아간 뒤에 포세이돈과 아폴론은 여러 강물의 힘으로 이 방어벽을 파괴하기로 마음을 먹었다. 그리하여 이데의 산기슭에서 시작되어 바다로 흘러들어가는 모든 강줄기를 끌어들였다. 레소스의 헵타포로스, 카레소스의 로디오스, 그레니코스와 아이세포스, 거룩한 스카만드로스와 시모에이스—이들 곁에 많은 소가죽 방패며 투구, 나아가서는 신에게도 겨룰 만한 무사들이 먼지와 진흙 속에 쓰러져 있다—이렇게 강줄기의 입구를 모두 한군데로 모아놓고, 포이보스 아폴론은 아흐레 동안 방어벽 쪽으로 강물을 흘려보내니, 제우스는 조금이라도 빨리 이 방어벽을 바다로 떠내려가게 할 생각으로 쉴 새 없이 비를 쏟아 부었다.

대지를 뒤흔드는 포세이돈도 삼지창을 손수 두 손에 들고 앞장서서, 아카이아 군대가 나무와 돌로 애써 쌓아올린 방어벽과 토대를 온통 파도에 넘겨주어서 물결도 세찬 헬레스폰토스 일대를 평평하게 만들었다. 그리하여 다시 넓은 해변에서 방어벽을 치워버린 뒤 모래를 덮고는, 여러 강줄기들은 본디 맑은 물을 흘려보내던 옛 물길로 되돌려 주었다. 훗날에는 포세이돈과 아폴론이 이렇게 처리할 것이다.

하지만 이 무렵에는 튼튼하게 쌓아올린 방어벽 양쪽에서 치열한 전투의 고함 소리와 함성이 들끓었고, 망루의 대들보들은 날아오는 돌에 맞아 쩡쩡 요란스럽게 울렸다. 아르고스 군대는 제우스의 채찍을 견디다 못해 속이 빈 배 옆에 틀어박혀 웅크리고 있었으니, 강력하게 패주를 강요하는 헥토르가 두려웠기 때문이다.

반대로 헥토르 쪽은 전과 다름없이 회오리바람처럼 광포하게 날뛰었다. 마치 많은 개와 사냥꾼들에게 둘러싸인 야생 멧돼지나 사자가 거친 기세로 맹렬히 설치면서 몸을 놀려대는 모습과도 같았다. 몰이꾼은 탑 모양으로 밀집한 대열을 이루어 서로 몸을 얽어 대치하면서 쉴 새 없이 창을 던진다. 그러나 맹수의 자랑스럽고 굳센 마음은 조금도 흔들리지 않고 무서움을 모르고 덤벼든다. 끝내는 그 호담한 기상 때문에 몸을 망치고 만다. 그가 계속해서 빙빙 돌다가 몸을 뒤틀며 줄지어 선 몰이꾼에게 달려들면, 그 돌진하는 곳마다 어느 방향이든 몰이꾼의 대열이 뒤로 물러난다. 마치 그와 같이 헥토르는 무리들 속을 돌아다니면서 자기편 병사들에게 참호를 건너 진격하라고 격려도 하고 부탁도 했다. 그러나 명마인 그의 말들조차도 감히 건너가지 못하고 참호 앞에 이르러서는 딱 멈추어 서서 요란스레 울어댔다. 폭넓은 참호가 말에게 겁을 주었기 때문이다. 정말로 가까운 데서 뛰어넘거나 건너가기가 쉬운 일이 아니었다. 왜냐하면 참호 전체에 걸쳐서 양쪽 모두 깎아지른 낭떠러지처럼 머리 위를 덮도록 깊은 데다, 날카로운 말뚝이 가득 꽂혀 있었기 때문이다. 그것은 아카이아인의 아들들이 적병을 막는 방비로 큼직한 말뚝을 빈틈없이 박아놓은 것인데, 거기에는 말이라도 훌륭한 바퀴를 단 전차를 끌고는 쉽게 들어가지 못했다. 그것을 무사들이 걸어서라도 건너보려 기를 쓰고 있었다. 마침 그때 폴리다마스*1가 대담한 헥토르 옆에 다가가서 말했다.

"헥토르여, 다른 트로이 군사와 구원군의 대장들이여, 우리가 재빠른 전차를 몰아 참호를 가로질러 가려 한다는 것은 무모한 일이오. 이 참호를 건너간다는 것은 힘든 일이오. 안에 날카로운 말뚝이 서 있기 때문이오. 바로 저 건너에는 아카이아군의 방어벽이 있어서, 거기서는 수레에서 내리는 것도 싸우는 것도 전차에 타고 있는 자로서는 도저히 불가능한 일이오. 비좁은 곳에서는 당하기가 일쑤일 것이오. 다시 말해서 만일 높은 하늘에 천둥을 울리는 제우스가 그들을 해칠 생각으로 완전히 멸망시키려 하시고 우리 트로이 편을 도와주시려 한다면—참으로 나는 지금 당장 그렇게 되기를 원하는 바이지만,—아카이아 군사가 이름도 남기지 않고 아르고스에서 멀리 떨어진 이 땅에서 멸망하고 말기를 빕니다. 그러나 만약에 적이 다시 일어나 반격이 성공하는 날이면, 배에서 쫓겨 우리는 이 참호에 빠지고 말 것이오. 그렇게 되면 아카이아 군사에서 벗어나서 성안으로 되돌아가 소식을 알리는 자조차 살아남지 못할 것이오. 그러니 여러분들, 내 말대로 하면 어떠할까요? 마차는 수행병들에게 넘겨주어 참호 옆에 대기시켜 두게 하고, 우리는 모두 걸어서 갑옷으로 몸을 두르고 함께 뭉쳐서 헥토르 뒤를 따르기로 하면 아카이아 군사도 더 버티지 못할 것이오. 만일 정말로 파멸의 마지막 순간에서 벗어날 수 없게 운명지어져 있다면, 그들은 우리를 막지 못할 것이오."

이렇게 폴리다마스가 말하자, 그 온건한 말투가 마음에 든 듯 헥토르는 곧바로 갑옷을 입은 채 수레에서 땅에 뛰어내렸다. 그러자 다른 트로이 군대 대장들도 마차 위에 앉아 있지 않고, 용감한 헥토르를 본받아 모두 전차에서 뛰어내렸다. 그리고 저마다 자기 전차를 돌보는 부하에게 일러, 전차를 잘 정비해 참호 옆에 가지런히 세워두게 했다. 그리고 뿔뿔이 헤어져서 저마다 단단히 무장하고 돌아와 다섯 개 부대로 정렬하여 지휘자의 지시 아래 앞으로 나아갔다.

---

*1 트로이의 장로 판토스의 아들, 헥토르와 같은 밤에 태어나 지혜로써 그의 용기를 대했으며 언제나 좋은 계책을 건의했다.

먼저 헥토르와 인품도 훌륭한 폴리다마스를 따르는 자들이 인원수도 가장 많고 전투 장비도 갖추어 모여 있었으므로, 그들이 특히 방어벽을 돌파해 배 옆에서 싸우겠노라고 기세가 대단했다. 또 이 부대에는 세 번째 지휘자로 케브리오네스*[2]가 끼어 있었기에, 헥토르는 자기 전차에 케브리오네스보다 못한 다른 무사를 남겨 놓을 수밖에 없었다.

둘째 부대는 파리스와 알카토스와 아게노르가 지휘하고, 셋째 부대는 헬레노스와 신으로도 착각할 데이포보스, 프리아모스의 두 아들이 대장이 되고, 세 번째 대장으로 아시오스가 참가했다. 아시오스는 휘르타코스의 아들로서 전차에 맨 커다란 적갈색 말 두 필을 아리스베의 셀레이스 강변에서 실어왔다. 넷째 부대를 인솔한 것은 앙키세스의 훌륭한 아들 아이네이아스였다. 안테노르의 두 아들 아르켈로코스와 아카마스는 전투의 기술 전반을 터득한 자들을 이끌었다.

그리고 사르페돈은 명성도 드높은 구원 부대를 지휘했다. 그는 자신의 보좌로 글라우코스와 군신 아레스의 벗인 아스테로파이오스를 택했다. 그에게는 이 둘이 여러 사람 중에서도 두드러지게 뛰어난 용사로 보였기 때문이었다. 물론 자신은 전군에서 빼어난 용사였다. 그리하여 그들이 서로서로 정교하게 바른 가죽 방패를 바짝 붙여서 앞을 가리고 곧장 다나오이군을 향해 밀고 들어가니, 이젠 적들도 더 버티지 못하고 검은 함선들 사이에서 쓰러질 수밖에 없으리라 생각했다.

이때 다른 트로이 편 사람들이나 멀리 그 명성을 떨친 원군들은 나무랄 데 없는 폴리다마스의 의견을 듣고 따랐다. 하지만 무사들의 우두머리인 아시오스는 그 자리에 마차와 수행병인 고삐잡이 등을 두고 가기는 싫다면서 모두 이끌고 속력이 빠른 함선까지 접근해 갔다. 그는 어리석기 짝이 없었던 것이다. 결국 무참한 죽음의 운명을 교묘히 피하고, 말과 수레를 고스란히 이끌며 다시 바람이 잘 부는 일리오스로 의기양양하게 돌아올 수는 없는 일이었다.

왜냐하면 그러기 전에 죽음이라는 불길한 이름의 운명이 데우칼리온의 긍지 높은 아들인 이도메네우스의 창끝으로 그를 내리덮쳐 버렸기 때문이다. 그가 배가 놓여 있는 왼쪽으로 달려 말과 전차를 몰고 나가자, 그 방향은 언제

---

*2 헥토르의 동생으로 수행병 노릇도 하고 때로는 그의 전차를 몬다.

나 아카이아 군사가 말과 전차를 이끌고 돌아오는 장소였기에 아직 대문이 완전히 닫히지 않고 긴 빗장도 채우지 않은 채 문지기들은 누구든 제편 전우들이 싸우다가 도망쳐 나오면 배 있는 곳으로 넣어주려고 기다리고 있었다. 그가 그곳을 향해 일직선으로 돌진해 들어가려고 말머리를 돌리니, 사람들도 함성을 지르며 따라갔다. 이제 아카이아군도 더 버티지 못하고 검은 배 근처에서 쓰러지고 말 것이라 생각했던 것이다.

그들은 어리석었다. 대문에서 만난 것은 두 사람의 용사였다. 창을 잡으면 영예도 드높은 라피타이족*3의 의기도 왕성한 아들, 한 사람은 페이리토스의 아들인 용맹스러운 폴리포이테스였으며, 또 한 사람은 인간의 재앙인 아레스에도 겨룰 만한 레온테우스였다. 이 두 사람이 방금 말했듯이 우뚝 솟은 대문 앞에 꿋꿋이 버티고 서 있었다. 그 모습은 마치 산골짜기에서 가지를 높이 치켜든 떡갈나무가 큼직한 뿌리를 주변에 널찍이 뻗어 내리고 부는 바람에도 내리는 비에도 일 년 열두 달 끄떡없이 서 있는 것 같았다. 이처럼 두 사람은 자기 솜씨와 힘을 믿고 달려드는 거구의 사나이 아시오스를 기다리며, 피하려 하지도 않고 버티고 서 있었다.

한편 트로이군 병사들은 말린 소가죽으로 만든 방패를 높이 쳐들고 우렁찬 함성을 지르면서, 아시오스 왕과 이아메노스와 오레스테스, 또 아시오스의 아들 아카마스와 토온, 그리고 오이노마오스를 둘러싸고 잘 구축된 방어벽을 향하여 곧장 밀고 나갔다. 그러자 두 용사는 훌륭한 정강이받이를 댄 아카이아 군대가 방어벽 안에서 배를 지켜 분전하도록 한참 격려했다. 드디어 트로이 군사가 방어벽을 향해 돌진해 오는 것을 보더니, 다나오이군이 고함을 지르며 달아나는 상황이라 두 사람은 참다못해 앞으로 달려나가 대문 앞에서 싸움을 이어갔다. 그 모습은 마치 야생 멧돼지가 산속에서 사냥꾼과 개들이 요란스레 몰려오는 것을 기다리는 듯했다. 그 멧돼지들이 이쪽저쪽으로 뛰어가고 뛰어오면서 주변의 나무들을 마구 부러뜨리고 뿌리째 그루터기를 받아넘기고 하여 낮은 산골짜기에 으르렁 소리가 울렸다. 누군가가 창으로 멧돼지를 찔러 목숨을 빼앗을 때까지 그러했던 것이다. 꼭 그처럼 정면에서 부딪치는 두 사람의 가슴팍에서 번쩍이는 청동 갑옷은 요란스레 덜거덕거렸다. 방어벽 위에 있는

*3 테살리아 서부의 산간지대에 살고 있던 종족인 듯.

병사들과 자신의 체력을 믿고 두 사람은 너무나도 맹렬하게 싸움을 계속했다. 병사들은 자신과 진영과 속력 빠른 배를 지키기 위해 잘 쌓아올린 방어벽 위에서 돌덩이를 집어 아래로 던졌다. 돌들은 마치 눈보라처럼 땅 위로 떨어졌다. 그 그림자는 세차게 불어대는 바람이 구름들을 소용돌이치게 하여 생물을 풍요롭게 기르는 대지 위로 펑펑 떨어뜨리는 눈송이처럼 보였다. 꼭 그와 같이 아카이아 측에서도 트로이 측에서도 병사들의 손에서 무기들이 날아다녔다. 그리하여 큼직하고 둥근 돌덩이에 맞아서 투구와 배가 불룩한 방패들이 온통 메마른 소리들을 냈다.

마침 이때 휘르타코스의 아들 아시오스는 깊은 탄식을 하며 두 다리를 탁탁 치고 분연히 말했다.

"아버지 제우스여. 정말 아버지께서는 거짓말을 무척이나 좋아하시는군요. 사실 저는 아카이아군 무사들이 우리의 힘과 천하무적의 솜씨를 지탱해 낼 줄은 몰랐습니다. 그런데 저놈들은 지금 마치 몸뚱이 가운데가 간들간들 움직이는 땅벌이나 꿀벌처럼 험한 길가에 집을 짓고, 새끼들을 위해서 버티고 앉아 끝내 방어를 하는 것 같습니다. 그래서 집을 뜯으려고 병사들이 다가가도 뻥하니 뚫린 집을 도무지 비우려 하지 않습니다. 이들은 불과 두 명인데도 보루의 문에서 상대를 죽이든가 제가 죽거나 하기 전에는 도무지 물러서려 하지 않습니다."

이렇게 외쳤으나 그는 이런 말로도 제우스의 마음을 움직일 수는 없었다. 왜냐하면 위대한 신은 헥토르에게 영광을 줄 생각이었기 때문이다. 다른 사람들도 각기 자기들이 맡은 문에서 싸우고 있었다. 그러나 일일이 그것을 이야기한다는 것은 귀찮은 일이었다. 왜냐하면 돌로 지은 이 방어벽을 에워싸고 곳곳에서 사나운 불길이 치솟았기 때문이다. 아르고스 군사는 괴롭지만 다급한 필요에서 배를 방어하고 있었고, 전투에서 다나오이 편을 돕고 있는 신들은 모두 지극히 안타까워하고 있었다. 한편에선 두 라피타이 무사들이 적을 상대로 계속 분투하고 있었다.

이 무렵에 또 페이리토스의 아들인 용맹스러운 폴리포이테스가, 창으로 다마소스의 볼 가리개가 붙은 청동 투구를 찌르니, 청동 투구가 이를 막아내지 못하고 창끝이 뼈를 푹 꿰뚫고 들어가 속에 있는 뇌척수액을 휘저어 놓았다. 마침내 기세등등하던 다마소스는 그 자리에서 쓰러져 죽고 말았다.

이어 펠론과 오르메노스를 무찔렀다. 한편 아레스의 벗인 레온테우스는 창으로 안티마코스의 아들 히포마코스의 허리띠 언저리를 겨누어 맞췄다. 다시 칼집에서 날카로운 칼을 뽑아 먼저 안티파테스를 향해 무리들 사이로 돌진해 가서, 가까이 다가가 내려치니 뒤로 벌렁 땅바닥에 넘어졌다. 그다음에는 메논과 이아메노스와 오레스테스, 이런 식으로 잇따라 차례차례 생물을 풍부하게 기르는 대지에 모두 쓰러뜨려 놓았다.

두 사람이 그들의 번쩍번쩍 빛나는 갑옷을 벗기고 있을 때, 트로이 군사들 중에서도 폴리다마스와 헥토르를 따르고 있던 젊은이들, 가장 인원수도 많고 능숙한 솜씨의 이 부대는 또한 방어벽을 돌파해 함선들에 불을 지르기를 특히 열망하고 있었다. 그러나 이들은 아직 참호 옆에 우뚝 선 채 어떻게 할 것인가 망설이고 있었다. 그 까닭은 방어벽을 돌파해 들어가려는 그들을 향해서 새가 한 마리 날아왔기 때문이다. 높은 하늘을 날아다니는 독수리가 병사들의 앞길을 왼쪽에서 가로막았는데, 발톱에는 시뻘건 빛깔의 커다란 뱀 한 마리가 아직 살아서 몸을 비틀고 있었다. 뱀은 아직도 싸울 뜻을 버리지 않고 저를 움켜잡고 있는 독수리의 목 옆 가슴 언저리를 몸뚱이를 뒤로 비틀어 휘어 오르면서 꽉 물었다. 그러자 독수리는 그 아픔에 몸부림치더니 무리들 한가운데로 뱀을 땅에 떨어뜨렸다. 그러고는 한 마디 크게 울부짖더니 부는 바람을 타고 사라져 갔다.

트로이군의 병사들은 아이기스를 가진 제우스가 보낸, 이상한 조짐으로도 보이는 빛깔도 요사한 뱀이 자기들 한가운데로 떨어지는 것을 보고 모두 두려워했다. 마침 그때 폴리다마스는 대담한 헥토르 곁에 다가가서 말했다.

"헥토르여, 어찌된 일인지 그대는 회의에서 내가 도움이 되는 의견을 발표하면 언제나 잔소리를 했소. 물론 일반적으로 보잘것없는 자들이 그대와 다른 주장을 한다는 것은 사실 결코 마땅치 않소. 회의에 있어서나 싸움을 할 때나 그대의 권위를 높이는 것이 마땅하니까. 그런데 지금 나는 다시 가장 좋은 의견이라고 믿는 것을 말하려 하는데, 다나오이 군대와 함선들을 목적으로 싸우러 나가는 일은 멈추면 어떻겠소?

그 까닭은 조금 전 일어난 일처럼 될지 모른다고 염려하기 때문이오. 바로 조금 전에 트로이 군사가 막 돌진하려는 기세를 보인 바로 그때, 저 높은 하늘을 날아다니는 독수리가 병사들의 앞길을 지나 왼쪽으로 날아왔소. 그 독수리는 발톱 사이에 아직도 살아 있는 시뻘건 빛깔의 거대한 뱀을 잡고 있었소. 그러나 둥우리에 닿기 전에 떨어뜨려 버려서 새끼들에게 주지는 못했소. 이 조짐처럼 우리도 설혹 아카이아 군사들의 문이나 방어벽을 무척 힘들여 부순 뒤 아카이아 군사가 물러난다 하더라도, 마침내는 같은 길을 질서도 없이 배 옆에서 후퇴해 갈지도 모르오. 배를 지키기 위해 싸우는 아카이아 군사가 청동 칼로 베어버려 수많은 트로이 사람들이 뒤에 남게 될 것이기 때문이오. 아마도 예언자들, 뚜렷한 조짐에 대해 잘 알고 있고 모든 이가 따르는 자라면 이렇게 풀이를 할 것이오."

그러자 그를 사나운 눈으로 쏘아보며 번쩍이는 투구를 쓴 헥토르가 말했다. "폴리다마스여, 그대가 지금 한 말은 도저히 내 마음에 들지 않는 이야기요. 이보다도 좀더 그럴듯한 다른 의견을 그대는 찾아낼 수도 있었을 것이오. 그러나 정말 진심으로 그런 건의를 한다면, 그것은 참으로 여러 신들이 일부러 그대의 머리를 돌게 한 것임이 분명하오. 공포의 천둥을 울리시는 제우스의 계책을 잊어버리라고 권하는 그대니까. 그것은 전에 친히 약속해 주시고 이해해 주신 일이오. 그런데 그대는 날개 긴 새가 보여주는 조짐에 의지하라는 이야기인데, 그따위 것, 나는 조금도 개의치 않거니와 상관도 않소. 하물며 그것이 오른쪽 태양이 솟는 동쪽으로 날아가건 말건, 왼쪽 희미하게 해가 지는 서쪽으로 날아가건 말이오.

우리는 제우스의 조언을 따릅시다. 그분이야말로 죽어야 하는 모든 인간들과 죽음을 모르는 모든 신들을 통치하는 분이니까요. 가장 훌륭한 새점은 오직 하나뿐, 조국을 위해 싸우는 일이오. 어째서 그대는 전투와 결전을 두려워하는 것이오? 비록 우리 다른 사람들이 아르고스군 함선들 근처에서 모두 죽어간다 하더라도 그대가 죽을 걱정은 조금도 없소. 그대는 전투에 견딜 용기도 없고 전투를 좋아하지도 않기 때문이오. 그러나 그대가 짐짓 결전을 피하거나 다른 사람까지 갖가지 감언이설로 설득해 싸움에서 물러서게 하거나 하는 날에는 당장 내 창에 찔려 목숨을 잃게 될 것이오."

그가 이렇게 말하고 선두에 서니 모두 일제히 무서운 함성을 지르며 그 뒤를 따랐다. 번개를 휘두르는 제우스도 이데의 산봉우리에서 한바탕 사나운 바람을 불어보냈다. 그 바람이 곧장 함선들을 향해 모래 먼지를 올라가게 했으니 아카이아 측의 분별을 흐리게 하여 트로이군과 헥토르에게 영광을 주자는 것이었다. 이러한 제우스의 기이한 전조를 믿고, 또 스스로의 기운을 믿고 트로이 군대는 아카이아 측의 대방어벽을 두들겨 부수려 덤벼드는 것이었다.

먼저 방어벽에 있는 감시망에서 가름목을 뽑아 총 쏘는 구멍이 있는 칸막이를 끌어내리고, 지레로 툭 튀어나온 기둥을 들어올리기 시작했는데, 이것은 아카이아군이 가장 먼저 망루의 토대를 받치기 위해 땅에 박은 것이다. 그것을 뽑아내어 아카이아군의 방어벽을 부수려 했다. 그런데 다나오이 군사는 도무지 통로에서 물러서려 하지 않고, 소가죽 방패로 칸막이의 틈새를 막고는 그 사이로 방어벽 밑에 달라붙는 적병을 계속 공격해댔다.

이때 큰 아이아스와 작은 아이아스는 병사들을 아카이아 군대의 용기를 부채질하기 위해 혹은 부드럽게 타이르고 혹은 엄한 말로 나무라기 위해 격려하면서 망루 위를 이리저리 바쁘게 왔다 갔다 하고 있었다. 누군가 아예 싸움을 하지 않고 거드름 피우고 있는 자를 보았을 때는 다음과 같이 말했다.

"전우들이여, 전쟁에서 아르고스 군사들 모두가 똑같이 공훈을 세울 수는 없는 법이니까 하는 말이지만, 아르고스인들 중에서 가장 뛰어난 자든, 중간쯤 가는 자든, 혹은 그보다 못한 자든 간에 지금이야말로 모두들 할 일들이 있소. 그것은 그대들이 먼저 잘 알고 있을 것이오. 이렇게 격려하는 자의 말을 들은 이상은 결코 누구든 뒤쪽을, 배 쪽을 보고 있어서는 안 되오. 그보다 앞으로, 서로 격려하면서 나아가도록 하시오. 올림포스에 계시며 번개를 던지시는 제우스가 이 공격을 물리치시고 적군을 성벽까지 쫓아보내 주실지도 모를 일이니."

이와 같이 두 아이아스는 부르짖으며 아카이아 군대를 전투에 몰아세웠다. 그것은 겨울날에 전지전능한 제우스가 인간들에게 자기 상징인 화살깃*4을 내리어 신의 뜻을 알리려는 듯, 바람도 완전히 재운 채 눈송이를 쉴 새 없이 내리게 하는 것과 같았다. 그리하여 마침내 눈이 우뚝 솟은 산봉우리와 튀어나온 산등성이들, 또 아름다운 꽃이 만발한 들판이나 사람들이 갈아 놓은 풍요한 밭을 모조리 덮어 버렸다. 그리고 잿빛으로 물든 바다에까지, 포구와 물가에 내려 쌓이면 거기까지 파도가 밀려와서 다시 밀려간다. 그러나 그 밖에는 제우스의 폭설이 심해지면 온 천지가 뒤덮이고 마는 것이다. 바로 그같이

*4 특이한 화살표라는 뜻인데 눈송이를 말한다.

양쪽에서 병사들이 던지는 돌팔매는 끊임없이, 한편에서는 아카이아 군사가 트로이군에, 한편에서는 트로이 군사가 아카이아군에 서로 던져서 날아가고 날아와서 방어벽 위는 전례 없이 엄청난 소음이 일고 있었다.

그러나 이때라도 전지전능한 제우스가 자기 아들 사르페돈을 뿔이 굽은 소 떼를 습격하는 사자와도 같이 아르고스군을 향해 일어서게 하지 않았더라면 트로이 군대도, 영예 드높은 헥토르도 방어벽의 문과 긴 빗장대를 파괴하지는 못했을 것이다.

그래서 사르페돈은 균형이 잘 잡힌 훌륭한 방패를 앞에 들었다. 대장장이가 청동으로 만들어 손질하여 바친 것이었다. 안쪽에는 소가죽을 빈틈없이 꿰매어 붙이고 황금 못을 가장자리 둘레에 박아서 붙여놓았다. 사르페돈은 이 방패를 앞으로 내밀고 두 자루의 창을 휘두르면서 산골짜기에서 자란 사자와도 같이 밀고 나갔다. 벌써 오래도록 고기 맛에 굶주려 이제야 우쭐한 용맹심을 이기지 못해 양 떼에 손대려고 복잡한 집 안으로 밀고 들어온 것이었다. 그리하여 바로 그 자리에서 양 치는 사나이들이 여러 마리의 개를 데리고 창을 꼬나들어 양을 지키고 있는 것을 보더라도, 양 우리에 손을 안 대고 쫓겨날 생각은 추호도 없이, 이쪽에서 달려들어 양을 빼앗거나 자기 쪽이 먼저 날쌘 손이 던진 창에 맞아 쓰러지고 만다. 이때 신에게도 견줄 만한 사르페돈의 용기를 부추겨서 그를 방어벽에 접근시켜 칸막이를 부수려 들게 했다. 그리고 그는 사촌동생인 히포로코스의 아들 글라우코스를 향해서 말했다.

"글라우코스여, 대체 어찌된 까닭으로 우리 두 사람에게 링케아 나라에서 특별한 명예가 주어지고 있는 것일까? 우리는 윗자리에 앉고 고기의 분배에서나 술잔의 수에 있어서나 남보다 더 많단 말인가? 그리하여 너나없이 모두 우리를 신과도 같이 섬기는가? 게다가 크산토스 강둑 가까이에 과수라든가 보리가 열매 맺는 밭이 있는 훌륭한 장원마저 차지하고 있으니. 그런 것을 위해서도 지금이야말로 우리는 링케아 군대의 선전에 참가하여 꿋꿋이 서서 몸을 태우는 전투에 뛰어들지 않으면 안 된다. 빈틈없이 갑옷을 몸에 두른 링케아 군대의 모든 사람들이 이렇게 말하도록 하기 위해서라도 말이다.

'과연 링케아 땅을 다스리시는 우리 영주님들은 훌륭한 명예를 가지신 분들, 살찐 양고기와 최상의 꿀같이 달콤한 술을 드시는 것도 까닭 없는 일이 아니니, 저기 저렇듯 기량도 뛰어나 링케아군의 선두 대열에 서서 싸우고 계시지

않는가.'

여보게, 다정한 아우여, 만일 우리가 이번 싸움에서 살아남는다면, 언제까지나 그야말로 나이도 먹지 않고 죽지도 않고 있을 수만 있다면, 다시는 나도 선두 대열에 섞여 싸우지도 않을 것이고, 그대를 내보내어 무사에게 영광을 주는 전투에 참가시키지도 않을 것이다. 그러나 어쩔 수 없이 수없는 죽음의 운명이 우리를 둘러싼다면, 이는 인간의 몸으로는 도저히 막을 수도 달아날 수도 없는 법이다. 그러니 자, 나가세나. 다른 사람에게 영광을 주거나 남에게서 우리가 영예를 받기 위해."

이렇게 말하니 글라우코스에게 물론 이의가 있을 리 없었다. 그는 금방 동의해 두 사람은 링케아인들의 대군을 이끌고 나아갔는데, 그 모습을 보고 페테오스*5의 아들 메네스테우스가 부르르 몸을 떨었다. 바로 자기가 있는 망루를 향해 재난이 몰려오는 듯했기 때문이다. 그래서 그는 아카이아군의 망루를 따라 눈길을 보내며, 대장들 가운데서 누군가 전우들의 곤란을 막아줄 만도 하다는 생각으로 더듬어 나가다가, 싸움에 싫증 내는 일 없는 두 아이아스가 아직도 버티고 선 것을 발견했다. 그리고 그 가까이에 방금 막사에서 나온 테우크로스*6까지 보였다. 그러나 그가 소리쳐 봐야 도저히 들릴 리가 없었다. 그토록 요란한 아우성에다 드높은 함성이 하늘에 이를 지경이었기 때문이다. 부딪치는 방패 소리, 말총으로 꾸민 투구 소리, 문짝이 울리는 소리, 그 문들은 모두 꽉 닫혀 있는데 군대가 밀려와서는 억지로 뚫고 들어오려 하는 것이었다. 그리하여 즉각 아이아스에게 전령 토오테스를 보내려고 다음과 같이 그에게 말했다.

"용감한 토오테스여, 달려가서 아이아스를 불러와 다오. 되도록이면 두 사람을 모두. 그것이 가장 좋은 방법이다. 곧 여기에도 무서운 파멸이 들이닥치려 하고 있으니. 전부터도 격렬한 대전에서 큰 활약을 보인 링케아 군대의 대장들이 기세도 사납게 쳐들어오고 있다. 만약에 그쪽에서도 전투나 힘든 일이 생기고 있다면 텔라몬의 아들인 용감한 아이아스 한 명이라도 와주면 좋겠다고 하라. 그리고 활을 잘 쏘는 테우크로스도 함께 오게 해라."

이렇게 말하니 전령 또한 이의 없이 청동 갑옷을 입은 아카이아군의 방어벽

---

*5 아테나이 왕.

*6 큰 아이아스의 이복동생. 활의 명수로 이름이 높다.

을 따라 달려가 두 아이아스 옆에 가서 말을 건넸다.

"두 아이아스여, 청동 갑옷을 입은 아카이아 군사의 지휘자인 두 분에게 제우스의 옹호를 받으시는 페테오스의 고귀한 아드님이 저쪽으로 와주시기를 바라고 계십니다. 비록 잠시 동안이라도 쓰라린 싸움에 도움을 주실 수 있게 되도록이면 두 분이 다 와주셨으면 하십니다. 그것이 가장 좋은 일일 것 같습니다. 지금 당장에라도 저쪽에는 무서운 파멸이 들이닥치려 하고 있으니까요. 그럴 만큼 기세도 사납게 링케아 군대의 대장들이 쳐들어오고 있습니다. 전부터도 격렬한 대전에서 대단한 활약을 보여주기는 했습니다만. 만약에 이쪽에서도 전투나 성가신 일이 일어나고 있다면, 텔라몬의 아들인 용감한 아이아스님 한 분이라도 제발 와주십시오. 또한 활을 잘 쏘시니, 테우크로스도 함께 가주시기를 바랍니다."

그가 이렇게 말하자 텔라몬의 아들 큰 아이아스는 아무런 이의 없이 승낙하고, 곧 오일레우스의 아들 아이아스를 향해 위엄 있게 말을 건넸다.

"아이아스여, 그대와 용맹스런 뤼코메데스와 둘이서 그냥 여기 버티어 다나오이 군사가 있는 힘을 다해 싸우도록 격려해 다오. 그동안 나는 저쪽으로 가서 전투에 참가해 살펴주고 올 테니. 저쪽을 충분히 막아주고 나서 곧 이리로 돌아오마."

이렇게 말하고 텔라몬의 아들 아이아스가 떠나니, 그의 형제로 아버지가 같은 테우크로스도 같이 갔다. 그리고 두 사람의 뒤를 판테온이 테우크로스의 굽은 활을 들고 따라갔다. 그리하여 그들은 풍채가 좋은 메네스테우스가 있는 망루에 도착하여, 방어벽 안쪽을 따라 나아가서 적군에게 압박당하고 있는 사람들 옆에 이르렀다. 때마침 시커먼 태풍과도 같은 기세로 적의 군사들이 위세 좋게 링케아군을 지휘하는 대장들을 따라 한데 뭉쳐 칸막이벽에 밀어닥쳤고, 쌍방이 어우러져 맞서 싸우려 할 때에 함성이 용솟음쳐 올랐다.

먼저 텔라몬의 아들 아이아스가 쓰러뜨린 무사는 사르페돈의 부하로 의기왕성한 에피클레스였으며, 울퉁불퉁한 대리석 돌덩이를 그에게 던져 쓰러뜨렸다. 그 돌덩이는 방어벽 안쪽의 칸막이벽 옆 가장 위쪽에 뒹굴고 있던 것으로, 요즈음 사람 같으면 혈기에 찬 젊은이라도 두 손으로 쉽게 들어올리지 못할 정도의 것이었다. 그것을 아이아스는 높이 쳐들어 내리쳤으므로, 네 개의 뿔이 있는 투구를 박살내고 두개골도 함께 빠개버리고 말았다. 그리하여 사나이는 곤두박질치는 곡예사처럼 높은 망루에서 떨어져 생명을 빼앗기고 말았다.

또 테우크로스는 히포로코스의 아들인 용맹스러운 글라우코스가 높이 솟은 방어벽을 향해서 달려들었을 때 팔의 윗부분이 노출되자, 활을 쏘아 싸움에서 물러나게 했다. 글라우코스가 남의 눈에 띄지 않도록 얼른 방어벽에서 뒤로 물러난 것은 아카이아 군사가 혹시 자기가 화살에 맞은 것을 보고 떠벌리며 자랑하지 못하게 하기 위해서였다. 이렇게 글라우코스가 가버리는 것을 보고 사르페돈은 마음이 아팠으나, 그래도 조금도 전의를 잃지 않고 데스토르의 아들 알크마온을 창으로 겨누어 꿰찌르고는 창끝을 도로 쑥 뽑았다. 알카마온은 창에 끌려와서 거꾸러지며 굴러떨어지니, 몸뚱이에서는 청동으로 꾸민 갑옷이 덜거덕거리며 울렸다. 그때 사르페돈이 굳건한 손으로 칸막이벽을 잡아 힘껏 뜯어 젖히자, 고스란히 그 부분이 뜯기어 떨어져서 방어벽 위쪽이 드러났다. 마침내 많은 병사들이 지날 수 있는 길이 열리게 되었다.

그러자 그에게 한꺼번에 아이아스와 테우크로스가 겨누어 반격하니, 한 사람은 화살을 사르페돈의 가슴 언저리로, 사람의 몸뚱이를 가리는 큼직한 방패의 번들번들 빛나는 겉가죽을 맞혔으나, 제우스는 자기 아들의 죽음을 막아 뱃고물들 사이에서 죽지 않도록 해주었다. 또 아이아스 쪽은 덤벼들어 방패를 찍었으나, 창끝이 쿡 꿰뚫고 들어가지 않고 그 기세만 꺾었을 뿐이다. 그래서 사르페돈이 칸막이벽에서 뒤로 물러서기는 했으나 결코 완전히 단념하려 하지 않은 것은, 영예를 차지하기를 갈구하고 있었기 때문이다. 그리하여 뒤를 돌아보고 신과도 견주어질 링케아 군사를 격려했다.

"오, 링케아 군사들이여. 어째서 이토록 용맹스러운 싸움의 열의를 식히고 있는가? 내가 아무리 용감하고 억세다 하더라도, 혼자서 방어벽을 부수고 함선들에 이르는 길을 뚫는다는 것은 매우 고되고 힘든 일이다. 그러니 자, 그대들도 진격해 다오. 여러 사람들이 하는 일이란 진척이 빠른 법이니."

이렇게 말하자 병사들은 군주의 질타가 두려워서 계략을 세우는 군주를 에워싸고 한층 맹렬히 기세를 올리니, 저편 아르고스군 쪽에서도 방어벽 안쪽에서 차츰 튼튼하게 대오를 짜서 이윽고 양군 사이에 결전이 시작되었다. 그 까닭은 용맹스러운 링케아군도 다나오이 측의 방어벽을 부수고 배에 이르는 길을 터놓지 못한 것과 마찬가지로, 다나오이 편의 창을 든 무사들도 이미 일단 접근해 온 링케아 군대를 방어벽에서 격파시킬 수가 없었던 것이다.

마치 두 사람이 손에 측량 막대기를 들고 공유해 온 밭에서 토지의 경계 때문에 조금이라도 더 차지하려고 흥분해서 다투듯이, 양군은 칸막이벽을 경계로 하여 싸우면서 그 너머로 서로서로 가슴팍을 가리는 둥근 소가죽 방패와 털가죽으로 만든 가벼운 방패 따위를 찔러댔다. 그리하여 무자비한 청동 날에 부상한 자도 많고, 뒤로 돌아서서 등의 맨살이 드러난 데를 찔리거나 방패째로 그냥 꿰찔린 자도 많았다.

방어벽의 망루도, 칸막이벽도, 곳곳에서 너 나 할 것 없이 싸우는 군사들의 피로 물들었다. 트로이군과 아카이아군 양쪽에서 피보라가 튀었으나 그래도 트로이인들은 아카이아 측을 패주시키지 못했다. 양쪽이 서로 팽팽히 버티고 있는 광경은 마치 성실한 품팔이 아낙네가 자식들을 위해 얼마 되지 않는 임금을 타기 위해 천평칭에 저울추를 놓는 것과 같았으니, 손으로 저울을 받치고 양모를 나누어 접시에 올려놓아 같은 무게로 달아내듯이, 그처럼 싸우는 양군의 승패에 대한 전망은 서로 같았다. 그러나 제우스가 남달리 훌륭한 영광을 프리아모스의 아들 헥토르에게 내리기 전의 일이었으니, 드디어 그가 맨 앞에 서서 아카이아군의 방어벽 안으로 뛰어들어갔다. 그러면서 온 사방에 울리는 커다란 소리로 트로이군에게 부르짖었다.

"일어서라, 트로이의 용사들이여. 아르고스 군대의 방어벽을 돌파해 그들의 배에 맹렬한 불꽃이 활활 일도록 불을 질러라."

이렇게 격려하자 사람들은 모두 귀담아듣고 그 말을 따라 정신없이 한데 뭉쳐 방어벽에 덤벼들었다. 그리고 이어 손에 저마다 끝이 뾰족한 말뚝을 쥐고 방어벽 위로 올라갔으며, 헥토르는 큼직한 돌덩이를 손에 닿는 대로 잡아 집어들고 갔다. 그것은 방어벽 문 앞에 세워졌던 것으로 아랫부분은 두껍고 윗부분은 뾰족했다. 보통 사람 같았으면 힘깨나 쓴다는 장사가 둘이 달려들어 지레를 쓰더라도 쉽게 땅에서 들어올리지 못할 것이다. 그런데 그것을 그는 혼자서 가볍게 들고 갔다. 물론 그 돌을 음흉한 크로노스의 아들이 그를 위해 가볍게 해주었기 때문이다.

마치 양치기가 깎아낸 숫양털을 가볍게 한 손에 들고 가듯이, 그래서 그 짐이 조금도 힘들지 않는 것과 같이 헥토르는 돌을 방어벽 문짝 바로 앞으로 들고 갔다. 방어벽은 이가 꼭 맞게 닫혀 있는 두 짝의 문으로 까마득하게 높은 대문으로 이어 닫았고, 안쪽으로는 두 개의 빗장이 서로 어긋나게 찔러져 있었다. 또 자물쇠까지 하나 달려 있었다. 그 문짝 바로 앞에 다가가 두 다리를 딱 벌리고 꿋꿋이 서서 던지는 힘이 약해지지 않도록 한가운데에 힘껏 돌을 부딪쳤다. 그리하여 두짝문의 돌쩌귀가 부서지고 돌이 제 무게 때문에 안으로 떨어지니, 대문은 주위에 울릴 만큼 큰 소리를 냈으며 빗장도 더 지탱하지 못했다. 문짝도 던진 돌의 압력으로 산산조각이 나서 사방에 흩어졌다. 그곳을 영광에 빛나는 헥토르가 빨리 지나가는 밤과도 같은 모습으로 달려 들어갔다. 몸에 두른 무서운 청동 갑옷은 번쩍이고, 손에는 두 자루의 투창이 사납게 들려 있었으니, 결코 신 이외의 어느 누구도 뛰어드는 헥토르에게 맞서 막을 수 있는 자는 없었다. 그의 두 눈은 불길인 양 타고 있었다.

헥토르는 몰려드는 트로이군을 돌아보고 군대를 격려하며 방어벽을 넘어 진격하라고 혹독하게 명령했다. 그러자 모두 그 독려에 따라 곧바로 방어벽을 타 넘고 구조도 견고한 대문을 지나 물밀듯이 쏟아져 들어가니, 다나오이 군사는 속이 빈 배들을 향해 줄달음쳐 달아났다. 그리고 그칠 줄 모르는 소음이 왁자하니 일었다.

제13권
함선들을 둘러싼 격전

트로이 측이 우세해졌으므로 제우스는 마음 놓고 다른 일에 눈을 돌렸다. 그 틈을 타서 바다의 신 포세이돈이 아카이아군의 사기를 높이고 대장들을 격려한다. 그리하여 크레테 섬의 이도메네우스 왕이 일어서서 분전하고 메넬라오스와 아이아스 등도 이를 따른다. 그러나 트로이군도 이윽고 기운을 되찾아 헥토르를 앞세우고 맞서 싸운다.

한편 제우스는 트로이 군사와 헥토르를 배 앞까지 보살피어 그들을 그곳에서 맹렬한 접전 속에 끌어넣고는, 자신은 다시 빛나는 눈을 들어 멀리 말을 기르는 트라케인이라든가 가까이 접근하여 싸우는 뮈시아인, 혹은 말 젖을 마시는 당당한 힙페몰고이족,*[1] 인간 가운데서도 특히 의리가 강한 아비오이족 등의 마을들을 두루 살펴보았다. 트로이 편으로 이제 그 이상 더 빛나는 눈길을 보내지 않았으니, 그것은 불사의 신들 가운데에서 그 누구도 감히 트로이군이나 다나오이 측을 도와주지 않으리라 확신하고 있었기 때문이다.

그런데 대지를 뒤흔드는 포세이돈은 결코 감시를 늦추고 있지 않았다. 그는 숲으로 덮인 사모스*[2]의 제일 높은 산정에 자리잡고 앉아 결전하는 광경을 보고는 놀라움을 금치 못했다. 사모스는 트라케에 있어서 제우스가 있는 이데의 봉우리가 모두 바라보이고, 프리아모스의 도시도, 아카이아군의 함선들도 한눈에 내려다볼 수 있는 곳이었다. 바닷속에서 나와 거기 그 산정에 앉아서, 아카이아군이 트로이 군대에 의해 격파되어 가는 것을 가련하게 생각하고 있던 포세이돈은, 생각하면 할수록 제우스에게 화가 치밀어 올랐다.

그래서 당장 깎아지른 험준한 산에서 황급히 걸음을 옮겨 내려오니, 높은

*1 '암말의 젖을 짜는 종족'이라는 뜻으로 남러시아 지방의 유목민족.
*2 트라케 해안 근처에 있는 포세이돈의 성지.

산봉우리도 숲도 포세이돈의 발밑에서 떨리고 흔들렸다. 세 번 걸음을 옮겨서 네 번째 걸음으로 목적지인 아카이아에 닿았는데, 거기에는 이름난 신전이 만길숙이 눈부시게 서 있었다. 영원히 허물어지는 일 없는 황금 궁전이었다.

그곳에 도착하자 청동 발을 가진 말 두 필을 거룩한 마차에 맸다. 그리고 나는 듯이 빠르고 황금 갈기가 훌륭하게 축 늘어진 말을 재빨리 매고, 황금 갑옷을 몸에 두른 다음, 세공도 아름다운 황금의 가죽 채찍을 쥐고 마차에 올라 파도 위를 달려나가니 그 발밑에서는 갖가지 큰 물고기들이 사방에서 나타나 춤을 추었다. 그것들은 그들의 주군을 잘 알기 때문이었다. 바다도 기쁨에 넘쳐서 갈라지며 길을 틔우니, 말들은 쏜살같이 달려갔다. 그것이 얼마나 빨랐던지 수레바퀴의 굴대조차 전혀 젖지 않았다. 나는 듯이 달려가는 말들은 아카이아군의 함선들로 그를 싣고 갔다.

그런데 테네도스 섬과 험한 바위의 임브로스 섬의 중간쯤 되는 곳, 깊은 바다 밑바닥에 크고 넓은 동굴이 숨어 있었는데, 거기서 대지를 뒤흔드는 포세이돈은 수레를 멈추었다. 그리고 수레에서 말들을 풀어 향기로운 먹이를 던져주고는, 말의 발에 결코 부서지지도 풀어지지도 않는 황금의 족쇄를 채웠다. 주인이 돌아올 때까지 그대로 그 자리에 기다리고 있도록 끼워 놓고, 아카이아군의 진영 쪽으로 나아갔다.

그동안에도 트로이군은 한 덩어리가 되어 불꽃처럼, 또 태풍처럼 드높은 사기로 아우성을 치고 함성을 울리며 프리아모스의 아들 헥토르의 뒤를 따랐으니, 아카이아군의 함선들을 점령해 그 옆에서 대장들을 모두 죽일 수 있기를 바라는 마음들이었다. 그런데 대지를 뒤흔드는 포세이돈이 깊은 바다에서 나와서는, 몸집도 우람하고 우렁찬 목소리로 칼카스의 모습을 빌려 아르고스 군사를 격려했다. 그는 먼저 그렇잖아도 기세가 무시무시한 두 아이아스를 향해서 말했다.

"아이아스들이여, 그대들 둘이서 아카이아 군대를 지켜다오. 용기를 잠시라도 잃지 말고 두려움에 몸을 떨게 하는 패배 따위도 마음에 생각지 말고. 트로이군이 패전을 모르는 무적이라 해도 나는 결코 두려워하지 않는다. 그들이 떼 지어 높은 방어벽을 타고 넘어온다고 하더라도. 그들이야 모두 훌륭한 정강이받이를 댄 아카이아 군사가 막아줄 테니. 오로지 내가 진실로 걱정하는 것은 저쪽에서 혹시 누군가 무서운 변을 당하지나 않을까 하는 것이다. 광기에 사로잡힌 듯이 활활 타는 불과 같은 기세로 헥토르가 앞장서서 달려오고 있는 저쪽 편에서 말이다. 그는 특별히 위엄이 드높은 제우스의 아들이라 하여 뽐내고 있으니 말이다. 그러므로 어느 신이든 그대들 둘에게 자신들 스스로 완강하게 버티면서 다른 자들에게도 그렇게 명령하도록 해주었으면 고마울 것이다. 그러면 그가 제아무리 기세 사납게 밀어닥치더라도 속력이 빠른 배 곁에서 능히 물리칠 수 있을 것이다. 설령 올림포스에 계시는 제우스가 보살피고 있다 하더라도."

이렇게 말하고 대지를 떠받들며 대지를 뒤흔드는 신은 지팡이로 두 사람을 쳐서, 굳건한 용기를 가득 불어넣어 주고 두 다리와 두 팔을 가볍게 해주었다. 그리고 날랜 매가 막 날아오르려 하는 자세를 취하는 듯, 산양도 안 다니는 드높은 바위에서 매가 다른 새를 잡으려고 광야 위를 쏜살같이 내닫는 것처럼 대지를 뒤흔드는 포세이돈이 두 사람 곁을 날아올랐는데, 두 사람 중에서도 오일레우스의 아들인 재빠른 아이아스가 그것을 깨닫고, 텔라몬의 아들 아이아스를 돌아보며 말했다.

"아이아스여, 아무래도 올림포스에 계시는 신들 가운데서 어느 한 분이, 점쟁이인 칼카스의 모습을 빌려 우리에게 함선들 옆에서 싸우라고 명령하신 것 같소. 그는 결코 신탁을 전하는 새 점쟁이 칼카스가 아니오. 발과 정강이를 놀리는 모양을 보아 뒤에서 쉽게 알 수 있었소. 신들은 금방 알아볼 수 있는 법이니까. 그래서 나도 이 벅찬 가슴 가득히 한결 용기를 느끼고 나아가 싸우고 싶은 의기가 용솟음치오. 그리고 아래로는 두 다리가, 위로는 두 팔에 지금 힘이 마구 넘치오."

이에 텔라몬의 아들 아이아스가 답했다.

"정말 그렇소. 나도 지금 창을 쥐고 있는 이 천하무적의 팔에 힘이 솟는구려. 게다가 용기도 용솟음쳐서, 아래로는 두 다리가 근질근질해지기 시작하고 있소. 그래서 지금은 혼자서라도, 제아무리 유별나게 기승스러운 프리아모스의 아들 헥토르라고 하더라도 대결하고 싶어 못 견딜 지경이오."

이와 같이 두 사람은 신이 그들 마음속에 불어넣어 준 전투에 대한 열의를 기뻐하면서, 서로 마주 보고 이야기했다. 그리고 이 동안에도 대지를 떠받드는 신은 뒤에 대기하는 사람들을 격려하고 분발시켜 이들은 재빠른 함선들 옆에서 겨우 정신을 차릴 수 있었다. 그때까지는 심한 피로 때문에 팔다리도 지쳐서 힘이 빠지고, 트로이 군사가 떼를 지어 방어벽을 넘어오는 것을 보면서 서글픈 생각에 잠겼었다. 그리고 적의 병력을 바라보고는 어두운 마음으로 눈물만 흘리고 있었으니, 도저히 이 재앙을 피할 길이 없을 것 같았기 때문이었다. 그러나 지금은 대지를 뒤흔드는 바다의 신 포세이돈이 튼튼하게 다시 짜여지는 대오 사이에 끼어들어 모두를 격려하고 다녔다.

먼저 테우크로스를, 이어 레이토스를 찾아가 격려하고, 다음에는 군주 페넬라오스, 그리고 토아스와 데이피로스와 메리오네스*[3]에 안틸로코스 등등, 싸움의 함성도 씩씩한 대장들을 격려하면서 위세도 당당히 말을 건넸다.

"치욕을 알라, 아르고스인들이여. 아직 젊고 힘찬 무사들이 아닌가. 나는 그대들이 분전하여 우리 배들을 무사히 지켜주리라 믿고 있었다. 그러나 그대들이 이 참혹한 싸움을 포기한다면, 이제는 트로이 사람들에게 봉변당할 날이 눈앞에 다가왔다고 해야 할 것이다. 아, 이 무슨 꼴이냐, 참으로 어처구니없는 불가사의한 일을 이 눈으로 다 보는구나. 무서운 일이다. 지금까지 이 일이 실현되리라고는 꿈에도 생각지 않았다. 트로이 군대가 우리 배에까지 밀어닥치다니. 그들은 전에는 걸핏하면 달아나는 사슴 같은 무리들이었지. 숲 속에서 늑대라든가 표범이라든가 이리의 먹이가 되는 존재, 아무런 힘도 없고 공연히 달아나기만 할 뿐 싸울 생각은 아예 없는 그러한 트로이 군사 따위들이 전에는 감히 아카이아군의 용기와 힘에 맞서리라고는 조금도 생각지 못했었단 말이다.

그런데 지금은 성안에서 멀리까지 나와 속이 빈 함대들 옆에서 싸우고 있다니. 이것은 모두 지휘자의 비겁함과 병사들의 태만에서 온 결과다. 그들은 아킬레우스와 다투고부터 재빠른 함선을 지킨다는 의욕조차 잃고, 이제는 함대들 안에서 잇따라 죽어가고 있는 판이다. 그러나 진실로 저 아트레우스의 아들이자 드넓은 나라의 주인인 아가멤논이 걸음이 빠른 펠레우스의 아들 아킬레우스에게 심한 모욕을 주어 이 모든 불행을 부른 것이 틀림없는 사실이라 하더라도 결코 우리는 전쟁을 포기하지 말아야 한다.

그보다 당장에라도 유화의 방법을 찾아내는 것이 좋다. 훌륭한 사나이는 마음속에 반드시 화해를 알고 있는 법이다. 하지만 그대들이 이제 여기서 용맹

---

*3 이도메네우스의 조카로 그를 가장 충실히 따르는 사람. 전공이 많으며 무사히 귀국하여 시칠리아 섬에 헤라클레이아 미노아를 세웠다고 한다.

과감한 의기를 내던지고 만다면 칭찬받을 일은 못될 것이다. 왜냐하면 그대들은 특별히 전군 중에서도 강호들뿐이기 때문이다. 다시 말해서 나도 하찮은 인간이 싸움을 태만히 한다면야 새삼스레 넋두리를 늘어놓지 않을 것이다. 그러나 그대들에 대해서는 마음속으로 도저히 용서할 수 없는 말도 안 되는 일이라 생각하고 있다. 이보게나, 그대들, 마음 연약한 사람들은 이 태만 때문에 금방이라도 더 엄청난 재난을 빚어낼 것이다. 그러니 가슴속에 저마다 수치심을 아는 마음과 정의에 대한 분노를 잘 간직해 두라. 저토록 맹렬한 전투가 시작되었으니. 헥토르가 그야말로 함성도 씩씩하게 함대들 옆에 와서 싸우고 있으며, 굳센 기상의 사나이라 대문도 긴 빗장도 모두 두들겨 부수고 쳐들어왔구나."

이와 같이 대지를 떠받드는 신은 아카이아 군사들을 격려했다. 그리하여 두 사람의 아이아스를 둘러싸고 몇 겹이나 되는 대오가 튼튼하게 짜여졌는데, 그 견고함은 비록 아레스가 나타나더라도, 혹은 병사를 부추기는 아테나라 하더라도 결코 얕잡아 볼 수 없을 만했으며, 용사들을 뽑아 트로이 군사와 용감한 헥토르를 기다리고 있었다. 그리하여 손에 쥔 방패는 방패에, 투구는 투구에, 사람은 사람에 밀착시켰다. 말총 장식에 번쩍이는 쇠붙이를 박은 투구는 움직일 때마다 옆사람의 것과 부딪쳤는데, 그토록 서로 빈틈없이 붙어 서 있었다. 그리고 대담무쌍한 병사들의 손에 쥐어진 창이 겹으로 겹칠 만큼, 모두 오직 적을 노리고 싸울 기세만이 등등했다.

먼저 트로이 편이 선수를 써서 한 덩어리가 되어 공격해 왔다. 헥토르가 선두에 서서 거침없이 사나운 기세로, 마치 바위산에서 굴러떨어지는 바위처럼 돌진해 왔다. 그 바위는 낭떠러지 끝에서 물이 더욱 많아진 겨울 강물이 밀어내린 듯, 엄청난 강우로 탄탄한 바위의 토대를 허물어뜨린 듯했다. 그리하여 하늘 높이 튀어오르고 떨어져 구르며 날아가는데, 그 바위의 요란한 소리는 주변의 깊은 숲 속까지 우렁차게 울려퍼지고 바위는 아무런 방해도 받지 않고 거침없이 굴러내려간다. 결국은 평지에 내려가 닿는데, 그렇게 되면 이젠 어떤 일이 있어도 그 이상 급히 서둘러 구르지 않게 되는 것이다. 마치 그와 같이 헥토르도 얼마 안 가서 진영과 함선들 사이를 빠져나가 살육을 저지르면서, 쉽게 바닷가로 밀고 나갈 수 있을 것 같은 기세였다. 그러나 드디어 그 견고하게 짠 대오와 마주쳤을 때, 무서운 기세에 눌려 전진을 멈추었다. 그를 맞이한 아카이아인의 아들들은 칼을 들거나 끝이 두 가닥으로 갈라진 창을 들고 마구 찔러대며 다가왔으므로 헥토르는 주춤거리며 뒤로 물러섰다. 그러자 사방에 울리는 커다란 목소리로 트로이 군대에게 부르짖었다.

"트로이군도 링케아군도 가까이서 싸우는 다르다노이인들도 모두 굳게 버텨라. 결코 아카이아인들이 나를 오래도록 막지는 못할 것이다. 제아무리 그들이 단단히 밀착하여 보루를 만들어 방위하더라도, 틀림없이 나의 창이 무서워 물러서고 말 것이다. 정말로 지고하신 신이시며, 헤라 여신의 남편인 무섭게 천둥을 울리시는 제우스께서 나를 보살펴 주시고 계시다."

그는 이렇게 말하며 용기와 열의를 분발시켰다. 그중에서 데이포보스가 균형이 잘 잡힌 큼직한 방패로 몸 앞을 가리고 의젓하게 걸음을 옮겨 나왔다. 프리아모스의 아들이다. 그가 걸음도 씩씩하게 앞으로 나오더니, 방패에 몸을 가리고 계속 나아갔다. 그러자 그를 겨누어 메리오네스가 번쩍이는 창을 집어 던졌다. 겨냥도 정확히 황소 가죽의 균형이 잘 잡힌 방패에 맞았으나, 안으로 조금도 꿰뚫지 못하고 창끝 언저리에서 긴 창이 부러지고 말았다. 데이포보스가 황소 가죽으로 만든 큰 방패를 몸에서 앞으로 내밀어 받쳐든 것은, 마음속으로 메리오네스의 창이 두려워서였다. 용기 있고 현명한 메리오네스는 두 가지 일, 즉 승부를 못 낸 것과 창이 부러진 것에 대하여 매우 분노하며 다시 자기편 군사 속으로 되돌아갔다. 그리고 다시 자기 막사에 놓아둔 긴 창을 가지러 즐비한 진영과 아카이아군의 함선들 쪽으로 달려갔다.

한편 다른 사람들도 싸움을 계속해 나가는 동안, 그칠 줄 모르는 고함 소리와 부르짖는 소리가 왁자하니 일었다. 먼저 텔라몬의 아들 테우크로스가 쓰러뜨린 무사는, 창을 잘 쓰는 임브로스라는 자로서 많은 말을 가진 멘토르의 아들이었다. 그는 아카이아인의 아들들이 쳐들어오기 전에는 프리아모스 왕의 첩의 딸 메데시카스테를 아내로 맞이해 페다이온에 살고 있었다. 그러다가 다나오이 군대의 두 끝이 휜 함선들이 들이닥치자 다시 일리오스로 돌아왔다. 그리고 트로이인 사이에 두각을 나타내어 프리아모스의 옆에 살며 그의 아들 못지않게 소중한 대우를 받고 있었다. 그를 텔라몬의 아들 테우크로스가 긴 창으로 귀밑을 꿰찌른 다음 다시 뽑으니 임브로스는 물푸레나무처럼 넘어졌다. 멀리서도 또렷이 보이는 언덕 꼭대기에 서 있는 나무가 청동 도끼에 찍혀 하늘거리는 잎을 땅에 쓸리며 쓰러지듯이 쿵 하고 넘어지니, 몸 주위에서 청동으로 정교하게 꾸민 갑옷이 요란스레 울렸다.

그래서 테우크로스가 그 갑옷을 벗기려고 재빨리 달려들자, 그 달려오는 것을 겨누어 헥토르가 번쩍이는 창을 집어 던졌다. 그러나 테우크로스도 그것을 곧 알아채고 청동 창을 아슬아슬하게 피했다. 이번에는 악토르의 후예인 크레아토스의 아들 암피마코스가 싸우러 되돌아오다가 가슴팍에 그 창이 꽂혀 소리도 요란스레 쓰러지고, 그 몸뚱이 위에서 갑옷이 덜거덕거리며 울렸다.

그때 헥토르가 돌진해 나아가 관자놀이에 단단하게 씌어진 투구를 암피마코스의 머리에서 벗기려고 했다. 그러자 고매한 아이아스가 창을 내질렀으나 온몸을 숱한 청동 갑옷으로 휘덮고 있었으므로 도저히 살갗에까지는 이르지 못했다. 그러나 방패의 중심부를 찔러 엄청난 힘으로 밀어제치니 헥토르는 시체를 둘 다 그 자리에 남겨놓고 물러났다. 그리하여 두 사람의 시체는 아카이아 군사가 들고 갔다.

암피마코스의 시체는 아테나이군의 대장인 스티키오스와 용감한 메네스테우스 두 사람이 붙어 아카이아군 속으로 운반해 가고, 임브로스의 시체는 전투에 대한 열의에 타는 두 아이아스가 날라갔다. 그것은 마치 두 마리의 사자가 톱니처럼 날카로운 이빨을 가진 개들이 감시하는 틈을 타서, 산양을 한 마리 빼앗아 빽빽이 나무가 들어찬 숲 속으로 땅에서 번쩍 물어 들고 가는 듯했다. 그처럼 시체를 높이 쳐들고 가서 갑옷을 몸에 두른 두 아이아스가 임브로스 시체의 갑옷을 벗겼다. 그리고 작은 아이아스는 오일레우스의 아들, 암피마코스가 죽은 데에 화가 나서 아직도 따뜻한 시체에서 머리를 잘라 원반을 던지듯 그 목을 빙글빙글 돌려 힘껏 적군 속으로 집어 던지니, 헥토르의 발치 바로 앞 먼지 속에 툭 떨어졌다.

이 무렵 포세이돈은 자기 손자가 쓰러진 데 분개해, 아카이아군의 막사와 함선들 옆으로 달려가서 다나오이 군대를 격려했고 트로이 편에는 슬픔을 갖다주려고 궁리했다. 먼저 이 신을 만난 것은 창을 잡으면 영예도 드높은 이도메네우스였다. 그는 막 부하를 위문하고 돌아가는 길이었다. 부하는 날카로운 청동으로 오금을 다쳐 싸움터에서 방금 돌아왔었다.

전우들이 그를 날라오자, 이도메네우스는 의사들에게 지시하고 자기 막사로 돌아가는 중이었다. 아직도 전투에 참가하려는 기세가 등등했기 때문인데,

그를 향해 대지를 뒤흔드는 신은 목소리를 안드라이몬의 아들 토아스와 비슷하게 하여 말을 건넸다. 토아스라는 대장은 플레우론 전역에서 험한 칼뤼돈에 걸쳐 아이톨리아인을 다스리며 백성들로부터 신처럼 존경을 받고 있었다.

"이도메네우스여, 크레테군을 지휘하는 그대여. 아카이아의 아들들이 트로이인들을 위협하던 그 호언은 어디로 간 거요?"

이에 이번에는 크레테 군사의 대장 이도메네우스가 돌아보고 말했다.

"오, 토아스여. 내가 아는 한도 안에서는 지금 비난받아야 할 사람은 아무도 없소. 하기야 우리는 모두 한 사람도 빠짐없이 전투에 대해서는 자신이 있고 또 누구 하나 용기를 잃고 겁에 질리거나, 두려움 때문에 쓰라린 싸움에서 빠져나가려는 자도 없소. 그저 이런 전말은 오직 위엄이 드높은 크로노스의 아들 제우스의 생각에서 온 것이 틀림없소. 명예도 없이 아르고스에서 멀리 떨어진 이 자리에서 아카이아 군대를 멸망시키려는 것이 제우스의 뜻이오. 그러나 토아스여, 전부터도 그대는 싸움에 잘 견디었고 다른 이들이 망설이는 것을 보고는 늘 격려를 해주었소. 그러니 지금도 변함없이 누구든 주저 말고 끊임없이 격려해 주오."

이에 대지를 뒤흔드는 포세이돈이 대답했다.

"이도메네우스여, 이제 그런 자는 결코 트로이로부터 귀국하지도 못할 것이거니와 이러한 날에 고의적으로 전투에서 우물쭈물하는 자는 이 땅에서 이대로 죽어 들개의 장난감이 되어 마땅할 것이오. 아무튼 갑옷을 이리로 가져오시오. 물론 빠른 편이 좋소. 우리 두 사람만이라도 도움이 되는가 안 되는가 보여주기로 합시다. 힘을 합친다면 비록 나약한 자들이라도 상당한 활약을 할 수 있소. 하물며 우리 두 사람이라면 제아무리 강한 상대라도 충분히 싸울 수 있을 것이오."

이렇게 말하고 신은 다시 무사들이 싸우는 사이를 지나갔다.

그리고 이도메네우스가 든든히 지어놓은 막사에 이르러 훌륭한 갑옷을 두르고 두 자루의 창을 쥐고 나가는 모습은, 크로노스의 아들이 올림포스에서 내던져 찬란하게 번쩍이는 번개에 비길 만했다. 올림포스에서 인간 세계에 전조로 보여주는 그 번개의 빛은 멀리서도 똑똑하게 보였다. 그처럼 달려가는 이도메네우스의 가슴팍에서 청동이 번쩍번쩍 빛났다. 그 도중에 용감한 수행무사 에리오네스와 막사 가까운 곳에서 만났는데, 그도 청동을 끼운 창을 가지러 가는 길이었다. 이에 용맹스런 이도메네우스가 말을 건넸다.

"메리오네스여, 몰로스의 아들이여, 걸음도 빠르고 나의 전우 중에서도 가장 두드러지게 다정한 그대여. 어째서 전투와 결전을 그만두고 돌아오는가? 아니면 어딘가 맞아서 날카로운 창끝이 심히 그대를 괴롭히는가? 혹은 누군가의 심부름으로 전갈을 가지고 나를 찾아왔는가? 물론 내가 바라는 것은 막사 안에 가만히 앉아 있기는 절대로 싫으며, 싸우는 것만이 전부요."

이에 지혜로운 메리오네스가 대답했다.

"이도메네우스여, 청동 갑옷을 입은 크레테 군대의 지휘자여. 혹시 막사에 창이 남아 있으면 얻으려고 왔습니다. 내가 전에 가지고 있던 것은 거만한 데이포보스의 방패에 부딪쳐서 부러지고 말았습니다."

크레테 군대의 대장 이도메네우스가 말했다.

"창이 필요하다면 한 자루든 스무 자루든, 막사 안의 벽에 세워 둔 아주 번쩍번쩍 빛나는 것이 있을 것이오. 죽은 트로이군에게서 빼앗아 온 창들이오. 그것은 내가 결코 적의 무사들한테서 멀리 떨어진 곳에서 싸우려 하지 않기 때문이오. 그러기에 나는 많은 창을 갖추어 놓고 배가 불룩한 방패와 투구, 번쩍번쩍 빛나는 화려한 가슴받이 따위도 몇 벌이나 마련해 두고 있소."

이에 지혜로운 메리오네스가 답했다.

"나도 막사나 검은 배 안에는 트로이 군사에게서 빼앗아 온 전리품을 많이 갖고 있습니다. 그러나 지금 당장 쓸 것이 없을 뿐입니다. 물론 나도 결코 투지를 잊어버리지 않고 있습니다. 언제든지 싸움의 시비가 벌어지면 선두 부대에 속해 무사에게 영광을 주는 전투에서 줄곧 활약하고 있습니다. 청동 갑옷을 입은 아카이아군의 다른 사람은 내가 싸우는 것을 보지 못했더라도 그대는 알고 있을 줄 압니다만."

이번에는 크레테군의 대장 이도메네우스가 말했다.

"물론 그대의 활약상은 잘 알고 있소. 그런 것은 새삼 말할 필요도 없소. 예컨대 지금 선두 대열 옆에 있는 우리 아카이아 군대의 용사들이 모두 나서서 그중에서 진격대를 고른다고 한다면, 그런 데서 사람의 활약을 가장 잘 알게 되는 법이오. 누가 겁쟁이며 누가 용기 있는 자인가는 금방 나타난다오. 비겁한 자의 안색은 때에 따라 변하고 가슴속의 기개조차 굳세게 잡아두지 못하기 때문이오. 그래서 오른발이라든가 왼발을 이리저리 자리를 바꾸어 웅크리기도 하고 두 다리로 앉아보기도 하며, 여러 가지 죽음의 상황을 생각하므로 가슴속에서 심장만 무섭게 뛰고 이도 안 맞아 덜걱대며 떨리오. 그러나 용기 있는 자는 무사들의 기습대에 참가하고 나면 결코 얼굴빛이 변하거나 공연히 겁에 질리거나 하지 않소. 그리고 조금이라도 빨리 처참한 결전의 싸움에 뛰어들고 싶어 빌 따름이오. 이런 때에 그대의 용기와 힘을 깔보는 자는 없을 것이오.

또 비록 그대가 분투하고 있는 동안에 화살을 맞거나 창에 찔리는 일이 있더라도, 그 화살이나 창은 반드시 그대의 뒤통수나 등에 맞는 일이 없고 가슴팍이나 배에 맞을 것이오. 기세도 사나운 선두 대열의 혼전 속으로 그대가 기를 쓰고 나아갈 것이니. 아무튼 자, 이 이상 여기 서서 철없는 아이들처럼 지껄이고 있는 것은 그만두기로 합시다. 어쩌다 누가 보고 화라도 내면 큰일이오. 그러니 그대는 막사로 들어가 튼튼한 창을 들고 나오시오."

이렇게 말하니 메리오네스는 걸음이 빠른 군신 아레스에 못지않을 만큼 순식간에 막사로 달려갔다. 그리고 청동 창을 들고 나와 이도메네우스의 뒤를 따라 투지가 넘치는 기세로 싸움터를 향해 달려나갔다. 그 모습은 인간의 재앙인 아레스 신이 전장으로 출진하는 듯했으니, 아레스 옆에는 사랑하는 아들 패주의 신, 용맹 과감하고 겁을 모르는 포보스가 따라간다. 그는 끈기 있게 싸우는 전사조차 궤멸시키는 신이었다. 이 두 신이 트라케에서 갑옷으로 무장하여 에피로이*4나 의기왕성한 플레귀아이의 주민들을 찾아가는데, 양쪽의 기도를 다 들어보지도 않고 한쪽에만 승리의 영광을 안겨주었다. 바로 그 신들과 같은 모습으로 무사들의 지휘자인 메리오네스와 이도메네우스는 번쩍이는 청동으로 무장을 하고 싸움터로 나아갔다. 메리오네스가 먼저 말을 건넸다.

"데우칼리온의 아들 이도메네우스여, 대체 어느 방면의 군사에 참가하실 작정이십니까? 전체 전투 진영의 오른쪽입니까, 한가운데입니까, 아니면 왼쪽입니까? 아무래도 그 어느 쪽도 저기 왼쪽처럼 긴 머리의 아카이아 군사가 저렇게 고전하는 곳은 없는 것 같습니다."

이에 크레테군의 대장 이도메네우스가 대답했다.

"함선들 중앙 근처에는 방어를 위해 다른 사람들이 있소. 두 아이아스라든

---

*4 테살리아의 소도시 크란논의 주민.

가 테우크로스 말이오. 테우크로스는 아카이아 군대 중에서도 제일가는 활의 명수로 이름이 나 있지만, 접근전에도 능숙하고 접전에도 능하다오. 프리아모스의 아들 헥토르가 아무리 기세가 사납고 용맹스럽다 하더라도 이들은 그를 괴롭혀 전쟁에 싫증나게 해줄 만한 인물들이오. 헥토르가 제아무리 투지가 만만하더라도, 이 사람들의 용기와 무적이라 일컬어지는 팔들을 이기고 날랜 함선들 안에 불을 지르기는 어려울 것이오. 만일 크로노스의 아들 제우스가 손수 불꽃이 오르고 있는 나무를 재빠른 함대에 던져넣지 않는다면 말이오.

아마도 인간으로서 일대일로 한다면, 저 텔라몬의 아들 큰 아이아스는 결코 아무에게도 지지 않을 것이오. 결국은 죽을 수밖에 없는, 데메테르 여신의 알곡을 먹고사는 인간의 몸으로, 청동에 찔리고 큼직한 돌 뭉치에 상하는 인간들에게는 말이오. 아무리 무사들을 무찌르는 아킬레우스라 하더라도 단둘의 결투라면 아마 아이아스가 지지 않을 것이오. 걸음이 빠른 점에서는 도저히 당해내지 못하겠지만. 그러니 우리 두 사람을 진영 왼쪽으로 인도하시오. 우리가 적에게 영예를 넘겨줄지, 아니면 적이 우리에게 넘겨줄지 조금이라도 빨리, 분명하게 알도록."

이렇게 말하니 메리오네스는 걸음이 빠른 아레스에 못지않은 속력으로 선두에 서서 나아갔고, 지시하는 군사가 있는 곳에 도착했다.

한편 적군은 용맹이 타는 불같은 이도메네우스가 수행병 메리오네스와 함께 온통 기교를 부린 훌륭한 갑옷을 두르고 나타난 것을 보더니, 서로 격려하면서 무리를 헤치고 그를 목표로 한꺼번에 밀어닥쳤다. 이리하여 양쪽 부대의 전투가 모두 한결같이 뱃머리 근처에서 시작되었다. 그것은 마치 음산한 소리를 울리는 모든 방향의 사나운 바람이 소용돌이치면서 잇따라 불어닥치니, 길가에 모래 먼지가 가장 많이 쌓이는 계절이라 온통 한데 휘몰아서 먼지구름을 온 천지에 끼게 하는 상태와도 같이, 양쪽 군사가 한데 뒤죽박죽이 되어 결전이 벌어졌다. 모두 무리들 속에 휩쓸려 날카로운 청동으로 서로를 죽이기 위해 안간힘을 쓰고 있었다.

인간을 파멸시키는 전투에서 살을 찢는 긴 창의 파도가 울렁거릴 때마다 번쩍번쩍 빛나는 많은 투구와 새로 광을 낸 가슴받이, 혹은 찬연히 반짝이는 큰 방패, 밀어닥치는 무사들의 청동 갑옷에서 눈부신 광채가 번쩍거렸다. 이렇게 격렬한 전투를 보고도 고통과 두려움을 느끼기는커녕 기뻐하는 인간이 있다면, 그야말로 어지간히 담대한 자라는 말을 들을 것이다.

그런데 크로노스의 위대한 두 아들은 서로 다른 생각을 품고 인간의 무사들에게 여전히 참혹한 고통을 마련해 주고 있었다. 제우스 쪽은 걸음이 빠른 아킬레우스의 명예를 높여줄 생각으로 트로이 편과 헥토르에게 승리를 주고 싶어했다. 그러나 아직은 완전히 아카이아군을 일리오스의 성 아래서 전멸시킬 것을 바라지는 않았으며, 다만 테티스와 용맹스러운 마음의 아들에게 영광을 주고 싶은 마음뿐이었다.

이에 반해서 포세이돈은 허옇게 파도가 이는 바다에서 슬며시 솟아나와 아르고스인들 사이를 돌아다니며 격려했다. 그는 그들이 트로이군에게 쓰러져 가는 것을 참을 수가 없는 데다 제우스가 몹시 원망스러웠던 것이다. 물론 두 신이 혈통도 부모도 다 같았지만, 제우스 쪽은 먼저 태어나*5 그 지혜와 분별이 한결 깊고 넓었다. 그래서 공공연하게 돕는 것을 피하고, 사람의 모습을 하고 진영 안으로 들어가서 몰래 격려해 주었다. 이와 같이 이 두 신이 각기 양쪽 편에 서서 준엄한 투쟁과 처참한 전투의 줄을 끊어지지도 풀어지지도 않도록 하며 마구 끌어당기니, 많은 병사들의 무릎이 힘을 잃고 거꾸러져 갔다.

이 무렵, 이미 머리가 희끗희끗해진 나이인데도 이도메네우스는 다나오이군을 격려하며 트로이 군대에 덤벼들어 적진을 허물어뜨렸다. 먼저 쓰러뜨린 것은 카베소스의 성에서 온 오트리오네우스라는 자로, 멀리서 전쟁의 소문을 듣고 찾아온 사람이었다. 그는 프리아모스의 딸 가운데서도 가장 아름다운 카산드라를 약혼 선물 없이 아내로 삼는다는 약속을 받았다. 그래서 약혼 선물은 없었지만 아카이아인들을 트로이에서 무슨 일이 있더라도 반드시 쫓아버리겠다고 다짐했다. 늙은 왕 프리아모스도 이에 동의하여 딸을 주겠다고 약속한 것이었다. 오트리오네우스는 이 약속을 믿고 싸움을 계속해 왔다. 이도메네우스가 번쩍이는 창을 겨누어 자신만만하게 걸어오는 그를 향해 힘껏 던지니, 입고 있던 청동 가슴받이도 소용없이 가슴 한가운데에 푹 꽂혔다. 이도메네우스는 그가 쿵 하고 쓰러지자 자랑스러운 목소리로 말했다.

"오트리오네우스여, 그대를 인간 중의 어느 누구보다도 칭찬해 주리라. 만일 그대가 다르다노스의 후예인 프리아모스 왕에게 장담한 일을 정말 고스란히

*5 헤시오도스의 《신통기(神統記)》와 모순되지만 나중에는 대체로 이 호메로스식을 따르고 있다.

성취한다면 말이다. 왕은 자기 딸을 주겠다고 약속했지만, 우리도 그 정도는 약속할 수 있고 또 실행할 것이다. 그리하여 아트레우스의 딸 가운데에서도 가장 인물이 예쁜 여자를 아르고스에서 데려와 그대의 아내로 삼아줄 것이다. 만일 그대가 우리와 힘을 합쳐서 훌륭한 도시인 이 일리오스를 공략해 준다면. 그러니 자, 따라오라, 바다를 건너가는 배 위에서 혼례 의논이나 하자꾸나. 우리도 인연을 맺을 상대로서 그다지 모자람은 없을 테니까."

이도메네우스가 이렇게 말하고 격렬한 전투에서 그의 다리를 잡고 질질 끌고 가려 하자, 그곳을 향해 아시오스가 자신의 전차에서 걸어나와 전우를 지키려고 달려왔다. 그의 뒤에서 숨을 몰아쉬는 두 필의 말은 수행병이 고삐를 쥐고 줄곧 끌어당기고 있었다. 그리하여 이도메네우스를 치려고 마음만 급해진 그를, 이도메네우스가 먼저 턱밑의 목을 창으로 푹 깊이 꿰찌르니 고통으로 땅바닥에 쿵 하고 넘어져 뒹굴었다. 그 모습은 마치 산속에서 목수들이 날이 선 도끼로 배를 만들기 위해 참나무와 수양버들, 혹은 키 큰 소나무를 베어 넘어뜨릴 때와 같았다. 그와 같이 아시오스는 자기 말과 전차 앞에 길게 늘어져 심한 신음 소리를 내면서 피투성이가 된 흙을 움켜쥐었다.

그의 마부는 그만 깜짝 놀라고 당황하여 적병들을 피하여 말들을 다시 후퇴시킬 수조차 없게 되었다. 그러고 있는 그를 싸움에 만만찮은 안틸로코스가 몸 한가운데를 겨누어 창을 꿰찌르니, 가슴받이도 소용없이 위장 한복판에 가서 푹 꽂혔다. 그러자 그는 심하게 숨을 몰아쉬면서 난간을 잘 만든 전차에서 굴러떨어졌다. 그 말들을 도량이 넓은 네스토르의 아들 안틸로코스가 트로이 군대 사이에서 훌륭한 정강이받이를 댄 아카이아 군사 쪽으로 몰아나갔다.

이때 데이포보스는 아시오스의 죽음 때문에 분개해 이도메네우스의 바로 옆에까지 접근해서는 번쩍이는 창을 던졌다. 그러나 이도메네우스도 그것을 곧 알아채고 균형이 잘 잡힌 방패 뒤에 몸을 숨긴 채 청동 창끝을 피하려 했다. 이 방패는 소가죽을 몇 겹이나 입힌 데다가 번쩍번쩍 빛나는 청동을 소용돌이처럼 틀어서 붙이고, 늘 붙어 있는 것이지만 두 개의 버팀대가 뒤쪽에 붙어 있었다. 그 그늘에 완전히 몸을 숨기자 청동 창이 위로 스쳐 날았다. 창이 위를 날아 넘어가고 방패는 메마른 소리를 내며 울렸다. 그러나 데이포보스가 억센 손으로 집어 던진 창은 병사들의 통솔자인 힙파소스의 아들 힙세노르의 명치 아래 간장에 꽂히니, 그는 그대로 두 무릎을 꿇고 말았다. 데이포보스는 엄청나게 큰 소리를 치며 기쁘게 외쳤다.

"이제 결코 아시오스가 원수를 갚아주는 이 없이 쓰러져 있지는 않을 거다. 아마도 그 녀석은 저 장엄한 문을 지키는 문지기, 하데스에게 가면서도 속으로 기뻐할 것이다. 내가 동행을 하나 붙여주었으니까."

이렇게 말하니 아르고스 군대는 이 호언을 듣고 분개했다. 그중에서도 특히 용맹이 뛰어난 안틸로코스는 분노가 치밀었다. 그래서 전우를 그대로 둘 수 없어 달려나가 힙세노르의 주위를 감싸고 방패를 들어 가려주었다. 그리고 심한 신음 소리를 내는 그 부상자는 그의 신실한 전우인 에키오스의 아들 메키스테우스와 용감한 알라스토르가 들어 속이 빈 배로 운반해 갔다.

그러나 이도메네우스는 그 대단한 용맹심을 조금도 누르려 하지 않고 오로지 트로이 편의 이 사람 저 사람을 죽음의 어둠 속으로 밀어넣거나, 아니면 자기 자신이 쓰러질 때까지 아카이아군을 파멸에서 구하려고 기세가 등등 했다.

이때 그는 제우스가 옹호하는 아이쉬에테스의 사랑하는 아들 알카토스 군주를 죽였다. 그는 앙키세스의 사위로 그의 맏딸 히포다메이아를 아내로 맞이했다. 이 공주는 궁전 안에서 아버지와 어머니가 특히 마음속 깊이 귀여워하는 딸이었다. 같은 또래의 딸 가운데에서 인물과 솜씨, 그리고 마음씨도 제일 훌륭하고 뛰어났기 때문이다. 그래서 이 공주를 넓은 트로이 가운데에서도 가장 훌륭한 영주가 아내로 맞이한 것인데, 지금 포세이돈이 그를 이도메네우스의 손에 의해 쓰러지게 했다. 포세이돈이 그의 빛나는 눈을 현혹시키고 훌륭한 팔다리를 묶어 꼼짝 못하게 해놓았던 것이다.

그리하여 뒤로 달아나지도, 옆으로 비켜나지도 못한 채 그저 우뚝 선 기둥이나 잎이 무성하게 자라난 우뚝 솟은 나무와도 같이, 가만히 그 자리에 서 있는 것을 이도메네우스가 창으로 가슴 한가운데를 찔러 갑옷을 찢었다. 전에는 그의 몸을 파멸에서 구해주던 이 갑옷도 이때는 다만 메마른 소리를 냈을 뿐 창끝에 찢겨 나갔다. 땅을 쿵 울리고 넘어지는 그의 심장 깊이 창이 꽂혔으며, 아직 고동이 멎지 않아 창 자루가 꿈틀꿈틀 움직이고 있었다. 그것도 곧 군신 아레스가 힘을 거두어 정지시키고 말았으니, 이도메네우스는 큰 소리로 의기양양하게 소리쳤다.

"데이포보스여, 그대가 한 사람 대신 셋을 죽였으니 우리는 일단 동격이라고 할 수 있겠구나. 그대는 그것을 매우 자랑으로 여기고 있잖은가. 얼빠진 녀석 같으니, 그렇다면 그대가 나에게 정면으로 덤벼봐라. 그러면 제우스의 후예로서 여기 와 있는 내가 어떤 인간인지 알게 될 것이다. 먼저 제우스께서는 처음에 크레테 섬의 수호자로서 미노스를 낳으시고, 미노스는 인품도 훌륭한 데우칼리온을 아들로 두셨으며, 데우칼리온이 바로 나를 넓은 크레테 섬, 많은 무사들의 군주로서 낳으셨다. 그러한 나를 많은 함선들이 그대와 그대의 아버지, 그 밖에 트로이인들에 대한 재앙이 되도록 지금 이 자리에 싣고 온 것이다."

이렇게 말하니 데이포보스는 어떻게 해야 할지 망설였다. 일단 뒤로 물러갔다가 의기왕성한 트로이 군사 중의 누군가를 데리고 나올 것인가, 아니면 혼자 싸워볼 것인가, 어느 쪽이 좋을까 하고 궁리하다가 마음의 결단을 내렸다. 즉 아이네이아스에게 부탁하는 일이었다. 그러자 마침 그가 병사들 뒤에 서 있는 것이 눈에 띄었다. 평소부터 아이네이아스는 자기가 뛰어난 활약을 하고 있는데도 존귀한 프리아모스가 무사들 사이에서 조금도 자기를 중히 여겨주지 않는다고 늘 불만을 품고 있었다. 지금 그 곁에 가서 서며 위세 있게 말을 건넸다.

"아이네이아스여, 트로이 군대의 조언자여, 지금이야말로 그대가 의리의 형제를 지켜주어야 할 때이오. 조금이라도 원통하게 생각한다면 말이오. 자, 따라오라, 알카토스를 지켜줍시다. 의리 있는 형으로서 그대를 어릴 적부터 궁전 안에서 길러준 사람이오. 그 은인을 창으로 이름난 이도메네우스가 쓰러뜨린 것이오."

이런 말로 아이네이아스의 가슴속에 거친 분노를 불러일으키자, 그는 전의에 넘쳐 이도메네우스를 향해서 거침없이 나아갔다. 이도메네우스도 철없는 어린아이처럼 공포에만 사로잡히지 않고 버티고 서서 기다렸다. 그 모습은 마치 멧돼지가 산속에서 자기 무용을 믿고 많은 몰이꾼이 왁자하게 떼를 지어 몰려오는 것을 기다리고 있는 것 같았다. 멧돼지가 인기척도 없는 쓸쓸한 곳에서 등에는 온통 거센 털을 곤두세우고, 두 눈은 불인 양 번들거리며 빛나는데다가 이빨마저 날카로이 갈고는, 개든 몰이꾼이든 상대로 맞아 물리치려고 기세가 사납게 서 있는 것처럼. 꼭 그와 같이 창으로 유명한 이도메네우스는 전우를 도우려 달려드는 아이네이아스를 기다리고 서서 물러서려 하지 않았다. 그러고는 전우들을 돌아보며, 아스칼라포스와 아파레우스, 데이피로스, 메리오네스와 안틸로코스 등, 모두 함성도 우렁차고 드높은 사나이들을 돌아보며 이들을 격려하면서 위풍당당히 말했다.

"여보게들, 여기 와서 혼자 있는 나를 도와다오. 두려운 생각이 드는군. 걸음이 빠른 아이네이아스가 달려와서 금방이라도 덤비려 하고 있소. 저자는 싸움에 있어서는 무사의 목을 잘 자르는 군센 기상의 사나이, 게다가 젊고 씩씩한 모습이오. 이것이 무엇보다도 강한 힘이오. 만일 우리 두 사람이 이러한 기개에 나이도 같았더라면 당장에 어느 쪽이 이기는지 우열을 겨루어 보겠다만."

이렇게 말하니 전우들은 모두 한마음으로 뜻을 모아 큰 방패를 어깨에 걸치고 서로 나란히 몸을 대고 섰다. 그동안에도 저쪽에서는 아이네이아스가 데이포보스와 파리스, 존귀한 아게노르를 바라보며 자기 쪽 무사들을 불러냈다. 모두 그와 마찬가지로 트로이 군대의 대장들이었다. 그 뒤에 병사들이 따르는 것은 마치 길잡이인 숫양을 양 떼가 뒤따르며 목장에서 물을 먹으러 몰려나가듯, 그리하여 양 치는 목자들의 마음을 기쁘게 해주는 것과 같이, 아이네이아스는 병사들의 무리가 자신을 따라오는 것을 바라보고 가슴깊이 기뻐했다.

그리하여 알카토스의 시체를 사이에 두고 양군 군사는 서로 눈앞까지 다가가 잘 다듬은 긴 자루의 창을 찌르고 덤비니, 접전 속에서 서로가 겨누어 찔러대는 바람에 가슴을 가린 청동 가슴받이가 무서운 소리로 울렸다. 그 가운데서도 한결 두드러지게 눈에 띄는 훌륭한 무사 두 사람, 아이네이아스와 이도메네우스는 군신 아레스가 이러할까 여겨질 만큼 인정사정없이 청동으로 서로를 베기 위해 덤벼들어 접전을 벌였다. 먼저 아이네이아스가 이도메네우스를 향하여 창을 던지자, 저쪽에서도 얼른 이를 알아차려 청동 창끝을 피하니, 아이네이아스의 창끝은 부르르 떨면서 땅에 날아와 꽂혔다. 억센 손에서 헛되이 날아간 창이다.

이도메네우스 쪽은 오이노마오스의 배 가운데를 찔러 가슴받이의 오목한 곳을 꿰뚫고 들어가니, 청동 창끝이 그의 창자를 휘저어 내고 몸뚱이가 먼지 속에 엎어져 그는 손으로 흙을 움켜쥐었다. 이도메네우스는 그 시체에서 그림자를 길게 끄는 창을 뽑기는 했지만, 화살과 창 따위의 날아오는 무기에 방해받는 통에 두 어깨에서 화려한 갑옷을 벗기지는 못했다. 더 앞으로 나가자니 다리의 기운이 없었고 창을 향해 달려갈 수도 적을 피할 수도 없었다. 그리하여 백병전에서는 무참한 최후를 피하기는 했으나, 후퇴하려 해도 이제 두 다리가 말을 들어주지 않았다.

이렇게 이도메네우스가 한 걸음 한 걸음 물러나고 있을 때, 이를 겨누어 데이포보스가 번쩍이는 창을 집어 던졌다. 그는 끊임없이 이도메네우스에 대한 깊은 집념으로 원한을 품고 있었기 때문이다. 그러나 이때도 창이 빗나가 맞은 것은 에뉘알리오스*6의 아들 아스칼라포스였다. 어깨를 꿰뚫고 튼튼한 창이 들어갔으니, 그대로 먼지 속에 넘어져 손바닥에 흙을 움켜쥐었다. 하지만 사나운 기세로 소리를 지르는 무서운 군신 아레스는, 아직 자기 아들이 심한 전투 중에 쓰러진 것도 몰랐다. 아무튼 올림포스의 꼭대기에서 황금빛 구름에 싸인 채 제우스의 계략에 붙들려 꼼짝없이 앉아 있으니, 그곳에는 다른 불사의 신들도 싸움에 나가는 것이 금지되어 마찬가지로 무료하게 앉아 있을 뿐이었다.

한편 아스칼라포스의 시체를 에워싸고 서로 접근해 가는 동안, 먼저 데이포보스가 아스칼라포스의 번쩍이는 투구를 벗겼다. 그러자 메리오네스가 민첩한 아레스처럼 덤벼들어 어깨를 창으로 찔렀으므로, 그 손에서 대롱 장식을 한 뿔 넷 달린 투구가 쨍그렁 하고 땅에 떨어졌다.

메리오네스는 다시 독수리처럼 달려들어 데이포보스의 팔 위에 꽂힌 튼튼한 창을 뽑아들고 자기편 군사가 있는 곳으로 되돌아갔다. 이쪽에서는 친동생 폴리테스가 두 손을 뻗어 데이포보스의 허리를 안고 불길한 소음이 끊임없이는 전투 사이에서 재빠른 말이 매여 있는 곳으로 붙들고 나왔다. 그 말들은 양군이 싸우고 있는 자리의 뒤쪽에 고삐잡이와 기교를 다한 수레를 함께 대기시켜 놓았던 것이다. 그 전차가 지금 보루를 향해서 매우 괴로워하며 끙끙 신음 소리를 내고 있는 그를 실어가는데, 막 찔린 팔에서는 아직도 피가 철철 흘러내리고 있었다.

그러나 다른 자들이 아직 싸움을 계속하니 울부짖음은 쉴 새 없이 일었다. 때마침 아이네이아스는 칼레토르의 아들 아파레우스에게 덤벼들어 목을 날카로운 창으로 찌르니 목이 탁 젖혀졌다. 그와 함께 큰 방패도 투구도 땅바닥에 떨어져서, 목숨을 끊는 죽음이 온통 그의 몸을 덮었다.

한편 안틸로코스는 토온이 뒤돌아서는 것을 발견하고 재빨리 덤벼들어 칼

---

*6 군신 아레스의 별명. 실제로는 다른 신이었던 것으로 생각된다.

을 내리쳐 등의 혈관을 모조리 잘라버리고 말았다. 등줄기를 이어 목덜미까지 올라가고 있는 그 혈관을 깡그리 끊어버렸으므로, 그는 두 손을 그리운 전우들을 향해 쫙 뻗은 채 모래 먼지 속에 나뒹굴고 말았다.

안틸로코스는 뛰어나가 주위를 살피며 그의 두 어깨에서 갑옷을 벗겼다. 그 사이에 트로이 군사는 사방에서 그를 포위하여 온갖 기교를 다 부린 폭넓은 방패를 마구 찔러댔으나, 인정사정없는 청동 창끝도 안틸로코스의 부드러운 맨살을 찢어놓지는 못했다. 대지를 뒤흔드는 포세이돈이 무수한 창이 즐비한 그 사이에서도 빈틈없이 네스토르의 아들을 지켜주었기 때문이다. 안틸로코스는 결코 적으로부터 물러나려 하지 않고 오히려 적병 사이를 돌아다녔다. 쉴 새 없이 창을 겨누고 이리저리 휘두르면서 그가 오로지 마음속으로 궁리하는 것은 누구를 향해 던질까, 아니면 가까이 접근해서 찌를까 하는 것뿐이었다.

그런데 안틸로코스가 병사들을 헤치고 누구인가를 노리고 나아가는 그 모습을 발견한 것은 아시오스의 아들 아다마스였다. 그가 가까이 다가가 큰 방패 한가운데를 날카로운 청동 창으로 쿡 찔렀으나, 그 창끝에서 감청빛 머리털을 가진 포세이돈이 안틸로코스의 목숨을 아껴 아다마스의 힘을 빼버렸다.

그리하여 그 창은 그대로 그곳에, 끝을 불로 지진 말뚝처럼 안틸로코스의 방패에 붙고 나머지 절반은 땅에 떨어졌다. 그래서 아다마스는 당황하여 죽음을 피하려고 전우들 속으로 물러나려 했다. 그 뒷걸음질치는 모습을 쫓아 메리오네스가 창으로 배꼽 밑 아랫배를 꿰찔렀다. 그 부분은 인간에게 있어서 가장 고통스런 타격을 주는 곳이었다. 그 자리를 창에 찔려 그대로 끌려 넘어지니, 그가 창을 붙들고 몸부림치는 모습은, 마치 산중에서 소 먹이는 이가 줄로 묶어 싫어하는 소를 억지로 끌고 가는 듯했다. 하지만 그것도 그다지 오래 가지 않고 메리오네스가 바싹 다가가 몸뚱이에서 창을 뽑자마자 순식간에 두 눈을 죽음의 어둠이 휘덮었다.

한편 헬레노스가 데이피로스를 큼직한 트라케산(産) 칼로 바로 옆에서 관자놀이를 찔러 네 뿔 투구를 부수었다. 투구가 날아 땅에 떨어지자 싸우던 아카이아군의 한 사람이 두 다리 사이로 굴러오는 것을 집어들었다. 그러나 데이피로스의 두 눈에는 캄캄한 죽음의 어둠이 내리덮이고 있었다.

그래서 아트레우스의 아들인 목소리도 씩씩한 메넬라오스는 고뇌에 휩싸이며 군주 헬레노스를 향해서 날카로운 창을 휘두르며 나아갔다. 때마침 이쪽에서도 활시위를 잡아당기고 있었다. 그리하여 양쪽이 똑같은 시각에 한쪽이 날카로움을 가진 창을 던지려 하면 한쪽은 시위의 화살을 놓으려고 했다. 이어 프리아모스의 아들 헬레노스가 메넬라오스의 가슴팍을 쏘아 가슴받이의 오목한 곳을 맞혔으나 사나운 화살은 그냥 퉁겨서 떨어졌다. 마치 넓은 타작마당에서 일어나는 바람결과 타작하는 사람의 팔심으로 폭넓은 삽에 맞아 완두나 둥근 콩이 튕겨나가듯 했다. 그와 같이 영예도 드높은 메넬라오스의 가슴받이에서 저만큼 멀리 튕겨나가 거친 화살은 날아가 떨어졌다.

한편 이쪽 아트레우스의 아들, 외침도 씩씩한 메넬라오스는 적의 손을 겨누어 잘 닦은 활을 쥔 그 손을 찔렀다. 그러자 청동 창이 손을 꿰뚫고 활에까지 들어가 그는 죽음의 운명을 피하려고 옆으로 손을 축 늘어뜨린 채 꽂힌 물푸레나무의 창을 질질 끌면서 자기편 쪽으로 후퇴해 갔다. 그래서 기상이 높은 아게노르가 그 창을 손에서 뽑아내고, 손에 잘 짜 만든 양의 털끈으로 묶어주었다. 이 병사들의 통솔자를 위해 수행병이 지니고 다니던 끈이었다.

그리고 페이산드로스는 영예도 드높은 메넬라오스를 향해서 곧장 달려나갔다. 그가 메넬라오스에 의해 무서운 결전 속에서 쓰러지도록, 불운한 운명이 죽음의 최후로 그를 이끈 것이다. 그리하여 두 사람이 양쪽에서 서로 마주보고 달려와 가까워졌을 때, 메넬라오스가 던진 창은 겨냥에서 벗어나 옆으로 날아갔다. 페이산드로스의 창은 영예도 드높은 메넬라오스의 큰 방패에 맞았다. 그러나 그 방패를 꿰뚫고 청동 끝이 찍어 들어가지는 못했다. 왜냐하면 창이 폭넓은 방패에 막혀 자루목에서 부러져 버렸기 때문이다. 그런데도 페이산드로스는 마음속으로 자기가 이긴 줄로만 알고 은근히 기뻐하고 있었다.

그래서 아트레우스의 아들은 은 못을 박은 칼을 뽑아 페이산드로스에게 덤벼들었다. 이쪽도 방패 뒤에서 청동으로 만든 화려한 도끼에 올리브나무로 잘 다듬은 긴 자루를 댄 것을 꺼내 들었다. 그리하여 동시에 양쪽에서 서로를 노리며 맞부딪쳤을 때 페이산드로스는 말총을 단 투구의 깃털 장식 위와 밑을 찍었으나, 메넬라오스는 달려드는 적의 이마, 콧마루 위쪽 끝 언저리를 후려치니 이마 뼈가 빠개지며 두 눈이 피투성이가 되어 그 발아래 땅바닥 모래 속에 떨어져 파묻혔다. 그리고 넘어져 꿈틀대는 페이산드로스의 가슴을 밟아 갑옷을 벗긴 메넬라오스는 승리를 자랑하며 소리쳤다.

"재빠른 말을 달리는 다나오이 군대의 함선들에서 그대들처럼 제 분수를 모르는 자들, 무서운 싸움의 울부짖음에 싫증을 낼 줄 모르는 트로이인들은 반드시 이와 같이 물러나게 될 것이다. 그 밖의 수치나 모욕에도 그대들은 아무렇지도 않을 것이다. 사악한 개들이여, 그대들은 무섭도록 천둥을 울리는 제우스의 격노를 마음속으로 전혀 두려워하지 않고 나를 그토록 모욕했다.

그러나 주객(主客)의 신 제우스는 반드시 언젠가는 그대들의 견고한 성을 멸망시키리라. 그대들은 나와 결혼한 아내 곁에서 환대를 받고 있었으면서도 나의 정당한 아내뿐 아니라 많은 보물까지 뻔뻔스럽게 가지고 달아났다. 게다가 이번에는 이 바다를 건너는 배에까지 저주받은 불을 던져 아카이아군의 용사들을 죽이려 안간힘을 쓰고 있다.

하지만 아무리 그대들이 날뛰어도 언젠가는 전쟁도 끝날 것이다. 아버지 제우스여, 과연 아버지께서는 다른 인간들이나 신들보다도 지혜나 계획에 있어 훨씬 탁월하다고 세상에서는 말하고 있습니다. 그러나 이러한 모든 일은 신의 생각에서 빚어지는 것, 그렇다면 어쩌자고 이토록 무도한 인간들을 감싸주시는 것입니까? 트로이인들은 언제나 교만하고 난폭한 일을 저지르며, 처참한 전쟁의 혼란에도 결코 싫증을 내는 법이 없는 잔인한 자들인데도 말입니다. 사람은 무슨 일에든 물리기 마련입니다. 잠에도 애욕에도 즐거운 노래에도, 그리고 더없이 훌륭한 춤에도. 이러한 일들은 누구든 전쟁보다는 훨씬 더 즐기고 싶어합니다만, 트로이인들은 오로지 전쟁에 싫증을 낼 줄 모르는 인간들입니다."

이렇게 말하며 메넬라오스는 피에 젖은 갑옷을 페이산드로스의 알몸에서 벗겨내 부하들에게 넘겨주고, 자신은 다시 달려가 선두 부대 속에 끼어들었다.

이 무렵 한 나라의 군주 퓔라이메네스의 아들 하르팔리온이 그를 향해 덤벼들었다. 이 사람은 사랑하는 아버지를 따라 전쟁을 하러 트로이에 왔으나, 두 번 다시 고향 땅을 밟지 못했다. 이때 그는 아트레우스의 아들 메넬라오스의 방패 한가운데를 창으로 찔렀으나 도저히 그것을 푹 꿰뚫어 청동 날을 박아넣을 수는 없었으므로, 사방을 살피며 혹시 누가 청동 날을 가지고 살갗을 찢지나 않을까 염려하면서, 거꾸로 전우들이 몰려 있는 곳으로 죽음의 운명을 피하기 위해 후퇴해 갔다.

그러나 그 물러가는 모습을 겨누어 메리오네스가 청동 촉이 달린 화살을 날려 오른쪽 엉덩이를 쏘니, 화살은 곧장 방광 언저리를 꿰뚫어 치골 밑을 쑤시고 들어갔다. 그는 그 자리에 푹 주저앉아 그대로 전우들의 팔에 안겨 숨을 거두었다. 그는 마치 지렁이처럼 땅에 쓰러져 길게 뻗어 누웠고, 검은 피가 흘러나와 땅을 흥건히 적시고 있었다.

그를 의기왕성한 파플라고니아인들*7이 잘 거두어 전차에 실어서 비통한 심정으로 성스러운 일리오스로 데리고 갔다. 그들 사이에서 그의 아버지도 눈물을 흘리면서 따라갔는데, 이제 죽어버린 아들에 대해서는 어떻게 보상받을 도리가 없었다.

이 젊은이의 죽음에 파리스는 몹시 격분했다. 왜냐하면 전부터 많은 파플라고니아 사람들 중에서도 그와 인연이 깊었기 때문이다. 그래서 화가 난 그는 청동 촉을 단 화살을 힘껏 쏘아 보냈다.

그런데 여기 에우케노르라는 자가 있었다. 점쟁이 폴리이도스의 아들로, 돈도 많고 용감했으며 코린토스 시에 살았다. 그는 저주받은 자기 운명을 잘 알면서 배를 타고 떠나온 것이었다. 그것은 육감이 뛰어난 폴리이도스 노인이 몇 번이나 그에게 예언한, 고통스러운 병에 걸려 자기 집에서 숨지든지, 아니면 아카이아군의 배 사이에서 트로이군의 손에 죽을 것이라고 일러주었기 때문이다. 그는 마음속으로 괴로워하지 않으려고 아카이아 군대에게 지불해야 하는 종군 면제의 헌금과 고통스러운 질병을 동시에 피하려 했다. 그러한 그에게 지금 윗입술 옆, 귀 아래쪽에 파리스의 화살이 날아와 꽂혔으므로 순식간에 그에게서 목숨은 떠나가고, 지긋지긋한 죽음이 그를 휘감았다.

이와 같이 양군은 활활 타는 불의 기세로 싸움을 이어갔다. 그동안 제우스가 사랑하는 헥토르는 함선들의 왼쪽에서 자기 병사들이 아르고스 군사에게 몰리고 있다는 것을 전혀 모르고 있었다. 그래서 곧 아카이아 군대가 승리의 영광을 차지할 듯이 보였다. 그토록 위대한, 대지를 떠받들고 대지를 뒤흔드는 포세이돈이 아르고스 군사들을 격려하고 힘껏 지켜주었기 때문이다. 그런데 헥토르는 다나오이 군사의 방패를 쳐든 무사들이 빈틈없이 서 있던 대오를 처음 그가 돌파했던 곳, 그래서 대문과 방어벽을 밟고 들어간 바로 그 장소에 버티고 있었다. 그곳은 아이아스의 배와 프로테실라오스의 배들을 잿빛 바닷

---

*7 소아시아 지방의 주민. 히타이트 왕국에 가까우며 그의 치하에 있은 듯하다.

가에 끌어올려 놓은 장소였는데, 이 근처의 방어벽이 제일 낮았다. 그래서 트로이군은 특히 거센 기세로 몰려와 자신도 말도 계속 전투에 열중하고 있었던 것이다.

여기서 보이오티아 부대, 옷자락을 끄는 이오니아 부대, 로크리스 부대와 프티아 부대, 또 세상에 이름을 떨친 에페이오이 부대 등이 겨우 함선들을 향해 진격해 오는 헥토르를 막고 있었는데, 도저히 그 타오르는 불처럼 용감한 헥토르를 물리칠 수가 없었다. 그 근처에는 아테나이 군대 중에서 정예 무사들 사이에, 대장으로 페테오스의 아들 메네스테우스가 지휘를 하고 그 곁에 페이다스와 스티키오스, 그리고 용감한 비아스가 따르고 있었다. 한편 에페이오이 부대를 퓔레우스의 아들 메게스와 암피온, 드라키오스 등이 지휘했으며, 프티아 부대는 메돈과 싸움에 다부진 포다르케스가 선두에 섰다.

그런데 이 메돈이라는 사람은 신과 같은 오일레우스의 서자로 작은 아이아스와 형제간이었다. 그는 고향 땅을 떠나 퓔라케에 살고 있었다. 그것은 오일레우스의 아내이자 의붓어머니인 에리오피스의 형제를 죽였기 때문이다. 또 한 사람은 필라코스의 후예로 이피클로스의 아들이었는데, 이들은 의기왕성한 프티아인들의 선두에 서서 함선들을 막으며 보이오티아 부대와 함께 싸움을 이어가고 있었다.

한편 아이아스는 잠시 동안도—이것은 오일레우스의 아들인 걸음이 빠른 작은 아이아스인데—텔라몬의 아들인 큰 아이아스 곁을 떠나지 않았다. 마치 쉬는 밭에서 포도줏빛 소 두 마리가 튼튼하게 만든 커다란 쟁기를 한마음 한뜻으로 끌고 가듯이. 그 소 살갗에는 양쪽 뿔 밑 둘레에 땀이 송송 솟아나온다. 그리고 이 두 마리를 갈라놓는 것은 오직 반들반들하게 닦아놓은 멍에뿐인데, 두 마리가 다 열심히 고랑을 나아가서 밭 경계선까지 갈아붙인다. 그와 같이 두 사람은 나란히 걸어다니며 서로 몸을 바싹 붙어 서 있었다.

그런데 텔라몬의 아들 큰 아이아스 쪽에는 용감한 많은 병사들이 따르고 있어서 언제든 피로와 땀이 그의 손발을 엄습하면 이들이 커다란 방패를 받아주었지만, 의기왕성한 오일레우스의 아들 작은 아이아스에게는 로크리스 부대가 따라다니지는 않았다. 왜냐하면 그들은 백병전에 견딜 용기가 없었기 때문이다. 그것은 다시 말해서 이 사람들이 청동을 입히고 말총 장식을 단 투구도 쓰지 않았고, 둥그렇게 모양이 아름다운 가죽 방패라든가 물푸레나무의 창도 갖고 있지 않았으며, 누구나 다 알듯이 활과 화살, 그리고 양모를 잘 꼬아서 만든 돌팔매끈에만 의존해 일리오스까지 함께 따라왔기 때문이다. 그래서 그것들을 쉴 새 없이 쏘아대며 트로이 편의 대열을 돌파하려 하고 있었다.

그리하여 이때 한쪽은 선두 대열에 나아가 훌륭하게 만든 갑옷을 몸에 두르고 트로이 군대와 청동 투구를 쓴 헥토르와 싸우고 있는 동안에, 이들은 남의 눈에 띄지 않는 뒤편에서 화살과 돌을 쏘아댔으므로 트로이군은 이제 싸울 기력도 잃고 혼란에 빠지고 있었다.

이 무렵에 어쩌면 트로이군은 비참한 상태로 배와 막사가 있는 곳에서 바람이 휘몰아치는 일리오스로 후퇴하게 되었을지도 모른다. 만일 폴리다마스가 대담한 헥토르 곁에 와서 이렇게 말하지 않았으면 말이다.

"헥토르여, 그대는 아무래도 남의 충고를 받아들이기가 힘이 드는 모양이오. 물론 싸움하는 일에 있어서는 신께서 그대에게 남보다 뛰어난 재능을 내려주셨소. 그래서 그대는 전술을 짤 때도 남보다 뛰어난 지혜를 드러내고자 원하고 있는 것이오. 그러나 아무리 그대라도 모든 일을 혼자서 다 갖출 수는 없다오. 그것은 신께서 한 사람에게 전쟁 일을 통달시키면 다른 사람에게는 춤추는 재주를, 또 어떤 사람에게는 하프를 퉁기며 노래를 부르는 재능을 주시고, 어떤 사람에게는 가슴속에 훌륭한 분별심을 심어 많은 사람들이 그 덕의 혜택을 입도록 마련하시지오. 그리하여 그는 많은 이들을 안심시키고 더욱이 자기 자신도 그 덕을 잘 터득하게 되는 것이오.

그것은 그렇고, 지금 나는 최상책이라 믿는 것을 그대에게 말하고자 하오. 그대를 에워싸고 곳곳에서 전쟁의 불길이 맹렬히 타오르고 있소. 그래서 의기왕성한 트로이 군대도 방어벽을 돌파하고부터는 갑옷을 입은 채 멍청하게 서 있기만 하거나, 소수가 다수를 상대로 함선들 근처에 흩어져서 싸우고 있는 것이 고작이오. 그러니 그대는 잠시 물러나 장수들을 모두 이 자리에 불러들이시오. 그러면 모든 방책을 여럿이서 충분히 의논할 수 있지 않겠소. 신께서 승리를 내려주실지 어떨지 시험하기 위해서 노걸이가 많이 설치된 여러 함선들을 습격하든가, 아니면 이번에는 함선들 곁에서 상처를 입지 말고 물러나든가 모든 대책에 대해서 심사숙고합시다. 이런 말을 하는 까닭은 나로서는 아카이아 군대가 어제의 빚을 갚지나 않을까 걱정이 되기 때문이오. 또 배 곁에는 싸움에 싫증을 낼 줄 모르는 전사, 이제 더 이상 전쟁에서 손을 뗀 채 수

수방관하지 않을 것 같은 인물 아킬레우스가 기다리고 있으니 더욱 걱정이 되오."

이렇게 폴리다마스가 말하자, 사람의 마음을 상하게 하지 않는 그 말투가 마음에 들었으므로 헥토르는 곧바로 갑옷을 몸에 두른 채 전차에서 뛰어내려 그를 보고 위세 있게 말을 건넸다.

"폴리다마스여, 그러면 그대가 이 자리에 장수들을 모두 불러모아 다오. 그 동안에 나는 저쪽으로 가서 한바탕 싸우고 오겠다. 그리고 곧 돌아올 테니, 각 군에 잘 지시해 놓으시오."

그는 이렇게 말하자마자 눈을 덮어쓴 산처럼 내달아, 큰 소리로 외치면서 트로이 군사와 동맹군 사이를 헤치며 뛰어갔다. 그리고 무사들은 판토스의 아들인 깊이 경애하는 폴리다마스 곁으로 모두 달려왔다. 헥토르가 부르는 소리를 들었기 때문이다.

한편 헥토르는 데이포보스와 용맹스러운 군주 헬레노스, 아시오스의 아들 아다마스, 휘르타코스의 아들 아시오스 등을 찾아 선두 대열 사이를 헤치고 돌아다녔다. 그러나 이들은 이제 상처를 입지 않았다거나 목숨을 잃지 않은 상태, 다시 말해 온전한 상태에 있지 않았다. 어떤 사람은 아카이아 편의 뱃머리 앞에서 아르고스 군사의 손에 의해 완전히 목숨을 잃고 쓰러져 있었고, 어떤 사람은 화살이나 창, 혹은 칼에 부상당해 성벽 뒤에 몸을 피하고 있었다.

그러자 곧 한없는 눈물을 쏟게 한 싸움터 왼쪽에서 머리결도 아름다운 헬레네의 남편인 알렉산드로스가 눈에 띄었는데, 그는 한창 전우들을 격려하여 싸우라고 재촉하는 중이었다. 헥토르는 그 옆에 가서 걸음을 멈추고 모욕적인 말을 퍼부었다.

"얄미운 파리스, 그대는 괴이한 녀석이다. 모습은 남보다 뛰어날지 모르나 여자에 미친 유혹자와 똑같구나. 대체 데이포보스와 용맹스러운 군주 헬레노스, 아시오스의 아들 아다마스, 휘르타코스의 아들 아시오스는 다들 어디 있느냐? 대체 오트리오네우스는 어디에 있느냐? 이제는 견고한 일리오스도 전혀 살아날 가망이 없어졌다. 이제 너도 갑작스런 파멸을 면치 못하리라."

이에 신과 같은 알렉산드로스가 말했다.

"헥토르여, 형님은 잘못이 없는 자를 끊임없이 나무라기를 좋아하시기 때문에, 언제든 나도 정말로 전쟁에서 차라리 손을 떼고 싶어질 정도입니다. 어머니도 나를 전혀 용기 없는 겁쟁이로 낳으신 것은 아닙니다. 형님이 선두 대열 옆에서 전우들을 모아 싸움을 시작하셨을 때부터 나는 줄곧 여기 버티고 서서 다나오이 군사와 쉴 새 없이 싸움을 계속해 왔습니다. 형님이 찾으시는 우리편 사람들은 모두 목숨을 잃었습니다. 데이포보스와 용맹스런 헬레노스, 이 두 사람은 성으로 돌아간 것 같고요. 둘 다 긴 창에 손을 찔렸지만 크로노스의 아드님이 죽음만은 막아주신 것입니다. 그러니 앞장서서 가십시오. 어디든지 가시고 싶은 데로. 우리는 열심히 형님을 따라갈 것이고, 또 우리 힘이 지속되는 한 결코 용기를 저버리지 않을 것을 확신합니다. 그러나 그 힘의 한계를 넘어서는 아무리 초조하게 굴더라도 전혀 싸울 도리가 없는 것입니다."

이렇게 말하며 파리스는 형의 마음을 잘 달랬다. 그러고는 가장 치열한 격전이 벌어지고 있는 곳으로 갔다. 케브리오네스와 인품이 훌륭한 폴리다마스, 팔케스와 오르타이오스, 신과도 겨루어질 폴리페테스, 팔미스와 히포티온의 두 아들인 아스카니오스와 모뤼스를 에워싼 병사들의 근처이다. 이들은 땅이 기름진 아스카니에에서 그 전날 아침 교대하러 나온 사람들이었다. 그것을 이때 제우스가 싸우도록 부추겼던 것이다.

그리하여 그들은 매섭고 냉혹하게 불어닥치는 바람같이 사나운 기세로 나아갔다. 그 바람은 제우스의 천둥을 따라 인간 세계로 불어닥쳐와 무서운 굉음과 더불어 바닷물과 교차한 순간 엄청난 파도가 온 해수면에, 우렁차게 으르렁대는 바다의 표면에 일어 활 모양으로 높이 휘어 오르면, 앞에도 뒤에도 계속해서 흰 물결이 일어나게 했다. 그와 같이 트로이 군대는 앞에서도 뒤에서도 나란히 어깨를 맞추어 청동 쇠붙이를 번쩍번쩍 빛내면서 지휘하는 대장들의 뒤를 따라 대열지어 나아갔다.

그것을 인솔하는 프리아모스의 아들 헥토르는 인간에게 화를 끼치는 아레스를 보는 듯, 균형이 잘 잡힌 방패를 앞에 들었다. 소가죽을 빈틈없이 바른 튼튼한 것으로 두텁게 청동이 입혀 있었다. 또 관자놀이에는 빛나는 투구가 번쩍이고 있었다. 그는 앞으로 계속 나아가면서 이렇게 방패를 들고 밀어닥치면 혹 물러설지도 모른다고 적의 대오를 시험해 보는 것이었다. 그러나 그것도 아카이아 군사의 가슴속에 깃든 용기를 꺾지는 못했다. 그래서 제일 먼저 아이아스가 성큼성큼 걸어가 도전했다.

"고얀 놈이다, 자, 가까이 오라. 어쩌자고 쓸데없이 아르고스 군사를 위협하려 드는가? 결코 우리가 그대의 전술을 모르고 있는 게 아니다. 다만 제우스의 가혹한 채찍 때문에 우리 아카이아 군대가 불리했을 뿐이다. 아마 그대는 배를 빼앗고 싶은 듯하나, 그렇다면 우리 또한 즉시 막아낼 만한 충분한 힘을 갖추고 있다. 그러나 그대들의 견고한 도시가 우리 손으로 함락되어 약탈당하는 날이 아마 훨씬 더 빨리 올 것이다. 그리고 그대에게도 아주 가까운 일임에 틀림없다. 아버지 제우스와 다른 신들에게 그대를 태운 갈기도 훌륭한 말들이 보루를 향해 흙먼지를 일으켜 도망치면서 송골매보다 빨리 달리도록 해주십사고 기원할 날이 말이다."

이렇게 그가 말하고 있는데, 마침 오른쪽으로 한 마리의 새가 날아갔다. 높은 하늘을 날아다니는 독수리였는데, 이 새의 조짐에 용기백배한 아카이아군 병사들은 일제히 함성을 질렀다. 이에 호응해 영예도 드높은 헥토르가 말했다.

"아이아스여, 허풍선이가 지금 무슨 소리를 하는가? 내가 아이기스를 가진 제우스의 아들이고 헤라가 나를 낳아주신 어머니라면 언제까지나 고마울 것을, 그래서 아테나나 아폴론처럼 존경받는다면 얼마나 좋을 것인가! 오늘의 이러한 순간이 아르고스 군대의 모든 자들에게 모진 재앙을 가져다줄 것이니 말이다. 건방지게도 나의 긴 창을 기다리는 따위의 짓을 한다면, 그들 틈에 끼어서 그대 또한 죽어 있으리라. 그 창이 그대의 백합같이 연한 살을 찢어줄 것이며, 그리하여 아카이아 군대의 함선들 옆에 쓰러져서 트로이의 들개와 사나운 새들을 기름과 고기로 포식시키게 될 것이다."

그가 이렇게 소리치고 선두에 서니 병사들도 그 뒤를 따라나섰다. 그 아우성은 무서울 만큼 울려 뒤에서 대기하는 부대도 그에 따라 함성을 질러댔다. 한편 이쪽에서도 아르고스 군대가 함성을 올리며 용기를 잃지 않고 트로이 편의 용사들이 쳐들어오는 것을 벼르고 기다리니, 양군에서 일어나는 함성과 소음은 높은 하늘까지, 제우스의 빛나는 하늘까지 울려퍼졌다.

제14권
제우스 유혹에 넘어가다

트로이의 우세에 초조해진 헤라 여신은 이를 옹호하는 제우스의 눈을 다른 데로 돌리려고, 마침내 아름다운 여신 아프로디테에게 연정의 띠를 빌려 그것을 차고 이데 산으로 간다. 제우스는 이 띠의 효력으로 그 모습을 보자 첫눈에 연정을 일으켜 산 위에서 사랑의 잠자리를 가지게 된다. 그사이에 포세이돈은 자유로이 활약하여 그리스는 힘을 되찾고, 헥토르는 마침내 부상당하여 트로이는 패색이 짙어진다.

네스토르는 그때 마침 술잔을 들고 있었으나 이 왁자한 소음을 놓치지 않고 듣고는, 아스클레피오스의 아들 마카온에게 위세 있게 말을 건넸다.

"생각해 보시오. 존귀한 마카온이여. 이를 어찌해야 좋겠소? 혈기 왕성한 젊은이들이 싸우는 소리가 점점 커지는구려. 아무튼 그대는 우선 여기에 앉아 빛나는 술이라도 마시고 있게나. 그동안에 땋은 머리가 아름다운 헤카메데*[1]가 욕실 물을 데워서 말라붙은 피를 씻을 준비를 해줄 것이다. 나는 급히 나가서 이야기를 들어보고 곧 돌아올 테니."

이렇게 말하고 막사 안에 두었던 자기 아들, 말을 길들이는 트라쉬메데스의 큰 방패를 집어들었다. 청동으로 만들어서 매우 번쩍이는 것인데, 아들은 조금 전 자기 아버지의 큰 방패를 들고 나갔었다. 게다가 날카로운 청동 날을 단 튼튼한 창을 들고 막사 밖으로 나가보니, 이것이 웬일일까. 보기에도 무참한 상황이 아닌가. 뒤죽박죽으로 달아나는 아카이아 편 뒤에서 트로이 군사가 기세도 등등하게 뒤쫓아오는데, 아카이아군의 방어벽이 허물어진 꼴이란 마치 소리 없이 일렁이는 큰 파도의 넓은 바다가 들끓는 듯했다. 소리도 요란한 바람

*1 테네도스 섬의 영주 아르시노스의 딸.

이 갑자기 이는 쪽으로 멀리 바라보지만 이쪽으로 불어올 것인가, 아니면 저쪽으로 향할 것인가 아직 확실하지 않다. 제우스의 손에서 불어 내리는 바람의 진로가 확실히 결정되기 전에는. 그러한 것을 본, 이 노장의 마음은 두 갈래로 나뉘어져 흐트러졌다. 날쌘 말을 달리는 다나오이 군사들 속에 끼어드느냐, 아니면 병사들의 우두머리인 아트레우스의 아들 아가멤논을 찾아가느냐 이것저것 궁리에 잠겼다. 그러다 마침내 아트레우스의 아들을 찾아가는 것이 최선이라고 생각했다. 그동안에도 양군은 싸움을 계속하여 서로 죽여대니, 부드러운 살갗을 무수한 청동 날과 두 가닥 끝의 날카로운 창이 찔러대고 베어댄다. 그때마다 요란스럽게 울부짖는 소리가 터져나왔다.

한편 제우스의 지지를 받는 영주들은 배에서 돌아오는 도중에 네스토르와 마주쳤다. 그들은 모두 청동 날에 부상당한 자들로 티데우스의 아들 디오메데스와 오디세우스, 아트레우스의 아들 아가멤논 등이었는데, 그들은 함선들 옆에서 올라오는 길이었다. 싸움터에서 꽤 멀리 떨어진 잿빛 바닷가에 배들을 끌어올렸기 때문이다. 즉 그들의 함선은 바다에서 가장 가까운 육지에 올려져 있었고, 방어벽은 바다에서 가장 멀리 떨어진 함선들 앞에 구축되었기 때문이다.

해변이 꽤 넓다고는 해도 함선 전체를 그 안에 수용할 수는 없었으며, 게다가 병사들도 빽빽하게 몰려 있었다. 그리고 끌어올려진 배는 몇 줄로 가지런히 줄지어 늘어서, 두 곶으로 둘러싸인 긴 해안선을 가득 채우고 있었다. 그들은 함성과 전투 상황을 보려고 모두 창에 의지한 채 몰려온 것인데, 한결같이 수심에 차 있었다. 그러다가 노장 네스토르와 마주친 것이다. 아카이아 편 사람들은 그를 보고 기가 꺾였다. 먼저 그를 향해 아가멤논이 말했다.

"오, 넬레우스의 아들 네스토르여, 아카이아군의 커다란 영광인 그대가 어째서 무사들을 쓰러뜨리는 싸움을 버리고 이곳에 왔는가? 실로 저 용맹스러운 헥토르가 한 말이 진실이 되지 않을까 걱정이다만…… 그는 전에 트로이 사람들끼리 회의를 열었을 때 이렇게 위협했소. 함선들을 불질러 태워 없애고 아카이아 병사들을 다 죽이기 전에는 결코 함선들 곁에서 일리오스로 돌아가지 않겠다고 말이오. 그것이 지금 모두 실현되려 하고 있소. 아무래도 정강이받이를 잘 댄 다른 아카이아 군사도 아킬레우스와 마찬가지로 나에게 깊은 원한을 품고 있는 모양이오. 그래서 뱃머리에서 싸우기를 원치 않게 되었나 보오."

이에 게레니아의 기사 네스토르가 말했다.

"말씀대로 그러한 일이 이미 고스란히 실현되어 가는 셈이고, 또 높은 하늘에서 천둥을 울리는 제우스도 계획을 달리 바꾸실 수는 없을 것이오. 왜냐하면 우리 모두 그토록 의지하고 함선과 우리 자신을 위한 방호물이라 믿었던, 결코 파괴되지 않을 줄 알았던 그 방어벽이 허무하게 완전히 무너진 데다, 병사들은 모두 재빠른 함선들 곁에서 쉴 새 없이 맹렬한 전투를 계속하고 있기 때문이오. 아무리 엄하게 감시를 하고 있다 하더라도 어느 쪽에서 아카이아 군사가 허둥지둥 달아나게 될는지 아무도 모르게 되었기 때문이오. 그토록 극심한 혼란 끝에 죽음을 당하는 그 아우성 소리는 하늘에 이를 지경이 되었으니, 여기서 우리는 어떤 조치를 취해야 할 것인가를 잘 생각해 보아야 하지 않겠소? 지혜가 조금이라도 소용 있는 것이라면. 아무튼 그대들이 전투에 참가한다는 것은 결코 권할 일이 못 되오. 도저히 부상자가 싸울 수는 없는 일이니."

이번에는 무사들의 군주 아가멤논이 말했다.

"네스토르여, 그대 말대로 지금 뱃고물 근처에서는 여전히 싸움이 계속되고 있고, 또 모처럼 구축한 방어벽도 참호도 아무런 소용이 없었소. 다나오이 군사들은 그것을 만드느라 무척 고생도 했고, 마음속으로는 함선을 위해서나 우리 자신을 위해서나 결코 허물어지지 않는 방비가 되리라 믿었는데. 이는 위엄도 높으신 제우스께서 우선은 이렇게 바라신 것이 틀림없소. 아카이아 군사들이 명예를 더럽히고 아르고스에서 멀리 떨어진 이 땅에서 멸망하고 마는 것을 말이오. 제우스께서 마음으로 다나오이 군사를 지켜주셨을 때 나는 금방 그것을 알 수 있었소. 그러기에 이번에도 잘 알 수 있는 것이오. 적군에게는 축복된 신들과 동등한 영예를 내리시고, 우리에게는 용기와 힘도, 손도 꽁꽁 묶으셨다는 것을 알고 있소.

그러니 내가 지금부터 하려는 대로 그대들도 동의하여 지켜주시오. 먼저 바다 가까이에 끌어올려 놓은 함선들을 모조리 끌어내려 바닷물에 띄운 다음, 저 앞바다에 닻을 던져 정박시킵시다. 향기로운 밤이 찾아올 때까지. 밤이 되면 트로이군도 전투를 멈출지 모르오. 그러면 그때 나머지 배도 모두 끌어내릴 수 있을 것이오. 어둠을 틈 타 불행을 피하기 위함이니 결코 부끄러운 일이 아니오. 달아나는 것이 붙잡히는 것보다는 훨씬 나은 일일 테니."

그를 사나운 눈으로 쏘아보며 계략에 능한 오디세우스가 말했다.

"아트레우스의 아들이여, 무슨 당치 않은 이야기가 그대 입술에서 새어나오게 하십니까? 그런 불길한 말씀을. 정말 그대가 명예도 없는 다른 군사들이나 지휘하고 우리 왕이 아니었더라면 좋았을 것입니다. 제우스가 우리를 젊어서부터 늘그막에 이르기까지, 마지막 한 사람이 쓰러질 때까지 고된 싸움을 계속하도록 정해놓았다는 말씀이군요. 이렇게 트로이인들의 길 넓은 도시를 내버려 둘 작정이십니까? 그것을 위해서 가혹한 재앙도 수없이 겪어왔는데. 잠자코 계십시오. 다른 아카이아인이 이런 말을 듣지 못하도록 이 일은 절대로 아무도 입 밖에 내서는 안 되오. 적절한 말을 할 줄 아는 사람이라면, 홀을 든 영주로서 그 휘하의 병사가 지금 그대가 다스리는 아르고스의 백성 수만큼 많이 있는 분이라면 말입니다.

나는 지금 그 말을 듣고 그대의 분별력을 의심하지 않을 수 없소. 싸움과 함성이 여전히 계속되고 있는데도 노걸이가 훌륭한 함선들을 바다로 끌어내리라고 명령하시니 말입니다. 그렇지 않아도 트로이군이 우세한 참에 그들의 소원이 이루어지도록, 아군에게는 험난한 파멸이 덮쳐오도록 그런 명령을 내리시니 말입니다. 아카이아 군사는 배가 바다에 내려지는 것을 보면 전의를 잃고 말 것입니다. 허둥지둥 눈치나 살피다가 전투에서는 그만 달아나게 되겠지요. 그렇게 되면 병사들의 우두머리이신 그대의 의견이 불행을 초래하는 결과가 될 것입니다."

이에 무사들의 군주 아가멤논이 말했다.

"오 오디세우스여, 그대는 준열한 비난의 말로 나의 마음을 찔렀소. 그러나 나라고 해서 아카이아인의 아들들이 바라지 않는 것을 굳이 하라고 명령하는 것은 아니오. 그렇다면 자, 누구든 훌륭한 방안을 말해주시오. 젊은이든 늙은이든, 나는 기쁘게 받아들이겠소."

그 사람들 사이에 서서 목소리도 씩씩한 디오메데스가 말했다.

"그럴 사람은 바로 옆에 있습니다. 오래 찾을 필요는 없을 것이오. 만일 여러분이 내 말을 따르는 것에 기분 나빠하시지 않는다면, 이중에서 가장 나이가 어립니다만 내가 이야기하겠습니다. 물론 나도 혈통을 말한다면 자랑할 만한 훌륭한 아버지한테서 태어났습니다. 내 아버지 티데우스는 지금 테바이의 무덤 밑에서 쉬십니다만, 포르테우스*2에게는 인품이 훌륭한 아들 셋이 있었습

---

*2 별명 포르다온.

니다. 그들은 플레우론과 험준한 칼뤼돈에 살고 있었으며, 그중 아그리오스와 멜라스에 이어 셋째인 기사 오일레우스가 바로 내 할아버지가 되시는 분으로, 형제 중에서도 특히 무예 솜씨가 뛰어났습니다. 그런데 할아버지는 그냥 그곳에 머물러 있었으나 아버지는 고향을 떠나 아르고스에 정착하게 되었습니다. 제우스나 다른 신들의 뜻이 그러했기 때문이겠지요. 그래서 아드라스토스의 딸 하나를 아내로 맞아 생활도 넉넉한 집에 살고 있었습니다. 밀이 무르익는 밭도 충분했고 집 주위에 과일나무를 가지런히 심어놓은 과수원도 넓은 데다가 양 또한 많았습니다. 그리고 창을 던지는 솜씨에 있어서는 아카이아의 그 누구보다도 뛰어났는데, 이러한 이야기가 사실이라는 것은 아마 여러분께서도 잘 알고 계실 줄 압니다.

그러니 나의 출신이 천하다든가 용기가 모자란다든가 하는 이유로 내 말을 가볍게 여기지 말아주십시오. 만일 이치에 맞는 이야기라면 말입니다. 그럼, 싸우러 나갑시다. 비록 부상당했더라도 어쩔 수 없지요. 우리는 접전지에서 떨어져 사정거리 밖에서 몸을 피하고 있으면 될 것입니다. 혹시 상처 위에 다시 상처를 입는 일이 없도록. 그 대신 다른 무사들을 격려하여 내보냅시다. 전부터 목숨만 소중히 하여 뒤에만 물러앉아 싸우러 나가지 않았던 인간들을 말입니다."

그가 이렇게 말하니 모두 진심으로 감탄하여 귀를 기울이다가 그대로 따르기로 하여 무사들의 군주 아가멤논을 앞세우고 나아갔다.

대지를 뒤흔드는 그 이름도 드높은 포세이돈도 눈먼 파수꾼으로 그냥 있지는 않았다. 그래서 나이 많은 병사의 모습을 하고 그들 뒤를 따라가다가 아트레우스의 아들 아가멤논의 오른손을 덥석 잡았다. 그러고는 그를 향해 소리 높여 위세 있게 말했다.

"아트레우스의 아들이여, 아마도 아킬레우스는 그 저주스러운 마음 밑바닥에서 아카이아군이 죽고 패주하는 모습을 보고 기뻐하고 있을 것입니다. 그에게는 분별심이란 눈곱만큼도 없기 때문입니다. 그러니 신의 뜻으로 장님이나 되어 그 또한 파멸해 버렸으면 좋겠습니다. 그러나 그대에게는 신들이 전혀 화를 내고 계시지 않습니다. 이제 트로이 군대의 대장들이나 지휘자들이 이 넓은 평원을 통해 달아나느라 먼지가 가득할 것입니다. 그러면 그대도 배와 막사에서 그들이 성을 향해 도망치는 것을 눈으로 보게 될 것입니다."

이렇게 말하고 그는 평원을 달려가면서 엄청나게 큰 소리를 질러댔다. 마치 구천 명, 혹은 일만 명이나 되는 사람들이 전쟁터에서 승부를 가리려고 대결하며 소리를 질러대듯, 그처럼 대지를 뒤흔드는 신은 큰 소리가 울려나오게 하여 아카이아 군대의 모든 사람들 마음속에 큰 용기를 불어넣었다. 잠시도 전투를 중단하지 않고 계속 싸워 나가도록.

그때 황금 자리에 앉아 있던 헤라는 올림포스의 봉우리에 서서 사방을 내려다보고 있었다. 그녀는 곧 무사에게 영광을 주는 싸움터에서 여기저기 바쁘게 돌아다니고 있는, 친오빠이자 시동생이기도 한 포세이돈의 모습을 발견하고 기뻐했다. 한편 제우스를 바라보니, 제우스는 샘이 솟아오르는 이데 산의 가장 높은 봉우리에 앉아 있었는데 생각할수록 그가 미워졌다. 암소의 눈을 한 헤라는 어떻게 하면 아이기스를 가진 제우스의 마음을 감쪽같이 속일 수 있을까 하고 궁리에 잠겼다. 그러다가 아무래도 자기가 아름답게 치장을 한 다음 이데 산으로 가는 것이 가장 좋을 것 같았다. 제우스의 마음을 어지럽게 흩트려 놓아 사랑스러운 마음으로 동침하고 싶은 생각이 나게 한 다음, 두 눈과 빈틈없는 마음에 안락하고 따뜻한 잠을 쏟아부어 주는 것이었다.

그래서 그녀는 안방으로 들어갔다. 그곳은 여신의 사랑하는 아들 헤파이스토스가 지어준 방으로, 굵직한 기둥이 양쪽에 서 있고 튼튼한 문짝이 붙어 있는 데다가 눈에 안 보이는 빗장이 달려 있어 다른 신들은 열지 못하게 되어 있었다. 여신은 그 방으로 들어가서 빛나는 문을 닫았다. 먼저 황홀해지는 향긋한 선향으로 살갗의 모든 더러움을 닦아낸 다음, 서늘하고 향기로운 올리브기름을 온몸에 듬뿍 발랐다. 거기에는 훈향이 듬뿍 스며 있어서 몸을 움직일 때마다 하늘을 깐 제우스의 궁전에서 대지로, 혹은 창공으로 그윽한 향기가 퍼져나갔다.

이렇게 여신은 고운 살갗에도 머리칼에도 올리브기름을 바르고, 머리를 빗어 손수 윤이 나는 머리카락을 땋아 올렸다. 또 아름답고 향기로운 머리카락을 몇 가닥 불사의 머리에서 늘어뜨렸다. 몸에는 향기 그윽한 옷을 걸쳤다. 그것은 여신을 위해 아테나가 보들보들하게 꿰맨 것으로 세공도 교묘한 자수가 가득 새겨져 있었다. 그것을 황금 핀으로 가슴 근처에 꿰어 놓고, 그 위에 조그마한 술이 수백 개나 달려 있는 띠를 둘렀다. 게다가 구멍을 잘 뚫은 귓불에는 오디 모양을 한 눈동자의 주옥이 세 알이나 달려 있는 귀걸이를 걸자, 그녀의 아름다움은 눈이 부실 정도였다.

그리고 여신 중에서도 가장 고귀한 여신은 새로 지은 깨끗한 비단옷으로 온몸을 감쌌다. 그 하얀 빛은 마치 태양빛을 보는 듯했다. 이어 매끄러운 발에 훌륭한 샌들을 신고 모든 치장이 순조롭게 끝나자 안방에서 나와 아프로디테를 불러 다른 신들이 보이지 않는 곳에서 살며시 말했다.

"착한 내 딸이여, 내 말 좀 들어주겠니? 마음에 원한을 품고 있으니 싫다고 하겠지? 그대는 트로이 군대를 편들고 나는 아카이아 편이라고 해서."

이에 제우스의 딸 아프로디테가 말했다.

"헤라여, 여신의 우두머리로서 높으신 크로노스의 따님이시니 무엇이든 생각하시는 일을 말씀하세요. 저는 그것을 해드릴 생각입니다. 만일 그 힘이 제게 있고 또 이룰 수 있는 일이라면."

그러자 교활한 속셈을 가슴에 감추고 헤라가 말했다.

"그럼, 애정과 욕망을 주어요. 그것으로 그대는 너 나 할 것 없이 신이든 인간이든 정복해 버릴 수 있으니까. 나는 지금부터 풍요의 대지 끝에 가는 길이거든. 신들을 낳으신 오케아노스와 테티스를 만나려고. 그 두 분은 레아*3에게서 나를 받아 자기 집에서 알뜰히 돌보며 길러주셨지. 멀리 천둥을 울리는 제우스가 크로노스를 대지와 황량한 바다 밑바닥에 가두신 그 무렵에 말이에요. 그분들을 찾아가서 두 분의 끊임없는 다툼을 멈추게 하려는 거야. 벌써 오래전부터 서로 등을 돌리고, 애정도 잠자리도 멀리 밀어놓고 계시다니까. 한 번 크게 노여워하신 뒤로는. 만일 두 분을 잘 설득시켜 아름다운 마음을 달래고 위로해서, 그 전처럼 다시 애정으로 엮어지고 베개를 나누시게만 한다면, 두 분은 언제까지나 나를 소중히 여기시겠지."

그러자 미소를 좋아하는 아프로디테가 말했다.

"말씀을 거절하다니, 그럴 수도 없거니와 그럴 까닭도 없어요. 가장 위대하신 제우스의 팔에 안겨 주무시는 분인걸요."

그녀는 이렇게 말하고 가슴에서 아름답게 자수를 한 가죽띠를 끌러주었다. 온갖 기교를 다 부린 그 속에는 갖가지 사랑의 수법과 매혹 따위가 깃들어 있

---

*3 크로노스의 아내이며 제우스 형제의 어머니.

었다. 그래서 애정과 욕망과 달콤한 속삭임에 제아무리 인색하고 약삭빠른 사람의 마음이라도 훈훈하게 녹여버리고 만다는 것이었다. 그것을 헤라의 손에 쥐어주면서 그녀는 말을 이었다.

"그럼 자, 여기 이 다채롭게 수놓은 띠를 품에 넣고 가세요. 그 속에는 모든 것이 다 깃들어 있으니까. 이것만 가지시면 여신께서 바라시는 일을 이루지 못한 채 돌아오시는 일은 절대로 없을 거예요."

이렇게 말하니 암소 눈의 여신 헤라는 미소를 지었고, 그 띠를 자기 품에 집어넣었다. 그리하여 제우스의 딸 아프로디테는 집으로 되돌아갔다.

한편 헤라는 힘차게 올림포스의 봉우리를 떠나 피에리아와 경치가 아름다운 에마티에 등의 도시 위를 지나 말을 기르는 트라케인들의 눈을 덮어쓴 산들, 그것도 가장 높은 봉우리들 위를 나는 듯 걸어갔다. 그러나 그 발에는 결코 땅이 닿지 않았다. 그리고 아토스에서 물결치는 바다 위를 건너, 존귀한 토아스 왕의 성이 있는 렘노스 섬에 이르렀다. 여기서 여신은 '죽음'의 형제인 '잠'의 신을 만나 손을 잡으면서 말했다.

"잠의 신이여, 모든 신과 인간들을 지배하는 그대는 예전에도 나의 청을 들어주었지만, 이번에도 꼭 들어주세요. 그러면 나는 언제까지나 고맙게 생각하고 있을 테니까. 내가 제우스와 사랑의 마음으로 몸을 누이면, 제우스의 빛나는 두 눈이 꼭 감기게 해주세요. 사례로는 황금으로 만들어 결코 부서지지 않는 훌륭한 의자를 드리겠어요. 내 아들인 두 다리가 굽은 헤파이스토스가 만들어 드릴 거예요. 밑에는 발을 놓는 받침대를 달고 향연에 나갈 때면 매끄러운 두 발을 거기다 얹을 수 있을 거예요."

이에 달콤하고 즐거운 잠의 신이 대답했다.

"헤라여, 여신의 우두머리이자 크로노스의 따님이여, 다른 분이라면 영원히 사시는 신들 중의 어느 누구든 나는 금방 잠들게 할 수 있습니다. 이를테면 거기서 만물이 생성했습니다만 이 세상 끝에 있는 오케아노스의 강줄기라도. 그러나 저 제우스, 크로노스의 아드님만은 나도 쉬 가까이 갈 수 없고 하물며 잠재워 드릴 수도 없습니다. 스스로 그런 명령을 내리시면 몰라도.

아시겠지만 지난번에도 여신의 분부대로 했다가 혼난 적이 있지요. 바로 그날, 저 의기왕성한 제우스의 아드님 헤라클레스가 트로이인의 도시를 공략한 뒤 일리오스에서 배를 타고 떠날 무렵의 일이지요. 나는 아이기스를 가진 제우스의 마음에 달콤하고 즐겁게 살며시 덮쳐서 잠재워 드렸습니다. 그랬더니 그대는 헤라클레스에게 나쁜 마음을 품고 바다 위에 몇 차례나 짓궂은 바람이 휘몰아치게 하여 마침내 그를 번화한 코스 섬으로 떠내려 보내고 말았습니다. 그래서 제우스는 눈을 뜨신 뒤 매우 화를 내시고 궁전 안의 신들을 닥치는 대로 집어 던지셨습니다. 그중에서도 특히 나를 찾으셨습니다. 그래서 나는 형태도 그림자도 없어지도록 높은 하늘에서 바닷속으로 내동댕이쳐지고 말았을 것이나, 신들과 인간들을 굴복시키는 저 밤의 여신이 도와주어 달아날 수 있었지요. 그래서 제우스도 화가 다 풀리지 않았지만 참아주셨습니다. 날랜 밤의 여신의 비위를 건드리는 일은 삼가셨기 때문이지요. 그런데 다시 그런 성가신 일을 하라는 분부를 내리시는군요."

암소 눈의 여신 헤라가 말했다.

"잠의 신이여, 어째서 그대는 마음속으로 그런 것을 생각하고 계세요? 정말로 멀리 천둥을 울리시는 제우스께서 자기 아들 헤라클레스 때문에 격노하셨을 때처럼 그렇게 트로이인들을 도우리라 생각하시나요? 자, 내가 젊고 아름다운 카리테스*[4]중 하나를 그대가 아내라 부르도록 주선해 드리겠어요. 그대가 언제나 그렇게 원했던 파시테에를."

이렇게 말하니 잠의 신은 기뻐하며 여신에게 대답했다.

"그러면 자, 저승의 강 스틱스의 거짓말을 모르는 강물에 맹세하여 주십시오. 한 손은 생물을 풍부하게 기르는 대지를 잡고 나머지 손은 반짝반짝 빛나는 바다에 댄 채, 우리 둘의 증인으로 땅 밑에서 크로노스를 에워싼 신들이 모두 일어나 주시도록 하여, 진실로 젊고 아름다운 카리테스의 하나인 파시테에를 주신다는 맹세를."

그가 이렇게 말하니 흰 팔의 여신 헤라도 이의 없이 동의하여 타르타로스*[5] 밑바닥에 있는, 티탄이라고 세상에서 말하는 신들의 이름을 증인으로 불러대면서 맹세를 했다. 이렇게 맹세를 하고 서약 의식을 끝낸 뒤, 두 신은 렘노스 섬과 임브로스의 도시를 떠나 구름으로 모습을 감춘 채 순식간에 앞으로 나아갔다. 이윽고 많은 샘이 솟는 이데 산에 도착하여 야수의 어머니라 일컬어지는 이 산기슭에 있는 렉톤에서 비로소 두 신은 바다를 떠나 육지 위로 나아

---

*4 아름다움의 여신.

*5 제우스가 티탄족들을 가두어 둔 지옥.

갔고, 그 발밑에서 숲의 나뭇가지들이 흔들거렸다.
여기서 잠의 신은 제우스의 눈에 띄지 않도록 기다리고 있기로 하여 키가 큰 전나무 꼭대기로 올라갔다. 그것은 이 무렵 이데 산속에서 가장 높이 자란 나무였으며, 구름을 뚫고 맑은 하늘에까지 닿아 있었다. 그 꼭대기에서 잔가지와 잎사귀에 푹 싸인 채 앉아 있었다. 날카로운 소리로 우는 새의 모습을 빌려서. 이 새를 산중의 신들은 모두 칼키스라 불렀고, 인간들은 퀴민디스라고 불렀다.
한편 헤라는 눈 깜짝할 사이에 높은 이데 산의 가르가론 봉우리 쪽으로 나아가니, 구름을 모으는 제우스가 그 모습을 발견했다. 그 순간 마치 둘이서 처음 사랑하는 마음으로 합쳐진 그때와 같은 애욕이 그의 마음을 사로잡아 버렸다. 그 무렵엔 부모님 눈을 속여 이따금 살며시 잠자리에 들곤 했었다. 그래서 그는 여신 앞으로 나와 말했다.
"헤라여, 어디로 가느라고 올림포스에서 내려와 여기에 이르렀는가? 보아하니 말도 보이지 않고, 타고 다닐 수레도 없는 듯한데."
교활한 꿍꿍이를 가슴에 품은 헤라가 대답했다.
"나는 지금부터 풍요의 대지 끝으로 가는 길입니다. 신들의 조상이신 오케아노스와 테티스를 만나 뵈려고. 이 두 분은 그 집에서 나를 잘 돌보시며 길러 주셨으니, 이제부터 찾아가서 두 분의 그칠 줄 모르는 불화를 없애드릴까 해서입니다. 너무 오래도록 두 분은 한 번 화를 내신 뒤로는 서로 등을 돌리고, 애정도 잠자리도 멀리 밀어내고 계시는걸요. 그리고 나를 마른 땅과 젖은 바다 위로 실어다 줄 말들은 많은 샘이 솟는 이데 산기슭에 매어 놓았습니다. 지금 이렇게 내가 올림포스에서 여기 온 것은 당신 때문이에요. 내가 아무 말도 없이 흐름이 깊은 오케아노스의 궁전을 찾아갔다간 당신이 나중에 노하실 것 같아서지요."
이에 먹구름을 모으는 제우스가 말했다.
"헤라여, 그쪽에는 나중에 다시 찾아가도 될 것이다. 그보다는 둘이서 한 잠자리에 들어가 사랑하는 마음을 즐기자꾸나. 일찍이 여신이나 인간의 여자에 대한 애정이 이와 같이 가슴속에서 내 마음을 사로잡아 버린 적은 없었소. 신에 못지않게 슬기로운 페이리토스를 낳아준 익시온의 아내 디아에게 반했을 때에도, 모든 전사들 중에서 가장 용감한 페르세우스를 낳아준 아크리시오스의 딸 다나에를 사랑했을 때에도, 나를 위하여 미노스와 신과도 겨룰 만한 라다만티스를 낳아준 널리 이름난 포이닉스의 딸*6을 사귀었을 때도 그랬지. 인간들의 기쁨으로서 디오니소스를 낳아준 세멜레*7나 용맹스러운 마음을 간직한 헤라클레스를 낳아준 알크메네에게 반했을 때도, 심지어 머리를 곱게 땋은 데메테르라든가 영예도 드높은 레토에게 반했을 때도, 혹은 그대와 혼인을 했을 때조차 지금만큼 그대를 사랑하고 달콤한 욕망이 나를 사로잡은 적은 없었다."

그러자 헤라가 교활한 마음을 품고 말했다.

"누구보다도 두려운 크로노스의 아드님, 그게 무슨 말씀이세요? 지금 이런 곳에서 사랑의 동침을 원하시다니. 이 이데 산 꼭대기에서 그런 짓을 하다가는 모두에게 들키고 말겠어요. 우리가 사랑을 즐기고 있는 모습을 영원히 사는 신들 중에서 누군가 보고 가서 다른 신들에게 퍼뜨리기라도 한다면 어떻게 되겠어요? 그때는 잠자리에서 일어나더라도 죽어도 궁전에는 돌아가지 않을 거예요. 음탕한 여자라는 소리를 들을 테니. 하지만 정말 그러고 싶으시다면, 그러는 것이 마음에 드신다면 안방으로 가요. 사랑하는 아들 헤파이스토스가 만들어 준 문기둥이 문짝에 꼭 맞는 방이 있어요. 잠자리에 드실 생각이라면 그곳에 누우세요."

이에 구름을 모으는 제우스가 대답했다.

"헤라여, 신이건 인간이건 누가 볼지 모른다는 걱정일랑 마시오. 아주 큰 구름을 우리 주위에 덮을 테니. 황금빛의 구름을. 그러면 우리를 태양의 신이라도 꿰뚫어 보지 못할 것이오. 보는 눈이 가장 날카로운 그 태양조차도."

이렇게 말하기가 무섭게 크로노스의 아들은 두 팔로 헤라를 끌어안았다. 그 발밑에는 존귀한 대지가 새로이 어린 풀들을 싹트게 하고, 이슬을 머금은 클로버, 크로커스와 히아신스 등, 귀여운 꽃들을 빈틈없이 흙에서 고개를 들게 했다. 그 잠자리에 몸을 뉘고 위에는 고운 황금빛 구름을 덮으니, 반짝이는 이슬이 쉴 새 없이 떨어졌다.

이렇게 꼼짝없이 아버지 제우스는 잠과 사랑에 사로잡혀서 헤라를 가슴에 안은 채 가르가론 꼭대기에서 잠들어 있었다. 그동안에 달콤하고 즐거운 잠의

---

*6 에우로페를 말한다. 보통 아게노르의 딸이라고도 한다.

*7 보통 카드모스의 딸이라고 하는 디오니소스의 어머니.

신은 아카이아군의 함선들을 향해 대지를 떠받들고 대지를 뒤흔드는 신에게 전갈을 전하러 달려갔다. 그리하여 가까이 갔을 때 그 옆에 다가서며 위세 있게 말을 건넸다.

"이제는 실컷 다나오이 편을 도와주세요, 포세이돈. 그리하여 아직 제우스가 자고 있는 동안에는 그들에게 잠시나마 영광을 주세요. 내가 살며시 아득한 잠으로 덮어놓았으니. 헤라가 감쪽같이 속여서 사랑의 마음으로 함께 주무시게 해놓았으니까요."

이렇게 말하고 그는 인간들 쪽으로, 세상에 이름이 알려진 무리들 쪽으로 가버렸는데, 대지를 뒤흔드는 신에게 한층 더 다나오이군을 돕도록 부추겼다. 그래서 신은 즉시 선두 대열 앞으로 달려가서는 커다란 소리로 격려했다.

"아르고스 군사여, 이번에도 그가 함선들을 빼앗아 영광을 차지하도록, 또 프리아모스의 아들 헥토르에게 승리를 양보하고 있을 참인가? 사실 그자가 그렇게 호언장담하고 있는 것도 아킬레우스가 속이 빈 함선들 곁에서 몹시도 화를 내며 나오지 않기 때문이다. 그러나 그가 나오지 않는다 하더라도 남아 있는 우리가 서로 격려하며 방어에 온 힘을 기울인다면, 그다지 유감스러워할 것은 없다. 그러니 자, 지금 내가 하라는 대로 모두 따라해 보라. 이 진영에 있는 방패 중에서 가장 큰 것만 골라내어 몸을 가리고, 머리는 눈부시게 번쩍이는 투구로 덮고, 두 손으로는 가장 긴 창을 잡고 앞으로 나아가는 것이다. 그러면 내가 선두에 서서 안내하리라. 그때는 프리아모스의 아들 헥토르가 제아무리 기세가 등등하더라도 더는 버티기 힘들 것이다. 그리고 전쟁을 감내하는 무용의 사나이로서 어깨에 멘 방패가 작을 때는 그것을 좀 못한 무사에게 넘기고 조금 더 큰 방패를 쓰면 될 것이다."

이렇게 말하니 모두 그럴듯하다는 생각으로 이에 따랐다. 그리하여 대장들은 부상을 입었지만 자기 손으로 병사들의 준비와 정비를 시작했다. 제우스의 아들 디오메데스와 오디세우스, 아트레우스의 아들 아가멤논 등이 모두 진영으로 나가서 전쟁 도구를 서로 바꾸게 했다. 뛰어난 무사에게는 훌륭한 갑옷을, 못한 자에게는 못한 갑옷을 주어 모두들 빛나는 청동을 몸에 두른 채 나아갔다. 그리고 그 선두에는 대지를 뒤흔드는 포세이돈이 서서 날이 날카로운 무서운 긴 칼을 억센 손에 꽉 쥐니, 번개와도 같은 그 모습에 괴롭고 쓰라린 싸움 속에서도 감히 아무도 맞설 수 없었고, 병사들은 겁에 질려 뒤로 물러섰다.

한편 트로이 군대도 영예 드높은 헥토르가 병사들을 정비시켜 그야말로 더없는 격전을 전개해 나갔다. 칠흑같이 검은 머리의 포세이돈과 영광에 빛나는 헥토르가 한쪽이 트로이 편을 들면 나머지 한쪽은 아르고스 편을 들어 바다도 도도히 울리며 아르고스 진영으로, 혹은 즐비한 배를 향해 파도가 몰아치니 모두들 함성 소리도 요란스럽게 맞서 싸웠다. 바다의 파도조차 북풍의 사나운 숨결에 들끓어 밀어닥칠 때에도 이토록 소리 높여 육지를 향해서 부르짖지는 않는다. 또 활활 타오르는 불기운이 산골짜기 낮은 지대에 나무숲을 태우려고 일어났을 때에도 이토록 맹렬하게 타올라 휩쓸지는 않는다. 그리고 유별나게 미친 듯 날뛰며 요란스레 휘몰아치는 바람도 높이 치솟은 떡갈나무 숲에서 이토록 거세게 울려대지는 않았다. 그토록 무시무시한 함성을 지르며 트로이 편과 아카이아 편이 서로 맞부딪치자, 무서운 함성 소리가 온누리에 울려퍼졌다.

그때 영예도 드높은 헥토르가 마침 똑바로 자기 쪽을 향한 아이아스에게 창을 겨누어 던졌다. 그리하여 가슴 위에서 두 가닥의 가죽끈이 교차하고 있는 곳에 맞았다. 하나는 큰 방패의 끈이고 다른 하나는 은못을 박은 칼을 차는 끈이었는데, 이 이중의 가죽이 그의 맨살을 지켜주었다. 헥토르는 자기가 던진 날쌘 창이 손에서 날아갔으나 아무 소용이 없자 화를 내며 다시 자기 군사들 속으로 죽음의 운명을 피하려고 후퇴해 갔다.

그렇게 저쪽으로 사라지려는 것을 노려서 텔라몬의 아들 큰 아이아스가 돌덩이를 집어 들고 힘껏 던졌다. 날랜 함선을 맨 말뚝 근처에서 싸우는 전사들의 발아래에 몇 개나 뒹굴고 있던 돌 중 하나를 머리 위로 번쩍 쳐들었다가 큰 방패의 가장자리 너머로 얼굴 바로 밑 가슴팍을 때리니, 그 힘으로 팽이처럼 빙그르르 돌면서 이리저리 비틀거렸다. 그 모습은 마치 아버지 제우스의 번개에 맞아 떡갈나무가 뿌리까지 송두리째 쿵 하고 넘어지는 듯하고, 그 나무에서 무서운 유황 냄새가 번져 가까이에서 이를 바라보는 사람들에게 고통을 줄 정도이니, 이토록 제우스의 벼락은 무서운 것이었다. 마치 이같이 용맹스럽고 강력한 헥토르도 금방 땅 위 먼지 속에 엎어지며 쥐었던 창을 떨어뜨리니, 몸뚱이 위에 큰 방패와 투구가 떨어지며 몸 주위에서 청동 장식을 단 갑옷이 덜거덕거리고 울렸다.

아카이아 병사들은 큰 소리를 지르면서 달려나와 그를 끌고 갈 계획으로 빗발치듯 창을 던졌다. 그러나 그보다 먼저 트로이군의 대장들이 빙 둘러섰기 때문에, 누구 하나 이 병사들의 우두머리에게 그 이상 상처를 입히지도 창살을 꽂지도 못했다. 바로 폴리다마스와 아이네이아스 그리고 존귀한 아게노르, 링케아군의 대장 사르페돈, 인품도 훌륭한 글라우코스, 그 밖에 많은 사람들이 모두 걱정이 되어 헥토르의 몸 주위에 훌륭한 둥근 방패를 가렸다. 그러자 다른 전우들이 헥토르를 들어올려 아수라장에서 빠져나가 멀리 수레가 놓여 있는 곳으로 운반해 갔다. 그의 말들은 전투가 일어나고 있는 장소 뒤쪽에 고삐잡이와 기교를 다 부린 전차와 함께 기다리고 있었다. 그래서 지금 심하게 신음하는 헥토르를 성 쪽으로 싣고 달렸다.

이윽고 소용돌이치는 크산토스 강*8의 맑은 물이 흐르는 나루터에 이르렀을 때—이 강은 본디 제우스가 나은 아들이었지만—헥토르를 전차에서 땅에 내려놓고 물을 끼얹었다. 그러자 그는 다시 깨어나 두 눈을 떴으나, 무릎을 꿇고 앉아 시커먼 피를 토해내기 시작했다. 그대로 뒤로 뒹굴어 두 눈에 다시 검은 어둠이 덮였는데, 그것은 맞은 돌의 고통이 아직도 그의 목숨을 억누르고 있었기 때문이다.

한편 아르고스 군사들은 헥토르가 저편으로 떠나가는 것을 보자 한층 더 사나운 기세로 트로이 편을 맹렬하게 공격했다. 이때 누구보다도 두드러지게 앞장서서 활약한 것은 오일레우스의 아들인 민첩한 아이아스였으니, 그는 창을 들고 달려들어 에놉스의 아들 사트니오스를 찔렀다. 이 무사는 아름다운 물가의 요정이 소를 먹이는 에놉스에게 사트니오에이스 강둑에서 낳아준 아들이었다. 그것을 지금 창으로 이름난 오일레우스의 아들이 가까이 다가가 옆구리를 쿡 찌르니 뒤로 벌렁 나자빠졌다. 그를 사이에 두고 트로이군과 다나오이군이 처참한 전투를 벌였다.

먼저 그를 지키려고 판토스의 아들이자 창의 명수로 알려진 폴리다마스가 나타나, 아레일리코스의 아들이라는 프로토에노르의 오른쪽 어깨를 찔렀다. 그러자 단단하고 날카로운 창끝이 어깨를 꿰뚫고 들어가 그는 그대로 흙먼지 속에 넘어져 흙을 움켜쥐었다. 폴리다마스는 우쭐하여 커다란 소리로 외쳤다.

*8 스카만드로스 강의 별명. 트로이 지방을 흐르는 주요 강이다.

"이제 보라, 의기왕성한 판토스 아들의 억센 손에서는 창이 결코 쓸데없이 날아가지는 않는다. 아르고스 군사 중의 누군가가 그것을 맨살에 꿰찔렀으니 그대로 창과 더불어 저승으로 내려가고 말 것이다."

이렇게 말하니 아르고스 군사들은 모두 가슴이 쓰라렸는데, 그중에서도 특히 아이아스는 의기가 솟아올랐다. 프로토에노르가 자기 바로 옆에서 쓰러졌기 때문이다. 그래서 번개처럼 폴리다마스가 저쪽으로 물러가는 것을 겨누어 번쩍이는 창을 던지니, 폴리다마스는 옆으로 슬쩍 비켜 검은 죽음의 운명을 피했으나 대신 안테노르의 아들 아르켈로코스가 그것에 맞았다. 이는 신들이 그의 파멸을 결정했기 때문이다. 그는 머리와 목이 연결되는 부분, 척추골의 가장 끝이 창에 맞아 양쪽 힘줄이 잘려, 넘어질 때 머리와 입과 코가 양쪽 정강이나 무릎보다 훨씬 먼저 땅에 닿았다. 그리하여 이번에는 아이아스가 인물도 뛰어난 폴리다마스에게 소리쳤다.

"잘 생각해 보라, 폴리다마스여. 분명하게 말해다오, 이자가 프로토에노르를 대신해서 죽을 만한 값어치가 있는가를. 보아하니 이자는 천한 인간도 천한 혈통도 아니라 말을 길들이는 안테노르의 아우이거나 아들인 모양이다. 생김새가 그 집안사람들과 닮았구나."

맞는 말이었기 때문에 트로이 편은 분노에 사로잡혔다. 이때 아카마스는 형 곁을 돌아다니다가 보이오티아인 프로마코스를 창으로 찔렀다. 그는 아르켈로코스의 두 다리를 잡고 끌고 가려던 참이었다. 그래서 아카마스는 자신만만해져서 커다란 소리로 외쳤다.

"활이나 쏘는 아르고스 녀석들, 주둥이만으로 큰소리를 치는데 진력이 난 모양이구나. 우리에게만 이러한 고생과 비탄이 있는 것은 아니고 언젠가는 이와 같이 그대들도 칼에 맞아 죽을 때가 있을 거다. 잘 생각해 보라, 프로마코스는 형제의 원수를 오래도록 갚지 못하고 방치되는 일이 없도록, 내가 창으로 쓰러뜨려 잠재워 버렸다. 그래서 사람들은 죽음을 복수해 줄 친척이 집 안에 남게 해달라고 기도하는 것이다."

이렇게 말하니 그 호언장담을 듣는 아르고스군은 모두 전의에 불탔는데, 그중에도 특히 페넬레오스는 용맹심이 불끈 치솟아 아카마스를 향해 덤벼들었다. 아카마스는 도저히 페넬레오스의 거센 기세에 버티어 낼 수 없어 달아났으므로, 페넬레오스는 대신에 일리오네우스라는 양을 많이 가진 포르바스의 아들을 찔렀다. 그는 헤르메스가 트로이인 중에서도 특별히 총애하여 많은 재산을 나누어 주었던 사나이였다.

그러나 어머니가 외아들로 길렀던 일리오네우스를 눈썹 밑 반짝이는 눈을 겨누어 꿰찌르니, 눈알을 밀어내고 창끝이 눈구멍을 쿡 꿰뚫고 들어가 목덜미로 빠져나갔다. 그래서 두 팔을 벌리고 쿵 엉덩방아를 찧는 것을, 페넬레오스는 날카로운 칼을 뽑아 목덜미를 내리쳐서 투구와 함께 머리를 땅 위에 떨어뜨렸다. 자루가 묵직한 창이 여전히 눈에 꽂힌 채로 있는 것을, 마치 개양귀비의 열매처럼 받쳐들고는 트로이 편에 뽐내며 자랑스레 말했다.

"전해다오. 트로이 사람들이여, 이 훌륭한 일리오네우스의 사랑하는 아버지와 어머니에게, 집 안에서 통곡하며 울라고 일러다오. 이제 다시는 우리 알레게노르의 아들 프로마코스의 아내는 사랑하는 남편이 돌아오는 것을 반가이 맞이할 수는 없게 되었으니까. 언젠가 트로이로부터 우리 아카이아의 젊은이들이 배를 타고 돌아가는 그때에도."

이렇게 말하니 트로이 병사들은 모두 팔다리가 무섭게 떨리기 시작하더니 어디로 달아나서 이 험한 파멸을 모면할까 하고 사방을 두리번거릴 뿐이었다.

그러면, 이제 가르쳐 주소서. 올림포스에 사는 무사 여신들이여, 이 명성도 드높은 대지를 뒤흔드는 신이 승패의 위치를 바꾸어 놓았을 때, 대체 누가 가장 먼저 아카이아 군사 중에서 피투성이 무사들의 목을 베어 공훈을 세웠습니까? 선두는 텔라몬의 아들 아이아스였으니 귀르티오스의 아들 휘르티오스를 죽였다. 대담하기로 이름난 뮈시아군의 대장이다. 또 팔케스와 메르메로스를 안틸로코스가 쓰러뜨리자, 메리오네스는 모뤼스와 히포티온을 죽이고, 테우크로스는 프로토온과 페리페테스를 무찔렀다. 이어 아트레우스의 아들이 병사들의 우두머리 히페레노르의 옆구리를 창으로 찔렀다. 청동 날이 살을 갈라 내장이 흘러나오고 찢어진 상처에서 혼이 빠르게 빠져나가니 암흑이 두 눈을 덮었다. 그러나 적군을 가장 많이 쓰러뜨린 것은 오일레우스의 아들인 걸음이 빠른 아이아스였는데, 제우스가 적군에게 패망의 공포를 불어넣었을 때 허둥지둥 달아나는 적병들을 추적하는 데 있어서 그를 당할 자는 아무도 없었기 때문이다.

제15권
함선에서의 격퇴

한편 트로이군이 비스듬히 박은 말뚝과 참호를 건너 달아나는 동안 많은 병사들이 다나오이 군사들의 손에 쓰러졌는데, 그중에는 공포에 파랗게 질려 엉거주춤 달아날 기세이면서도 전차 옆에 버티고 서서 적을 기다리는 자가 없지 않았다. 이때 마침 이데 산꼭대기의 황금 자리에서 헤라 곁에 누운 제우스가 눈을 떴다. 그리고 벌떡 일어서서 트로이 편과 아카이아 편으로 시선을 던지니, 한쪽은 정신없이 쫓겨 달아나고 그 뒤에서 아르고스 군사가 떼를 지어 쫓아갔다. 그 가운데 포세이돈의 모습도 보였다. 헥토르는 평원에 엎어져 있고 주위에 트로이 무사들이 둘러앉아 있었다. 아카이아 군사들 중에서도 이름난 강자에게 당한 듯 의식도 분명치 않았고 입에서는 피를 토하고 있었다.

이 광경을 보고 인간들과 신들의 아버지 제우스는 가련한 생각이 들어서 얼굴을 돌려 헤라를 무섭게 쏘아보며 말을 건넸다.
"그대는 참으로 고약한 음모를 꾸미는구나. 괘씸한 여자, 헤라여. 용감한 헥토르의 싸움을 제지하고 트로이 군대를 패주시킨 것은 그대의 사악한 간교임에 틀림없다. 이제는 모르겠다, 이번에도 이 괘씸한 모략의 보답을 그대가 가장 먼저 받든 말든. 그리고 채찍으로 힘껏 얻어맞건 말건 말이다. 정녕 잊었단 말인가? 전에도 하늘에 높이 매달렸던 일을. 두 발에는 두 개의 모루를 달고 손에는 결코 끊어지지 않는 쇠사슬을 걸고서 그대는 높은 하늘과 구름 사이에 매달려 있었지. 그래서 올림포스의 높은 산에 있는 여러 신들은 분개하면서도 모두 옆에 가서 그대를 풀어주지는 못했다. 만약 그랬다면 내 손으로 움켜쥐고 문지방 밖으로 집어 던졌을 것이다. 기진맥진해서 땅바닥에 떨어질 때까지. 아직도 고상한 헤라클레스 때문에 얻은 아픔이 내 가슴을 떠나지 않고 있다. 그 아이를 그대는 북풍의 손을 빌려 태풍을 설득해서 황량한 바다 위로 날려보냈었지. 간계를 꾸며서 말이야. 그리하여 경치도 훌륭한 코스 섬까지 날라가게 했었지. 그것도 무척이나 고생한 끝에 내가 구출해 내어 다시 말을 기르는 아르고스까지 데리고 온 거다. 그 무렵의 일을 다시 한 번 상기시켜 줄까? 다시 사랑으로 농락하거나 잠자리를 같이하는 일이 소용 있나 없나 깨닫도록 말이다. 그런 꿍꿍이속으로 여러 신들 속에서 빠져나와 나를 유혹하여 감쪽같이 속이기는 했지만."

제우스가 이렇게 말하니 암소 눈의 여신 헤라는 두려움에 떨면서 그를 향해 물 흐르듯 대답했다.

"그렇다면 대지와 머리 위의 아득한 하늘, 그리고 떨어져 흘러가는 스틱스의 물이 나의 증인이 되게 하소서. 스틱스 강의 흐름에 대한 맹세야말로 축복받은 여러 신에게는 가장 크고 무서운 것이니까요. 또 당신의 존귀한 머리와 우리 둘 혼인의 잠자리를 두고 하는 맹세도 나는 결코 함부로 하지는 않겠어요. 대지를 뒤흔드는 포세이돈이 트로이 편이나 헥토르를 괴롭히고 아카이아 측을 도우시는 것은 내 부탁이 아니라 무슨 까닭인지 스스로 하신 일입니다. 함대들 옆에서 아카이아 군사가 곤경에 빠진 것을 보고 가엾게 여기셨기 때문입니다. 하지만 그렇다면 그분에게도 내가 충고하지요. 당신이 지시하시는 길을 따르라고."

이렇게 말하자 인간들과 신들의 아버지는 미소를 지으며 헤라에게 말했다.

"아니, 암소 눈의 헤라여, 정말 그대가 앞으로 나와 똑같은 생각으로 불사의 여러 신들 사이에 자리를 함께한다면, 그때는 포세이돈도 아무리 다른 꿍꿍이속을 품고 있더라도 당장 나와 그대의 의견을 좇아 생각을 고쳐먹게 될 것이다. 방금 그대가 한 말이 사실이고 틀림없는 이야기라면 말이다. 지금부터 여러 신들이 모여 있는 곳으로 가서 무지개의 여신 이리스와 이름난 궁수 아폴론을 불러내시오. 이리스에게는 청동 갑옷을 입은 아카이아 편 병사들 사이에 가서 포세이돈에게 당장 싸움에서 손을 떼고 자기 궁전으로 돌아가도록 일러주기 위해, 또 아폴론에게는 헥토르를 싸움에 나가도록 격려시키기 위해서이다. 먼저 그에게 다시 한 번 용기를 불어넣어 지금 그의 마음을 괴롭히고 있는 여러 가지 고통을 모조리 잊게 하려는 것이다. 그리고 한편에서 아카이아 군사에게는 무기력한 패주를 부추겨 후퇴하도록 방향을 돌리게 하도록 할 것이오. 노가 많이 달린 배들 사이로 달아나 쓰러지도록 말이다. 그들의 패주 모습을 가슴 아파하며 보고 있는 것은 펠레우스의 아들 아킬레우스다. 그래서 그는 전우인 파트로클로스를 나아가게 하겠지. 그러나 그는 많은 젊은 무사들과 병사들을 죽인 뒤에 명예도 드높은 헥토르의 창에 찔려 일리오스 바로 앞에서 파멸될 것이다. 그들 중에는 내 아들, 기상도 늠름한 사르페돈도 있을 것이다. 그 때문에 크게 화가 난 아킬레우스가 헥토르를 죽이니, 여기서부터 함선들이 반격을 끊임없이 할 것이오. 아카이아군이 깎아지른 듯한 일리오스를 아테나의 계략으로 함락할 때까지 이 반격은 끊임없이 계속될 것이오. 그 전에 나는 결코 노여움을 멈출 생각은 없고, 불사의 여러 신들 가운데 누구든 이 상태에서 다나오스 군대를 돕는다면 그냥 두지 않을 것이다. 내 무릎에 여신 테티스가 매달리며 성을 공략하는 아킬레우스에게 영광을 주라고 애원하던 그날의 약속대로 펠레우스 아들의 소원이 충분히 이루어지기 전에는 말이오."

그가 이렇게 말하자 흰 팔의 여신 헤라는 지시대로 이데 산에서 올림포스의 높은 봉우리를 향해 달려갔다. 마치 인간의 사고가 재빨리 돌아가듯, 이를테면 넓은 세상을 돌아다니는 사나이가 상상만으로라도 재빨리 여기저기 가고 싶은 곳과 보고 싶은 곳을 찾아가듯이, 그처럼 순식간에 헤라는 서둘러 우뚝 솟은 올림포스에 도착했다. 그리고 제우스의 궁전에 모여 있는 불사의 신들 사이로 들어갔으며, 이것을 보고 모두 자리에서 일어나 술잔을 바치며 맞이했다.

그런데 여신은 다른 신들은 내버려 둔 채 볼이 아름다운 테미스의 잔을 받았다.*[1] 그 까닭은 가장 먼저 달려 나와 맞이하며 소리 높여 기품 있게 말을 건넸기 때문이었다. 그녀가 말했다.

"헤라여, 무슨 일로 오셨나요? 게다가 매우 당황해하는 모습입니다. 틀림없이 그대 남편이신 크로노스의 아드님께서 무섭게 꾸짖으셨나 보군요?"

이에 흰 팔의 여신 헤라가 말했다.

"그건 묻지 말아주세요, 테미스여. 당신도 알고 계시잖아요, 그분의 성격이 어떤지를. 얼마나 오만하고 무뚝뚝한가를. 그대는 여러 신들과 함께 이 궁전 안에서 잘 마련한 잔치를 즐겨주세요. 그러면 불사의 여러 신들이 모인 자리에

---

*1 환영의 뜻으로 잔을 채워 주면 받아 마시고 반배한다. 테미스는 규칙과 관습의 여신.

서, 제우스가 얼마나 모진 조치를 취하겠다고 하셨는지 들려줄 테니까. 그것은 누구의 마음도 기쁘게 할 수 없을 거예요. 인간이건 신이건 말이에요. 지금은 기분 좋게 식사들을 하고 있지만."

말을 마치고 헤라는 자리에 앉았는데, 제우스의 궁전 안에 있던 신들은 이거 야단났구나 하고 생각했다. 여신은 입가에만 웃음을 띠었을 뿐 검은 눈썹 언저리와 이마에는 상냥한 빛은커녕 제우스에 대한 불만이 가득한 얼굴로 여러 신에게 말했다.

"제우스에게 맞서려는 우리야말로 분별없는 바보들이에요. 그래도 그의 옆에 가서 말이나 힘으로 그만두게 하려고 안간힘을 쓰지만, 그이는 따로 떨어져 앉아 우리 말은 개의치도 않고 상관도 않으며 죽음을 모르는 여러 신들 사이에서 권력으로나 힘에서 자기만이 월등하게 뛰어난 줄 알고 계시는걸요. 그러니 제우스가 어떤 화를 여러분께 갖다 주시더라도 참으세요. 이미 아레스에게는 재난이 일어나고 있는 것 같아요. 그분 아드님이 싸움에서 죽었거든요. 무사들 중에서도 가장 귀여워하던 아스칼라포스 말이에요. 강력한 아레스가 자기 아들이라고 말하곤 했었는데."

이렇게 말하자 아레스는 굳건한 두 허벅지를 손바닥으로 철썩철썩 때리면서 슬픔을 이기지 못하여 말했다.

"이제는 나에게 화를 내지 마시오. 올림포스 궁전에 계시는 여러 신들이여, 비록 내가 아카이아군의 함대로 가서 살해된 아들의 원수를 갚더라도. 설령 제우스의 번갯불에 맞아 시체와 더불어 피와 먼지투성이가 된 채 뒹구는 것이 피할 수 없는 내 운명이 되더라도."

그는 이렇게 말하고 당장 '공포'와 '패주'에게 명령하여 전차에 말을 매게 하는 한편 자신은 무섭게 번쩍이는 갑옷을 몸에 둘렀다.

이로 인하여 불사의 여러 신들은 제우스에게 더 크고 무서운 노여움과 원한을 사게 될 뻔했다. 이때 마침 아테나가 여러 신들을 위해 크게 걱정하여 앉아 있던 자리에서 일어나 문간으로 달려가지 않았으면 말이다. 아테나는 아레스의 머리에서는 투구를, 어깨에서는 방패를 벗겨내고, 청동 창도 그 억센 손에서 빼앗고는, 기세도 사나운 아레스를 꾸짖었다.

"미쳤나요? 제정신이 아니겠죠. 파멸을 자초하는군요. 정말 귀가 있어도 소용이 없고 분별도 예의도 다 저버리다니. 방금 흰 팔의 헤라가 하신 말씀을 듣지 못했나요? 조금 전에 막 올림포스의 제우스한테서 달려오신 거예요. 그대는 아마 스스로도 모진 꼴을 당하고 어쩔 수 없이 쓰라린 고통을 겪으면서 다시 올림포스로 끌려오고 다른 분들도 모두 큰 재앙을 겪도록 만들고 싶으세요? 그분은 곧 기세등등한 트로이군도 아카이아군도 다 버려두고 이 올림포스로, 우리에게로 돌아오셔서 죄가 있든 없든 차례로 모두 붙잡으실 테니까요. 그러니 비록 아들을 위해서라지만 일단은 화를 거두라는 거예요. 지금까지도 많은 사람들이, 기량도 힘도 그보다 훨씬 나은 사람들이 죽어갔고 앞으로도 죽어갈 테니. 모든 사람들의 집안이며 자손을 수호한다는 것은 매우 어려운 일이에요."

이렇게 말하며 그녀는 기세 사나운 아레스를 자리에 앉혔다. 그동안에 헤라는 아폴론과 죽음을 모르는 여러 신들의 사자인 이리스를 밖으로 불러냈는데, 여신은 그들을 향해 낭랑한 목소리로 말했다.

"제우스께서 두 신에게 한시바삐 이데 산으로 오라는 분부시오. 만일 그곳에 가서 뵙게 되거든 무슨 일이든 주신께서 명령하시는 대로, 하라시는 대로 해야 하오."

헤라는 이렇게 말하고 나서 되돌아와 옥좌에 앉고, 두 신은 얼른 출발하여 날아갔다. 두 신이 짐승들의 어머니라 일컬어지는 샘이 넘치도록 솟아나는 이데 산에 이르니, 멀리 천둥을 울리는 크로노스의 아들이 가르가론 꼭대기에 앉아 있는 것이 보였다. 주위에는 온통 향기로운 안개가 엷게 꼈는데, 두 신이 그 사이를 나아가 구름을 모으는 제우스 앞에 이르렀다. 두 신을 보자 제우스는 분노가 다 어디로 갔는지, 헤라의 분부대로 당장 달려와 준 것이 흐뭇해 먼저 이리스에게 위엄 있게 말을 건넸다.

"자, 얼른 다녀오너라, 걸음이 빠른 이리스여. 포세이돈에게 빠짐없이 전하라. 잘못 전달해서는 안 된다. 그에게 이제 전투와 전쟁에서 손을 떼고 신들의 모임이나 신성한 바닷속으로 가라고 명령을 전해라. 만일 명령을 어기고 이를 무시하거든 그때부터 마음속으로 곰곰이 잘 생각해 보는 게 좋을 것이라고 전해라. 제가 아무리 용맹스럽다 하더라도 내가 덤벼든다면 도저히 견디어 내지 못할 것이라고. 그보다 내가 훨씬 힘이 뛰어나고 태어난 날도 빨랐으니까. 그런데도 그는 도무지 반성을 하지 않고 다른 신들이 모두 무서워하고 두려워하는 나와 동격인 줄 알고 있단 말이다."

이렇게 말하니 바람처럼 걸음이 빠른 무지개의 여신은 얼른 그 뜻을 받들어 이데의 산봉우리에서 내려가 일리오스로 향했다. 마치 구름 사이에서 눈송이나 우박이 떨어지듯, 높은 하늘에서 휘몰아치는 북풍의 거센 힘에 휘날리면서. 그와 같이 잽싼 이리스는 순식간에 명성도 드높은 대지를 뒤흔드는 신 곁에 가서 멈추고 말을 건넸다.

"대지를 떠받드는 검은 머리의 신이여, 아이기스를 가진 제우스에게서 그대에게 전갈을 가져왔습니다. 이제 전투와 전쟁에서 손을 떼고 신들의 모임이나 신성한 바닷속으로 가시라는 분부십니다. 만일 명령을 어기고 가벼이 여기실 때는 그대와 맞서 싸우기 위해 몸소 여기까지 오시겠다는 엄한 말씀입니다. 그러니 처벌을 피하는 게 좋을 것이라는 전갈입니다. 그리고 본디 주신께서 힘도 더 뛰어나고 태어난 날도 빠르다는 말씀을 하시며, 그런데도 도무지 반성을 하지 않고 다른 신이 모두 무서워하고 두려워하는 제우스와 동격인 줄 알고 있다고도 하셨습니다."

그러자 대지를 뒤흔드는 포세이돈은 불쾌한 기색을 보이면서 말했다.

"무슨 말인가, 그가 강하다고는 하나 말하는 것이 몹시 거만하구나. 같은 위계를 받고 있는 나를 억지로 힘으로 누르려 하다니. 내가 이런 말을 하는 것도, 본디 우리 셋은 한 형제이다. 크로노스에게서 레아가 낳은 제우스와 나와 지하세계를 통치하는 하데스 셋 말이다. 그래서 전 세계를 셋으로 나누어 저마다의 직분을 맡기로 한 것이다. 다시 말해 나는 셋이서 제비를 뽑은 뒤, 햇빛 바다를 주거로 차지하게 되었고, 하데스는 침침한 기운에 싸인 지하 세계를, 그리고 제우스는 높은 대기와 구름 사이에 있는 아득한 하늘을 차지하게 되었으며, 대지와 올림포스의 높은 봉우리는 여전히 모두의 공유물이다. 그러니 나는 제우스의 생각대로 살 생각은 조금도 없다. 비록 그의 힘이 훨씬 강하다고 할지라도 셋 중에서 하나를 차지한 자기 몫에 만족하여 잠자코 있는 것이 좋을 게다. 나를 완전히 겁쟁이로 취급하고 위협할 생각일랑 아예 하지 말아야 할 것이다. 그의 딸들과 아들들한테나 난폭한 말투로 꾸짖고 있으라고 해. 자기가 낳은 자식들이니 제우스가 이래라 저래라 명령하면 복종하지 않을 수 없을 테지."

바람처럼 걸음이 빠른 무지개의 여신이 말했다.

"그러면 대지를 떠받드는 검은 머리의 신이여, 정말로 그토록 무뚝뚝하고 또

한 격한 말씀을 그대로 제우스께 전해도 상관없습니까? 아니면 조금은 양보를 하시렵니까? 뛰어난 분의 마음은 양보할 줄 안다고 합니다만, 아시다시피 언제나 복수의 여신들은 연장자를 돕습니다."

이에 대지를 뒤흔드는 포세이돈이 말했다.

"무지개의 여신이여, 방금 그대가 한 말은 이치에 맞는 이야기다. 또 심부름 온 자가 충분한 분별심을 갖고 있는 것도 훌륭한 일이다만, 동등한 권한을 갖고 있는 나를 제우스가 분노하며 꾸짖을 때마다 심히 불쾌해질 수밖에 없지 않느냐. 내 몹시 분하기는 하나 일단 양보해 두기로 한다. 다만 이것은 내가 진심으로 일러두는 말이다만, 만일 제우스가 나와 수확물을 모으는 아테나와 헤라, 헤르메스나 헤파이스토스의 희망을 꺾고, 높이 솟은 일리오스를 아껴 이를 파괴되지 않도록 하고 아르고스군에게 큰 승리를 안겨주지 않으려 한다면, 우리 또한 참을 수 없는 분노에 사로잡힐 것이라는 사실을 그가 알아야 할 것이다."

이렇게 말하고 대지를 뒤흔드는 신은 아카이아 군사들의 진지를 떠나 바닷속으로 들어가니, 아카이아의 용사들은 그가 사라지는 것을 원통하게 생각했다.

이때 아폴론을 향해서 구름을 모으는 제우스가 말했다.

"지금부터 청동 갑옷을 두른 헥토르에게 갔다 오라, 사랑하는 포이보스여. 마침 조금 전에 대지를 떠받들고 뒤흔드는 신도 나의 무서운 분노가 두려워서 반짝이는 바닷속에 들어갔구나. 그러지 않았던들 무척 격렬하게 싸우는 소리를 다른 신들도 들어야 했겠지. 크로노스와 함께하는 지하의 신들까지도. 화는 났지만 싸우기 전에 미리 내 힘에 양보한 것은 나에게나 그에게 훨씬 다행스런 일이다. 그렇지 않았던들 땀깨나 흘리지 않고는 결말이 나지 않았을 테니.

아무튼 그대는 지금부터 술 장식이 가득 달린 아이기스를 들고 나가 세게 흔들어 아카이아 쪽 용사들의 기를 죽여 도망가게 만들어라. 그리고 특히 궁술에 능한 그대가 영광에 빛나는 헥토르를 위해 배려해 주도록. 그래서 아카이아군이 달아나 배가 있는 헬레스폰토스의 해변에 이를 때까지 그의 용맹심을 불러일으켜 주어라. 그 뒤의 일이나 어떤 지시를 내릴 것인가는 내가 생각해 두기로 하마. 또 아카이아 군사들을 어떻게 하여 어려운 싸움에서 한숨 돌리게 할 것인지도."

이렇게 말하니 아폴론은 아버지 신의 분부를 이의 없이 받들어 이데의 산봉우리에서 매처럼 곤두박질쳐 내려갔다. 날개를 가진 새들 중에서도 가장 빠른, 비둘기를 잡는 매와도 같이. 그리하여 프리아모스의 용맹한 아들, 고귀한 헥토르가 앉아 있는 곳으로 갔다. 헥토르는 막 정신을 차려 몸을 일으켰으며 주위에 둘러앉은 전우들도 똑똑히 알아볼 수 있었고, 거친 숨결도 땀도 가라앉고 있었다. 아이기스를 가진 제우스의 뜻이 그를 다시 일으켜 세우기로 한 뒤로는 말이다. 그래서 궁술의 신 아폴론이 가까이 다가서면서 말을 건넸다.

"프리아모스의 아들 헥토르여, 그대 어찌자고 다른 사람들과 떨어진 곳에 혼자 기진맥진해 있는가? 무슨 걱정거리라도 생겼는가?"

이에 번쩍이는 투구의 헥토르가 힘없이 말했다.

"신들 가운데서 가장 친절하신 분이시여, 당신은 대체 누구시기에 이렇게 얼굴을 마주하고 물어오십니까? 아카이아 군대의 뱃고물 근처에서 목소리도 씩씩한 아이아스가 그의 전우들을 죽이던 내 가슴을 향해 커다란 돌덩이를 내던져 기세도 사나운 용맹스런 기상이 꺾이게 된 것을 알지 못하십니까? 그래서 나는 이젠 틀림없이 시신들과 하데스의 집으로 가게 되는 줄 알았습니다. 목숨이 거의 끊어질 듯하니까요."

이 말에 이번에는 궁술의 신 아폴론이 말했다.

"자, 기운을 내어라. 이토록 강력한 후원자가 호위를 하도록 크로노스의 아드님이 이데 산에서 보내주셨으니까. 황금 칼을 찬 이 포이보스 아폴론을 말이다. 나는 전부터 그대와 높은 성벽을 함께 지켜왔다. 자, 이제야말로 많은 병사들을 격려하여 속이 빈 함대들을 향해 그 날랜 전차를 몰아가게 하라. 나는 앞질러 나아가 전차가 지나갈 길을 편편하게 만들고, 아카이아 군사를 달아나게 하겠다."

이렇게 말하며 그는 병사들의 우두머리인 헥토르에게 엄청난 기력을 불어넣었다. 그러자 헥토르는 마치 외양간에 매여 있던 말이 구유의 보리에 싫증이 날 만큼 실컷 먹고 나서 묶여 있던 끈을 끊고 평야 위를 요란스레 말굽을 울리며 달린 뒤 물결도 맑은 강가에서 목욕을 하러 의기양양하게 고개를 들고 나가듯이, 또 좌우로 훌륭한 갈기를 두 어깨에 물결치듯 휘날리며 말이 자기의 훌륭한 자태를 은근히 자랑하며 언제나 즐겨찾는 들판과 초원으로 늠름하게 걸음을 옮기듯이, 지금 헥토르는 민첩하게 움직이며 앞으로 나아갔고, 그러는 동안에도 신의 소리를 듣고 있었으므로 줄곧 말을 시중드는 군사들을 격려했다.

병사들은 마치 뿔이 돋은 수사슴이나 야생의 산양들을 사냥개와 시골 몰이꾼들이 몰아나갈 때처럼 험한 바위나 음침한 숲 때문에 놓쳐버리고 그러다가 이 무리들이 지른 고함 소리에 갈기도 훌륭한 수사자가 한 마리 숲에서 나타나서 기세가 등등한 그들을 한순간에 모두 쫓아버리듯이 그렇게 싸웠다. 다나오이 군사들도 이와 똑같이 떼를 지어 칼과 두 가닥의 창을 내지르며 트로이 편을 추격해 갔으나, 헥토르가 나타나 무사들의 대오 사이를 왔다 갔다 하는 모습을 보는 순간, 그만 모두 간담이 서늘해져서 어느새 사기가 발끝으로 떨어지고 말았다.

그때 그들을 향해 안드라이몬의 아들 토아스가 입을 열었다. 이 사람은 아이톨리아군에서 제일가는 용사로 투창에도 능하고 접근전도 잘했으며, 더욱이 아카이아 군사의 젊은이들이 이치를 따지면서 논쟁을 벌일 때는 연설로 그에게 이기는 이가 몇 없었다. 그가 지금 전우들을 걱정하여 말을 꺼냈다.

"이 무슨 일인가. 정말 대단한 기적을 보고 있구나. 또다시 헥토르가 죽음의 운명을 피하고 살아났으니 말이오. 우리는 너 나 할 것 없이 그 사나이가 텔라몬의 아들 아이아스의 손에 죽어버렸다고 굳게 믿고 있었는데. 틀림없이 이번에도 신들 가운데 누군가가 헥토르를 지켜 살려낸 것입니다. 그는 무수한 다나오이 사람들의 무릎을 꿇게 만들었는데, 이번에도 그런 일이 일어나겠습니다. 심하게 천둥을 울리는 제우스의 뜻이 아니고는 저토록 투지에 가득 차 선두에 서지 못할 것이니.

아무튼, 자, 내가 지금 말하는 대로 합시다. 우리 병사들은 모두 함선들로 후퇴하도록 명령하는 것이 좋겠소. 그러나 전군에서 제일의 용사로 자부하는 우리는 창을 들고 나란히 버티고 섭시다. 어쩌면 먼저 그를 막아 멈추게 할 수도 있을지 모르니. 제아무리 기를 쓰고 덤비는 그라도 다나오이 군대 한가운데로 들어올 엄두는 나지 않을 것입니다."

이렇게 말하니 모두 그럴듯하다고 생각해 그의 말대로 했다. 아이아스나 이도메네우스의 군주들을 에워싼 무리들, 혹은 테우크로스나 메리오네스나 아레스에 비견되는 메게스 등등을 둘러싼 사람들은 용맹스러운 자들을 불러모아 헥토르를 뒤따르는 트로이 군사를 정면에서 맞아 결전을 벌이는 한편, 뒤쪽에서는 많은 병사들이 아카이아군의 함선들을 향해 후퇴해 갔다.

한편 트로이군은 모두 한데 엉켜 쳐들어가는데, 그 선두에서 헥토르가 성큼성큼 걸음을 옮겨놓으면, 헥토르 앞에서는 포이보스 아폴론이 두 어깨를 구름에 감춘 채 기세도 사납게 아이기스를 받들고 나아갔다. 그 둘레에 거친 털을 달아 모든 사람들의 눈에 띄는 무서운 이 방패야말로 대장장이의 신 헤파이스토스가 인간에게 그의 위력을 보여주기 위해 제우스의 것으로 만들어 바친 것이다. 그것을 지금 아폴론이 두 손에 받쳐들고 병사들을 인도하고 있었다.

한편 아르고스 군사들도 한데 뭉쳐 버티고 서니, 요란스러운 함성이 양군에서 솟아올랐다. 활시위에서 화살이 끊임없이 날아가고 수많은 창이 대담무쌍한 팔에서 날았다. 그 가운데는 싸움에 날쌘 젊은 무사들의 살에 박힌 것도 있었으나, 대부분은 끈질기게 사람의 살갗을 찾으면서도 끝내 닿지는 못하고, 병사들 사이사이의 땅에 꽂혔다.

그런데 아이기스를 포이보스 아폴론이 꼼짝도 않고 손에 들고 있는 동안에는 양군에서 날아가는 무기가 서로 상대방을 맞혀서 양군의 병사들이 쓰러져 갔다. 그러나 아폴론이 날랜 말을 달리는 다나오이 군사를 똑바로 쏘아보며 아이기스를 흔들어대고, 우렁찬 목소리로 아카이아군의 기력을 어지럽히니 기세도 사납던 그들의 열화 같은 투지도 사라지고 말았다.

그리하여 마치 두 마리의 야수가 한밤중에 어둠을 타고 늘 지키고 있던 목자가 없는 틈을 타서 뜻밖에 습격해 왔을 때 소나 양 떼의 무리가 뒤죽박죽되어 허둥시둥 날아나듯 아카이아 군사들은 용기를 잃고 허물어지기 시작했다. 그것은 아폴론이 그들의 마음에 두려움을 불어넣어 트로이 편과 헥토르에게 영예를 주려고 했기 때문이다.

이때 사방에 흩어져서 서로 베고 찌르고, 병사가 병사를 죽이는 가운데서도 헥토르는 스티키오스와 아르케실라오스를 죽였는데, 그중 한 사람은 청동갑옷을 입은 보이오티아군의 대장이었고, 나머지 한 사람은 기상도 높은 메네스테우스의 충실한 전우였다. 또 아이네이아스는 메돈과 이아소스를 죽였으니, 메돈은 기품 있는 오일레우스의 서자로 아이아스의 동생뻘 되는 사람이었다. 그는 한때 사람을 죽여 고향을 떠나 퓔라케에서 살았는데, 오일레우스가 아내로 삼은 그의 의붓어머니 에리오피스와는 남매 사이다. 또 한 사람의 이아소스는 아테나이인 부대의 장수로 손꼽히던 사나이로 부콜로스의 아들 스펠로스의 아들이라 했다.

한편 폴리다마스는 메키스테우스를 죽였고, 폴리테스는 선두 대열에서 에키오스를 죽였으며, 기품 있는 아게노르는 클로니오스를 죽였다. 또 파리스는 데이오코스를 등 뒤에서 어깨 밑을 청동 창으로 푹 꿰찔렀다.

이와 같이 사람들이 쓰러뜨린 자들의 갑옷을 벗기고 있는 동안에 아카이아군은 빙 둘러 파놓은 참호와 박아놓은 말뚝에 매달려 이리저리 달아난 끝에 간신히 방어벽 안으로 몸을 피했다. 때마침 헥토르는 트로이 군사들을 되돌아보며 크게 외쳤다. 그는 피투성이 노획물은 내버려 두고 배를 습격하라고 호령했다.

"내가 아카이아군 함선들에서 멀리 떨어져 엉뚱한 곳에서 우물거리고 있는 자를 발견할 때는 그 자리에서 살려놓지 않을 테다. 그렇게 되는 날에는 그를 가족이 화장하는 것도 허락지 않을 것이며, 그 시체는 우리 도시 앞에서 들개들이 물어뜯게 내버려 둘 것이다."

이렇게 말하고 그가 어깨에서 채찍을 내리쳐 말을 몰아가며 대열들 사이로 트로이군을 격려하니, 모두 헥토르에게 뒤질세라 전차를 끄는 말들을 가지런히 몰아 무서운 함성을 지르며 앞으로 내달았다. 그 앞에서는 포이보스 아폴론이 깊은 참호의 둑을 가볍게 발로 문질러 참호 안에 밀어넣었으므로, 그 흙으로 이제 넓고 긴 길이 만들어졌다. 그 길이는 대장부가 힘을 겨루느라 창을 던질 때 창이 날아가 닿을 거리 정도는 되었다.

그곳을 지나 트로이 병사들은 거침없이 진격해 들어갔고, 선두에서는 아폴론이 비할 데 없이 찬란한 아이기스를 내저으며 마침내 아카이아군의 방어벽마저 아주 손쉽게 무너뜨렸다. 마치 어린아이가 바닷가에서 모래를 가지고 놀듯, 철없는 아이가 으레 그러하듯이 모래로 장난감을 만드는가 하면 이번에는 다시 발과 손으로 장난치며 마구 짓밟고 휘저어 버리듯이, 포이보스는 아르고스 군사가 엄청난 고생과 노력으로 만든 것을 짓밟아 버리고 그들이 도망가도록 부추겼다.

이 광경에 아카이아 편 사람들은 함선들 옆에 버티고 서서 기울어져 가는 대세를 어찌해 보려고 서로 격려하며 신을 향해 저마다 두 손을 쳐들고 소리 높여 기도했다. 그 가운데서도 게레니아의 기사 네스토르 또한 아카이아군의 조언자로서 별이 빛나는 하늘에 두 손을 쳐들고 기도했다.

"아버지 제우스여, 우리가 출전 전에 밀이 풍요한 아르고스 고장에서 암소와 양의 허벅지 살코기와 뼈를 구워 바치면서 무사한 귀향을 빌었을 때, 당신께서 들어주시겠노라 약속하며 머리를 끄덕여 주셨던 일들을 생각하셔서 무자비한 파멸의 날이 오지 않도록 지켜주소서. 그리고 아카이아군이 트로이군에게 쓰러지지 않게 해주소서."

이렇게 기도하자 전지전능의 신 제우스는 넬레우스의 늙은 아들이 올리는 기도를 들어 큼직한 천둥을 울렸다.

그러나 트로이군은 아이기스를 가진 제우스가 천둥을 울리는 것을 듣자 더욱더 사납게 아르고스군을 공격하여 전투의 기세를 더했다. 그리하여 병사들은 마치 망망한 바다의 큰 파도가 어느 때나 바람의 힘이 부채질하면 뱃진을 넘어들어오듯, 바람이란 언제나 파도가 높이 일게 하므로 트로이군은 우렁찬 환성을 지르면서 방어벽을 타넘고 그 안까지 마차를 몰아 뱃머리 주위에서 싸움을 계속했다. 양날의 창으로 양군이 접전을 벌여 혹은 전차 위에서, 혹은 높다란 검은 배에 올라 끝이 두 가닥으로 길고 날카롭게 갈라진 병기를 들고 서로 찔러댔다. 그것은 배마다 준비되어 있던 것으로 해전 때 쓰기 위해 껍질을 벗긴 나무 막대기 끝에 청동을 박은 것이었다.

아카이아군과 트로이군이 빠른 배들이 놓여 있는 바깥쪽 방어벽 근처에서 싸우고 있을 즈음, 파트로클로스는 마침 친하게 지내던 에우리필로스 막사 안에 앉아 여러 이야기로 그를 위로하면서 심한 상처에 고약을 발라주고 있었다. 그러나 곧 트로이군이 방어벽을 넘어 물밀듯 쳐들어가는 것과 한쪽으로는 다나오이군이 함성과 패주의 소용돌이 속에 휘말려 들어가는 것을 보게 되자 그는 두 허벅지를 손바닥으로 치면서 탄식하더니 어둡고 침통한 어조로 말했다.

"에우리필로스여, 이렇게 되면 이제는 그대에게 볼일도 다 보았고 여기 이렇게 앉아 있을 수가 없게 되었소. 드디어 대전투가 시작되었다오. 그러니 그대의 간호는 시종들에게 맡기고 나는 급히 아킬레우스에게로 돌아가지 않으면 안 되겠소. 그를 전쟁에 나가도록 설득하기 위해서, 어쩌면 내가 신의 도움으로 그를 설득하여 마음을 바꾸게 할 수 있을지도 모르오. 벗의 설득이란 정말로 좋은 것이니까."

이 말을 마치고 그는 바로 걸어나갔다. 이때 아카이아군은 트로이 쪽의 공격을 꿋꿋이 막아냈으나 수가 적은 적군을 함선들 주변에서 격퇴시킬 수는 없었다. 한편 트로이군 쪽에서도 다나오이군의 대열을 돌파해 막사가 있는 근처 혹은 배가 있는 자리로 진입하려 했지만 너무나 필사적으로 방어했으므로 진입하지 못하고 있었다. 그것은 마치 배를 만드는 목재를 숙련된 목수가 먹줄을 손에 쥐고 탱탱하게 당겨 똑바로 구획을 쳐 나가는 듯했다. 아마도 그 사람은 아테나 여신의 가르침에 따라 모든 기술을 충분히 익히고 있는 자이리라. 꼭 그처럼 양군의 힘은 전쟁에서도 전투에서도 똑같이 팽팽하게 맞서고 있었다. 그리하여 각기 함선 근처에서 칼을 맞대고 있었는데, 이때 헥토르가 영예도 드높은 아이아스를 노리고 나아가 둘이서 배 하나를 서로 차지하려고 공방전을 되풀이하며 실랑이를 벌였다. 그러나 아무리 해도 한쪽이 한쪽을 물리치고 배에 불을 지르지도, 그렇다고 또 한편이 적을 완전히 쫓아버리지도 못하고 있었다. 왜냐하면 그들을 배에 접근시킨 것은 신의 힘이었기 때문이다.

이때 영예도 드높은 아이아스는 클뤼티오스의 아들 칼레토르가 함선을 향해 불을 날라오는 것을 보고 창을 던져 가슴팍을 찍었다. 그러자 그는 쿵 하고 땅을 울리며 넘어졌고 손에서 타던 장작불이 떨어졌다. 헥토르는 자기 사촌형이 검은 함선 옆의 흙먼지 속에서 뒹구는 것을 목격하고 트로이 부대와 링케아 부대에 커다란 소리로 부르짖었다.

"트로이군도 링케아 부대도, 그리고 근접해서 싸우는 다르다노이군도 결코 후퇴해서는 안 된다. 클뤼티오스의 아들을 구출해 다오. 함선들이 몰려 있는 자리에서 쓰러졌다고 아카이아 편에서 그의 갑옷을 벗겨 가지 못하도록."

이렇게 말하자마자 아이아스를 겨누어 번쩍이는 창을 집어 던졌으나 그에게는 맞지 않고 뒤에 대기하고 있던 퀴테라에서 온 마스토르의 아들 뤼코프론이라는 아이아스의 수행 병사에게 맞았다. 이 사나이는 거룩하다고 일컫는 퀴테라 섬에서 사람을 죽인 뒤 아이아스 밑에서 살고 있었는데, 지금 그의 머리에 날카로운 청동 창이 꽂힌 것이다. 아이아스의 바로 옆에 서 있었기 때문이다. 그가 뒤로 반듯이 뱃머리에서 땅바닥으로 떨어져 팔다리가 힘없이 늘어져 버렸으므로, 아이아스는 부르르 몸을 떨고 아우를 향해서 말했다.

"이봐, 테우크로스. 우리 충실한 전우 마스토르의 아들이 죽고 말았다. 퀴테라에서 떠나 와 있는 그를 우리는 친부모처럼 공경했거늘 기상이 높은 헥토르가 죽이고 말았다. 자, 그대의 활과 화살은 어디 있느냐? 포이보스 아폴론이 너에게 주신 당장에 죽음을 가져오는 활과 화살은?"

이렇게 말하자 테우크로스는 그 소리를 듣고 달려와 아이아스 곁에 다가섰다. 두 손에는 활과 화살이 든 화살통을 들고 아주 날쌔게 트로이 군사를 향해 화살을 쏘았다. 그리하여 순식간에 페이세노르의 이름이 잘 알려진 아들 클레이토스에게 날아가 맞혔다. 그는 판토스의 아들로 인품이 뛰어난 폴리다마스의 수행 병사였으며, 고삐를 손에 쥐고 그때 마침 마차를 가지고 한창 애를 먹고 있던 중이었다. 왜냐하면 병사들의 대열이 가장 혼잡한 자리로 마차를 돌렸기 때문이었다. 그것도 헥토르나 트로이 군사를 생각하고 한 일이었으니, 그 때문에 즉각 불행한 죽음을 맞이했다. 게다가 모두 방어해 주고 싶어 안간힘을 썼지만 아무도 그렇게 해줄 수도 없었다. 그의 뒤통수에 고통스러운 화살이 푹 꽂혀 수레에서 굴러떨어지니, 말들이 빈 전차를 끌고 덜커덕거리며 뒤쪽으로 후퇴해 갔다. 그것을 바로 발견한 주군 폴리다마스는 앞질러 뛰어가 말 앞을 막아서서, 이것을 프로티아온의 아들 아스튀노스에게 맡겼다. 그리고 자기를 잘 지켜보며 마차를 되도록 가까이에 대기시켜 놓도록 명령하고는 다시 선두 대열 속에 뛰어들어 싸움을 계속해 나갔다.

한편 테우크로스는 또 한 개의 화살을 청동 갑옷을 두른 헥토르에게 겨누었는데, 만일 이대로 그의 목숨을 빼앗을 수 있었더라면 아카이아군의 선박 주변에서 벌어진 전투는 끝났을 것이다.

그러나 제우스가 이를 모를 리 없었다. 헥토르를 지키고 있는 신우 텔라몬의 아들 테우크로스의 우쭐대는 기세를 꺾어 훌륭한 활의 잘 꼰 시위를, 테우크로스가 막 헥토르를 겨누어 힘껏 잡아당기려 하는 순간 툭 끊어버렸다. 그리하여 청동의 무게를 가진 화살은 다른 방향으로 빗나가 버리고, 활은 그의 손에서 떨어졌다. 테우크로스는 몸을 부르르 떨며 형인 큰 아이아스를 향해서 말했다.

"이럴 수가, 이건 정말 틀림없이 신이 우리의 전쟁 계획을 어떻게든 훼방 놓을 작정인가 봅니다. 활이 손에서 튕겨 나가질 않나, 갓 꼬아서 갈아 낀 시위가 툭 끊어지질 않나. 쉴 새 없이 화살을 날리고도 충분히 견딜 수 있도록 방금 새로 꼬아 매놓은 것인데도."

이에 텔라몬의 아들 큰 아이아스가 말했다.

"아니 그렇다면, 활이니 몇 다발의 화살이니 모두들 그대로 내버려 두면 되지 않느냐. 신들이 다나오이군이 미워 엉망으로 만들어 놓았으니까. 그렇다면 이번에는 자루 긴 창을 손에 잡고 어깨는 방패로 막으며 트로이 군사와 싸워 다른 병사들을 격려하여 일으켜 세워라. 힘으로는 비록 열세에 있다 하더라도 그렇게 호락호락 함선들을 적에게 넘겨주지는 못하겠다. 자, 전의를 가다듬자."

이렇게 말하자 테우크로스도 활을 막사 안에 놓고, 이번에는 두 어깨의 둘레를 가리는, 넉 장의 가죽을 겹쳐서 발라 만든 커다란 방패를 들고, 또 용기에 찬 머리에는 세공도 훌륭한 가죽 투구를 덮어쓰니, 위에 달린 말총 장식이 무시무시하게 휘날렸다. 그리고 손에는 날카롭게 간 청동 날이 박힌 튼튼한 창을 들고 재빨리 달려가서 큰 아이아스의 옆에 나란히 섰다.

한편 헥토르는 테우크로스의 활시위가 끊어지는 것을 보고 커다란 소리로 트로이 군사들에게 일렀다.

"트로이 군사도, 링케아 군사도, 그리고 근접해서 싸우는 다르다노이족도 용감히 싸우라. 우리 군사들이여, 속이 빈 함선들의 어느 곳에서 싸우더라도 뜨거운 투지를 잃지 말라. 나는 분명 내 눈으로 용사로 이름난 전사가 가진 활이 제우스의 힘으로 망가지는 것을 보았다. 제우스가 인간에게 내리시는 가호는 쉽게 알려지고 널리 세상에 퍼지기 마련이다. 누구든 신께서 특별한 영예를 주실 때나, 반대로 누군가를 누르시며 지켜주시지 않을 때나. 지금은 아르고스군의 힘을 약화시키고 우리를 도와주실 생각이시다.

자, 함선들 곁에서 모두 힘을 뭉쳐 싸워라. 그대들 가운데 누구든, 화살에 맞거나 창에 찔리거나 하여 최후를 맞이하는 자는 죽는 것이 좋다. 조국을 지키며 싸우다가 죽음을 맞는 것은 결코 불명예스러운 일이 아니다. 아카이아군이 배를 이끌고 저들의 고향으로 돌아갈 때는 오히려 먼 훗날까지 그들의 아내와 자식들은 안전하게 보호를 받을 것이고, 집과 논밭도 온전할 것이다."

이렇게 말하며 그는 병사들에게 용기와 힘을 불러일으키려 했다. 한편 이쪽에서도 아이아스가 자기 전우들을 격려했다.

"부끄러움을 알라, 아르고스 군사들이여. 지금이야말로 사생결단의 때다. 죽느냐, 아니면 살아서 함선에서 재앙을 물리치느냐, 둘 중에 하나를 택해야 할 때다. 그대들은 번쩍이는 투구를 쓴 저 헥토르에게 배를 모조리 빼앗기더라도 걸어서 고향으로 갈 수 있을 것이라 희망을 품고 있는 것인가? 헥토르가 우리 배에 불을 지르겠다고 안간힘을 쓰면서 제 병사들을 맹렬히 격려하고 부추기는 소리가 들리지 않는가? 그는 춤이나 추라고 하는 것이 아니라 싸우라고 명령하는 것이다. 적과 직접 마주 보고 서서 있는 힘을 다해 칼을 맞대고 싸우는 것보다 더 훌륭한 계획이나 계략은 우리에겐 없다. 그리고 일시에 죽어 사라지느냐 살아남느냐 결판을 내는 편이 이처럼 막연히 배 옆에서 우리보다 보잘것없는 그들과 지루하게 대치하면서 고통을 겪는 것보다 훨씬 낫다."

그는 이런 말로 저마다의 용기와 힘을 북돋우려 했다. 이때 헥토르는 포키스 부대의 대장인 페리메데스의 아들 스케디오스를 쓰러뜨렸다. 또 아이아스가 보낸 부대의 우두머리로 안테노르의 훌륭한 아들인 라오다마스를 죽였다. 폴리다마스는 퀼레네 사람 오토스를 무찔러 갑옷을 벗겼는데, 이 사나이는 펠레우스의 아들 메게스의 부하로 의기왕성한 에페이오이 부대의 대장이었다.

그래서 이것을 보기 무섭게 메게스는 폴리다마스에게 덤벼들었으나 그는 재빨리 몸을 굽혀 피했다. 그리하여 그에게는 맞지 않았다.

이는 아폴론이 판토스의 아들이 선두 대열에서 죽는 것을 원치 않았기 때문이다. 그 대신 크로이스모스의 가슴 한가운데를 창으로 찔렀다.

그래서 쿵 하고 나자빠지니, 그 어깨에서 갑옷을 벗겨버렸다. 그사이에 투창에 능한 돌롭스가 그에게 덤벼들었다. 이자는 라오메돈의 아들 람포스*2의 아들이었는데, 전사 중에서도 두드러지게 뛰어나고 기세 사나운 전술에도 통달해 있었다. 그가 이때 필레우스의 아들 메게스의 방패 한가운데를 바로 앞에까지 다가가 창으로 찔렀으나, 그는 홈을 판 널빤지를 서로 단단하게 짜 맞춘 것을 입고 있었으므로 견고한 가슴받이가 이를 막아주었다. 이 갑옷은 옛날 필레우스가 셀레에이스 강변의 에퓌라에서 가지고 온 것이었다. 절친한 사이인 전사들의 군주 에우페테스가 전쟁 때 적의 무사들로부터 자신을 지키는 호신용으로 쓰라고 보내준 선물이었다. 그것이 이때 필레우스의 아들까지 죽음에서 건져준 것이다.

그래서 돌롭스가 덤벼들자, 메게스는 청동을 입혀 말총 장식을 단 투구 끝을 날카로운 청동 창끝으로 끊어놓으니, 갓 물들인 색깔도 고운 진홍빛 말총

---

*2 람페토스.

이 땅바닥 모래 먼지 속에 툭 떨어졌다. 한참 서로 버티며 싸움을 계속하는 동안 아레스가 소중히 여기는 메넬라오스가 메게스를 도우러 달려왔다. 그리고 눈치를 채기 전에 옆에 붙어서서 창으로 뒤쪽에서 돌롭스의 어깨를 찌르니, 창끝의 힘이 곧장 앞으로 나가면서 돌롭스의 가슴을 꿰뚫어 버렸으므로 그는 견딜 수 없어 벌렁 뒤로 나자빠졌다.

그러자 두 사람이 청동을 댄 갑옷을 돌롭스의 어깨에서 벗기려 달려들었다. 이때 헥토르는 형제들을 모두 불러 먼저 히케타온의 아들로 무예가 빼어난 멜라닙포스를 꾸짖었다. 그는 적이 아직 멀리 있을 때는 페르코테에서 소 떼를 돌보고 있었는데, 다나오이군의 앞뒤 끝이 휘어 오른 함선이 몰려오자 일리오스로 돌아와 트로이 사람들 사이에 두각을 나타내었다. 그 때문에 프리아모스의 성관 옆에 살면서 자식이나 다름없이 귀여움을 받고 있었다. 그를 지금 헥토르가 나무랐다.

"멜라닙포스여, 이처럼 우유부단하게 행동해서야 되겠는가? 그대는 사촌 형이 살해되어도 마음에 걸리지 않는단 말인가? 그대 눈에는 저들이 돌롭스의 갑옷을 노리고 무슨 짓을 하려는지 보이지도 않는가? 자, 따라오라. 이제 멀리 떨어진 곳에서 아르고스군과 싸워서는 안 된다. 우리가 적을 모조리 무찔러 버리느냐, 아니면 저쪽이 우뚝 솟은 일리오스를 꼭대기서부터 공략하여 시민들을 학살하느냐 결판이 나기 전에는."

이렇게 말하고 그가 맨 앞에 서서 나아가니, 신과도 겨룰 만한 무사인 멜라닙포스도 그 뒤를 따라갔다. 한편 텔라몬의 아들 큰 아이아스가 아르고스 군사를 격려했다.

"우리 군사들이여, 담대하라. 부끄러움을 잊지 말라. 격렬한 전투 속에서도 서로 체면을 존중하라. 전사가 체면을 존중하면 죽는 자보다 사는 자가 많다. 그러나 도망가는 무리에게는 영예도 구원도 없는 법이다."

이렇게 말하니 군사들은 열심히 방어하며 싸웠다. 그의 말을 명심하여 배를 청동 창으로 병풍처럼 둘러쳤는데, 제우스는 트로이 군사에게 이를 공격케 했다. 이때 안틸로코스를 목소리도 씩씩한 메넬라오스가 격려했다.

"안틸로코스여, 아카이아군 중에 그대보다 젊은 사람은 없고 그대처럼 걸음이 빠른 자도, 싸움에 용감한 자도 눈에 띄지 않는데 어떤가, 한번 트로이 편 무사들 앞에 달려나가 창을 겨누어 보지 않겠는가?"

메넬라오스는 이렇게 말하고 다른 곳으로 달려갔는데, 안틸로코스는 용기가 솟아올라 선두 대열 속에서 달려나오더니 사방을 두리번거리며 노리다가 번쩍이는 창을 힘껏 집어 던졌다. 그 기세에 트로이 측은 뒤로 물러났다. 적의 용맹한 전사가 창을 던졌기 때문이다. 히케타온의 아들인 의기왕성한 멜라닙포스가 싸움터로 달려나오다가 그 창에 가슴팍 젖꼭지 옆을 맞았다. 그가 땅을 울리며 쓰러지니 갑옷이 덜커덕거리고 울렸다.

그러자 안틸로코스가 달려들었는데 그 모습은 잠자리에서 뛰어나오다가 포수의 총에 맞아 손발을 축 늘어뜨리며 쓰러진 새끼사슴에 달려드는 사냥개 같았다. 바로 그렇게 멜라닙포스를 향해 싸움에 강한 안틸로코스가 갑옷을 빼앗으러 달려든 것이다. 그러나 용감한 헥토르가 이것을 발견하고, 서로 공방전을 벌일 수 있는 거리까지 달려나가 안틸로코스 앞에 서자, 이쪽도 물론 용감한 전사이기는 하나 횡포한 야수를 보듯 두려움에 슬금슬금 달아났다. 마치 소 떼 옆의 개나 목동을 죽이고 사람들이 몰려들기 전에 도망치는 야수와도 같이, 네스토르의 아들이 겁을 먹고 달아나자 트로이군은 헥토르를 앞세우고 무섭게 울리는 우렁찬 소리와 함께 엄청난 소리를 내는 활을 비오듯 쏘아댔다. 그러나 그는 자기편 군사가 몰려 있는 곳에 이르자 달려가던 걸음을 멈추고 돌아섰다.

트로이군은 날고기를 즐기는 사자 떼처럼 아카이아군 함대들을 향해 밀고 나갔으며, 그동안에 제우스의 계획은 시시각각 성취되어 갔다. 제우스는 언제나 그들에게는 커다란 용기를 불러일으켜 주는 대신 아르고스 군사의 기세를 어지럽히고 저하시켜 영예를 빼앗으며 트로이 편을 격려했다. 그 까닭은 프리아모스의 아들 헥토르에게 영광을 주자는 것이 신의 뜻이었기 때문이다. 뱃머리가 휘어 오른 배들에 지칠 줄 모르고 무섭게 타오르는 불을 던져넣게 하여 테티스의 과분한 소원을 완전히 이루어 주기 위한 것이다. 전지전능한 신 제우스는 결국 배가 타오르는 그 불꽃을 눈으로 직접 보게 되기를 기다리고 있는 것이다.

그렇게 된 다음에 다시 함대들이 트로이군을 무찌르고 다나오이 군사에게 영예를 주자는 계획이었다. 이러한 생각을 가슴에 품은 채 만족스럽게 속이 빈 함선들을 향해 프리아모스의 아들 헥토르를, 그렇지 않아도 스스로 몹시 기세등등해 있는 그를 마구 몰아세웠다. 그래서 그가 미친 듯 사납게 설치는 모습은 헥토르가 무섭게 싸워 나가는 동안에 창을 휘둘러대는 아레스인 듯, 아니면 저주스러운 불길이 울창한 숲의 나무를 할퀴며 거세게 타들어 가듯, 그의 입 언저리에는 온통 거품을 뿜고 두 눈은 시커먼 눈썹 아래서 무섭게 번들거리며, 투구 자락이 양쪽 관자놀이에서 사나운 기세로 흔들거렸다. 제우스가 친히 그를 도와주었고, 그 혼자서 많은 적군을 상대하게 하여 그에게 명예와 영광을 베풀었는데 그것은 그가 단명할 운명이었기 때문이다. 팔라스 아테나가 이미 펠레우스 아들의 힘을 빌려 그를 향한 운명의 날을 재촉하고 있었다.

헥토르는 아카이아 병사들의 대열을 공격하여 이를 돌파할 생각으로 가장 병사들이 붐비는 곳, 훌륭한 갑옷이 보이는 곳에 사나운 기세로 덤벼들었으나 역시 뚫고 나갈 수는 없었다. 그들이 모두 망루처럼 서로 팔을 엮어 단단한 보루를 만들었기 때문이다. 마치 우뚝 솟은 바위와 같이, 잿빛 바다 가까이 서서 요란하게 울려 부딪치는 맹렬한 바람에도, 끈질기게 바위를 향해 밀어닥치는 거대한 파도에도 끄떡없는 바위와 같이 다나오이군은 트로이군의 공격에도 완강히 버티며 허물어지지 않았다.

그러나 헥토르가 타오르는 불길처럼 사방으로 적군 속에 뛰어들어 마구 쳐부수는 모습은, 마치 먹구름 아래서 일어난 바람에 더욱 거세진 파도가 날랜 배 안으로 맹렬한 기세로 쏟아져 들어가는 것 같았다. 배는 완전히 물보라에 싸여 모습을 감추는데, 처참하게 불어닥치는 바람의 힘은 돛을 향해 엄청난 소리를 울려댔으므로 선원들의 마음은 공포에 차서 와들와들 떤다. 종이 한 장 차이로 죽음과 경계를 가르니, 아카이아 병사들의 투지는 갈기갈기 찢어졌다.

그동안에도 헥토르는 소 떼를 습격하는 사자와 같았다. 그 소들은 큰 늪가의 낮은 곳에 있는 목장에 무수히 떼를 지어 풀을 뜯고 있었다. 소를 먹이는 목동이 한 사람 따르고는 있으나, 뿔 돋은 소들이 습격당하지 않도록 야수와 싸우려면 어떻게 해야 하는지 아직 제대로 터득하지 못했으므로, 선두에 선 소와 함께 가기도 하고 또는 소 뒤를 따르기도 하고 있었다. 그런데 사자는 소 떼 한가운데를 습격하여 소를 물어뜯으니, 소들은 모두 겁에 질려 당황하여 흐트러진다. 그와 같이 이때 아카이아군은 헥토르의, 다시 말해서 아버지 제우스의 위세에 완전히 눌려 이리저리 달아났지만, 실제로 그가 죽인 것은 오직 한 사람 미케네에서 온 페리페테스뿐이었다.

이 사나이는 여러 차례 에우리스테우스 왕의 사자로서 용사 헤라클레스에게 파견된 코프레우스의 사랑하는 아들이었다. 아버지 쪽이 훨씬 보잘것없었으며, 아들 페리페테스는 무예 전반에 걸쳐 아버지보다 뛰어나고, 빠른 걸음과 싸움 솜씨, 그리고 지혜와 분별력에 있어서도 미케네 무사들 가운데 손꼽히는 용사라 일컬어지고 있었다.

바로 그가 헥토르에게 더 큰 공훈을 세우게 해주었다. 페리페테스가 막 돌아가려고 몸을 돌리다가 큰 방패 끝이 발에 걸렸다. 날아오는 창을 막아 몸을 보호하느라고 발에까지 닿는 큰 방패를 갖고 있었던 것인데, 이것에 찔려 벌렁 나자빠지니 투구가 쓰러진 자의 관자놀이 언저리에서 떨거덕거리고 울렸다. 그것을 헥토르가 발견하고 재빨리 달려가 그 옆에 서서 가슴을 창으로 찔러 친한 전우들 바로 눈앞에서 죽이고 말았다. 그런데 그들은 용감한 헥토르를 무척이나 무서워하고 있었으므로 벗을 위해 안타까이 가슴만 앓을 뿐 구해줄 수가 없었다.

이제 아카이아 군사는 함선들 사이로 숨어들어가 맨 끝쪽에 들어올려 놓은 이물을 방어벽으로 삼았으나, 그동안에도 트로이군이 밀려왔으므로 하는 수 없이 가장 끝에 있는 함선들에서 물러서기 시작했다. 하지만 진지 일대로 흩어져 달아나지는 않고 막사 앞에 그대로 몰려서서 한 덩어리가 되어 버티었다. 체면을 존중하고 비난을 두려워하는 마음에 줄곧 서로 꾸짖고, 서로 격려하고 있었기 때문이다.

한편에서는 특히 아카이아군의 상담역인 게레니아의 용사 네스토르가 한 사람씩 전사들을 붙들고 각자의 아버지 이름을 부르며 간곡히 부탁했다.

"오, 우리 아카이아 전우들이여. 명예를 존중하는 정신을 마음속에 간직하고 씩씩하게 싸워야 한다. 남의 눈이 있다. 그리고 모두 자식과 아내와 재산, 그리고 그대들의 부모를 생각해 다오. 부모가 아직 살아 있는 사람도, 이 세상에 없는 사람도 여기서 내가 이 자리에 없는 그들을 대신해 간청한다. 단호히 버티고 서서 결코 겁을 먹고 달아나지 않기 바란다."

이렇게 말하며 그는 너나없이 용기와 힘을 북돋았다.

그런데 기상이 높은 큰 아이아스는 다른 아카이아인 아들들이 물러난 그 자리에 서 있는 것만으로는 마음에 차지 않아 배들의 갑판 위를 이리저리 성큼성큼 왔다 갔다 하면서 해전 때 쓰는 기다란 양날 창대를 빙빙 휘둘러댔다. 그것은 고리로 이어 짜 맞춘 뾰족한 막대기로 길이가 스물두 자나 되는 것이었다.

마치 승마술에 아주 능한 어떤 기수가, 많은 말 중에서 네 마리를 골라내어 멍에를 얹고 크게 한 번 채찍을 쳐서는 평원에서 큰 도시 안으로 들어오는 듯했다. 그러면 큰길을 달려오던 많은 남녀들이 감탄의 눈으로 바라본다. 기수는 시종일관 조금도 불안정한 기색 없이 이따금 한쪽 말에서 다른 말로 뛰어 옮겨 앉는데, 말들은 그동안에도 변함없이 질주해 간다.

꼭 그처럼 아이아스는 여러 배의 갑판 위를 성큼성큼 돌아다녔다. 그리고 그 목소리가 높이 하늘에 이를 정도로 쉴 새 없이 무서운 소리로 고함을 지르며 다나오이 군사를 격려하여 함선들과 막사를 지키도록 했다. 헥토르 쪽에서 꼼꼼히 몸을 감싼 트로이군 병사들이 몰려드는 동안에도, 그는 멈추지 않고 마치 커다란 적갈색 독수리가 새들이 강변에 내려앉아 모이를 쪼는 곳을 내리덮치듯 했다. 거위나 두루미인지 아니면 목이 긴 백조 떼인지 보려는 듯이. 헥토르가 이물이 검푸른 함선을 향해 곧장 뛰어 다가가니, 제우스도 그 뒤에서 엄청나게 큰 손으로 등을 앞으로 밀어내고 병사들도 몰아세워 그와 함께 진격시켰다.

그리하여 다시 참담한 전투가 함선들 옆에서 벌어졌다. 그래서 너나없이 두 군이 서로 맞서 격렬하게 싸움을 계속하니, 지칠 줄 모르는 듯했다. 그토록 모두들 맹렬히 싸웠던 것이다. 그리고 이 싸움에 임한 양군의 심경은 물러설 수 없다는 투지로 넘쳤다. 아카이아군은 이제 이 재난을 피할 수 있다고는 꿈에도 생각지 못하고 오직 파멸만을 예기하고 있었으며, 트로이군은 너 나 할 것 없이 함선들을 불사르고 아카이아군의 대장들을 무찌르려고 안간힘을 쓰고 있었다.

사람들이 이런 상태로 서로 대결하고 있을 때, 헥토르는 어느 배의 고물을 잡았다. 넓은 바다를 건너가는 훌륭하고 빠른 함선으로 전에 프로테실라오스를 트로이로 실어왔었으나 두 번 다시 그를 고향에 데려다주지는 못했던 배였다. 이 배 주위에서 지금 아카이아 군사와 트로이 군사가 직접 몸으로 맞붙어서 싸우고 있었다. 그래서 아무도 멀리 떨어져서 활을 쏘아대거나 창을 던지기를 가만히 기다리지 않았다. 모두 서로 가까이 마주 대하고 서서 마음을 하나로 모아 날카로운 도끼와 곡괭이, 큼직한 칼, 양날 창 등을 들고 치고 찍고 했다. 그런가 하면 검고 둥근 칼자루의 세공이 훌륭한 큰 칼이 싸우는 사람들의 손에서, 혹은 어깨에서 몇 자루나 땅에 떨어지고, 검은 대지가 온통 피에 물들었다.

그러나 헥토르는 뱃고물에 매달리더니 선미 장식을 두 손으로 움켜쥔 채 다시는 놓으려 하지 않고 트로이 군사를 향해 부르짖었다.

"불을 가져오라. 그리고 모두 함께 함성을 질러라. 이제야말로 제우스께서 우리에게 가장 합당한 행복의 날을 주신 것이다. 함선을 빼앗는 날을 말이다. 이 함선들이야말로 신들의 뜻을 따르지 않고 이곳에 나타나 우리에게 많은 재앙을 안겨준 것들이다. 그리고 그것은 원로들의 심약함 때문에 내가 함선의 고물 근처에서 싸우고 싶다고 했을 때마다 나를 말리고 가로막았을 뿐 아니라 병사들도 제지했던 것이다. 그때에는 멀리 천둥을 울리는 제우스도 우리를 갈피를 잡지 못하게 하셨지만, 지금은 그분이 직접 우리를 격려하고 명령하고 계시는 것이다."

이렇게 말하니 병사들은 한층 더 기세가 등등해져서 아르고스 군사에게 덤벼들었다. 그리하여 아이아스조차 더 지탱하지 못하고 이제는 별수 없이 당할 것만 같아서 날아오는 무기에 어쩔 수 없이 밀려 뒤로 물러났다. 그래서 균형 잡힌 함선의 갑판을 떠나 선미에 있는 일곱 자쯤 되는 발판으로 가서 그 자리에 우뚝 섰다. 그리고 쳐들어오는 적을 기다려 누구든 지칠 줄 모르는 불을 들고 올 때마다 창을 날려 트로이 병사들을 배에서 물리쳤다. 그러면서 줄곧 무서운 소리를 지르며 다나오이 군사들을 격려했다.

"오, 친애하는 다나오이 용사들이여. 군신 아레스를 모시는 자들이여. 씩씩하라, 용감하라, 전우들이여, 격렬히 싸우라. 우리 등 뒤에 동맹군이라도 대기하고 있단 말인가? 아니면 훨씬 든든한 방어벽이 있어서 병사들을 재앙에서 지켜주기라도 한단 말인가? 천만에. 이 근처에 망루를 튼튼하게 쌓아올린 성 같은 것이라도 있는 줄 아는가? 전세를 역전시켜 우리를 구해줄 백성들을 보낼 만한 도시는 없다. 오히려 우리는 지금 단단하게 무장한 트로이인의 영토에서 곧장 물가까지 밀려나 고향을 멀리 둔 채 앉아 있는 것이다. 그러니 우리를 구원할 것은 우리의 팔이지 미지근하고 시시한 전쟁 따위로는 구제받지 못하리라."

이렇게 말하고 아이아스는 곧장 다시 뒤질세라 날카롭게 번뜩이는 창으로 마구 찔러댔다. 그리하여 끊임없이 속이 빈 함선에 매달린 채 트로이군에게 격려해대는 헥토르의 뜻을 받들어 활활 타는 불을 손에 든 트로이 병사들이 달려들 때마다 대기하고 있던 아이아스가 긴 창으로 쓰러뜨렸는데 그 수가 열두 명이나 되었다.

제16권
파트로클로스의 죽음

이와 같이 두 군사들은 튼튼하게 노젓는 자리가 마련된 함선을 표적으로 서로 싸움을 계속했다. 한편 파트로클로스가 병사들의 우두머리인 아킬레우스 옆에 서서 자꾸만 뜨거운 눈물을 흘리고 있는 모습은 거뭇하게 물이 괸 샘과 흡사했다. 산양도 다니지 않는 험한 바위산에서 그림자도 어두운 물을 뿜어내는 샘 말이다. 그것을 보고 걸음이 빠른 용감한 아킬레우스는 측은한 생각이 들어서 그에게 물 흐르듯 말을 건넨다.

"파트로클로스여, 어째서 그렇게 철없는 소녀처럼 눈물에 젖는가? 철없는 소녀는 어머니를 쫓아가서 옷에 매달려 안아달라 조르고, 총총걸음으로 가는 어머니를 붙잡으며 안아올려 줄 때까지 눈물 어린 눈으로 지긋이 쳐다본다네. 그런 소녀처럼, 파트로클로스여, 그대는 구슬 같은 눈물을 줄곧 흘리고 있는데 무언가 또 미르미돈이나 나에게 하고 싶은 말이 있어 그러는가, 아니면 그대 혼자서 프티아에서 고향 소식이라도 들었는가? 분명히 악토르의 아들 메노이티오스는 아직 살아 있고, 아이아코스의 아들 펠레우스도 미르미돈족 사이에 생존해 있다는 이야기니, 만일 이들이라도 죽었다면 우리도 무척 가슴 아파하겠지만. 그렇잖으면 그대는 자신들의 오만으로 속이 빈 함선 곁에서 쓰러지고 있는 아르고스 군대를 위해 한탄하고 있는 건가?"

이에 파트로클로스가 말했다.

"오, 아킬레우스여. 펠레우스의 아들, 아카이아 군대 중에서도 두드러지게 으뜸가는 용사로 이름난 그대여. 제발 화내지 말아다오. 그토록 어려운 곤경에 아카이아 군대는 지금 처해 있소. 그 까닭인즉 전부터 용감하던 사람들이 한 사람도 남김없이 모두 화살에 맞아 다쳤거나 창에 찔렸거나 혹은 깊은 상처를 입고 함선들에 누워 있기 때문이오. 티데우스의 아들인 강력한 디오메데스가 화살을 맞아 괴로워하고 있는가 하면, 창의 명수라 일컬어지는 오디세우스와 아가멤논도 창에 찔려서 상처를 입었고, 에우리필로스마저 허벅지에 화살이 꽂혀 누워 있는 형편이오. 의사들이 온갖 약을 쓰며 그 사람들의 상처를 치료하고 있는데도 말이오. 아킬레우스여, 그대의 그 완고한 고집으로 하여 손도 쓸 수 없으니.

어쨌거나 그대가 소중히 가슴에 간직하고 있는 그 노여움이 제발 나한테까지 옮겨오지 말았으면 하오. 세상에서 무서워하는 그대의 용기도 나중에 태어나는 사람들이 그로 인해 덕을 볼 수나 있게 되겠는가? 그대가 아르고스 군대의 무참한 파멸을 막아주지 않는다면 말이오. 그대는 무정한 사람이오. 그대의 아버지는 펠레우스가 아니고, 어머니도 테티스가 아니었던 모양이오. 저 창백하게 번들거리는 바다가, 깎아지른 바위가 그대를 낳은 것이오. 그러기에 그토록 냉정한 마음을 가질 수 있는 거요. 그러나 무언가, 신의 계시를 그대가 마음으로 두려워하고 있다든가 혹은 제우스한테서 그대 어머니가 그 어떤 분부라도 전해왔기 때문이라고 한다면, 그렇다면 제발 나를 바로 출전시켜 주시오. 다른 미르미돈족의 병사들과 함께 말이오. 조금이라도 다나오이 군사를 돕는 빛이 될지도 모르니까.

내 어깨에 그대의 갑옷을 입게 해줄 수는 없겠는가? 어쩌면 나를 그대로 잘못 알고 트로이군이 싸움을 삼갈지도 모를 일이니. 그러면 현재 곤경에 빠진 아르고스 군사가 한숨 돌릴 수도 있을 것이오. 비록 잠시 동안이라도 싸움 중에 한숨 돌린다는 것은 그야말로 휴식이 되는 것이오. 그리고 우리는 아직 지치지 않았으니, 지칠대로 지친 적군을 손쉽게 함선과 막사에서 도성을 향해 함성을 올리면서 도로 몰아낼 수 있을 것이오."

이렇게 말하며 간청하니 그는 참으로 어리석도다! 왜냐하면 결국은 자기 자신에게 재앙이 되는 죽음을 재촉하는 결과밖에 안 되는 일이었으니까. 이에 아킬레우스가 역정을 냈다.

"제우스의 후예인 파트로클로스여, 대체 무슨 소리를 하고 있는가? 마음에 꺼릴 만한 신탁을 받은 것도 없고 어머니가 제우스한테서 어떤 분부를 전해오신 것도 없다네. 이렇듯 끔찍한 괴로움이 내 가슴을 사로잡은 것은 어떤 자가 권력이 나보다 크다는 이유만으로 같은 신분인 나를 약탈하고 명예의 상을 다시 빼앗았기 때문이네. 그것이 지금 나를 몹시 괴롭히고 있네.

나에게 상으로 아카이아의 아들들이 골라준 그 여자를, 더욱이 내가 창으로 방어벽을 튼튼하게 둘러친 도성을 공략하고 손에 넣은 것인데, 그것을 다시 아트레우스의 아들 아가멤논이 내 손에서 빼앗아 가버린 것이네. 마치 내가 세상에서 멸시받는 부랑아이기나 한 듯이. 그러나 이제 다 지난 일이니 그만두세. 게다가 언제까지나 마음속에 분노를 품고 있을 수도 없는 일이지. 그러나 전에도 말했듯이 우리의 이 배에까지 싸움의 함성이나 공격이 미치는 날에는 내 노여움이 풀리지 않을 것이네.

그러니 그대가 두 어깨에 세상에 널리 알려진 내 갑옷을 걸치시게. 그리고 싸움을 좋아하는 미르미돈들을 싸움터로 이끌고 나아가시게. 만일 트로이 군사가 검은 구름처럼 몰려와 기세도 사납게 배들을 둘러싸서, 아카이아 편이 파도가 밀려오는 바닷가까지 밀려 머물 곳이 조금밖에 없고, 그에 반해서 트로이 쪽은 모든 군사들이 대담하게 공격해 왔다면 그것은 번쩍번쩍하는 내 투구를 보지 못했기 때문이겠지. 만일 내 투구를 봤다면 그 녀석들도 당장 달아나 강바닥을 시체로 가득 메웠을 것이다. 아가멤논만 나에게 그렇게 대하지 않았더라면 말이네. 그런데 지금은 진영 근처에서 한창 결전이 벌어지고 있네. 그렇지만 티데우스의 아들 디오메데스의 손아귀에서 창이 제멋대로 날뛰며 다나오이 군사를 수호하는 모습도 볼 수 없고, 또 아트레우스의 아들이 그 얄미운 얼굴을 하고서 호령하는 소리도 들리지 않고 있구먼.

오히려 전사를 죽이는 헥토르가 아카이아 군대를 쳐부순 끝에 트로이 군사를 독려하는 소리는 주위에 요란스레 울리고, 병사들은 함성을 지르며 평원을 완전히 제압하고 있구먼.

그렇더라도 파트로클로스여, 함선들을 위험에서 구하기 위해 전력을 다해 격렬하게 적을 습격하게. 정말로 적병들이 활활 타는 불을 질러 배들을 불사름으로써 그리운 고향에 돌아가지 못하게 되어서는 안 되니까. 그러나 내가 지금 하는 말을 꼭 가슴에 간직하여 잊지 말아주기 바라네. 그래야만 그대는 커다란 영예와 명성을 다나오이 군대로부터 얻게 되고, 또 그들은 나에게 그 출중하게 아리따운 소녀를, 게다가 수없이 많은 온갖 선물을 덧붙여서 돌려보내주게 될지도 모르니까.

바로 함선에서 적을 무찌르고 나거든 곧 돌아오라는 것이네. 비록 높은 곳에서 진중을 울리는 헤라의 남편 제우스가 그대에게 더 높은 영예를 주시는 일이 있더라도, 결코 그대는 나 없이 혼자서 전쟁을 좋아하는 트로이 군대와 싸움을 계속할 생각을 가져서는 안 되네. 그것은 오히려 내 명예를 더럽히게 될 것이야. 전투와 결투에 정신을 빼앗겨 트로이 군사를 무찌르면서 일리오스까지 군사를 이끌고 쳐들어 가서는 안 되네. 만의 하나라도 올림포스로부터 영원히 사는 신들 가운데 누군가가 끼어드는 날이면 큰일이니까. 특히 먼 활을 쏘는 아폴론이 트로이인들을 특별히 비호하고 있으므로 함선에 일단 구원의 길을 터준 다음에는 그대는 즉각 되돌아오고, 다른 자들이 평원에서 멋대로 싸우게 내버려 두도록 하게."

두 사람은 이런 말을 주고받고 있었다. 그사이에 아이아스는 날아오는 무기에 몰려 이제 더 버틸 수도 없게 되어 있었다. 왜냐하면 제우스의 거룩한 뜻도, 긍지 높은 트로이군도 쉴 새 없이 덤벼들며 그를 굴복시키려 했기 때문이다. 그의 번쩍이는 투구는 귀밑털 근처를 연거푸 맞아 무섭게 울리고 있었고 세공도 뛰어난 투구의 별도 잇따라 얻어맞고 있었다. 또 왼쪽 어깨는 번쩍번쩍 빛나는 큰 방패를 계속해서 잡고 있느라 몹시 지쳐 있었다. 아직 주위에 둘러서서 화살과 창을 날려보내는 적병들도 그를 동요시키지는 못했다. 그러나 줄곧 고된 호흡을 헐떡이고 있는 아이아스의 몸뚱이는 온통 땀에 젖어 팔다리에서 땀이 줄줄 흘러내렸으며, 잠시 숨 돌릴 겨를도 없이 사방팔방에서 재앙이 겹쳐 몰려왔다.

자, 이번에는 들려주오. 올림포스에 사시는 전사 여신이여, 대체 어떻게 하여 아카이아군의 배에 최초의 불이 붙었는가를!

먼저 헥토르가 아이아스의 물푸레나무 창 가까이에 다가가서 커다란 칼로 창끝 바로 위를 후려치니, 단번에 끝이 잘리고 텔라몬의 아들 아이아스가 쥐고 흔드는 창은 자루만 남았다. 그리하여 그에게서 저만큼 떨어진 곳에 청동 창끝이 요란한 소리를 내면서 땅에 떨어지니, 영예도 드높은 아이아스는 마음속으로 이거야말로 신의 뜻이라 깨닫고 두려움에 몸서리쳤다. 높은 하늘에 천둥을 울리는 제우스가 아카이아 측의 전략을 모두 헛수고로 만들고, 트로이 편에 승리를 주자는 뜻인가 보다 싶었다. 그래서 아이아스가 무기가 날아오는 자리에서 물러나자, 적은 지칠 줄 모르는 불을 재빠른 함선에 던져 넣었으므로, 순식간에 꺼지지 않는 불길이 번져나갔다. 뱃머리에 불이 번져가는 것을 본 아킬레우스는 두 허벅지를 탁탁 치며 파트로클로스에게 말했다.

"일어서라, 제우스의 후예인 파트로클로스여. 그대 전차를 타고 싸우는 자여. 정말로 배들이 있는 곳에서 세차게 타오르는 불기운이 똑똑히 보인다. 배를 빼앗기어 다시 돌아가지 못하게 되어서는 안 된다. 자, 어서 갑옷을 입어라. 내가 병사들을 모을 테니."

이렇게 말하자 파트로클로스는 번쩍이는 갑옷으로 완전히 몸을 감쌌다. 그는 먼저 정강이받이를 집어 들어 장딴지 주위에 둘렀다. 은으로 만든 복사뼈 가리개가 단단히 붙어 있는 훌륭한 것이었다. 그다음에는 가슴에 갑옷을 둘렀다. 온갖 기교를 부려 아로새긴 이 가슴받이는, 걸음이 빠른 아이아코스의 후예 아킬레우스의 갑옷이다. 이어 두 어깨에 은으로 된 못을 박은 청동 칼을 둘러메고, 견고하고 큰 방패를 어깨에 걸치고는 늠름한 머리에 세공도 뛰어난 가죽 투구를 덮어쓰니, 투구에 꽂은 말총 장식이 위에서 축 늘어져 보기에도 무시무시했다. 그리고 움켜쥔 두 자루의 창은 파트로클로스의 손에 꼭 맞았다.

그러나 찌르는 창은 한 자루도 들고 가지 않았다. 영예도 드높은 아이아코스 후예의 창은 튼튼하긴 하지만 무겁고 길어서 아카이아 군사 중에 아무도 쥐고 흔들 수 없었기 때문이다. 오직 아킬레우스만이 자유자재로 휘두를 수 있었다. 이것은 펠리온 산의 물푸레나무로 만든 창으로 케이론이 펠리온 봉우리에서 잘라 와서 아킬레우스의 아버지에게 전사를 죽이는 연장으로 선사한 것이다. 그리고 아우토메돈에게 명령하여 즉각 말에 멍에를 얹게 했는데, 이 사나이는 파트로클로스가 전사를 베는 아킬레우스 다음으로 존경하는 인물이었으며, 전투에서 언제나 더없이 충실한 수행 전사의 역할을 담당하고 있었다.

그래서 지금도 그를 위해 아우토메돈은 두 필의 준마에 멍에를 얹었다. 이름이 크산토스와 발리오스라고 하는 이 말들은 그야말로 바람의 숨결과 마찬가지로 달려가는 말, 질풍의 여신 포다르게*1가 서풍의 신 제피로스를 위해 오케아노스의 물가에 있는 목장에서 낳은 것이었다. 그리고 예비 말로는 나무랄 데 없는 페다소스를 따르게 했다. 이 말은 아킬레우스가 에에티온의 성을 공략했을 때 빼앗아 온 것인데, 비록 죽게 마련이지만 불사의 말들과 함께 달려나왔다.

---

*1 날개를 가진 여자로 의인화한 선풍의 하나.

한편 아킬레우스는 미르미돈군의 진영을 모두 갑옷으로 무장시켰다. 이들은 마치 날고기를 뜯어먹는 이리 떼 같았다. 간담이 서늘해지는 형용할 수 없는 사나움이 깃들고, 뿔이 돋은 큰 사슴을 산골짜기에서 쓰러뜨린 다음 갈기갈기 뜯어먹어 모두 주둥이 언저리에 벌겋게 피가 묻은 이리 떼 같았다. 이어 그들은 떼를 지어 꺼멓게 물이 괸 샘으로 몰려가 가냘픈 혀를 내밀고 검은 물의 표면을 핥는다. 입에서는 죽인 사슴의 피를 토하고, 가슴에는 조금도 공포를 모르는 사나운 기운을 간직하고, 배는 사슴고기로 가득 채운 채 말이다. 이처럼 미르미돈족을 지휘하는 지도자들은 걸음이 빠른 아이아코스의 후예 아킬레우스의 수행 전사를 에워싸고 원기 왕성하게 나아가니, 그들 사이에서 군신 아레스의 벗 아킬레우스는 전차의 말과 방패를 든 전사들을 격려해 주며 서 있었다.

제우스의 사랑을 받는 아킬레우스가 트로이로 이끌고 온 빠른 배의 수는 쉰 척이었으며, 배마다 오십 명씩의 부하들이 노젓는 자리에 앉고, 거기에 다섯 명의 대장을 두어 각 부서의 지휘를 맡긴 다음 그 전체를 통솔하고 있었다. 그중 한 대의 지도자로서 지휘를 맡은 이는 번쩍이는 투구의 메네스티오스라는 자로 하늘에서 내려온 하신(河神) 스페르케이오스의 아들이었다. 펠레우스의 딸인 아름다운 폴리도레*2가 여인의 몸으로 피로를 모르는 스페르케이오스와의 사이에서 얻은 아들이다. 그러나 겉으로는 페리에레스의 아들 보로스의 자식이라 일컬어지고 있었으니, 그가 무수한 예물을 바치고 그녀를 정실로 맞이했기 때문이다.

그다음 부대는 용맹스런 에우도로스가 지휘하고 있었다. 이 사람은 처녀의 아들로, 가무에 뛰어난 아름다운 폴리멜레가 낳았다. 폴리멜레는 필라스의 딸인데, 황금의 화살을 쏘는 아르테미스의 가무가 요란한 제삿날에, 아르고스를 살해한 근엄한 신 헤르메스가 노래하며 춤추는 아가씨들 속에서 이 처녀에게 첫눈에 반하여 잉태시킨 아이였다. 그래서 구원자 헤르메스가 살며시 그녀의 다락방에 올라가 몰래 그녀를 껴안았고, 탁월하게 걸음이 빠른 민첩한 전사 에우도로스를 낳게 한 것이다.

그러나 그 아이가 해산의 어려움을 도와주는 출산의 신을 따라 빛의 세계

---

*2 펠레우스와 전처 안티고네의 딸로 아킬레우스의 이복 누이.

로 나와서 처음 햇빛을 보았을 때, 어머니가 된 이 처녀를 악토르의 아들로 강력하다고 소문이 자자한 에케클레스가, 무수한 예물을 바친 끝에 아내로 맞아 자기 집에 데리고 갔다. 그리고 갓난아기는 늙은 퓔라스가 마치 자기 자식처럼 귀여워하면서 소중히 돌보며 길렀다.

세 번째 부대를 지휘한 이는 무신 아레스의 벗이라는 페이산드로스였는데 그는 마이말로스의 아들로, 펠레우스 아들의 친우 파트로클로스를 제외하고 모든 미르미돈군 중에서 창을 잡으면 견줄 자 없는 명수였다. 한편 네 번째 부대의 지휘는 늙은 기사 포이닉스, 다섯 번째 부대는 라에르케스의 나무랄 데 없이 훌륭한 아들 알키메돈이 각각 맡고 있었다.

이윽고 전군을 각 부대의 대장과 더불어 가지런히 늘어세운 다음, 아킬레우스가 엄격히 타일러 명령했다.

"미르미돈 사람들이여, 그대들이 날랜 함선들 옆에서 트로이군에게 퍼붓던 위협의 말을 절대 잊지 마시오. 그리고 내가 화를 풀지 않고 있는 동안, 그대들은 모두 나를 비난하지 않았던가. '고집 센 펠레우스의 아들이다. 무정하게도 싫다는 부하들을 이렇게 하릴없이 함선들 옆에 처박아 놓다니, 그대의 어머니는 그대를 담즙으로 길렀도다. 차라리 고향에 바다를 건너는 배를 이끌고 돌아가는 편이 낫지 않은가. 그토록 심한 분노가 그대 마음속에 스며들고 말았다면' 하고 말이다. 이렇게들 모여서는 밤낮 나를 비난하고 있었는데, 이제야말로 전투가 우리 앞에 펼쳐졌다. 그대들은 벌써부터 고대하고 있었으니 모두 대담무쌍한 용기로 싸워 주기 바란다."

그는 이렇게 말하며 모든 사람들의 용기와 힘을 북돋았다. 그리하여 그들은 주군의 말을 듣고 한층 더 각오를 단단히 했다. 그 광경은 사방에서 불어오는 강풍의 힘을 막기 위해서, 마치 우뚝 치솟은 건물을 방어벽을 튼튼하게 짜맞춘 돌로 둘러친 것과 같았다. 그와 같이 배가 불룩한 방패와 투구를 빈틈없이 짜맞추니, 큰 방패는 큰 방패끼리 기대고 투구는 투구끼리, 사람은 사람끼리 의지하여 말총을 단 앞가리개, 게다가 번쩍이는 뿔을 단 큰 투구는 끄덕일 때마다 서로 부딪쳤다. 그토록 서로 빈틈없이 붙어 서 있었다.

이 군사들의 맨 앞에는 갑옷을 몸에 두른 두 전사, 파트로클로스와 아우토메돈이 한마음 한뜻으로 선두에 서서 싸우겠다고 의기가 대단했다. 마침 아킬레우스는 막사 안으로 들어가 큰 궤짝의 뚜껑을 열었다. 아름답게 세공한 이

궤는 은 발을 가진 어머니 테티스가 가져가라고 배에 실어준 것인데, 그 속에는 겨울옷과 바람막이 겉옷과 양모 깔개 등이 가득 들어 있었다.

그 속에는 또한 섬세하게 세공한 귀한 술잔도 있었는데, 이 잔으로는 아직 인간 가운데 반짝이는 붉은 술을 마신 자가 없고, 또 아버지 제우스 이외의 신에게는 신주를 따라준 적이 없었다. 이때 아킬레우스는 이 잔을 궤에서 꺼내어 먼저 유황 기운을 쐬어 닦고 맑은 물에 헹궈 깨끗이 한 다음, 자기도 두 손을 말끔히 씻고 반짝이는 술을 가득 부었다. 그러고는 둘러선 사람들 한가운데에 나가서 기도를 드리고 하늘을 우러러 붉은 술을 부으니, 천둥을 울리는 제우스도 곧 그쪽으로 눈을 돌렸다.

"제우스여, 또한 펠라스고스의 아득한 궁궐에 계시며 차가운 바람이 휘몰아치는 도도네를 다스리시는 왕이시여. 그곳에는 그대의 예언자들인 셀로이의 백성들이 살며 그들은 발도 씻지 않고 땅바닥에 뒹굴며 잡니다. 그대가 전에 나의 소원을 들어주시어 내 명예를 존중해 주시고 아카이아군을 호되게 곯려 주셨습니다. 그와 같이 이번에도 이 소원을 들어주소서.

다름이 아니라 나는 배들을 끌어 모은 이 자리에 남아 있고 벗에게 많은 미르미돈을 인솔시켜 싸움에 내보냅니다만, 나에게와 마찬가지로 그에게도 영광을 내리소서. 아득히 천둥을 울리는 제우스여, 또 그의 가슴속에 있는 용기를 강하고 대담하게 하여 헥토르도 이를 깨닫게 해주소서. 내 수행 전사들이 혼자라도 얼마든지 싸울 줄 아는가, 아니면 붐비는 전투의 한가운데로 나를 따라갈 때만 무적의 솜씨를 보이는가를. 그러나 함선들에서 전투와 싸움의 함성을 물리친 다음에는 다치기 전에 얼른 재빠른 함선이 있는 데로 철수해 오도록 해주소서. 갑옷도 무사히, 접전에 능한 전우들도 고스란히 그대로 이끌고."

이렇게 그가 기도하는 것을 전지전능한 신 제우스는 들었는데, 그 절반은 허락했으나 나머지 절반은 들어주지 않았으니, 함선들에서 전투와 싸움의 함성을 물리치는 것은 허락해 주었으나 무사히 돌아오는 것은 들어주지 않았다.

아킬레우스는 아버지 제우스에게 술을 붓고 기도를 마친 뒤, 다시 막사 안으로 들어가 잔을 궤짝에 넣었다. 그러고는 막사 앞에 나와 서서 트로이군과 아카이아 편의 무서운 싸움을 더 지켜보려 했다.

한편 고매한 파트로클로스와 함께 무장을 다 갖춘 자들은 대열을 지어 트로이 군사를 향해 의기양양하게 한꺼번에 쏟아져 나오니, 그 광경은 마치 길가에 사는 말벌 떼와도 같았다. 철없는 아이들은 으레 길가에 집을 짓고 사는 그 벌들을 건드려서 화가 나게 만든다. 그래서 많은 사람들까지 공동의 화를 입게 된다. 그 벌을 길 가던 나그네가 무심코 건드리기라도 하는 날이면, 벌들은 일제히 용맹심을 가슴에 품고 자기 새끼들을 지키려고 튀어나온다. 그와 같은 거센 기세와 용기를 가슴에 간직하여 이때 미르미돈들이 함선들에서 쏟아져 나오니, 그칠 줄 모르는 함성이 일었다. 파트로클로스는 우렁찬 소리로 전우들을 독려했다.

"미르미돈들이여. 펠레우스의 아들 아킬레우스의 전우들로서 모두 씩씩하게 싸우라. 친구들이여, 기개와 거센 용기가 무언가를 잊지 말라. 그래야 우리가 펠레우스 아들의 영예를 높일 것인즉, 그는 함선 곁에 있는 아르고스 군사 가운데 그야말로 가장 뛰어난 용사이니라. 드넓은 나라를 다스리는 아트레우스의 아들 아가멤논도 자기의 지나친 과오로 아카이아 군사 가운데 가장 용감한 자를 조금도 소중하게 대우하지 않은 실수를 깨닫게 되도록 힘껏 싸우라."

그가 이렇게 말하며 너나없이 용기와 힘을 불러일으켜 모두 한 덩어리가 되어 트로이군을 덮치니, 함선들 주위는 아카이아 군대의 우렁찬 함성으로 무섭게 메아리쳤다.

한편 트로이 측은 메노이티오스의 용감한 아들을 발견하고, 그와 시종이 번쩍번쩍 빛나는 갑옷으로 몸을 감싼 것을 보는 순간 모두 정신이 아찔해져서 진열이 동요하기 시작했다. 그들은 펠레우스의 아들이 분노를 버리고 화해를 택한 줄로 알았던 것이다. 그래서 저마다 갑작스런 파멸을 피하기 위해 필사적으로 사방을 살폈다.

파트로클로스는 먼저 번쩍이는 창을 들고 곧장 달려나가 적군이 가장 많이 몰려 있는 곳 한가운데로 집어 던졌다. 늠름한 기상을 갖춘 프로테실라오스가 타고 온 함선의 뱃머리 근처였다. 창은 퓌라이크메스에게 맞았는데, 그는 파이오니아식 기마 병사들을 넓은 악시오스 강변의 아미돈에서 이끌고 온 사람이었다. 그가 오른쪽 어깨에 창이 꽂혀 외마디 소리를 지르며 벌렁 흙먼지 속에 뒤로 넘어지자, 주위에 있던 파이오니아 전우들은 모두 우르르 도망치기 시작했다. 언제나 으뜸가는 전사인 그를 지금 파트로클로스가 죽이고 공포심을 불어넣었기 때문이다.

이렇게 하여 함선에서 적을 물리치고 활활 타던 불도 완전히 꺼져버렸으며,

반쯤 탄 배를 그 자리에 내버려 둔 채 트로이 군사들은 무서운 소음을 내면서 달아났다. 다나오이군은 선박들 사이에 들어가 그칠 줄 모르고 함성을 질렀다. 마치 거대한 산, 높다랗게 치솟은 정상에서 번개를 모으는 제우스가 두텁게 깔린 구름을 움직여 놓을 때 가없이 조망되는 전망대도, 산봉우리의 끝도, 골짜기의 구름도 남김없이 드러나 절벽에서 끝도 모를 높은 하늘이 쪼개져 나가는 것처럼, 다나오이군은 함선에서 불을 물리치고 숨을 돌릴 수 있었으나 전투를 끝낼 수는 없었다. 트로이 군대는 무신 아레스의 벗인 아카이아군에게 반격은 받았으나, 검게 칠한 함선에서 깡그리 무너져 패주한 것이 아니고 여전히 저항을 시도하며 하는 수 없이 배에서 물러섰을 뿐이었기 때문이다.

이때 여기저기 흩어져서 싸우는 동안에 대장급 전사들이 전사들을 무찔렀다. 먼저 메노이티오스의 용감한 아들 파트로클로스는 아레일리코스가 뒤돌아보는 것을 뾰족하게 간 창을 느닷없이 허벅지 언저리에 던져 청동 끝으로 꿰찌르니, 창이 뼈를 부수어 땅바닥에 거꾸러졌다. 이쪽에서는 아레스의 벗 메넬라오스가 방패 옆으로 드러난 토마스의 가슴을 창으로 찔러 팔다리를 시들게 만들었다. 필레우스의 아들 메게스는 암피클로스가 돌진해 오는 것을 기다렸다가 팔을 쭉 뻗어 인간의 근육이 가장 두텁게 붙어 있는 허벅지를 찌르니, 창끝 언저리에서 살과 힘줄이 튀고 암흑이 그의 두 눈을 뒤덮었다.

한편 네스토르의 아들 가운데 안틸로코스는 아튐니오스를 날카로운 창으로 찔러 옆구리에 청동 창끝을 꿰뚫어 넣자 그는 앞으로 쿵 거꾸러졌다. 이 형제의 죽음에 격분한 마리스가 시체 앞을 막아서며 창을 들고 가까이 다가가 안틸로코스에게 덤벼들었으나, 신으로 착각할 만큼 재빨리 트라쉬메데스가 창을 뻗어 날쌔게 적의 어깨를 찔렀다. 그리하여 날카로운 창이 근육을 뜯어내어 뼈까지 흩뜨려 놓으니, 그는 쿵 소리를 내면서 나자빠졌고 그 눈을 어둠이 뒤덮었다.

이처럼 그도 두 형제의 손에 쓰러져 저승으로 가버린 것이다. 사르페돈의 용감한 부하로 알려졌으며, 일찍이 많은 사람들의 재앙이었던 괴물 키마이라*3를 기르고 있던 아미소다로스의 창을 잘 쓰는 두 아들, 그리고 오일레우스의 아들 작은 아이아스는 무리들 속에서 우물쭈물하고 있는 클레오불로스에게

---

*3 머리는 산양, 몸뚱이는 사자, 꼬리는 뱀으로 불을 뿜는다는 괴수.

덤벼들어 그를 사로잡은 뒤 바로 그 자리에서 커다란 손잡이가 있는 칼을 목덜미에 내리쳐 목숨을 빼앗았으니, 칼은 온통 피에 젖어 뜨거워지고 그의 두 눈은 검은 죽음의 운명이 내리덮쳤다.

또 페넬레오스와 뤼콘은 서로 달려들며 창을 던졌으나 어느 쪽도 맞지 않았다. 양쪽 다 겨냥을 잘못 잡고 던졌기 때문이었다. 그래서 두 사람은 칼을 뽑아 다시 덤벼들었는데, 뤼콘은 적의 말총을 단 투구의 뿔을 후려쳤으나 칼이 자루 밑에서 부러져 나가고, 페넬레오스는 귀밑 목덜미를 내리치자 칼날이 안으로 쑥 들어가 살가죽만 남겨놓고 목이 옆으로 꺾어지니 손발이 흐늘흐늘 구겨져 버렸다. 한편 메리오네스는 민첩하게 걸음을 옮겨 아카마스를 쫓아갔다. 그리고 그가 막 전차에 오르려는 순간 그의 오른쪽 어깨를 꿰찌르니, 아카마스는 수레에서 굴러떨어져 두 눈에는 어두운 안개가 덮였다.

이도메네우스는 에뤼마스의 입 언저리를 인정사정없이 청동 창끝으로 찔렀으므로, 흰 뼈가 부서지며 가지런한 이가 산산이 흩어지고 두 눈에 피가 가득 괴면서 딱 벌어진 입과 콧구멍에 왈칵 피가 솟아올라 죽음의 먹구름이 온몸을 휘감았다.

이처럼 다나오이군의 대장들은 저마다 적의 장수들을 무찔렀는데, 그 광경은 마치 가축을 해치는 이리 떼가 새끼양과 새끼산양에게 덤벼드는 것과 같았다. 목자의 어리석음으로 가축들이 산속에서 사방으로 흩어지고 말았고, 그것을 노린 이리 떼가 느닷없이 덤벼들어 닥치는 대로 습격하는 것처럼 다나오이 군사가 트로이 군사에게 덤벼드니, 트로이 군사는 그 뜨거운 투지도 잊고 끔찍한 소란 속에서 정신없이 도망쳤다.

한편 큰 아이아스는 그동안에도 줄곧 청동 갑옷으로 몸을 감싼 헥토르에게 창을 꽂으려고 기를 썼으나, 헥토르 또한 싸움의 기술에 능한 전사이기에 널찍한 두 어깨를 소가죽 방패로 감추고 화살 깃이 바람에 우는 소리와 창이 날아오는 소리에 정신을 바짝 차려 잠시도 경계를 게을리하지 않았다. 그리고 비록 승패가 그 땅을 바꾼 것을 충분히 인정하면서도 결연히 버티고 서서 자기편 병사들을 구하려고 안간힘을 썼다.

마치 제우스가 질풍을 보내려 할 때 올림포스와 신성한 하늘에서 구름이 하늘로 들어가듯이, 그처럼 배들 사이에서 소리를 지르며 패주가 시각되니 이제 질서 정연히 참호를 건너갈 수는 없게 됐다. 헥토르만은 걸음이 빠른 말들과 더불어 무난히 참호를 건넜으나, 뒤에 처진 트로이군 병사들은 그만 참호에 막히고, 전차를 끄는 날쌘 말들은 참호 앞에서 멍에 끝을 부수고는 주인의 수레를 내동댕이쳐 버렸다.

한편 파트로클로스는 끊임없이 다나오이 군사를 격려하면서 추적을 계속하여 트로이 측에 손해를 입히려고 애를 썼다. 그러자 적군은 이리저리 흩어져 일대는 소음과 패주의 광경으로 가득 차고, 소용돌이치는 먼지바람은 높이 구름까지 올라가 퍼졌으며, 그 사이를 외발굽 말들이 전차를 이끌고 배들 사이에서 또는 진영에서 일리오스 성을 향해 힘껏 달렸다.

파트로클로스는 병사들이 가장 많이 무리지어 달아나는 곳을 발견하고 그쪽으로 함성을 지르며 말을 달려가니, 적의 전사들은 잇따라 수레 위에서 굴렁대 밑으로 떨어져 엎어지고, 그들 전차들은 뒤집어 넘어졌다. 그 사이를 파트로클로스의 재빠른 말들이 곧장 질주하여 참호 위를 훌쩍 뛰어넘어갔다. 본디 여러 신들이 펠레우스에게 선물로 준 빛나는 선물인 이 불사의 말들이 계속 앞으로 질주하여, 파트로클로스도 열심히 헥토르를 노리고 전차를 달려 그를 죽이고자 안간힘을 썼으나, 헥토르의 준마들이 그를 멀리 실어가 버렸다.

이는 인간들이 신들을 등한히 하고 정의를 물리치는 것을 본 제우스가 진노하여 억센 비를 퍼붓는 늦은 여름날처럼 마치 폭풍이 검은 대지를 빈틈없이 쓸어버리는 듯했다. 그리하여 산마다 물줄기가 자줏빛으로 물든 바다로 도도히 흘러들어가서, 온 세계의 강이란 강이 모두 물이 불어 넘치고 강변 언덕마저 수없이 격류에 끊기니, 인간들이 갈아둔 논밭도 그 때문에 온통 허사가 되고 만다. 꼭 그와 같이 트로이군의 말과 수레들은 지축을 울리며 질주해 갔다.

파트로클로스는 선두 대열을 토막내고는 거꾸로 배 있는 쪽으로 밀어붙여 적군이 트로이 성을 향해 도망하려고 안간힘을 쓰는 것을 막았다. 그리고 배와 강과 높이 솟은 방어벽 사이에 몰아넣고는 마구 베고 쓰러뜨리고 하여 죽은 전우들의 원수를 갚았다.

이때 가장 먼저 쓰러뜨린 것은 프로노스로, 큰 방패 옆으로 훤하게 드러난 가슴팍에 번쩍이는 창을 꽂아 손발이 시들게 하니, 그는 쿵 하고 땅에 뒹굴었다. 이어 에놉스의 아들 테스토르를 향해 달려가니, 적은 반들반들하게 광을 낸 수레 안에 앉았다가 이를 보고 깜짝 놀라 두 손에서 고삐를 떨어뜨렸다. 그때 프로노스가 옆으로 쓱 다가서며 창을 바로잡아 오른쪽 턱 바로 위아래 이 사이를 꿰찔렀다. 그리하여 파트로클로스가 전차 난간 너머로 그를 슬슬 끌어당겼다. 그 모습은 마치 사람들이 바다로 튀어나온 암초 위에 앉아 싱싱한 물고기를 바닷속에서 낚싯줄과 청동 낚시로 낚아 올리는 것과 같았다. 그처럼 번쩍이는 창으로 입을 막 벌린 사나이를 끌어당겨 전차 밖으로 밀어버렸는데, 그는 떨어지자마자 숨이 끊어졌다.

그리고 이번에는 에륄라오스가 달려드는 것을 보고 재빨리 돌멩이를 집어 거의 머리 한가운데를 치니, 튼튼한 투구 속에서 두개골이 바스러져 그대로 땅에 거꾸러졌다. 그 몸을 사람의 목숨을 앗아가는 죽음이 감싸서 덮어버렸다. 이어 에뤼마스와 암포테로스와 에팔테스, 다마스토르의 아들 틀레폴레모스와 에키오스, 퓌리스, 이페오스와 에우입포스, 그리고 아르게아스의 아들 폴리멜로스 등을 잇따라 대지 위에 쓰러뜨렸다.

그때 마침 사르페돈은 배띠가 없는 갑옷을 입은 부하들이 메노이티오스의 아들 파트로클로스에 의해 쓰러져 가는 것을 바라보며 신에게도 겨루어질 링케아 군사를 꾸짖었다.

"부끄러움을 알라, 링케아 사람들아. 어디로 달아나는가? 지금이야말로 분투할 때다. 자, 지켜보라. 어느 쪽이 이 자리에서 승리를 차지하나 결정하기 위해서 내가 지금 그 전사와 대결할 테니. 그는 트로이 군사에게 엄청난 피해를 주고 많은 용사들의 무릎을 꺾어놓았다."

이렇게 말하자마자 그가 갑옷을 몸에 두르고 수레에서 뛰어내리니, 파트로클로스도 이것을 보고 전차에서 뛰어내렸다. 그 광경은 발톱이 갈고리처럼 굽고 부리가 닻처럼 휜, 머리가 벗겨진 매 두 마리가 높이 치솟은 바위 위에서 요란스레 울어대면서 사투를 벌이는 듯했다. 그와 같이 두 장수는 함성을 지르며 서로 달려들었다. 그 모양을 보고 지혜에 능한 크로노스의 아들 제우스는 측은한 생각이 들어서 오누이간이자 아내인 헤라를 돌아보고 말했다.

"이런 공교로운 일이 있는가. 하필이면 인간 가운데서 각별히 귀엽게 생각하는 사르페돈이 메노이티오스의 아들 파트로클로스의 손에 죽을 운명이라니. 내 마음은 두 조각으로 갈라져 결단을 내리지 못하겠구나. 그를 눈물이 넘치는 싸움터에서 낚아채어 링케아의 기름진 고향에 날라 놓을지, 아니면 단념하고 메노이티오스의 아들 손에 죽음을 맞도록 내버려 둘 것인지."

이에 암소의 눈을 한 헤라가 말했다.

"더없이 거룩한 크로노스의 아드님이신 당신이 무슨 말씀을 그렇게 하세요? 죽어야 하는 인간의 몸으로서 진작부터 그렇게 죽도록 운명지어진 것인데, 새삼스럽게 죽음에서 떼어놓기를 원하시다니. 꼭 하시고 싶으면 그렇게 하세요. 다른 신들은 모두 찬성하지 않을 겁니다. 그리고 한 가지 말씀드릴 것은 당신도 이것만은 잘 기억해 두세요. 만일 사르페돈을 산 채로 고향에 돌려보내 준다면, 생각해 보세요. 다른 신들도 저마다 이번에는 자기가 사랑하는 자식들을 거친 싸움터에서 건져내고 싶어하지 않겠어요? 죽음을 모르는 여러 신들의 자식 중에도 프리아모스의 커다란 성을 공략하고자 싸우고 있는 자가 많습니다. 그 신들에게서 깊은 원한을 살 것은 틀림없어요.

그런 형편이니 비록 아끼시고 마음에 한탄을 누르지 못하신다 하더라도, 이번에는 이대로 격렬한 결전 속에서 메노이티오스의 아들 파트로클로스의 손에 쓰러지도록 내버려 두세요. 그러나 숨을 거두고 수명을 다한 그때라면, 죽음의 신과 편안한 잠의 신에게 호위시켜 광활한 링케아 땅에 이를 때까지 데려다주시면 될 것입니다. 그 나라에서 형제들과 친척들은 시체에 약을 발라 봉분을 만들고 묘비를 세워 장사를 지내주겠지요. 그것이 죽은 사람에 대한 영광의 의식이니까."

이렇게 말하니 인간과 신들의 아버지도 할 말이 없어 동의는 했으나, 사랑하는 자식을 애석해하는 마음에서 피처럼 흐르는 빗방울을 대지에 흩뿌렸다. 그를 지금 막 파트로클로스가 흙도 기름진 트로이 고향으로부터 멀리 떨어진 땅에서 쓰러뜨리기로 되어 있었기 때문이다.

한편 두 장수가 서로 마주 보고 나아가서 이윽고 가까워졌을 때, 파트로클로스는 먼저 널리 그 이름을 떨친 트라쉬멜로스라는 사르페돈의 시종을 쳐서 아랫배에 창을 꽂아 손발이 시들게 만들어 놓았다. 사르페돈은 뒤늦게 튀어올라 번쩍이는 창을 던졌으나, 파트로클로스에게는 맞지 않고 예비 말 페다소스의 오른쪽 어깨를 찔러, 기진맥진해진 말은 한 번 크게 울더니 그대로 흙모래 속에 쓰러져 그 목숨은 허공으로 날아갔다.

이렇게 예비 말이 흙모래 속에 쓰러지자 나머지 두 필은 저마다 멋대로 달리고 설쳤다. 그러자 멍에는 삐걱거리고 고삐는 엉켰으나 곧 창의 명수 아우토메돈이 교묘하게 처리했다. 단단하게 살찐 허벅지 옆에서 긴 칼을 뽑아 번개처럼 재빨리 몸을 기울여 예비 말의 고삐를 자른 것이다. 그리하여 두 필의 말은 다시 바로 서서 둘을 엮은 가죽끈을 팽팽하게 당기며 나란히 나아갔으므로, 두 사람은 다시 목숨을 탐내는 싸움으로 몸을 돌렸다.

이때 사르페돈이 다시 겨냥한 번쩍이는 창이 빗나가 파트로클로스의 왼쪽 어깨 위로 창끝이 날아가 버려 그 몸에는 맞지 않았다. 한편 파트로클로스가 뒤에서 청동 창을 들고 돌진해 가며 던진 창이 횡격막이 빠르게 뛰는 심장과 맞닿는 곳에 맞았으므로, 사르페돈은 쿵 하고 땅을 울리며 넘어졌다. 그 모습은 마치 참나무나 백양나무, 아니면 키 큰 소나무라도 쓰러지는 듯, 산속에서 목수가 날카롭게 날을 세운 손도끼로 배 만드는 재료로 쓰려고 찍어 넘긴 듯했다. 꼭 그처럼 그가 말들과 전차 바로 앞에서 길게 몸을 뻗고 뒹굴며 피에 젖은 손으로 흙을 움켜쥐는 모습은, 마치 목장에 떼지어 있는 황소를 사자가 기습하여 쓰러뜨린 듯했다. 적갈색 다리를 구불거리는 암소 떼 속에서 의젓하게 거드름 피우던 소가 지금은 사자의 이빨에 걸려 신음 소리를 내면서 목숨을 다해가는 것처럼 말이다. 꼭 그와 같이 링케아군의 방패를 든 대장은 파트로클로스의 손에 죽어가면서 안간힘을 다해 친한 벗의 이름을 불렀다.

"글라우코스여, 수많은 전사들 가운데에서도 뛰어난 전사라 일컬어지는 그대가 창의 명수, 또 대담무쌍한 전사로서의 힘을 보여줄 때가 왔다. 이제야말로 격렬한 전투가 바람직할 것이다. 그대에게 용기가 있다면 먼저 링케아군을 지휘하는 전사들을 격려하여 분발시켜라. 사방으로 돌아다니며 이 사르페돈을 위해 싸우게 하라. 그리고 다음에 그대 자신도 나를 지켜 청동 무기들을 들고 당당히 싸워라. 만일 배들이 몰려 있는 결전에서 쓰러진 내 갑옷을 아카이아 군사가 벗겨 간다면, 나는 앞으로 그대에게 평생 동안 비난거리가 될 것이다. 그러니 꿋꿋이 버티고 서서 모든 병사들을 격려해 다오."

이렇게 말하고 나서 죽음의 종말이 그의 두 눈과 코를 뒤덮었다. 이때 파트로클로스가 흙발로 그의 가슴을 밟고 창을 뽑으니, 그와 함께 횡격막까지 붙어나와 그의 목숨과 창끝을 함께 끌어낸 셈이었다. 한편 미르미돈들은 사르페돈의 말들이 주인의 수레에서 떨어져 달아나려고 콧김도 거세게 기를 쓰는 것을 그 자리에 붙들어 놓았다.

이때 글라우코스는 사르페돈의 절규를 듣고 말할 수 없는 슬픔에 잠겼다. 그러나 그렇다고 전우를 도울 수도 없었으므로 마음만 더욱더 조급해질 뿐이었다. 그는 한쪽 손으로 팔 위쪽을 누르고 있었는데, 높이 솟은 방어벽을 공격하다가 테우크로스가 전우들을 구해주려고 쏜 화살에 맞아 그 상처가 그를 몹시 괴롭혔기 때문이다. 그래서 이때 먼 활을 쏘는 아폴론에게 기도했다.

"들어주소서, 신이여. 지금 링케아 기름진 땅에 계시든 또는 트로이에 계시든, 어디서나 곤경에 처한 자의 기도를 들으실 수 있으니, 지금 이 몸에 커다란 재난이 닥치고 있다는 것을 아실 것입니다. 이렇게 심한 상처를 입고 팔이 날카로운 아픔에 완전히 꿰뚫려 피도 멎지 않고 어깨는 무거워져 창도 힘껏 쥘 수 없고, 달려나가 적과 싸울 수도 없게 되었습니다. 이런 때에 가장 용감한 전사인 사르페돈이 쓰러지고 말았습니다. 제우스의 아드님이신데 신께선 당신의 자식조차 지켜주시지 않다니. 그러니 하다못해 아폴론께서라도 나의 이 심한 상처를 낫게 해주소서. 고통을 줄이고 힘을 주시어, 내가 링케아의 전우들을 싸우도록 격려하고 나 자신도 전사한 고인의 시체를 지켜 싸울 수 있게 해주소서."

이렇게 열심히 기도하는 말을 포이보스 아폴론이 듣고서 즉각 아픔을 멎게 하는 한편, 보기에도 무참한 상처의 검은 피를 닦아내어 말리고 가슴에 용기를 불어넣어 주었다. 글라우코스도 자기 마음속에 그것을 깨닫고 신께서 이렇게 빨리 자기 기도를 들어주신 것이 기뻐 용기를 내었다. 그리하여 먼저 사방으로 뛰어다니며 링케아군을 지휘하는 대장들에게 사르페돈의 시체를 지켜 싸우라고 격려했다. 다음에는 트로이군이 진을 치고 있는 장소로 성큼성큼 다가가 판토스의 아들 폴리다마스와 용감한 아게노르, 아이네이아스 그리고 청동 갑옷을 두른 헥토르에게 말했다.

"헥토르여, 이제 당신은 동맹군을 완전히 잊었구려. 그 사람들은 그대를 위해 가족들과 고향을 멀리 떠나 이곳에서 목숨을 잃어가고 있는데, 그대는 아예 방어조차 하지 않고 있으니. 방금도 방패를 든 링케아 군사들의 총대장 사르페돈이 쓰러졌소. 지금까지 링케아를 올바른 규칙과 자신의 힘으로 지켜왔으나, 그를 군신 아레스가 파트로클로스로 하여금 청동 창으로 쓰러뜨리게 했소. 그러니 모두 벗으로서 가슴에 거센 분노를 불태우며 그를 지켜주시오. 날랜 함선들 옆에서 우리 창에 쓰러져 죽은 다나오이 백성들 때문에 화가 난 미르미돈 따위가 갑옷을 벗겨 시신을 욕보이지 못하도록 말이오.

이렇게 말하자 트로이 사람들은 참을 수도 없고 달랠 수도 없는 비탄에 사로잡혔다. 사르페돈은 비록 다른 나라 사람이기는 했지만 평소에 자기들 도시의 지주요, 수호자로 여겨왔기 때문이다. 또 많은 병사들을 이끌고 달려왔을 뿐만 아니라 싸움에 나가서는 몇 번이나 공훈을 세웠기 때문이다. 그래서 그들은 다나오이 군사를 향해 곧장 밀고 들어갔다. 헥토르가 사르페돈의 죽음에 분격하여 앞장서 나아갔다. 이쪽에서 아카이아군을 격려하는 것은 용맹심에 찬 메노이티오스의 아들 파트로클로스였으며, 그렇잖아도 의기왕성한 두 아이아스에게 먼저 말했다.

"두 아이아스여, 이제야말로 그대들 두 사람이 정신을 바짝 차리고 방어에 힘써다오. 이제까지 그대들이 전사들 사이에서 보여주었듯이, 아니 그 이상의 용기를 보여주시오. 지금 여기 우리 아카이아 측의 방어벽을 맨 먼저 타고 넘어온 자가 쓰러져 있다. 사르페돈이다. 그러니 자, 시신을 빼앗아 치욕을 주고 두 어깨에서 갑옷을 벗기자. 그리고 그를 위해 싸우는 무리들도 그게 누구든 이 시체를 지켜 대항하는 자는 인정사정없이 청동 날로 무찔러 주자."

그가 이렇게 말하자 모두 달려나와 열심히 자기들의 방어에 힘을 기울였다. 이리하여 양군이 저마다 대오를 가다듬어, 한쪽에서는 트로이군과 링케아 부대, 다른 한쪽에서는 미르미돈족과 아카이아군이 숨이 끊어진 시신을 둘러싸고 무서운 함성을 지르며 결전을 벌이려고 서로 밀고 들어가니, 전사들의 갑옷이 요란스레 부딪쳐 울렸다. 그런데 마침 제우스가 거센 결전의 마당에 지긋지긋한 밤의 어둠을 펼쳐 뒤덮어 버렸다. 사랑하는 아들의 시신을 에워싼 싸움에서 저주받은 격전이 벌어지도록 한 것이다.

처음에는 트로이군이 눈치빠른 아카이아군을 도로 밀어붙였다. 왜냐하면 미르미돈 중에서도 결코 약하다고 얕잡아 볼 수 없는 전사, 기상이 넓은 아가클레스의 아들인 용감한 에페이게우스가 쓰러졌기 때문이다. 이 사나이는 본디 살기 좋은 부데이온을 다스리고 있었는데, 얼마 전 용감한 사촌을 살해하고 펠레우스와 은발을 가진 테티스에게 도와달라고 찾아온 것이다. 그래서 그들은 아킬레우스와 함께 그를 말의 고장 일리오스에 보내어 트로이 사람들과 싸우게 했다.

그가 사르페돈의 시신에 손을 대려 하는 것을 영예에 빛나는 헥토르가 돌멩이를 주워 머리를 겨누어 던지니, 튼튼한 투구 안에서 두개골이 박살나 견디지 못하고 시체에 얼굴을 박고 쓰러졌다. 그 몸 주위를 잔인한 죽음이 서서히 내리덮었다.

그래서 파트로클로스는 최후를 맞이한 전우 때문에 가슴이 아파 곧장 선두 대열 사이를 빠져 달려나갔다. 그 모습은 마치 날쌔게 날아가는 매와 같아 티티새도 찌르레기도 겁을 먹고 허둥지둥 달아날 정도였다. 그 새처럼 곧장 링케아 부대와 트로이군을 향해 그대로 들이닥친 것이다. 말을 달리는 파트로클로스여, 전우의 죽음에 분노가 하늘을 찌르는 듯하구나.

그리하여 느닷없이 이타이메데스의 아들 스테넬라오스의 목에 돌덩이를 내리쳐 힘줄을 뿌리째 뜯어버리자, 트로이 편의 선두 대열도, 영예에 빛나는 헥토르도 가느다란 사냥 창이 닿지 않을 만한 거리까지 후퇴했다. 이를테면 경기장에서 투창의 기량을 겨루려고, 또는 싸움터에서 마구 목숨을 박살내는 적군을 앞에 두고 던지는 긴 창이 날아가 닿을 거리만큼 트로이 측이 후퇴하자 아카이아 편은 그만큼 밀고 나아갔다.

마침 그때 글라우코스는 방패를 든 링케아군의 대장으로서 가장 먼저 되돌아가 의기왕성한 바튀클레스를 죽였으니, 이자는 칼콘의 아들로 헬라스의 땅에서 부귀와 영화를 누려 미르미돈족 사이에서도 두드러지게 이름난 사람의 아들이었다. 그가 자기 뒤를 쫓아와 막 덮치려 하는 것을 별안간 되돌아서서 창으로 그의 가슴팍을 푹 꿰찌른 것이다. 그리하여 쿵 하고 땅을 울리며 나자빠지니, 깊은 비탄이 아카이아군을 휩싼 것은 훌륭한 용사가 쓰러졌기 때문이다. 한편 트로이 군사는 무척 기뻐하면서 쓰러진 사나이의 주위에 몰려 둘러섰는데, 아카이아 측도 용기를 잃지 않고 그들을 향해 사납게 달려들었다.

이번에는 메리오네스가 트로이 측의 전사 한 사람을 쓰러뜨렸다. 라오고노스라고 하는 오네토르의 용감한 아들인데, 아버지는 이데 산의 제우스 신전을 관리하는 사제여서 신에 못지않은 존경을 백성들에게서 받고 있었다. 그 아들의 귀밑과 턱 사이를 창으로 찌르니, 순식간에 숨이 손발을 떠나고 지긋지긋한 밤의 어둠이 그의 몸을 뒤덮었다. 한편 아이네이아스가 메리오네스에게 청동 창을 던져 그가 방패에 몸을 가린 채 성큼성큼 걸어오는 것을 공격하려 했으나, 이쪽도 그것을 눈치채고 청동 창을 피했다. 앞으로 재빨리 몸을 굽혔기 때문에 긴 창이 뒤로 날아가 땅에 푹 꽂혀버린 것인데, 땅에 꽂힌 그 창의 자루 끝이 그대로 건들건들 흔들리고 있었다. 그것을 그 자리에서 억센 아레스가 힘을 빼버렸다. 그래서 아이네이아스는 몹시 화가 나서 소리 높여 말했다.

"메리오네스여, 그대가 아무리 춤을 잘 춘다 하더라도 내 창에 맞았더라면 다시는 움직이지 못했을 텐데."

이에 창의 명수라는 메리오네스가 대답했다.

"아이네이아스여, 아무리 그대가 강한 자라 하더라도, 방어전을 위해서 그대를 향해 뛰어나가는 전사 전체의 기세를 모조리 꺾는다는 것은 힘들 거다. 그대 역시 어차피 죽을 인간의 몸이다. 내가 날카로운 청동 창으로 그대의 몸 한복판을 겨누어 맞힌다면, 그대가 아무리 용기를 자랑하고 기량이 뛰어나다 하더라도 순식간에 그 영광을 나에게 줘야 할 것이다. 혼백은 이름난 명부의 왕 앞으로 보내야 할 것이다."

이렇게 말하자 메노이티오스의 아들 파트로클로스가 듣고 말했다.

"메리오네스여, 어째서 그대는 그런 잡담을 늘어놓는가? 무용의 영예도 드높은 그대인데. 트로이군은 어떤 욕설을 듣더라도 시체를 버리고 물러서지는 않을 것이다. 그 전에 대지가 누군가를 묻어버리겠지. 전쟁의 결말은 힘에 있고, 말의 결말은 회의에 있소. 그러니 우리는 더 이상 쓸데없는 소리 말고 싸워야 할 것이다."

그가 이렇게 말하고 앞장서서 나아가자, 신으로도 착각될 전사 메리오네스도 함께 따라갔다. 두 군대가 싸우는 모습은, 마치 나무꾼이 내는 산울림이 산속 나직한 골짜기에서 솟아오르면 멀리서도 그 소리가 똑똑하게 들리듯, 넓은 길을 통하게 하는 대지에서 적과 아군이 서로 부딪치는 청동 칼날과 모양새도 훌륭한 많은 소가죽 방패, 그것이 칼에 맞는 소리, 양날 창끝에 찍히는 소리가 여기저기서 들려왔다.

그리하여 이제 존귀한 사르페돈은 눈이 밝은 사람도 알아볼 수 없도록 피와 먼지로 머리에서 발끝까지 완전히 뒤덮였다. 적과 아군이 시신 주위에 몰려드는 광경은, 마치 봄도 한창 무르익어 소젖이 우유통들을 촉촉이 적실 무렵, 파리 떼가 외양간 안에서 젖이 가득 찬 우유통 둘레를 윙윙거리며 날아다니는 듯했다.

그와 같이 사르페돈의 시신 주위에 사람들이 몰려들고 있을 때, 제우스는 이 격렬한 결전의 마당에서 빛나는 눈을 다른 데로 돌리는 일 없이 줄곧 그들을 주시하며 깊은 생각에 잠겨 있었다.

어떻게 파트로클로스를 살해하느냐 하는 것을 곰곰이 생각하고 있었던 것이다. 그 또한 격전 중에, 신과도 같은 사르페돈의 시신 위에서, 명예에 빛나는 헥토르로 하여금 곧바로 청동 칼로 베어 그의 어깨에서 갑옷을 벗기게 할까, 아니면 그로 인하여 아직 더 많은 자들에게 절박하고 쓰라린 싸움을 안겨주었다가 죽일까 하고.

이 궁리 저 궁리 하면서 제우스가 생각해 낸 가장 좋은 방법은 펠레우스의 아들 아킬레우스의 용감한 시종 파트로클로스가, 청동 갑옷을 두른 헥토르와 트로이군을 다시 한 번 일리오스의 성까지 밀려가게 하여 많은 전사들을 죽이게 하는 일이었다. 그래서 먼저 헥토르의 마음에 공포를 불어넣었다. 그러자 헥토르는 전차 위로 올라가 말을 후퇴하는 방향으로 돌리고, 다른 트로이 병사에게도 후퇴를 명령하니 제우스의 거룩한 저울,*4 신의 계책을 분별한 셈이다.

이때는 이미 용맹이 뛰어난 링케아 부대도 더 지탱하지 못하고 모두 달아나기 시작했다. 그들의 왕이 심장을 찔린 채 첩첩이 쌓인 시체들 속에 쓰러져 있는 것을 보았기 때문이다. 크로노스의 아들이 격렬한 싸움을 전개시켰을 때, 사르페돈의 시체 위에 많은 자들이 쓰러져 쌓였던 것이다.

그래서 아카이아인들은 모두 몰려들어 사르페돈의 두 어깨에서 번쩍번쩍 빛나는 청동 갑옷을 벗겨 이것을 비어 있는 함선들로 가져가라고 메노이티오스의 용감한 아들 파트로클로스가 전우들에게 말했다. 마침 그때 아폴론을 향해서 구름을 모으는 제우스가 말했다.

"사랑하는 포이보스여, 이제 사르페돈을 창과 화살이 미치지 않는 곳으로 운반하여 꺼멓게 말라붙은 피를 닦은 다음, 더 먼 곳으로 데려가 흐르는 강물에 씻도록 하라. 그리고 선향을 바르고 불멸의 옷을 입혀 화살처럼 빠른 호송수 '잠'과 '죽음'의 쌍둥이 신에게 함께 운반하게 하라. 그러면 두 신은 순식간에 그를 데리고 가서 드넓은 링케아의 기름진 땅에 내려놓을 것이다. 거기서 형제들과 친척들이 시체에 약을 발라 봉분을 만들고 묘비를 세워 장사를 지내줄 것이다. 그것이 죽은 사람에 대한 영광의 의식이니."

이렇게 말하자 아폴론도 아버지의 말에 순순히 복종하여, 이데 산에서 내려와 격렬한 싸움의 메아리 속으로 들어갔다. 그리고 곧장 존귀한 사르페돈을 안아올려 창과 화살이 날아가고 날아오는 전쟁터 밖으로, 훨씬 먼 곳으로 운

---

*4 모든 일의 진행은 제우스가 다스리며 그가 저울에 걸어서 계량한다고 생각했다.

반해 가서 강물에 담가 깨끗이 씻은 다음, 선향을 바르고 썩지 않는 옷을 입혀 화살처럼 빠른 호송수 '잠'과 '죽음'의 쌍둥이 신에게 그를 옮기게 했다. 두 신은 즉각 그를 데리고 가서 드넓은 링케아의 기름진 땅에 내려놓았다.

한편 파트로클로스는 말들과 아우토메돈을 격려하여 트로이군과 링케아 부대를 추적해 갔는데, 분별없이 크나큰 실수를 저지르고 말았다. 펠레우스의 아들이 당부한 말을 들었더라면 온전히 검은 죽음의 불행스런 운명을 피할 수 있었을 텐데. 그러나 어떤 경우에라도 제우스의 뜻은 인간들의 생각을 초월하는 법이다.

이때 누구를 가장 먼저 죽이고 누구를 가장 나중에 쓰러뜨렸던가, 파트로클로스여. 마침내 그대를 신들이 죽음으로 손짓했으니. 먼저 아드라스토스를 쓰러뜨리고 이어 아우토노스와 에케클로스, 다음에는 메가스의 아들 페리모스와 에피스토르와 멜라닙포스, 그리고 엘라소스와 물리오스, 이어 필라르테스 등, 이런 자들이 잇따라 쓰러졌으므로 다른 자들은 모두 먼저 달아나려고 허둥거렸다.

이 무렵에 어쩌면 성문도 높이 솟은 트로이를 아카이아의 아들들이 파트로클로스의 손으로 점령할 수 있었을지도 모른다. 그토록 사납게 창을 휘두르며 파트로클로스는 좌충우돌했으니까. 만일 포이보스 아폴론이 견고한 탑 위에 버티고 서서 파트로클로스에게 재난을 주며 트로이 측을 도와주지 않았더라면 말이다.

높이 솟은 성벽 모퉁이를 파트로클로스가 세 번이나 기어오른 것을 아폴론이 불사의 손으로 눈부시게 빛나는 파트로클로스의 방패를 쳐서 그의 몸을 밀어 내렸는데, 드디어 네 번째로 신과도 같은 기세로 그가 도전했을 때 신은 무서운 소리로 그를 꾸짖었다.

"물러가라, 제우스의 후예인 파트로클로스여. 아직은 그대의 창으로 의기도 드높은 트로이인들의 이 성이 공략될 운명에 있지 않다. 아니, 그대보다 훨씬 뛰어난 전사인 아킬레우스라도 함락시키지 못한다."

이렇게 말하자 파트로클로스도 저만큼 뒤로 물러나지 않을 수 없었다. 활을 멀리 쏘는 아폴론의 노여움이 두려웠기 때문이다.

한편 헥토르는 스카이아 문 안쪽에 외발굽 말을 세워 놓고, 다시 한 번 전쟁의 소용돌이 속으로 나가서 싸울 것인지, 아니면 병사들에게 소리쳐 방어벽 안으로 도망쳐 들어오라고 권할 것인지 갈피를 잡지 못하고 있었다. 이렇게 갖가지 궁리를 하고 있는 그의 곁에 포이보스 아폴론이 다가섰다. 그가 위장한 모습은 혈기 왕성하고 굳센 기상에 찬 젊은이 아시오스로, 말을 길들이는 헥토르의 외숙이며 헤카베의 친형제 뒤마스의 아들이다. 상가리오스의 강변, 프리기아 나라에 살고 있던 이 젊은이의 모습을 빌려 제우스의 아들 아폴론이 헥토르에게 말을 건넸다.

"헥토르여, 어쩌자고 그대는 싸우지 않는가? 그대마저 그래서는 안 된다. 만일 내가 그대보다 약한 그만큼 그대보다 강했더라면! 그러면 나는 싸움을 그만두고 도망친 그대를 후회하게 해줄 텐데. 어쨌거나 자, 파트로클로스를 향해 힘찬 말굽의 말들을 몰아가라. 어쩌면 그를 그럭저럭 쓰러뜨릴 수 있을지 모르니. 또 아폴론이 그대에게 영광을 내려주실지 다시 한 번 시도해 보라."

이렇게 말하고 나더니 신은 다시 전사들이 사납게 싸우고 있는 속으로 뛰어들어갔다. 영예에 빛나는 헥토르는 무용을 잊지 않는 케브리오네스에게 명령하여 말에 채찍질하는 결전의 그곳으로 전차를 달렸다. 그동안에 아폴론은 무리들 속으로 뛰어들어가 아르고스에게 불리한 혼란을 불러일으켜 트로이 군사와 헥토르에게 영광을 주려고 했다.

한편 헥토르가 다른 다나오이 전사들은 거들떠보지도 않고 오직 파트로클로스 한 사람만을 목표로 힘찬 말을 몰아나가자, 파트로클로스도 마차에서 뛰어내렸다. 그는 왼손에는 창을 쥐고 오른손에는 삐쭉삐쭉한 돌덩어리를 쥐고 있었는데, 이것은 손이 안 보일 만큼 큼직한 것이었다. 두 다리를 굳건히 버티더니 힘껏 돌을 집어 던졌다. 그는 헥토르와 그다지 멀리 떨어져 있지 않았으므로 돌은 헥토르의 말고삐를 잡은, 세상에 이름난 프리아모스의 서자인 케브리오네스에게 맞았다. 돌은 그의 이마 한가운데에 가서 맞았으므로, 두 미간 사이가 짓이겨져 뼈가 부서지고 두 개의 눈알이 튀어나와 바로 그의 발밑 먼지 속에 떨어졌다. 케브리오네스는 허공에서 회전하는 곡예사처럼 훌륭하게 만들어진 전차에서 굴러떨어지면서 목숨이 몸뚱이를 떠나가 버렸다. 기사 파트로클로스가 이를 보고 조롱했다.

"아, 참으로 민첩한 자로군. 얼마나 경쾌한 잠수인가! 여기가 물고기가 많은 바다였다면, 많은 사람들을 생선으로 포식시키고, 아무리 날씨가 거친 날이라도 배에서 뛰어들어 굴이라도 따와서 먹여주었을 것을. 그토록 경쾌하게 뛰어

내리다니, 정말이지 트로이군은 훌륭한 곡예사를 갖고 있구나."

이렇게 말하고 파트로클로스는 케브리오네스를 향해 사자 같은 기세로 다가갔다. 이를테면 외양간을 습격하다가 가슴을 맞아 자기 용맹 때문에 스스로를 망친 그런 사자와도 같이, 그는 기를 쓰고 케브리오네스에게 덤벼들었다. 그러나 헥토르 또한 전차에서 땅으로 뛰어내리니, 두 사람은 마치 두 마리 사자처럼 케브리오네스를 놓고 맞부딪쳤다. 이들은 산마루에서 죽인 수사슴을 가운데 놓고 용맹하게 대결하는 굶주린 사자들처럼 보였다. 케브리오네스를 사이에 두고 큰 소리로 외쳐대는 두 전사, 메노이티오스의 아들 파트로클로스와 영예에 빛나는 헥토르는 인정사정없이 청동 무기를 가지고 서로의 살을 찢으려 안간힘을 썼다. 이쪽에서 헥토르가 머리를 움켜잡고 절대로 놓지 않으려고 애를 쓰면, 저쪽에서는 파트로클로스가 그의 다리를 잡아당겼고, 나머지 트로이 군사와 다나오이 군사도 죽음을 무릅쓰고 격렬한 전투를 계속해 나갔다.

그것은 마치 동풍과 남풍이 서로 산속 깊은 골짜기에서 바람의 힘을 겨루듯 너도밤나무, 물푸레나무, 껍질이 많은 산수유나무 등이 울창하게 들어찬 숲을 뒤흔들기 위해 힘을 겨루는 듯했다. 이 나무들이 서로 길게 뻗어나간 가지를 부딪치며 부러질 때처럼 요란한 소리가 무시무시하게 울려퍼졌다. 이와 같이 트로이군과 아카이아군은 서로 마주 덤벼 찌르고 죽이면서, 어느 쪽도 물러서지 않았다.

그리하여 양군이 그의 시체를 에워싸고 싸우는 동안 케브리오네스의 주위에는 날카로운 창이 수없이 꽂히고 날개를 가진 화살이 잇따라 날아왔으며 무수한 돌덩이들이 방패에 부딪쳐 떨어졌다. 그동안에도 그는 전차가 어떻게 되었는지 모르는 채 먼지가 소용돌이치는 가운데 커다란 몸집을 큰대자로 하고 누워 있었다.

태양이 하늘의 한가운데를 건너 걸음을 재촉해 갔다. 그동안 양쪽 군사는 서로 상대편을 향해서 창과 화살을 날려 병사들이 잇달아 쓰러졌다. 태양이 벌써 내리막길에 접어들고 소를 쟁기에서 풀어주는 해거름이 가까워지자, 이윽고 정해진 운명을 넘어 아카이아군이 우세해지기 시작했다. 이들은 날아오는 창과 화살들 사이에서 케브리오네스를 끌어내어 두 어깨에서 갑옷을 벗겼으며, 파트로클로스는 트로이 측을 더욱더 곤경에 빠뜨리기 위해 쉴 새 없이 쳐들어갔다.

그는 세 번이나 무서운 함성을 지르면서 민첩한 아레스에 못지않는 기세로 덤벼들어 전사 아홉 명을 무찔렀는데, 그래도 만족하지 못하고 다시 한 번 무서운 기세로 돌진해 나아갔다. 바로 그때 파트로클로스의 목숨에 종말이 다가왔다.

왜냐하면 포이보스 아폴론이 격전 사이로 그를 만나러 갔기 때문이다. 무시무시한 모습으로 더욱이 혼잡한 사람들 사이를 지나갔지만 이를 깨닫는 사람은 아무도 없었다. 그가 두툼한 구름에 몸을 완전히 감추고 있었기 때문이다. 이윽고 포이보스 아폴론이 파트로클로스의 뒤로 다가가서 그의 등과 넓은 두 어깨를 손바닥으로 내리치자 파트로클로스는 눈앞이 아찔했다. 이어서 그의 머리에 쓴 투구를 쳐버리니 네 개의 뿔을 단 투구가 말들의 발아래 덜거덕거리며 굴러떨어져 투구의 술과 털이 피와 먼지투성이가 되어버렸다. 그전 같으면 말총으로 장식한 이 투구가 먼지 속에 뒹구는 일은 생각조차 할 수 없었다. 그것은 신성하기까지 한 전사, 바로 아킬레우스의 머리와 맑은 이마를 지키고 있던 갑옷이었기 때문이다. 그것을 이때 제우스가 헥토르에게 넘겨주어 그의 머리에 씌웠으니, 그에게도 파멸의 때가 다가왔기 때문이다.

파트로클로스의 손에서 길게 그림자를 끄는 큰 창이, 무겁고 굵은 청동 날이 달려 튼튼했던 것이 토막토막 부러지고, 어깨로부터는 가장자리에 장식이 달린 방패마저 손잡이 가죽끈과 함께 땅에 떨어졌다. 또 가슴받이도 제우스의 아들 아폴론이 벗겨버리자 파트로클로스는 심기가 혼미해져서 팽팽하던 팔다리도 힘없이 축 늘어지고 얼이 빠져 멍청하게 서버렸다. 그 뒤에서 날카로운 창을 들고 두 어깨 사이의 등을 가까이 겨눈 것은, 다르다노이족의 전사 판토스의 아들 에우포르보스였다. 그는 동료들 가운데에서도 창을 쓰는 기술이며 전차의 말을 다루는 솜씨, 달리기 등이 뛰어난 자였다. 게다가 이미 전사를 스무 명이나 전차에서 떨어뜨렸는데, 그것도 처음 전차를 타고서 전투 기술을 배우겠다고 출전했음에도 그러했다. 이자가 지금 가장 먼저 기사 파트로클로스에게 창을 던진 셈인데, 일격으로 쓰러뜨리지는 못했다. 그러자 그 물푸레나무 창을 살에서 얼른 뽑아 가지고는 부랴부랴 되돌아가 무리들 속에 숨어버렸다. 파트로클로스가 맨손으로 있더라도 도저히 맞서 싸울 도리가 없었기 때문이다. 파트로클로스 쪽에서도 아폴론에게 맞은 데다 이 창상으로 타격을 입어서 죽음의 운명을 피할 생각으로 전우들 곁으로 물러가려 했다.
그러나 헥토르는 기상이 늠름한 파트로클로스가 날카로운 청동 창에 다쳐 뒤로 물러가는 것을 보자, 대오 사이로 달려나가 그 바로 옆에 가서는 창을 들어 아랫배 근처를 청동 창끝으로 찌르니, 그는 쿵 소리를 내며 쓰러져서 아카이아 병사들을 더없이 가슴 아프게 만들었다.
그것은 마치 지칠 줄 모르는 멧돼지를 격투 끝에 쓰러뜨린 것과 같았다. 산마루에서 두 마리 멧돼지가 기세도 사납게 맞붙어 싸운 것은 모자라는 샘물을 양쪽이 서로 마시려 우기다가 비롯된 것으로, 거칠게 숨을 토하는 멧돼지를 있는 힘을 다해 사자가 물어 죽인 것이다. 그와 같이 프리아모스의 아들 헥토르는 가까이에서 창을 휘둘러 많은 사람을 쓰러뜨린 메노이티오스의 용감한 아들을 죽이고는, 이에 우쭐해져서 거침없이 말했다.
"파트로클로스여, 분명히 그대는 우리 도시를 공략하여 트로이 여자들에게서 자유의 나날을 빼앗은 다음 배에 태워 그리운 고향으로 데려가겠다고 줄곧 호언장담하고 있었나 본데, 어리석기도 하구나. 그 여자들보다 먼저 헥토르의 준마가 싸움에 나가려고 발을 뻗고 대기중이다. 나도 칼을 잡으면 싸움을 좋아하는 트로이군 가운데에서도 뛰어난 존재다. 그런 내가 여자들을 위해 어쩔 수 없는 비운의 세월을 막아주고 있지. 그러나 그대는 이 자리에서 털 벗겨진 매가 뜯어 먹겠지. 참으로 안됐구나. 언제나 용맹함을 자랑하는 아킬레우스조차 그대를 구해주지 못했다니. 틀림없이 무척이나 많은 당부를 그 자리에서 그대에게 했겠지. '말을 달리는 파트로클로스여, 허허로이 속이 빈 함선에는 결코 그때까지 돌아오지 말아라. 전사를 죽이는 헥토르의 투구 갑옷을 피투성이로 만들고 가슴 언저리를 찢어 헤치기 전에는' 아마도 이렇게 말하며 그대의 어리석은 마음에 그런 각오를 시키려고 했겠지."
이에 이제 숨이 다 넘어가고 있던 기사 파트로클로스는 비틀거리며 말했다.
"실컷 떠들어라 헥토르여. 승리를 그대에게 준 것은 크로노스의 아들 제우스와 아폴론이다. 그래서 나를 쉽게 쓰러뜨릴 수 있었던 것이다. 두 신이 손수 나의 갑옷을 어깨에서 벗긴 것이다. 여기 있는 자들이라면 스무 명이 한 덩어리가 되어 덤비더라도 한 사람도 남김없이 내 창에 찔리어 그 자리에서 목숨을 잃고 말 것이다. 그러니 나를 죽인 것은 저주받을 운명과 레토의 아들인 신과 인간으로는 에우포르보스이며, 그대는 겨우 세 번째가 되는 셈이다. 내가 그대에게 한 가지 말해둘 테니 명심해 두는 게 좋을 것이다. 아마 틀림없이 그대도 오래 살지는 못한다. 바로 눈앞에 그대의 죽음과 용서 없는 운명의 날이 다가와 있다. 영예도 드높은 아이아코스의 후예, 아킬레우스의 손에 쓰러져 가리라."

이런 말을 다 마치고 나자 종말의 빛이 그 몸에 퍼져나갔다. 몸을 빠져나간 혼백은 자신의 운명을 애도하고 탄식하면서 늠름함과 젊음의 꽃을 버리고 하데스 앞으로 날아갔다. 이와 같이 목숨이 끊어진 시체를 향해서 영예에 빛나는 헥토르가 말했다.

"파트로클로스여, 어째서 나에게 절박한 파멸 따위를 예언하는가? 누가 알겠는가. 그 머리결도 아름다운 테티스의 아들 아킬레우스가 나보다 먼저 이 창에 찔려 목숨을 잃을지."

이렇게 소리 지르고 나서 그는 발로 시체를 밟고 청동 창을 상처에서 뽑았다. 그리고 창으로 시체를 굴려버리고는 재빨리 창을 잡고 아우토메돈을 뒤쫓아갔다. 그 발걸음이 빠른 아킬레우스의 신과 같은 시종을 맞히고 싶었던 것이다. 그러나 그는 신들이 펠레우스에게 보내준 불사의 준마들이 벌써 멀리 데려가고 없었다.

제17권

메넬라오스의 무공

아트레우스의 아들이며 아레스의 벗 메넬라오스는 파트로클로스가 트로이 군사에 의해 쓰러진 것을 그냥 두지는 않았다. 그래서 그는 선두 대열을 헤치고 번쩍이는 청동 갑옷을 두르고 달려가 파트로클로스의 시체 주위를 빙빙 돌아다녔다. 그런 그의 모습은 마치 그때까지 새끼를 낳아보지 못한 어미 소가 처음 낳은 송아지 곁을 떠나지 못하고 나직이 신음하는 것과 같았다. 그와 같이 금발 머리의 메넬라오스는 창을 앞으로 잡고 균형이 잘 잡힌 방패를 든 채 누구든 덤비는 자가 있으면 당장에 죽일 듯이 사나운 기세로 파트로클로스 주위를 맴돌고 있었다.

한편 물푸레나무의 훌륭한 창을 든 판토스의 아들 에우포르보스도 영광에 빛나는 파트로클로스가 쓰러진 것을 보고 그 옆에 가서 서며, 아레스의 벗인 메넬라오스에게 말했다.

"아트레우스의 아들 메넬라오스여, 제우스의 옹호를 받는 그대는 병사들의 대장이기는 하나 시체는 거기 두고 물러가라. 피에 젖은 획득물은 이리 넘기고. 트로이 군사 중 이름을 떨친 전우 가운데 나보다 먼저 파트로클로스에게 창을 댄 자는 없다. 그러니 훌륭한 공훈을 세우려는 나를 방해하지 말라. 그대마저 쓰러뜨려 즐겁고 달콤한 목숨을 빼앗지 않도록."

이에 매우 기분이 상한 듯 금발 머리의 메넬라오스가 말했다.

"아버지 제우스여, 맙소사, 분수를 모르고 큰소리를 늘어놓다니 괘씸한 자로다. 표범이나 사자도 이렇게 우쭐대지는 않을 것이다. 흉포한 멧돼지도 가슴 속의 사나운 기력이 누구보다도 거세어 닥치는 대로 미친 듯이 설치지만, 그래도 물푸레나무의 훌륭한 창을 잡고 있는 저 판토스의 아들만큼 교만하지는 않을 것이다.

용감한 말을 길들이는 히페레노르도 자기의 젊음을 온전히 즐기지는 못했지. 나를 매도하여 다나오이 군사 중에서 가장 괘씸한 무사라고 욕설을 퍼붓고, 또 내 공격을 받아내려고 했으나, 그는 제 발로 고향으로 돌아가 사랑하는 아내나 소중히 여기는 가족들을 기쁘게 하지는 못했다. 그와 마찬가지로 그대가 그렇게 큰소리친다 하더라도 나한테 덤벼든다면 당장 이 자리에서 없애버리겠다. 그대에게 충고하노니 한시바삐 물러가서 사람들 속에 숨어들어가라. 공연한 변고를 당하기 전에 나와 맞서지 마라. 당하고 나서야 깨닫는 자는 어리석다."

이렇게 말했으나 상대는 다음과 같이 대답했다.

"제우스의 옹호를 받는 메넬라오스여, 이제야말로 나는 그대가 죽인 내 형의 원수를 갚을 테다. 갓 지은 궁전 안채 깊숙이 형수를 과부로 만들었을 뿐 아니라 부모님에게도 이루 말할 수 없는 슬픔의 눈물을 흘리게 하지 않았는가. 만일 내가 그대의 목과 갑옷을 가지고 가서 아버지 판토스와 기품 있는 어머니 프론티스에게 넘겨준다면, 그들의 안타까운 한탄도 덜어드릴 수 있을 것이다. 아무튼 이렇게 된 이상 결투를 하지 않고서는 헤어질 수 없겠구나. 승리하거나 패배하거나 결판을 내지 않고는 그만두지 않을 테다."

그는 이렇게 말하고 창을 들어 균형이 잘 잡힌 방패를 찍었으나 청동 창끝은 단단한 방패에 꽂혀 굽어버렸다. 한 걸음 늦게 다가선 아트레우스의 아들 메넬라오스는 아버지 제우스에게 기도를 드리면서, 청동 창을 뒷걸음질쳐 가는 상대의 목젖 아래로 깊숙이 꿰찔러 팔에 온 힘을 실어 눌러대니, 날카로운 끝이 부드러운 목덜미를 관통하여 저쪽으로 쑥 나가버렸다. 판토스의 아들은 땅을 울리며 쓰러지니, 몸뚱이 위에서 갑옷이 덜거덕거리고 울렸다.

우아한 여신들에게 견줄 만한 그의 머리카락이, 금실과 은실로 단단히 땋은 머리카락이 피에 흠뻑 젖었다. 마치 사람이 올리브 나무목을 아무것도 없는 곳에 심어놓으면 물이 넉넉하여 잎이 무성하게 피고 가지를 뻗으며, 온갖 바람이 불어와 나무를 흔들어도 흰 꽃을 가득 피우지만, 폭풍우가 엄습하고 거센 바람이 휘몰아치자 이 나무를 송두리째 뽑아 땅에 길게 눕혀버린 듯했다. 그와 같이 단단한 물푸레나무 창을 든 판토스의 아들 에우포르보스를 아트레우스의 아들 메넬라오스가 쓰러뜨리고 갑옷을 벗겼다.

마치 산속에서 자란 사자가 자기 힘을 믿고 목장에서 풀을 뜯는 소 떼를 습격하여, 그중에서도 가장 훌륭한 암소를 먼저 억센 이빨로 목을 물어놓고는 피를 빨고 내장을 갈가리 찢어 먹는 것처럼, 사자를 에워싸고 사냥개와 소치는 목동들이 고함을 지르면서 몰아세워도 모두 공포에 사로잡혀 덤비려 하지는 않는 것처럼 그렇게 트로이군은 그 누구도 영광스러운 메넬라오스를 상대해서 싸울 용기를 가슴속에 갖고 있지 않았다.

이때 포이보스 아폴론이 짓궂게 굴지 않았던들 어쩌면 메넬라오스는 손쉽게 판토스의 아들 에우포르보스의 유명한 갑옷을 빼앗아 올 수도 있었을지 모른다. 아폴론은 민첩한 군신 아레스와 흡사한 무사로 키코네스 부대의 대장인 멘테스의 모습을 하고 헥토르 앞에 나타났다. 그는 헥토르를 향해 큰 소리로 말을 건네었다.

"헥토르여, 지금 그대는 용맹스러운 아이아코스의 후예 아킬레우스의 말들을 좇고 있지만 그것은 손댈 수 없는 것들이다. 아킬레우스가 아니고서는 죽어야 하는 인간들은 그 누구든 저 말들을 도저히 길들일 수도, 수레에 맬 수도 없을 것이다. 그는 불사의 여신이 낳은 자식이라 특별하기 때문이지. 그동안 아레스의 벗인 아트레우스의 아들 메넬라오스가 파트로클로스의 시체를 지키면서 트로이에서 으뜸가는 용사 에우포르보스를 죽여버렸다. 판토스 아들의 그 뛰어난 무용에 마침표를 찍고 말았단 말이다."

이렇게 말하고는 신의 몸이면서 인간의 무사들이 싸우고 있는 곳으로 다시 들어가 버렸다. 그러자 헥토르는 무서운 고뇌에 가슴이 새까맣게 휩싸인 채 각 부대가 싸우고 있는 속을 들여다보고 있는 동안, 한 사람은 유명한 갑옷을 벗기고 있는 중이고, 한 사람은 땅바닥에 쓰러져 있는 것이 눈에 띄었다. 찔린 상처에서는 많은 피가 흘러내리고 있었다. 그래서 당장 선두 대열 사이를 헤치고 번쩍이는 청동 갑옷을 두른 채 날카로운 소리를 지르면서, 불의 신 헤파이스토스의 도저히 끌 수 없는 불꽃같은 기세로 나아갔다. 그 날카로운 고함 소리를 아트레우스의 아들 메넬라오스가 못 들을 리 없어 기량도 큰 자기 마음을 향해서 말했다.

"내가 이 훌륭한 갑옷과 파트로클로스를 그냥 두고 간다면, 더욱이 이 사나이는 내 원수를 갚으려다가 이 자리에 쓰러졌으니 만큼, 다나오이 측이든 누구든 나를 보고 괘씸한 자라고 화를 낼 것이다. 그렇다고 그것을 부끄럽게 여기고 혼자 남아 헥토르나 트로이군과 싸운다면, 마침내는 여러 사람들에게 혼자 포위되고 말 것이다. 번쩍이는 투구의 헥토르가 모조리 이끌고 달려올 테니까.
그러나 어째서 이렇게 내 마음은 이것저것 따지고만 드는가? 어떤 때라도 사람이 신의 뜻을 거역하여 신이 소중히 여기는 무사와 싸울 때는 단번에 커다란 재앙이 내려 그를 파멸시키고 만다. 그러니 다나오이군 가운데 누구도 내가 헥토르를 두려워하여 물러나는 것을 보더라도 한심하다는 소리는 하지 않을 것이다. 저 녀석은 신의 힘으로 싸우고 있는 자니까. 그러다가 어디서 외침도 씩씩한 아이아스라도 만나거든 둘이서 다시 되돌아와서 분전하기로 하자. 신의 뜻을 어기더라도 펠레우스의 아들 아킬레우스를 위해서 파트로클로스의 시체를 끌어낼 수도 있을지 모른다. 이것이 재난 중에서도 가장 나은 방책일 것 같다."

그가 가슴속에서 이것저것 궁리하고 있는 동안에 벌써 트로이 군대의 몇 개 대오가 접근해 왔다. 그 선두에 선 것은 헥토르였다. 그래서 이쪽도 파트로클로스의 시체는 그대로 두고 몇 번이고 뒤를 돌아보면서 할 수 없이 후퇴하기 시작했다. 마치 갈기도 훌륭한 사자가 창을 몇 자루나 들고나와 고함을 지르면서 쫓아오는 사나이들과 개 떼 때문에 외양간에서 물러날 때와 같았다. 그토록 용맹스러운 사자도 가슴속 용기가 차갑게 식어 마당 울타리에서 마지못해 떠나간 것처럼.

그와 같이 파트로클로스의 시체를 그대로 놓아두고 금발 머리의 메넬라오스는 전우들이 몰려 있는 곳으로 되돌아오자, 다시 방향을 바꾸어 텔라몬의 아들 큰 아이아스를 찾아서 사방으로 눈을 굴렸다. 그리하여 금방 아이아스가 전선의 왼쪽에서 전우들을 싸움으로 몰아세우며 독려하고 있는 것이 눈에 띄었다. 포이보스 아폴론이 아카이아군의 모든 사람들에게 무서운 공포를 심어주었기 때문이다. 그래서 그 옆으로 달려가 말을 건넸다.

"아이아스여, 이리 오시오. 부탁이니 전사한 파트로클로스를 지켜 시체나마 아킬레우스에게 전해주도록 가서 싸웁시다. 그의 갑옷은 지금 번쩍이는 투구를 쓴 헥토르가 차지하려고 하오."

이렇게 말하여 아이아스의 노기를 부채질했으므로, 그가 즉각 선두 대열 사이를 헤치고 달려나가니 금발의 메넬라오스도 그 뒤를 따라갔다. 한편 헥토르는 파트로클로스에게서 세상에 이름난 갑옷을 빼앗고 난 뒤, 이번에는 몸뚱이 쪽은 끌고 가서 트로이의 개들에게 줄 생각으로 뒤엉켜 청동 칼로 두 어깨에서 목을 잘라버리려고 끌어 올렸다. 이때 아이아스가 탑만큼이나 큰 방패를 들고 달려들었으므로, 헥토르는 전우들 속에 들어가 전차에 뛰어오르며 그 훌륭한 갑옷을 성으로 가져가라면서 트로이 군사에게 넘겨주었다. 자신을 위해 큰 영광으로 삼기 위해서였다.

아이아스는 메노이티오스의 아들 파트로클로스의 시체를 폭넓은 방패로 가리며 버티고 섰다. 그 광경은 마치 자기 새끼를 가리고 막아서 있는 사자와도 같았다. 아직 어린 새끼들을 데리고 있다가 숲 속에서 사냥하는 자들과 마주쳤을 때, 사자가 무시무시한 기세로 눈꺼풀을 두 눈이 가려질 만큼 끌어내리고 쏘아보듯이 아이아스가 파트로클로스의 시체를 지켜 버티고 서니, 그 건너편에서는 군신 아레스의 벗인 아트레우스의 아들 메넬라오스가 깊은 한탄을 가슴속에서 쏟아내며 막아서고 있었다.

마침 그때 링케아에서 온 무사들의 우두머리인 힙폴로코스의 아들 글라우코스는 헥토르를 치켜뜬 눈으로 쏘아보면서 심한 말로 꾸짖었다.

"헥토르여, 그대는 겉보기에는 매우 훌륭해 보이지만 싸움에 있어서는 매우 서투르군. 그토록 겁쟁이면서 용케 그런 영예를 차지하고 있으니 말이야. 그러나 이제야말로 어떻게 하여 일리오스에서 태어난 자들만의 힘으로 이 성과 도시를 무사히 지킬 수 있을까를 잘 생각해 보는 것이 좋을 거다. 링케아 군사는 이제 아무도 이 도시를 지키기 위해서 다나오이군과 싸우려 하지 않을 테니까. 쉬지 않고 적의 군대와 싸워 봤자 조금도 고마워하지 않을 것이 뻔하니까 말이다.

어떻게 그대가 사르페돈보다 못한 무사들을 싸움의 소용돌이 속에서 무사히 지켜줄 수 있겠는가? 그대는 비정한 사나이다. 오래 사귀어 온 사이요, 전우인 사르페돈마저 아르고스군의 먹잇감이 되도록 내버려 두고 왔다니. 그는 살아 있는 동안 그대들의 도시를 위해서나 그대를 위해서나 큰 도움이 되어왔거늘, 이제 와서는 그 시체에서 들개들을 쫓아줄 만한 성의도 없어졌다니. 만일 지금 링케아 군사 중에서 나에게 귀국을 권하는 무사라도 나타난다면, 트로이군에는 영락없는 파멸이 당장에 닥쳐올 것이다.

지금 트로이군이 아주 대담하고 끄떡도 하지 않을 용기만 갖고 있다면, 조국을 수호하여 적병과 악전고투하려는 무사들이 가슴에 품는 그런 흔들리지 않는 용기를 가졌다면 당장에라도 파트로클로스를 일리오스로 끌고 갈 수도 있을 것이다. 그리하여 이자가 비록 죽어버린 송장이라 하더라도, 양군의 격전지에서 끌어내어 프리아모스 왕의 커다란 도시에 갖다 놓는다면, 아마 당장에 아르고스 측은 사르페돈의 훌륭한 갑옷을 돌려줄 것이고, 어쩌면 시체까지도 일리오스에 운반해 올 수도 있을 것이다. 그토록 위대한 무사의 수행 무사를 죽였기 때문이다. 그것도 함선들에 있는 아르고스 군대 중에서 근접전에 능한 수행 무사 가운데서도 가장 뛰어나다는 용사를 말이다. 그런데 그대는 기상이 큰 아이아스와 맞붙어 적병들의 함성 속에 똑바로 상대의 눈을 감히 쳐다볼 용기도 없었고 같이 싸우지도 않았소. 왜냐하면 상대가 그대보다 강하기 때문이오."

이렇게 말하자 번쩍이는 투구를 쓴 헥토르가 말했다.

"글라우코스여, 어째서 그대쯤 되는 인간이 그토록 오만하고 분별없는 말을 하는가? 아, 나는 여태까지 흙이 기름진 링케아에 사는 자 가운데서 그대가 가장 지혜로운 인간이라 생각하고 있었다. 그런데 지금 하는 말을 듣고 있으려니 내 이제 그대의 지혜를 의심하지 않을 수 없구나. 아무리 아이아스가 거대하다고 하더라도 내가 그에게 맞서지 못할 것이라 하다니. 여태까지 나는 결전이나 전차의 요란한 소리를 듣고 떨어본 적이 없다. 그러나 아이기스를 가진 제우스의 뜻은 언제나 그 이상 강력해서 용기에 찬 무사들을 겁먹게도 만들고, 달아나게 하고 쉽게 승리를 빼앗곤 하는 것이며, 때로는 몸소 병사들을 몰아세워 싸우게 한다.

어쨌거나 그대 내 옆에 와서 내 솜씨라도 지켜보게나. 그대의 말과 같이 과연 내가 종일토록 겁만 먹고 있는가, 아니면 다나오이 군사 중 제아무리 투지만만한 자더라도 죽은 파트로클로스를 위하여 싸우지 못하도록 쳐부수어 버리는가 보란 말이다."

그는 이렇게 말하고는 커다란 소리로 트로이 군대를 향해 호령했다.

"트로이군도 링케아 부대도 근접해서 싸우는 다르다노이족들도 모두 씩씩하게 싸우라. 우리편 용사들이여, 기세도 사나운 용맹함을 잊지 말라. 내가 지금 영예도 드높은 아킬레우스의 갑옷을 입고 올 테니, 그것은 용맹스런 파트로클로스를 죽이고 빼앗아 온 것이다."

이렇게 소리치고 나서 번쩍이는 투구를 쓴 헥토르는 격전의 자리에서 떠나 달려가서 아까 그 부하들을 쫓아갔다. 펠레우스 아들의 이름 높은 갑옷을 성

안으로 운반해 가는 중이었다. 그들을 화살처럼 빨리 뒤쫓아 눈물겨운 전장에서 멀리 떨어진 곳에서 갑옷을 갈아입었다. 지금까지 입고 있던 것은 거룩한 일리오스로 가져가도록 트로이 병사들에게 넘겨주고, 펠레우스의 아들 아킬레우스의 신성한 갑옷을 몸에 둘렀다. 이것은 사람들이 알고 있듯이 하늘 위의 신들이 그의 사랑하는 아버지에게 선사한 것인데, 그것을 다시 아들에게 물려주었던 것이다. 그러나 아들 아킬레우스는 아버지의 갑옷을 노년에 이를 때까지 입지 않았다.

한편 헥토르의 이러한 행동을 아득한 하늘에서 구름을 모으는 제우스가 내려다보고, 신성한 펠레우스의 아들이 입던 갑옷을 두른 그 모습에 고개를 설레설레 저으며 혼자 중얼거렸다.

"정말 언짢은 일이다. 바로 눈앞에 다가오고 있는 죽음을 전혀 깨닫지 못하고 있단 말인가. 그대가 다른 자들이 모두 와들와들 떨면서 무서워하는 그런 용사의 신성한 갑옷을 몸에 두르고 있으니 말이다. 더욱이 성품이 곱고 기상이 군센 자를 죽이고 다짜고짜로 그 갑옷을 머리와 어깨에서 빼앗았다. 먼저 커다란 힘을 그대에게 내려주마. 그러나 그 보상으로 이제 다시 싸움터에서 집으로 돌아가지 못하게 될 것이고, 그대의 아내 안드로마케가 펠레우스의 아들이 입던 유명한 갑옷을 그대에게서 받는 일도 없게 될 것이다."

이렇게 말하고 눈썹이 시커먼 크로노스의 아들 제우스는 고개를 저었다. 그러나 그 갑옷은 헥토르의 몸에 꼭 맞았고 무서운 군신 아레스가 그의 몸에 옮겨 들어가니 팔다리에는 용기와 힘이 넘쳐서, 그는 세상에서 유명한 응원군 사이로 큰 소리로 고함을 치면서 다가갔다. 그 모습은 여러 사람들 눈에 기상이 큰 펠레우스의 아들 아킬레우스가 갑옷에 빛나는 몸으로 우뚝 선 듯이 비치기까지 했다. 그는 여러 사람들 앞으로 다가가서 격려했다. 메스틀레스와 글라우코스, 메돈과 테르실로코스, 그리고 아스테로파이오스, 데이세노르, 히포토스, 다시 포르퀴스와 크로미오스와 새점을 치는 엔노모스 등등 이들을 격려하며 거침없이 말했다.

"들어다오. 이웃 여러 나라에 살며 달려와 준 원군 여러분이여, 수없이 많은 여러 부족의 병사들이여, 내가 그대들의 나라에서 그대들을 여기 오게 한 것은 단지 군사의 수를 구하거나 바라서가 아니다. 트로이인들의 아내들과 어린 자식들을 호전적인 아카이아 군대로부터 진심으로 수호해 줄 것을 바랐기 때문이다. 그렇게 생각하기에 백성들에게 폐를 끼쳐 가며 선물과 양식을 거두어 들이고, 그대들의 힘을 분발시키려 애쓴 것이다.

그러므로 이제야말로 모두 열심히 적에게 대항하여 이곳에서 목숨을 버릴 것인지 아니면 온전히 간직할 것인지 결정해 주기 바란다. 이것이 전쟁의 속삭임*[1]이다. 그리고 비록 목숨이 이미 끊어졌지만 누구든 파트로클로스의 시체를 아이아스를 물리치고 트로이 진영으로 끌고 오기만 한다면, 내 전리품의 절반을 주기로 하마. 나머지 절반은 내가 차지하기로 하고. 그리고 그 공훈에 대해서는 나와 똑같은 영광을 누리게 될 것이다."

이렇게 말하니 그들은 모두 창을 높이 쳐들고 다나오이군을 향해 맹렬한 기세로 나아갔다. 마음으로는 모두 텔라몬의 아들 아이아스한테서 파트로클로스의 시체를 끌어내 오기를 바라고 있었으나, 어리석은 자들이로다. 참으로 많은 무사들이 이 시체 주변에서 목숨을 잃었기 때문이다. 마침 이때 아이아스는 함성도 씩씩한 메넬라오스를 향해서 말했다.

"이보게, 제우스의 옹호를 받는 메넬라오스. 이러다간 우리 두 사람도 이 싸움터에서 돌아갈 기대를 못 가지게 되겠소이다. 파트로클로스의 시체를 두고 그렇게 몹시 걱정하기보다는—그것은 멀지 않아 트로이인들의 개들이나 큰 새들의 배를 채우게 되겠지만—나와 그대의 목숨을 위해서 터무니없는 변을 당하지나 않을까 심히 두렵소. 지금도 헥토르가 싸움의 구름으로 모든 것을 뒤덮고 있어 우리에게도 벌써 절박한 파멸이 똑똑히 눈에 보이기 시작하고 있으니까. 어쨌거나 누가 과연 들을지 모르겠지만, 자, 다나오이 군대의 대장들을 소리쳐 불러보시오."

그가 이렇게 말하자 외침 소리도 씩씩한 메넬라오스도 아무런 이의 없이 다나오이 군대에 골고루 들리도록 목청을 가다듬어 소리쳤다.

"들으라, 전우들이여, 아르고스 군대의 지휘관들과 보호자들이여. 또 아트레우스의 아들 아가멤논이나 메넬라오스에게서 한 잔 얼큰히 얻어먹는 사람들, 그리고 부대의 병사들을 지휘하는 사람들 모두, 제우스께서 내려주신 영광을 함께하고 명예로운 지위에 올라 있는 사람들이여. 이런 주요한 사람들을 일일이 분간한다는 것은 지금의 나에게는 매우 어려운 일이다. 그토록 격렬한 싸

---

*1 부드러운 말을 언어적으로 전쟁의 가혹함에 비유한 말.

움이 한창 진행되고 있는 중이니까. 그러니 아무튼 누구든 자진해서 와다오. 지금 파트로클로스를 트로이의 개들이 장난감으로 삼으려 하고 있다. 참을 수 없다. 분격하라."

이렇게 말하는 것을 오일레우스의 아들인 걸음이 빠른 아이아스가 귀담아 듣고, 전투가 맹렬한 싸움터를 곧장 달려 그 앞에 이르렀다. 이어 이도메네우스와 이도메네우스의 수행 무사로 전사를 죽이는 에뉘알리오스와 겨룰 메리오네스, 그 밖의 대장들, 그 뒤를 따라 전투에 참가한 많은 아카이아 무사들이 달려왔는데, 그 이름들을 누가 무슨 재주로 일일이 기억할 수 있겠는가?

그리하여 먼저 트로이군은 헥토르를 앞세우고 공격해 왔다. 하늘에서 내린 큰 강이 바다로 쏟아져 들어가 물줄기에 거슬러 커다란 파도가 포효하면, 그 양쪽에 이어나간 높다란 물가도 바닷물이 밀어닥치는 대로 물소리도 요란스레 파도가 거꾸로 뒤집혀 넘어진다. 그와 같이 기세도 드높게 트로이군이 함성과 더불어 진격해 나가면, 아카이아군도 메노이티오스 아들의 시체 주위에 모두 합심하여 청동 방패로 울타리를 짜서 한뜻으로 버티고 섰다. 이들의 번쩍이는 투구 주위에 크로노스의 아들 제우스는 두터운 안개를 쏟으니, 이는 메노이티오스의 아들이 아이아코스 후예의 수행 무사 역할을 하고 있을 동안 한 번도 그의 미움을 산 적이 없기 때문이다. 그래서 제우스는 그가 트로이 개들의 장난감이 되는 것이 싫어서 그의 전우들을 싸우도록 분기시켰던 것이다.

처음에는 트로이군이 눈치빠른 아카이아군을 밀어내어 시체를 그냥 두고 물러가기는 했으나, 트로이 측은 거친 기세로 서두르기만 했지 그중 한 사람도 쓰러뜨리지는 못하고 시체를 끌고 가려 했다. 그러나 아카이아 군사가 물러간 것은 불과 잠시 동안의 일이어서 아이아스가 재빨리 모두에게 용기를 북돋워 주었다. 그는 영예도 드높은 펠레우스의 아들 아킬레우스에게는 못 미쳤지만 다나오이 군대의 어느 대장보다도 그 풍채나 행동이 뛰어난 인물이었다.

그리하여 곧장 선두 대열 사이를 달려 다가오니, 그 사나움은 마치 거친 멧돼지가 산속에서 개들과 혈기 왕성한 젊은이들을 산골짜기를 돌아 방향을 바꾸어서 돌진해 쉽사리 쫓아버린 것과 같았다. 그와 같이 긍지도 높은 텔라몬의 아들인 아이아스는 트로이군 대오에 접근하더니 가볍게 그들을 쫓아버렸다. 그때까지 파트로클로스의 시체 주위에 몰려들어 시신을 그들의 성으로 끌고 가 공훈을 세울 생각을 하고 있던 자들이었다.

이를테면 펠라스고스족 레토스의 영예에 빛나는 아들 히포토스는 파트로클로스의 다리를 잡고 처참한 싸움터를 끌고 가려 하고 있는 중이었다. 뒤꿈치의 힘줄을 방패의 손잡이 끈으로 묶어서 헥토르와 트로이 사람들을 기쁘게 해줄 생각이었다. 하지만 당장 그 자신에게 재난이 닥쳐오자, 전우들은 마음만 간절할 뿐 어느 누구도 그를 막아주지 못했다.

텔라몬의 아들이 무리들을 헤치고 돌진해 와서 즉각 그 앞에 다가가 청동 볼받이를 댄 투구를 창으로 찍으니, 말총을 장식한 투구가 창끝에서 박살났다. 두텁고 억센 손으로, 더구나 큼직한 창으로 찔린 채 갈라졌으므로 그의 뇌장이 피투성이가 된 채 창 자루를 타고 솟아나오자, 그는 그대로 힘이 빠져 쓰러졌다. 또 손에 쥐고 있던 파트로클로스의 발을 땅에 떨어뜨리고는, 자기도 시체 옆에 엎어져 버렸다. 흙이 기름진 고향 라리사에서 멀리 떨어져, 사랑하는 부모에게 은혜도 갚지도 못하고 의기왕성한 아이아스의 창끝에 쓰러진 채 삶을 짧게 마치고 만 것이다.

그래서 이번에는 헥토르가 아이아스를 겨누어 번쩍이는 창을 집어 던졌으나, 그도 그것을 발견하고 청동 창끝을 아슬아슬하게 피할 수 있었다. 그렇지만 그 창은 파노페우스에서 많은 가신들의 왕이었던 스케디오스에게 맞았다. 그는 기상이 큰 이피토스의 아들이며, 포키스 부대 제일가는 용사로 유명한 대장인데, 그의 빗장뼈 한가운데에 가서 맞아 날카로운 청동 창끝이 어깨 아래로 꿰뚫고 들어갔으므로, 쿵 하고 쓰러지니 갑옷이 덜거덕거리고 울렸다.

이번에는 아이아스가 파이놉스의 아들인 용맹 과감한 포르퀴스를 죽였다. 마침 그가 히포토스의 시체를 맴돌며 지키는 것을 아이아스가 배 한복판으로 창을 던지니, 불룩한 가슴받이가 부서져 청동 창끝이 내장을 쏟아놓았다. 그는 흙먼지 속에 쓰러져 손바닥으로 흙을 움켜쥐었다. 이 광경에 트로이군의 선두 대열은 물론 영예에 빛나는 헥토르까지도 뒤로 물러서니, 아르고스 군사는 우렁차게 함성을 지르면서 시체로 변한 포르퀴스와 히포토스를 질질 끌고 가 두 어깨에서 갑옷을 벗겼다.

이때 어쩌면 트로이 측이 다시 한 번 아레스의 벗인 아카이아 군대에 겁이 나서 멀리 일리오스로 줄달음질을 쳤을는지도 모른다. 그리하여 아르고스군이 제우스가 정해놓은 운명을 초월하여 자기들만의 강한 힘과 세력으로 승리의 영광스런 관을 차지했을지도 모른다. 그러나 아폴론이 달려나가서 에퓌토스의 아들인 전령 페리파스의 모습을 빌려 아이네이아스를 분기시켰다. 그는 늙은 아버지 곁에서 전령 노릇을 하며 벌써 오랜 세월 부지런하게 봉사해 온 자였는데, 그의 모습을 닮게 하여 제우스의 아들 아폴론이 말했다.

"아이네이아스여, 그대들이라고 신의 뜻을 어겨서야 어찌 치솟은 일리오스를 지킬 수 있겠습니까? 나는 다른 사람들이 자기들의 힘과 세력, 혹은 용맹함과 수가 많은 것을 믿고 있는 것을 보았습니다. 백성들의 수가 얼마 안 되면서도 말입니다. 그런데 지금 우리에게는 제우스께서 다나오이군에게 보다 더한 승리를 주려 하고 계십니다. 그런데도 제물에 공연히 겁을 집어먹고 도무지 싸우려 하지 않습니다그려."

이렇게 말하니 아이네이아스는 활을 멀리 쏘는 아폴론을 똑바로 바라보고 그인 줄 깨달아, 커다란 소리로 헥토르에게 말을 건네주었다.

"헥토르여, 그리고 빠른 트로이 군사와 동맹군의 대장들이여, 정말 이것은 부끄러운 일이오. 우리가 아레스의 벗인 아카이아군에 겁을 집어먹고 패배하여 일리오스로 달아나기라도 한다면 말이오. 방금도 어느 분인가 신 가운데 한 분이 바로 내 옆에 와서 말씀하셨소. 드높고 모든 일을 다스리는 제우스께서 우리편을 도와주신다고 말이오. 그러니 자, 다나오이군을 향해서 진격하시오. 저 녀석들이 죽은 파트로클로스를 안심하고 가져가게 해서는 안 되오."

이렇게 말하기가 무섭게 그가 선두 대열 맨 앞에까지 뛰어가서 버티고 서니, 다른 사람들도 되돌아와 아카이아 군사와 마주 보고 대치했다. 이때 아이네이아스는 아리스바스의 아들로 뤼코메데스의 용감한 부하인 레이오크리토스를 창으로 찔렀다. 그가 쓰러진 것을 아레스의 벗 뤼코메데스가 측은하게 생각하고, 얼른 그 옆으로 다가서서 번쩍이는 창을 던져 병사들의 통솔자 힙파소스의 아들 아피사온의 명치 밑 간장을 꿰찌르니, 그도 단번에 푹 무릎을 꿇었다. 이 사나이는 흙이 기름진 파이오니아에서 온 자로 아스테로파이오스 다음으로 전투에서 공을 세운 강자였다.

그가 쓰러진 것을 보고 아레스의 벗인 아스테로파이오스가 가련하게 생각하고 다나오이 군사에게 창을 겨누며 기를 쓰고 돌진해 들어갔으나, 이제는 소용없는 일이었다. 적은 큰 방패를 연결시켜 파트로클로스 주위를 막아서서 창을 잡고 있었으니, 이것은 아이아스가 이리저리 뛰어다니면서 열심히 사람들을 격려한 결과였다.

"아무도 시체를 남겨두고 후퇴하지 못한다. 또 아카이아 군사는 누구든 남보다 앞질러 달려나가 싸워서도 안 된다. 무엇보다도 시체 주위를 돌아다니며 이를 지키고 힘을 모아 싸우라."

이렇게 위대한 아이아스가 지시했으므로 대지는 시뻘건 피로 온통 젖었고 한자리에서 트로이군도, 위세에 우쭐대는 동맹군도, 그리고 다나오이 편도 서로 겹쳐져 시체의 산을 이루었다.

이와 같이 양군은 불꽃처럼 싸움을 계속했는데, 이때 해도 달도 결코 온전하게 비추었다고는 할 수 없으리라. 싸움터에서 죽은 메노이티오스의 아들 파트로클로스를 에워싸고 장수들이 서 있던 곳은 온통 안개에 휩싸여 있었기 때문이다.

그러나 다른 트로이 군사와 훌륭한 정강이받이를 댄 아카이아 군사는 푸른 하늘 아래서 싸움을 계속하고 있었다. 그들 머리 위에서는 햇빛이 눈부시게 주위에 비쳐 들에도 산에도 어디에도 구름의 그림자 하나 보이지 않았다. 그리고 그들은 서로 상대방의 고통스런 화살과 창을 피해 멀찍이 떨어져 서서 가끔 싸움을 쉬기도 했다. 하지만 한가운데에 있던 자들은 안개와 칼과 창에 고통을 겪으면서 무자비한 청동 때문에 용사라 일컬어지는 무사들이 죽어가고 있었다. 그러나 두 사람의 무사, 영예도 드높은 전사로 알려진 트라쉬메데스와 안틸로코스는 인품이 훌륭한 파트로클로스의 죽음을 전혀 모르고 있었다. 아직 살아서 선두 대열의 혼잡 속에 뒤섞여 트로이 군사와 싸우고 있겠거니 생각하고 있었다.

이 두 사람은 전우들이 전사하고 달아나고 하는 것을 보면서도 떨어진 곳에서 싸움을 계속하고 있었는데, 그것은 아버지인 네스토르가 검게 칠한 함선 곁에서 그들을 격려하며 싸움에 내보낼 때 그렇게 하도록 말했기 때문이다.

이렇듯 사람들은 파트로클로스의 시체에서 시작된 부질없는 다툼 때문에 격렬한 전투를 온종일 계속했다. 걸음이 재빠른 아이아코스의 후예 아킬레우스의 용감한 수행 무사 파트로클로스의 시신을 에워싸고 싸움을 계속한 인간들은 피로 때문에, 또 흐르는 땀에 끊임없이 괴로워했으며, 두 무릎도 장딴지도 아래쪽 발끝까지 온통 땀으로 뒤범벅이 되었다. 마치 사람들이 큼직한 소

가죽을 기름에 푹 담갔다가 늘이게 할 때와 같았다. 도제들이 받은 소가죽을 손에 넣고는 둥그렇게 원을 그리고 서서 잡아당기면, 순식간에 물기가 없어지고 잡아당기는 동안에 기름이 속에 스며 골고루 가죽이 당겨진다.

그와 같이 모두 시체에 달라붙어 여기저기서 서로 잡아당기는 것이었다. 저마다 가슴속으로 트로이 군사는 일리오스로 끌고 가야지 하고, 아카이아 군사는 속이 빈 배로 운반해 가고자 열망하고 있었기 때문이다. 그것을 에워싸고 일어난 전투와 격렬함은 비록 신이 무척 노해 있었다 하더라도, 또 병사들을 몰아세우는 군신 아레스나 여신 아테나가 보더라도 결코 나무라지 못할 만했다.

그토록 불행한 악전고투를, 이날 제우스는 무사들과 말들로 하여금 파트로클로스의 시체를 중심으로 일대에 전개시켰다. 그러나 씩씩한 아킬레우스는 파트로클로스가 전사한 것을 모르고 있었다. 재빠른 함선에서 멀리 떨어진 트로이 성벽 아래서 전투가 계속되고 있었기 때문이다. 그래서 파트로클로스가 이미 최후를 맞이했다고는 전혀 예기치 못하고 아직 살아서 성문까지 밀고 갔다가 곧 발길을 돌려 돌아오겠거니 믿고 있었다. 파트로클로스가 자기와 함께가 아니고 혼자서 이 도시를 함락하려 하리라고는 꿈에도 생각지 않았기 때문이었다.*2

왜냐하면 그에 관한 일을 벌써 몇 번이나 어머니 테티스한테서 들어서 알고 있었기 때문인데, 여신은 평소에 위대한 제우스의 계획을 곧잘 알려주고 있었던 것이다. 그러나 그의 어머니도 이때만은 지금 현실로 일어난 커다란 재앙*3이 덮친다고까지는 일러주지 않았다. 누구보다도 가장 소중한 친구가 죽었는데도.

한편 양군은 계속해서 파트로클로스의 시신을 둘러싸고 날카롭고 긴 창으로 무자비하게 서로 맞부딪쳐 적을 쓰러뜨려 나아갔다. 그래서 청동 갑옷을 입은 아카이아 군사가 서로 말을 주고받았다.

"이보게, 전우여, 아무래도 실제로 우리가 속이 빈 배로 돌아가는 일은 명예롭지 못한 모양이다. 그렇다면 차라리 여기서 이대로 검은 대지가 입을 벌려 우리 모두를 삼켜주면 좋으련만. 그렇게 되는 편이 우리에게는 훨씬 좋을 거야.

---

*2 아킬레우스는 이 성이 함락되기 전에 전사한다는 예언에 의해서.

*3 파트로클로스의 전사를 가리킨다.

만일 이 시신을 말을 길들이는 트로이인들에게 넘겨주어 그 녀석들의 성으로 가져가게 함으로써 훌륭한 공훈을 세우게 하기보다는 말이야."

한편 우쭐대는 트로이 편도 이와 같이 고함쳤다.

"전우여, 우리가 이 무사 곁에서 모두 하나같이 전사할 운명에 있더라도 결단코 한 사람도 이 자리에서 물러서서는 안 된다."

이런 말을 주고받으며 서로 용기를 북돋웠다. 양군이 싸움을 계속하는 동안 강철처럼 긴장된 굉음이 빛나는 천계에까지 황량한 고공을 꿰뚫고 건너갔다. 한편 아이아코스의 후예 아킬레우스의 전차를 끌고 있던 말들은 고삐를 잡았던 주인이 무사를 죽이는 헥토르의 손에 쓰러져서 먼지 속에 뒹군 것을 알고부터 싸움터에서 떨어진 곳에서 줄곧 울어대고 있었다.

디오레스의 용감한 아들 아우토메돈이 채찍을 흔들어 때리기도 하고, 또 갖가지 상냥한 위로의 말을 걸어보기도 하고 여러 가지로 협박도 해보았으나 두 필의 말은 여전히 널찍한 헬레스폰토스 해변에 있는 배로 되돌아가는 것도, 아카이아 군사가 싸우고 있는 곳에 나아가는 것도 싫어하여 응하지 않았으며, 마치 비석처럼 꼼짝도 하지 않고 서 있었다. 죽은 남자나 여자의 무덤 위에 표적으로 세워 놓은 기둥과 같이. 그처럼 꼼짝도 하지 않고 아름다운 전차를 뒤에 단 채, 땅바닥에 깊숙이 고개를 숙이고 눈에서는 뜨거운 눈물을 흘리고 있었다. 이제는 죽고 없는 마부를 그리워하며 말들의 눈에서는 끊임없이 눈물이 땅에 떨어지고, 나슬나슬한 갈기마저 멍에 양쪽으로 늘어져 흙투성이가 되었다.

이와 같이 두 필의 말이 구슬프게 울고 있는 것을 보고, 크로노스의 아들 제우스는 불쌍한 생각이 들어서 고개를 설레설레 저으며 마음속으로 중얼거렸다.

"거 참, 가련한 말들이다. 왜 우리는 너희를 언젠가는 죽을 목숨인 인간인 펠레우스에게 주었던고. 너희는 불로불사의 몸인 것을. 참으로 덧없는 인간들과 관계를 맺음으로써 고통을 당하게 하기 위해서였던가. 이 지상에서 호흡하고 꿈틀거리는 모든 살아 있는 것들 중에서도 인간처럼 가련하고 비참한 것은 없다. 그러나 너희에게 호화롭고 멋진 전차를 끌게 하여 프리아모스의 아들 헥토르가 타고 가는 일은 없을 것이다. 그것은 내가 허락하지 않을 테니까. 벌써 아킬레우스의 갑옷을 걸치고 헛되이 뽐내고 있구나. 그만해도 충분하지 않은가. 너희 두 필에게는 무릎에도 가슴속에도 튼튼한 기력을 불어넣어 줄 것이니, 아우토메돈을 싸움터에서 속이 빈 배까지 무사히 데려다주도록 해라. 아직은 좀더 트로이군에게 영예를 주어 날이 저물어 거룩한 어둠이 내리덮일 때까지, 그들이 훌륭한 갑판으로 덮인 함선에 이를 때까지 살육을 계속하게 하리라."

이렇게 말하고 그가 두 필의 말에 억센 힘을 불어넣으니, 말들은 갈기의 흙을 뿌리치고 늠름하고 날렵한 자세로 트로이군과 아카이아 부대 사이로 재빠른 전차를 끌고 달렸다. 이것을 타고 아우토메돈이 파트로클로스 때문에 가슴을 저미면서도 계속 싸우며 말을 몰아나가는 모습은, 마치 기러기 떼를 쫓는 매를 보는 듯, 트로이 군사가 왁자하니 붐비고 있는 속에서도 쉽게 피하는가 하면 다시 가볍게 무수한 무사들 속을 추적해 들어가곤 했다.

그러나 뒤쫓기만 할 뿐 적을 한 사람도 무찌르지는 못했다. 왜냐하면 신성한 전차에서 혼자 창을 들고 공격하며 동시에 걸음이 빠른 준마를 다루는 것은 불가능한 일이었기 때문이다. 그러다가 한참이 지나서야 겨우 전우인 알키메돈이 이를 보았다. 그는 하이몬의 후예이자 라에르케스의 아들인 무사로 이 모양을 보고 전차 뒤에 달려가서 아우토메돈에게 말했다.

"아우토메돈이여, 대체 어느 신께서 그대의 분별을 빼앗고 가슴속에 허망한 계획을 불어넣었기에 이렇게 혼자서 트로이 군사에 대항하여 선두 대열 사이에서 싸우는 것인가? 그대의 짝인 전우는 전사했다. 그 갑옷은 아이아코스의 후예의 것인데도 헥토르가 자기 어깨에 걸치고 우쭐대고 있다."

이에 디오레스의 아들 아우토메돈이 대답했다.

"알키메돈이여, 대체 아카이아 군사 중에 누가 책략에 있어서는 신과도 다름없던 파트로클로스가 살아 있을 때에 한 것처럼 이 불사의 말들을 능히 다루어 타고 다닐 수 있겠는가? 그런데 이제는 죽음이라는 정해진 운명이 그에게 덮치고 말았구나. 그러면 그대가 이 채찍과 반들반들한 가죽 고삐를 맡아 다오. 나는 전차에서 내려가 싸울 테니."

이렇게 말하자 알키메돈은 함성을 지르며 날쌔게 전차에 뛰어올라 재빨리 가죽 고삐와 채찍을 두 손에 잡았고, 아우토메돈은 수레에서 뛰어내렸다. 그 광경을 영예에 빛나는 헥토르가 발견하고 곧 가까이에 있던 아이네이아스에게 말을 건넸다.

"아이네이아스여, 청동 갑옷을 입은 트로이군의 참모여, 저기 걸음이 빠른 아이아코스의 후예 아킬레우스의 말 두 필이 서 있다. 드디어 싸움터에 나타났는데 고삐는 시원찮은 자들이 잡고 있는 모양이다. 그대가 진심으로 원한다면 말을 뺏을 수도 있겠구나. 우리 두 사람이 돌진해 간다면 저 녀석들도 도저히 용기를 가지고 대항해 일어서서 싸우지는 못할 테니까."

이렇게 말하니 제우스의 씩씩한 아들 아이네이아스는 그 말에 동의하여 둘이서 곧장 잘 말려서 굳힌 소가죽 방패를 어깨에 메고 나아갔다. 청동을 두껍게 입힌 방패였다. 크로미오스와 신처럼 보이는 아레토스 두 사람도 그들을 따라갔는데, 저마다 가슴속에는 적을 무찌르고 우뚝 고개를 쳐든 말들을 몰아올 작정이었으니, 어리석은 자들이다. 피를 흘리지 않고는 아우토메돈의 손을 피하여 되돌아올 수 없게 되어 있는 것을. 한편 아우토메돈은 아버지 제우스에게 기도를 드리니, 용기와 힘이 거뭇거뭇한 간담 아래위로 빈틈없이 퍼지고 넘쳐서 즉각 신뢰하는 전우 알키메돈을 돌아보고 말했다.

"알키메돈이여, 결코 말들을 나에게서 떨어진 곳에 대기시키지 말고, 바로 등에 말의 콧김이 닿을 만큼 가까이 있게 해다오. 우리 두 사람을 죽이고 아킬레우스의 훌륭한 말들을 자기가 직접 몰면서 아르고스 무사들의 대오를 몇 개나 패주시키든지, 아니면 자신이 선두 대열 사이에 쓰러지든지 하기 전에는 프리아모스의 아들 헥토르가 결코 기세를 늦추리라고는 생각되지 않으니까."

그는 이렇게 말한 다음 두 아이아스와 메넬라오스에게 말을 건넸다.

"아르고스 군사를 지휘하는 두 분 아이아스와 메넬라오스여, 제발 그 시체는 다른 용사들에게 맡겨 그 주위에 둘러서서 적들의 대열이 접근하는 것을 막게 하고, 아직 살아 있는 우리 두 사람을 용서 없는 최후의 시간으로부터 지켜다오. 눈물겨운 싸움터를 지나 헥토르와 아이네이아스 등 트로이의 용사라 일컬어지는 자들이 이쪽으로 몰려오고 있다. 아무튼 이러한 일들도 모두 신들의 뜻 아래 이루어진다. 그러므로 나도 창을 던져보자. 뒷일은 제우스가 어떻게든 처리해 주실 테지."

이렇게 말하고 아우토메돈은 그림자가 긴 창을 집어 던져 아레토스의 방패를 맞히니, 방패는 창을 막아내지 못하고 청동 창끝이 안으로 푹 들어가 아랫배에 두른 갑옷을 꿰뚫었다. 마치 힘찬 젊은이가 날카로운 도끼를 손에 쥐고 들판에 사는 소의 두 뿔 뒤 목덜미를 후려쳐 힘줄을 잘라놓으니, 소가 껑충 뛰어오르다가 쿵 하고 거꾸러지듯이, 아레토스는 껑충 뛰어오르더니 뒤로 벌렁 나자빠졌다. 그리고 창자에 꽂힌 채 날카롭게 흔들거리고 있는 창이 그의 팔다리를 시들게 했다.

그러자 헥토르는 아우토메돈을 겨누어 번쩍이는 창을 던졌으나 이쪽도 재빨리 그것을 발견하고 청동 창끝을 교묘하게 피했다. 재빨리 몸을 앞으로 굽혔으므로 자루가 긴 창은 뒤로 곧장 날아가 땅에 푹 꽂혔는데, 자루 끝은 아직도 부르르 떨었으나 강력한 아레스가 그 기세를 거두었다.

만일 두 아이아스가 전의에 불타는 두 사람을 떼어놓지 않았더라면, 그들은 칼을 뽑아 접전을 벌였을지도 모른다. 그들은 마침 전우 아우토메돈이 큰 소리로 외치는 말을 듣고 혼전 속을 헤쳐 달려왔던 것인데, 그 기세에 겁이 나서 헥토르와 아이네이아스, 신으로도 착각될 크로미오스까지 아레토스를 그대로 목숨이 끊어진 채 내버려 두고는 자기편이 몰려 있는 곳으로 물리 나왔다. 그래서 아우토메돈은 날쌘 아레스처럼 그 시체에서 갑옷을 벗기고 승리를 자랑했다.

"정말 이것으로 메노이티오스의 아들 파트로클로스가 죽은 슬픔이 조금은 가슴에서 가실 수 있게 되었다. 방금 죽인 자는 그에 비하면 훨씬 하찮은 무사이긴 하지만."

이렇게 말하고 전차 안에 피에 젖은 전리품을 끌어올려 놓고, 마치 황소를 다 뜯어 먹은 사자와 같이 자신의 두 다리와 위쪽의 두 손이 피 묻은 채로 전차에 올랐다.

그리하여 다시 파트로클로스의 시체 주위에서 처참한 격전이 벌어졌다. 무참하고 눈물겨운 그 싸움은 아테나 여신이 하늘에서 내려와 일으킨 것이었다. 제우스가 하늘 끝에서 펼친 붉은 자줏빛 무지개는 전쟁의 전조나, 죽을 수밖에 없는 운명인 인간들에게 따뜻함을 앗아가는 차가운 폭풍의 조짐으로 보였다. 지상에 이르러 인간들의 활동을 멈추게 하고 가축들을 괴롭히는 차가운 폭풍과도 같이 여신은 새빨간 구름으로 몸을 감싸고 아카이아족 군사 속에 들어가 무사들을 일일이 분기시켰다.

먼저 아트레우스의 아들인 무용이 뛰어난 메넬라오스를 격려하고자 말을 건넸다. 제일 가까이 있었기 때문인데, 자기 모습과 잘 울리는 목소리를 포이닉스의 목소리와 다름없이 하여 말했다.

"메넬라오스여, 진실로 그대에게 사람들의 비방과 뒷공론이 퍼부어질 것이다. 만일 긍지도 드높은 아킬레우스의 충실한 전우 파트로클로스를 트로이인들 성벽 옆에서 걸음이 빠른 개들이 물어뜯게라도 된다면 말이오. 그러니 굳건히 버티며 병사들을 독려하라."

이에 목소리도 씩씩한 메넬라오스가 말했다.

"포이닉스여, 오래전에 태어나 연로하신 할아버지여, 만일 아테나가 나에게 힘을 주시고 날아오는 무기의 기세를 꺾어주시면 좋으련만. 그러면 나도 파트로클로스 곁에서 그를 지켜주며 싸웠을 텐데. 참으로 그의 죽음은 내 가슴에 심한 고통을 주었소. 그런데 헥토르가 불처럼 무서운 위세를 간직하고 청동으로 여전히 살육을 계속하고 있는 것은, 제우스가 그에게 영광을 주시기 위해서인 것 같소."

이렇게 말하니 반짝이는 눈의 여신 아테나는 기뻐했다. 그것은 그 많은 신들 가운데서도 가장 먼저 자기에게 메넬라오스가 기도를 올렸기 때문이다. 그래서 그의 두 어깨며 양쪽 다리에 억센 힘을 불어넣어 주고 가슴속에는 파리 같은 대담성을 넣어주었다. 파리는 아무리 쫓아도 사람의 살을 물려고 귀찮게 자꾸만 덤벼드는데, 파리에게는 사람의 피가 특별히 맛이 있기 때문이다. 그 파리 같은 대담스러움이 메넬라오스의 마음을 검게 물들이자, 그는 파트로클로스 곁으로 가서 막아서며 번쩍이는 창을 집어 던졌다.

트로이 군사 중에 에에티온의 아들로 포데스라는 자가 있었다. 집안도 넉넉하고 용맹하기 이를 데 없어 헥토르가 특히 소중히 여기며, 연회 때 자리를 같이하는 가까운 사이였다. 금발의 메넬라오스는 이 사나이의 배 근처를 겨누었다. 그가 막 달아나려 하는데 창을 던져 청동 창끝이 그의 허리띠를 꿰찔렀으므로, 그는 쿵 하고 땅을 울리며 쓰러졌다. 그 시체를 아트레우스의 아들 메넬라오스는 트로이군의 발밑에서 자기편 쪽으로 끌고 갔다.

때마침 헥토르 곁에 다가선 아폴론이 아시오스의 아들 파이놉스의 모습을 하고 그를 격려했다. 이 사나이는 절친한 손님 중에서도 그와 가장 가까운 사이였으며 아비도스에 살고 있었다. 그 모습을 빌려 활을 멀리 쏘는 아폴론이 말했다.

"헥토르여, 그대가 메넬라오스에게 겁을 먹는다면 아카이아 군사 중에서 누가 그대를 무서워하겠는가? 그는 옛날부터 유약한 무사로 이름이 나 있다. 그러한 자가 지금 혼자 힘으로 트로이군의 발밑에서 시체를 끌고 가버린 것이다. 더욱이 그것도 그대의 충실한 벗, 선두 대열에서 용감히 싸우던 에에티온의 아들 포데스를 죽여서 말이다."

이렇게 말하니, 헥토르는 새까만 비탄의 구름에 휩싸인 채 선두 대열 사이를 번쩍이는 청동 갑옷을 두른 몸으로 걸어나갔다. 때마침 크로노스의 아들 제우스도 많은 술이 달려 눈부시게 반짝이는 아이기스를 들고 이데의 봉우리를 구름으로 덮은 채 어마어마하게 큰 천둥을 울렸는데, 아이기스를 휘둘러 아카이아군을 패주하게 하고 트로이 편에게 승리를 안겨주자는 속셈이 분명했다.

맨 먼저 겁에 질려 달아난 이는 보이오티아의 페넬레오스였으니, 적을 향해 앞으로 달려가다가 어깻죽지를 창에 찔렸기 때문이다. 뼈를 스쳐간 그 창끝은 폴리다마스가 바로 옆에까지 와서 던진 것이었다. 한편 헥토르도 레이토스의 바로 옆에까지 다가가 손목을 창으로 찔러, 이 기상 높은 알렉트리온의 아들을 전투에서 물러나게 했다. 이제 다시는 창을 들고 트로이군과 싸울 수 없게 되었다고 속으로 생각했기 때문에, 레이토스는 주위를 두리번거리며 무서움에 벌벌 떨면서 물러섰다.

그때 마침 이도메네우스는 헥토르가 레이토스 뒤에서 접근해 가는 것을 보고 창으로 가슴받이 근처, 젖꼭지 옆을 찔렀으나 긴 창의 목이 부러져 쪼개지고 말았으므로 트로이 편 병사들은 일제히 환성을 울렸다. 이번에는 헥토르도 데우칼리온의 아들 이도메네우스가 전차 위에 서 있는 것을 보고 창을 던졌으나, 조금 빗나가 메리오네스의 전우이자 마부인 코이라노스에게 날아가서 맞았다. 그는 잘 지은 도시 뤽토스에서 메리오네스를 따라 여기까지 온 자였다. 이도메네우스는 처음에 양끝에 휜 배를 떠나 걸어서 싸움터에 나왔었다. 그래서 이때 만일 코이라노스가 재빨리 걸음이 빠른 말들을 달리지 않았더라면, 어쩌면 트로이군의 기세를 엄청나게 높여주었을지도 모른다.

그는 이도메네우스에게는 구조의 빛으로 나타나 그를 전차에 부축해 올림으로써 인정사정없는 최후의 날을 막아주었으나, 자신은 무사들을 죽이는 헥토르로 말미암아 목숨을 잃게 되었다. 그 창이 턱과 귀밑 사이에 맞아, 창끝이 가지런한 이를 밖으로 밀어내고 혀 한가운데를 잘라놓았으므로, 그가 전차에서 굴러떨어지니 고삐도 땅바닥에 떨어졌다. 그 고삐를 메리오네스가 몸을 굽혀 땅에서 자기 손에 집어들고 이도메네우스에게 말했다.

"자, 채찍질을 계속하여 재빠른 배로 돌아가오. 그대도 이제 아카이아 군대에게 승산이 없다는 것을 알 수 있을 거요."

이렇게 말하니 이도메네우스는 갈기도 훌륭한 말을 채찍질하여 속이 빈 배를 향해 달려갔다. 그의 가슴에는 거대한 공포심이 엄습해 오고 있었기 때문이다. 그리고 의기왕성한 아이아스와 메넬라오스 등도 제우스가 이번에는 트로이군에게 승리를 줄 생각임을 깨닫고, 먼저 텔라몬의 아들인 큰 아이아스에게 말을 건네었다.

"이게 무슨 일인가. 이쯤 되면 트로이 편을 제우스가 몸소 지켜주고 있다는 것을 아무리 바보 같은 인간이라도 깨닫게 될 것이오. 적병의 창은 잘하는 녀석이나 못하는 녀석이나 던지기만 하면 모두 맞으니. 제우스가 어떤 것이건 모두 똑바로 방향을 잡아주시기 때문이오. 그런데 우리가 던진 창은 누구의 것이건 모두 힘들인 보람도 없이 하나같이 땅바닥에 떨어지고 있지 않소.

그러니 자, 우리가 최선의 방책을 생각해 냅시다. 이를테면 어떻게 이 파트로클로스의 시체를 날라가는가, 그리고 어떻게 우리가 무사히 돌아가서 친한 벗들을 기쁘게 해줄 수 있을 것인가 하는 것을. 우리 벗들은 틀림없이 이쪽을 바라보고 침울해져서, 이렇게 된 이상 무사를 죽이는 헥토르의 용맹함과 무적의 솜씨를 당해낼 길이 없어 언제 검은 함선들을 습격해 올지 모른다고 걱정하고 있을 거요. 누구든 좋으니 전우 가운데 한 사람이 즉각 펠레우스의 아들 아킬레우스에게 기별하여 주고 오지 않겠는가? 짐작컨대 그는 이 안타까운 결과를 알지도 못하고 있는 모양이니까. 친구가 전사했다는 사실을 말이오.

그러나 아무래도 아카이아 군사 중에서는 그럴만한 자를 발견하지 못하겠구나. 인간도 말도 온통 안개 속에 고스란히 휘덮여 있으니 말이오. 제발 아버지 제우스여, 이 안개 속에서 아카이아의 아들들을 구해주시고 하늘이 개이게 해주소서. 이 눈으로 똑똑히 볼 수 있도록. 우리가 꼭 패하고 멸망해야 한다고 생각하시더라도 제발 빛 속에서 죽게 해주소서."

이렇게 말하니 아버지 제우스도 아이아스가 눈물을 흘리며 비는 것을 가련하게 여기고 당장 구름과 안개를 휘저어 걷어버렸다. 그러자 태양이 찬란하게 나타나 전투의 광경이 환하게 드러났다. 그때 아이아스는 함성도 씩씩한 메넬라오스를 돌아보고 말했다.

"자, 메넬라오스여, 제우스의 옹호를 입는 그대가 잘 둘러봐 다오. 기상이 넓은 네스토르의 아들 안틸로코스가 아직 살아 있는 모습이 보이는가? 만일 눈에 띄거든 용맹 과감한 아킬레우스에게 얼른 달려가서 그의 위대한 친구가 죽었다고 전하게 하시오."

이렇게 말하여 목소리도 씩씩한 메넬라오스가 달려나가니, 그 모습은 소 떼 가운데서도 가장 살찐 것을 사자에게 빼앗기지 않으려고 밤새도록 뜬눈으로 지키는 개들과 사람들에 지쳐 농장을 떠나가는 사자와도 같았다. 사자는 고기 맛이 그리워 돌진해 가지만 창과 활활 타는 횃불이 대담한 팔에 의해 끊임없이 날아오고 있었으므로, 도무지 뜻대로 잘되지 않는다.

그와 마찬가지로 파트로클로스를 놓아둔 채 목소리도 씩씩한 메넬라오스는 본의 아니게 그 자리에서 떠나갔다. 왜냐하면 비참한 패배를 앞에 두고 아카이아 군사가 그의 시체를 적의 밥이 되게 방치한 채 가버리지나 않을까 두려웠기 때문이다. 그래서 열심히 메리오네스와 두 아이아스에게 신신당부했다.

"아르고스 군대를 지휘하는 그대들이여, 두 아이아스여, 메리오네스여, 이제야말로 이 안타까운 파트로클로스의 온유함을 회상해 다오. 살아 있을 때는 모두에게 부드럽고 정답게 대해주지 않았던가. 그러나 지금은 변할 대로 변하여 죽음의 운명에 휘덮이고 만 것이다."

이렇게 말해놓고 금발 머리의 메넬라오스는 떠나가며 사방을 두리번거리니, 그 모습은 마치 독수리와도 같았다. 하늘을 나는 새들 가운데서 유독 날카로운 눈을 가졌고, 높은 곳을 날면서도 울창한 숲 속 나무 밑에 누워 자는 걸음이 빠른 토끼조차 놓치지 않고 그 위에 날아내려서는 단번에 잡아 죽이고 마는 독수리와 같았다.

그와 같이 제우스의 옹호를 받는 메넬라오스는 반짝이는 눈으로 여기저기 알뜰히 눈을 돌려 수많은 군대 속에서 혹시 아직도 네스토르의 아들 안틸로코스가 죽지 않고 살아 있나 훑어보았다.

이윽고 그를 싸움터 왼쪽에서 발견했다. 전우들을 격려하여 싸우도록 독촉하고 있는 중이었다. 그 곁에 다가가서 금발머리의 메넬라오스가 말했다.

"안틸로코스여, 자 이리 오라. 제우스의 옹호 아래 있는 그대로서는 참으로 분한 일이다만 이 안타까운 소식을 들어다오. 하기야 그대는 벌써 눈으로 보고 있었으니까 알고 있을 줄 알지만, 제우스는 다나오이군에게 계속 재앙을 안겨 트로이 편에 승리를 주시려 하고 있소. 게다가 아카이아 군대의 제일가는 용사가 전사했소. 파트로클로스가 말이오. 대단한 비탄이 다나오이 군대에 덮쳤소. 그러니 그대는 당장 아카이아 군대의 배로 달려가서 아킬레우스에게 알려주시오. 한시바삐 그의 시신을 무사히 함선으로 가져가도록 해달라고. 지금 그는 벌거숭이니까. 그의 갑옷은 번쩍이는 투구를 쓴 헥토르가 갖고 있소."

이렇게 말하니 안틸로코스는 전율하며 입을 다물었다. 두 눈에 눈물이 글썽하게 고이고, 언제나 풍부했던 목소리도 꽉 목이 메고 말았다. 그럼에도 역시 메넬라오스의 지시는 소홀히 하지 않고 달려갔는데, 자기 갑옷은 인품이 훌륭한 라오도코스에게 벗어주고 갔다. 그는 언제나 주인 가까이에 붙어다니면서 외발굽의 말과 전차를 모는 임무를 맡고 있었다.

안틸로코스는 줄곧 눈물을 흘리면서 싸움터에서 걸음을 옮겨 펠레우스의 아들 아킬레우스에게 불길한 소식을 전하러 갔다. 그런데 한편 메넬라오스는 제우스의 옹호를 입으면서도 지칠대로 지친 전우들을 돕는 데 도무지 신이 나지 않았다. 게다가 안틸로코스가 가버렸으므로, 필로스 부대는 매우 난처해져서 원조를 구하고 있었기에 큰 아쉬움이 남게 되었다.

그래서 메넬라오스는 용감한 트라쉬메데스를 필로스 부대에 보내놓고, 자기는 다시 파트로클로스의 시체 곁으로 돌아가서 두 아이아스에게 다가가 말했다.

"안틸로코스에게 걸음이 빠른 아킬레우스를 찾아가 소식을 전하도록 재빠른 함선으로 보내놓고 왔소이다. 그러나 지금 당장 그가 뛰어나오리라고는 생각되지 않소. 헥토르에게 원한과 분노를 불태우고 있더라도 갑옷 없이는 트로이군과 싸울 수 없으니까. 그래서 우리로서는 우리만으로 최선의 방책을 찾지 않으면 안 되오. 어떻게 하면 이 시체를 무사히 옮길 것인가, 또는 어떻게 하면 우리 자신이 트로이군의 공격에서 죽음의 운명을 피할 수 있겠는가 말이오."

이에 텔라몬의 아들 큰 아이아스가 말했다.

"그대의 이야기는 모두 옳소. 명성이 자자한 메넬라오스여, 그럼 지금부터 그대가 메리오네스와 함께 얼른 이 시체를 들어올려 어깨에 메고 싸움터 밖으로 옮기시오. 그러면 우리 두 사람은 트로이 군사와 용감한 헥토르와 싸우면서 뒤따라가겠소. 마음도 하나요, 이름도 하나인 우리, 전부터 심한 전투에서 서로 의지하여 버티어 온 우리 둘이니까."

이렇게 말하니 앞의 두 사람은 시체를 팔에 안아 땅에서 위로 올렸으므로, 트로이 병사들은 뒤쪽에서 아카이아군 무사들이 시체를 짊어지고 가는 것을 바라보고 일제히 고함을 질렀다. 그리고 사냥개처럼 떼를 지어 곧장 달려들었다. 그 모습은 마치 멧돼지를 향하여 사냥 나온 젊은이들보다 앞장서서 달려들어 물어뜯으려고 기를 쓰고 설치지만, 멧돼지가 자기 힘을 믿고 맹렬히 저항해 오면 슬금슬금 뒤로 물러나다가 마침내 이리저리 흩어져서 겁에 질려 도망치는 것과 같았다.

그와 같이 트로이 군사는 떼를 지어 여전히 칼과 양날 창을 마구 찔러대면서 한참 동안 뒤를 쫓아갔다. 그러나 이윽고 두 아이아스가 돌아서서 그들을 향해 무섭게 버티고 서니, 모두 새파랗게 질려 아무도 돌진하여 시체를 중심으로 감히 전투를 벌이려 하는 자가 없었다.

이와 같이 하여 네 사람이 있는 힘을 다해 싸움터에서 속이 빈 배가 있는 데까지 시체를 운반해 왔다. 그동안에도 양군 사이에는 전투가 계속되고 있었다. 그 격렬함은 마치 불이 났을 때와 같았다. 불길이 갑자기 일어나 세차게 불꽃을 튀기며 도시를 불태우고, 집이 커다란 불빛 속에 타서 무너지는 동안에도 바람의 힘으로 불은 무서운 소리를 내며 신음하듯, 앞으로 나아가는 아이아스 일행에게 말과 수레, 혹은 창을 든 무사들이 일으키는 굉장한 소음이 끊임없이 울려퍼졌다.

그래서 그들은 마치 당나귀들이 있는 힘을 다해 대들보나 큰 배를 만드는 나무 같은 것을 가파른 오솔길을 따라 산에서 끌고 내려오면서 차차 피로와 땀에 눌려 지쳐가듯이, 두 사람은 파트로클로스의 시체를 운반해 가고, 그 뒤를 맡은 두 아이아스가 방어하며 따라갔다. 그 모습은 마치 들판을 따라 길게 뻗어 있는 울창한 언덕이 홍수를 막는 것과 같았다. 언덕이 기세 사나운 강들의 거친 물결도 가로막아 평야 쪽으로 흐르게 하니, 억센 물의 힘에도 언덕이 파괴되는 일이 없다.

그와 마찬가지로 두 아이아스는 후미를 맡아 트로이군의 공격을 막아 나갔으나, 적들도 계속 뒤쫓아왔다. 그중에서도 두 사람의 대장 앙키세스의 아들 아이네이아스와 영예에 빛나는 헥토르가 특히 그러했다. 그래서 아카이아 군사는 마치 새들에게 죽음을 가져오는 매가 날아오는 곳을 멀리서 발견하고 티티새나 찌르레기 떼가 울어대며 날아가듯, 아이네이아스와 헥토르에게 겁을 집어먹은 아카이아군의 젊은이들은 줄곧 비명을 지르며 달아나 완전히 전의를 잃어버리고 말았다.

그리하여 다나오이 군사가 도망하는 동안 훌륭한 갑옷과 방패 따위가 몇 개나 참호 근처와 그 부근에 버려졌으나 전투는 중단되지 않았다.

제18권

아킬레우스의 슬픔

두 편 군사들은 활활 타오르는 불길처럼 전투를 계속했다. 그동안에 안틸로코스는 재빠른 걸음으로 아킬레우스에게 전갈을 가지고 달려가 보니, 그는 우뚝한 뿔을 단 여러 배들 앞에 나와 여러 가지로 걱정을 하고 있었다. 그런데 그 걱정은 이미 실제로 다 일어난 일들이었다. 그런 줄도 모르고 아킬레우스는 화가 나는 듯이 자기 마음을 향해서 말한다.

"이게 어떻게 된 일인가. 어째서 또다시 머리를 길게 기른 아카이아 군사들이 배를 향해 들판을 가로지르고 불안에 싸여서 허둥지둥 달아나고 있는 것일까? 정말 불길한 내 걱정을 신들이 사실로 만들어 주시지 않으면 좋으련만. 언젠가 어머니가 모두 내게 말씀해 주신 일이다. 미르미돈 중에서 제일가는 용사가, 더욱이 내가 아직 살아 있는 동안에 트로이 군사에 의해 햇빛을 버리게 될 것이라고. 그럼 벌써 틀림없이 메노이티오스의 용감한 아들 파트로클로스는 최후를 맞이했단 말인가. 참으로 감당할 수 없는 일이다. 활활 타는 불꽃을 물리치거든 바로 이 함선으로 돌아오고, 결코 헥토르와 힘으로 싸워서는 안 된다고 그토록 단단히 일러놓았는데."

아킬레우스가 마음속으로 이런저런 생각에 잠겨 있는데, 긍지도 드높은 네스토르의 아들 안틸로코스가 바로 곁으로 다가가 뜨거운 눈물을 흘리며 가슴 아픈 소식을 전했다.

"이 얼마나 슬픈 일입니까. 용맹한 펠레우스의 아들이여, 매우 원통한 전갈을 가지고 왔습니다. 결코 일어나지 않았으면 좋았을 일에 관한 전갈을. 파트로클로스가 전사하여 쓰러져 있습니다. 갑옷도 벗기운 그 시체를 차지하려고 양군이 싸우고 있으며, 그 갑옷은 지금 번쩍이는 투구를 쓴 헥토르가 입고 있습니다."

이렇게 말하니 비탄의 검은 구름이 아킬레우스를 완전히 휘덮었다. 느닷없이 그는 두 손으로 그을은 재를 움켜쥐더니 머리에 뿌려 수려한 얼굴을 더럽히고는 향내 그윽한 옷도 검은 아궁이의 재투성이를 만들어 놓았다. 그래도 직성이 안 풀려 커다란 자기 몸을 모래 위에 내던지고는 기다랗게 뻗어 뒹굴다가 엎어져, 제 손으로 자기 머리카락을 쥐어뜯으니 온통 헝클어지고 말았다. 아킬레우스와 파트로클로스가 전투에서 이겨 전리품으로 차지한 하녀들도 모두 가슴 아파하며 소리 높여 울부짖거나 밖으로 달려나가 용감무쌍한 아킬레우스를 둘러싸고는, 너나없이 모두 자기 가슴을 탕탕 치며 비탄에 잠기다가 손발이 풀어졌다.

한편 안틸로코스는 눈물을 흘리고 흐느끼면서도 아킬레우스의 손을 잡고 있었다. 그것은 이름을 떨친 용사인 그가 신음 소리만 내고 있었으므로, 혹시 강철 날을 집어 자기 목을 자르지나 않을까 두려웠기 때문이었다. 아킬레우스가 비통한 고함을 무섭게 질러대니, 그 소리는 바다 밑 깊숙한 동굴 속에서 늙은 아버지 네레우스를 모시고 앉아 있던 어머니 테티스의 귀에 들어갔다. 테티스가 별안간 울음을 터뜨리자 자매 여신들이 모두 그녀 주위에 몰려들었다. 바다 깊숙이 밑바닥에 살고 있는 네레우스의 딸들*1이다. 거기에는 글라우케, 탈레이아, 퀴모도케, 네사이에, 스페이오, 토에, 황소 눈을 가진 할리에, 퀴모토에, 악타이에, 림노레이아, 멜리테, 이아이라, 암피토에, 아가우에, 도토, 프로토, 페루사, 뒤나메네, 덱사메네, 암피노메, 칼리아네이라, 도리스, 파노페, 이름난 갈라테이아, 네메르테스, 압세우데스, 칼리아낫사가 있었다. 또한 클뤼메네, 이아네이라, 이아낫사, 마이라, 오레이튀이아, 머리를 곱게 땋은 아마테이아, 그리고 바다 깊숙한 곳에 있는 네레우스의 다른 딸들도 있었다. 은으로 빛나는 동굴은 이들로 가득 찼다. 그들이 모두 가슴을 치면서 비탄에 잠기니, 테티스가 먼저 말했다.

"자매 네레이데스여, 들어보아요. 그대들은 얼마나 내 가슴의 괴로움이 깊은가를 듣고 헤아려 봐요. 어쩌면 나는 이렇게 비참한 여자일까요? 어쩌면 내 신세는 이러할까요? 뛰어난 자식의 어머니이기 때문에 이런 한탄을 해야 하다니. 나는 인품도 훌륭하고 용맹한 아들을 낳았지요. 용사 중에서도 가장 뛰어나

---

*1 네레이데스.

고 나무랄 데 없다는 말을 들은 그 아이는 어린 가지처럼 싱싱하게 자랐지요. 나는 그 아이를 넓은 정원 양지바른 곳에 심은 나무처럼 소중하게 길러내어 뱃머리가 휘어 오른 배에 태워 일리오스로 떠나보냈습니다. 트로이 사람들과 싸우러 간다기에 말이에요. 하지만 나는 이제 두 번 다시 고향에 있는 펠레우스의 집으로 돌아오는 그를 맞이할 수 없을 겁니다. 그뿐 아니라 그가 살아서 햇빛을 우러러보는 동안에도 줄곧 괴로워한다는데 달려가서 도와줄 수도 없답니다. 그래도 어쨌거나 그 아이를 만나러 갔다 와야겠어요. 그리고 어떤 비탄이 싸움에서 멀리 떨어져 있던 그 아이에게 닥쳤는지 들어보아야 하겠어요."

이렇게 큰 소리로 말하고는 그녀는 동굴에서 나갔다. 다른 네레이데스도 눈물을 흘리면서 그 뒤를 따라나가는데, 그들 주위에서 바다의 물결이 갈라지며 길을 열었다. 그리하여 땅이 기름진 트로이에 도착하자 잇따라 바닷가로 올라갔다. 거기에는 해변 가득히 미르미돈족의 배들이 놓여 있었고, 그 가운데에 아킬레우스가 있었다. 아직도 심하게 탄식하며 신음을 계속하는 아들 앞으로, 어머니 테티스는 다가가더니 별안간 통곡하여 울분을 터트리며 아들의 머리를 가슴에 끌어안고 울먹이는 소리로 말을 건넸다.

"내 아들아 어째서 울고 있느냐? 무슨 비탄이 네 가슴에 덮쳤느냐? 모두 말해다오, 숨기지 말고. 이 일은 완전히 제우스의 힘으로 이룩되지 않았느냐? 지난번에 네가 두 손을 들고 기도한 대로, 아카이아 군대가 오직 네가 없기 때문에 모두 이물에 갇혀 비참한 꼴이 되도록 말이다."

이에 심하게 신음하면서 걸음이 빠른 아킬레우스가 말했다.

"어머니, 그것은 과연 말씀하시는 대로 올림포스에 계시는 제우스께서 실행해 주셨습니다. 하지만 어찌 제가 그것을 기뻐하고 있겠습니까? 친구 파트로클로스가 죽었다는데요. 제가 다른 어떤 벗보다도 소중히 여기고 제 몸과 마찬가지로 생각하고 있던 그 친구를 죽게 한 뒤, 갑옷마저 헥토르에게 빼앗기고 말았습니다. 눈이 부신 훌륭한 갑옷이었습니다. 그것은 전에 여러 신께서 펠레우스에게 축하 선물로 보내주신 것이지요. 그들이 어머니를 언젠가 생명을 잃어야 하는 인간의 침실로 들여보냈을 때 일입니다.

차라리 어머니는 바다에 사는 여신들과 함께 생활을 계속하시고 펠레우스는 인간을 아내로 맞았으면 좋았을 텐데. 그러지 않았기에 이제 어머니는 죽은 아들 때문에 수없는 탄식을 가슴에 깃들이게 되었습니다. 어머니는 그 아들을 두 번 다시 고향에서 맞이할 수는 없을 것입니다. 살아남아서 사람들과 어울린다는 것은 제 마음이 용서치 않습니다. 헥토르가 제 창에 찍혀 엎어져서 목숨이 끊어지지 않는 한 말입니다. 메노이티오스의 아들 파트로클로스를 죽이고 갑옷을 빼앗은 죄를 갚아주지 않는 한 말입니다."

테티스가 눈물을 흘리며 말했다.

"정말 네 말을 들어보니 네 목숨은 곧 없어지겠구나. 헥토르 다음에는 곧 너의 마지막 때가 기다리게 되어 있으니까."

그러자 걸음이 빠른 아킬레우스가 크게 분노하며 말했다.

"지금이라도 당장 죽어버리고 싶습니다. 친한 벗이 살해되는 순간에도 막아주지 못했으니까요. 그 친구는 제가 죽음에서 지켜주지 못한 탓으로 조국에서 멀리 떨어진 곳에서 죽었습니다. 새삼스럽지만, 저는 이제 다시 그리운 고향 땅에 돌아가지 않겠습니다. 파트로클로스나 다른 전우들을 구해주지 못하고, 수많은 우리편 무사들이 용감한 헥토르 때문에 쓰러져 갔는데도 저는 배 옆에 무거운 짐인 양 앉아 있었으니까요. 회의에서는 다른 자들이 더 뛰어나다 하더라도 싸움터에 나가면 청동 갑옷을 두른 아카이아 군사 중에서 달리 겨룰 자가 없던 이 몸이었는데 말입니다. 참으로 싸움이라는 것은 신의 세계에서건 인간 세계에서건 깨끗이 없어져 버리면 좋겠습니다. 그리고 현명한 자도 화나게 하는 노여움도 사라지기를! 노여움이란 녹아서 흘러내리는 벌꿀보다 훨씬 달콤해서 인간의 가슴속에 연기처럼 퍼져나가는 법입니다. 마치 지난번에 무사들의 군주 아가멤논이 저를 화나게 한 것처럼요. 그러나 이제 과거에 일어난 일들은 그것이 아무리 쓰라린 것이라도 내버려 두기로 하겠습니다. 안타까운 마음도 가슴속에 부득이한 일이거니 하며 억지로 눌러놓고 말입니다. 그리고 이제는 저도 나아갈 것입니다. 사랑하는 벗을 죽인 사나이, 헥토르를 만나기 위해서요. 죽음의 운명을 저는 언제라도 받아들이겠습니다. 제우스나 불사의 다른 신들이 원하고 바라시는 바로 그때에. 그 준걸스러운 헤라클레스조차 죽음의 운명만은 피할 수가 없었습니다. 크로노스의 아들 제우스께서 가장 사랑하던 아들인데도, 정해진 운명과 헤라의 지긋지긋한 분노가 마침내 그를 굴복시키고 말았지요.*2

---

*2 반인반마(半人半馬)인 네소스가 준 독을 그의 아내 데이아네일라가 남편의 사랑을 되찾기 위해 남편에게 썼기 때문에 헤라클레스는 고통에 못 이겨 자살하고 마는데, 본디는 헤라의

마찬가지로 같은 운명이 저를 기다리고 있다면, 그래서 죽어야 한다면 저도 그처럼 죽겠습니다. 하지만 지금은 훌륭한 영광을 차지하고 싶습니다. 그리하여 트로이 여자나 다르다니에 부인들이 두 손으로 보드라운 뺨의 눈물을 닦으면서 쉴 새 없이 한탄하고 울게 해주겠습니다. 제가 얼마나 오랫동안 전쟁을 그만두고 틀어박혀 있었는가를 알게 될 것입니다. 그러므로 제발 제가 싸움터에 나가는 것을 막지 말아주십시오. 모정 때문에 그러시겠지만, 저를 설득하지 못하실 테니까요."

이에 은빛 발을 가진 여신 테티스가 말했다.

"내 아들아, 지금 무던히도 고전을 겪고 있는 전우들을 절박한 파멸에서 막아 구한다는 것은 참으로 훌륭한 일이다. 그러나 그대의 훌륭한 갑옷은 트로이 편에 빼앗기지 않았느냐? 청동으로 만들어 빛나던 갑옷인데. 그것은 지금 번쩍이는 투구를 쓴 헥토르가 자기 두 어깨에 걸치고 기분이 우쭐해져 있기는 하지만, 그렇게 오랫동안 기분 좋아하지 못할 게다. 멀지 않아 그도 쓰러지게 되어 있으니까. 아무튼 그대는 내가 이곳에 다시 돌아오는 것을 그대 눈으로 똑똑히 보기 전에는 절대로 싸움의 혼잡 속에 뛰어들지 말아다오. 내일 아침 일찍 해가 뜨는 것과 동시에 훌륭한 갑옷을 헤파이스토스에게서 얻어 이곳으로 돌아오마."

그녀는 이렇게 말하고 사랑하는 아들 곁에서 물러나, 뒤를 돌아보고 바다에 사는 자매들에게 말했다.

"그대들은 지금부터 바다 깊숙한 안쪽으로 들어가 아버지의 성관에 있는 바다의 노신을 뵙고 자초지종을 상세히 아뢰어 다오. 나는 높이 치솟은 올림포스로 올라가서 유명한 명공 헤파이스토스를 만나보고 올 테니까. 혹시 내 아들을 위해 세상에 그 이름이 빛날 갑옷을 주실 수 없는가 물어보기 위해서."

이렇게 말하니 네레이데스들은 바다의 파도 밑으로 금방 잠기어 들어갔다. 은빛 발을 가진 여신 테티스는 사랑하는 자식을 위해 세상에서 칭송받을 만한 갑옷을 얻으려고 올림포스로 부랴부랴 올라갔다. 그리하여 여신은 올림포스로 걸음을 옮겨놓았다.

한편 아카이아 군사는 무사를 죽이는 헥토르에게 쫓겨 무서운 함성을 지르

계략이었다.

면서 함선들이 놓여 있는 헬레스폰토스까지 도망쳐 갔다. 그리하여 비록 훌륭한 정강이받이를 댄 아카이아 군사들은 아킬레우스의 수행 무사였다고 하더라도 파트로클로스의 시체조차 날아오는 무기 때문에 끌어내지도 못했을 것이다. 왜냐하면 트로이 병사들과 말들, 그중에서도 프리아모스의 아들 헥토르가 불꽃과도 같은 기세로 쫓아왔기 때문이다.

영예에 빛나는 헥토르는 세 번이나 뒤쪽에서 파트로클로스의 발을 붙잡고 끌어가려 기를 쓰며 트로이 군사를 커다란 소리로 격려했다. 그러나 두 아이아스가 기세도 사나운 무용을 발휘하여 파트로클로스의 시체에서 그를 떠밀어 냈다. 그래도 헥토르는 여전히 자신의 무용을 믿고 때로는 소란을 틈타 돌진해 들어가는가 하면, 때로는 우렁차게 소리치면서 버티고 서서 조금도 물러설 기미를 보이지 않았다.

그것은 마치 들이나 산에 사는 목동들이 죽은 짐승의 시체에서 적갈색 사자를 쫓아버리지 못하는 것과 같았다. 사자는 몹시 굶주리고 있었던 것이다. 그와 마찬가지로 갑옷으로 몸을 두른 두 아이아스도 프리아모스의 아들 헥토르를 그 시체로부터 위협하여 쫓아버릴 수는 없었다. 어쩌면 헥토르가 결국 그것을 끌고 가서 불후의 영광을 차지했을지도 모른다. 만일 펠레우스의 아들 아킬레우스에게 바람처럼 빠른 무지개의 여신이 올림포스의 사자로 달려가지 않았던들. 그것은 즉각 갑옷으로 무장하라는 지시였으니, 제우스나 다른 신들 몰래 헤라가 보낸 것이었다. 무지개의 여신은 아킬레우스 앞에 다가서며 속삭였다.

"일어서시오, 펠레우스의 아들이여, 모든 무사 중에서 가장 두려운 자여. 자, 어서 일어나 파트로클로스의 시체를 구하도록 하시오. 그 사람 때문에 양군이 서로를 죽여대는 격렬한 전투가 지금 한창 함선들 앞에서 벌어지고 있소. 이쪽 편은 생명 없는 시체를 보호하려 하고 있지만, 트로이 군사들은 헥토르가 바람이 휘몰아치는 일리오스로 시체를 끌고 가고자 안간힘을 쓰고 있소. 그는 파트로클로스의 부드러운 목을 잘라 머리를 장대에 꽂을 작정으로 기를 쓰고 있는 것이오. 그러니 이제는 더 누워 있지 말고 일어나시오. 파트로클로스를 트로이의 개들이 장난감으로 삼았다가는 큰일이라는 두려움을 가슴에 일으키시오. 만일 그 시체가 심한 모욕을 당한 끝에 명부에 보내진다면 그대에게는 커다란 불명예가 될 것이오."

이에 걸음이 빠르고 씩씩한 아킬레우스가 말했다.
"무지개의 여신이여, 그러면 대체 어느 신이 당신을 사자로 보내셨습니까?"
그러자 바람처럼 빠른 무지개의 여신이 말했다.
"제우스의 거룩한 아내이신 헤라께서 보내셨소. 그리고 높은 자리에 앉아 계시는 크로노스의 아드님도, 깊이 눈 덮인 올림포스 언저리에 사시는 다른 불사의 신들도 이 일은 전혀 모르고 계신다오."
이에 걸음이 빠른 아킬레우스가 대답했다.
"그러나 내가 어떻게 싸움터에 나아갈 수 있을까요? 갑옷을 적에게 빼앗기고 말았으니. 게다가 소중한 어머니도 당신이 이곳에 돌아오시는 것을 내 눈으로 확인할 때까지 결코 무장하고 나가서는 안 된다고 말씀하셨고요. 어머니는 헤파이스토스에게서 훌륭한 갑옷을 가져오겠노라 약속하셨어요. 내가 알기로는 텔라몬의 아들 아이아스의 큰 방패 말고는 어느 누구의 이름난 무구들도 내 몸에 맞지 않을 것입니다. 그는 아마도 선두 대열 사이에 끼어들어 창을 휘두르며 적을 무찌르면서 죽은 파트로클로스를 지키느라 애를 쓰고 있겠지요."
이에 바람처럼 빠른 무지개의 여신이 말했다.
"그대의 이름난 갑옷을 적이 벗겨 갔다는 것은 우리도 잘 알고 있소. 그렇지만 참호 옆에까지라도 나가서 트로이 군사에게 그대의 모습을 보여주시오. 그러면 혹 그대의 위세에 질려서 트로이군도 싸움을 멈추고 물러갈지 모르니까. 그때는 지금 고전 중인 아카이아 병사들도 한숨 돌릴 수가 있지 않겠소. 비록 잠시 동안이라도 전투 중의 휴식은 아주 소중한 것이니까."
이렇게 말하고 걸음이 빠른 무지개의 여신이 얼른 사라져 가자, 제우스의 옹호를 받는 아킬레우스는 벌떡 일어섰다. 곧이어 그의 굳건한 두 어깨에는 아테나가 많은 술이 달린 아이기스를 걸어주고, 머리에는 금빛 구름을 둘러주었다. 그리고 온몸에서는 연기가 높은 하늘로 치솟아 오르듯이, 여신 중의 존귀한 여신이 눈부시게 빛나는 불꽃을 먼 섬에서 하늘로 타오르게 했다. 마치 적군이 그 섬을 에워싸고 공격해대는데, 주민들도 모두 안타까운 마음에서 전투에 나아가 싸우다가 해가 지자 잇따라 봉홧불 신호를 올리면, 그 광휘는 제발 배를 이끌고 달려와 이 파멸에서 구해 주십사 호소하는 것처럼 하늘을 태울 듯하다.
그것처럼 아킬레우스의 머리에서 내뿜는 광휘는 높은 하늘에 닿을 듯했다.

그는 방어벽 밖으로 나아가 참호 앞에 서 있기는 했으나, 어머니의 간절한 충고를 들어 아카이아 군사들의 전열에는 끼어들지 않았다. 그러나 그 자리에서서 크게 소리를 지르니, 멀리서 팔라스 아테나도 같이 소리를 질러주었으므로 트로이 군사들에게 형용할 수 없는 혼란을 불러일으켰다. 그것은 마치 나팔이 울려 그 음향이 엄청나도록 크게 퍼져나가는 것과 같았다. 목숨을 빼앗으려는 적군에게 포위된 도시에서 울리는 소리였다. 그와 같이 아이아코스의 후예 아킬레우스의 목소리는 우렁차게 울려퍼졌으므로, 적군은 모두 이 청동 같은 고함 소리를 듣는 동시에 가슴이 철렁했고, 훌륭한 말들조차 전차를 되돌렸다. 그것은 마음속으로 이미 두려움을 느꼈기 때문이었다.

마부들도 무서운 불꽃이 펠레우스 아들의 머리 위에 활활 타오르는 것을 보고 혼비백산하고 말았는데, 이거야말로 빛나는 눈의 여신 아테나가 태우는 불꽃이었다. 이와 같이 하여 참호 앞에서 씩씩한 아킬레우스가 세 차례나 우렁찬 고함을 지르니, 트로이군도 유명한 동맹군들도 큰 혼란에 빠져서 손꼽힐 만한 뛰어난 용사가 열두 사람이나 그 자리에서 자기편 전차와 창 옆에 쓰러져 죽었다. 한편 아카이아군은 이 기회를 이용해 쉽게 파트로클로스를 날아오는 무기 사이에서 끌어내 들것에 실으니, 친한 전우들은 흐느끼며 뒤따라갔다. 그들 사이에 끼어 걸음이 빠른 아킬레우스도 믿음의 벗 파트로클로스가 날카로운 청동 날에 찢긴 채 들것에 누워 있는 모습을 보고는 뜨거운 눈물을 흘리면서 그 뒤를 따라 걸어갔다. 불과 얼마 전에 그를 말과 전차와 더불어 싸움터로 내보냈는데, 다시는 그가 돌아오는 모습을 맞이하지 못하게 되고 만 것이다.

한편 암소 눈을 한 여신 헤라는 피로를 모르고 아직 어두워질 생각을 전혀 하지 않고 있는 태양 신을 오케아노스의 흐름 쪽으로 돌려보내니, 이윽고 해는 지고 용감한 아카이아군도 격렬한 싸움의 혼란과 거친 전투에서 간신히 손을 뗄 수 있게 되었다.

그리고 이쪽에서는 트로이 군사들이 처참한 결전의 마당에서 물러나 전차에서 걸음이 빠른 말들을 끌러준 뒤, 저녁을 먹기 전 의논을 하기 위해 회의장에 모여들었다. 그런데 모두들 우뚝 선 채 회의를 하고 누구 하나 감히 앉으려 하는 자가 없는 것은, 너나없이 모두 공포에 떨고 있기 때문이었다. 그것은 물론 오랫동안 싸움을 중지하고 나타나지 않던 아킬레우스가 드디어 모습을 나타냈기 때문이었다.

맨 먼저 지혜 분별이 뛰어난 판토스의 아들 폴리다마스가 말을 꺼냈으니, 오직 그만은 과거와 미래를 볼 줄 알았기 때문이다. 그는 헥토르의 친한 벗이기도 했는데, 한날 밤에 태어나 한쪽이 담화에 능하면 한쪽은 창을 쓰는 솜씨가 능했다. 그가 지금 자기편을 위해 회의 자리에 서서 여러 사람들에게 말했다.

"여러분들이여, 양쪽을 잘 고려해 다오. 내가 권하는 방책은 이제는 함선들 옆에서 우물쭈물하지 말고, 빛나는 아침을 기다릴 것 없이 성안으로 철수하는 것이오. 성벽에서 우리는 멀리 떨어져 있소. 그 사나이가 존귀한 아가멤논에게 원한을 품고 길길이 뛰고 있을 동안에는 아카이아 군사들도 그다지 힘들지 않는 전쟁 상대였소. 그래서 나 같은 사람도 재빠른 함선들 옆에서 야영까지 하며 두 끝이 휘어오른 배를 붙잡을 수도 있겠다는 기대를 걸고 기뻐했는데, 이제 와서는 걸음이 빠른 펠레우스의 아들에게 깊은 두려움을 느끼게 되었소.

그는 이미 몹시 흥분되어 있어서 우리를 평원에 가만히 있게 하지는 않을 것이요. 지금 평원 한가운데서 트로이군과 아카이아군이 서로 맞서서 승부를 내려 하고 있지만, 그는 그보다 성을 공략하고 부녀자들을 노려 싸울 작정인 것으로 보이오. 그러니 도성으로 돌아가도록 합시다. 틀림없이 그렇게 될 테니까. 우선은 향기롭고 고마운 밤이 와서 걸음이 빠른 펠레우스의 아들을 지체시켜 두었소. 그러나 내일 아침 갑옷을 몸에 두르고 나왔을 때 우리가 아직도 여기 머물러 있는 것을 발견하면, 그때는 우리 모두 그가 어떤 인간인가 보게 될 것이오. 그리고 만약 달아날 수 있다면 허둥지둥 거룩한 일리오스로 달아나게 될 것이오. 그러나 많은 트로이인들이 독수리와 개의 밥이 될 것인데, 아, 제발 이런 이야기는 하고 싶지도 않소.

만일 괴롭더라도 내 말대로 한다면, 우리는 오늘 밤 이 회의에서 병력을 보전할 것이며 도성은 성탑들과 높은 문들과 튼튼한 빗장을 찔러놓은 문짝들이 잘 지켜줄 것이오.

그래서 내일 날이 밝으면 우리는 모두 갑옷을 몸에 두르고 성루에 늘어설 것이고, 만일 그가 배에서 떠나와 성벽 주위에서 우리와 싸우고자 한다면 그에게는 한층 불리한 상황이 될 것이오. 그래서 성루 밑을 맴돌면서, 목을 높이 쳐드는 말들을 사방으로 진력이 나도록 몰고 다니다가 다시 함선들로 되돌아가는 것이 고작일 거요. 우리 성안까지는 도저히 돌진해 들어올 기분이 내키지 않을 것이고, 공략도 불가능할 것이오. 그 전에 날랜 개들에게 뜯기고 말 테니까."

그러자 그를 쏘아보며 번쩍이는 투구를 쓴 헥토르가 말했다.

"폴리다마스여, 그대가 건의한 방책은 도무지 내 마음에 들지 않소. 다시 성 안으로 들어가 틀어박히다니. 참으로 그대들은 성탑에 갇히는 것이 아직도 싫증이 나지 않는단 말인가? 전에는 세상 사람들이 모두 프리아모스의 도성에는 황금이 가득하고 청동이 가득 있다고들 쑥덕거렸소. 그러나 지금은 사실 온 성관 안에 훌륭한 재화라고 쌓아두었던 물건들은 모두 없어지고 말았소. 집의 많은 재산들이 프리기아와 아름다운 마이오니아로 팔려 나갔소. 그것도 제우스의 노여움을 샀기 때문이오. 하지만 이제는 음흉한 크로노스의 아들 제우스가 함선들 옆에서 우리에게 영예를 내려주셨소. 아카이아 군사들을 바닷가에 몰아넣고 말이오. 그러한 때에 얼빠진 소리를 하다니. 그 따위 의견은 이제 절대로 공공연한 자리에서 꺼내서는 안 되오. 물론 누구 하나 트로이 사람이면 찬성하지 않을 것이고, 먼저 내가 용서하지 않겠소.

그보다는 온 진영이 각 부대로 나뉘어 저녁 식사를 하도록 합시다. 그러나 경비는 잊지 않고 세워야 하오. 그리고 각자 경비를 맡거든 눈을 뜨고 있으시오. 그리고 트로이 사람 가운데 자기 재산이 무척 염려되는 이가 있거든 모두가 함께 쓰도록 성안 사람들에게 넘겨주는 것이 좋을 것이오. 모두 함께 즐기는 편이 아카이아 군사에게 내주는 것보다 훨씬 나으니까. 그리고 내일은 아침 일찍 모두 갑옷을 몸에 두르고 속이 빈 함선으로 가서 격렬한 싸움을 합시다. 만일 용감한 아킬레우스가 함선들 앞에서 일어섰다고 한다면, 그에게는 더욱 불리할 거요. 만약에 싸울 결심이라면 말이오. 어쨌든 나는 지긋지긋하게 혼란한 싸움에서 달아날 생각은 전혀 없소. 오히려 정면에 나서서 버텨볼 것이오. 그가 엄청난 승리를 거둘 것인가, 아니면 내가 승리를 차지하게 될 것인가를 시험해 보기 위해서. 전쟁의 신은 공평하게도 죽이려는 자를 죽이는 법이오."

이렇게 헥토르가 주장하자 트로이인들은 모두 갈채를 보냈으니 어리석은 사나이들이다. 그들의 지혜와 분별을 팔라스 아테나가 빼앗아 갔는지도 모를 일이다. 그들은 해를 입으려는 헥토르에게 찬성하고 훌륭한 계획을 생각해 낸 폴리다마스는 한 사람도 지지하지 않았던 것이다.

그리하여 온 군사가 저녁을 먹었으나, 아카이아군들은 밤이 새도록 파트로클로스를 애도하고 한탄했다. 펠레우스의 아들 아킬레우스는 쉴 새 없이 애곡을 선창하고, 무사를 죽이는 데 길든 두 손을 죽은 벗의 가슴에 올려놓고 몹시 비통하게 신음하며 울었다. 그 모습은 마치 사슴 사냥을 나온 사냥꾼에게 무성한 나무숲 그늘에서 몰래 새끼들을 도둑맞은 암사자를 보는 듯했다. 뒤늦게 돌아와 노하고 슬퍼하며 수많은 골짜기를 사냥꾼의 발자국을 찾아 해매고, 행여 어디선가 발견할 수 없을까 노심초사하는 암사자 말이다. 아킬레우스는 그처럼 심한 분노에 사로잡혀서, 깊게 신음하며 미르미돈족 사이에서 말했다.

"아, 어처구니없는 일이다. 그날 나는 소용없는 말을 지껄여댔구나. 고향 집에서 메노이티오스를 위로한답시고 틀림없이 빛나는 공훈을 세운 아들을 다시 오푸스로 데려다줄 것이며, 일리오스를 공략하고 전리품을 분배받으면 꼭 그러겠노라 약속했다. 제우스는 인간의 생각 따위를 남김없이 성취시켜 주시지는 않나 보다. 결국 우리 두 사람은 바로 이 트로이에서 같은 곳의 흙을 함께 피로 물들이는 운명을 타고났다. 그러니 내 귀환을 늙은 기사 펠레우스가 성관에서 축하하는 일도 허용되지 않나 보다. 어머니 테티스도 마찬가지. 바로 이 트로이의 땅이 나를 묻어줄 테니까.

그러나 지금은 파트로클로스여, 그대 뒤를 따라 나도 저승으로 가게 되어 있는 이상 그대를 죽인 헥토르의 갑옷과 목을 모두 여기까지 가져오기 전에는 그대의 장례는 치르지 않을 테다. 기상도 훌륭한 그대를 죽였으니까. 그뿐 아니라 트로이인의 뛰어난 아들 열두 명을, 그대를 화장하는 불 앞에서 원한의 갚음으로 목을 베어 죽여주마. 그때까지는 뱃머리가 휘어 오른 함선 옆에 그냥 그대로 뉘어둘 테다. 그 대신 우리가 고생하면서 힘과 기다란 창을 휘둘러 인간들의 유복한 도시들을 공략하여 손에 넣은 트로이의 여자들과 다르다니에 여자들이 그대의 시신을 둘러싸고 밤낮없이 눈물을 흘리며 그대의 죽음을 슬퍼할 것이다."

이렇게 말하고 용감한 아킬레우스는 부하들에게 명령하여 한시바삐 파트로클로스의 시체를 씻어 말라붙은 피를 깨끗이 닦아낼 생각으로 불 위에 커다란 가마솥을 올려놓게 했다. 그래서 사람들은 타오르는 불에 목욕물을 데우는 가마솥을 올려놓고 물을 가득 부은 다음 장작을 넣으니, 불꽃이 솥 배를 감싸 곧 물이 따뜻해졌다. 이어서 청동 솥의 물이 끓기 시작했다. 그때에 사람들은 이 물로 시체를 깨끗이 씻은 다음, 올리브기름을 바르고 상처에는 9년 묵은 고약을 가득 채워 관에 뉘어놓고, 결이 고운 마포를 목에서 발끝까지 푹 덮어씌우고는 그 위에 흰 수의를 얹었다. 이렇게 해놓고는 밤새도록 걸음이 빠른 아킬레우스 주위에 둘러앉아 미르미돈족은 파트로클로스를 애도하고 탄식했다.

한편 제우스는 왕비이며 또한 누이동생이기도 한 헤라에게 말했다.

"암소의 눈을 가진 헤라여, 발이 빠른 아킬레우스를 일어나게 하여 이번에도 그대의 뜻을 이루었구나. 정말이지, 저 머리카락을 길게 늘어뜨린 아카이아족들은 그대에게서 태어난 듯싶다."

그 말에 이번에는 암소의 눈을 가진 헤라가 대답했다.

"더할 데 없이 어지신 크로노스의 아드님, 무슨 말씀을 그렇게 하십니까? 별 대단한 지혜나 분별도 갖지 못하는 죽어야 할 몸인 인간마저도 남에 대해서 마음먹은 바를 이룩할 수 있거늘, 하물며 여신 중에서 출생으로 보거나 또 당신의 아내라는 이 신분으로 보아서나—당신은 모든 불사인 신들의 왕이시니까—특히 높은 지체를 자랑하는 내가 왜 나를 노엽게 한 트로이 편의 재앙을 바라면 안 된다는 것이지요?"

두 신이 이와 같은 대화를 나누는 동안, 은빛 발의 테티스는 헤파이스토스의 집에 다다랐다. 결코 허물어지지 않는 청동으로 지은 이 궁전은 별을 아로새겨 죽음을 모르는 여러 신들의 저택 중에서도 두드러지게 눈에 띄었으며, 절름발이 신이 손수 지은 건물이었다. 그 신은 땀을 흘리며 몸을 굽혀 열심히 풀무질을 하고 있는 중이었다. 지금 막 스무 개나 되는 세발을 만들고 있는 중이었는데, 그것은 뛰어난 기둥이 즐비하게 서 있는 넓은 방어벽에 붙여 빙 둘러놓기 위한 것이었다. 그 하나하나 받침 밑에는 황금 바퀴가 달려 있어서 사람의 손을 빌리지 않더라도 신들이 모이는 자리에 저절로 굴러들어갔다가 저절로 굴러 돌아오도록 장치가 되어 있는, 보기에도 경탄할 만한 물건이었다. 그런데 아직 거기까지는 완성되어 있지 않고 기교를 다한 두 귀도 아직 붙어 있지 않았다. 이제 막 그 일에 달라붙어 손잡이를 달기 시작했다. 그가 훌륭한 솜씨로 그 일을 하고 있을 때, 은빛 발을 가진 테티스가 그에게 다가갔다.

그녀를 먼저 발견한 것은 마침 집에서 나오던 신녀 카리스였다. 반드르르한 끈으로 머리를 묶은 곱고 아름다운 이 여신은 유명한 절름발이 신 헤파이스토스의 아내였다. 카리스는 덥석 테티스의 손을 잡고 이름을 부르면서 반겼다.

"어머 테티스 님, 긴 옷을 입으신 당신이 우리집엔 어떻게 오셨나요? 고마워요, 기뻐요, 좀처럼 오시지 않더니. 자, 어서 들어가세요. 아무튼 대접을 하고 싶어요."

이렇게 말하고 존귀한 여신은 집 안으로 테티스를 안내하여 아름답게 은장식을 한 의자에 앉혔다. 그 밑에는 발을 얹도록 받침대까지 마련되어 있었다. 그러고는 헤파이스토스를 부르며 말했다.

"헤파이스토스여, 이리로 나오세요. 테티스 님이 당신에게 볼일이 계시대요."

그러자 유명한 절름발이 신이 대답했다.

"정말 대단히 반가운 분이 집에 찾아오셨구나. 나를 구해주신 분이지. 내가 절름발이라고 해서 나를 없애버리려는 파렴치한 어머니의 사악한 속셈 때문에 멀리 추락하여 고통받고 있을 때 말이오. 그 무렵 만일 흐름을 되돌리는 오케아노스의 따님 에우리노메와 테티스 님이 품안에 나를 받아주시지 않았던들, 나는 무척 쓰라린 경험을 했을 것이오.

두 분 밑에서 나는 9년 동안이나 온갖 세공에 기교를 부렸지. 속이 텅 빈 동굴 안에서 아름다운 브로치와 나선형 고리, 머리 장식과 목걸이 같은 것을 만들었다오. 그 주위에는 오케아노스의 물결이 부글부글 거품을 뿜으면서 끝도 모르게 흐르고 있었기 때문에 다른 신들은 물론 죽을 목숨인 인간들도 모르고 있었소. 오직 테티스와 에우리노메, 나를 구해준 그 두 분만이 알고 있었다오. 그러한 분이 지금 우리집을 찾아오셨으니 이번에는 아름다운 머리를 드리운 테티스 님에게 꼭 목숨을 건져주신 은혜를 넉넉히 갚지 않으면 안 되오. 자, 지금부터 대접해 드릴 준비를 하시요. 나는 그동안에 풀무와 연장들을 치워 놓고 갈 테니."

이렇게 말하고 모루에서 일어선 그의 모습은 실로 놀라우리 만큼 거대했다. 그는 발을 절면서 아래쪽으로 가느다란 정강이를 민첩하게 움직여 풀무를 화로에서 끌어내어 치우고, 지금까지 쓰고 있던 갖가지 연장도 모두 은으로 만든 상자 속에 집어넣었다.

그러고는 수건을 가져다 얼굴과 두 손, 굳건하고 튼튼한 목덜미와 억센 털이 숭숭 난 가슴을 알뜰히 닦은 다음, 조끼를 입고 굵직한 지팡이를 짚으며 절룩절룩 밖으로 걸어나왔다. 그러자 황금으로 만든 인형이지만 살아 있는 처녀와 조금도 다름없고, 가슴속에는 정신이 있는 데다가 인간의 목소리와 기력까지 가졌고, 불사의 신들에게서 받은 온갖 기술마저 익히고 있는 처녀들이 줄줄이 따라나와서 주인을 부축해 주었다. 얼마 걸어가지 않아서 이윽고 주인 헤파이스토스는 테티스가 앉은 자리로 가까이 다가가 빛나는 의자에 걸터앉아 그녀의 손을 꼭 잡으며 말을 건넸다.

"테티스 님, 무슨 일로 긴 옷을 입으신 신께서 우리집을 다 오셨나요? 고맙고 기쁜 일입니다만, 여태까지는 한 번도 오시지 않았는데. 자, 무엇이든 용건을 말씀하십시오. 무슨 일이든 들어드리라고 내 마음이 명령하고 있으니까요. 만일 내가 할 수 있는 일이거나 한 적이 있는 일이라면 기꺼이 이루어 드리겠습니다."

이에 테티스가 눈물을 글썽이며 말했다.

"헤파이스토스여, 참으로 올림포스에는 여신도 많지만 그중에 나처럼 심한 근심을 가슴에 가득 지닌 여자도 없을 거예요. 그만큼 크로노스의 아들 제우스께서는 모든 여신들 가운데 내게 가장 큰 괴로움을 주셨어요. 바다에 사는 여신 중에서 나를 선택해 인간인 아이아코스의 아들 펠레우스의 뜻을 따르게 했고, 그래서 나는 내키지 않았지만 남편의 침실에도 들었던 거예요. 그이는 지금 어리석은 노년에 시달리며 집 안에 누워 있습니다만, 이번에는 또 다른 고생을 제우스가 안겨주셨습니다. 나는 아들 하나를 낳아 길렀지요. 그 애를 넓은 정원 양지바른 곳에 심은 나무처럼 소중하게 키웠는데, 트로이 사람들과 싸우러 간다기에 뱃머리가 휘어 오른 배에 태워 일리오스로 떠나보냈지요. 그런데 그 아이를 이제는 두 번 다시 고향인 펠레우스의 성관에서 맞이할 수도 없게 되었답니다.

그 아이가 아직 살아서 햇빛을 우러러보는 동안에도 괴로워하고 있건만, 당장 달려가서 도와줄 수도 없답니다. 그 처녀 말이에요. 아카이아군의 젊은이들이 상으로 그 아이에게 골라준 그 처녀를 통치자 아가멤논이 다시 빼앗아 간 거예요. 그 아이가 그 처녀 때문에 고민하며 괴로워하고 있을 무렵, 마침 트로이군은 아카이아 군사들을 함선들의 뱃머리 근처에 밀어붙여 놓고 조금도 밖에 나오지 못하게 했으므로, 아르고스의 장로들이 그 아이를 찾아가 훌륭한 선물을 많이 늘어놓으며 나와서 도와달라고 사정했답니다. 그 아이는 아카이아 군사들의 파멸을 막아주는 것은 거부했습니다만, 파트로클로스에게 자기 갑옷을 입히고 많은 병사를 싸움터로 딸려 내보냈지요. 그리하여 온종일 스카이아 문 근처에서 격렬한 전투가 벌어졌는데, 아폴론이 큰 손해를 적에게 입힌 메노이티오스의 씩씩한 아들 파트로클로스를 선두 대열에서 죽이고 헥토르에게 영예를 주셨답니다. 그렇지 않았다면 그날 안으로 일리오스의 성을 공략할 수도 있었을 거예요.

그 때문에 이렇게 간청하러 찾아왔습니다. 혹시 죽게 될 내 아들을 위해 방패와 투구와 복사뼈 덮개가 달려 있는 훌륭한 정강이받이, 그리고 가슴받이도 만들어 주실 수는 없을까 하고 부탁을 드리려고요. 전부터 서로 믿는 벗 파트로클로스가 트로이군에게 죽임을 당했을 때 갑옷을 빼앗기고 말았기 때문에 내 아들은 마음이 상해 땅에 쓰러져 있답니다."

이에 세상에 유명한 절름발이 신 헤파이스토스가 말했다.

"이제는 안심하십시오. 간단한 일이니 조금도 걱정하지 말았으면 합니다. 그보다는 정말 내 힘으로 불쾌한 울림을 가진 죽음의 신으로부터 아드님을 완전히 감추어 드릴 수만 있다면 좋으련만. 무서운 죽음의 운명이 들이닥치는 그 순간에, 이제 훌륭한 갑옷 일체를 틀림없이 가질 수 있는 것만큼 확실히 그 운명에서 빼돌릴 수 있다면 좋으련만. 완성된 것을 많은 사람들이 보면 놀랄 만큼 훌륭한 물건들일 텐데."

이렇게 말하고 그는 테티스를 그 자리에 앉혀놓은 채 풀무 곁으로 가서 그것을 불 쪽으로 돌려놓고 작업을 시작하라고 명령하니, 모두 스무 개나 되는 풀무가 일제히 도가니 속에 바람을 불어넣기 시작했다. 여러 가지로 힘을 들여 숨을 내보내며, 때로는 헤파이스토스가 열심히 작업을 진행하는 것을 거들고, 때로는 신의 뜻대로 자질구레한 세공의 제작을 도왔다. 그동안에도 헤파이스토스는 결코 썩거나 소멸하지 않는 청동과 주석과 값진 황금과 은 따위를 계속 불 속에 던져 넣었으며, 이어 모루대 위에 커다란 모루를 고정시켜 놓고, 한 손에는 튼튼하고 큼직한 모루채를 쥐고, 또 한 손에는 집게를 들었다.

그리하여 가장 먼저 만든 것은 견고한 큰 방패였다. 빈틈없이 기교를 부리고 둘레에는 번쩍번쩍하는 테를 둘렀는데, 그것은 세 겹으로 번쩍이는 은으로 만든 손잡이 끈에 매단 것이었다. 그리고 방패 자체는 다섯 겹으로, 그 표면에는 훌륭한 장식 무늬가 극치의 정교한 솜씨로 새겨져 있었다.

첫째, 한가운데의 원형에는 하늘과 땅과 바다, 그리고 지칠 줄 모르는 태양과 보름달을 새겼다. 그리고 하늘을 두루 둘러싼 모든 별자리, 이를테면 묘성 일곱 별이라든가 휘아데스 별, 억세 보이는 오리온과 큰곰자리, 이것은 세상 사람들이 북두칠성이라고 부르는 것인데, 이 별자리는 같은 자리에서 빙빙 돌며 오리온을 원수처럼 여기고, 모든 별자리 중에서 이 하나만이 오케아노스의 목욕에 참가하지 않는다.

이어 둘째 원에는 인간들이 가득 찬 아름다운 두 도시를 새겨넣었다. 그것은 훌륭한 도시로 한 도시에서는 지금 막 혼례와 잔치가 베풀어지고 있다. 사람들이 신부들을 안방에서 찬란하게 빛나는 횃불 아래로 데리고 나가 도시의 한길을 건너가는데, 요란스런 축혼가가 높이 울려퍼진다. 그리고 젊은이들이 무용수와 함께 빙빙 돌며 춤을 추면, 그 한가운데에서는 피리와 커다란 하프 소리가 울려나온다. 그런 광경을 집집마다 부인들이 서서 감탄하여 바라보고 있는 그런 장면이었다.

한편 시민들은 광장에 모여 있었다. 거기서는 지금 막 말다툼이 벌어지고 있었다. 그것은 살해된 남자에 대한 보상 문제를 가지고 두 사나이가 말다툼을 하고 있는 것이었다. 한 사나이는 틀림없이 모두 지불했다고 다른 사람들에게 떠들고 다니지만, 다른 사나이는 아무것도 받은 것이 없다고 주장했다. 그래서 쌍방이 재판을 걸어 결판을 짓자고 흥분하는데, 그들을 둘러싼 사람들은 두 무리로 나뉘어서 각기 자기편을 응원한다. 전령들이 달려와서 사람들을 제지시키려 든다. 한편 장로들은 반들반들 깎은 돌들 위에 신성한 원을 그리고 앉아, 목소리가 우렁찬 전령들에게서 홀을 받아들었다. 그리고 차례차례 이 홀을 들고 일어서서 번갈아 재판에 대한 자기 의견을 진술했다. 그 한가운데에는 황금 추가 두 개 놓여 있었는데, 이것은 가장 올바른 재판을 주장한 사람에게 주기로 되어 있었다.

또 한쪽 도시에는 이를 가운데 두고 두 군대가 갖가지 갑옷들을 번쩍이며 서로 대치하고 있었다. 그들의 군대는 지금 두 갈래로 갈라져서 서로 제 주장을 고집하고 있었다. 한쪽은 도시를 공략하여 약탈하자 하고, 한쪽은 이 아름다운 도시가 갖고 있는 모든 재물을 나누어 그 절반을 조건으로 내놓게 하자고 우긴다. 그런가 하면 도시 안에 있는 사람들은 적의 어떠한 제의도 받아들이려 하지 않고 기습을 감행하려고 무장을 굳히고 있었다. 성벽에는 사랑하는 아내와 철없는 어린아이들까지 올라가서 지키고 있었으며, 그들 사이에는 나이 많은 노인도 끼어 있었다.

이렇게 진격해 나간 군사들의 선두에는 군신 아레스와 팔라스 아테나가 있었다. 이들은 모두 황금 옷을 입었으며, 아름답고 큼직한 갑옷을 몸에 두르고 있어서 주위의 것들에 비해 두드러지게 눈에 띄고 여느 병사들보다 훨씬 돋보였다. 그리하여 매복에 적당하다고 판단한 장소에 이르렀는데 그곳은 소와 양이 물을 마시러 오는 강가로, 거기에 모두 번쩍이는 청동 갑옷을 입은 채 쭈그리고 앉았다.

그러고는 두 사람의 척후를 내보내어 양과 뿔이 굽은 소 떼가 보이는지 살피도록 했다. 이윽고 가축 떼가 나타났으며, 이를 몰고 오는 두 목동은 피리 같은 것을 불면서 오는데 그들은 음모가 앞에 기다리고 있을 줄은 꿈에도 알지 못한다. 이쪽에서는 멀리서 그들을 발견하고 일제히 달려나가 순식간에 소 떼와 털이 흰 아름다운 양의 무리들을 마구 베어 쓰러뜨리고, 양치는 목동마저 죽이려 덤볐다.

그런데 회의장 앞에 앉아 있던 그들 편은 소 떼가 있는 근처에서 큰 소동이 일어났다는 소식을 듣고 즉각 말을 달려 현장에 도착했다. 그리하여 거기서 저마다 대오를 가다듬어 강둑에서 전투가 시작되니, 서로 청동 창을 마구 집어 던진다. 그 자리에는 투쟁의 여신 에리스와 혼란의 신 퀴도이모스, 보기 싫은 죽음의 여신 등도 한몫 끼어 아직 살아 있으면서 갓 부상한 자, 아무런 상처도 입지 않은 자, 혹은 이미 싸늘하게 식은 송장 따위를 움켜쥐고, 또는 다리를 잡아끌며 붐비는 속을 끌고 나간다. 그 두 어깨에 걸친 옷은 사람의 피로 벌겋게 물들어 있었다. 이렇게 왁자지껄하며 혼전을 벌이고 있는 모습과 서로 적의 시체를 끌고 가는 광경이 마치 실물처럼 묘사되어 있었다.

그다음 셋째 원에는 기름진 밭을 부드럽게 세 번이나 갈아엎은 새로운 개간지가 드넓게 새겨져 있었다. 많은 농부들이 쟁기를 끄는 한 쌍의 소를 쉴 새 없이 이러저리 몰아나간다. 그리하여 소를 되돌려 밭고랑 끝에 돌아올 때마다 한 사나이가 기다리고 있다가 꿀을 타서 달콤한 포도주를 한 잔 가득 따라준다. 또 이쪽도 그것을 기대하고 모두 고랑을 쟁기질하며 되돌아오는 것이다. 아득히 먼 새로운 개간지 끝에 빨리 닿으려고, 그래서 밭은 갈아나가는 것마다 거무스름하게 변해가는데, 황금으로 만들어졌는데도 갈아엎은 흙으로 보이는 것은 참으로 놀랍고 신기한 솜씨가 아닐 수 없다.

또 다른 곳에는 영주의 소유인 장원이 새겨져 있었다. 거기서는 일꾼들이 몇 사람이나 날카로운 낫을 손에 쥐고 보리를 베고 있는 중이었다. 거기에 따라 이랑 사이에 베어낸 보릿단이 잇따라 땅에 깔려 나가면, 한편에서는 남자들이 새끼로 부지런히 묶어놓는다. 묶는 사람은 셋이나 있으며, 그 위에서 아이들이 쉴 새 없이 벤 보리를 한 아름씩 들어다가 묶는 사람들에게 넘겨준다. 그들 사이에는 땅 임자인 영주도 끼어 있었으며, 그는 아무 말 없이 지팡이를 짚고 즐거운 듯 밭이랑 옆에 서서 지켜보고 있었다. 그리고 거기서 좀 떨어진 떡갈나무 그늘에서는 전령들이 향연 준비에 바쁘다. 큼직한 소를 잡아 제물로 바치면, 여자들이 모여들어 흰 보릿가루를 일꾼들의 식사를 위해 가득 뿌려대고 있었다.

다시 또 다른 곳에는 포도송이가 가득 매달려 있는 과수원을 가운데다 새기고, 양쪽 도랑은 유리 및 에나멜로 또 주변의 울타리는 주석으로 둘러쳤으며, 한 가닥의 오솔길이 안으로 통하고 있었다. 그 길은 과수원에서 영그는 포도를 따서 나르는 일꾼들의 길이었다. 처녀들과 젊은이들이 고생을 모르는 순진한 마음으로 꿀처럼 단 과일을 바구니에 담아들고 가는데, 그 가운데에서 소년 하나가 하프 소리도 드높게 마음껏 줄을 퉁기며 차분하게 가라앉은 목소리로 노래를 부르면서 걸어간다. 그러면 모두 거기에 장단을 맞추어 춤을 추고 소리를 지르며 발을 굴리고 깡충거리면서 가는 것이었다.

또 다음 넷째 원에는 곧은 뿔을 가진 암소 떼를 가운데 새겼다. 그 소들은 황금과 주석 같은 것으로 새겼으며 한가로이 울면서 외양간을 나와 찰랑찰랑 물이 흐르는 강가로, 와삭거리는 갈대가 무성한 풀밭으로 해서 목장으로 가고 있는 중이었다. 그 주위에서 황금으로 만든 목동들이 네 사람이나 소들을 돌보며 걸어가고, 아홉 마리나 되는 날쌘 개들이 뒤따라갔다. 한편 무서운 사자 두 마리가 선두에 선 소 떼 사이에서 이미 큰 소리로 울부짖는 황소 한 마리에 덤벼들고 있었다. 소가 끌려가며 거친 신음 소리를 내고, 개와 젊은이들이 달려갔으나 두 마리의 사자는 벌써 커다란 소의 몸뚱이를 물어뜯어 내장과 거뭇한 피를 빨아먹고 있었다. 목동들은 그저 요령도 없이 날쌘 개들을 부추기고 몰아세운다. 개들은 꽁무니를 빼고 감히 사자에게 덤비지는 못하면서도 바로 앞에 가서 짖어대기도 하고 뒤로 물러나기도 하고 있었다.

거기에 유명한 절름발이 헤파이스토스는 경치 좋은 골짜기 나직한 지대에

하얀 털의 양들이 몰려 있는 목장과 축사, 막사 또는 양을 가둔 우리 같은 목장 광경을 새겨넣었다.

그리고 절름발이 신은 춤을 추고 노래하는 사람들의 무리를 그 속에 새겨넣었다. 그것은 옛 전설이 전해오듯, 크노소스*3의 넓은 거리에 다이달로스가 땋은 머리채도 아름다운 아리아드네를 위해 만들어 놓은 것과 같았다. 거기서는 많은 젊은이들과 처녀들이 서로 손목을 잡고 춤을 추고 있었다. 그 처녀들은 결이 고운 엷은 삼베옷을 걸치고 젊은이들은 잘 짜인 조끼를 입었으며, 칠한 기름으로 촉촉이 빛나 보였다. 처녀들은 고운 화관을 쓰고, 젊은이들은 황금 단검을 은으로 만든 끈으로 허리에 차고 있었다.

그들은 마치 도자기공이 앉은 채 손에 꼭 맞는 녹로를 만져보고 잘 회전하는가 시험 삼아 돌려보는 것처럼 능숙한 걸음걸이로 경쾌하게 원을 그리며 돌다가 때로는 줄지어 서로 마주 보고 달려가곤 했다. 많은 구경꾼들이 춤추는 무리를 재미있는 듯이 바라보고 있다. 그중에서 신성한 한 악사가 하프를 손에 들고 노래를 부르니, 두 사람의 곡예사가 군중 가운데로 나아가 그 가락에 맞추어 빙글빙글 돈다.

그 위 다섯째 원에는 튼튼하게 만든 큰 방패의 맨 바깥쪽 가장자리에 도도히 힘차게 흘러가는 오케아노스 강물을 새겼다.

이렇게 해서 마침내 거대하고 견고한 방패를 다 만들고 나자, 이번에는 다시 불빛보다 더 빛나는 가슴받이를 아킬레우스를 위해서 만들고, 또 튼튼한 투구도 만들었다. 관자놀이에 꼭 맞게 끼도록 솜씨를 다 부린 훌륭한 것으로, 위에는 황금으로 된 앞장식이 붙어 있었다. 그리고 그를 위해 연한 주석으로 정강이받이도 만들었다.

이렇게 세상에 유명한 절름발이 신은 갑옷 한 벌을 다 만들고 나더니, 이것을 들고 가서 아킬레우스의 어머니 테티스 앞에 놓았다. 여신은 헤파이스토스가 만들어 준 눈부시게 빛나는 갑옷을 아들에게 갖다주려고 곧장 일어나 날쌘 독수리처럼 눈을 덮어쓴 올림포스에서 날아내렸다.

---

*3 크레테 섬의 도시, 미노스 성 밑의 이른바 미노아 문화의 중심지.

제19권
아가멤논과 화해하는 아킬레우스

사프란빛 치맛자락을 조용히 끌며 새벽의 여신이 오케아노스의 물결을 헤치고 나와 불사의 신들과 인간들의 세상에 빛을 주려 오른다. 그때 테티스는 헤파이스토스한테서 선물로 받은 갑옷을 손에 들고 몰려 있는 함선들에 도착해 보니, 사랑하는 아들 아킬레우스는 파트로클로스의 시체 옆에 엎드려 커다란 소리로 울부짖고 있었다. 많은 전우들이 그를 에워싸고 비탄에 잠겨 있는 사이를 헤치고, 신성한 여신은 아들 곁으로 다가가 아들의 손을 잡고 달래며 말한다.

"내 아들아, 파트로클로스가 전사한 것은 참으로 분한 일이지만 처음부터 신들의 뜻에 의해 쓰러진 것이니, 이대로 뉘어두도록 해라. 아무튼 그대는 헤파이스토스께서 만들어 주신 이 뛰어난 갑옷을 받아라. 너무나 훌륭하여 여태까지 아무도 어깨에 걸쳐보지 못한 물건들이니까."

이렇게 말하고 여신이 들고 온 갑옷 일체를 아킬레우스 앞에 내려놓으니, 구석구석 정교하게 만든 그 갑옷이 요란하게 울렸다. 이 소리를 듣자 미르미돈족 사람들은 모두 부들부들 몸이 떨려 누구 한 사람 똑바로 바라보지도 못하고 황송해했다. 그러나 아킬레우스는 오히려 이것을 바라보자 더 심한 분노에 가슴이 메어서 두 눈이 무섭게 눈썹 아래서 번들거려 섬광이라도 비칠 듯이 보였으며, 두 손으로 신이 내려준 선물을 받들어 들더니 기쁜 듯이 살펴보았다. 그리하여 실컷 신의 솜씨를 바라보고 나더니, 곧 어머니인 여신을 돌아보고 말을 건넸다.

"어머니, 이것으로 무구 일체는 다 갖추어졌습니다. 과연 이것은 죽음을 모르는 신의 작품으로 매우 훌륭한 물건이며, 결국은 죽을 인간 따위가 도저히 만들어 낼 수 있는 것이 아닙니다. 저는 지금부터 이 갑옷을 입기로 하겠습니다. 다만 이제 와서 마음에 걸리는 것은, 만일 이럭저럭하는 동안에 메노이티오스의 용감한 아들 파트로클로스의 시체에 파리들이 몰려 상처 안에 구더기가 끓어 시체가 아주 흉해지지나 않을까 하는 것입니다. 목숨은 벌써 오래전에 끊어졌으므로 살이 썩기도 할 테니까요."

이에 은빛 발을 가진 여신 테티스가 대답했다.

"아들아, 그런 것은 그대가 굳이 염려할 것은 없다. 그에게 전쟁터에서 죽은 사람들을 빨아먹는 더러운 파리 떼가 붙지 못하도록 내가 충분히 손을 쓸 테니까. 한 해가 다 가도록 여기 누워 있어도 언제까지나 그 살결이 변하지 않을뿐더러 오히려 전보다 더 고와질 것이다. 그러니 그대는 회의장에 아카이아 군사들의 대장들을 불러모아, 병사들의 우두머리 아가멤논에 대한 분노를 이제는 다 씻었노라 선언하고, 당장이라도 싸움에 나갈 수 있게 무용을 몸에 지니도록 하여라."

이렇게 말한 뒤 여신은 그에게 대단한 용맹심을 불어넣어 주고, 또 파트로클로스의 콧구멍으로 신향과 새빨간 신주를 부어넣어 살이 단단하게 유지되게 했다.

한편 용감한 아킬레우스는 바닷가를 따라 걸음을 옮기면서, 무시무시한 고함을 질러 아카이아 군사들의 대장들을 일어서게 했다. 그리하여 전부터 배가 몰려 있는 장소에 남아 있던 사람과 조종자로서 배의 키를 잡고 있던 사람, 혹은 양식의 배급 책임자로서 배에 남아 지휘하고 있던 사람들은 말할 것도 없고, 그 밖에 때마침 회의에 나와 있던 사람들이 모조리 몰려나왔다. 아주 오랫동안 처참한 싸움에서 물러나 있던 아킬레우스가 나타났기 때문이다.

군신 아레스의 수행 무사 두 사람도 다리를 절룩절룩 절면서 걸어나왔다. 싸움에 다부진 티데우스의 아들 디오메데스와 용감한 오디세우스 두 사람인데, 그들이 창을 짚고 온 것은 아직도 상처가 아팠기 때문이다. 그래도 회의장 맨 앞자리에 가서 앉았다. 가장 나중에 나타난 사나이는 무사들의 군주 아가멤논이었으며, 그도 상처를 입고 있었다. 심한 결전에서 안테노르의 아들 코온이 청동 날이 달린 창으로 찔렀던 것이다. 이리하여 아카이아군이 한자리에 모였을 때, 그들 사이에서 걸음이 빠른 아킬레우스가 일어나 입을 열었다.

"아트레우스의 아들 아가멤논이여, 대체 우리 두 사람이 불쾌한 감정을 품고 여자의 일로 목숨을 좀먹는 다툼에 넋을 잃어온 것이 당신과 나에게 조금이라도 무슨 이익을 가져다주었소? 그런 여자는 함선 주위에서 아르테미스가 활을 쏘아 죽여주셨으면 좋았을 것이오. 내가 뤼르넷소스를 공략하여 그 여자를 상으로 받던 바로 그날 말이오. 만약 그랬더라면 내가 화가 나서 나오지 않은 탓으로 이토록 많은 아카이아 사람들이 적의 손에 끝없는 대지의 흙을 씹지 않아도 되었을 것을.

그것은 헥토르와 트로이 측에게는 이득이 되었지만, 아카이아 군사는 나와 당신의 불화를 아마도 오래도록 잊지 못할 것이오. 그러나 괴롭더라도 이제 지난 일은 아무리 불쾌하더라도 생각하지 않기로 하겠소. 이미 나는 노여움을 깡그리 버리기로 했소. 끈질기게 언제까지나 화만 내고 있으면 무슨 소용이 있겠소. 아무튼 즉각 전투에 임하도록 머리를 길게 기른 아카이아 군사들을 독촉하시오. 트로이 군사에게 맞부딪쳐, 그들이 아직도 함선 곁에서 야영할 생각이 있나 시험해 보기로 하오. 하지만 살벌한 전쟁에서 벗어나 우리의 창끝에 쓰러지지 않고 도망칠 수 있다면, 그들은 모두 무릎을 굽히고 쉬게 된 것을 고맙게 여길 것이 틀림없소."

이렇게 말하니 훌륭한 정강이받이를 댄 아카이아 군사는 의기왕성한 아킬레우스가 노여움을 버리고 나타난 것을 크게 기뻐했다. 그래서 그들을 향해 무사들의 군주 아가멤논이 말했다.

"친애하는 다나오이의 용사들이여, 군신 아레스의 부하들이여, 말하고자 일어선 사나이의 이야기에 귀를 기울이는 것이 도리이다. 말을 잘하는 자라도 끼어들어 참견을 하는 것은 바람직하지 못하다. 모여든 사람들이 왁자하게 떠든 자리에서 어떻게 말을 듣고 말을 할 수 있을 것인가? 목소리가 우렁찬 웅변가라 해도 방해를 받을 것이오. 그래서 펠레우스의 아들 아킬레우스에게 지금부터 내가 대답할 테니, 이 자리에 참석한 아르고스의 여러분들은 충분히 주의를 기울여서 내가 하고자 하는 말을 모두 잘 들어주기 바란다.

과연 이번 사건에 대해서는 아카이아 대장들이 몇 번이나 이야기를 꺼내어 비판을 했었다. 그러나 내가 그 장본인이 아니고, 제우스와 운명의 여신과 흐릿한 안개 속을 헤매는 복수의 여신이 한 짓이다. 아킬레우스에게 준 명예의 선물을 내가 도로 빼앗았던 바로 그날에, 그분들이 지난번 회의에서 내 가슴 속에 서글픈 미망(迷妄)을 불어넣은 것이다. 그렇다고 내가 어떻게 할 수 있었겠는가? 신은 언제나 모든 일을 그대로 밀고 나가서 뜻을 이루고 마니까.

미망은 제우스의 맏딸로 너 나 할 것 없이 아무나 미망 속으로 끌어넣는 지긋지긋한 여신이다. 그녀 발끝은 가벼워서 결코 흙을 밟는 일이 없고, 다 아는 일이지만 사람들의 머리를 밟고 다니며, 인간을 희롱하면 그중 절반은 꼼짝도 못하게 되어버리고 만다. 아니, 그뿐인가. 인간과 신들 가운데 으뜸인 제우스조차 지난번에는 희롱을 당했다. 헤라가 여자의 몸으로 책략을 꾸며서 속인 것이다. 훌륭하게 보루를 둘러친 테바이에서 알크메네가 헤라클레스를 낳게 되어 있던 그날이었지. 그때 제우스는 모든 신들을 향해 자랑스럽게 말씀하셨다. '모든 남신들과 여신들은 내가 하는 말을 잘 들어라. 그것은 내 마음이 가슴속에서 말하라고 명령하는 것이니까. 오늘 해산의 고통을 도와주는 출산의 여신*1이 빛의 세계와 그 주변에 사는 자를 모두 지배할 인간을 인도한다. 그야말로 내 혈통에서 나온 장부의 집안에 속하는 자다.'

이렇게 제우스가 말하자, 이에 헤라가 간사한 계략을 가슴에 품고 다음과 같이 물었다. '거짓말만 하시고, 이번에도 그 말씀의 결말은 짓지 않으시겠지요. 안 그러시다면 맹세하세요. 올림포스의 주인님, 굳은 맹세를 해주세요. 당신 피를 받은 인간의 한 사람으로서 바로 오늘 여자 다리 사이에 떨어지는 자야말로 틀림없이 주변에 사는 사람 모두를 통치하는 군주가 될 것이라고 말이에요.'

헤라가 이렇게 말했으나 제우스는 조금도 그 간사한 흉계를 눈치채지 못했다. 그래서 엄숙하게 맹세를 했는데, 바로 그때 제우스는 심한 미망에 사로잡혀 있었던 것이다. 제우스가 맹세하자 헤라는 올림포스의 봉우리를 떠나 순식간에 아카이아의 나라 아르고스에 이르렀다. 그곳에 사는 페르세우스의 아들 스테넬로스*2의 기품 있는 아내의 사정을 잘 알고 있었기 때문이다. 그때 부인은 임신 7개월이었는데, 헤라는 아직 달도 다 차지 않은 아기를 당장 빛의 세계로 끌어내는 한편, 해산을 거들어 주러 갈 출산의 여신을 자기 곁에 붙들어 놓고 알크메네의 해산을 중지시켜 놓았던 것이다.

그러고는 자기가 직접 이러한 사정을 알리러 크로노스의 아들 제우스에게 돌아가서 다음과 같이 말했다.

'아버지 제우스여, 번쩍이는 번개의 주인님. 알아주십사고 말씀드립니다만,

---

*1 조산의 여신 에일레이티이아.

*2 헤라클레스에게는 큰아버지뻘이 된다.

방금 아르고스 사람들의 군주가 될 훌륭한 인물이 태어났어요. 페르세우스의 후예로 스테넬로스의 아들 에우리스테우스라고 하여 당신의 혈통을 가진 아이지요. 아르고스인의 군주로서 부끄럽지 않은 인물이랍니다.'

이렇게 그녀가 말하자 날카로운 고뇌가 제우스의 가슴을 깊숙이 찔렀다. 당장 미망의 여신의 땋아 올린 머리채를 움켜쥔 것은 마음속으로 매우 분노했기 때문이었다. 그러고는 엄숙히 맹세하며, 앞으로는 결코 올림포스에도, 별이 반짝이는 하늘에도 두 번 다시 미망의 여신은 못 오게 할 테다 말하면서 그녀를 빙빙 돌려 별이 반짝이는 하늘에 힘껏 내던지고 말았다. 그러자 얼마 뒤 그 여신이 인간이 사는 밭에 떨어졌다. 그 뒤로 사랑하는 아들 헤라클레스가 에우리스테우스 밑에서 고생하는 것을 볼 때마다 제우스는 탄식하며 그녀를 원망했다.

그와 마찬가지로 나도 투구를 번쩍이는 위대한 헥토르가 우리 함선들의 뱃머리 근처에서 아르고스 군사를 잇따라 무찔러 나가는 것을 보았을 때, 처음으로 내 마음을 눈멀게 한 그 미망의 여신을 도저히 잊을 수가 없었다. 그러나 내가 이렇게 마음이 눈멀고 제우스께서 내 지혜를 빼앗으셨으니, 나는 이를 바로잡기 위해서 보상금을 많이 내놓을 참이다. 자, 그대들은 일어서서 싸움터로 가시오. 다른 전우들도 모두 일으키시오. 모든 선물은 내가 여기다 마련할 테니까. 어제 그대의 막사로 가서 용감한 오디세우스가 약속한 품목들을 하나도 빠짐없이 다 주겠소. 혹시 희망한다면, 선물을 지금 당장 부하들이 내 배에서 가지고 올 테니까 마음은 조급하겠지만 기다려 주시오. 그대가 만족해할 만큼 증정하는 것을 그대 눈으로 보고 가시오."

이에 걸음이 빠른 아킬레우스가 말했다.

"아트레우스의 아들 아가멤논이여, 더없이 영예 드높고 무사들의 군주이신 당신이 선물을 주실 생각이시라면, 만족할 만큼 가져오게 하시든지, 거기다 그대로 두시든지 마음대로 하십시오. 지금은 오직 한시바삐 전투에 마음을 씁시다. 여기서 이러쿵저러쿵 말로 시간을 보낸다는 것은 소용없는 일, 그보다 훨씬 중요한 일이 남아 있으니까요. 너 나 할 것 없이 모든 사람들에게, 다시 아킬레우스가 선두 대열에서 청동 창을 손에 쥐고 트로이군 진영을 돌파해 나가는 것을 보여주지 않으면 안 되오. 그대들도 적들과 싸우도록 하시오."

이에 지혜와 분별이 풍부한 오디세우스가 대답했다.

"아무리 그대가 강하더라도, 신과 같은 아킬레우스여! 식사도 안 한 채 아카이아 군사를 일리오스로 향하게 하여 트로이 군사와 대결하라고 몰아세울 수는 없소. 전쟁의 대결이라는 것은 일단 무사들의 진열이 충돌하여 양쪽 군대에 신이 기세를 불어넣은 이상은 짧은 시간 안에 끝나지 않는 것이요. 그러니 재빠른 배들 옆에서 아카이아 군사에게 밥이나 술을 먹도록 명령하시오. 그것이 곧 기력과 무용이 되는 것이니까.

대체 무사가 온종일 해가 질 때까지 밥을 먹지 않고서야 적과 싸울 수는 없을 것이오. 물론 마음만으로는 오로지 싸우고자 서두르겠지만, 그러는 동안에 저도 모르게 손발이 무거워지고 배고픔과 갈증에 시달려 앞으로 나아가고 싶어도 다리가 말을 듣지 않을 것이오. 그러나 술이든 음식이든 실컷 먹어둔다면, 적군들과 온종일 쉬지 않고 싸우더라도 그야말로 배 속의 간도 용기가 넘치고, 손발도 모두 싸움을 그치고 물러갈 때까지 지치지는 않을 것이오.

그러니 군사들을 모두 해산시켜서 식사 준비를 하도록 명령하오. 그리고 아킬레우스에게 줄 선사품을 아카이아 사람들이 직접 눈으로 볼 수 있도록 무사들의 군주 아가멤논은 회의장 가운데에 갖다 놓게 하는 것이 좋을 것이오. 또 아킬레우스여, 그대도 보면 마음이 누그러질 테니까. 그리고 군주께서는 또 맹세를 해주시오. 아르고스 군사들 속에 일어서서 여태까지 절대로 브리세이스의 침실에 든 적도 없고 살을 댄 적도 없다는 것을.

또 아킬레우스여, 그대도 이제는 진정으로 마음을 누그러뜨려야 하오. 그러고 나면 그대를 위해 조금이라도 정당한 대접에 그대가 부족을 느끼는 일이 없도록 막사 안에서 풍성한 음식을 장만하겠소. 그리고 아트레우스의 아들이여, 앞으로는 누구에 대해서든 한층 더 올바르게 행동해 주오. 왕이라도 심한 짓을 했을 때는 먼저 화해를 청하는 것은 조금도 부당한 일이 아니라오."

이에 무사들의 군주 아가멤논이 말했다.

"기쁘구나, 라에르테스의 아들 오디세우스여, 방금 그대가 한 말을 들으니, 과연 그대는 모든 일을 조리에 맞도록 간곡히 말할 뿐 아니라 하고 싶은 말을 남김없이 다하는구나. 나도 진심으로 바라는 일이니, 그것은 나도 맹세할 생각이다. 그리고 신명을 걸고 그 맹세를 어기지도 않을 테다. 그때까지는 싸우고 싶어 조급해지겠지만. 그러니 아킬레우스도 이대로 여기서 기다려 다오. 그리고 아까 말한 선물이 막사에서 도착할 때까지 다른 사람들도 모두 이 자리에서 기다려 다오. 그러면 우리가 굳은 맹세를 나눌 테니까.

또 특히 그대에게 내가 부탁도 하고 지시도 하고 싶은 것은, 모든 아카이아 병사 중에서 두드러지게 뛰어난 젊은이들을 골라서 내 배에서 아킬레우스에게 어제 선사하겠다고 약속한 물품들을 운반시켜 주지 않겠는가? 또한 여자들까지도 데리고 와다오. 그리고 탈튀비오스에게는 즉각 아카이아군의 널찍한 막사 안에서 수퇘지를 잡아 제우스와 태양 신에게 바치도록 준비시켜 다오."

이에 걸음이 빠른 아킬레우스가 대답했다.

"아트레우스의 아들이며, 더없는 영예를 지닌 무사들의 군주 아가멤논이여! 다른 때 같았으면 그야말로 한층 더 이러한 일에 수고를 시키는 것도 좋을 것이오. 전투 도중에 한숨 돌리는 경우라면, 또 내 가슴에 들끓는 상념이 이토록 고양되지 않는 때라면. 그런데 제우스가 프리아모스의 아들 헥토르에게 영예를 내려주신 탓으로 지금은 그가 무찌른 사나이들이 상처투성이가 된 채 방치되어 있소. 당신들은 지금 나에게 식사를 하라고 권하지만, 나라면 지금 식사를 그만두고 배가 고픈 채로 아카이아 병사들에게 싸우러 나가라고 명령할 것이오. 그러다가 손해 보상을 받은 다음에 해가 지면, 충분한 저녁 식사를 준비하라고 명령하겠소. 그 전에는 아무튼 내 목구멍에는 먹는 것이건 마시는 것이건 도저히 내려가지 않을 것이오. 친한 벗은 죽어서 지금도 막사 안에 청동 창끝에 마구 찢긴 채 그대로 누워 있소. 지금도 현관을 향해 안치해 둔 그 시체에 둘러앉아 전우들이 흐느끼고 있소. 그러니 지금 하신 말씀은 아예 내 머릿속에 들어올 여지가 없구려. 오직 살육과 피와 무사들의 암담한 신음 소리가 있을 뿐이오."

이에 지혜 분별이 풍부한 오디세우스가 말했다.

"아니, 펠레우스의 아들 아킬레우스여! 아카이아 군사들 중에서 훌륭한 용사라 일컬어지는 그대가 아니오. 물론 나보다 훨씬 무용도 뛰어나고 창 쓰는 솜씨도 그대가 나보다 적잖이 더 세고 강하지만, 지혜에 있어서는 내가 그대를 크게 능가할 것이오. 그대보다는 나이도 위고 세상도 더 많이 보아왔으니까. 그러니 내가 하는 말을 참고 잘 명심해 주시오. 싸움이라는 것은 인간들을 금방 진력나게 만드는 법이오. 그 일이란 대부분 청동 날이 보리짚만 땅에 베어버리는 격이요. 인간의 전쟁을 다스리는 제우스께서 저울추를 결정하실 때

*[3]는 수확도 실로 보잘것없소.

그러니 아카이아군이 굶음으로써 전사자를 애도할 생각을 한다는 것은 터무니없는 일이오. 수많은 사람들이 잇따라 쓰러져 가는 형편이니, 대체 언제 죽음을 애도하는 일을 그칠 수 있겠소. 그러므로 사람이 죽으면 마음을 매정하게 먹고, 그날 하루만 눈물을 흘리며 애도하고서 곧 묻고 가지 않으면 안 되오. 이 잔혹한 전쟁에서 어떻든 간에 살아남은 이들은 적들과 언제라도 더욱 격렬하게 싸워나갈 수 있도록 먼저 음식을 제대로 찾아 먹도록 하는 것이 좋소. 결코 닳지 않는 청동 갑옷을 몸에 두르고, 병사는 누구든 다른 명령을 기다리며 우물쭈물해서는 안 되오. 이것이야말로 명령이오. 아르고스 군사로 배 곁에서 우물쭈물하고 있는 자는 화를 면치 못할 것이오. 그럼 자, 모두 함께 돌진해 가서 말을 길들이는 트로이 군사에게 날카로운 싸움의 솜씨를 보여줍시다."

이렇게 말하고는 네스토르의 아들들과 퓔레우스의 아들 메게스, 또 토아스와 메리오네스, 다시 크레온의 아들 뤼코메데스와 멜라닙포스를 이끌고 아가멤논의 막사로 들어갔다. 그러고는 곧 이야기에 따라 일은 즉각 처리되어 세발솥 일곱 개를 막사 안에서 들어낸 것은 아까 약속한 그대로이다. 그 밖에 번쩍번쩍 빛나는 솥이 스무 개, 열두 마리의 말에 나무랄 데 없이 수예에 능한 여자 일곱 명, 게다가 여덟 번째 사람으로는 아름다운 볼을 가진 브리세이스를 데리고 나왔으며, 그 선두에서 오디세우스가 황금 추를 모두 열 관쯤 저울에 달아들고 나가니, 다른 아카이아 젊은 무사들도 저마다 선물을 들고 뒤를 따랐다.

이리하여 그 선물들이 회의장 한가운데에 놓이자 아가멤논이 일어섰다. 이어 목소리가 신에 버금간다고 사람들이 일컫는 탈튀비오스가 수퇘지를 두 손에 받쳐 들고 병사들의 우두머리 아가멤논 곁에 가서 서니, 아트레우스의 아들은 두 손으로 단검을 뽑았다. 이것은 장검의 커다란 칼집 옆에 어느 때건 나란히 차고 다니는 것인데, 그것으로 먼저 수퇘지의 머리털을 깎고 제우스를 향해 두 손을 쳐들고 기도를 계속했다. 그동안 아르고스 군사는 조용히 소리를 죽이고 그냥 그 자리에 정해놓은 대로 앉아 군주의 말에 귀를 기울였다.

---

*3 최후의 결단과 청산을 할 때.

이윽고 기도를 마친 아가멤논은 광활한 하늘을 우러러보며 말했다.

"먼저 신들 중에서 가장 높고 가장 위대하신 제우스께서 증인이 되어주소서. 그리고 대지의 신이며 태양 신, 그리고 지하에서 누구든 거짓 맹세를 한 인간들을 벌주는 복수의 여신도 굽어보소서. 나는 브리세이스에게 손을 댄 적이 결코 없고, 잠자리 준비와 다른 시중을 요구한 일도 없습니다. 전혀 손을 대지 않은 채 줄곧 내 막사에만 머물러 있었습니다. 만일 이 맹세가 조금이라도 거짓이라면, 그때는 여러 신이 아무리 많은 고통을 주셔도 상관없습니다. 사람이 맹세를 해놓고 어겼을 때 받게 되어 있는 모든 쓰라림을."

이렇게 말하자마자 인정사정없는 청동 칼로 수퇘지의 목을 자르니, 탈튀비오스가 수퇘지를 빙빙 휘둘러 잿빛 바다의 넓고 깊은 물속에 물고기 밥이 되도록 던져 넣었다. 그때 아킬레우스가 일어서서 호전적인 아르고스 군사 틈에 끼어 말했다.

"아버지 제우스여, 참으로 신께서는 언제나 대단한 미망을 인간들에게 주시는군요. 그렇지 않았던들 결코 뼈에 사무치는 분노를 아트레우스의 아들 아가멤논이 내 가슴속에 일으키려 하지도 않았을 것이고, 또 그 여자를 내 반대를 무릅쓰고 억지로 끌고 가려고도 하지 않았을 것입니다. 결국은 제우스 신께서 많은 아카이아인을 죽이고자 꾸민 일이십니다. 그럼 여러분, 그 뒤에 전투를 벌이기 위해서도 모두 저녁 식사들을 하러 가시오."

그는 이렇게 큰 소리로 말하고 얼른 집회를 해산하여 돌아가게 했다. 그리하여 사람들은 저마다 흩어져서 막사로 돌아갔는데, 한편 의기왕성한 미르미돈 부대는 받은 선물을 정리하여 그것들을 가지고 신성한 아킬레우스의 배로 향했다. 그리고 여러 가지 물건들은 모두 막사 안에 들여놓고, 여자들을 그곳에 앉혔다. 말들은 다른 말들이 있는 곳으로 몰아넣었다.

그때 미의 여신 황금의 아프로디테 같은 브리세이스는 파트로클로스가 날카로운 청동 날에 마구 찔리고 베인 채 죽어 있는 모습을 보았다. 그러자 그 곁에 가 큰 소리로 통곡하며, 두 손으로 가슴과 보드라운 목, 고운 얼굴을 쥐어뜯으면서 눈물에 젖은 아름다운 모습으로 흐느끼며 말했다.

"파트로클로스 님, 처량한 저에게 더없이 소중한 분이시여. 이 막사를 제가 걸어나갈 때는 늠름하셨는데, 이제 이렇게 돌아와 보니 병사들의 우두머리로 추앙받던 당신은 이미 죽어 있군요. 정말 저는 줄곧 불행만 겪어오고 있군요.

아버지와 어머니가 정해주신 남편이 도성 앞에서 날카로운 청동 날에 살해되는 것을 바로 제 눈으로 보았습니다. 그리고 저와 한 어머니한테서 태어난 형제 셋도 다른 친척들과 함께 모두 마지막 날을 맞이했었지요. 그래도 당신은 제 남편을 걸음이 빠른 아킬레우스가 쓰러뜨리고 신성한 뮈네스 도시를 공략했을 때도 저를 울도록 내버려 두지 않으시고, 언젠가는 저를 존귀한 아킬레우스 님의 아내가 되게 해주겠노라 말씀하셨습니다. 그리고 배에 태워 프티아에 데리고 가면 미르미돈 사람들과 함께 혼례 잔치도 베풀겠노라 하셨습니다. 그러기에 언제나 인자하셨던 당신의 최후를 저는 이렇게 진심으로 울며 애도하는 것입니다."

이렇게 울부짖으며 통곡하니, 다른 여자들도 따라서 슬픔에 잠겼다. 파트로클로스를 겉으로 내세우고 사실은 저마다 자기의 슬픈 신세를 탄식한 셈이지만. 한편 아킬레우스 주위에는 아카이아군의 장로들이 몰려와 식사를 하도록 간청했으나, 아킬레우스는 여전히 비탄에 잠겨 거절했다.

"부탁이오. 만일 내 말을 친한 벗의 한 사람으로서 누구든 귀담아들어 준다면, 제발 음식으로 배를 채우라고 권하지는 말아주오. 지금도 나는 무서운 비탄에 잠겨 있으니까. 해가 질 때까지는 무슨 일이 있더라도 이대로 참고 견딜 참이오."

이런 말로 그는 영주들을 모두 물러가게 했으나, 아트레우스의 아들 아가멤논과 메넬라오스 두 사람만은 남아 있었다. 존귀한 오디세우스와 네스토르와 이도메네우스, 다시 늙은 기사 포이닉스도 뒤에 남아 크게 상심한 아킬레우스를 위로했으나, 아킬레우스는 도무지 피비린내 나는 싸움터 속에 뛰어들기 전에는 마음이 가라앉지 않는 듯이, 지난날을 회상하고는 줄곧 깊이 탄식했다.

"참으로 그대는 내가 가장 사랑하는 불행한 벗이었다. 아카이아군이 다급하게 말을 길들이는 트로이군에게 눈물에 찬 싸움을 걸려고 서두를 때, 나를 위해 몇 번이나 손수 막사 안에서 맛있는 음식을 장만해 주었지. 그런데 지금 그대는 마구 베이고 찔린 채 쓰러져 있다. 그것을 보는 내 가슴은 먹는 것도 마시는 것도 바로 옆에 있지만 그대를 아끼고 슬퍼하는 마음으로 목에 넘어가지 않는구나. 떠나간 그대를 애석하게 여기는 마음 때문에. 비록 아버지가 돌아가셨다는 소식을 듣더라도, 나에게 이보다 더 가엾고 지독한 불행은 없을 거다. 하기야 그 어른은 아마도 지금쯤 프티아에서 아들이 끌려간 것을 슬퍼하여 굵다란 눈물을 흘리고 계시겠지만. 그러한 나는 지금 보지도 못한 타향에서 전율할 정도로 아름답다는 헬레네를 위해 트로이군과 싸우고 있는 것이다.

여태까지 마음속으로 이렇게 각오하고 있었다. 나 홀로 말을 기르는 아르고스에서 멀리 떨어진 이 트로이에서 목숨을 버리자. 그 대신 그대는 살아서 프티아로 돌아가 언젠가 내 아들을 재빠른 검은 함선에 태워 스퀴로스에서 데리고 와 내 모든 재산과 하녀, 높은 지붕의 커다란 저택 등을 보여주게 될 것이라고 말이다. 그 무렵에는 펠레우스도 돌아가시고 없거나 간신히 생명은 지탱하고 있더라도 지긋지긋한 노쇠에 시달리고, 또 밤낮 나에 대한 비참한 소식을 기다리며, 내가 이 세상을 떠났다는 전갈이 올까 하고 한탄할 것이 분명하니까."

이렇게 말하며 눈물을 흘리니, 장로들도 따라서 비탄에 잠겼다. 저마다 고향 집에 두고 온 사람들이 생각났기 때문이다. 그들이 이렇게 한탄하고 있는 것을 보고 크로노스의 아들 제우스는 측은하게 생각하여, 즉시 아테나를 돌아보며 조그만 소리로 말을 건넸다.

"내 딸아, 이제는 정말 네가 저 용감한 무사들을 버리고 말았느냐? 저기 저 뱃머리가 곧은 배 앞에 그는 주저앉아 사랑하는 벗을 애도하여 슬피 울고 있구나. 다른 사람들은 모두 식사를 하러 나갔는데도 식음을 끊고 탄식하고 있다. 그러니 네가 얼른 가서 굶주림이 다시 엄습하지 못하도록 신주와 맛있는 신식을 가슴속에 부어넣어라."

그가 이렇게 말하며 아까부터 그러기를 열망하던 아테나를 부추기니, 여신은 얼른 날개가 길고 소리도 날카로운 독수리 모습을 빌려 높은 하늘을 헤쳐 날아내렸다. 한편 아카이아 군사들은 온 진영이 모두 갑옷으로 몸을 둘렀다. 그동안에 여신은 아킬레우스에게 다가가 달갑지 않은 굶주림 따위가 그의 몸을 엄습하지 못하도록 가슴속에 신주와 맛있는 신식을 부어넣었다.

그리고 여신은 위엄과 권위가 안 비치는 곳이 없는 튼튼한 아버지의 궁궐로 되돌아갔다. 이때 아카이아군 병사들은 재빠른 함선 곁에서 진군해 나아갔다. 그 광경은 마치 높은 하늘에서 이는 북풍에 휘날려 끊임없이 차가운 눈송이가 쏟아지는 것과도 같았다. 그처럼 눈부시게 빛나며 번쩍이는 많은 투구의 무리가 함선들에서 잇따라 밀려 나왔다. 그들이 불룩한 큰 방패와 튼튼하게 겹쳐 만든 가슴받이와 물푸레나무 창 따위를 움직여 나가면, 그 빛은 하늘에 이르고 주변 대지는 청동의 섬광 속에서 환하게 웃었으며 무사들의 발아래에서는 굉음이 솟아올랐다. 그 한가운데에서 용감한 아킬레우스가 갑옷을 몸에 두르고 있었다.

먼저 은으로 만든 복사뼈 가리개가 달린 튼튼한 정강이받이를 장딴지에 갖다 대고, 이어 가슴에 가슴받이를 둘렀다. 그다음에는 두 어깨에 은못을 몇 개나 박은 쌍날의 청동 칼을 걸치고 마지막으로 튼튼하게 만든 커다란 방패를 집어드니, 그 광채가 멀리까지 보름달처럼 비치었다.

마치 폭풍을 만나 친한 사람들에게서 멀리 떨어져, 물고기가 풍성한 바다 위를 떠돌던 선원들에게 산꼭대기의 외로이 선 목동의 오두막에서 활활 타오르는 불빛이 이르는 것과 같았다. 그처럼 온갖 기술을 다하여 장식을 단 아킬레우스의 훌륭한 방패에서 광채가 높은 하늘로 올라갔다. 또 머리에는 다부진 네 뿔의 투구를 집어 쓰니, 말총 장식으로 세운 그 투구는 마치 별처럼 찬란하게 빛나고, 그 주위에는 헤파이스토스가 투구 전체에 빙 둘러 드리운 금술이 흔들거렸다.

그러고 나서 용감한 아킬레우스는 갑옷을 몸에 둘렀는데, 몸에 잘 맞는가, 달릴 때 팔다리는 움직이기 좋은가 등을 두루 시험해 보았다. 갑옷은 날개라도 달린 듯, 병사들의 우두머리를 사뿐히 허공에 띄우는 것 같았다. 그리고 이번에는 창꽂이에서 아버지에게서 물려받은 창을 무겁고 크며 굵직한 것을 뽑아 손에 쥐었다. 이것은 다른 아카이아 사람들 손에는 맞지 않았으며, 오직 아킬레우스 혼자만이 휘두를 수 있는 물건이었다. 펠리온 산의 물푸레나무로 만든 이 창은 본디 케이론이 펠리온의 봉우리에서 잘라 와 용사들을 무찌르라고 아킬레우스의 사랑하는 아버지 펠레우스의 결혼 잔치 때 선사한 것이었다.

그리고 전차를 끄는 두 필의 말은 아우토메돈과 알키모스가 돌보아 멍에에 매었다. 먼저 훌륭한 가슴띠를 빙 둘러 두르고 재갈을 물린 다음, 고삐를 뒤로 견고하게 맞붙여 놓은 말안장을 잡아당겨 아우토메돈에게 넘겨주니, 번쩍번쩍 빛나는 채찍을 꽉 손에 쥔 아우토메돈이 쌍두마차 위로 훌쩍 뛰어올랐다. 그 뒷자리에는 갑옷을 훌륭하게 입은 아킬레우스가 앉아 찬란하게 하늘을 가는 태양처럼 무구를 번쩍거리며 나아가는데, 그는 자기 아버지의 말들을 무시무시한 음성으로 격려했다.

"크산토스와 발리오스여, 포다르게의 그 이름을 멀리 떨친 후예들이여, 잘 들어라. 우리가 전투에 지치거든 무사히 다나오이군의 진중으로 다시 데려다 주어야 한다. 결코 죽은 파트로클로스를 그 자리에 두고 온 것처럼 해서는 안 된다."

그러자 멍에 밑에서 발을 반짝반짝 빛내는 말 크산토스가 머리를 깊숙이 수그리고, 갈기가 멍에 양쪽에 테두리 밖으로 땅에 닿을 듯이 떨어뜨린 채 입을 열었다.

"말씀대로 이번에는 무사하게 돌아오실 것입니다. 준걸하신 아킬레우스 님, 하지만 최후를 맞으실 날이 다가오고 있습니다. 그것은 물론 저희들 탓이 아니고 높으신 신과 무정한 운명이 하는 일입니다. 또 결코 우리의 걸음이 느리고 부주의해서 트로이 군사가 파트로클로스 님의 두 어깨에서 갑옷을 벗기게 된 것이 아니며, 여러 신들 가운데서도 가장 훌륭하신, 머리채도 아름다운 레토의 아드님이 선두 대열 사이에서 쓰러뜨려 헥토르에게 영광을 주셨던 것입니다. 저희는 서풍의 입김 못지않게 걸음이 가장 가볍다는 그 바람만큼이나 빠르게 달리겠습니다. 그렇지만 아킬레우스 님에게는 한 분의 신과 한 인간에게 당하시는 운명이 정해져 있습니다."

이렇게 말했을 때, 질서를 지키는 복수의 여신들이 말이 말을 못하게 막아버렸다. 이에 걸음이 빠른 아킬레우스가 역정을 냈다.

"크산토스여, 어쩌자고 내 죽음을 미리 예언하는가. 그대에게는 결코 걸맞지 않는 일인데. 나도 이미 이 땅에서 사랑하는 아버지나 어머니 곁을 떨어져 죽을 운명이라는 것을 잘 알고 있다. 그러나 어떻게 되던, 트로이군이 전쟁이라면 신물을 내도록 실컷 몰아세우기 전에는 결코 쉬지 않을 것이다."

이렇게 말하자마자 선두 대열 사이로 고함을 치면서 외발굽의 말들을 몰아 나갔다.

제20권
신들의 싸움

아카이아의 무장을 한 군사들은 뱃머리가 휘어 오른 선단 옆에서 전투에 굶주린 펠레우스의 아들 아킬레우스를 에워싸고 있었다. 맞은편 들판 언덕 위에서는 트로이군이 마찬가지로 갑옷을 몸에 두른다. 그 무렵 하늘에서는 제우스가 여느 때처럼 여신 테미스에게 명하여 산 주름이 가득진 올림포스 정상에서 회의장에 신들이 모두 모이도록 명령을 내린다.

그리하여 세계의 모든 강에서 오케아노스를 제외하고는 참석하지 않은 강이 없고, 아름다운 숲 그늘과 여러 강의 원천과 어린 풀이 무성한 목장 등에 사는 요정들도 빠짐없이 구름을 모으는 제우스의 궁전에 몰려들어 돌을 반드르르하게 넓게 깔아놓은 자리에 앉았다. 이 궁전은 아버지 제우스를 위해서 헤파이스토스가 정교한 기술로 심혈을 다하여 지어준 것이다.

이와 같이 제우스의 궁전에 모인 자들 중에는 대지를 뒤흔드는 포세이돈도 있었는데, 여신의 부름을 흘려듣지 않고 바다에서 나와 여럿 사이에 끼어 앉으면서 제우스의 뜻을 물었다.

“또 무슨 까닭으로 번개와 천둥의 신께서는 회의 자리에 여러 신들을 불러 모으셨는지요? 트로이군과 아카이아군에 대해서 무언가 생각한 일이라도 계시나요? 그들 바로 곁에서 투쟁과 전쟁이 한창 진행되고 있으니.”

이에 구름을 모으는 제우스가 말했다.

“대지를 뒤흔드는 신이여, 그대는 벌써 알고 있구려. 내가 가슴속에 품고 있는 생각을. 무엇 때문에 이렇게 여러 신을 불러모으게 되었는가를 말이다. 아무래도 인간들이 너무 많이 죽어가는 것 같아 걱정이 되어서 그러는 것이다. 하지만 어쨌거나 나는 올림포스 봉우리에 앉아 기다리기로 하겠다. 거기서 상황을 내려다보면 마음이 편할 테니까. 그러니 다른 신들은 모두 트로이군과 아카이아군을 찾아가서 저마다 마음 내키는 대로 어느 쪽이든 좋아하는 편을 도와주어도 상관없다. 만일 아킬레우스가 트로이인들과 싸움을 시작하게 되면, 그들은 잠시도 걸음이 빠른 펠레우스의 아들 아킬레우스를 감당하지 못할 것이다. 전에도 그의 모습만 눈에 띄면 벌벌 떨 정도였으니까. 지금 그는 친구의 죽음에 매우 노여워하고 있으므로 자칫하면 정해진 운명을 넘어 성벽까지도 파괴해 버리지나 않을까 걱정이다."

크로노스의 아들은 이렇게 말하고 그칠 새 없는 싸움을 불러일으켰다. 그래서 여러 신들도 저마다 다른 마음을 먹고 싸움터로 나아갔다. 그중에서도 헤라는 배들이 모여 있는 쪽으로 팔라스 아테나와 대지를 뒤흔드는 포세이돈, 그리고 영리한 행운의 신 헤르메스 등과 함께 떠나갔다. 이 신은 마음속이 약삭빠르기로 남에게 뒤지지 않았다. 게다가 헤파이스토스까지 불끈 용기를 내어 의기도 양양하게 따라갔는데, 절룩거리는 다리 밑으로 가느다란 정강이가 바쁘게 움직이고 있었다.

트로이 쪽으로는 번쩍이는 투구의 무신 아레스와 아직 앞머리도 자르지 않은 젊은이 아폴론, 게다가 활을 쏘는 아르테미스와 레토와 크산토스, 미소를 좋아하는 아프로디테 등이 달려갔다. 신들이 언젠가는 죽을 인간들에게서 멀리 떨어져 있는 동안에는 아카이아 쪽이 훨씬 우세했다. 아킬레우스가 오래도록 고뇌도 많은 전쟁에서 손을 떼고 물러나 있다가 갑자기 나타났기 때문이다. 반대로 트로이 측은 걸음이 빠른 아킬레우스가 번쩍이는 갑옷을 두르고 인간에게 화를 주는 군신 아레스와 같은 모습으로 나온 것을 보자 너나없이 공포에 질려 팔다리를 심하게 떨기 시작했다.

그러나 무사들의 무리 속으로 올림포스의 신들이 달려와서 병사들을 분기시켰다. 완강한 투쟁의 여신이 우뚝 일어서고, 아테나가 방어벽 밖에 파놓은 참호 앞에 서서 함성을 지르거나 파도 소리 요란한 바닷가에 서서 우렁차게 외쳐대는가 하면, 이쪽에서는 군신 아레스가 시커먼 폭풍처럼 성의 보루 위에서, 혹은 시모에이스 강변에 있는 아름다운 언덕에 뛰어올라 트로이 군사를 기세도 사납게 격려해댔다.

이처럼 저마다 양쪽 진영을 축복받은 신들이 서로 싸우도록 격려했고 마침내 신들 사이에서도 대단한 전투가 시작되었다. 인간들과 신들의 아버지인 제우스가 높은 하늘에서 몹시 거칠게 천둥을 울리면, 이에 호응하여 아래쪽에서도 포세이돈이 끝도 모르는 대지와 산에 치솟는 봉우리를 마구 뒤흔들어 놓았으므로, 샘이 많은 이데 산의 등성이도, 몇 개나 되는 봉우리들도, 트로이 도시도, 아카이아인의 배도 모두 무섭게 진동하기 시작했다. 땅 밑 저승의 주군인 하데스조차 겁에 질려 옥좌에서 외마디 소리를 지르며 뛰어오르니, 위에서 대지를 뒤흔드는 포세이돈이 땅바닥을 쪼개어 신들마저 싫어하는 음침한 명부의 성관이 고스란히 인간들이나 불사신들의 눈에 드러나지나 않을까 염려했기 때문이었다.

신들이 서로 싸우기 시작하는 바람에 그토록 무시무시한 소리가 일어났던 것이다. 포세이돈에게 포이보스 아폴론이 날개 달린 화살을 들고 맞서면, 전쟁의 신 에뉘알리오스*1는 빛나는 눈의 여신 아테나가 상대하고, 헤라는 황금 화살을 가진 소란스러운 아르테미스, 바로 멀리 활을 쏘는 여신이 대항했다. 그리고 레토는 믿음직스러운 대단한 행운의 신 헤르메스가 맡고, 헤파이스토스에게는 깊이 소용돌이치는 큰 강이 맡아 싸웠는데, 신들은 크산토스라 부르고 인간들은 스카만드로스라 흔히 부르는 하신이다.

이와 같이 신과 신끼리 맞서 싸우는 동안에도 아킬레우스는 프리아모스의 아들 헥토르와 일전을 벌이는 것을 애타게 열망하고 있었다. 마음속으로 특히 그의 피로써 가죽 방패를 든 전사의 신 아레스를 싫증이 나게 만들어 주자고 기를 쓰고 있었기 때문이다. 그러나 병사들을 부추기는 아폴론은 단숨에 아이네이아스를 펠레우스의 아들을 향해서 일어서게 하고 늠름한 용기를 그의 가슴속에 불어넣어 주었는데, 자기의 모습과 목소리는 프리아모스의 아들 뤼카온과 똑같이 만들었다. 그리하여 아이네이아스에게 제우스의 아들 아폴론이 말했다.

"아이네이아스여, 트로이군의 지휘관인 그대가 전에 술자리에서 트로이 대장들에게 말한 그 호언장담은 어떻게 되었는가? 펠레우스의 아들 아킬레우스와 둘이 싸우겠다고 하더니."

이에 아이네이아스가 대답했다.

"프리아모스의 아들이여, 어째서 그렇게 바라지도 않는 나에게 저 의기왕성한 펠레우스의 아들을 상대로 싸우라고 부추기는가? 걸음이 빠른 아킬레우

---

*1 아레스.

스와 맞싸우고 싶어도 지금이 처음이 아니기 때문이오. 전에도 저 사나이는 창을 들고 우리를 이데 산에서 쫓아버렸소. 우리의 소를 습격하러 왔을 때였지만. 그리고 그는 뤼르넷소스와 페다소스를 공략했었지. 그러나 제우스가 그때 나를 지켜주시고 내 가슴에 용기를 불어넣어 무릎을 민첩하게 만들어 주셨소. 그렇지 않았던들 별수 없이 아킬레우스와 아테나 여신의 손에 벌써 목숨을 잃고 말았을 것이오. 여신은 그의 앞에 서서 그에게 빛을 주고, 청동 창을 집어 렐레게스족과 트로이인들을 죽여버리라 격려하고 있었소.

그러므로 인간의 몸으로는 아킬레우스에게 대들어 싸운다는 것은 불가능한 일이오. 언제나 어떤 신이 그에게 붙어서 재앙을 막아 주고 있으니까. 그렇지 않더라도 그의 창은 곧장 날아가 사람의 살을 꿰뚫지 않고서는 멎지 않소. 그러나 신들이 우리에게도 싸움의 결말을 공평하게 지어주시기만 한다면, 그도 결코 그리 쉽게 이길 수만은 없을 것이오. 비록 그의 몸이 청동으로 되어 있노라 우쭐대고 있더라도."

이에 제우스의 아들 아폴론이 대답했다.

"용사여, 그렇다면 그대도 영원히 사시는 신들에게 기도를 드려라. 그대도 듣기로는 제우스의 따님 아프로디테에게서 태어났다고 하니까. 그쪽이 지체가 낮은 여신의 아들인 셈이다. 그대의 어머니는 제우스의 따님이지만 아킬레우스의 어머니는 바다의 늙은이 네레우스의 따님이니까. 그러니 얼른 부서지지 않는 청동 갑옷을 가지고 오게. 결코 그 사나이에게 준엄한 말이나 위협으로 쫓겨나서는 안 되니까."

이렇게 말하고 이 병사들의 우두머리 아이네이아스에게 대단한 기력을 불어넣었으므로, 그는 선두 대열 사이를 번쩍이는 청동 갑옷을 입고 나아갔는데, 이와 같이 앙키세스의 아들 아이네이아스가 무사들의 무리를 헤치고 펠레우스의 아들을 향해 돌진해 가는 것을 흰 팔의 여신 헤라가 놓치지 않고 발견하여 같은 편인 신들을 불러모아 의논했다.

"포세이돈과 아테나여, 두 신께서는 잘 생각해 봐주세요. 이 일의 처리는 어떻게 하면 좋을는지. 보시다시피 아이네이아스가 번쩍이는 청동 갑옷을 몸에 두르고 펠레우스의 아들을 향해서 달려갔어요. 그렇게 시킨 것은 포이보스 아폴론이랍니다. 그러니 우리가 당장 그를 쫓아버립시다. 아니면 이쪽에서도 누가 아킬레우스에게 가서 엄청난 힘을 주어 결코 의기로는 뒤지지 않도록 해주든지. 그를 사랑하는 신들은 불사신들 중에서도 가장 훌륭한 신들이지만, 전부터 트로이 측을 도와온 신들은 모두 아무짝에도 쓸모없는 자들뿐이라는 것을 아킬레우스도 깨달을 수 있도록 말이오.

우리가 함께 올림포스에서 내려와 전투에 가담한 것은, 그가 오늘만이라도 트로이군에게 불행한 변을 당하지 않게 해주기 위해서요. 나중에는 아킬레우스도 물론 태어날 때 운명이 자아 보낸 삼실에 그렇게 되도록 정해져 있는 한, 어머니가 그를 낳을 때 정해진 대로 받게 되겠지. 만약 아킬레우스가 이 일을 신의 음성을 통하여 알지 못하고 있다면, 그때는 어느 신이든 전투 때 그의 눈앞에 나타나면 두려워하게 될 거예요. 신이 모습을 드러내면 인간들 눈에는 무서운 법이니까."

이에 포세이돈이 대답했다.

"헤라여, 분별마저 버리고 흥분하는 것은 그만두십시오. 품격에 관한 일이니. 나는 신들끼리 서로 싸우는 것은 좋지 않다고 생각합니다. 그보다 지금부터 전투는 인간들에게 맡겨놓고 우리는 물러나 높다랗게 올라앉아 구경이나 합시다. 그러다가 아레스나 포이보스 아폴론이 먼저 싸움을 걸어온다든가, 아니면 아킬레우스를 꽉 눌러서 싸우지 못하게 한다든가 할 경우에는 우리도 즉시 그들과 싸움을 시작합시다. 그러면 그야말로 순식간에 승부가 나서 그들은 우리 손에 의해 영락없이 패배하여 올림포스로 달아나서 다른 신들이 몰려 있는 속에 끼어들고 말 것입니다."

이렇게 말하고 나서 칠흑 같은 머리의 포세이돈은 양쪽에서 쌓아올린 신성한 헤라클레스의 높다란 방어벽 안으로 앞장서서 안내했다 이것은 그를 위해 트로이 사람들과 팔라스 아테나가 만들어 놓은 것인데, 그 괴수[*2]가 모래밭에서 쫓아왔을 때 사람이 잠시 그리로 달려들어가서 위기를 모면하기 위한 곳이다. 포세이돈과 다른 신들은 그 자리에 앉아서 눈에 띄지 않도록 어깨 주위에 뚫을 수 없는 구름을 둘러쳤다. 아름다운 언덕의 눈썹쯤 되는 곳에 활의 신 포이보스 아폴론과 성의 공략자라 일컬어지는 아레스를 에워싸고 트로이 쪽의 신들이 앉아 있었다.

이와 같이 신들은 각각 다른 곳에 자리를 잡고 앉아 서로 계략을 짰는데,

*2 전에 포세이돈이 트로이 성을 파괴하려 했을 때 바다에서 불러낸 괴물.

심한 고뇌의 근원인 전투를 시작하는 것은 아직도 쌍방이 다 주저하고 있었다. 그 무렵 제우스는 아득히 높은 장소에서 전쟁을 시작하라는 신호를 보냈다.

그리하여 양군의 병사들과 말과 수레로 평원이 완전히 뒤덮이며 청동으로 빛났다. 모두 일제히 돌격해 들어가자 발밑에서 대지가 흔들리고 굉음이 울렸다. 그중에서도 뛰어나 보이는 두 용사가 양쪽 군의 한가운데에서 싸우려는 기세로 마주 대하고 있었는데, 앙키세스의 아들 아이네이아스와 용감한 아킬레우스였다. 먼저 아이네이아스가 묵직한 투구를 흔들면서 위협하듯 성큼성큼 걸어나왔다. 그 가슴 앞에 받들고 있는 것은 커다란 방패로 기세도 사나웠으며 청동 창을 마구 휘둘러댔다.

한편 이쪽에서는 펠레우스의 아들 아킬레우스가 그 앞에 나타났는데, 그 모습은 마치 사나운 사자와 같았다. 온 마을 사람들이 몰려들어 때려 죽이려고 기를 쓰는데도 처음에는 태연스럽게 사자가 다가온다. 그러나 이윽고 혈기 왕성한 젊은이들이 일제히 창을 던지자, 입을 커다랗게 벌리고 그것을 피하는데, 이빨 언저리에 거품을 잔뜩 물고 심장은 격렬한 용기에 부풀어 꼬리로 옆구리와 볼기짝을 철썩철썩 치면서 싸우고자 부추기며 번들번들 눈을 빛낸다. 그리고 다음 순간 적을 향해 힘껏 뛰어오른다. 누구든 물어 죽이느냐 아니면 앞에 선 사람들 사이에서 자기가 목숨을 잃느냐 시험해 보려는 것처럼 말이다.

그와 같이 아킬레우스는 기력과 늠름한 무용을 가누지 못해 의기충천하는 아이네이아스와 맞서 싸우려고 앞으로 나아갔다. 서로가 거리를 좁혀 마침내 바로 가까이까지 접근했을 때, 용감하고 걸음이 빠른 아킬레우스가 먼저 말을 걸었다.

"아이네이아스여, 어째서 그대는 이렇게 자기편 군사를 멀리 떠나와서까지 나와 싸우려 하는가? 아마도 프리아모스에게서 왕위를 이어받아 말을 길들이는 트로이인들을 지배하고 싶은 생각이 있어서 그러는 거겠지. 그러나 나를 쓰러뜨린다 하더라도 프리아모스가 상으로 그대에게 왕위를 넘겨주지는 않을 것이다. 그에게는 많은 아들들이 있을 뿐 아니라 아직 정신도 똑똑하고 노망도 들지 않았으니 말이다. 그렇지 않으면 혹 나를 죽이면 트로이 사람들이 다른 사람보다 훨씬 훌륭한, 나무도 좋고 밭도 기름진 넓은 땅을 하나 골라 그대에게 주겠다는 약속을 했기 때문인가? 그러나 그 일을 완수하는 것은 아무래도 어려울 것 같다.

말해두겠지만 전에도 분명히 그대를 창으로 쫓아버린 일이 있었지. 이제 잊었는가? 이데 산에서 소 떼 사이에 혼자 떨어져 있던 그대를, 소를 버리고 날쌘 걸음에 의지하여 순식간에 달아나도록 몰아버렸는데 말이다. 그때 그대는 달아나기만 했지 한 번도 되돌아서서 싸우려 하지 않았다. 거기서 그대는 뤼르넷소스로 도망쳤는데, 그곳도 내가 공격하여 아테나와 제우스의 가호로 공략해 버리고, 여자들은 자유의 신분을 빼앗아 노예로 사로잡아 데리고 갔지. 그러나 그대는 제우스와 다른 신들이 도와 나한테 잡히지 않았다. 하지만 이번에는 그대가 기대하고 있는 것처럼 그대를 구해주시지 않을 것이다. 그래서 내 그대에게 권고하니, 일찍이 물러나 무리 속으로 들어가라. 나와 맞서 싸운다는 생각은 아예 버려라. 호된 꼴을 당하기 전에 말이다. 결국 뒤에 가서야 겨우 깨닫는 것은 어리석은 사람들이 하는 짓이다."

이에 아이네이아스가 큰 소리로 답했다.

"펠레우스의 아들이여, 나를 철없는 아이처럼 주둥이로 협박할 수 있다고 생각해서는 안 된다. 나도 욕설을 퍼붓고 남을 매도하는 심한 말을 늘어놓는 것은 얼마든지 할 줄 안다. 또 그대와 내 신분도 잘 알고 있다. 부모에 대한 것도 말이다. 어차피 죽어야 하는 인간 세상에 유명한 이야기는 일찍부터 듣고 있으니까. 그야 물론 그대가 내 부모를 눈으로 직접 본 적도 없고, 나도 그대의 부모를 직접 본 적이 없다. 그런데 그대는 존귀한 펠레우스의 후예라고 하며 어머니는 아름답게 머리를 땋은 바다의 물방울이 떨어지는 여신 테티스라고 하지 않는가. 미안하지만 나는 인물이 빼어난 앙키세스의 아들로 태어났으며, 어머니는 바로 아프로디테이니, 오늘에야말로 어느 한 쌍이 사랑하는 아들의 죽음을 탄식하며 울게 되겠지. 이런 어린아이 같은, 결판도 못 낼 말로만 싸우다가 전투도 하지 않고 헤어질 수는 없는 일이니까.

하지만 그대가 원한다면 세상에 널리 알려진 우리 가문을 그대도 잘 알도록 가르쳐 주지. 먼저 구름을 모으시는 제우스가 다르다노스를 낳으시고, 그가 다르다니에를 건설할 무렵에는 아직 거룩한 일리오스는 인간의 도시로서 이 평야에 존재하지 않았으며, 사람들은 아직 샘이 풍부한 이데 산기슭 근처에 살고 있었다. 그 다르다노스가 이번에는 에릭토니오스 왕을 낳았는데, 이

분이야말로 결국은 죽을 인간 중에서 가장 부유했으므로, 소유한 말이 삼천 필에 이르렀으며 이것들을 모두 늪가 목장에서 기르고 있었다. 모두 암놈이었으며, 아직 어리고 보드라운 망아지와 함께 뛰놀고 있었다. 그 말들이 풀을 뜯어 먹고 있는 모습을 북풍의 신이 연모하여 칠흑 같은 갈기를 가진 말로 모습을 바꾸어 잠자리를 같이했지. 그래서 암말은 수태하여 열두 필의 새끼를 낳았다는 이야기이다. 이 망아지들이 보리가 영그는 보리밭을 뛰어다닐 때는 익은 보리 이삭 위를 밟고 달리는데도 하나도 꺾어지지 않았다고 한다. 또 바다의 넓은 등을 달릴 때에는 잿빛 바닷물에 밀려와서 부서지는 파도 위를 사뿐히 딛고 달렸다고 한다.

그런데 에릭토니오스는 트로이인의 왕자로서 트로스를 낳으시고, 그 트로스한테서 다시 인품이 훌륭한 세 아들이 태어났다. 일로스와 앗사라코스와 신으로도 착각될 가니메데스인데, 이 마지막 분은 결국 죽을 인간 가운데서 가장 미남이어서 신들이 제우스에게 술을 따라주는 시중을 들게 하려고 하늘로 데려가 버렸지. 그 아름다운 자태로 인해 불사의 신들 사이에 두려고 말이다. 그런데 일로스는 다시 아들로서 인품이 훌륭한 라오메돈을 낳으셨다. 이 라오메돈이 바로 티토노스와 프리아모스, 람포스와 클뤼티오스 그리고 군사 아레스의 벗인 히케타온을 낳으신 것이다. 한편 앗사라코스는 카퓌스를, 카퓌스는 앙키세스를 낳으셨는데, 이 앙키세스야말로 바로 내 아버지이다. 그리고 프리아모스가 용감한 헥토르를 낳은 것이다.

나는 이러한 집안과 혈통에서 태어난 사람인데, 무사들의 무용이라는 것은 제우스의 뜻에 따라 늘어나기도 하고 줄어들기도 하는 법이지. 이런 부질없는 이야기를 서로 베고 찌르는 전투 한가운데에 서서 어린아이처럼 지껄이는 것은 이제 그만두기로 하자. 서로가 욕설을 퍼붓기로 한다면 아직 얼마든지 할 수 있을 것이고, 그 많은 분량은 비록 백 개의 노젓는 자리를 가진 큰 배라도 다 싣지 못할 것이다. 그러나 인간의 혀라는 것은 참으로 잘 움직이는 용한 물건이어서 별의별 이야기를 다 간직하고 있으므로, 지껄이는 언어의 범위도 그 넓이에 한이 없을 정도로 많으니까. 누가 어떻게 말을 하든 맞받아서 다른 사람도 얼마든지 말할 수 있는 법이다.

그러니 우리 두 사람이 지금 서로 마주보고 서서 여자처럼 말로 다투고 욕을 퍼붓고 할 필요가 있을까? 여자들은 화가 나면 마음을 좀먹는 울화 때문에 서로 길 한가운데로 나가 참말이며 거짓말을 마구 섞어서 상대편에게 욕을 퍼붓곤 한다. 그것도 물론 분에 못 이겨 하는 것이다. 그러나 오로지 무용을 추구하는 나는 청동으로 맞서 싸우기 전에는 말만으로 되돌아서게 하지 못할 것이다. 그러니 자, 조금이라도 빨리 청동을 끼운 창을 시험해 보도록 하자."

이렇게 말하기가 무섭게 그는 묵직한 창을 들어 아킬레우스의 무시무시하고 엄청나게 큰 방패를 힘껏 찍으니, 그 날카로운 창끝에 맞아 방패는 울리는 소리를 냈다. 펠레우스의 아들도 약간 주춤거리며 방패를 굳건한 손으로 몸에서 약간 떨어지게 받쳤다. 의기충천한 아이네이아스의 그림자가 긴 창이 쉽게 방패를 꿰뚫고 들어올 줄 알고 그랬는데, 어리석게도 그는 신의 선물인 존귀한 무기가 하찮은 인간의 손으로 그렇게 쉽사리 뚫어지거나 하는 일이 없다는 것을 깨닫지 못하고 있었던 것이다.

그래서 용기 있게 전진하는 아이네이아스의 묵직한 창은 방패를 꿰뚫지 못하고 신의 선물인 황금 판자에 박혀버리고 말았다. 하기야 두 장은 꿰뚫었다. 그러나 아직도 석 장이 남아 있었다. 절름발이 신 헤파이스토스가 다섯 장의 판자를 겹쳐 놓았기 때문이다. 그 두 장은 청동판이고 안쪽 두 장은 주석판, 가운데 한 장이 황금판인데 거기서 물푸레나무의 창은 막히고 만 것이다.

이어 이번에는 아킬레우스가 그림자가 긴 창을 들고 아이네이아스의 균형이 잘 잡힌 방패에 던지니, 바깥 가장자리 끝의 청동판이 가장 얇고 그 위에 바른 소가죽도 가장 엷은 곳에 맞았다. 펠레우스 아들의 물푸레나무 창이 푹 꿰뚫고 들어갔기 때문에 방패가 요란스럽게 울렸으므로, 아이네이아스는 겁이 나서 얼른 몸을 굽히며 방패를 몸 위로 높이 쳐들었다. 그래서 창은 등 뒤로 하여 뒤쪽 땅에 쿡 꽂혔으니, 곧 몸을 가리는 큰 방패의 둥근 판을 두 장이나 뚫어버린 것이다. 아이네이아스는 아슬아슬하게 큰 창을 피하고 다시 몸을 가누었으나, 끝없는 고뇌가 그의 두 눈을 휘덮었다. 바로 몸 옆에 꽂힌 창의 공포에 질려서였다. 그것을 보자 아킬레우스는 있는 힘을 다해 날카로운 칼을 뽑아 무서운 고함을 지르며 달려들었다. 아이네이아스는 얼른 큼직한 돌덩이를 집어들었다. 그건 대단한 솜씨였으니 요즈음 인간들이라면 둘이서도 못 들 것을 가볍게 혼자 들고 휘둘러댔다.

이때 아이네이아스가 돌진해 오는 적에게 이 돌을 던져 투구나 방패를 맞혔다고 하더라도, 그 투구나 방패는 상대편의 무참한 죽음을 막아주었을 것이고, 대지를 뒤흔드는 포세이돈이 재빨리 이 광경을 발견하고 곧 불사의 신들에게 이렇게 말하지 않았던들 거꾸로 펠레우스의 아들이 가까이 달려들어 칼로 그를 죽이고 말았을 것이다.

"거 참, 의기왕성한 아이네이아스는 가엾게도 곧 펠레우스의 아들 손에 죽어 하데스에게 가게 되겠군. 활을 멀리 쏘는 아폴론의 말만 듣고 있다가 말이오. 참으로 바보 같은 사나이다. 무엇 하나 무참한 최후를 막아주지 못하면서. 그렇다고 어째서 지금 저 사나이가 죄도 없는데 고난을 겪어야 하는가? 남의 한탄 때문에 자기는 그럴 까닭도 없는데 말이야. 게다가 그는 드넓은 하늘을 다스리는 여러 신들에게 언제나 공물을 바쳐온 사람이다. 그러니 자, 우리가 저 사나이를 죽음의 손에서 구해주도록 하자. 만일 아킬레우스가 그를 죽여 버린다면 크로노스의 아들 제우스도 화를 낼지 모른다. 또 그는 죽지 않아도 될 운명이거든. 다르다노스의 혈통에 후계자가 없어 가계가 끊어지지 않도록 하기 위해서이다. 크로노스의 아들은 이 다르다노스를 자기와 언젠가는 죽을 인간의 여자들 사이에 태어난 모든 아이들 중에서도 가장 총애하고 있기 때문이다. 그리고 벌써부터 제우스는 프리아모스 집안을 미워해 왔으므로, 지금부터는 용감한 아이네이아스가 트로이의 군주가 될 것이다. 후세에 태어나는 그 자손들까지도."

이에 암소의 눈을 가진 헤라가 말했다.

"대지를 뒤흔드는 포세이돈이여, 아이네이아스를 지켜주든, 아니면 상당한 용사이기는 하지만 그대로 내버려 두어서 펠레우스의 아들 아킬레우스가 죽이게 하든, 그것은 당신 혼자 잘 생각해 보세요. 여러 신들이 즐비하게 앉아 있는 자리에서 팔라스 아테나는 절대로 트로이 편을 위해 재앙의 날을 막아주지는 않겠다고 맹세했어요. 설령 트로이의 온 나라가 사나운 불길에 싸여 타오르고, 또 아레스의 벗인 아카이아군이 불을 지르는 한이 있더라도 말입니다."

이 말을 듣자 곧 대지를 뒤흔드는 포세이돈은 지금 한창인 싸움 속, 왁자지껄한 창끝 사이를 빠져 아이네이아스와 이름도 높은 아킬레우스가 있는 곳에 이르러, 별안간 펠레우스의 아들 아킬레우스의 두 눈에 짙은 안개 기운을 확 뿌려놓고 의기왕성한 아이네이아스의 방패에서 청동 날을 훌륭하게 댄 물푸레나무 창을 아킬레우스의 발아래 던져놓았다. 그리고 아이네이아스를 땅에서 집어 들어 허공에 던지니, 신의 손을 떠난 그는 용사들의 대오를 몇 줄이나, 전차의 무리를 몇 군데나 날아 넘어가서 서로 베고 찌르고 달려들고 하는 싸움터의 맨 끝에 가서 떨어졌는데, 그곳에는 카우코네스들이 나가기 위해 준비에 바빴다. 그런데 바로 그 곁으로 대지를 뒤흔드는 포세이돈이 바싹 다가가서 남이 듣지 못할 소리로 똑똑하게 말했다.

"아이네이아스여, 여러 신들 중에서 대체 누가 그대에게 명령했는가? 정신없이 의기충천하는 펠레우스의 아들과 맞서 싸우라고. 그 사나이는 그대보다 강하기도 하거니와 여러 신들에게 가장 귀여움을 받고 있는 무사이다. 그러니 앞으로는 그를 만나거든 곧 물러나서 결코 정해진 운명을 넘어 명부에 달려가는 일이 없도록 주의하라. 그러나 앞으로 아킬레우스가 최후를 맞이하여 죽음의 운명을 받아들인 뒤에는, 그야말로 그때는 무용을 실컷 떨쳐 선두 대열에 서서 싸워도 상관없다. 아카이아인들 중에서는 아무도 그대를 쓰러뜨릴 무사가 없을 테니까."

포세이돈은 이렇게 모든 일을 분명히 밝혀 말하고는 그를 그 자리에 남겨 놓고 떠나가 버렸다. 그리고 부랴부랴 아킬레우스의 눈에서 두터운 안개를 걷어치워 주니, 그는 두 눈을 부릅뜨고 날카롭게 사방을 휘둘러보다가 미간을 찌푸리며 도량이 넓은 자신의 마음을 향하여 말했다.

"거 참, 이상한 일도 다 보는구나. 창은 이대로 땅에 꽂혀 있는데 사람은 온데간데없이 홀연히 사라져 버렸으니. 그 녀석을 죽이려고 기를 쓰고 창을 던졌는데 아이네이아스는 틀림없이 죽음을 모르는 신들에게 귀여움을 받고 있는가 보다. 그 녀석의 자랑을 엉터리로 알았는데. 하지만 어쨌거나 이제 나와 겨룰 생각은 없어졌겠지. 지금쯤 죽음을 면한 것을 기뻐하고 있을 테니까. 그렇다면 이제 전쟁을 즐기는 다나오이 군사를 격려하여 누구든 트로이 무사들과 맞서 솜씨를 겨루자."

그는 대오 옆으로 뛰어가 용사들을 한 사람 한 사람 격려했다.

"아카이아의 용사들이여, 이제는 트로이 군사를 멀리 피하지 말라. 그보다는 어서 열심히 싸우기를 마음먹고, 무사는 무사에게 덤벼들라. 내가 아무리 무용에 뛰어나다 하더라도 이토록 많은 적을 상대로 혼자서 싸우기는 힘든 일이다. 비록 군신 아레스나 아테나 여신이라 하더라도 이런 결전에 끼어들어 분전하고 싶지는 않을 것이다. 그러나 내 힘이 미치는 한은 잠시도 쉬지 않고 적을 공격할 것이며, 트로이 편에서도 내 창에 가까이 와서 기뻐하는 병사는 하나도 없을 것이다."

이렇게 격려해대니, 트로이 쪽에서도 영예에 빛나는 헥토르가 목소리를 돋우어 격려했다. 그것은 아킬레우스와 대적할 생각이 있었기 때문이다.

"트로이 사람들이여, 의기충천하는 그대들이 펠레우스의 아들을 겁낼 것은 조금도 없다. 말로 한다면 나도 불사의 신과도 싸울 수 있다. 무기를 잡으면 힘이 들지만. 상대편이 훨씬 수가 위니까. 아킬레우스도 지껄이는 대로 다 해내지는 못할 것이다. 도중에서 좌절하는 일도 있는 법이다. 그러니 나는 그의 손이 불꽃 같더라도 감히 덤벼들 참이다. 그의 손이 불꽃 같고 의기가 빛나는 강철 같더라도."

이렇게 말하니 대오를 지은 트로이 군사도 창을 휘두르며 대항하여 이쪽 편도 저쪽 편도 기세 사납게 우렁찬 함성을 질렀다. 그때 마침 헥토르 곁에 와서 포이보스 아폴론이 말했다.

"헥토르여, 앞으로는 절대로 선두에서 그와 싸우지 말고, 군사 속에 끼어들어가 소란스러운 대결에서 그를 기다리도록 하라. 자칫 그대에게 그가 창을 대거나 가까이에서 칼로 찌르지 못하도록."

이렇게 말하니 헥토르는 다시 무사들의 무리 속으로 되돌아갔다. 신이 하는 말을 듣고 나니 그만 덜컥 겁이 났기 때문이다.

한편 아킬레우스는 트로이군의 한가운데로 마음에 무용을 간직한 채 무시무시한 고함과 더불어 뛰어들자마자 먼저 오트륀테우스의 아들인 용감한 이피티온을 쓰러뜨렸는데, 많은 병사들의 지휘관이었던 이 사나이는 강물의 요정이 도성의 공략자 오트륀테우스에게 눈이 덮인 트몰로스 산기슭에 있는 휘데라는 부유한 마을에서 낳아준 아들이었다. 그가 기를 쓰고 덤벼드는 것을 용감한 아킬레우스가 창으로 머리를 찌르니, 골이 둘로 쪼개지며 그 자리에 쓰러졌다. 그때 아킬레우스가 승리를 자랑했다.

"잠자라, 오트륀테우스의 아들이여, 모든 무사 중에서 가장 다부지다는 그대가 죽을 자리는 바로 여기다. 아무리 그대가 태어난 곳이 그대의 조상 대대의 영지인 귀가이에의 늪가, 고기가 많은 휠로스 강과 헤르모스 강변이라 해도!"

그가 이렇게 우쭐대자 곧 이피티온의 두 눈을 어둠이 휘덮었다. 이 사나이의 시체는 아카이아군의 말들이 싸움터의 맨 끝에서 깔아뭉개 버렸지만, 아킬레우스는 그에 이어 싸움에 익숙한 데몰레온이라는 안테노르의 아들을 청동 면갑이 달린 투구를 관통해 관자놀이를 찌르니, 청동으로 만든 투구도 견디지 못했다. 거침없는 창끝은 뼈를 으스러뜨리고 안에 있는 뇌장을 휘저어 죽여버렸다.

이번에는 히포다마스가 전차에서 뛰어내려 자기 앞을 도망쳐 가는 것을 창으로 뒤에서 등을 찌르니, 외마디 소리를 지르고 생명의 숨을 내쉰 것은 마치 황소가 헬리케의 신 포세이돈에게 바칠 희생으로 끌려가면서 우렁차게 짖는 것과 같았다. 젊은이들이 끌고 가면 대지를 뒤흔드는 신은 기뻐한다. 그와 마찬가지로 신음 소리를 낸 무사의 몸에서 씩씩한 생명은 떠나갔다.

그리고 아킬레우스는 창을 쥐고 신으로도 보일 폴리도로스를 뒤쫓아갔다. 프리아모스의 이 아들에게 일찍부터 부왕은 싸움터에 나가지 못하게 했다. 왜냐하면 아들 중에서 가장 어리고 또 가장 귀여워했기 때문이다. 그런데 걸음이 빠르기로 누구에게도 뒤지지 않았으므로 이때도 젊음의 무분별에서 자기가 얼마나 날쌘가 보여준답시고 선두 대열 사이를 달려나가다가 기어코 목숨까지 잃는 궁지에 빠지고 만 것이다.

바로 곁을 달려나가려는 그의 등 한가운데에 걸음이 빠른 용감한 아킬레우스가 창을 던졌다. 복대의 황금 고리들이 이가 맞는 곳과 가슴받이가 이중으로 겹쳐진 자리, 그곳을 창은 뚫고 들어가서 배꼽 밑으로 창끝이 빠져나왔으므로, 그는 크게 외마디 소리를 지르며 무릎을 꿇었다. 거뭇한 안개가 감싸자 그는 앞으로 쓰러지면서 비어져 나오는 창자를 손으로 눌렀다.

헥토르는 자기 동생 폴리도로스가 창자를 손으로 움켜쥐며 땅바닥에 쓰러지는 것을 보자, 두 눈에 안개가 쏟아졌다. 이제 더는 멀리서 우물쭈물하고 있을 수가 없어서 날카로운 창을 휘두르며 아킬레우스 앞으로 뛰쳐나갔는데, 그 모습은 거센 불꽃을 보는 것 같았다. 아킬레우스는 그를 보자 기뻐서 펄쩍 뛰어오르며 의기충천하여 소리쳤다.

"내 가슴에 심한 상처를 입힌 자가 가까이 왔구나. 무엇보다 소중히 여기는 내 벗을 죽인 자여. 이제 이렇게 된 이상 싸움터의 어느 곳에서나 서로 움츠리고 숨을 수는 없을 것이다."

이렇게 소리치고 치켜뜬 눈으로 용감한 헥토르에게 말을 걸었다.
"더 가까이 오라, 조금이라도 빨리 파멸의 극한으로 보내줄 수 있도록."
이에 끄떡도 않고 번쩍이는 투구를 쓴 헥토르가 대꾸했다.
"펠레우스의 아들이여, 결코 나를 어린애처럼 말로 위협할 생각일랑 하지 말라. 나도 얼마든지 욕설과 비방과 중상모략을 할 수 있다. 과연 그대는 무용에 뛰어나고 내가 훨씬 뒤진다는 것도 잘 알고 있다. 그러나 이것도 신의 뜻에 맡겨져 있는 거다. 내가 그대보다 못하더라도 그대를 창으로 찍어 목숨을 빼앗을 수 있을지도 모른단 말이다. 내가 던지는 창도 그 끝은 여간 날카롭지가 않다."
이렇게 말하기가 무섭게 창을 힘껏 집어 던졌으나, 아테나가 가볍게 숨을 내쉬어 영예도 드높은 아킬레우스한테서 도로 되돌려보내 버렸다. 그래서 용감한 헥토르에게로 창은 되돌아와 그대로 발 앞에 떨어졌다. 한편 아킬레우스는 헥토르를 죽이려는 일념으로 안간힘을 쓰면서 무서운 고함 소리와 더불어 덤벼들었다. 그러자 아폴론이 재빨리 헥토르를 신의 힘으로 가볍게 가로채어 대단한 안개 기운으로 감싸버리니, 걸음이 빠르고 용감한 아킬레우스는 세 번이나 덤벼들어 세 번 모두 청동 창으로 짙은 안개 속을 찔렀다. 그러다가 그가 네 번째로 신과 다름없는 모습으로 덤벼들었을 때, 그는 무섭게 소리치며 거칠게 말했다.
"네 놈은 이번에도 죽음을 모면하고 말았구나. 바로 눈앞에까지 재앙이 다가갔는데. 이번에도 또 포이보스 아폴론이 살려주었는가? 그 신에게 날아가는 창 소리가 요란한 싸움터에 나갈 때는 열심히 기도를 드리나 보군. 그러나 앞으로 그대를 다시 만날 때는 나도 여러 신 중에서 어느 분이든 뒤를 돌봐주신다면 반드시 결판을 내고 말 테다. 지금은 트로이군의 누구든 간에 만나는 다른 병사들을 무찌르기로 하자."
이렇게 말하고 드뤼옵스의 목 한가운데를 창으로 찍으니, 발 바로 앞에 나뒹굴었다. 그것을 그 자리에 내버려 두고 이어 데무코스라고 하여 필레토르의 용감한 아들인 거구의 무사를 무릎에 창을 던져 붙잡아 놓고, 다시 칼로 찔러 목숨을 빼앗았다. 다음에는 라오고노스와 다르다노스라는 비아스의 두 아들에게 덤벼들어 한 사람은 창을 던져서, 나머지 한 사람은 재빨리 달려가 칼로 찔러서 땅바닥으로 찍어 내렸다.

한편 알라스토르의 아들 트로스가 생명을 구걸하기 위해 혹시 자기를 용서해 줄지 모른다는 생각으로 아킬레우스의 무릎에 매달려서 두 손을 쳐들고 다가왔다. 그러나 같은 또래니 가련하게 여겨 죽이지 않고 놓아주려니 생각한 것은 어리석은 일, 절대로 들어줄 까닭이 없다는 것을 깨닫지 못했다. 이쪽은 도저히 상냥한 마음씨나 부드러운 기질의 무사가 아니며 오로지 살의만 품고 있었다. 그래서 두 손으로 무릎에 매달려 애원하려 하는 것을 단검을 뽑아 간장을 쿡 찌르니, 그대로 상처에서 간이 비어져 나오고 거기서 솟아난 피가 그의 품 안에 가득 차면서 숨이 거의 다 넘어가고 있는 그의 두 눈을 어둠이 휘덮었다. 그다음에는 물리오스 곁에 다가가서 창으로 귀를 찌르니, 그대로 꿰뚫려 저쪽 귀에서 창끝이 툭 튀어나왔다. 이어 아게노르의 아들 에케클로스의 머리 한가운데를 자루가 달린 칼로 후려치니, 칼은 온통 피에 젖어 미지근해지고, 그 두 눈에는 자줏빛 죽음과 다름없는 운명이 휩싸버렸다.

이번에는 데우칼리온의 차례였다. 팔꿈치의 근육이 서로 붙어 있는 자리를 팔을 뚫고 청동을 꽂은 창끝으로 꿰찌르니, 바로 눈앞의 죽음을 바라보면서 그는 그대로 팔에 추가 걸린 듯 우뚝 섰다. 그것을 칼로 목덜미를 내리치니 투구를 쓴 채 목이 송두리째 멀리 퉁겨 떨어지고, 척추에서 골수가 흐르며, 몸뚱이가 땅바닥에 길게 늘어져 뻗었다.

다음에는 페이로오스의 아들로 영예도 드높은 리그모스의 뒤를 쫓아갔다. 그는 땅이 기름진 트라케에서 온 사람인데, 그의 허리를 겨누어 창을 던지니 청동 창끝이 위에 꽂혀 전차에서 굴러떨어졌다. 이어 수행 무사 아레이토스가 말들의 방향을 돌려놓고 그 등을 날카로운 창을 꿰찔러 수레에서 떨어뜨리니, 말들은 당황하여 골짜기 깊숙이 무서운 기세로 타들어가는 불길처럼 달려나갔다.

이미 마를 대로 마른 산의 깊은 숲이 타들어가 바람이 사방으로 불꽃을 흩뜨리며 소용돌이치듯이 아킬레우스는 창을 들고 사방으로 뛰면서 귀신처럼 적을 무찔렀다. 그가 미친 듯이 날뛰니 검은 대지가 피를 흘렸다. 마치 이마 넓은 황소들에게 멍에를 씌워 훌륭하게 다듬은 타작마당에서 새하얀 보리알을 밟게 하면 크게 울부짖는 소들의 발밑에서 순식간에 보리가 길쭉하게 탈곡되어 가듯이 기세도 사나운 아킬레우스에게 쫓겨 외발굽의 말들이 수많은 시체와 방패 등을 함께 마구 짓밟아 나갔다. 전차의 굴대 언저리 아래쪽은 온통 피투성이가 되고 차체에 둘러친 난간까지, 혹은 말굽에 맞거나 바퀴의 쇠테에서 튀는 핏방울에 젖었다. 그런데도 펠레우스의 아들은 오로지 영광을 차지하고자 기를 쓰며 무적의 두 손을 피로 물들여 갔다.

제21권

강변에서의 전투

병사들이 마침내 아름답게 흐르는 크산토스 강나루에 이르렀을 때, 아킬레우스는 둘로 갈라진 적군을 도성 쪽 평원을 가로질러 곧장 추적해 갔다. 그곳은 전에 영예에 빛나는 헥토르가 무시무시한 기세를 떨쳤을 때 아카이아군이 겁이 나 도망간 장소였다. 그쪽으로 트로이 병사들이 오로지 살아남으려고 몰려갔지만 그들의 눈앞에서 헤라는 방해를 하려고 짙은 안개를 뿜어놓았다. 트로이군의 나머지 절반이 은빛으로 소용돌이치는 깊은 강물에 막혀 크게 아우성치며 강물에 떨어지니, 그 소리가 급류에 메아리쳐 울려퍼진다. 그리고 양쪽 둑 주변에도 요란스레 소리가 울리고, 병사들은 이리저리 소용돌이 속을 허우적대며 헤엄쳐 다녔다.

그 광경은 마치 타는 불기운에 쫓긴 메뚜기 떼가 불을 피하여 강물을 찾아서 이리 뛰고 저리 뛰는 모습과 다름없었다. 그러나 불길이 별안간 다시 타올라 조금도 수그러지지 않고 타들어가므로, 메뚜기는 당황하여 달아나다가 연거푸 물 위에 떨어지고 마는 게다. 그와 같이 아킬레우스 앞에 깊이 소용돌이치는 크산토스의 강은 물에 빠진 사람과 말의 혼란한 소음으로 가득 찼다.

그때 제우스의 후예 아킬레우스는 창을 강둑 수양버들에 걸쳐놓고 신과 같은 기세로 칼만 손에 들고 트로이군을 가만두지 않겠다는 생각을 가슴에 품은 채 강물에 뛰어들었다. 그리고 닥치는 대로 칼질을 해나가니 칼에 맞은 사람들의 신음 소리가 끊임없이 일어나면서 수면은 피로 벌겋게 물들어 갔다.

마치 몸집이 큰 돌고래의 습격을 받고 다른 물고기들이 겁을 먹고 이리저리 달아나다가 좋은 포구의 만으로 가득 몰려 들어가는 것처럼 트로이군 병사들은 이 무서운 강가의 낭떠러지 밑에 웅크리고 앉았다. 아킬레우스는 이윽고 살육에 피로해져 강 속에서 열두 명의 젊은이들을 생포하여 살해된 메노이티오스의 아들 파트로클로스를 대신하여 끌어냈다. 새끼 사슴처럼 넋을 잃고 멍청하게 서 있는 그들을 강 밖으로 데리고 나가서 적당히 자른 가죽끈으로 손을 뒤로 돌려 묶었는데, 그 가죽끈은 그들의 튼튼한 갑옷에 매고 다니던 끈이었다. 아킬레우스는 이들을 전우들에게 넘겨 배로 데리고 가게 한 다음, 되돌아와서 다시 맹렬한 기세로 공격했다.

때마침 마주친 것은 다르다노스의 후예 프리아모스의 아들인 뤼카온이라는 젊은이였다. 그 또한 강에서 막 도망쳐 나오는 참이었는데, 그는 바로 전에 아킬레우스가 아버지 프리아모스의 과수원에서 잡아 억지로 끌고 간 젊은이였다. 마침 그곳을 밤에 습격했을 때, 뤼카온은 전차 난간을 만들려고 날카로운 청동 칼을 가지고 무화과나무의 싱싱한 가지를 몇 개인가 잘라내고 있었다. 뜻밖에도 그때 아킬레우스가 들이닥쳤던 것이다.

그리하여 적당한 곳에 있는 렘노스 섬으로 배에 태워 가서 그를 이아손의 아들 에우네오스에게 팔았다. 임브로스 섬에 사는 에에티온이 다시 그를 인수하여 많은 돈을 지불하고 거룩한 아리스베에 보내주었는데, 그는 몰래 도망쳐서 그의 아버지 프리아모스의 궁전으로 돌아왔던 것이다. 그 후 열하루 동안 가족과 동족 사람들과 함께 살면서 렘노스 섬에서 돌아온 이래 얼마간 마음을 달랠 수가 있었다. 그런데 열이틀 째에 운명은 다시 그를 아킬레우스의 손에 인도했으며, 그가 거부하여도 이미 하데스에게 보내지도록 되어 있었다.

지금 그 젊은이를 걸음이 빠르고 용감한 아킬레우스가 발견하고 만 것이다. 그런데 정말 몸뚱이 하나뿐, 투구도 없고 방패도 없었으며, 창조차 가지고 있지 않았다. 왜냐하면 갑옷을 모두 땅바닥에 버리고 왔기 때문이며, 그것도 강에서 달아났을 때 심하게 땀을 흘려 피로로 무릎이 맥을 못 추게 되었기 때문이었다. 이것을 보고 아킬레우스는 기상이 높은 자신의 마음에 혼잣말로 중얼거렸다.

"이런 이런, 정말 이상한 일도 다 보게 되는구나. 그럼 내가 죽인 트로이인들은 음침한 저승에서 다시 살아나는 것일까? 이 녀석도 신성한 렘노스 섬으로 팔려 갔던 것인데, 인정사정없는 날을 모면하여 다시 돌아온 것을 보면 허옇게 파도가 일고 물결치는 바다조차 이자의 장애가 되지 않았단 말인가? 많은 사람들을 억지로 잡아끌어 놓는다는데, 어쨌거나 이렇게 된 이상 다시 저세상에서 돌아올 수 없도록 그에게 우리의 날카로운 창끝 맛을 보여주자. 아니면 뛰어난 용사조차 지하에 잡아두는 생명의 대지가 그를 붙잡아 둘 것인가?"

이렇게 아킬레우스가 걸음을 멈추고 생각에 잠겨 있는 동안 뤼카온이 제정신도 아닌 듯이 그에게 달려와서, 오로지 무서운 죽음과 시커먼 죽음의 운명을 어떻게든 피하고 싶은 생각에서 아킬레우스의 무릎에 매달려 목숨을 애걸했다. 그러나 씩씩한 아킬레우스는 긴 창을 휘두르며 그를 찌르려고 했다. 그 손 밑으로 뤼카온이 몸을 굽혀 무릎에 매달리자, 창은 인간의 살에 닿아 그 피를 실컷 흘리게 하겠다고 기를 쓰면서 뤼카온의 등 위를 날아 저만큼 땅에 가서 꽂혔다. 뤼카온은 한쪽 옆으로 아킬레우스의 무릎을 붙잡고 애원을 계속하면서 나머지 손은 날카롭게 긴 창의 자루를 붙잡고 말을 건넸다.

"무릎에 매달려 부탁합니다, 아킬레우스 님. 제발 나를 불쌍히 여겨 자비를 베풀어 주십시오. 제우스가 비호하시는 당신을 탄원자로서 찾아온 저입니다. 왜냐하면 나는 당신 밑에서 데메테르가 주신 곡물을 먹은 자이기 때문입니다. 그 일은 위치도 훌륭한 과수원에서 나를 붙드신 바로 그날입니다. 그리고 나를 아버지나 친척들한테서 떼어놓고 신성한 렘노스 섬으로 끌고 가서 백 마리 소 값을 받고 파셨습니다. 그 후 세 배 값으로 간신히 나는 다시 매매되어 왔습니다. 그래서 오늘 아침이 일리오스로 돌아온 지 겨우 열이틀째가 되는 날입니다만, 실컷 고생을 한 끝에 가까스로 구해지는가 했더니 이제 다시 당신 손에 인도되고 말다니, 이 무슨 저주받을 운명입니까. 또다시 당신에게 인도되다니, 이는 아마도 제우스께서 나를 미워하시기 때문일 것입니다. 나는 우리 어머니이신, 알테스 노인의 따님, 라오토에가 낳으셨습니다. 그 알테스 노인은 전쟁을 좋아하는 렐레게스족의 지배자로서 사트니오에이스 강변에 치솟은 도성 페다소스를 다스리고 있습니다. 그 따님을 프리아모스가 다른 많은 여자들과 함께 아내로 맞았습니다만, 그 어머니한테서 태어난 우리 두 형제를 지금 당신은 다 목을 베려 하고 있는 것입니다. 아까 당신은 선두 대열 병사들과 함께 신으로도 보일 폴리도로스를 날카로운 창으로 찔러 쓰러뜨렸는데, 이제 또다시 바로 이 자리에서 내가 목숨을 잃게 되는가 봅니다. 이제 당신 손에서 달아날 수 있다고는 생각지 않으며, 이렇게 만난 것도 신이 하신 일이니까요. 그러나 한 마디 말씀만 잘 새겨 들어주십시오. 제발 나를 죽이지만은 말아주십시오. 헥토르와 같은 배의 형제도 아니니까. 그 사람은 틀림없이 마음

상냥하고 뛰어난 당신의 친구를 죽인 자입니다만."

이와 같이 프리아모스의 영예도 드높은 아들이 온갖 말로 애원했으나 그에게 돌아온 것은 인정사정없는 대답이었다.

"바보 같은 녀석이다. 절대로 나한테는 몸값이 어떠니 하는 소리는 아예 입밖에 내지도 말아라. 파트로클로스가 아직 죽지 않은 동안에는, 트로이 사람들에게 때로는 자비를 베풀어 주면서 조금은 호의를 베풀 수도 있었다. 지금보다는 말이다. 그래서 생포해서 팔아넘기곤 했었지. 그러나 이제 와서는 일리오스의 앞에서 적어도 내 손에 신이 주신 트로이인으로서는 한 사람도 죽음을 모면할 수는 없을 것이다. 특히 프리아모스의 아들이라면 더더욱 그러하다.

그러니 그대도 죽어야 한다. 왜 그렇게 울며 슬퍼하는가? 그대보다 훨씬 무용이 뛰어난 파트로클로스조차 죽지 않았는가? 그대가 보기에 나는 얼마나 자태도 아름답고 키도 비범하게 훤칠한가? 게다가 훌륭한 용사를 아버지로 가졌고 낳아주신 어머니는 여신이기까지 하다. 그런데도 그러한 신분의 나에게도 역시 죽음이란 어찌할 수도 없는 운명이 다가오고 있다. 언젠가는 온다. 새벽녘이 아니면 해질 무렵, 혹은 한낮이 될지 모르나, 누군가가 내 생명을 전투를 하다가 빼앗는 때가 반드시 온다. 그자가 창을 던질는지 아니면 활시위에서 화살을 날릴는지 알 수 없으나."

이렇게 말하니 그는 그만 무릎에 맥이 빠져 꺾이고 두려운 마음이 그대로 솟구쳐서 저도 모르게 붙잡았던 창을 놓으며 두 손을 벌리고 엉덩방아를 찧었다. 아킬레우스는 날카로운 칼을 뽑기가 무섭게 뤼카온의 목덜미 옆 쇄골 근처를 쌍날 칼로 자루까지 들어가도록 찔렀으므로, 그는 앞으로 엎어져 땅바닥에 길게 늘어지며 상처에서 검은 피가 솟아나 흙을 적셔 나갔다.

그 다리를 쥐고 아킬레우스는 물결에 실려 보내려고 강 속으로 집어 던지고는 승리를 자랑하며 그에게 마음속으로 말을 건넸다.

"자, 거기서 물고기들과 누워 자거라. 그 녀석들이 안심하고 그대의 상처에서 피를 빨아줄 것이다. 그대의 어머니는 관에다 그대를 뉘고 울며불며 애도할 수는 없으나, 스카만드로스 강이 소용돌이치면서 그대를 바다 품속 깊숙이 실어 날라주겠지. 그 파도 사이를 튀어 오르며 어느 물고긴가가 검은 물결 밑에서 날쌔게 떠올라와 그대의 흰 살점을 뜯어 먹겠지. 그대들은 자꾸만 달아나는 것을 나는 따라가서 무찌르고, 이윽고 일리오스의 거룩한 도성에 이를 때까지 잇따라 죽어가라.

은빛 소용돌이치는 맑은 물결의 이 강도 결코 그대들을 구해주지 못할 것이다. 오랫동안 많은 황소를 희생물로 바쳐왔고 외발굽의 말들도 숱하게 산 채로 소용돌이 속에 던져 넣기도 했겠지만 말이다. 그럼에도 그대들은 파트로클로스를 죽인 죄와 아카이아 군사를 내가 없는 동안 함선 곁에서 마구 살육하고 괴롭힌 대가를 내가 완전히 갚을 때까지 저주스럽게 죽어갈 것이다."

이렇게 말하자 이때 강의 신은 가슴에 분노를 느끼며 어떻게 하면 용감한 아킬레우스의 난폭한 행위를 중지시키고 트로이인들을 파멸에서 구할 수 있을까 궁리했다. 그사이에 펠레우스의 아들 아킬레우스는 그림자가 긴 창을 들고 아스테로파이오스에게 덤벼들었다. 이 젊은이는 펠레곤의 아들이었는데, 이 펠레곤이야말로 유유히 흘러가는 악시오스 강의 신을 위해 아켓사메노스의 맏딸 페리보이아가 낳아준 사람이었으니, 바로 그녀와 깊이 소용돌이치는 이 강의 신이 인연을 맺은 것이었다.

이 젊은이에게 아킬레우스가 덤벼들었다. 그 역시 강에서 뛰어나와 싸웠다. 두 자루의 창을 들고 대항하는 그 가슴속에 크산토스 강이 용기를 불어넣어 주었다. 바로 아킬레우스가 물속에서 마구잡이로 베어 죽이고도 아무런 연민의 정을 쏟아주지 않았던 사실에 그는 참살당한 젊은이들을 위해서 화를 내고 있었기 때문이다. 그래서 이 두 사람이 마주 보고 이윽고 가까워졌을 때, 걸음이 빠른 아킬레우스가 말했다.

"대체 그대는 인간 세계의 어떤 자이며 어디서 온 자이기에 대담하게도 나한테 덤벼드는가? 불운한 부모의 자식이로다. 내게 대항하려 하다니."

이에 영예도 드높은 펠레곤의 아들이 큰 소리로 말했다.

"기량이 뛰어난 펠레우스의 아들이여, 어쩌자고 내 출생을 물어보는가? 나는 멀리 떨어진 파이오니아의 기름진 고장에서 온 사람이다. 긴 창을 지닌 파이오니아 부대를 이끌고 달려온 지 오늘로서 꼭 열하루 째의 아침을 맞이했다. 일리오스에 도착한 후로 말이다. 내가 태어난 곳은 넓고 유유히 흘러가는 악시오스 강이다. 더없이 맑은 물을 땅에 쏟는 저 악시오스 강 말이다. 그 강의 신이 창의 명수로 세상에 유명한 펠레곤을 낳고 그가 다시 나를 낳아준 것이다. 어쨌거나 자, 싸우자, 영예도 드높은 아킬레우스여."

이렇게 거침없이 소리치니 용감한 아킬레우스는 펠리온 산에서 베어 온 물푸레나무의 창을 집었다. 그때 이쪽 용사 아스테로파이오스가 두 자루의 창을 동시에 두 손으로 던진 것은 그가 양손잡이였기 때문이다. 그래서 왼쪽 창은 아킬레우스의 방패에 맞았으나 방패를 꿰뚫지는 못했다. 헤파이스토스의 선물인 황금판이 막아준 것이다. 다른 하나의 창은 사람의 살을 실컷 맛보려고 조급해하기는 했지만 아킬레우스의 오른쪽 팔꿈치에 살을 긁어, 검은 피가 확 솟아나왔다. 그러나 그 창은 그대로 그의 몸을 스치고 지나가 땅에 꽂혔다.

이번에는 아킬레우스가 똑바로 날아가는 물푸레나무 창으로 반드시 죽이겠다는 일념으로 아스테로파이오스에게 겨누어 힘껏 집어 던졌다. 하지만 그의 몸에는 맞지 않고 높이 치솟은 강둑에 맞아 물푸레나무 창이 푹 꽂혀 절반은 파묻히고 말았다. 그래서 펠레우스의 아들 아킬레우스는 다시 허리에서 날카로운 칼을 뽑아 소리를 지르며 덤벼들었다. 아스테로파이오스는 아킬레우스의 물푸레나무 창을 강둑에서 완강한 손으로 뽑으려 들었으나 실패했다.

세 번이나 뽑으려고 초조하게 안간힘을 쓰면서 흔들어댔으나 세 번 다 힘이 모자랐다. 네 번째 그가 아이아코스 손자의 물푸레나무 창을 굽혀서 부러뜨려 뽑으려고 마음먹고 있는데, 그보다 빨리 아킬레우스가 달려들어 칼로 그의 목숨을 빼앗아 버렸다. 배꼽 언저리를 찔렀으므로 내장이 다 흘러나와 땅에 퍼지자, 허덕이는 그의 눈을 암흑이 휘덮었다. 아킬레우스는 그 가슴 위를 밟고 갑옷을 몸에서 벗기고는 승리에 우쭐해져서 소리쳤다.

"이렇게 누워 자라. 그대가 하신한테서 태어난 자라 하더라도 위대한 크로노스의 아들 제우스의 자손과 싸운다는 것이 얼마나 어려운지 이제 알았느냐. 흐르는 넓은 강에서 그대는 혈통이 이어진다고 했는데, 미안하지만 나도 제우스에게서 나온 혈통을 자랑으로 여긴다. 나를 낳은 아버지는 미르미돈족의 군주로 알려진 아이아코스의 아들 펠레우스다. 아이아코스는 제우스의 후예니 바다에 흘러들어가는 하신보다는 제우스가 강대하다. 그만큼 또 제우스의 혈통을 가진 자는 하신의 자손보다 강한 것이다.

그대 옆에 큰 강이 흐르고 있도다. 만일 그가 도움을 줄 수 있다면 말이다. 그러나 크로노스의 아들 제우스와는 도저히 싸우지 못한다. 제우스와는 저 드넓은 아켈로오스도, 깊이 흐르는 오케아노스의 무시무시한 힘으로도 대항할 수 없다. 그 물로부터 온 세계의 모든 강, 모든 호수, 모든 샘과 모든 개천이 물을 얻는다고 하지만, 그 오케아노스조차 하늘에서 제우스가 벼락을 내릴 때는 번개와 천둥에 겁을 내는 것이다."

아킬레우스는 이렇게 말하고 강둑에서 청동 창을 뽑아들었다. 그자는 슬픈 목숨을 빼앗기고 모래 위에 엎어진 채 있었는데, 검은 물이 와서 적셨다. 그 주위에 미꾸라지와 물고기들이 몰려와 콩팥 근처의 살을 조금씩 뜯어 먹기 시작했다.

한편 아킬레우스는 전차를 타고 싸우는 파이오니아 부대를 뒤쫓고 있었다. 이 부대의 무사들은 소용돌이치는 강변에서 자기들의 대장이 격렬하게 싸우다가 펠레우스 아들의 칼에 쓰러지는 것을 보고는, 그만 완전히 공포에 질려 허둥지둥 달아나고 있었던 것이다. 그들 사이에 뛰어들어 테르실로코스와 뮈돈, 아스튀필로스와 므네소스와 트라시오스, 게다가 아이니오스, 오펠레스테스 등을 마구 무찔러 나갔다. 만일 깊이 소용돌이치는 이 강이 화를 내고 말하지 않았던들, 아마도 더 많은 파이오니아인들을 아킬레우스가 죽였을 것이다. 사람의 모습을 하고 깊은 소용돌이 속에서 들려오는 소리가 말했다.

"오, 아킬레우스여, 그대가 인간들 가운데서 특별히 힘도 뛰어나고 강하며 모진 소행도 자행해 나갈 수 있는 것은 신들이 늘 자진해서 그대를 지키고 있기 때문이네. 그러나 크로노스의 아들 제우스가 트로이 군사를 깡그리 죽여도 좋다는 허락을 내렸다 하더라도, 어쨌든 나한테서는 멀리 떨어져 들판으로 나가서 무참한 소행을 하든지 하라. 맑았던 내 물이 이젠 시체로 가득 차서 도무지 빛나는 바다로 향하지도 못하겠다. 그런데도 그대는 닥치는 대로 마구 죽여 나가는군. 이제 그만두라. 정말 놀랍구나. 병사들의 우두머리여."

이에 발 빠른 아킬레우스가 대답했다.

"그럼 그렇게 하지요. 제우스가 비호하여 기르시는 스카만드로스여, 당신 말씀대로 하지요. 그러나 트로이 군사들을 도성으로 몰아넣어 헥토르와 맞붙어 결전을 벌이기 전에는 분수를 잊고 오만하게 설치는 이들을 무찔러 나가는 일만은 결코 그만두지 않으렵니다. 저쪽이 나를 쓰러뜨리든, 내가 저쪽을 쓰러뜨리든."

그는 이렇게 말하고는 귀신으로 착각될 끔찍한 기세로 트로이군에게 돌진해 갔다. 그때 깊이 소용돌이치는 크산토스의 하신이 아폴론을 향해 말했다.

"은궁을 가진 신이시여, 제우스의 아드님이시여. 당신이 그 크로노스의 아드님의 계책을 지키지 않았구려. 아까도 여러 가지로 트로이 편을 도와주자고 명령하시던데, 저녁 햇빛이 느릿하게 가라앉아 흙이 기름진 밭을 어둠이 덮을 때까지."

이렇게 말하고 있는 동안에도 창의 명수로서 유명한 아킬레우스는 강둑에서 돌진하여 다시 강 한가운데로 뛰어들었다. 그를 향해 강이 큰 파도를 지으며 밀어닥치고, 강물 전체를 위아래로 거칠게 하여 아킬레우스가 죽인 시체가 엄청나게 강바닥에 쌓여 막힌 것을 흘려보냈다. 마치 황소처럼 울부짖으면서 모두 강 밖 육지에 던져내는 한편, 아직 살아 있는 자들은 아름다운 물결 속, 깊숙이 소용돌이치는 사이사이에 안전하게 숨겨주었다.

한편 아킬레우스 주변에는 무서운 파도가 일어 흘러가는 물이 방패에 부딪쳐 밀어올리므로, 이제는 발을 딛고 제대로 서 있을 수도 없었다. 아킬레우스는 두 손을 쳐들고 가지가 무성한 굵은 느릅나무에 매달렸으나 그 나무마저 뿌리째 뽑혀 둑이 허물어졌다. 하지만 가지와 잎이 무성한 나무가 맑은 물길을 막으면서 강에 떨어졌으므로, 마치 강에 다리를 걸친 것처럼 되었다. 아킬레우스는 겁이 나서 나무를 잡고 소용돌이에서 빠져나와 날쌔게 들판으로 달아나기 시작했다. 그러나 하신은 용감한 아킬레우스의 분투를 저지하고 트로이 측을 파멸에서 구해줄 생각으로 조금도 멈추려 하지 않고, 아킬레우스를 향해 시커먼 물결로 부풀어 오르며 달려들었다.

그러나 펠레우스의 아들 아킬레우스는 벌써 투창의 힘이 못 미치는 곳까지 뛰어 달아나고 있었다. 위대한 사냥꾼이자 날아다니는 새 중에서 가장 빠르고 힘이 센 검은 독수리가 날아가듯 재빨리 도망쳤다. 그처럼 몸을 날리며 달리니, 청동 갑옷이 요란스레 울려댔다. 하지만 강물이 물길을 피하여 달아나는 것을 바로 뒤에서 무시무시한 소리를 내며 쫓아왔다. 그 광경은 마치 도랑을 파는 사람이 검은 물의 샘에서 수목과 정원 사이로 물을 끌어올 때 같았다. 손에 괭이를 들고 도랑에 물을 막았던 판자를 치워 나가니, 흐르는 물살에 도랑 바닥의 돌멩이조차 남김없이 굴러나간다. 이렇게 물은 재빨리 흘러내려 비탈진 속에서는 콸콸콸 소리를 내고 떨어져 물길을 인도하는 사람조차 앞지르고 만다.

이와 같이 쉴 새 없이 흐르는 물결이 아킬레우스를 뒤쫓아갔다. 아킬레우스는 날듯이 빨리 달리고 있었으나 신은 역시 사람보다 뛰어났다. 그리하여 마침내 걸음이 빠른 아킬레우스도 걸음을 멈추고 돌아서서, 넓은 천지를 다스리는 신들이 과연 자기를 도피시켜 줄 생각인지 확인하려 할 때, 하늘에서 쏟아지는 큰 강의 파도가 아킬레우스의 어깨에 떨어졌다. 그가 당황하여 펄쩍 뛰어오르자 사나운 물살이 몸 아래서 흐르면서 다시 물에 잠긴 무릎은 지쳐가고, 발밑의 모래가 자꾸만 패어 나가자 펠레우스의 아들은 넓은 하늘을 우러러 탄식했다.

"아버지 제우스여, 여러 신들 가운데 어느 한 분도 나를 가련하게 여겨 강물에서 구해주려 하지 않으시니, 나중에는 무슨 변을 당하더라도 상관없습니다. 하지만 하늘에 계시는 신 중에서 다른 어느 분이 나쁘다 소리를 하는 것은 아닙니다. 다만 사랑하는 어머니가, 어머니가 나를 속이셨습니다. 가슴받이를 두른 트로이인들의 성벽 아래서 나는 아폴론의 거세고 빠른 화살에 맞아 죽을 것이라고 말씀하셨으니까요. 그렇다면 차라리 헥토르가 나를 죽여주었으면 좋았을 텐데. 이곳에서 자라난 사람 가운데 가장 강한 자가 그니까 말입니다. 그러면 죽인 자도 용사, 죽은 자도 용사가 되는 법입니다. 그런데 지금 나는 강물에 갇혀 비참하게 죽어갈 운명에 놓이려 하고 있습니다. 겨울 폭풍우 때 골짜기의 물살 센 냇물을 건너려다가 떠내려가는, 돼지 치는 어린아이와 같이 말입니다."

이렇게 말하니 포세이돈과 아테나가 재빨리 아킬레우스 곁에 와서 서며 무사들의 모습을 빌려 둘이서 그의 손을 잡고 안심시켜 주었다. 먼저 대지를 뒤흔드는 포세이돈이 말을 꺼내었다.

"펠레우스의 아들이여, 그다지 두려워할 것은 없다. 우리 같은 강대한 신이 그대를 도우러 와 있으니까. 나와 아테나가 둘이서. 게다가 이것은 제우스도 다 알고 있는 일이다. 그대는 하신 따위로부터 죽지 않게 되어 있다. 그러니 그는 곧 멎게 될 것이다. 그대도 직접 보게 되겠지만. 그런데 그대에게 꼭 일러둘 말이 있으니 명심하여 그대로 하여라. 세상에 이름난 일리오스의 성벽 안에 트로이 병사들을 몰아넣기 전에는 무참한 전투에서 손을 떼지 마라. 그리하여 그대는 헥토르의 목숨을 앗은 다음에 배로 철수해야 한다. 우리가 그대에게 영광을 안겨줄 것이다."

이렇게 말하고 두 신은 불사의 신들 사이로 되돌아갔는데, 아킬레우스는 신들의 지시에 기운이 돋아 들판으로 향했다. 주변에는 아직도 온통 넘쳐흐른 물이 차 있고, 젊은이들의 화려한 갑옷과 시체 같은 것이 가득 떠돌고 있었다.

그 사이를 아킬레우스는 흐르는 물을 향해 돌진했는데 무릎을 높이 뛰어 널찍하게 흘러가는 강도 그것을 막지 못했다. 아테나가 대담한 힘을 불어넣어 주었기 때문이다.

그러나 스카만드로스 쪽에서 또한 전혀 힘을 늦추려 하지 않고 더한층 아킬레우스에게 화를 내며, 흐르는 파도를 곤두세워 높다랗게 물을 말아 올리면서 커다란 소리로 시모에이스 강을 향해 소리쳤다.

"사랑하는 아우여, 이자의 기를 우리 둘이서라도 꺾어버리자꾸나. 당장이라도 프리아모스 왕의 커다란 도성을 공략해 버릴 기세니까. 트로이군은 버티지 못할 것이다. 그러니 샘물로 강을 가득 채우고 모든 여울들을 독촉해서 급히 달려와서 도와라. 저 난폭한 녀석을 눌러버리도록 큼직한 파도를 말아 올리고, 나무와 바위에 물을 부딪쳐 요란스러운 소리를 울려라. 지금도 저렇게 우쭐대며 마치 신이라도 된 듯 오만하다. 단언하지만 어차피 모두 넘친 물 아래 진흙에 깡그리 파묻히고 말 것이다. 그의 힘도, 사내다움도, 훌륭한 갑옷도 그의 몸을 지켜주지는 못할 것이다. 그리고 그를 진흙으로 둘둘 싸서 그 위에 무수한 돌멩이로 덮어버리자. 그러면 아카이아인들은 그의 뼈도 찾지 못할 것이다. 많은 진흙을 덮어주자꾸나. 그리하여 이 자리가 바로 그의 무덤이 되어버리면 아카이아군이 장례를 치를 때 군이 봉분을 만들 필요도 없을 것이니."

이렇게 말하고 무시무시한 힘으로 물결을 말아 높이 쳐들어 아킬레우스에게 덤벼드니, 거품과 피와 시체가 뒤범벅이 되어 떠들썩해지고 하늘에서 쏟아진 파도는 사납게 하늘에 솟구치며 당장 아킬레우스를 삼켜버릴 듯한 기세였기에, 헤라는 매우 걱정하여 소리를 질렀다. 아킬레우스가 깊이 소용돌이치는 강물에 휩쓸려 가면 큰일이라며 즉시 사랑하는 아들 헤파이스토스에게 말했다.

"일어나라, 절름발이 내 아들이여. 그대의 싸움 상대로는 저 소용돌이치는 크산토스 강이 알맞겠다고 우리는 생각했단다. 그러니 얼른 도우러 달려가서 불을 질러놓아라. 그러면 나는 지금부터 서풍과 갠 하늘을 가져오는 남풍에게 바다 쪽에서 사나운 폭풍을 불어대게 할 테니까. 그러면 그 바람이 해로운 불꽃을 싣고 가서 트로이 편의 사람과 말, 갑옷을 모조리 불살라 버리겠지. 그대는 크산토스의 강변을 따라가며 나무를 불태우고 강을 불길로 휩싸버려라. 결코 달콤한 말이나 협박에 넘어가서 물러서면 안 된다. 내가 큰 소리로 부를 때까지는 기세를 수그러뜨리지 말아라. 그러다가 그때가 되어서야 끝없이 타는 불을 거두어라."

이렇게 말하니 헤파이스토스는 거세게 타오르는 불을 준비하기 시작했다. 먼저 불은 평원에서 타올라, 아킬레우스의 손에 죽어 그곳에 무더기로 쌓여 있던 수많은 시체들을 태웠다. 그리하여 들판이 완전히 말라버리니 번쩍거리는 물도 멎어버렸다. 초가을에 북풍이 새로 물을 끌어 댄 밭의 흙을 순식간에 건조시켜 놓으면 경작자들이 모두 좋아하듯이 평야를 완전히 말려놓고 시체를 깡그리 태워 버린 다음에 번쩍이는 불길을 강 쪽으로 돌렸다.

그리하여 느릅나무에 불이 붙는가 하면 수양버들도 버드나무도 자운영 밭도 불타고, 갈대와 줄기가 후리후리하게 큰 잡초가 차례로 타들어갔다. 이 아름다운 강물을 둘러싸고 무성하게 자란 나무와 풀이 온통 타서 사그라졌다. 이어 소용돌이치는 물 밑에 사는 뱀장어와 고기 떼가 괴로워하기 시작하고, 여기저기 아름다운 강물 밑에서 책략에 능한 헤파이스토스의 불기운에 시달려 몸을 비꼬며 뒤집어져서 몸부림치고 있었다. 힘이 센 강마저 뜨거워 못 견디며 마침내 헤파이스토스에게 말했다.

"헤파이스토스여, 신들 가운데 아무도 당신에게 맞설 분은 없습니다. 나도 지금 이렇게 불을 질러대는 당신과 싸울 생각은 없다오. 이제 싸움은 멈추어 주시오. 지금 당장 용감한 아킬레우스가 트로이인들을 도성에서 쫓아내 버리면 좋을 것을. 싸움 같은 것은 정말 지긋지긋해졌으니까."

이렇게 불에 휩싸이면서 말하고 있는 동안에도 아름다운 강물은 마치 가마솥이 억센 불기운에 끓듯 부글부글 끓어오르기 시작했다. 연하게 기른 수퇘지를 삶는 것처럼, 여기저기서 물이 위로 솟으며 부글거렸다. 그 밑에는 바짝 마른 장작이 지펴져 있었던 것처럼, 물결도 맑은 이 강은 불에 못 견뎌서 부글부글 끓고 앞으로 더 흘러갈 기력도 사라져 그대로 멎어버리고 말았으니, 그것은 책략에 능한 헤파이스토스가 불기운으로 마주 공격해 왔기 때문이었다. 그래서 하신은 헤라를 향해 열심히 애원하며 물 흐르듯 말했다.

"헤라여, 어째서 당신 아드님은 내가 그럴 만한 죄를 지은 적도 없는데, 내 강물을 트로이 편을 돕는 다른 여러 강물보다 더 괴롭히려 합니까? 어쨌거나 당신이 그렇게 명령하신다면 나도 그만두기로 할 테니, 아드님에게도 그만하도록 일러주십시오. 게다가 이렇게 맹세하겠습니다. 앞으로는 결코 트로이인을 위해 재앙의 날을 막아주지 않겠다고. 설령 온 트로이가 기세도 사나운 불에 모조리 타서 재가 되는 한이 있더라도, 그리고 불을 지른 자가 군신 아레스의 벗인 아카이아의 아들들이라도."

이 말을 듣고 흰 팔의 여신 헤라도 곧 사랑하는 아들 헤파이스토스에게 말했다.

"헤파이스토스여, 이제 그만두어라. 세상에 이름을 떨친 내 아들이여. 어쨌든 결국은 죽을 인간 때문에 죽음을 모르는 신을 그토록 심하게 혼을 내준다는 것은 좋지 않으니까."

이렇게 말하니 헤파이스토스가 무섭게 타고 있는 불을 껐으므로, 곧 파도가 아름다운 강물이 다시 힘차게 흘러내리기 시작했다.

크산토스 강의 기세가 이렇게 꺾여버리자, 그것으로 두 신은 싸움을 그쳤다. 헤라가 화를 내고는 있었으나 그들을 말렸기 때문이다. 그러나 다른 신들 사이에 거친 싸움이 대단한 기세로 터지고 말았다. 바로 신들의 마음속에서 격렬한 감정이 둘로 나뉘어져 심하게 타올랐기 때문인데, 무시무시한 소리를 내며 서로 덤벼드니, 넓은 대지가 요란스레 울리고 주위의 하늘에도 나팔소리처럼 온통 굉장한 소음이 메아리쳤다. 제우스는 신들이 그렇게 서로 다투는 광경을 올림포스 산 옥좌에 앉아 바라보면서 마음속으로 혼자 재미있어 하며 흐뭇한 웃음을 지었다.

이때는 이미 신들도 서로 멀리 떨어져 있지 않았으니 먼저 가죽 방패를 찢는 신인 아레스가 앞으로 나가 아테나에게 청동 창을 들고 덤벼들면서 온갖 욕설을 퍼부었다.

"부끄러움도 모르는 여신이여, 어쩌자고 그대는 대담무쌍하게도 신들끼리 서로 싸우게 만드는가? 사나운 기질을 가누지 못하고 충동을 받았는가? 그대가 티데우스의 아들 디오메데스를 부추겨 나를 창으로 찔러 부상을 입힌 것을 잊었는가? 그뿐 아니라 그대가 날이 시퍼런 창을 손에 쥐고 나에게 돌진해 와서는 고운 이 살갗을 마구 찢어놓은 것을 잊었는가? 이번에는 내가 그대에게 되돌려 주리라."

이렇게 소리치면서 술이 가득 달린 아이기스를 찍었으니, 무서운 이 방패야말로 제우스의 번개로도 찢을 수 없는 것이었다. 거기에 살인의 피에 젖은 아레스가 긴 창을 찍었으나, 여신은 뒤로 슬쩍 물러서서 돌덩이 하나를 집어들었다. 들판에 뒹구는 커다란 돌로 옛날 사람들이 밭 경계의 표지로 세우던 검고 삐쭉삐쭉한 돌이었다. 이것으로 기세가 무서운 아레스의 목을 치니, 금방 팔다리의 힘이 빠져 흐늘흐늘해지고 말았다. 그리하여 몇백 미터나 길게 늘어져서 땅에 뻗으니, 머리털은 먼지투성이가 되어버리고 갑옷 소리가 엄청나게 요란스레 울리는데, 팔라스 아테나는 웃으면서 아레스에게 우쭐해진 얼굴로 말을 건넸다.

"당신은 조금도 생각해 보지 않았나 보군. 내가 당신보다 얼마나 더 강한가를. 나와 힘을 겨루려고 덤비다니. 이것으로 어머니의 원한과 노여움은 보상이 되겠군. 당신이 아카이아 편을 버리고 오만한 트로이 측을 늘 도와주고 있었기 때문에 얼마나 노하고 계시는지, 당신을 혼내주겠노라 벼르고 계셨으니까."

이렇게 말하고 얼굴을 뒤로 돌려 빛나는 눈을 외면해 버렸는데, 쉴 새 없이 신음하고 있는 아레스의 손을 잡고 제우스의 딸 아프로디테가 간신히 정신을 차린 그를 부축해 가려고 했다. 그런데 흰 팔의 헤라가 그 모양을 발견하고 아테나에게 말을 건넸다.

"이젠 정말 지긋지긋하구나. 아이기스를 가진 제우스의 딸 아트리토네여, 이번에도 저 부끄럼 모르는 여신이 인간에게 화를 주는 아레스를 격렬한 결전의 혼란 속에서 데리고 나가려 하고 있구나. 그러니 추격하도록 하여라."

이렇게 말하니 아테나는 얼른 그 뒤를 쫓아가 튼튼한 손으로 젖가슴을 치니, 아프로디테는 그대로 그 자리에 무릎도 마음도 힘이 빠져 허물어져서 아레스와 더불어 기름진 대지에 길게 쓰러져 버렸다. 여신은 거기서 우쭐해진 얼굴로 말을 했다.

"트로이 편을 도우려고 하는 자들이 가슴받이를 두른 아카이아 군사와 싸울 때 모두가 이만큼 용기 있고 대담하다면 얼마나 좋을까? 나에게 대항하여 아레스를 도우러 온 아프로디테처럼 말이야. 그러면 일리오스의 잘 지은 도성도 공략하고, 전쟁은 옛날에 끝나버렸을 텐데."

이렇게 말하니 흰 팔의 여신 헤라는 방긋 웃었다. 한편 아폴론을 향해서 대지를 뒤흔드는 포세이돈이 말했다.

"포이보스여, 어째서 우리는 이렇게 떨어져 있는가? 다른 자들은 벌써 싸움을 시작했는데, 남 보기에도 창피하지 않는가? 그리고 더욱 수치스러운 일이지, 우리가 싸우지도 않고 올림포스의 청동을 깐 제우스의 궁전으로 돌아간다면. 그러니 자, 그대부터 덤벼라. 그대가 나이가 아래니, 나처럼 먼저 태어나 아는 것이 더 많은 사람이 먼저 시작한다는 것은 꼴불견이니까.

어리석은 자여, 어쩌면 그렇게도 생각이 모자르단 말인가? 일리오스 근처에서 우리가 전에 당한 심한 봉변은 모두 잊어버렸구나. 여러 신들 중에서 우리 둘이 제우스한테서 파견되어 저 오만한 라오메돈에게 꼭 일 년 동안을 일정한 삯을 받고 일했었지. 그 녀석이 우리에게 지시하며 일을 시켰다. 내가 트로이인을 위해서 성벽을 다 지어주지 않았는가. 결코 성이 함락되지 않도록 널찍하고 매우 훌륭하게 만들었었다.

그리고 포이보스 아폴론, 그대는 다리를 절며 걷는 뿔 굽은 소들을 골짜기가 깊고 숲이 우거진 이데 산의 등성이 사이에서 줄곧 기르고 있었지. 그리하여 즐거움을 많이 가져다주는 계절의 순환이 삯의 지불 기한을 다 채워 놓았을 때, 라오메돈은 삯을 전혀 지불하지 않았을 뿐 아니라 도리어 협박을 했었지. 그 녀석은 우리의 두 발을, 뿐만 아니라 두 손을 꽁꽁 묶어 멀리 있는 섬에다 팔아넘긴다 위협했고, 우리의 귀를 청동 칼로 잘라버리겠다고 했다. 우리는 되돌아왔지만 그 삯에 관해서는 가슴속에 감히 원한을 품고 잊지 못했지. 그런 나라 사람들에 대해서 그대는 지금도 호의를 보이고, 우리와 힘을 합쳐서 오만한 트로이인을 아이들과 얌전한 아내들과 모조리 비참한 모습으로 멸망시켜 버릴 생각을 갖지 않는구나."

이에 멀리 활을 쏘는 아폴론이 말했다.

"대지를 뒤흔드는 신이시여, 결코 내가 충분한 분별을 갖고 있다고 말하지는 않으실 것입니다. 만일 내가 저 비참한 인간을 위해서 신과 여기서 싸운다면 말이오. 그들은 본디 나뭇잎과 마찬가지로 어떤 때는 밭의 열매를 먹고 대단한 기세로 번창합니다만, 다시 시기가 오면 그야말로 덧없이 멸망해 갑니다. 그러니 당장 우리의 싸움은 집어치우고 저 녀석들은 마음대로 싸우게 내버려 두어야겠습니다."

이렇게 말하고 되돌아선 것은 아버지의 형제와 싸우는 것을 수치로 여겼기 때문이다. 그러한 아폴론을 친누나인, 야수들을 다스리는 여신 아르테미스가 심하게 비난했다.

"아니, 달아나는가? 정말 멀리 활을 쏘는 그대가 포세이돈에게 승리를 고스란히 넘겨주고 저항도 없이 우쭐거리게 만들어 놓다니. 참으로 어처구니없도다. 아무 소용도 없는 활을 뭐하러 갖고 있는가?"

이렇게 말했으나 멀리 활을 쏘는 아폴론은 아무 대답도 하지 않았다. 그러나 제우스의 슬기로운 아내 헤라는 화를 내며, 활을 쏘는 여신 아르테미스를 모욕적인 말로 꾸짖었다.

"어째서 그대는 나를 거역하여 대항할 생각을 가졌더냐? 비록 제우스 님이 그대를 인간의 여자들에 대해서는 암사자로 만들어서 누구나 죽여도 괜찮도록 허락하여 활과 화살을 갖고 있다 하더라도, 솜씨를 겨룰 상대로서 나는 좀 힘들 것이다. 그러니 산속에서 야수나 죽이고 있는 것이 현명할 거다. 야산에 사는 사슴 같은 것을 죽이는 것이 자기보다 강한 자와 힘을 겨루어 싸우기보다는 나을 거다. 그래도 전쟁 연습을 하고 싶다면 하라. 꼭 나와 한번 힘을 겨루어 보겠다면, 내가 그대보다 얼마나 강한가 잘 알 수 있도록 해주마."

헤라가 이렇게 말하고 왼손으로 아르테미스의 두 손목을 함께 움켜쥐더니 빙글빙글 웃으며 오른손으로 그녀의 어깨에서 활을 벗겼다. 그리고 피하려고 이리저리 얼굴을 돌리는 귀 옆을 찰싹찰싹 후려치니, 재빠른 화살깃이 날아 흐트러졌다. 그래서 아르테미스는 눈물을 글썽거리며 옆으로 빠져 달아났다. 마치 독수리에 쫓겨 텅빈 바위틈으로 뛰어든 비둘기와 같은 모습으로 달아나니, 아직 붙잡힐 운명은 아니었던 모양이다. 그 비둘기처럼 눈물을 흘리며 달아났는데, 활은 그 자리에 남겨놓고 갔다. 한편 레토를 향해서 심부름의 신인 아르고스의 하수인 헤르메스가 말을 건넸다.

"레토여, 나는 당신과 싸울 생각은 없습니다. 구름을 모으시는 제우스의 아내와 싸운다는 것은 쉬운 일이 아니니까요. 그러니 얼마든지 힘으로 싸운 격투에서 나한테 이겼다고 불사의 여러 신들에게 자랑하십시오."

이렇게 말하니 레토는 먼지와 티끌이 소용돌이치는 속에서 여기저기 흩어져 있는 활과 화살을 주워 모았다. 그러고는 자기 딸의 활과 화살을 들고 돌아갔다. 한편 아르테미스는 올림포스에 있는 제우스의 청동을 빈틈없이 깐 궁전으로 달려가서, 눈물을 흘리며 아버지 신의 무릎에 매달려 쓰러지듯 앉으니, 몸에서 향기로운 옷이 흔들거렸다. 그것을 가까이 끌어당기며 아버지인 크로노스의 아들 제우스는 다정하게 웃으면서 물었다.

"하늘에 있는 여러 신들 중에서 누가 감히 귀여운 내 딸인 그대에게 이렇게도 심하게 하던가? 마치 그대가 공공연하게 무슨 나쁜 짓이라도 한 것같이 말이다."

이에 멋진 관을 쓰고 요란한 소리를 내는 여신 아르테미스가 말했다.

"아버지의 부인이 때렸어요. 흰 팔의 헤라가. 그분 때문에 불사의 여러 신들 사이에 불화와 싸움이 일어나고 있는 거예요."

두 신은 이런 이야기를 서로 주고받았다.

한편 포이보스 아폴론은 거룩한 일리오스로 들어갔다. 다나오이군이 그날 안으로 정해진 운명을 넘어 잘 지어진 이 도성의 성벽을 공략하지는 않을까 걱정이 되었기 때문이다.

또 다른 영원히 사는 신들은 올림포스로 돌아갔는데, 그중에는 화를 내는 이도 있고 자랑스레 으스대는 이도 있었다. 그들은 모두 먹구름을 모으는 아버지 신 옆에 가지 않았다. 이때에도 아킬레우스는 트로이 군사를 한꺼번에 외발굽의 말과 함께 무찔러 나가고 있었다. 도시가 불탈 때, 마치 연기가 넓은 하늘에 솟아오르는 듯했다. 신들의 분노가 불이 나게 한 것이다. 그리하여 모든 사람들에게 고생을 시키고 많은 사람들에게 탄식을 갖다 준다. 그와 마찬가지로 아킬레우스 또한 트로이 사람들에게 고생과 탄식을 안겨준 것이다.

한편 늙은 왕 프리아모스가 거룩한 성의 망루에 올라가 바라보고 있으니, 아킬레우스의 거구가 눈에 띄었다. 그로 말미암아 트로이 군사는 완전히 압도되어 극심한 혼란 속에 져서 달아났다. 그런데도 무엇 하나 구원해 줄 방법이 없었다. 그래서 왕은 탄식하며 성루에서 내려와 성벽 곁에 있는 경비병을 격려했다.

"성문을 활짝 열어젖혀라. 그리고 성을 향해 병사들이 도망쳐 들어올 때까지 문을 꼭 붙들고 있어라. 아킬레우스는 벌써 저만큼 뒤쫓아와서 곧 무참한 작업을 시작하려 하고 있다. 그러니 모두 성벽 안으로 뛰어들어오거든, 다시 본디처럼 튼튼하게 장치한 성문을 닫아버려라. 저 저주스러운 자가 성안으로 들어왔다가는 큰일 나니까."

이렇게 말하니 모두가 달라붙어 빗장을 끄르고 문을 활짝 열어젖혔다. 이때 아폴론은 트로이군을 파멸에서 돕기 위해 그를 향해 달려나가지는 않았다. 병사들은 성과 높다란 성벽을 향해, 갈증으로 목이 말라붙고 온통 먼지를 덮어쓴 채 들판으로 재빨리 달아나니, 아킬레우스는 거센 기세로 창을 휘두르며 미칠 듯 완강한 집념으로 마음을 태우며, 영예를 차지하려 안간힘을 쓰고 있었다.

어쩌면 이때 높다란 성문의 트로이를 아카이아군이 공략해 버렸을지도 모른다. 포이보스 아폴론이 용감한 아게노르를 분기시키지 않았던들 말이다. 이 자는 안테노르의 아들로 영예도 드높고 준엄한 무사였는데, 신은 그의 가슴속에 용기를 불어넣어 주는 한편, 자기는 직접 나아가서 그 옆에 있는 떡갈나무에 기대고 섰으니, 죽음의 엄한 손에서 그를 수호해 줄 생각으로 짙은 안개 기운으로 자기 몸을 감싸고 있었던 것이다. 그리하여 아게노르는 성을 공략하려는 아킬레우스를 발견하자 멈추어 서서 그를 기다렸는데, 마음은 갖가지 생각으로 뒤엉켜 있었다. 침통해진 그는 의기왕성한 자기 마음을 향해 말했다.

"서글프군. 내가 만약 용맹스러운 아킬레우스가 겁이 나서 달아난다고 하더라도, 다른 자들이 얼이 빠져 허둥지둥 도망치는 방향으로 달려나갔다가는 결국 저 녀석은 나를 붙잡아 겁쟁이라며 찔러 죽이겠지. 그러나 만일 다른 자들이 펠레우스의 아들 아킬레우스가 무서워 우왕좌왕 달아나는 대로 내버려 두고, 나는 성벽을 떠나 다른 길로 해서 일리오스의 들판으로 달아난다면, 혹시 무사히 이데 산 끝에 이르러 산기슭 풀숲에 숨을 수 있을지도 모른다. 그런 다음에 해가 지기를 기다렸다가 강물에서 목욕이나 하며 땀을 씻고 일리오스로 돌아오면 되겠지.

그런데 어째서 내 마음은 이런 말을 하는 것일까? 성벽을 떠나서 들판으로 가다가 들켜 그자가 그 날쌘 걸음으로 쫓아와서 붙잡히는 날이면 큰일이다. 그야말로 죽음의 운명을 면할 수는 없을 것이다. 그는 온 세계의 인간보다 탁월하게 용맹하고 준걸하니까.

그런데 만일 성 앞에서 그 녀석과 맞서 대결한다면 어떻게 될까? 아무리 강한 그 녀석의 살이라도 날카로운 청동으로 안 상할 까닭이 없고 목숨도 하나밖에 없겠지. 소문을 들으면 불사신도 아닌 것 같다. 다만 크로노스의 아들 제우스가 그에게 영예를 내려주고 있을 따름인 것이다."

이렇게 말하고 그는 몸을 웅크리고는 자세를 다잡으며 아킬레우스가 나타나기를 기다렸다. 가슴속에는 씩씩한 마음이, 아킬레우스에게 도전하여 싸우겠다는 용기가 불끈불끈 치솟고 있었다. 마치 개들이 요란스레 짖어대는데도, 게다가 사냥꾼들이 창으로 찌르거나 던지더라도 표범이 울창한 숲 속에서 사냥꾼을 향해 뛰어나오듯, 그러면서 조금도 겁을 먹은 기색도 없고 달아나려고도 하지 않는 것처럼. 그리하여 맞붙어 뒹굴다가 마침내 상대가 목을 치기 전에는 창이 몸을 꿰찌르는 한이 있더라도 용맹스러운 기세는 조금도 꺾이지 않는다.

그와 같이 영예도 드높은 안테노르의 용감한 아들 아게노르는 아킬레우스의 솜씨를 시험해 보기 전에는 달아나려 하지 않았다. 그리하여 균형이 잘 잡힌 방패를 몸 앞에 받들고 서서 아킬레우스에게 창을 똑바로 겨누며 큰 소리로 말했다.

"틀림없이 그대는 속으로 크게 기대하고 있었겠지. 영예에 빛나는 아킬레우스여, 드디어 오늘은 무용의 모습도 씩씩한 트로이인들의 도성을 공략할 수 있을 거라고. 바보 같은 녀석. 그곳에 이르려면 아직도 산더미 같은 온갖 고생을 해야 할 것이다. 첫째 성안에는 우리같이 용감한 무사들이 아직도 무수히 대기하고 있다. 모두 저마다 사랑하는 부모들과 처자들을 뒤에 두고 일리오스를 지켜 버티고 서 있다. 그러니 비록 그대가 그토록 무섭고 대담한 전사라 하더라도 이 자리에서 기어이 최후를 맞을 것이다."

이렇게 말하고 날카로운 창을 억센 팔로 힘껏 내던지니 겨냥은 빗나가지 않아 아킬레우스의 무릎 밑 정강이에 맞아 새로 만든 주석 정강이받이에서 무서운 소리가 나서 사방에 울려퍼졌다. 그러나 청동 창끝은 맞은 자리에서 도로 튕겨 나왔으며, 안으로 꿰뚫고 들어가지 못했다. 신이 만든 물건이라 그 창을 막아주었던 것이다.

이어 펠레우스의 아들 아킬레우스도 아게노르를 향해서 돌진했으나, 아폴론이 엄청난 안개 기운으로 아게노르를 감싸고 가로채어 싸움터에서 무사히 내보내 주었다. 그리고 아킬레우스를 계략으로 속여 트로이군으로부터 멀리 떠나가게 해버렸다. 멀리 활을 쏘는 아폴론 자신이 똑같은 모습으로 바꾸어 아킬레우스 앞에 나타났으므로, 아킬레우스가 당장 추격했기 때문이다.

그리하여 그의 뒤를 쫓아 밀이 무르익은 들판을 가로질러 깊이 소용돌이치는 스카만드로스 강 쪽으로 갔다. 잡힐 듯 말 듯하게 바로 눈앞을 달려갔기 때문이다. 그러나 이것도 아폴론의 속임수였으니, 그를 속여 끝까지 금방 자기 발걸음으로 붙잡을 수 있다는 착각을 갖게 했던 것이다. 그동안에 다른 트로이군 병사들은 재빨리 허겁지겁 성문 안으로 뛰어들어가 안도의 숨을 내쉬었으니, 도성의 거리는 도망해 온 자들로 가득 차버렸다. 하지만 어느 누구도 도시나 성벽 밖에서 아직 서로를 기다리며 누가 무사히 도착했고 누가 싸우다가 쓰러졌는가를 감히 알아보려 애쓰는 자는 없었다. 정신없이 성안으로 물밀듯 몰려들어갔을 뿐이었다. 적어도 다리나 무릎에 의지할 수 있는 자는 모두 그러했다.

제22권
헥토르의 죽음

이처럼 트로이군은 성안으로 새끼 사슴처럼 겁에 질려 달아나서 땀을 닦고 한숨 돌린 다음, 견고하게 지은 칸막이벽에 기대어 물을 마시며 마른 목을 적셨다. 그동안에 아카이아군 병사들은 방패를 어깨에 걸치고 성벽 가까이까지 돌격해 왔는데, 저주받을 운명은 헥토르만 그대로 그 자리에 남겨 일리오스의 입구인 스카이아 문 바로 앞에 머물러 있게 해놓았다.

한편 펠레우스의 아들 아킬레우스를 향해서 포이보스 아폴론이 말했다.
"펠레우스의 아들이여, 무엇하러 날쌘 걸음으로 나를 뒤쫓아오는가? 그대는 분명히 결국은 죽어야 하는 인간으로서 불사의 신인 나를 쫓아오다니, 아마 내가 신인 줄 깨닫지 못한 모양이군. 그대가 너무나 사납게 흥분하고 있어서. 아니면 이제 트로이군을 무찌를 기분이 없어졌는가? 그들은 모두 도성 안으로 달아나고 말았다. 그런데도 그대는 이쪽으로 빗나와 버렸으니. 하지만 나는 죽을 운명이 아니니 나를 죽이지는 못할 것이다."
이에 아킬레우스는 화를 내며 말했다.
"멀리 활을 쏘는 신이여, 여러 신들 중에서 가장 잔혹한 당신이 이번에는 나를 속여 성벽에서 이리로 끌고 왔군요. 그렇지 않았다면 아직도 많은 자들을 일리오스 성안으로 달아나기 전에 대지의 이빨로 깨물게 해주었을 텐데. 그런데 이렇게 커다란 영예를 빼앗아갔을 뿐만 아니라 쉽게 적을 다 살려주었으니, 이것은 보복을 조금도 두려워하지 않기 때문일 테지. 그러나 만일 내게 힘이 있다면 복수를 하고 싶은 심정이오."
이렇게 말하고 도성 쪽으로 몸을 돌려 분연히 걸음을 옮겨 놓았다. 마치 수레를 끌고 경기에 이겨서 평야를 성큼성큼 가볍게 달려가는 말처럼, 아킬레우스는 날쌔게 발과 무릎을 움직여 갔다.

그 모습을 제일 먼저 발견한 것은 늙은 왕 프리아모스였다. 그가 들판을 마치 별처럼 눈부시게 빛내면서 달려오고 있었으니, 그 별이야말로 여름도 다 갈 무렵 하늘에 나타나 많은 별들 중에서도 가장 두드러지게 눈에 띄는 광채를 밤의 암흑 속에 비치는 것이었다. 그것은 세상 사람들이 오리온의 개라는 별명으로 부르는 가장 빛이 강한 별이지만, 재앙의 상징으로 여겨지고 인간들에게 심한 열병을 가져다준다.

꼭 그와 같이 달려오는 아킬레우스의 가슴에서 청동이 번쩍이므로, 늙은 왕은 탄성을 지르며 두 손을 높이 쳐들었다가 자기 머리를 때리며 사랑하는 아들에게 애원하며 소리쳤다. 헥토르가 스카이아 문 앞에서 아킬레우스와의 결투를 열망하며 기세도 사납게 서 있었기 때문이다. 그를 향해 늙은 왕은 구슬프게 호소했다.

"헥토르여, 제발 부탁이니 내 사랑하는 아들아, 다른 사람들과 멀리 떨어져 혼자서 저 사나이를 기다리지 말아다오. 펠레우스의 아들 손에 네가 쓰러져 목숨을 잃는다면 큰일이다. 내 아들아, 저자는 너보다 강한 데다가 무척 냉정한 인간이다. 내가 저 녀석을 사랑하는 것만큼 신들도 그를 사랑해 주셨으면 좋으련만.*[1] 그러면 당장에 들개와 털 벗어진 매들이 몰려와 쓰러진 저 녀석을 뜯어 먹을 것이고, 이 가슴 깊숙이 맺혀 있는 무서운 비탄도 사라질 텐데. 그는 나한테서 죽이거나 먼 섬에다 팔아넘기며 훌륭한 자식들을 빼앗아갔다.

조금 전에도 내 두 아들, 뤼카온과 폴리도로스의 모습이 성안으로 후퇴한 트로이 군사 중에 도무지 보이지 않았다. 그 두 사람은 여인들 중에서도 특히 지체가 높은 라오토에*[2]가 낳아준 아이들이다. 만일 그 아이들이 싸움터의 어디엔가 살아만 있다면, 나중에 청동이나 황금을 주어 찾아올 수도 있을 것이다. 그것도 많은 양을, 세상에 이름난 알테스 노인이 딸 라오토에에게 많은 재물을 보내주었으니까. 만일 벌써 죽어버렸다면, 이미 하데스에게 가 있다면 분명히 그것은 그들의 어머니와 내 가슴에는 쓰라린 일이나, 다른 사람에게는 그 괴로움도 그리 오래는 안 갈 것이다. 그대만 아킬레우스의 손에 의해 죽지만 않고 살아준다면.

그러니 어서 내 아들아, 성벽 안으로 들어와 다오. 그래야만 네가 트로이인

---

*1 '아킬레우스를 전사시켜 주었으면'의 뜻.

*2 알테스의 딸로 프리아모스의 첩.

들과 여인들을 구하고 펠레우스의 아들에게 큰 영광을 주지 않을 것이며, 너 자신도 달콤한 목숨을 빼앗기지 않으리라. 이 불행한 아비를 가련히 여겨다오. 아직 정신도 멀쩡한데 불운하게도 크로노스의 아들 제우스가, 노령의 문지방을 넘고부터는 비참한 운명의 굴레 밑에서 멸망시키려 하지 않느냐. 많은 불행을 목격시킨 뒤에 말이다. 아들들은 잇따라 살해되고 딸들은 연거푸 끌려가고, 방마다 모두 약탈당해 철없는 어린아이들까지도 무서운 결전 속에서 대지에 내동댕이쳐지는 것을 모두 내 눈으로 보게 한 뒤에. 그리고 내 며느리들은 아카이아인들의 저주스러운 손에 잡혀 모조리 끌려가는 것이다. 마지막에는 날카로운 청동의 날로 누군가가 치거나 찌르거나 하여 이 몸에서 생명을 앗은 뒤에는 날고기를 먹는 개들이 문간 제일 바깥쪽에서 나를 마구 물어뜯을 것이다. 그 개들은 내가 전부터 성관 안에서 문지기처럼 식탁 옆에 앉히고 기른 것인데, 내 피를 핥고부터는 완전히 미쳐버린 채 현관 앞에 누워 있을 것이다. 하기야 젊은 사람이라면 아무래도 상관없다. 싸우다가 전사하여 날카로운 청동 창에 살이 찔려서 쓰러져 있건 달리 죽어버렸건, 눈에 띄는 모든 것이 모두 자랑스러워 보인다. 그러나 흰 머리의 목, 수염도 센 늙은이의 시체 은밀한 곳을 개들이 몰려들어 욕보이고 더럽힌다면, 그 이상 인간에게 비참하고 한탄스러운 일은 없을 것이다."

이렇게 말하고 늙은 왕은 잿빛 머리를 손에 쥐고 마구 뜯었으나, 그것도 헥토르의 마음을 달래지는 못했다. 이번에는 그의 어머니가 눈물을 흘리며 가슴을 풀어 헤치고, 한 손으로 젖가슴을 드러내 보이면서 탄식하고 애원했다. 그러면서 그에게 눈물을 흘리며 의미심장하게 말했다.

"헥토르여, 그대가 내 아들이라면 이 가슴을 보더라도 측은하게 여겨다오, 이 어미를. 언젠가 너의 울음을 멎게 해주던 이 젖을 물린 나를 봐서라도. 사랑하는 아들아, 성벽 안에 와서 적군의 전사를 물리쳐 다오. 너무나 무법스런 인간이니까 거기서 앞장서서 그와 적대하는 것만은 그만두어 다오. 만일 그 인간이 너를 죽이기라도 한다면, 나는 이제 소중한 내 아들을 관에 뉘어 놓고 한탄하지도 못하잖느냐. 너를 낳은 어미인데도 말이다. 그리고 많은 며느리들도. 너는 우리와 멀리 떨어진 아르고스 사람들의 배 곁에서 날쌘 개들에게 뜯어 먹힐 테니까."

이와 같이 두 사람은 함께 소리를 내어 울부짖으면서 사랑하는 자식에게 호소하고 애원했으나, 아무리 해도 헥토르의 마음을 움직일 수는 없었다. 오히려 그대로 더욱 처참한 기세로 아킬레우스가 가까이 다가오기를 기다리고 서 있었다. 그 모습은 마치 산중에 사는 큰 뱀이 동굴 입구에서 사람이 다가오기를 기다리는 것과 같았다. 그 뱀이 모진 독을 배 속에 품고 심한 분노에 사로잡혀 구멍 앞에서 똬리를 틀고 흉포한 눈초리로 지그시 사람을 노려보는 것처럼, 헥토르는 여전히 불굴의 용기를 가지고 물러설 기미는 추호도 없이 성벽의 튀어나온 탑 밑에 기대어 번쩍이는 방패를 세워 놓았다. 그의 얼굴은 흐려지며 스스로 고매하고 넓은 자기 마음을 향해서 중얼거렸다.

"내가 만일 이 문과 성벽 안으로 들어간다면, 가장 먼저 폴리다마스가 비난의 말을 퍼부을 것이다. 그는 아까 트로이 군대를 성 쪽으로 이끌어 가라고 나한테 권했다. 이 저주스러운 밤 사이에 용감한 아킬레우스가 일어섰을 때였다. 그런데 나는 듣지 않았다. 그러나 이제는 병사들을 내 오만한 생각으로 죽여 버린 이상, 트로이 사람들에게나 치맛자락 길게 끄는 부인들한테 또한 볼 면목이 없어졌다. 어쩌면 나보다 훨씬 겁약한 자들까지 '헥토르는 자기 힘을 너무 믿은 나머지 병사들을 죽이고 말았다'고 욕할지도 모른다.

그런 말을 듣느니 차라리 아킬레우스와 일대일로 싸우는 편이 훨씬 낫다. 그를 용케 죽이고 돌아갈는지, 아니면 조국을 지키다가 명예를 끝내 보전하여 그의 손에 죽게 될는지 알 수 없지만 말이다. 혹은 또 내가 불룩한 큰 방패를 내려놓고 튼튼한 투구도 벗고 창을 성벽에 세워 놓은 다음, 알몸으로 영예도 드높은 아킬레우스 앞에 나타난다면, 그리고 헬레네와 보물까지 덧붙여서 넘겨주겠다고 약속한다면—알렉산드로스*3가 속이 빈 합선에 실어 트로이에 가지고 온 것을 모두 돌려준다면—그녀가 전쟁의 원인이니까, 아트레우스의 아들에게 내주어 데려가게 하고, 또 아카이아 군사에게는 이 도성 안에 간직해 둔 다른 모든 보물을 고스란히 둘로 나누어 절반을 다 준다고 제의한다면, 어떻게 될까?

또 트로이 사람들에게도, 그 후에 노인들에게도 아무것도 감추지 말고 깨끗이 둘로 나누어 절반을 내놓겠다고 맹세를 시키는 거다. 그런데 어째서 내 마음은 이런 생각을 하는 것일까? 그자는 내가 부탁하러 가더라도 내게 동정

---

*3 파리스.

도 하지 않을 것이고, 조금도 주저함 없이 무기도 갑옷도 갖지 않은, 여자와 다름없는 나를 예사로 죽이고 말 것이다.

이제 와서 어쨌거나 떡갈나무나 바위 따위에서부터[4] 너절하게 저 녀석과 이야기를 한다는 것은 불가능한 일이다. 처녀와 총각이 서로 다정하게 이야기하는 것처럼 말이다. 올림포스에 계시는 제우스가 어느 쪽에 영광을 내려주실는지 우리에게도 똑똑히 알 수 있도록 그보다 한시바삐 서로 덤벼들어 싸우는 편이 훨씬 낫다."

이렇게 생각에 잠기는 동안에 아킬레우스는 벌써 가까이 다가와 있었다. 그 모습은 번쩍이는 투구의 군신 에뉘알리오스를 보는 듯했다. 오른쪽 어깨에 걸린 것은 펠리온 산에서 베어 온 물푸레나무 창이었고, 무시무시한 그 모습에 청동 갑옷이 주위에 찬란히 빛나 마치 사납게 타오르는 불꽃이나 물을 차고 떠오르는 태양과 같았다.

그것을 보자마자 헥토르는 그만 떨리기 시작하여 더 이상 그 자리에 가만히 있을 수가 없었다. 그가 문을 뒤에 두고 달아나기 시작하니, 펠레우스의 아들은 나는 듯한 걸음을 믿고 달려들었다.

그 광경은 마치 새 중에서 가장 몸이 가볍다는 독수리가 산속에서 쉽게, 구구구 우는 비둘기를 향해 날아가는 것과 같았다. 비둘기는 겁에 질려 정신없이 달아나지만 독수리는 바짝 쫓아가며 날카롭게 소리치고 열심히 달려드는 것은 반드시 붙잡겠다고 생각하기 때문이다.

그와 같이 기를 쓰고 아킬레우스가 달려드니, 헥토르는 트로이 성벽 아래를 날쌔게 발을 놀려 열심히 도망쳐 간다. 이렇게 두 사람은 망루 옆과 바람에 우는 무화과나무 곁을 지나 성벽 밑 외진 곳, 평소에 이륜마차가 지나가는 좁은 길을 따라 곧장 달려 맑은 물이 흘러나오고 있는 두 개의 샘이 있는 곳에 이르렀다. 그곳은 소용돌이치는 스카만드로스 강의 두 원천이 솟아나는 곳으로, 한쪽은 따뜻한 물이 흘러 마치 활활 타는 불처럼 김이 솟고 있었다. 다른 한쪽은 여름에도 차가운 우박이나 눈, 아니면 얼음처럼 시원한 물을 쏟아내므로, 샘 둘레에 널찍한 빨래터가 마련되어 있었다. 훌륭한 돌로 만든 것으로 지난날 아카이아군이 원정해 오기 전 평화롭던 시절에는 언제나 트로이의 아름

---

*4 인간의 시원(始原)에서부터 지루하게 늘어놓는다.

다운 아내들과 딸들이 광택도 반드르르한 옷들을 들고 찾아오곤 했다.

그 옆을 지금 두 사람은, 한쪽은 달아나고 한쪽은 따라가면서 달려갔다. 앞에 달아나는 자가 용사라면 쫓아가는 자는 더한 용사여서 얼마나 빠른지도 모를 정도였다. 그것은 거기에 걸려 있는 상품이 희생의 짐승이라든가 소가죽 방패라든가 하는, 사람들의 도보경주 때 받는 흔해빠진 상품이 아니고, 말을 길들이는 헥토르의 목숨이 달려 있었기 때문이다.

마치 상품을 잘 타는 외발굽의 말들이 경주로 끝에 있는 표적 말뚝을 눈 깜짝할 사이에 지나가는 듯했다. 거기에는 대단한 상품인 청동제 솥이라든가 여자 따위가 걸려 있다. 세상을 떠난 귀인을 추도하는 행사이기 때문이다. 꼭 그와 같이 민첩한 두 사람은 날쌘 걸음으로 세 바퀴나 프리아모스의 도성을 돌며 달렸고, 그것을 여러 신들은 하늘에서 모두 내려다보고 있었다. 이윽고 먼저 인간과 신의 아버지인 제우스가 말을 꺼냈다.

"아아, 훌륭한 무사가 성벽 주위를 쫓겨다니는 모습을 내 눈으로 보게 되다니. 내 가슴은 지금 헥토르 때문에 비탄에 젖는다. 저 아이는 언제나 나에게 소의 대접살을 듬뿍 구워 주곤 했는데, 산 주름이 많이 잡힌 이데의 봉우리와 때로는 일리오스 성의 산에서 말이다. 그러한 그를 지금 용감한 아킬레우스가 프리아모스의 성벽 주위를 따라 날쌘 걸음으로 쫓아가고 있으니. 자, 여러 신들도 잘 생각해 봐다오. 그를 죽음에서 구출해 줄 것인가, 아니면 용사이긴 하지만 펠레우스의 아들 아킬레우스에게 그를 넘겨줘 죽이게 할 것인가를 말이다."

이에 빛나는 눈의 여신 아테나가 말했다.

"허옇게 번쩍이는 번개를 치시고 먹구름을 모으시는 아버지, 무슨 말씀을 하시는 거예요? 어차피 죽어야 하는 인간으로서 벌써 오래전에 죽음의 운명이 정해져 있는 것을 다시 가증스런 '죽음'에서 풀어 놓아주려고 그러세요? 뜻대로 하세요. 하지만 다른 신들은 결코 아무도 찬성하지 않을 거예요."

이에 구름을 모으는 제우스가 말했다.

"안심하여라, 사랑하는 딸 트리토게네이아*5여, 결코 진심으로 하는 말이 아니니까. 그대에게 짓궂게 굴 생각은 없다. 그러니 그대 좋을 대로 하여라. 주저

---

*5 아테나 여신의 별명.

할 것 없다."

이렇게 말하여 그렇지 않아도 열심인 아테나를 부추겼으므로 여신은 즉시 올림포스에서 날아내리면서 봉우리를 떠났다.

한편 걸음이 빠른 아킬레우스는 헥토르를 사나운 기세로 쫓아가고 있었다. 그 광경은 마치 산속에서 개가 새끼 사슴을 쫓아가는 것과 같았다. 숨어 있던 곳에서 몰아내어 골짜기 모퉁이와 골짜기 사이를 빠져나가고, 아기사슴이 풀숲 속으로 기어들어가 잠깐이나마 개의 눈을 피하려고 하여도 냄새를 맡아낼 수 있을 때까지는 멈추지 않고 끝내 발자국을 따라가는 것처럼 헥토르는 걸음이 빠른 아킬레우스의 눈을 피할 수는 없었다. 그래서 어쩌면 혹시 트로이 무사가 무기를 날려보내 도와줄지도 모른다는 생각으로 몇 번이나 다르다노스의 문을 향해 견고하게 구축한 방어벽 위에 서 있는 탑 밑으로 달려 들어가려고 마구 뛰어갔다. 그러나 그때마다 아킬레우스가 미리 앞질러 가서 평원 쪽으로 몰아내고 자기가 도성 쪽으로 붙어 달려갔다. 하지만 꿈속에서 달아나는 자를 쫓아가도 도무지 잡을 수 없는 것처럼, 한쪽은 아주 달아나 버리려고 하지만 그러지는 못하고, 쫓아가는 쪽도 아주 따라붙으려고 하나 그리되지 않았다. 한쪽은 아무리 달려도 잡을 수가 없고 한쪽은 완전히 달아나 버리지 못하고 있었던 것이다.

그러나 아폴론이 마지막 도움으로 그 옆에 붙어서서 용기를 불러일으켜 주고 발을 날쌔게 움직여 주지 않았던들, 어떻게 헥토르가 죽음의 운명을 이토록 교묘히 피해나갈 수 있었겠는가. 또 용감한 아킬레우스도 자기편 병사들에게 머리를 흔들어 제지하여, 누구든 자기 이외의 사람이 헥토르에게 창을 대어 공훈을 세움으로써 자기가 뒤에 처지는 일이 없도록 헥토르에게 날카로운 무기를 던지는 것을 허락하지 않았다.

하지만 네 번째 샘 있는 곳에 두 사람이 왔을 때, 그때 마침 제우스는 황금으로 만든 저울을 꺼내어 두 저울판에 긴 고뇌의 근원인 죽음과 운명 두 개를 나누어 놓았다. 하나는 아킬레우스의 것이고 하나는 말을 길들이는 헥토르의 것이었다. 그리하여 저울 한가운데를 잡고 달자 헥토르가 죽어야 하는 운명의 날이 기울며 명부 쪽을 향했으므로, 포이보스 아폴론도 하는 수 없이 헥토르 곁에서 떨어져 나갔다. 한편 펠레우스의 아들에게 빛나는 눈의 아테나가 찾아와서 가까이 다가서며 말을 건넸다.

"제우스가 귀여워하시는 영예도 드높은 아킬레우스여, 이제 드디어 싸움에 싫증 내지 않는 헥토르를 죽여 배에 싣고 갈 수가 있을 테니, 우리 둘이서 대단한 영광을 아카이아 측에 갖다줄 수 있을 것 같네. 이번에는 어떤 일이 있더라도 우리 손을 피해나가기는 불가능할 것이다. 이를테면 멀리 활을 쏘는 아폴론이 아이기스를 가진 아버지 제우스 앞에 나아가 아무리 탄원하더라도 이제는 안 된다. 내가 헥토르에게 가서 그대와 맞붙어 싸우도록 설득할 테니, 그대는 여기서 걸음을 멈추고 한숨 돌리도록 하라."

이렇게 아테나가 말하니 아킬레우스는 속으로 기뻐하여 여신이 하라는 대로 했다. 그리하여 청동의 가느다란 날을 댄 물푸레나무 창을 세워 놓고 그 자루에 기대서서 쉬었다. 그러자 여신은 아킬레우스 곁을 떠나 다시 용감한 헥토르를 쫓아갔는데, 그 모습과 낭랑한 목소리가 바로 동생 데이포보스와 그대로 닮게 하여 헥토르 가까이에 다가가 거침없이 말을 건넸다.

"형님, 참으로 어지간히도 끈질기게 걸음이 빠른 아킬레우스는 형님을 쫓아오는군요. 프리아모스의 도성 주위를 날쌘 걸음을 믿고 마구 달려 따라오면서. 그러나 이제는 우리 둘이서 걸음을 멈추고 그 녀석을 기다려 막고 싸우기로 하십시다."

이에 키가 훤칠하게 크고 번쩍이는 투구의 헥토르가 말했다.

"데이포보스여, 진실로 그대와 나는 형제 중에서도, 헤카베와 프리아모스의 아들 중에서도 그 전부터 제일 의가 좋았다. 그런데 이제는 더욱더 그대를 소중하게 여기게 되었다. 다른 자들은 모두 안에 머물러 있는데도 일부러 나를 위해 과감하게 성 밖으로 뛰쳐나와 주었으니 말이다."

이에 빛나는 눈의 여신 아테나가 말했다.

"형님, 참으로 무던히도 아버지와 어머니가 번갈아 내 앞에 무릎을 꿇고 애원을 하셨습니다. 다른 전우들도 나를 둘러싸고 나가지 말라 부탁하고요. 그토록 사람들은 모두 무서워서 떨고 있는 형편입니다. 하지만 내 가슴은 형님 때문에 쓰라린 비탄으로 난도질을 당하고 있었지요. 그러니 자, 창 따위는 조금도 아끼지 말고 이제부터는 힘껏 열심히 싸워봅시다. 우리도 잘 알 수 있도록 말입니다. 대체 아킬레우스가 우리를 죽여서 피에 젖은 수확물을 가지고 속이 빈 배로 돌아갈 수 있겠는가, 아니면 아킬레우스가 형님의 창에 쓰러지는가 하는 것을."

이렇게 말한 아테나는 교활하게도 선두에 서서 아킬레우스를 향해 다가갔다. 그리하여 양쪽에서 서로를 향해 접근하여 이윽고 거리가 가까워졌을 때, 먼저 키가 훤칠하게 큰 번쩍이는 투구의 헥토르가 말했다.

"펠레우스의 아들이여, 이제 더는 그대를 무서워하여 달아나지는 않는다. 프리아모스의 커다란 도성을 세 바퀴나 돌아 달리면서 그대가 쫓아오는 것을 기다려 결코 대항할 용기가 나지 않았었다만, 이제는 달라져서 죽일는지 죽을는지 알 수 없지만, 내 마음이 그대와 맞서 일대일의 결전을 벌이게 한다. 어쨌거나, 자, 이리 나와서 여러 신들을 증인으로 부르기로 하자. 신이야말로 가장 훌륭한 입회인이 되어줄 것이고, 약속의 감독자도 되어줄 것이니까. 나는 결코 그대에게 심한 모욕을 가하지 않을 작정이다. 제우스께서 내게 끝까지 견딜 힘을 주시고 그대의 목숨을 빼앗을 수 있게 되더라도 말이다. 그런 경우에라도 세상에 이름난 그대의 갑옷을 벗긴 다음에 시신은 아카이아 측에 돌려줄 테니까. 그대 쪽에서도 그렇게 해주지 않겠는가?"

이렇게 말하는 것을 쏘아보며 걸음이 빠른 아킬레우스가 말했다.

"헥토르여, 아무리 미워해도 결코 마음에 차지 않을 그대인데, 약속을 맺자니 부질없다. 사자와 인간 사이에 굳은 맹세가 있을 수 없고, 늑대와 새끼양이 사이좋게 살아나갈 수가 없어 언제나 서로가 앙심을 품고 상대편의 불행을 바라듯이, 그대와 내가 의좋게 지내다니 도저히 안 될 말, 그리고 우리 사이에서는 먼저 어느 쪽인가 죽어 방패를 겨누는 전사 아레스를 피로 만족시켜 주기 전에는 맹세의 말도 성립되지 않는다. 그러니 그대가 익힌 모든 무술을 동원하라. 이제야말로 내가 창을 잡으면 굳센 기상의 무사, 대담무쌍한 전사임을 증명해 보일 때다. 이제 그대에게는 피할 길이 하나도 없다. 지금 곧 그대를 팔라스 아테나가 내 창으로 쓰러뜨려 줄 것이다. 이제야말로 모든 것을 합쳐서 모조리 갚아줄 테다. 내 벗에 대한 비탄도, 그대가 미친 듯이 창을 휘둘러서 죽인 사람들의 목숨도."

이렇게 말하고 그림자가 긴 창을 집어 힘껏 던지니, 그것을 똑바로 바라보고 있다가 영예에 빛나는 헥토르는 몸을 재빨리 앞으로 굽혔다. 먼저 잘 지켜보고 있다가 허리를 숙였으므로 청동 창은 날아 넘어가서 뒤쪽 땅에 가서 꽂힌 것이다. 그것을 팔라스 아테나가 얼른 뽑아 병사들의 통솔자인 헥토르의 눈을 속여 다시 돌려주었다. 그래서 헥토르는 인품이 빼어난 펠레우스의 아들에게 말했다.

"빗나갔구나. 신들의 모습과도 같은 아킬레우스여, 아까는 그런 소리를 해대더니 아무래도 그대는 제우스한테서 내 죽음의 날을 전혀 듣지 못한 모양이지. 그렇지 않으면 주둥이를 잘 놀려 말로 사람을 낚는 그런 녀석이었나. 그것으로 내가 너를 무서워하게 하여 맞서 싸울 용기마저 잃게 할 생각이었던 모양이지만, 달아나는 내 등에 창을 꽂으려 해봐야 소용없는 일이었다. 그보다는 그게 신의 뜻이라면 똑바로 공격해 들어가는 내 가슴에 창을 꽂는 편이 나을 것이다. 그럼 이번에는 내 창을 피해보라, 청동의 창이다. 진실로 그것을 그대 살갗이 그대로 받아주면 좋겠다만. 그러면 트로이군도 훨씬 편한 마음으로 싸울 수 있을 것이다. 그대가 죽어간다면 말이다. 그들에게 있어 최대의 재앙은 그대니까."

이렇게 말하고 그림자가 긴 창을 쳐들어 힘껏 내던져서 펠레우스의 아들이 들고 있는 방패 한가운데에 어김없이 맞혔으나, 창은 비뚤어져 그대로 방패에서 멀리 날아가고 말았다. 자기가 모처럼 던진 창이 아무런 위협이 되지 못한 것을 보고 헥토르는 화가 났다. 그래서 낙심하다가 이제 물푸레나무 창이 없었으므로 흰 방패를 든 데이포보스를 큰 소리로 불러 긴 창을 받으려고 했다. 그러나 그의 모습은 근처에 보이지 않았다. 그제야 헥토르는 사정을 깨닫고 탄식했다.

"흠, 이것은 틀림없이 여러 신들이 나를 죽음으로 부른 것이다. 내 동생 데이포보스가 바로 옆에 대기하고 있는 줄로 알고 있었는데, 다시 보니 성벽 안에 있으니. 나를 감쪽같이 아테나가 속인 것이 분명하다. 이제야말로 불행한 죽음이 바로 눈앞에 다가와서 잠시의 유예도 용서치 않는구나. 그렇다면 진작부터 제우스도, 제우스의 아들로 멀리 활을 쏘는 아폴론도 이렇게 되기를 바라고 계셨던가. 전에는 모두 열심히 나를 지켜주셨는데. 이번에는 나를 죽음의 운명이 덮치려 하고 있다. 그러나 결코, 어차피 죽는 몸이지만 호락호락 명예를 더럽히고 죽고 싶지는 않구나. 한바탕 눈부시게 활약하여 후세에 이름을 남기리라."

그는 이렇게 말하고 날카로운 칼을 뽑았다. 전부터 늘 옆구리에 차고 있던 것으로 큼직하고 튼튼한 칼이었다. 이것을 앞으로 겨누며 몸을 한 번 숙이더니 마치 높은 하늘을 나는 독수리처럼 무서운 기세로 달려들었다. 시커먼 구름이 몰려드는 사이를 빠져 지상을 향해 곤두박질치는 독수리가 보들보들한 새끼양이나 토끼를 채 가려고 내려오듯이, 헥토르는 날카로운 칼을 휘두르며 덤벼들었다.

이쪽 아킬레우스도 마음이 거센 기개에 가득 차서 돌진해 갔다. 앞으로 온갖 기교를 다 부려 만든 훌륭한 방패를 쳐들어 가슴을 가리면, 네 개의 뿔을 단 투구는 번쩍번쩍 빛나면서 머리를 덮었고, 황금으로 만든 화려한 술이 그 둘레에 늘어져 너울거렸다. 이것은 모두 헤파이스토스가 투구 가장자리에 빈틈없이 빙 둘러놓은 것이었다. 마치 저녁때의 어둠 속, 많은 별들 사이를 지나가는 그 별과도 같이. 금성이라고 하여 하늘에 자리잡은 별들 중에서도 가장 찬란하게 반짝이는 그 별처럼, 아킬레우스는 용감한 헥토르에게 사악한 마음을 품었고 오른손으로 휘두르는 창의 날카롭게 갈아진 창끝이 빛을 내고 있었다.

그리하여 어디가 제일 찌르기 좋을까 하고 그 훌륭한 몸뚱이를 살피며 다가가는데, 다른 곳은 전부 용맹스러운 파트로클로스를 쓰러뜨렸을 때 벗겨서 빼앗은 청동의 화려한 갑옷에 가려져 있었으나 어깨와 목을 가르는 빗장뼈가 부분적으로 드러나 보였다. 생명을 잃는 데 가장 빠른 급소로 알려진 숨통은 바로 그 부분에 있었다. 그 자리를 겨누어 상대편이 기를 쓰고 덤벼드는 것을 그대로 받아 힘껏 내미니, 창끝이 부드러운 목을 푹 꿰뚫고 저쪽으로 쑥 빠져나가 버렸다. 무거운 청동 날을 단 물푸레나무 창이지만 목숨을 끊어놓지는 않았으므로, 아직 말을 주고받는 데는 지장이 없었다. 그래서 모래 먼지 속에 쓰러진 헥토르를 내려다보며 용감한 아킬레우스가 승리에 우쭐해져 말했다.

"헥토르, 아마도 그대는 파트로클로스의 갑옷을 벗길 때, 내가 그 자리에 없었다고 나를 두려워하지 않고 그것으로 무사히 끝난 줄 알았겠지. 바보 같은 사나이. 비록 떨어져 있었다고는 하나 그의 응원자로서 그대보다 훨씬 뛰어난 바로 내가 널찍한 배 곁에서 대기하고 있었단 말이다. 그 무사가 지금 그대의 무릎을 힘없이 꺾어 쓰러뜨린 것이다. 이제 그대를 사나운 새들이 몰려들어 마구 물어뜯고 욕을 보이겠지만, 파트로클로스를 위해서는 아카이아군이 정식으로 장례를 치러줄 것이다."

이에 벌써 숨 쉬는 소리도 약해진 번쩍이는 투구의 헥토르가 말했다.

"부탁한다, 그대의 목숨과 그대의 무릎과 그대의 어버이의 이름으로 부탁한다. 제발 나를 아카이아 군대의 함대들 옆에서 개들이 뜯어 먹도록 방치하지는 말아다오. 그대는 청동이나 황금 등을 보상금으로 받으리라. 틀림없이 우리 아버지와 어머니가 지불해 주실 거다. 그리고 내 몸을 집으로 돌려보내 다오. 죽은 뒤에는 트로이의 남자들과 그 아내들이 나를 화장해 줄 수 있도록."

이렇게 말하는 그를 노려보며 걸음이 빠른 아킬레우스가 말했다.

"저주받은 헥토르여, 무릎이니 부모니 하는 것에 의지하여 간청을 하려 하다니. 나는 그대를 산 채로 갈기갈기 찢어서 살점을 짐승에게 먹여줄 수만 있으면 좋겠다. 그럴 만한 짓을 그대는 했으니까. 그러므로 그대의 목에서 개들을 쫓아줄 사람은 아무도 없을 것이다. 또 지금의 열 배 혹은 이십 배나 되는 많은 보상금을 날라다가 여기 쌓아놓더라도, 그러고도 더 주겠다고 약속을 하더라도, 거기다가 다시 다르다노스의 후예 프리아모스가 그대 몸무게만큼이나 황금을 달아서 갖다 바친다고 맹세를 하더라도 안 될 일이다. 아무리 그렇게 한다고 하더라도 그대 어머니가 직접 낳은 너를 관에 뉘어 슬피 울게는 도저히 할 수 없는 일이다. 그 대신 개들과 독수리들이 너를 깨끗이 뜯어 먹게 될 것이다."

이에 다 죽어가면서 헥토르가 말했다.

"너의 얼굴을 똑바로 바라보니 도저히 설득시킬 수 없는 인간이라는 것을 충분히 알 수 있겠구나. 가슴속에 있는 심장은 강철로 되어 있는 모양이구나. 그렇다면 나로 인해 여러 신들의 노여움을 얻는 일이 없도록 조심하는 것이 좋을 거다. 네가 아무리 강한 무사라 하더라도 파리스와 포이보스 아폴론이 언젠가는 너를 스카이아 문 앞에서 쓰러뜨릴 바로 그날에 말이다."

이렇게 말하고 나니 그의 몸을 죽음이 휩싸버렸다. 그 혼백은 온몸에서 빠져나가 저승으로, 자신의 운명을 통곡하면서 씩씩함과 젊음의 꽃을 버리고 날아가 버렸다. 이와 같이 완전히 죽어버린 이를 향해서 용감한 아킬레우스가 말했다.

"죽어라. 나도 어느 때라도 제우스나 다른 불사의 신들이 그렇게 하기를 원할 때에는 죽음의 운명을 받으마."

이렇게 말하고 시체에서 청동 창을 뽑아 좀 떨어진 곳에 놓고는 그의 두 어깨에서 피에 젖은 갑옷을 벗기기 시작했다. 거기에 다른 아카이아군 병사들도 달려와서 둘러싸고, 모두 헥토르의 체구와 놀랍도록 훌륭한 모습을 감개무량한 듯이 바라보았다. 그러나 그 곁에 달려온 사람들 가운데 창으로 그를 찌르지 않은 자는 하나도 없었으며, 서로 옆에 서 있는 자와 얼굴을 마주 보며 이렇게 말하는 것이었다.

"흠, 이제 헥토르는 활활 타는 불을 배에 던져 넣었을 때보다는 다루기가 훨씬 쉬워졌군."

모두들 이런 말을 서로 주고받으면서 그 옆에 서서 시신을 창으로 찔러댔다. 한편 갑옷을 모조리 벗기고 나자 걸음이 빠르고 용감한 아킬레우스는 아카이아 군사 사이에 서서 다음과 같이 말했다.

"전우들이여, 아르고스 군대의 지휘관들과 보호자들이여, 기어이 이 사나이를 여러 신께서 쓰러뜨려 주신 이상—진실로 다른 모든 자들을 끌어모으더라도 아직 모자랄 만큼 많은 악행을 저지른 녀석이니—자, 모두 함께 무기를 들어 성을 에워싸고 쳐들어가자. 트로이인들이 이제는 대체 어떤 생각을 가졌는가 자세히 좀 알아보기 위해서라도. 이 녀석이 쓰러졌으니 이제는 도성을 포기할 작정인지, 아니면 헥토르가 사라졌다 하더라도 끝내 버티어 싸울 결심인지.

그러나 어찌된 까닭으로 내 마음은 이런 생각을 하는 것일까? 파트로클로스의 시체가 아직 함선 곁에 애도도 해주지 못하고 장례도 치러주지 못한 채 누워 있는 형편인데. 적어도 내가 생존자들 사이에 끼어 있는 한은, 그리고 이 무릎이 굳건히 서서 돌아다닐 동안에는 그를 결코 잊는 일은 없을 것이다. 또 세상 사람들은 죽어서 저승에 가면 모든 기억을 잃어버리고 만다지만, 나만은 저세상에 가더라도 여전히 사랑하는 벗을 잊지 못하고 있을 것이다. 자, 이제 승리의 노래를 부르면서, 아카이아의 젊은이들이여, 우리의 배가 있는 곳으로 돌아가자. 이 녀석을 끌고 가기로 하자."

이렇게 말하고 그는 씩씩한 헥토르에게 난폭한 욕을 보일 방법을 생각한 끝에, 두 발 뒤꿈치와 발목 사이의 힘줄 있는 곳에 구멍을 뚫어 소가죽으로 만든 가느다란 끈을 꿰어 꽁꽁 묶어서는 전차 뒤에 매달아 머리가 땅바닥에 질질 끌리도록 해놓았다. 그런 다음 전차에 올라 세상에 이름난 갑옷까지 모두 싣고는 한 번 채찍을 휘두르니, 두 필의 말은 쏜살같이 달리기 시작했다. 그리하여 질질 끌려가는 자한테서 모래 먼지가 확 솟아오르고, 칠흑같이 검었던 머리카락이 양쪽으로 갈라져 땅을 쓸어대니, 전에는 그토록 보기 좋았던 얼굴도 온통 먼지투성이가 되고 말았다. 이렇게 하여 제우스는 그를 원수의 손에 넘겨, 자신의 조국 땅에서 오욕에 몸을 맡기도록 했던 것이다.

이와 같이 헥토르의 머리가 온통 먼지와 흙으로 뒤범벅이 되어가자, 이것을 바라보는 어머니는 자기 머리를 쥐어뜯고 윤기 나는 베일을 팽개치고는 멀리 아들의 모습을 바라보면서 미친 듯이 울부짖었다. 늙은 왕 또한 안타깝게 신음 소리를 내고, 주변에 몰려 있는 사람들은 물론 온 도성 안이 통곡과 비탄의 부르짖음으로 가득 찼다. 마치 낮은 언덕이 많은 일리오스의 도성 전체가 고스란히 불에 던져져 타 없어지는 듯한 광경이었다. 도성 사람들은 늙은 왕이 다르다노스의 문밖으로 뛰어나가려고 몸부림치는 것을 간신히 붙들어 놓았다. 그러나 이 프리아모스는 진흙 속에 데굴데굴 뒹굴면서 붙잡는 사람들에게 애원했다.

"제발 그러지 말아다오. 친애하는 자들이여, 붙잡지 말고 나 혼자 가게 해다오. 모두가 걱정해 주는 것은 당연하나 성에서 나가 아카이아군의 함선을 찾아갈 참이다. 저 녀석에게 애걸하면 비록 무법스럽고 심하게 난폭한 것을 자행하는 자이기는 하나, 어쩌면 내 나이를 봐서라도 이 늙은 몸을 가련하게 생각해 줄지 누가 아느냐. 그 녀석에게도 나와 같은 연배의 아비가 있는 줄 안다. 펠레우스 말이다. 그 사람이 그를 낳아 길러서 트로이인의 불행의 근원이 되도록 키웠으니, 나에게는 다른 어느 누구보다도 더한 고통을 주었다. 그토록 많은 내 아들을, 아직 모두 한창 젊은 나이인 것을 저자가 죽여버렸다. 그것도 비탄의 근원이 아닐 수 없지만, 그 모두를 합치더라도 헥토르 하나만큼 나를 슬프게 하지는 못한다. 결국은 이 심한 슬픔과 탄식이 내 저승길을 재촉하게 되겠구나. 저 헥토르를 위해서 통곡하는 이 슬픔이 말이다. 저 아이가 내 팔에 안겨서 죽어준다면, 나와 그리고 그 아이를 낳은 팔자 사나운 어머니 헤카베와 둘이서 실컷 울부짖고 눈물을 흘리며 마음의 위안으로 삼으련만."

이렇게 울부짖으면서 프리아모스가 말하니 도성 사람들도 일제히 소리를 내어 통곡했다. 또 트로이의 여자들로서는 헤카베가 끊일 새 없는 심한 비탄과 애도에 앞장서 말했다.

"아아, 내 아들아, 어쩌면 나는 이렇게도 가련한 여자일까? 이렇게 무서운 꼴을 당하고 어떻게 죽지 않고 살아가겠느냐? 그대가 이미 죽고 없는데. 그대는 정말 나에게는 온 도성에서 자랑거리였다. 그리고 온 나라 안의 트로이 남자들, 그리고 여자들도 모두 그대에게 희망에 찬 기대를 걸고 그대를 신을 대하듯 했다. 그것은 살아 있는 동안에는 그대가 모든 사람들의 커다란 자랑거리였기 때문이다. 그러한 그대에게 이번에는 엉뚱하게도 죽음이란 무서운 운명이 덮치고 말았으니."

이렇게 울부짖으면서 쉬지 않고 넋두리를 늘어놓았는데, 헥토르의 아내는 아직도 전혀 이 불길한 기별을 모르고 있었다. 왜냐하면 그 누구도 그녀의 남편이 아직 성문 밖에 혼자 남아 버티고 있었다는 것에 대해 명확한 소식을 알려주지 않았기 때문이다. 그래서 그녀는 지붕이 높다란 성관 안에서 지금도 여느 때처럼 두 폭의 자주빛 넓은 천에 색색의 꽃무늬를 수놓아 가면서 베를 짜고 있었다.

그리고 온 성관 안의 아름답게 머리를 땋은 시녀들에게 일러, 불 위에 커다란 세발솥을 올려놓게 하여 헥토르가 싸움터에서 돌아오면 언제라도 뜨거운 물을 쓸 수 있도록 준비시켜 놓고 있었다. 그 남편이 이제는 도저히 목욕을 할 수 없으며, 빛나는 눈의 아테나가 아킬레우스의 손으로 그를 쓰러뜨려 놓았다는 것을 상상도 못하고 있었으니, 참으로 가련한 일이었다. 그러고 있는데 성탑 쪽에서 난데없는 통곡 소리와 비탄의 울부짖음이 들려오자 별안간 손발이 부들부들 떨려와서 쥐고 있던 북을 바닥에 떨어뜨렸다. 그러고는 아름답게 머리를 땋은 시녀를 돌아보며 말했다.

"자, 가자, 두 사람만 나를 따라오너라. 도대체 무슨 일이 일어났나 보고 와야 하겠다. 정중하신 시어머니의 목소리를 들었다. 그러고부터는 어찌된 일인지 내 심장이 입까지 치밀어올라 두근거리고 떨리는구나. 게다가 무릎까지 뻣뻣하게 굳어졌으니, 틀림없이 무슨 불길한 일이 프리아모스의 아드님에게 일어났나 보다. 그러한 이야기가 내 귀에는 절대로 들어오지 않았으면 좋으련만. 하지만 나는 대담한 헥토르 님을 용감한 아킬레우스가 성에 접근하지 못하도록 떼어 내면서 평야 쪽으로 몰아나가지 않을까 생각이 들어 너무나 걱정되고 죽을 지경이구나. 그리하여 진실로 그를 지배하고 있던 그 안타까운 용기로 마지막 결판을 내버리지나 않을까 하고. 그는 언제나 많은 무사들이 몰려 있는 사이에 끼어 있었다. 우물쭈물하는 것을 싫어하셔서 남보다도 훨씬 앞으로 달려나갔고 무용에 있어서는 어느 누구에게도 지고 싶어하지 않는 분이니까."

이렇게 말하고 나서 디오니소스에게 넋을 빼앗긴 신녀*6처럼 두근두근 뛰는 심장도 가누지 못한 채 궁전 밖으로 달려나가니, 그 뒤를 시녀들이 따라갔다.

그리하여 겨우 무사들이 왁자하니 몰려 서 있는 망루에 이르러 걸음을 멈추고, 성벽 위에서 차분히 주위를 돌아보다가 성 앞에서 끌려가는 남편의 모습을 발견했다. 걸음이 빠른 말들이 마구잡이로 아카이아군의 속이 빈 함선을 향해 자기 남편을 땅바닥 위로 질질 끌고 달아났다. 그 광경을 보는 순간 캄캄한 어둠이 그녀의 두 눈을 휘덮어 뒤로 비실비실 쓰러져서 그대로 한참 동안 숨이 막히고 말았다.

아름답게 빛나던 머릿수건이 멀리 날아갔다. 이마에 두른 머리띠도, 그 위에 덮는 천도 땋아 올린 머리를 눌러두는 머리 장식과 목둘레에 늘어뜨리는 깃자락까지. 그것은 그 혼례의 날에 황금의 아프로디테가 선물로 보내준 것이다. 처음으로 번쩍이는 투구의 헥토르가 수없이 많은 약혼 예물을 주고, 대신 부왕 에에티온의 궁전에서 그녀를 데리고 온 그날에.

이와 같이 심한 슬픔으로 마구 흐트러진 안드로마케를 시누이들과 동서들이 우르르 몰려와서 둘러싸고 안아 일으켰다. 얼마 뒤 간신히 숨을 돌이키고 정신을 차린 그녀는 솟아오르는 비탄에 젖어 눈물을 철철 흘리면서 트로이의 여자들 사이에서 통곡하면서 말을 했다.

"헥토르 님, 저는 불운한 여자랍니다. 본디 불행한 운명으로 우리 두 사람은 태어났어요. 당신은 트로이의 고장 프리아모스의 궁전에서, 저는 숲이 우거진 플라코스의 산기슭 테바이에 있는 에에티온의 궁전에서. 그 아버지가 어린 저를 길러주셨어요. 비운의 딸의 불행한 아버지, 차라리 이 딸을 갖지 않으셨더라면 좋았을 것을.

그러던 것이, 지금 당신은 대지가 감추는 저 아래쪽 하데스의 집으로 떠나가시고 저만 혼자 저주스러운 탄식 속에 과부로 만들어 궁전 안에 떼놓으시나요? 아기도 아직 너무나 철없는 젖먹이, 그것은 당신과 저와 같은 불운한 사람끼리 낳은 아기인데, 이제는 도저히 이 아이를 도와줄 수도 없고 이 아이도 당신을 도울 수 없게 되었군요.

---

*6 디오니소스 제(祭)에서 술에 취하여 미친 듯이 뛰어다니는 여신도를 말함.

아카이아군과의 눈물에 찬 전쟁을 면한다 하더라도, 먼 훗날까지 두고두고 성가신 일과 근심이 그야말로 줄곧 우리 아이를 따라 다니겠지요. 남의 나라 인간들이 와서 이 아이의 땅과 밭을 빼앗아 버릴 테니까. 거기다가 부모 없는 고아의 나날은, 이 아이를 완전히 외톨박이로 만들어 저 혼자 떨어져 살게 되겠지요. 걸핏하면 고개를 푹 숙이고 늘 두 볼을 눈물에 적시면서. 또 먹고살기가 어려워져서는 즐비한 저택가로 올라가 아버지의 지난날 전우들을 찾아다니며, 이 사람의 외투 자락을 붙잡기도 하고 저 사람의 옷자락에 매달리기도 하면서 별의별 인간들에게 자비를 구하여, 어쩌다가 누가 내미는 그릇을 받아 입술을 적시겠지만, 아마도 입 언저리를 다 적시지는 못하겠지요.

그러다가 부모가 다 살아 있는 아이가 잔치 자리에서 그 아이를 밀어내며 주먹으로 마구 때린 다음 호통을 치면서 말하겠지요. '이놈아, 어서 꺼져, 네 아비는 우리 잔치에 오지 않았으니까'라고. 그러면 그 아이 아스튀아낙스는 눈물을 글썽거리며 혼자 사는 어머니한테 돌아오겠지요. 전에는 제 아버지의 무릎에 올라앉아 골수와 살찐 양고기만 먹었는데. 또 졸음이 올 때는 철없고 천진한 장난을 그만두고 유모의 팔에 안겨 와서 폭신한 이불에 싸여 실컷 사치를 즐기고 제멋대로 언제까지나 잠자리에 누워 있을 수도 있었던 아이인데.

이제 사랑하는 아버지를 여읜 이상, 아스튀아낙스라는 애칭으로 트로이 사람들이 부르던 우리 아기도 무척 고생을 하게 되겠지요. 당신은 혼자서 여러 사람을 위해 성문과 긴 성벽을 지켜주셨습니다. 그런 당신을, 지금 끝이 휘어오른 함선 곁에서 부모와도 멀리 떨어져 땅에 쓰러진 당신을 우글거리는 구더기가 뜯어 먹고 있겠지요. 개들의 배를 불린 다음, 더욱이 옷도 걸치지 않은 몸을. 그런데도 집 안에는 부드럽고 반드르르 윤이 나는 많은 옷이 있지요. 여자들의 손으로 장만한 옷이. 이제 아무 소용도 없는 이런 옷들은 차라리 모두 불사르겠어요. 당신의 유해를 덮을 수도 없다니. 그러니 하다못해 트로이 남녀들의 입에나 오르내리도록 활활 타는 불에 사르렵니다."

이렇게 말하고 통곡하니 이에 목소리를 맞추어 다른 여자들도 곡을 했다.

제23권
파트로클로스를 위한 장례 경기

이렇듯 온 도시가 비탄에 잠겨버렸다.

한편 아카이아군은 함선들이 있는 헬레스폰토스까지 돌아오자 저마다 배로 흩어져 갔다.

아킬레우스는 미르미돈군만은 해산시키지 않고 잡아놓더니, 그들에게 말했다.

"날쌘 말을 모는 미르미돈인들이여, 충실한 동료들이여, 수레 밑에서 외발굽의 말들을 풀지 말라. 말들을 데리고 전차를 몰아 파트로클로스 곁으로 가서 애도의 외침 소리를 지르자. 그것이 죽은 자에 대한 예의이니까. 실컷 슬프게 애도의 소리를 지르고 나서 모두 말을 풀고 여기에서 저녁을 들기로 하자."

이렇게 말하자 다 같이 큰 소리로 목 놓아 울었다. 그 선두에는 아킬레우스가 서고 모든 사람은 주검을 돌며 세 차례 갈기가 고운 말을 몰면서 통곡했다. 테티스도 그들 사이에 서서 울부짖고 싶은 마음을 부추겼다. 이리하여 끝없는 모래밭도 병사들의 무기도 눈물로 흥건히 젖었다. 그만큼 모든 사람은 죽은 파트로클로스를 추모했다. 먼저 통곡한 것은 펠레우스의 아들 아킬레우스로, 무사들을 죽인 그 두 손을 벗의 가슴 위에 놓고 말했다.

"기뻐하라, 파트로클로스, 비록 지금은 명부에 있을지라도. 전에 그대와 약속한 것을 모두 수행했다. 헥토르를 끌고 와서 그의 살코기를 개에게 먹이게 할 것이고, 그대의 원한을 풀어주기 위해서 트로이인의 허우대 좋은 사나이 열두 명을 그대를 태우는 불 앞에서 목을 베리라."

그는 이렇게 말하고 웅대한 헥토르에게 베풀 잔인한 짓을 궁리해 냈다. 그리하여 흙 위에 엎어진 그를 메노이티오스의 아들 파트로클로스의 침상 옆에 길게 뉘었다. 사람들이 저마다 청동제의 반짝이는 무구를 모두 벗어 던지고 큰 소리로 울어대는 말들을 수레에서 풀자, 발이 날랜 아이아코스의 후예 아킬레우스의 함선 옆에 헤아릴 수 없을 만큼의 사람들이 앉았다. 그는 그 사람들에게 실컷 장례 음식을 대접했다. 훌륭한 많은 소가 쇠칼에 목이 잘려 몸을 버둥거리고, 많은 양과 울어대는 산양도 도살당하는가 하면, 이빨을 번득이는 기름지고 살진 멧돼지들도 헤파이스토스의 불꽃 위에 구워지고 있었다. 그러자 주검을 둘러싸고 사방으로 피가 잔으로 몇 잔이고 뿜어올릴 만큼 흘렀다.

그리고 아카이아군의 장수들은 벗 때문에 상심한 가슴을 겨우 달래고, 발이 날랜 펠레우스의 아들 아킬레우스를 데리고 아가멤논에게로 갔다. 그들이 드디어 아가멤논의 막사에 닿자 펠레우스의 아들을 어떻게든지 타일러서 피투성이 몸의 피를 씻게 하려고 곧 목소리도 낭랑한 전령들에게 일러 불 위에 커다란 세발솥을 걸게 했다. 그러나 이쪽은 완고히 들으려고도 하지 않고 더욱이 이렇게 맹세했다.

"싫다. 신들 가운데서도 지고지선하신 제우스를 두고 맹세하는데 파트로클로스를 화장하여 봉분을 하고, 머리털을 깎기 전에 깨끗한 물을 머리에 댄다는 것은 용서되지 못할 일이다. 살아 있을 동안 이만큼의 슬픔이 두 번 다시 내 가슴을 덮치는 일은 이제 없을 것이기 때문이다. 그러나 지금은 내키지는 않더라도 식사를 하기로 하겠다. 그리고 날이 밝으면 무사들의 군주 아가멤논이여, 모든 사람을 격려하여 장작을 모으게 하시고, 또 죽은 자가 몽롱한 명계로 내려갈 때에 가지고 가기에 알맞을 만큼의 물건을 마련하게 하시어, 한시라도 빨리 눈앞에서 이 사나이를 피로를 모르는 불이 태워 버려 병사들이 다시 군무로 돌아갈 수 있도록 해주십시오."

이렇게 말하자 사람들은 모두 그 말에 귀를 기울이더니 찬성하고 부랴부랴 저녁 준비를 하여 식사를 하기 시작했는데, 충분한 대접에 모자란 데는 없었다. 이리하여 마실 것이나 먹을 것에 양이 찼을 때, 모든 사람은 저마다 막사로 자려고 돌아갔으나 펠레우스의 아들 아킬레우스만은 노호하는 바닷가에서 많은 미르미돈인들 사이에 누워 슬피 탄식했다. 탁 트인 바닷가에는 물결이 끊임없이 부서져 흩어지고 있었다. 이윽고 가슴에서 슬픔을 없애고 달콤하며 부드럽게 덮개가 씌워져 잠이 그를 붙잡을 때—그것은 바람이 휘몰아치는 일리오스로 헥토르를 쫓아가 빛나는 그 육체를 아주 지치게 하고 있었기 때문인데—가슴 아픈 파트로클로스의 망령이 나타났다. 본디의 몸과 키, 해맑은 얼굴과 목소리가 틀림없는 그대로인 데다 몸에는 똑같은 옷을 걸치고 있었다. 그리고 아킬레우스의 머리맡에 서서 그에게 말했다.

"그대는 나를 잊고 잠들었구려, 아킬레우스여. 내가 살아 있는 동안은 염려해 주더니 죽고 나니까 잊어버렸군. 한시바삐 나를 장사지내 다오. 그리하여 명부의 문을 들어가게 해다오. 지친 망자의 유령들이 멀리서 나를 들어가지 못하게 방해하고 있다. 도무지 내가 강을 건너기를 허락해 주지 않는다. 그래서 문도 넓은 명상의 집 앞을 서성거리고 있는데, 울면서 사정하노니 그 손만이라도 쥐게 해다오. 한번 나에게 불을 대면 이제 두 번 다시 명부의 땅에서 돌아오지 못하니까. 이 무서운 죽음의 운명이 나를 덮친 이상은 이제 살아서 우리 두 사람이 전우들과 떨어져 앉아 같이 의논할 수도 없다. 그리고 그대에게도 그처럼 태어났을 때부터 정해져 있었던 것이다. 신과도 겨룰 아킬레우스여, 유복한 트로이인들의 성벽 밑에서 죽을 운명이오.

또 한 가지 말하고 싶은 것이 있다. 들어준다면 부탁하고 싶다. 아킬레우스여, 마치 우리 둘이 그대 집에서 함께 자랐듯이, 내 뼈를 그대의 뼈와 떼어놓음이 없이 함께 놓아다오. 옛날 아직 나이도 차지 않은 나를 화가 치밀게 하는 살인 혐의로 메노이티오스가 오푸스에서 그대 집으로 데려왔을 때부터 함께했듯이 말이오. 그것은 내가 암피다마스의 아들을 뜻하지 않게, 다만 주사위 때문에 화를 내어 분별도 없이 죽였을 때였다. 그때 기사 펠레우스는 나를 집 안으로 맞아 정성스럽게 키워 그대의 수행자로 앉혀주었다. 그러니까 또 그처럼 두 사람의 뼈는 어머니께서 주신, 손잡이가 둘 달린 황금 항아리에 담아다오."

그것에 대하여 발이 날쌘 아킬레우스가 대답했다.

"어떻게 내가 소중히 여기고 있는 그대가 여기에 왔느냐? 그리고 이처럼 일일이 나에게 지시하느냐? 아무튼 나는 무엇이든 그대가 말한 대로 실행할 작정이다. 그런데 조금 더 가까이 다가오라. 비록 잠시만이라도 서로 마음껏 쓰라린 슬픔으로 가슴을 달래고 싶으니까."

이렇게 말하고 사랑스러운 팔을 뻗쳤지만 잡지는 못했다. 망령은 희미한 외침 소리를 지르며 연기처럼 땅 밑으로 들어가 버렸다. 그것에 놀라 아킬레우스는 뛰어 일어나 한 번 손뼉을 치고 탄식했다.

"아아 가엾도다. 정말로 명왕의 집으로 갔어도, 마음은 완전히 없어졌지만 아직 넋이나 망령 같은 것이 있는 것 같다. 그도 그럴 것이 하룻밤 내내 가슴 아픈 파트로클로스의 넋이 나에게 찾아와 슬퍼하고 눈물을 흘리며 나에게 일일이 부탁하고 갔는데, 놀랄 만큼 본디의 모습 그대로였다."

그는 이렇게 말하여 사람들에게 추모의 생각을 부추기게 했다. 이처럼 가슴 아픈 주검을 둘러싸고 슬퍼하는 사람들 위에 장밋빛 손가락의 새벽 여신이 나타났다. 때마침 아가멤논은 짐을 지는 노새와 병사들을 사방의 막사에서 모아 나무를 하러 보냈다. 감독에는 훌륭한 무사로 경애하는 이도메네우스의 수행자인 메리오네스가 붙여졌다. 모든 사람이 나무를 칠 도끼를 손에 들고 잘 꼰 새끼를 가지고 갔다. 그들 앞에는 노새가 가고, 그들은 먼 길을 올라갔다 내려갔다 또는 옆으로 갔다 건넜다 하며 한참을 걸었다.

마침내 샘이 많은 이데 산의 가장자리까지 오자, 곧 높이 잎을 펼친 떡갈나무를 날이 넓은 청동 도끼로 부지런히 치자 나무는 잇따라 커다란 울림을 내며 쓰러져 갔다. 그것을 이번에는 잘라 아카이아군이 짐을 노새 뒤에 싣자, 노새들은 땅을 발로 야무지게 밟고 칙칙한 나무를 헤치면서 들판을 향해서 나아갔다. 또 경애하는 이도메네우스의 수행자인 메리오네스가 지시하자, 나무꾼들은 모두 통나무를 날라 바닷가에 차곡차곡 가지런히 쌓았다. 거기에 아킬레우스가 파트로클로스를 위해서, 또 자기를 위해서 커다란 무덤을 만들 수 있도록 쌓아둔 것이다.

많은 장작을 사방에 던져 내려놓고 사람들이 그대로 거기에 모여 앉아서 기다릴 틈도 없이 아킬레우스는 곧 싸움을 즐기는 미르미돈인들에게 명령하여 청동 무구를 차게 하고 전차 밑에 두 필의 말을 매게 했다. 사람들은 일어서서 무구를 몸에 갖추고 무사와 말 시중꾼도 같이 전차에 탔다. 그 선두에는 먼저 전차 무리, 뒤에는 수도 헤아릴 수 없을 만큼 많은 무리가 잇따라 나아갔다. 그 가운데에 전우들이 머리털로 완전히 덮인 파트로클로스의 시체를 날랐다. 그 머리털은 모든 사람이 잘라 던진 것이었다. 그 뒤에는 용감한 아킬레우스가 높은 기상의 벗을 명부로 보내는 것이므로, 마음도 무겁게 파트로클로스의 머리를 받쳐 들고 따라갔다.

그리하여 아킬레우스가 모든 사람에게 지시해 둔 곳에 닿자, 사람들은 관을 내려놓고 주위에 한껏 장작을 쌓았다. 그때 발이 날쌘 아킬레우스는 또 다른 것을 생각해 내고 화장터에서 떨어진 데에 서서 금발의 머리털을 잘랐다.

이 머리털은 고향의 스페르케이오스 강에 바치려고 기른 것이었다. 그리고 메는 가슴으로 포도줏빛 바다 위를 바라보며 말했다.

"스페르케이오스 강이여, 당신에게 아버지인 펠레우스는 아무 보람도 없이 기도를 올렸던 것이다. 그 그리운 고향 땅까지 내가 돌아간다면, 당신에게 이 머리털을 잘라서 바치고 거룩한 소 백 마리를 제물로 바치겠노라고 말이다. 또 대여섯 마리의 숫양을 강가에서 죽여 강의 원천에 피를 붓겠노라고. 거기에는 당신의 성역(聲域)과 향기로운 냄새가 넘치는 제단이 있다. 그처럼 늙은 아버지가 맹세했지만 그 생각을 당신은 실현시키지 않았다. 지금에 와서는 이제 그리운 고향으로도 돌아가지 못할 테니, 파트로클로스에게만이라도 이 머리털을 가져가도록 건네고 싶다."

그는 이렇게 말하고 나더니 머리털을 사랑하는 벗의 손에 놓아 그 자리에 있는 사람들에게 슬픈 생각을 더하게 했다. 만일 아킬레우스가 서둘러 아가멤논 옆에 서서 이렇게 말하지 않았던들 아마 사람들의 슬픔 속에 빛나는 해가 졌으리라.

"아트레우스의 아들이여, 아카이아군 병사들은 그대가 말하는 것에 가장 잘 따를 것이오. 애도에 잠기는 것도 좋지만 지금으로서는 화장터에서 해산하여 식사 준비를 하도록 명령하시오. 여기 일은 고인과 가장 인연이 두터운 우리가 치러낼 테니 장수들만 여기에 머물러 주시구려."

무사들의 군주 아가멤논은 이 말을 듣자 곧 병사들을 균형이 잘 잡힌 함선으로 분산시켰다. 그리고 여기에는 연고자만 남아서 장작을 쌓아올려 이쪽이나 저쪽이나 백 자씩 태울 자리를 만들었다. 그러고 나서 그 쌓아올린 나무 맨 위에 쓰라린 마음으로 주검을 올려놓았다. 또 태울 자리 앞에서는 살찐 양과 뿔이 굽은 소 등이 몇 마리나 가죽이 벗겨진 채로 마련되자, 기상이 넓은 아킬레우스가 기름진 살코기를 잘라 주검에 덮어서 머리에서 발 끝까지 완전히 싸고, 그 둘레에는 가죽이 벗겨진 짐승을 겹겹이 쌓아올렸다.

그리고 속에는 꿀과 기름이 든 손잡이가 둘 달린 항아리를 침상에 기대어 늘어놓았다. 그리고 못 견디게 신음하면서 고개를 높이 쳐드는 네 마리의 말을 세차게 장작더미로 몰아넣었다. 또 파트로클로스에게는 식탁 옆에서 기르고 있던 개가 아홉 마리 있었는데, 그 가운데 두 마리를 칼로 쳐 장작더미에 던지고, 기상이 드높은 트로이인의 늠름한 자식들 열두 명을 청동 날로 죽였다. 어쩌면 그리도 참혹한 것을 생각해 낸 것일까? 그리고 강철 같은 불기운을 태울 것만 같이 뒤집어쓰고 그는 한바탕 크게 탄성을 올리더니, 사랑하는 벗의 이름을 부르며 말했다.

"기뻐하라, 파트로클로스, 설사 하데스의 집에 있을지라도. 전에 그대에게 약속했던 것을 모두 실행했노라. 열두 명이나, 기상이 높은 트로이인의 늠름한 자식들을 모두 그대와 함께 불이 삼키노라. 그러나 프리아모스의 아들 헥토르만은 절대로 불에 태우지 않고 개에게 먹이겠노라."

이렇게 큰소리는 했지만 개들은 그 주검에 달려들려고 하지 않았다. 제우스의 딸 아프로디테가 밤낮없이 개들이 달려들지 못하도록 한 데다 장미 향기의 신성한 향유를 발라 질질 끌려다녀도 상처를 입지 않도록 했기 때문이다. 게다가 포이보스 아폴론이 먹구름을 하늘에서 땅바닥까지 끌어내려, 해의 기운이 살갗 둘레를 쬐어 손발과 힘살이 마르지 않도록 헥토르의 주검이 지나가는 곳을 완전히 가렸다.

그러나 죽어버린 파트로클로스를 태울 불은 아직 붙여지지 않았다. 그때 발이 날랜 용맹한 아킬레우스는 또 다른 것을 생각해 내고, 태울 자리에서 떨어진 곳에 서서 북풍과 서풍에 기도를 올렸다. 그리고 훌륭한 제물을 약속하고 다시 몇 차례 금잔으로 신주를 올리면서 불어대라고 빌었다. 한시라도 빨리 주검이 불에 타고 장작도 빨리 타라고. 무지개의 여신 이리스는 이 기도를 듣더니 곧 그것을 가지고 바람의 신을 찾아갔다. 때마침 바람의 신들은 세차게 휘몰아치는 갈바람의 집 안에서 모두 술잔치를 벌이고 있었다. 거기로 달려온 이리스가 돌 문지방 위에 발을 올리는 것을 보자, 모두 일어서서 제 자리로 여신을 모시려고 했으나 이리스는 앉으려고 하지 않고 말했다.

"앉을 시간이 없어요. 이제부터 새로이 오케아노스의 흐름까지 가는 길인걸요. 아이티오피아에서 지금 불사의 신들에게 소 백 마리 제물을 차려놓고 있어서 나도 같이 제물을 먹으러 말이에요. 그런데 아킬레우스가 북풍의 신과 수선스러운 서풍의 신에게 나와주시라 빌고 있어요. 장작더미의 불을 타오르게 해달라고. 훌륭한 제물을 약속하고서 말이에요. 그 장작더미에는 파트로클로스가 눕혀 있고 아카이아군이 모두 슬퍼하고 있어요."

이리스는 이렇게 말하고 떠났는데, 바람의 신들도 구름을 앞에 모으며 세찬 울림을 내면서 일어섰다. 그리하여 곧 바다로 불어 나아가자 높은 숨결 밑에 큰 물결이 일었다. 이윽고 두 신은 기름진 땅의 트로이에 닿아 쌓아올린 장작 위에 떨어지니 세차게 타오르는 불길이 무섭게 포효했다. 하룻밤 내내 바람은 큰 소리를 내며 휘몰아쳐 주검을 태우는 불길을 활활 타오르게 했다. 그리고 하룻밤 내내 발이 날쌘 아킬레우스는 황금으로 만들어진 꿀 타는 병에 손잡이가 둘 달린 술잔을 들어 포도주를 따르고는 땅바닥에 부어 대지를 촉촉이 적시면서 가슴 아픈 파트로클로스의 넋을 불러댔다. 마치 제 자식의 뼈를 태우면서 아버지가 슬퍼하며 통곡하듯이, 막 장가든 자식이 죽어 가여운 어머니에게 슬픔을 주는 것처럼 아킬레우스는 벗의 뼈를 태우면서 슬퍼하고 몹시 신음하면서 타는 불 둘레를 돌아다녔다.

샛별이 대지 위에 온통 광명을 알리려고 오를 무렵, 잇따라 엷은 자줏빛의 옷을 입은 놀이 바다 위에 빛을 드리웠다. 그즈음에야 겨우 불의 기세는 떨어져 불길도 마침내 꺼졌다. 바람의 신들은 다시 트라케의 바다를 건너 자기 집으로 돌아갔다. 그 지나가는 길에 바다는 거칠게 물결을 일게 하며 울부짖었다. 펠레우스의 아들 아킬레우스가 화장터에서 다른 데로 물러가 지쳐서 쓰러지자, 단잠이 그를 덮쳤다. 그런데 다른 사람들은 아트레우스의 아들 아가멤논 둘레에 모여들었다. 그 사람들의 수선거림과 떠드는 소리가 아킬레우스의 잠을 깨웠다. 그래서 그는 일어나 앉아 그들에게 말했다.

"아트레우스의 아들과 온 아카이아군의 장수들이여, 먼저 반짝이는 술로 화장터의 불을 꺼주시오. 끝나거든 메노이티오스의 아들 파트로클로스의 유골을 잘 분간하여 주워 모읍시다. 뚜렷이 구별이 지어질 것이외다. 그의 것은 장작 한가운데에 눕혀 있고 다른 사람은 떨어진 가장자리에서 태웠기 때문이오. 말과 사람을 한꺼번에 모아서 말이오. 그리하여 그의 유골은 황금 그릇에 담아 기름 조각 두 겹으로 덮어둡시다. 내가 저승으로 갈 때까지. 무덤도 나로서는 그리 호화롭지 않게 만들기를 바라오. 모양만 나쁘지 않으면 나중에 아카이아군이 그것을 넓혀 더 높이 쌓아올릴 수 있게, 내가 죽은 뒤에도 노가 많이 달린 함선 안에 살아남아 있는 분들에게 바라오."

이렇게 말하자 모든 사람은 발이 날쌘 아킬레우스의 말을 따라 타오르는 불길을 반짝이는 술로 불기운이 미친 데까지 모두 껐다. 그 밑에는 탄 재가 수북이 쌓였다. 사람들은 통곡하며 상냥한 전우의 새하얀 뼈를 주워 모아 황금 그릇에 담고, 두 겹으로 덮어서 막사 안에 모셔놓고 삼베로 쌌다. 그리고 무덤을 만들 생각으로 둥그렇게 땅을 표시하고 태운 자리 둘레에 큰 돌들을 놓았다. 그리고 땅에 흙을 날라다 쌓아올려 무덤을 만든 뒤 모두 돌아가려고 했다. 그러나 아킬레우스는 사람들을 거기에 붙들어 놓고 널따란 집회소에 앉히더니, 함선들에서 경기를 위한 상품을 날라오게 했다. 세발솥, 여러 마리의 말과 노새와 힘이 좋은 여러 마리의 소, 혹은 아름다운 띠를 맨 여자와 잿빛 무쇠 물건 등이었다.

먼저 발이 날쌘 전차 경주에 참가하는 사나이에게는 훌륭한 상품으로 손재주가 좋은 여자들을 데려가도록 했다. 또 1등상에는 손잡이가 달린 세발솥으로 두 되 남짓이나 들어가는 것을, 그다음 2등상의 상품으로는 아직 길들어 있지 않은 여섯 살 난 말인데 새끼를 배고 있는 것을, 또 3등상에는 아직 불에 얹힌 적이 없는 네 홉들이 훌륭한 솥으로 아직 그대로 반짝이고 있는 것을, 4등상은 두 자루의 황금 막대기, 그리고 5등에 든 사람은 손잡이가 두 개 달린 불이 닿은 적이 없는 냄비를 내놓았다. 그러고 나서 일어서더니 아르고스군들에게 말했다.

"아트레우스의 아들과 아카이아 사람들이여, 이 같은 상품이 전차 경주에 나갈 사람들을 기다리면서 경기장에 준비되어 있다. 만일 이것이 지금 남의 장례를 위해서 아카이아군이 경주를 하는 것이라면, 바로 내가 맨 먼저 승리를 거두어 그것을 다른 막사로 가지고 갔을 것이다. 알다시피 내 말은 세상에 둘도 없는 불사신인 데다 포세이돈이 내 아버지 펠레우스에게 주신 것을 다시 나에게 주신 것이다. 하지만 나나 내 외발굽 말들은 이 경주에 끼지 않겠다. 그처럼 이름도 높은 파트로클로스를 잃었기 때문에. 그 사람은 이 두 필의 말을 여러 차례 부드럽게 반짝이는 물로 씻어준 뒤 반질반질한 기름을 갈기에 부어주었다. 두 필의 말은 가만히 서서 그를 아쉬워하고 있다. 갈기를 땅에 축 늘어뜨리고 말들은 가슴을 아파하며 서 있는 것이다. 그러나 온 진영은 모두 경기 준비에 착수하라."

이렇게 펠레우스의 아들이 말하니 날쌘 말을 가진 기사들이 모여들었다. 맨 먼저 일어선 것은 무사들의 군주 에우멜로스이며, 아드메토스의 사랑하는 아들로 기마술에는 뛰어난 사나이였다. 그자에 이어 티데우스의 아들로 용맹한 디오메데스도 일어서서 트로스의 말에게 멍에를 지웠는데, 이것은 앞서 아이네이아스에게서 빼앗아 온 것이었다. 그러나 아이네이아스는 아폴론이 구출했다. 이어 일어선 것은 아트레우스의 아들인 금발의 메넬라오스로 제우스의 후예인데 두 필의 준마를 멍에 밑에 끌어 넣었다. 그 말들은 아가멤논의 말인 아이테와 그의 말인 포다르고스였다. 이 암말 아이테는 앙키세스의 아들 에케폴로스가 아가멤논에게 바친 것으로, 그가 바람이 소용돌이치는 일리오스에 따라가지 않고 고향에 머물러 편히 지내려는 속셈에서였다. 제우스가 그에게 막대한 재산을 주어 장소도 넓은 시퀴온에서 살고 있었으므로, 지금 메넬라오스는 경주를 열망하는 그 말에 멍에를 채웠다.

네 번째로 안틸로코스가 갈기도 훌륭한 말 채비를 마쳤다. 이 사나이는 넬레우스의 후예로 기상이 뛰어난 영주인 네스토르의 훌륭한 아들이었다. 그리고 필로스산 말들이 날쌘 발로 그 전차를 날랐다. 그러자 아버지는 아들 옆으로 다가와서 도움이 되게 할 양으로 타일렀다.

"안틸로코스야, 너는 아직 나이는 어리지만 제우스와 포세이돈이 귀여워하셔서 온갖 기술을 가르쳐 주셨다. 그런즉 이제 새삼스레 너에게 가르쳐 줄 것은 없을 것이다. 표적의 기둥을 도는 법도 알고 있을 테지만 다만 말들의 속력이 아주 느려서 난처하게 될지도 모른다. 다른 사람들의 말은 더 빠르다. 그러나 그들도 유달리 너보다 뛰어난 꾀를 생각해 내지는 못한다. 그러니 사랑하는 아들아, 온갖 꾀를 다 내어 쓰도록 하라. 경주의 상품이 다른 데로 도망가지 않도록 말이다. 나무꾼들도 우악스러운 힘보다 꾀를 쓰는 쪽이 훨씬 좋은 일을 하느니라. 또 키잡이는 바람에 아무리 휘날려도 꾀를 써서 포도줏빛 바다 위로 날쌘 함선을 바르게 달리게 하는 법이니라. 그러니까 꾀로 말을 탄 사람도 다른 사람을 앞지를 수 있다. 자기 말이나 전차에 자신을 가지고 거드름을 피우는 자는 분별도 없이 여기저기로 멀리 돌아 표적의 기둥을 돌 것이다. 그래서 말들은 진로에서 벗어나 길을 잘못 달리고 세울 수도 없게 된다. 그러나 말은 떨어질지라도 무엇이 유리한지를 아는 사나이는 언제나 표적에 눈을 주고 그 가까이를 돌며, 또 처음에 소가죽으로 만든 고삐를 당긴 방향을 염두에 두고 말을 다부지게 몰면서 앞서가는 전차를 노리는 법이다.

그러니 표적의 기둥을 똑똑히 가르쳐 줄 터인즉 놓쳐서는 안 된다. 한 그루의 죽은 나무가 서 있을 것이다. 땅 위에서 한 길 정도의 떡갈나무든가 소나무일 것이며, 장마 때에도 썩지 않고 있다. 그 양쪽에는 흰 돌이 두 편이 엇갈리는 십자로 부근에 기대어 세워져 있다. 그 둘레는 평탄한 마찻길이다. 누군가 옛날에 죽은 사람의 무덤인지 혹은 옛날 사람이 이미 표적의 기둥으로 삼고 있었던 것인지 모르지만, 그것을 지금도 발이 날쌘 용감한 아킬레우스가 경주의 목표로 삼고 있는 것이다.

그러니까 너는 그 바로 옆을 스쳐 전차와 말을 몰며, 네 몸을 곱게 짠 전차 안에서 말들의 왼쪽으로 살짝 틀어라. 한편 오른쪽 말을 격려하면서 채찍질을 하고 고삐를 충분히 손에서 늦추어라. 거꾸로 왼쪽 말에게는 표적의 기둥을 스쳐가게 한다. 그것도 잘 만들어진 수레바퀴의 바퀴통이 기둥가에 닿을락 말락할 만큼 말이다. 그러나 옆에 놓여 있는 돌에는 닿지 않도록 조심하여 가거라. 자칫 잘못하여 말을 다치게 하거나 전차를 부수지 않도록. 그런 짓을 하면 남들은 기뻐하겠지만 자신은 세상의 웃음거리가 될 테니. 그러니 내 아들아, 잘 알고 조심하여라. 그리고 만일 네가 표적의 기둥에 붙어 말을 몰아 앞서게 되는 날에는, 그때는 따라붙을 사람도 앞지를 사람도 없을 것이다. 만약 누군가가 뒤에서, 아드라스토스의 준마인 존귀한 아리온을 몰고 올지라도, 신에게서 핏줄을 이어받았다는 말이라고 할지라도 말이다. 또는 라오메돈에서 낳은 말로는 첫째가는 준마가 달려올지라도."

이렇게 말하자 넬레우스의 아들 네스토르는 제 아들에게 필요한 것을 모두 가르쳐 주었으므로 다시 제 자리로 돌아가 앉았다.

메리오네스가 다섯 번째로 갈기가 아름다운 말들을 준비시키자 모든 사람은 전차에 타고 제비를 뽑으러 모여들었다. 아킬레우스가 흔들자 네스토르의 아들 안틸로코스의 제비가 먼저 튀어나왔다. 그다음은 에우멜로스이고, 그것에 이어 아트레우스의 아들인 창으로 이름난 메넬라오스, 그다음은 메리오네스, 그리고 마지막은 티데우스의 아들로 첫째가는 용사인 디오메데스가 말을 몰 차례였다. 그리하여 모두 한 줄로 늘어서니 아킬레우스는 들판 저 멀리 건너편에 있는 표적의 기둥을 가리키고, 그 옆에 자기 아버지의 수행무사인 포이닉스를 심판으로 세워, 어떻게 달리는지를 마음에 새겨두었다가 확실한 것을 알리도록 했다.

모든 사람은 한결같이 말 등에 채찍을 휘두르고 고삐를 잡아채며 목소리를 짜내어 격려하니, 말들은 순식간에 들판을 가로질러 함선들도 눈 깜짝할 사이에 저 멀리 가버리는데, 가슴께에는 흙먼지가 구름인지 돌풍인지 잘 못 볼 만큼 피어올랐다. 그리고 갈기가 바람의 입김에 따라 나부꼈다. 전차는 많은 생물을 풍성하게 기르는 대지 위에 닿아 나아가는가 하면, 공중으로 높이 뛰어올랐다. 말을 탄 사람들은 전차 안에 서서 저마다 이기고 싶은 마음으로 가슴을 방망이질한다. 모두 제 말을 불러대니 말들도 먼지를 뒤집어쓰면서 들판을 달려갔다.

그런데 마침내 준마가 마지막 주로에 들어서 다시 잿빛 바다를 향해 돌아왔을 때, 말들의 우열이 드러났다. 모두 서둘러 마지막 젖 먹던 힘을 다하려고 들었는데, 페레스의 손자 에우멜로스의 말들이 발도 날쌔게 선두에 나서고 있었다. 그것에 버금하여 뛰어난 것은 디오메데스의 수말들이다. 그것은 트로스 말의 혈통인데, 그다지 떨어져 있지 않았으며 바로 뒤따라 금방이라도 앞차를 덮칠 것만 같았다. 콧바람이 에우멜로스의 등과 넓은 어깨에까지 뜨겁게 닿을 만큼 그의 몸에 마치 머리를 들이밀듯이 말을 몰아대고 있었기 때문이다.

그렇기 때문에 만일 티데우스의 아들 디오메데스를 포이보스 아폴론이 밉게 여기고 그 손에서 빛나는 채찍을 떨쳐버리지 않았더라면, 혹시 앞지르거나 판정할 수 없게 되었을 것이다. 디오메데스는 에우멜로스의 암말들이 한결 더 빨리 내닫고 있는데, 자기 말들은 채찍의 자극이 없어 꾸물거렸기 때문에 속력이 떨어졌으므로 노여움이 머리끝까지 올라 눈에 눈물이 넘쳤다. 그러나 아폴론이 티데우스의 아들 디오메데스에게 훼방을 놓은 것을 아테나가 보고, 얼른 병사들의 우두머리 디오메데스에게로 달려가 가죽 채찍을 그 손에 건네고 말들에게는 힘을 넣어주었다.

또 여신은 노여움을 품고 아드메토스의 아들 에우멜로스를 쫓아가 마차의 멍에를 부수었기 때문에, 말들은 각자 좌우로 나뉘어 달렸다. 그러자 나릇은 땅바닥에 내동댕이쳐지고, 주인의 몸도 전차 위에서 수레바퀴 옆으로 나동그라져 두 팔꿈치와 입, 코까지 살갗을 깎이고 눈썹 위의 이마께에 상처를 입었다. 그래서 눈은 눈물로 글썽거리고 기운 찬 목소리도 목구멍에서 막혔다. 티데우스의 아들 디오메데스는 외발굽의 말을 옆으로 비켜서 달리게 하여 다른 수레를 쭉 떨어뜨리고 나아갔다. 이것은 아테나가 말들에게 힘을 불어넣고 그에게 영예를 주었기 때문이다. 이어 금발의 메넬라오스가 전차를 몰았는데, 안틸로코스는 아버지의 말에게 대고 외쳐댔다.

"자, 달려라, 너희들도 힘껏 빨리 끌고 가거라. 아니, 뭐 저 줄기찬 기상의 티데우스 아들의 말과 경주하라는 것은 아니다. 저것에는 아테나가 속력을 불어넣어주시고 그에게는 영예를 주셨으므로. 그러나 아트레우스의 아들 메넬라오스의 말들은 따라붙어라. 저 아이테가 암말인 주제에 너희들을 웃음거리로 삼지 않도록 뒤지지 말라. 너희 같은 준마들이 어찌 뒤지느냐? 분명히 말해두겠다. 그리고 말한 대로 실행하겠다. 이제 절대로 병사들의 우두머리인 네스토르한테서 너희들은 보살핌을 받지 못할 것이다. 너희들이 늑장을 부려 볼품없는 상품밖에 타지 못하게 된다면 말이다. 당장 날카로운 청동 날로 쳐 죽이고 말리라. 그러니 다른 것은 내가 생각하고 궁리할 터인즉 전속력으로 따라붙어라. 길이 좁아지는 데서 옆으로 끼어들어라. 그러면 그는 이제 달아나지 못할 것이다."

이렇게 말하자 말들은 주인의 질책을 두려워하고 잠시 동안 한결 더 빨리 달렸다. 곧 싸움에 잘 견디는 안틸로코스는 좁고 움푹한 길을 발견했다. 거기는 흙이 무너지고 폭풍우의 물이 그리로 모여 길을 모두 망가뜨려 놓았으며, 그 주변의 땅을 움푹 파놓았다. 거기로 메넬라오스는 충돌을 피하려고 수레를 몰고 갔다. 그런데 안틸로코스가 외발굽 말들을 한옆으로 틀게 하여 길 밖으로 돌리더니 조금 비켜서 뒤따라가자, 아트레우스의 아들 메넬라오스는 깜짝 놀라 안틸로코스에게 큰 소리로 외쳤다.

"안틸로코스, 그렇게 무분별하게 뒤따르는 법이 어디 있나. 말을 세워라. 길은 좁다. 더 넓은 데서 앞지를 수도 있다. 수레를 부딪쳐 양쪽 다 부수어지지 않도록 조심하라."

이렇게 말했으나 안틸로코스는 들은 체도 하지 않고 한층 더 기를 쓰고 채찍을 후려갈겨 말을 몰았다. 꼭 어깨에서 던진 원반이 닿을 거리만큼. 그것은 뛰어난 젊은이가 한창때 힘을 시험해 볼 양으로 힘껏 던진 거리인데, 그만큼 달려나갔을 때 메넬라오스가 제 쪽에서 말을 몰기를 삼가서 아트레우스 아들의 암말은 뒤로 물러났다. 길 도중에서 외발굽 말들이 서로 부딪쳐 훌륭히 짠 전차와 함께 나동그라지고 자기들은 오로지 승리만 열망하다가 흙먼지 속에 나가떨어지는 것이 아닌가 하고 걱정했기 때문이다. 그러나 금발의 메넬라오스는 성이 나서 말했다.

"안틸로코스야, 너처럼 못된 녀석은 둘도 없을 것이다. 마음대로 가거라. 아카이아군이 너를 영리한 사나이라고 말했던 것은 큰 잘못이었다. 하지만 아무튼 맹세의 말 없이 상을 타지는 못하게 할 테다."

이렇게 말하고 고함을 질러 말들에게 외쳤다.

"물러서지는 말라. 괴로울 테지만 멈추지 말라. 두 마리 다 이미 젊음을 오래전에 잃은 말 같으니까, 저 말들은 너희들보다는 먼저 발도 무릎도 지칠 것이다."

이렇게 말하자 말들은 주인의 질책을 두려워하고 한결 더 속력을 내어 달려 곧 앞 전차에 접근해 갔다.

한편 아르고스 사람들은 집회소에 앉아 경주 광경을 바라보고 있었다. 그러자 말들이 다시 먼지를 뒤집어쓰면서 들판을 달려왔다. 맨 처음 말을 알아본 사람은 크레테군의 장수인 이도메네우스였다. 그는 사람들이 모인 데서 떨어져 누구보다도 높은 곳인 망루에 앉아 있었다. 그래서 아직 상당히 멀었지만 질타하는 목소리를 알아듣고 곧 디오메데스임을 알았다. 그리고 선두를 달리고 있는 말의 특징을 분간했다. 그 말은 온몸이 밤색 털이고 이마에만 달처럼 동그란 흰 점이 있었다. 그래서 그는 훌쩍 뛰어 일어나더니 아르고스군에게 말했다.

"오오, 친애하는 아르고스군의 지휘자들과 보호자들이여, 나 한 사람에게만 말이 똑똑히 보이는 것인지 아니면 그대들에게도 보이는지. 어쩐지 다른 말이 앞에 나온 것처럼 보이며 다른 마부가 나타났다. 갈 때는 아무튼 먼저 나갔는데 에우멜로스의 암말들은 아무래도 들판의 어딘가에서 부상을 당한 모양이다. 표적의 기둥을 맨 먼저 도는 것은 보았는데 이제는 아무 데도 보이지 않으니. 트로이의 온 들판을 멀리 바라보고 있는데도.

혹은 마부가 고삐를 놓치는 바람에 표적의 기둥을 똑바로 돌 수가 없어 실수를 한 것인지. 그래서 어쩌면 내동댕이쳐져 전차도 모두 부서지고 말은 미쳐 날뛰어 길에서 멀리 달려가 버린 것은 아닌지 모르겠구나. 그런데 저기 당신들도 일어서서 잘 보라. 어쩐지 나에게는 충분히 분간이 되지 않아. 저 무사는 분명히 아이톨리아 사람으로 아르고스군을 이끄는 장수인 말을 길들이는 티데우스의 아들, 용맹한 디오메데스 같구나."

그를 모욕스럽게 욕한 것은 오일레우스의 아들인 발이 날쌘 아이아스였다.

"이도메네우스여, 아까부터 무슨 말을 함부로 지껄이는가. 저 말들은 아직 먼 데를 발을 높이 올려 달리고 있는데. 그대는 아르고스군 가운데서도 그리 젊은 편도 아닌 데다 또 얼굴에 붙어 있는 눈이 유달리 잘 보일 바도 아닐 텐데, 함부로 노닥거리고 있다. 그보다 뛰어난 용사는 많이 있으니 그렇게 허풍을 떨어서 좋은 것은 없다. 저 앞을 달리고 있는 말들은 아까와 똑같은 암말로 에우멜로스의 것이다. 그가 고삐를 몰고 오고 있다."

그에게 화를 내면서 크레테군의 장수가 말했다.

"아이아스여, 그대는 싸움이나 곧잘 할까? 머리도 모자라는 데다 고집통이고 무슨 일에 있어서나 다른 아르고스인만 못한 녀석이다. 그렇다면 오라, 우리 둘이서 세발솥을 걸고 해보자. 그냥 솥이라도 좋다. 심판은 아트레우스의 아들 아가멤논에게 둘이서 부탁하자. 어느 쪽의 말이 먼저 오는지는 뒤에야 알 것이다."

이렇게 말하자 곧 오일레우스의 아들인 날쌘 아이아스도 발끈 성이 나서 막된 말로 되받으려 들었다. 만일 아킬레우스가 일어서서 이렇게 말하지 않았다면, 아마 둘의 싸움은 끝없이 계속되었을 것이다.

"아니, 이제 그만, 서로 욕지거리를 주고받는 것은 삼가다오. 아이아스나 이도메네우스나 욕지거리를 하는 것은 꼴사나우니. 이런 것을 남이 하면 그대들도 좋게는 여기지 않으리라. 그보다도 자, 모인 자리에 앉아서 그대들도 경마 광경을 잘 보아라. 곧 그 말들이 여기로 승부를 다투며 달려올 것이다. 그러면 모두들 아르고스인의 말들을 잘 분간할 수 있을 것이다. 어느 것이 선두고 어느 것이 둘째인지."

그가 이렇게 말하고 있는 사이에 티데우스의 아들이 전속력으로 돌진해 왔다. 채찍을 줄곧 어깨에서 후려쳐대며 말을 모니, 말도 높이 발을 올려 점점 좁혀들었다. 흙먼지가 고삐를 잡은 사람을 하얗게 덮어씌우고 황금과 주석으로 온통 장식된 전차는 발이 날쌘 말에게 끌려 계속 달리고 있지만, 모래 사이의 수레바퀴 자국은 그리 깊게 남지 않았다. 그만큼 빨리 두 필의 말은 달려갔다.

마침내 모든 사람이 모여 있는 한가운데에 와서 서자, 땀이 한꺼번에 흘러나와 말들의 대가리와 가슴에서 땅으로 떨어졌다. 디오메데스가 반짝반짝 빛나는 전차에서 땅으로 뛰어내려 채찍을 멍에에 씌우자, 용맹한 스테넬로스가 지체 없이 곧 달려와 상품을 받아서 여자와 손잡이가 달린 세발솥을 가지고 가도록 의기양양한 사람들에게 건넸다. 그리고 자기는 말을 풀어주었다.

이어 펠레우스의 후예인 안틸로코스가 말을 몰고 왔다. 속력보다 꾀를 써서 메넬라오스를 앞지른 것이었다. 그래도 메넬라오스는 날쌘 말을 몰아 바로 달려왔다. 그 거리는 말과 수레바퀴의 간격 정도로, 들판을 넘어 전차와 함께 주인을 태우고 힘껏 끌고 가는 말의 꼬리털이 전차와 바퀴 테에 닿고 있었다. 들판을 멀리 달려왔기 때문에 수레바퀴는 꽤 가까이 돌고 있어 그 사이는 거의 틈도 없을 만큼이었다.

꼭 그만큼 메넬라오스는 인품이 뛰어난 안틸로코스에게 뒤져 있었다. 그러나 처음은 원반을 던져 닿을 거리만큼 뒤져 있었던 것을 잠깐 사이에 뒤쫓아 왔다. 아가멤논의 말인 갈기도 아름다운 아이테의 강한 기질이 격앙되었기 때문이었다. 그리하여 양쪽 다 조금 더 경주를 계속했다면 앞 수레를 앞질러 문제없이 승부를 냈을 것이다.

한편 의젓한 이도메네우스의 수행자인 메리오네스는 이름난 메넬라오스에게서 창이 날아올 거리만큼 뒤져 있었다. 갈기가 아름다운 그 말들은 발이 매우 둔한 데다 그 자신도 전차를 모는 것이 서툴렀기 때문이다. 또 아드메토스의 아들 에우멜로스는 맨 뒤에 처져 멀리서 말을 몰면서 훌륭한 전차를 끌고 왔다. 그것을 바라보고 발이 날쌘 아킬레우스는 딱하게 여겨 아르고스 사람들 틈에 서서 말했다.

"가장 훌륭한 인물이 맨 꽁무니에 처져 외발굽 말들을 몰고 온다. 어때, 그에게 어울리게 2등상을 주도록 하자. 하지만 1등상은 티데우스의 아들이 타게 하자."

이렇게 말하니 그들은 모두 그의 권유에 찬성했다. 아카이아군이 모두 찬성해서 아마 그에게 상품인 말을 주었을 것이다. 그런데 기상이 넓은 네스토르의 아들 안틸로코스가 일어서서 펠레우스의 아들 아킬레우스에게 자기 권리를 주장했다.

"오오, 아킬레우스여, 만일 그 말을 실행하시면 나는 분개할 것이오. 그대가 내 상품을 빼앗으려 하시기 때문이오. 그의 솜씨는 확실한데 전차와 날쌘 말이 잘못을 했다고 생각하시는 겁니까? 그렇다면 그는 불사의 신들에게 기원했어야 할 것이오. 그랬으면 맨 꽁무니에서 말을 몰지 않았을 것이오. 그가 그대의 마음에 들어서 딱하게 여기시는 거라면, 막사에 아직 많은 황금을 가지고 계실 테고 청동도 양도 있을 겁니다. 또 시녀들과 외발굽 말들도 있을 겁니다. 그중에서 가지고 와서 더 큰 상품이라도 나중에 주시구려. 아니, 지금 당장이라도 괜찮습니다. 그러면 아카이아 사람들이 그대를 칭찬할 것입니다. 그러나

이 암말은 주지 못하겠습니다. 이것을 가지려는 사람은 누구나 힘으로 나와 겨루어야 하지요."

그가 이렇게 말하자 발이 날쌘 용맹한 아킬레우스는 미소를 지었다. 본디 친근한 동료이므로 안틸로코스의 말에 흥미를 느끼고 그에게 정다운 말로 대답했다.

"안틸로코스여, 나에게 집에서 다른 것을 가지고 와서 에우멜로스에게 주라고 한다면 그대로 하겠소이다. 그에게는 가슴받이를 주겠소. 아스테로파이오스에게서 빼앗은 것이오. 청동제로 둘레를 빛나는 주석으로 부어 만든 고리가 둘러싸고 있소. 그에게도 크게 값진 물건이 될 것이오."

이렇게 말하고 그의 사랑하는 전우 아우토메돈에게 명하여 막사에서 그것을 가져오게 했다. 아우토메돈이 가서 가져오자, 그것을 그는 에우멜로스의 손에 건넸고 에우멜로스는 기쁘게 받았다.

그때 사람들 틈에서 일어선 것은 메넬라오스로 그는 안틸로코스에게 마음이 상해 있었다. 전령이 그 손에 표지의 단장을 주어 아르고스군에게 조용히 하라고 호령하자, 신으로도 착각될 무사 메넬라오스가 말했다.

"안틸로코스여, 분별이 있는 사람으로 알려진 그대가 이게 무슨 짓인가? 내 수완의 결점을 노려 훨씬 뒤진 자기 말을 앞에 디밀어 내 말을 뒤처지게 했다. 자, 아르고스군의 지휘자와 보호자들이여, 청동 갑옷을 걸친 아카이아군에 이런 사나이가 결코 없도록 두 사람 사이에 편파 없는 심판을 내려주십시오.

'메넬라오스는 거짓말로 안틸로코스를 위압하여 그의 암말을 가지고 가버렸다. 제 말이 훨씬 떨어진 주제에 제 지위나 세력이 더 우월했기 때문이지' 하고 말하는 이가 한 사람도 없도록 말이오. 아니, 그러느니 차라리 내가 심판하겠소. 다나오이군의 어느 누구도 나를 나무라지 않으리라고 생각하오. 공정한 심판이니까. 안틸로코스여, 자, 이리 오너라. 제우스의 옹호를 받는 그대여, 법칙대로 그대 말과 전차 바로 앞에 서서 아까 말을 몰고 왔던 가느다란 채찍을 들라. 그리고 말들에게 손을 얹고 대지를 떠받치시고 대지를 흔드시는 신에게 맹세하라. 일부러 내 수레를 속여 훼방한 것이 아니었다고 말이오."

이번에는 영리한 안틸로코스가 말했다.

"좀 참으십시오. 메넬라오스 님, 나는 당신보다도 훨씬 어리고 당신은 나이뿐만 아니라 솜씨도 위이시기 때문에 젊은 사람의 무분별이 어떤 것인지는 이미 오래전에 알고 있으실 것입니다. 그 분별은 참을성이 없고 성질이 조급하여 사려도 아주 보잘것없는 것입니다. 그러니까 부디 마음을 가라앉히십시오. 내가 탄 이 암말을 당신께 드리겠습니다. 혹 따로 내 집에서 더 큰 것을 바라신다면 곧 가져가게 해드리겠습니다. 앞으로 두고두고 제우스가 지키는 당신의 노여움을 사고, 또 신들 앞에 죄인이 되지 않도록 말입니다."

이렇게 말하며 기상도 드높은 네스토르의 아들 안틸로코스가 말을 끌고 나와 메넬라오스의 손에 건네니, 그의 마음도 누그러졌다. 이를테면 마치 밭두둑에 온통 무성히 자라 익은 보리 이삭을 이슬이 완전히 적시듯이, 그처럼 메넬라오스의 마음은 가슴속에서 누그러졌다. 그리하여 그에게 큰 소리로 말을 건넸다.

"안틸로코스여, 아까는 화를 냈지만 이제는 내 쪽에서 양보하겠소이다. 그대는 전부터 경망하지도 사려가 없지도 않았는데, 조금 전만큼은 젊은 탓으로 분수를 잊었던 것이로군. 앞으로는 또다시 손윗사람을 속이려 들지 마시오. 아카이아군의 다른 사람 같아서는 이처럼 금방 나를 달래지는 못하는데, 그러나 그대는 나를 위해서 무척 고생했고 어지간히 애도 써준 데다 그대의 뛰어난 아버지나 형제들도 마찬가지로 힘을 써주었소. 그렇기 때문에 그대의 부탁은 들어주기로 하겠소. 그리고 그 말도 내 것이지만 주겠소. 그러면 여기에 있는 사람들도 모두 내 마음이 절대로 거드름 피우는 인정머리 없는 사람은 아니라고 알아줄 것이오."

그는 이렇게 말하고 안틸로코스의 부하 노에몬에게 암말을 건네어 데려가게 하고, 자기는 반짝반짝 빛나는 가마솥을 가졌다. 메리오네스는 네 번째로 닿았기 때문에 두 개의 황금 추를 탔다. 그리고 다섯 번째 상이 남았다. 손잡이가 둘 달린 그릇이었는데, 아킬레우스는 그것을 아르고스군이 모인 가운데로 들고 가 네스토르 곁에 서서 말했다.

"자, 당신에게도 파트로클로스의 장례식 기념으로 보물을 드리겠소. 이제 그를 아르고스군 가운데서 볼 수는 없으니까. 이 상품은 경주를 하지 않아도 주는 것이오. 당신은 야박하고 쓰라린 노령이 당신을 짓누르고 있어서 권투도 씨름도 못하고 투창 경기에도 나가지 못하는가 하면 또 도보 경주도 못하시겠지."

이렇게 말하고 그가 그것을 네스토르의 손에 건네자 노인도 기쁘게 받으며 그에게 큰 소리로 기쁨에 넘쳐 말했다.

"정말로, 방금 말한 것은 모두 옳은 말이네. 이젠 몸이 튼튼하지 않은 데다 발도 마찬가지라네. 팔까지도 양쪽 어깨에서 가볍게 내두를 수 없고. 다시 한 번 그때처럼 젊어지고 힘도 세진다면 얼마나 좋겠나. 옛날 아마륑케우스 왕을 에페이오이족이 부프라시온에 묻었을 때처럼. 그 아들들이 왕을 애도하는 경주를 베풀었는데, 그때 아무도 나와 겨룰 사람은 없었지. 에페이오이인에도 필로스 사람들도, 또 의기양양한 아이톨로이인 가운데도 없었지. 권투로는 에놉스의 아들 클뤼토메데스를 내가 이겼고, 씨름으로는 플레우론 태생의 앙카이오스를 이겨냈지. 또 도보 경주로는 장사인 이피클로스를 앞질러 이기고, 투창으로는 폴리도로스를 누르고 멀리 던졌지.

다만 전차 경주에 있어서만은 악토르의 두 아들이 나를 이겼소. 가장 큰 상품이 아직 그대로 거기에 남아 있었기 때문에, 내 승리를 시샘하여 사람이 많은 것을 믿고 앞지른 거야. 알다시피 그들은 쌍둥이야. 그래서 한 사람은 줄곧 고삐를 잡고 있었지. 한쪽이 줄곧 고삐를 잡고 한쪽이 손에 채찍을 들고 말을 몰아댔어. 옛날에는 나도 그러했으나 지금은 이런 것은 젊은이에게 양보하기로 하겠어. 나로서는 지긋지긋한 노령에 따를 길밖에 없으니까. 그러나 그때는 영웅들 가슴에서도 나는 뛰어난 사람이었네.

아무튼 그대의 벗을 위하여 경주로 장례를 치르도록 하시오. 나는 기꺼이 이것을 받겠어. 나와의 정을 언제까지나 그대가 기억에 두고 있는 것을 나도 마음으로 기쁘게 여기네. 또 아카이아군 가운데서 내가 마땅히 받아야 할 명예를 염두에 두고 있었던 것에 대해서, 신들이 그 보답으로 그대에게도 많은 자비를 내려주시기를!"

펠레우스의 아들 아킬레우스는 네스토르의 인사말을 다 듣고 나자 많은 아카이아군 가운데로 되돌아갔다. 그리고 이번에는 힘이 드는 권투 시합의 상품을 가져오게 했다. 그것은 일에 끈기가 있는 여섯 살배기 노새였는데, 아직 어리고 길들이기에 가장 까다로운 것으로, 경기장 안에 묶어두게 했다. 진 사람을 위해서도 손잡이가 둘 달린 술잔을 놓았다. 그리고 일어나 아르고스 사람들 가운데서 말했다.

"아트레우스의 아들과 훌륭한 정강이받이를 댄 아카이아 사람들이여, 이 상품을 걸고 남달리 용맹한 두 무사가 권투로 잘 싸워 주었으면 좋겠다. 아폴론에게서 인내력을 받고 있고 그것을 아카이아인 모두가 인정한 사나이는 일에 끈기가 있는 노새를 끌고 막사로 돌아가라. 또 진 사람에게는 손잡이가 둘 달린 술잔을 가져가게 하겠다."

그가 이렇게 말하자 곧 훤칠한 키의 의젓한 무사가 일어섰다. 권투가 장기인 파노페우스의 아들 에페이오스로, 일에 끈기가 있는 노새에게 손을 얹고 말했다.

"자, 손잡이가 둘 달린 술잔을 가지고 싶은 사나이는 이리 나오라. 나 말고 아카이아군 가운데 권투에 이겨 이 노새를 데리고 갈 사람은 아무도 없을 것이다. 미안하지만 나에게는 적수가 없다. 전쟁에서 내가 그대들만 못한 것으로 충분하지 않은가? 한 사람이 모든 일에 다 능할 수는 없는 법이지. 확실히 말해두겠다. 내가 이르는 말은 반드시 이루어질 것이다. 상대방의 살갗을 찢고 뼈를 부수어 놓을 테다. 그러니 그와 친근한 자들은 그대로 기다리고 있으라. 내 손에 걸린 사나이를 곧 나르게 될 테니까."

이렇게 말하니 모든 사람들이 숨을 죽이고 조용해졌다. 그에게 대항해서 일어선 오직 한 사람, 에우리알로스라는 무사는 탈라오스의 아들 메키스테우스 왕의 아들이었다. 그는 옛날 오이디푸스 왕의 장례식을 위해서 테바이에 가서 카드모스의 후예인 테바이 시민 모두를 때려눕힌 사람이었다. 그 아들을 창던지기로 이름난 티데우스의 아들인 디오메데스가 거들며 줄곧 이기게 하고 싶어서 여러 가지로 격려의 말을 건넸다. 그리고 반바지를 둘러주고 들소 가죽을 잘라 만든 띠를 건넸다.

그리하여 둘은 경기장 한가운데로 나아가 마주 서서 활을 가누고 우악스러운 손으로 치고받으며 맞붙었다. 그리고 맹렬히 주먹을 휘둘러 싸우는 동안, 서로 부딪히는 소리가 무섭게 들리고 온몸에서 땀이 줄줄 흘렀다. 갑자기 용맹스러운 에페이오스가 달려들어 기회를 노리는 상대의 턱을 치자, 에우리알로스는 오래 견디지 못하고 실팍진 팔다리가 주저앉으며 털썩 쓰러졌다.

마치 북풍에 사나워진 물결 사이에서 고기들이 해초가 많은 기슭으로 뛰어올라 가고, 그것들을 성난 검은 파도가 곧 삼켜버리는 것처럼, 그는 맞고 뛰어올랐다. 그러나 큰 기상의 에페이오스는 두 팔로 그를 끌어안아 일으켰다. 그의 둘레를 정다운 벗들이 둘러싸더니 두 발을 끌면서 빙 둘러선 사람들 가운데서 데리고 나갔으나, 그는 주르르 입에서 피를 토하며 고개를 한쪽으로 기울인 채 의식도 흐릿해졌다. 벗들은 그를 동료들 가운데 앉히고는 나가서 손잡이가 둘 달린 술잔을 타 왔다. 그러자 펠레우스의 아들 아킬레우스는 곧 힘이 드는 씨름을 위한 셋째 경기의 상을 다나오이군에게 잘 보이도록 놓았다. 그 승자에게는 불 위에 거는 커다란 세발솥을 내놓았다. 그것은 아카이아인이 열두 마리 소의 값을 매긴 것이다. 또 진 사람에게는 여자 한 사람을 한가운데에 앉혔다. 이 여자는 손재주가 뛰어나며 네 마리 소의 값이 매겨져 있었다. 그리고 일어서서 아르고스인들 가운데에서 말했다.

"자, 이 경기를 해보고 싶은 무사는 누구든지 나오라."

이렇게 말하자 곧 텔라몬의 아들 큰 아이아스가 일어섰고, 꾀가 많으며 재기가 넘치는 오디세우스도 일어섰다. 둘은 샅바를 걸고 경기장 한가운데로 나와 서로 상대방을 억센 손으로 끌어안았다. 그리고 마치 이름난 목수가 높이 솟은 지붕 밑에다 짜 맞추어 바람의 힘을 피하려는 대들보처럼 서로 야무지게 죄었다. 그러자 서로의 등에 힘살은 뚜두둑 소리를 내고, 우악스러운 팔에 붙잡혀서 꽉 짓눌렸다. 땀은 줄줄 흘러내리고 옆구리에도 두 어깨에도 사방에 힘줄이 솟아 빨갛게 부풀어 올랐으나, 두 사람은 내내 훌륭히 만들어진 세발솥을 노리고 승리를 위해 기를 썼다.

그러나 오디세우스는 상대를 쓰러뜨려 땅에 대지 못하고, 아이아스도 오디세우스의 힘을 버텨내어 이기지 못했다. 그래서 마침내 정강이받이를 댄 아카이아 사람들이 싫증이 났을 때, 텔라몬의 아들 큰 아이아스는 상대에게 말했다.

"제우스의 후예인 라에르테스의 아들이여, 기지에 뛰어난 오디세우스여, 나를 들어보라. 그렇지 않으면 내가 들지. 나머지는 제우스에게 맡길 따름이다."

이렇게 말하고 아이아스는 오디세우스를 들려고 했으나 오디세우스는 뒤쪽에서 홱 거꾸로 몸을 뒤쳐 그 가슴 위에 쓰러졌다. 그러자 사람들은 이것을 보고 눈이 휘둥그레졌다. 이번에는 참을성 있는 용감한 오디세우스가 그를 들려고 땅에서 살짝 움직였으나 들지 못하고 말았다. 오디세우스가 발을 걸자 둘이 다 땅에 나가떨어지면서 서로 뒹굴어 흙먼지로 짓이겨지고 살갗을 더럽혔다. 만일 아킬레우스가 서서 말리지 않았더라면 세 번째로 또다시 달려들어 부둥켜안았을 것이다.

"이제 서로 잡는 것은 그만두라. 우악스러운 짓을 하여 몸을 다치지 말라. 양편 다 이겼다. 다른 아카이아인들이 경기에 참가할 수 있도록 두 사람 다 똑같은 상품을 가지고 돌아가라."

이렇게 말하자 둘은 그 말을 받아들이고 흙먼지를 몸에서 털더니 옷을 입었다.

펠레우스의 아들 아킬레우스는 얼른 다른 것을 도보 경주의 상품으로 내놓았다. 바로 은장식이 달린 희석용 술병이었다. 이것은 엿 되들이로 솜씨가 뛰어난 시돈 사람의 훌륭한 세공이었으므로 세계에서 둘도 없는 것이었다. 그것을 포이니케 장사치가 저 멀리 아른거리는 바다를 건너와 항구에 올려 토아스 왕에게 선물한 것인데, 이아손의 아들 에우네오스가 다시 파트로클로스에게 프리아모스의 아들 뤼카온의 몸값으로 건넨 것이었다.

그 단지를 지금 아킬레우스가 자기 벗을 위한 도보 경주의 우승자에게 내놓았다. 또 2등상에는 살이 뒤룩뒤룩 찐 커다란 황소를 내놓고, 마지막 사람에게는 황금 추 반 근을 놓았다. 그리고 일어서 아르고스인들 가운데서 말했다.

"자, 이 경기를 하려는 무사는 나오라."

이렇게 말하자 얼른 일어선 것은 오일레우스의 아들인 날쌘 아이아스와 지모에 뛰어난 오디세우스였고, 그 뒤를 이어 일어선 네스토르의 아들 안틸로코스는 경주에서 젊은이들을 모두 이기고 있었다.

그들이 한 줄로 늘어서자 아킬레우스는 목표를 가리켰다. 사람들은 출발점에서 전속력으로 달려갔다. 곧 오일레우스의 아들 아이아스가 앞서고, 용감한 오디세우스가 바짝 붙어 뒤따랐다. 그것은 마치 훌륭한 여자 가슴에 북이 달라붙어 있는 것 같았다. 그것을 사뭇 솜씨 있게 손으로 잡아당겨 가슴 가까이 붙여놓고 날실 사이를 지나 북이 오가는.

오디세우스는 그만큼 접근하여 달려갔다. 앞사람 뒤에서 솟아오른 모래가 아직 가라앉기도 전에 그 발자국을 다시 밟고 갔다. 용감한 오디세우스는 줄곧 빨리 달렸기 때문에 그가 내뱉는 숨이 아이아스의 뒤통수까지 닿았다. 그 광경에 아카이아인은 모두 환성을 올리고, 이기려고 서두르는 것을 응원하며 이기려 하는 그 노력을 격려했다. 그런데 드디어 마지막 길에 들어서자 오디세우스는 마음속으로 반짝이는 눈의 아테나에게 빌었다.

"부디 여신이여, 내 발에 힘을 주소서."

이렇게 기도하자 팔라스 아테나는 그 말을 받아들이고 그의 손발을 가볍게 해주었다. 마침내 그들이 결승점에 들어서려는 순간, 달리고 있던 아이아스의 발이 미끄러졌다. 아테나의 훼방 때문이었는데, 거기에는 울음소리가 큰 파트로클로스를 위해서 발이 날쌘 아킬레우스가 아까 죽인 소들의 창자가 쏟아져 있었다. 그래서 소의 오물이 아이아스의 입에도 코에도 가득 찼다.

희석용 술병은 참을성이 강하고 용감한 오디세우스가 1등을 하여 가지고 갔다. 한편 황소를 받은, 이름도 드높은 아이아스는 들소의 뿔을 손에 쥐고 선 채, 오물을 입에서 토해내면서 아르고스인들 가운데서 말했다.

"내 발을 느리게 한 것은 바로 그 여신이다. 옛날부터 언제나 어머니처럼 오디세우스 곁에 붙어 있으면서 힘을 빌려주고 있는 것이다."

이렇게 말했으나 그의 모습에 모두들 한결같이 재미있는 듯 그를 향해 웃어 댔다. 한편 안틸로코스는 쓴웃음을 지으면서 꼴찌의 상품을 가지고 돌아갔다. 그리고 아르고스인들 가운데서 말했다.

"정다운 분들, 벌써 오래전부터 알고 있는 것을 말하는 셈입니다만, 역시 불사의 신들께서는 옛 시대의 사람일수록 소중히 여기십니다. 그도 그럴 것이 아이아스는 나보다 조금 연상이고 이분은 전 세대, 즉 한 세대 전의 사람으로 힘이 좋은 영감이라고 사람들에게서 불리고 있는 분이며, 아카이아 사람 가운데서는 도보 경주로 그에게 이기는 것은 어려울 겁니다. 아킬레우스 말고는."

이런 말로 그는 발이 날쌘 펠레우스의 아들을 추어올렸다. 이에 아킬레우스는 대답했다.

"안틸로코스, 절대로 그대의 찬사를 헛되게 하지는 않겠다. 나는 그대에게 황금 추를 반 근만 더 내놓겠다."

이렇게 말하고 그의 손에 놓아주니 기꺼이 받아서 갔다. 그리고 다음 펠레우스의 아들 아킬레우스는 그림자가 긴 창과 방패와 네모진 투구를 경기장에 가져다 놓게 했다. 이것은 사르페돈의 것으로 파트로클로스가 빼앗아 온 것이었다. 그리고 일어서서 아르고스의 사람들 가운데 이렇게 선언했다.

"가장 뛰어난 용사 두 사람 나와서 이것을 걸고 승부를 겨루어 다오. 살갗을 베는 청동을 들고, 모여 있는 사람들 앞으로 나아가 맞싸움을 꾀하는 것이다. 어느 쪽이라도 먼저 팔을 뻗쳐 상대방의 살갗을 찔러 검은 피를 흘리게 한 무사에게 이 은장식을 박은 칼을 주겠다. 아스테로파이오스에게서 빼앗은 훌륭한 트라케산이다. 또 이 무구는 두 사람의 공유물로 가지고 가라. 그 밖에도 두 사람을 위해서 막사 안에 훌륭한 잔치를 준비시키리라."

이렇게 말하니 텔라몬의 아들 큰 아이아스가 일어나고 또 티데우스의 아들인 용맹한 디오메데스도 일어섰다. 그리하여 둘은 무리들 양쪽에서 무장하고 한가운데로 나왔다. 투지도 만만하게 맞서는 그들 눈빛의 무서움에 아카이아군은 모두 놀라워서 눈을 크게 떴다.

그리하여 서로 나아가 드디어 바싹 가까워졌을 때, 세 차례 서로 달려들어 세 차례 바로 몸 가까이 찌르고 들어갔다. 그때 아이아스는 상대가 가진 균형 잡힌 방패를 찔렀으나 안쪽에서 가슴받이가 막아 살갗에는 닿지 않았다. 이번에는 티데우스의 아들이 커다란 방패 위쪽 너머로, 끊임없이 반짝이는 창끝으로 목을 찌르려고 했다. 그러자 아카이아인들은 아이아스를 염려하여 시합을 그치고 상품을 나누어 가지라고 외쳐댔다. 그러나 영웅인 아킬레우스는 티데우스의 아들에게 그 커다란 칼을 칼집과 또 모양새가 좋은 끈과 함께 건네주었다.

다음에는 펠레우스의 아들 아킬레우스가 도가니에서 나온 채로의 쇳덩어리를 내놓았다. 그것은 옛날 힘이 센 에에티온이 던지던 것을, 발이 날쌘 용맹한 아킬레우스가 그를 죽이고, 이 덩어리를 재물과 함께 배에 실어 온 것이다. 그는 일어서서 아르고스인들 가운데서 선언했다.

"자, 이 경기를 해보려는 무사들은 나오너라. 이긴 사나이는 설사 그 기름진 밭이 도시에서 멀리 떨어져 있어도 5년 동안은 이 덩어리로 쓰고도 남을 것이다. 왜냐하면 소를 치는 사람이든 농부든 쇠가 없어 도시로 나갈 필요 없이 이 쇳덩어리로 실컷 쓸 수 있을 테니까."

그가 이렇게 말하자 싸움에 잘 견디는 폴리포이테스가 일어섰고, 또 힘이 센 레온테우스도 일어섰다. 그러자 텔라몬의 아들인 아이아스도, 용감한 에페이오스도 일어서서 한 줄로 늘어섰다. 먼저 용감한 에페이오스가 쇳덩어리를 들어 빙빙 돌리다 던지자 아카이아인들은 모두 웃었다.

이어 이번에는 아레스의 아들인 레온테우스가 던졌다. 세 번째로 교대하여 텔라몬의 아들 아이아스가 튼튼한 손으로 던진 쇳덩어리는 모든 사람의 표지 위를 넘었다. 그런데 쇳덩어리를 싸움에 잘 견디는 폴리포이테스가 들어, 소몰이꾼이 내던진 지팡이가 빙빙 돌면서 소 떼 사이를 날아가는 거리만큼 경기장 멀리까지 던지자, 사람들은 함성을 질렀다. 그래서 용맹한 폴리포이테스의 부하들은 일어서서 군주가 탄 상품을 속이 빈 배로 날랐다.

다음에는 궁수들을 위해서 보랏빛 무쇠를 내놓았다. 바로 열 자루의 양날 도끼와 열 자루의 외날 도끼였다.

그리고 저 멀리 해변 모래펄 위에 군청빛 배의 앞부분에 돛대를 세우게 했다. 거기에서 비둘기의 가느다란 발에 실을 묶어 날게 하고, 그것을 겨누어 활을 쏘라고 명령했다.

"누구나 저 비둘기를 쏘면 양날 도끼를 모두 지니고 집으로 돌아가라. 또 새는 맞히지 못했지만 실을 맞힌 무사에게는 솜씨가 떨어지니까 외날 도끼만을 주겠다."

이렇게 말하자 곧 용맹한 테우크로스가 일어나고 이도메네우스의 용감한 수행자인 메리오네스도 일어섰다. 그리하여 청동을 단 가죽 투구에 제비를 넣어 잘 흔드니, 테우크로스에게 먼저 쏘라는 제비가 뽑혔다. 그래서 곧 힘을 다 내어 화살을 날렸는데, 그때 특히 아폴론에게 이름 그대로 첫째 새끼양의 제물을 바치겠다고는 맹세하지 않았다. 그래서 아폴론이 섭섭히 여겼기 때문에 화살은 새에게 맞지 않았다. 그러나 새의 발을 붙잡아 맸던 가느다란 실에 맞아 그 가는 실을 날카로운 화살이 잘랐다. 그래서 비둘기가 하늘로 날아가니 가느다란 실은 땅을 향해서 축 늘어졌다. 아카이아인은 이것을 보고 모두 함성을 질렀다.

그때 메리오네스가 테우크로스에게서 활을 얼른 낚아챘다. 상대방이 겨누고 있는 동안에 그는 화살을 진작부터 준비하고 있었다. 그리고 곧 활을 멀리 쏘는 아폴론에게 첫째로 태어난 새끼양의 푸짐한 제물을 바치겠노라고 맹세했다. 그리고 높이 구름 사이에서 구구구 우는 비둘기를 찬찬히 노려보고 원을 그리며 나는 날개 밑의 한가운데를 겨누어 화살을 당기니, 화살은 비둘기 날개를 정통으로 꿰뚫고 다시 지상으로 되돌아와 메리오네스의 발 앞에 꽂혔다. 한편 새는 군청색 이물 배의 돛대에 내려앉으려고 고개를 축 늘어뜨린 채 단단한 날갯죽지를 접었으나, 금방 그 몸에서 목숨은 날아가 버려 돛대에서 멀리 떨어졌다. 사람들은 이것을 바라보고 찬탄했다. 그래서 메리오네스는 열 자루의 양날 도끼를 모두 탔다. 테우크로스는 외날 도끼를 자기 배로 날랐다.

그다음은 펠레우스의 아들이 그림자가 긴 창과, 아직 불에 얹은 적이 없는 솥으로 꽃무늬가 새겨져 있는, 소 한 마리의 값이 되는 것을 경기장에 날라오게 하여 놓자 창 던지기 선수들이 일어섰다. 먼저 아트레우스의 아들인 드넓은 나라를 다스리는 아가멤논이 일어서니, 이도메네우스의 용감한 수행자인 메리오네스도 일어섰다. 이들에게 발이 날쌘 용감한 아킬레우스가 말했다.

"아트레우스의 아들이여, 우리는 모두 얼마만큼 당신이 남들보다 뛰어난지, 힘으로도 던지는 기술로도 으뜸이라는 것은 잘 알고 있소. 그러니 그대가 이 상품과 함께 배로 돌아가시오. 만일 당신에게 이의가 없으면 창은 메리오네스에게 주겠소. 나로서는 그렇게 권유하고 싶소이다."

이렇게 말하자 무사들의 군주인 아가멤논도 본디 이의가 있을 턱이 없어 메리오네스에게 청동 창을 건넸다. 그리고 왕은 명령을 전하는 탈튀비오스에게 유달리 훌륭한 상품들을 맡겼다.

제24권

헥토르 시신을 돌려받으러 적진으로

장례식 대회도 끝나 병사들은 자기의 빠른 함선으로 삼삼오오 흩어져서 돌아갔다. 그리고 모두들 저녁 식사를 하고 나서 달콤한 잠을 청했으나, 아킬레우스만은 벗을 생각하고 그저 통곡하기만 할 뿐이었다. 모든 것을 정복한다는 잠도 그만은 붙잡지 못했다. 이리저리 몸을 뒤척이며 파트로클로스가 보여준 남자다움과 고귀한 용기를 그리워했다. 둘이서 함께 고생하여 이룬 많은 일과 겪은 괴로움, 전사들과의 많은 싸움, 거친 바다를 항해한 일 등 온갖 것을 생각해 내고는 하염없이 눈물을 흘렸다.

옆으로 누워 보기도 하고 반듯이 누워 보는가 하면, 다시 엎드려 누워 보다가 훌쩍 뛰어 일어나 물가를 따라 이리저리 돌아다니는 동안, 새벽빛이 물결 위에서 모래언덕으로 비치기 시작했다.

그러자 아킬레우스는 전차의 멍에에 날쌘 말을 매고 나서 헥토르의 시신을 수레 뒤에 매어 끌고, 죽은 파트로클로스의 무덤 둘레를 세 번이나 돌고 나서 겨우 막사에 돌아와 쉬는 것이었다. 그러고는 헥토르를 모래 먼지 속에 엎어 놓은 채 내버려 두었다. 아폴론은 그 몸이 죽었다고는 하지만 훌륭한 인물이었던 사나이를 가엾게 여기어 황금 아이기스로 온몸을 덮어 질질 끌려다녀도 살갗이 찢어져 상처를 입지 않도록 지켜주었다.

이처럼 분노에 몸을 맡긴 채 아킬레우스는 고귀한 헥토르에게 모진 짓을 저지르고 있었다. 이 모습을 보고 하늘의 축복받은 신들은 헥토르를 불쌍히 여기어 정찰을 잘하는 아르고스의 살인자 헤르메스에게 시신을 훔쳐 오라고 꾀었다. 이때 다른 신들은 모두 찬성했으나 헤라와 포세이돈과 반짝이는 눈의 처녀신 아테나는 좀처럼 찬성하려고 들지 않았다. 이들은 알렉산드로스가 저지른 죄로 말미암아 거룩한 일리오스와 프리아모스와 큰 성안의 사람들이 여전히 미웠던 것이다.

그는 세 여신이 그의 집 뜰에 왔을 때 두 신을 모욕함으로써, 이 같은 파멸을 불러오게 될 색욕을 불어넣어 준 여신 아프로디테를 칭송했던 것이다.

그런데 그날부터 열이틀째 아침에 불사의 신들이 모인 자리에서 아폴론이 말했다.

"당신네 신들은 냉혹하고 잔인하군요. 단 한 번이라도 헥토르가 당신들에게 제물의 넓적다리를 구워 바치지 않은 적이 있습니까? 더할 나위 없는 소와 양을 제물로 바치지 않았나요? 그런데 지금 시신이 되어 있는 그를 무사히 지켜주고, 그의 부모와 처자, 그리고 백성들에게 데려가 그를 화장하여 장례를 치르도록 돕지 않으시겠다니 말입니다.

당신들은 오히려 그 저주스러운 아킬레우스를 돕고자 하시는군요. 그는 마음에 분별이라는 것이 없고 사자처럼 흉포하기만 할 뿐 가슴속의 생각을 굽혀 양보하는 것을 모릅니다. 자신의 큰 힘과 오만한 용기에 복종하여 사람이 기르는 양을 덮치는 사자처럼 말입니다. 그처럼 아킬레우스는 동정심도 수치심도 없는 자요. 수치심은 인간에게 커다란 해가 되기도 하지만 큰 이익을 주기도 하지요.

세상에는 아킬레우스보다 더 귀중한 사람을 잃은 사람도 얼마든지 있을 겁니다. 이를테면 한 어머니에게서 태어난 형제라든가 자식들을 잃기도 하지요. 그래도 한 번 슬퍼하여 울고 눈물을 흘려버리면 그것으로 어떻든 복수하기를 그만두는 법이오. 그것은 운명의 여신들이 사람들에게 참고 견디어 내는 힘을 주었기 때문입니다. 그런데 그 사람만은 고귀한 헥토르의 목숨을 빼앗은 데다 전차 뒤에 매달아 친구의 무덤 주위를 끌고 돌아다니고 있으니, 어떻게 보든 훌륭하다거나 좋다고는 말할 수 없을 것입니다. 그가 아무리 용사이기로 그에 대해 우리가 괘씸하다고 화를 내서는 안 되는 걸까요? 정말로 감각도 없는 흙덩이나 다름없는 시신을 화가 난다고 저토록 능욕하고 있는데 말이오."

이에 흰 팔의 여신 헤라가 화를 내며 말했다.

"은궁(銀弓)의 신이여, 당신 말씀도 맞습니다. 아킬레우스와 헥토르를 정말로 동등한 지위에 있다고 생각하신다면 말입니다. 하지만 헥토르는 죽기 마련인 인간이고 또 인간인 여자의 젖으로 자란 사나이입니다. 그와는 반대로 아킬레우스는 여신의 아들인 데다 내가 그 여신을 길러 남편인 펠레우스에게 아내로 주었던 거예요. 게다가 펠레우스도 불사의 신들에게 많은 사랑을 받고, 신들께서도 모두 두 사람의 혼례 잔치에 참석하지 않았습니까. 잔치에서 하프를 연주하며 그들을 축복하시던 분이 어째서 믿지 못할 나쁜 녀석들과 한 무리가 되어 있는지 모르겠군요."

그러자 구름을 몰아오는 제우스가 답했다.

"헤라, 그대는 신들에게 너무 심하게 화내지 마시오. 물론 두 사람의 명예가 같을 수는 없소. 그러나 헥토르도 일리오스에 사는 사람들 가운데서는 신들에게 가장 사랑받은 사람이오. 이 나만 하더라도 그랬소. 좋은 제물을 절대로 빠뜨리지 않았지요. 그래서 내 제단은 언제나 더할 나위 없는 술과 안주, 허벅다리 살코기를 굽는 냄새로 가득했소. 이런 것들이야말로 우리 신들에게 주어진 명예로운 선물이지요.

그러나 아무튼 헥토르의 시신을 훔친다는 것은 그만둡시다. 아킬레우스에게 들키지 않고 용감한 헥토르의 시신을 훔친다는 것은 도저히 안 될 일이니까. 밤낮없이 어머니 테티스가 옆에 붙어 있지 않느냐 말이오. 그보다도 누가 가서 테티스를 내 곁으로 불러오시오. 아킬레우스가 프리아모스에게서 몸값을 많이 받고 헥토르를 건네주게 하라고 타이를 테니까."

이렇게 말하자 질풍처럼 빠른 발의 무지개 여신 이리스는 분부를 전하러 일어서서 사모스 섬과 가파른 바위산인 임브로스 섬 한가운데 있는 검푸른 바닷속으로 뛰어들어갔다. 그 힘에 잔잔한 물이 일렁였다. 그리하여 여신은 납추처럼 바다 밑을 향하여 내려갔다. 그 추라는 것은 들판에 사는 수소 뿔에 끼워져 게걸스러운 물고기들에게 죽음의 운명을 가져다주는 것이었다.

그리고 테티스를 널찍하고 텅 빈 굴 속에서 발견했다. 둘레에는 다른 바다의 여신들이 모여 앉아 있었다. 그 한가운데서 테티스는 특히 이름 높은 자기 아들의 비운을 슬퍼하여 통곡하고 있었다. 그 아들은 곧 조국에서 멀리 떨어진, 흙이 기름진 트로이에서 죽을 것이기 때문이었다. 그 바로 옆으로 다가서서 발이 날쌘 이리스가 말을 건넸다.

"일어서세요, 테티스여. 영원히 멸망하지 않는 계획을 세우시는 제우스께서 부르고 계십니다."

그러자 은빛 발의 여신 테티스가 대답했다.

"어째서 그 위대하신 어른께서 또 나를 부르시는 걸까요? 나는 불사의 신들 속에 섞이는 것은 삼가고 싶어요. 끝없는 슬픔으로 가슴이 에이는 것 같으니까요. 하지만 가지요. 그분의 분부를 헛되게 해서는 안 될 테니까."

이렇게 큰 소리로 말하더니 거룩한 여신은 새까만 겉옷을 입었는데, 그보다도 더 검은 옷은 있을 수가 없을 정도였다. 그리하여 떠나니 그 앞에 서서 바람처럼 발이 날쌘 이리스가 안내했다. 그들이 가는 길마다 바다의 용솟음치는 물결이 좌우로 갈라져 길을 열어주었다. 그들이 바다에서 떠올라 부랴부랴 하늘을 향해서 올라가니, 거기에는 멀리 울리는 크로노스의 아들 제우스가 계시고, 그 둘레에는 영원히 멸망하지 않는 은혜를 입은 여러 신들이 모여 앉아 있었다.

테티스는 아테나가 자리를 비켜주자 아버지 제우스 곁에 자리를 잡고 앉았다. 헤라가 황금 잔을 그 손에 들게 하고 위로의 말을 건네자, 테티스가 술을 마시고 나서 잔을 돌려주었다. 그러는 동안 모든 신들에게 인간과 신들의 아버지인 제우스가 말하기 시작했다.

"테티스여, 무척 괴로울 텐데 여기 올림포스까지 와주었구나. 한시도 잊지 못할 큰 슬픔을 가슴속에 품고 있음을 나도 알고 있다. 그러나 이렇더라도 말하고 싶은 게 있어 여기에 부른 것이다. 벌써 아흐레 동안이나 신들 사이에서 다툼이 일어나고 있다. 헥토르의 시신을 빼앗은 아킬레우스에 대해서 어느 신들은 정찰을 잘하는 아르고스의 살인자 헤르메스에게 그 시신을 훔쳐다 주라고 재촉한다. 그러나 나는 스스로 시신을 돌려주는 영예를 아킬레우스에게 내릴 생각이다. 그대의 존경과 애정을 뒷날까지 소중히 간직하기 위해서.

그러니 지금 곧 싸움터로 가서 그대의 아들에게 말하라. 신들이 불쾌하게 느끼고 있다고 말이다. 특히 모든 신들 가운데서도 내가 가장 노여워한다고 전해라. 그것도 그가 격정 끝에 헥토르의 시신을 부리처럼 휜 배들 옆에 놓아두고 돌려주지 않는 것을 못마땅해한다고 말이다. 만일 나를 두려워하고 있다면 부디 헥토르를 돌려주라고 전하라. 그러면 기개가 높은 프리아모스에게도 이리스를 보내어 사랑하는 아들의 몸값을 치르고 그 시신을 찾으러 아카이아군 함선들에 가도록 이르겠다. 아킬레우스에게 충분히 그 마음을 누그러뜨리게 할 만큼의 선물을 가지고."

이렇게 말하자 은빛 발의 여신 테티스는 두말없이 올림포스의 산봉우리에서 단숨에 날아 내려왔다. 자기 아들의 막사에 닿아보니 아킬레우스는 몹시 슬퍼하고 있었다. 그를 둘러싸고 부하들이 모두 바삐 움직이며 아침을 준비하고 있었다. 그리고 거친 털로 뒤덮인 커다란 숫양이 막사 안에서 제물로 죽어 있었다. 어머니인 여신은 아킬레우스에게 바싹 다가가 앉아 손을 어루만지며 말했다.

"내 아들아, 도대체 언제까지 슬퍼하고 괴로워하며 식사도 잠도 잊은 채 너의 심장을 갉아먹고 있을 거냐? 네 목숨은 이제 얼마 남지 않았고 죽음이 바로 가까이 와 있단다. 모진 죽음의 운명이 정해져 있기 때문이지. 그러니 내 말을 잘 들어라. 제우스의 말씀을 전하러 왔다. 신들께서는 너에게 화를 내고 계셔. 특히 불사의 신들 가운데서도 제우스께서 매우 노여워하신단다. 그것은 네가 가누지 못할 분노로 헥토르의 시신을 이물이 굽은 배 옆에 놓아두고 돌려주지 않기 때문이다. 그러니 자, 이제 돌려주어라. 그 대신 시신의 몸값을 받고 말이다."

이 말에 발이 날쌘 아킬레우스가 대답했다.

"그렇게 하지요. 누구든 몸값을 가지고 오면 시신을 건네겠습니다. 만일 올림포스의 신 제우스께서 그렇게 명령하시는 거라면."

이처럼 함선들이 모인 곳에서 어머니와 아들은 의논했다. 한편 크로노스의 아들 제우스는 무지개의 여신 이리스를 거룩한 일리오스에게 가도록 재촉했다.

"자, 다녀오너라, 날쌘 이리스. 올림포스 위의 집을 나아가 기개가 늠름한 프리아모스에게로, 일리오스의 성안으로, 사랑하는 아들의 시신을 찾으러 아카이아군의 진영으로 가도록 하라고. 아킬레우스의 마음을 누그러뜨리게 할 만큼의 많은 선물을 가지고 말이다. 그것도 혼자서, 트로이인은 아무도 동행해서는 안 된다. 거기까지 노새와 튼튼한 수레를 끌고 갔다가 용감한 아킬레우스에게 살해당한 그의 시신을 성안으로 날라다 줄 나이 많은 전령 한 명만이 그를 따르게 하라.

또 프리아모스에게는 절대로 죽거나 화를 당할까 걱정할 것 없다고 말해라. 든든한 호위로 아르고스의 살인자 헤르메스를 딸려 보내줄 테니까. 그러면 헤르메스가 그를 데리고 아킬레우스에게까지 안내할 것이다. 그리고 아킬레우스의 막사 안으로 데리고 들어간 다음에는 그 자신도 죽이려고 하지 않을뿐더러, 그렇게 하더라도 다른 사람들이 모두 말릴 것이다. 본디 아킬레우스는 어리석은 사람도, 분별이 없는 사람도, 잘못을 저지를 사나이도 아니다. 아주 올바르게 탄원하러 온 자에 대한 인사쯤은 알고 있을 테니까."

이렇게 말하자 질풍처럼 날쌘 발의 이리스는 곧바로 프리아모스의 성에 닿았다. 보아하니 지금도 통곡 소리와 울음 소리가 한창 나고 있어, 자식들은 아버지를 둘러싸고 안뜰에 모여 앉아 눈물로 옷을 적시고 있었다. 노인은 그 한가운데에서 외투를 뒤집어쓰고 있었는데, 그의 머리와 목은 땅 위를 뒹굴며 오열하다가 묻힌 쓰레기와 먼지들로 가득했다.

또 집 안에서는 프리아모스의 딸들과 며느리들이 죽은 사람을 생각하면서 통곡하고 있었다. 얼마나 많은, 또 얼마나 용감한 사나이들이 아르고스군의 손에 의해 목숨을 잃고 다쳤는지를 생각하면서 말이다.

그런데 제우스의 사자인 무지개의 여신이 프리아모스의 몸 가까이 다가서서 낮은 목소리로 말을 건네자, 그는 온몸을 부르르 떨었다.

"힘을 내라, 다르다노스의 후예인 프리아모스여, 두려워할 것 없다. 나는 너에게 좋은 소식을 알리러 온 제우스의 심부름꾼이다. 제우스께서는 저 멀리 하늘에서 너에 대해 크게 걱정하시며 가엾게 여기고 계시다. 그래서 올림포스에 계시면서 너에게 사랑하는 헥토르의 시신을 찾으러 아카이아군의 진영으로 가라고 명령하신 것이다. 아킬레우스의 마음을 누그러뜨릴 만큼의 많은 선물을 가지고 말이다. 그러나 어떠한 트로이 사람도 따르게 하지 말고 혼자서 가야 한다. 다만 전령으로 누군가 나이 많은 사람을 하나 데리고 가라. 거기까지 노새와 튼튼한 수레를 끌고 가야 하니까. 그리고 용감한 아킬레우스에게 살해당한 헥토르의 시신을 성안으로 날라와야 하니까.

또 너는 절대로 죽거나 화를 당하게 될까 두려워할 것은 없다. 제우스께서 든든한 호위로 아르고스의 살인자 헤르메스를 같이 딸려 보내주실 거다. 그리하여 그분이 너를 데리고 아킬레우스에게까지 안내할 것이다. 그리고 아킬레우스의 막사 안으로 데리고 들어간 뒤에는 그 또한 너를 죽이려고 하지 않을 뿐더러 그런 일이 일어난다면 다른 사람들이 모두 말려줄 것이다. 본디 아킬레우스는 어리석은 사람도, 분별이 없는 사람도, 잘못을 저지를 사나이도 아니다. 아주 올바르게 탄원하러 온 자에 대한 인사쯤은 알고 있을 테니까."

이렇게 말하고 발이 날쌘 이리스는 가버렸다. 한편 프리아모스는 곧 아들들에게 일러 튼튼한 네 바퀴를 단 노새의 수레를 준비시키고, 짐을 싣는 대를 수레 위에 꽉 잡아매게 하고 자기는 안방으로 들어갔다. 널찍한 삼나무로 만들어진 지붕이 높다란 방에는 훌륭한 보물이 가득 쌓여 있었다. 그는 그곳으로 왕비 헤카베를 불러 말했다.

"슬픈 일이지만 지금 제우스로부터 올림포스의 사자가 와서, 사랑스러운 아들의 시신을 몸값을 치르고 찾아오도록 아카이아군 진영으로 가라는 지시를 받았소. 아킬레우스의 마음을 누그러뜨리게 할 만큼의 많은 선물을 가지고 말이오. 그러니 자, 그대 생각은 어떠한지 나에게 말해주구려. 나로서는 꼭 아카이아군의 넓은 진영 안, 함선이 있는 곳까지 다녀와야겠다 생각하고 서두르고 있는데."

이렇게 말하자 왕비는 큰 소리로 흐느껴 울며 대답했다.

"아니, 도대체 무슨 말씀이에요? 그 모든 지혜와 분별은 다 어디로 날아가 버린 거죠? 이방인들이나 자기 백성들에게도 명성이 자자하던 그 지혜가 말이에요. 어째서 또 아카이아군의 진영에 혼자서 가시려는 건지, 훌륭한 자식들을 죽이고 갑옷을 벗겨 간 그 사내의 눈앞에 나가려고 하시다니, 정말 당신의 심장은 강철로 만들어지기라도 한 건가요?

만일 당신을 붙잡아 누구인지 알게 되면, 그 사내는 야만적인 데다 믿을 수 없는 자여서 당신을 동정한다든가 존경심을 나타낸다든가 하는 일은 절대로 없을 거예요. 그런 일을 하시느니 차라리 지금은 이렇게 주저앉아서 울며 슬퍼하기로 합시다. 내가 그 아이를 낳았을 때 도저히 움직이지 못할 운명이 이 아이에게 이 같은 실을 감은 것이겠지요. 부모에게서 멀리 떨어져 저 잔인한 자의 손에서 발이 날쌘 개들을 배불리 먹인다는 그런 운명을요. 차라리 그자의 간이라도 꼭 붙잡고 씹어 먹었으면! 그러면 앙갚음이라도 할 수 있으련만. 그 아이는 비겁하게 도망치다가 그자에게 죽음을 당한 것이 아니라 트로이 사내들과 깊은 옷주름을 가진 트로이 여인들을 지키기 위해 버티다가 죽었으니까요."

그러자 이번에는 신 같은 모습으로 보이는 늙은 왕 프리아모스가 말했다.

"나는 갈 생각이니 당신은 그렇게 흉조처럼 말하지 마오. 어차피 날 설득하지는 못할 테니. 나에게 가라고 권한 이가 인간 세계의 누군가였다면, 이를테면 제물을 보고 점을 치는 점쟁이나 사제였다면, 우리는 거짓말이라고 생각하여 무시해 버렸을 것이오. 그러나 지금은 내가 직접 신의 명령을 듣고 눈으로 그 모습을 보았기 때문에 가려는 것이오. 이리스가 말한 것은 절대로 빈말은 아닐 것이오. 만일 또 내 운명이 청동 갑옷을 걸친 아카이아군의 함선들 옆에서 죽고 마는 것이라면, 그것이야말로 내가 바라는 바요. 사랑하는 아들을 이 팔에 안고 실컷 슬퍼할 수 있다면 아킬레우스에게 죽음을 당해도 좋소."

이렇게 말한 뒤 그는 수많은 궤의 아름다운 뚜껑을 열고 속에서 열두 필의 더할 나위 없이 훌륭한 베와 열두 벌의 겉옷, 그리고 같은 수의 깔개를 꺼내고 또 같은 수만큼의 베일과 같은 수의 윗옷을 꺼내게 했다. 또 황금 추를 저울에 달아 열 근만 가져오게 하고, 반짝반짝 빛나는 세발솥 두 개와 가마솥 네 개, 게다가 매우 아름다운 술잔을 하나 가지고 나왔는데, 이것은 옛날 다른 나라에 볼일로 갔을 때 트라케인이 선물한 아주 값진 보물이었으나, 그것마저도 늙은 왕은 아까워하지 않았다. 무엇보다도 가장 애지중지하는 아들의 시신을 되돌려 받기를 바라고 있었기 때문이다. 그리고 왕은 트로이 사람들을 모조리 내몰아 모욕적인 말로 나무랐다.

"모두 다 물러가라. 이 변변치 않은 험담가들이여. 여기까지 와서 날 귀찮게 하다니, 너희 집에는 통곡할 일이 하나도 없다는 거냐. 그렇지 않으면 잘되기라도 했다는 거냐. 크로노스의 아드님 제우스께서 나에게 고난을 내려 가장 뛰어난 아들을 죽게 했으니, 그러나 그가 이제 죽어 전보다도 훨씬 아카이아군이 너희들을 죽이기가 수월해졌음을 너희들도 곧 깨달으리라. 나는 이 성이 함락당하고 노략질당하는 것을 이 눈으로 보게 되기 전에 명부 왕 하데스의 집으로 가고 싶은 생각뿐이다."

이렇게 말하고는 늙은 왕이 모질게 지팡이를 휘둘러 사람들을 내몰자 모두들 밖으로 나갔다. 한편 왕은 헬레노스와 파리스, 용감한 아가톤, 또 팜몬, 안티포노스, 외침 소리도 우렁찬 폴리테스와 데이포보스, 히포토스, 그리고 용감한 디오스 등 아홉 명의 아들을 큰 소리로 불러 명령했다.

"얼른 서둘러라, 남 앞에 내놓지도 못할 못난 녀석들아. 너희들이야말로 모두 헥토르 대신 날쌘 함선 옆에서 죽었어야 할 녀석들이다. 나는 얼마나 불행한 사람인가. 넓은 트로이 나라 안에서 더할 나위 없이 훌륭한 아들들을 많이 가지고 있었는데, 지금은 하나도 남지 않았다. 신과도 견줄 만한 메스토르와 전차를 타고 싸우던 트로일로스도, 특히 헥토르까지—인간 가운데 있으면서 신 같았고, 언젠가는 죽게 될 인간의 아들이 아니라 신의 아들이라고 일컬어지고 있었는데—그런 아들들은 모두 군신 아레스에게 빼앗기고 변변치도 못한 녀석들만 고스란히 남았으니 말이야. 간살쟁이들, 춤의 능수꾼으로 춤의 가락을 잡는 데는 따를 자가 없을 명수지만 제 나라 백성의 양이나 염소들을 빼앗는 녀석들뿐이다. 자, 자, 어서 어서 수레 채비를, 한시바삐 하라. 그리고 이것을 모두 실어라. 우리가 그곳으로 길을 떠날 수 있게."

이렇게 말하자 모두 아버지의 명령에 겁을 먹고 튼튼한 바퀴를 단 노새가 끄는 네 바퀴 수레를 가지고 나와 새로 만든 이 아름다운 수레 위에 버들고리를 얹어 잡아매고, 또 노새에게 쓰는 멍에를 못에서 내려 수레에 달았다. 그것은 너도밤나무로 만들어져 돌기를 가지고 있으며, 고삐고리들도 단단히 박혀 있었다. 그 뒤에는 멍에와 함께 한 발 남짓이나 되는 멍에 매는 끈도 가지고 나왔다.

그리하여 멍에를 야무지게 잘 닦은 끌채에 대어 나릇의 맨 가장자리께에 놓자, 이어 바퀴 테를 바퀴살에 끼우고 저마다 세 번씩 나무로 만든 돌기에 새끼를 감은 뒤, 이번에는 차례차례 굽은 쇠고리 밑으로 뺐다. 이 일이 끝나자 잘 닦은 마차에 그리운 헥토르의 몸값으로 가져갈 보물들을 가득 싣고, 튼튼한 발굽을 가진 노새들에게 멍에를 얹었다. 전에 뮈시아 사람들이 프리아모스에게 바친 훌륭한 선물이었다. 또 프리아모스가 탈 두 마리 말도 멍에를 얹어 준비시켰다. 이 말들은 늙은 왕이 전부터 잘 닦인 자신의 전용 마구간 안에서 길러온 것이다.

이처럼 실수 없는 생각들을 가슴에 품고 있는 두 사람, 바로 프리아모스와 그의 전령이 높이 솟은 궁전에서 채비를 하고 있었다. 그때 헤카베가 다가왔다. 마음이 몹시 괴로우면서도 오른손에는 마음을 달래고 부드럽게 하는 포도주를 금잔에 담아서 들고, 먼저 신들에게 술을 바치는 의식을 마친 다음 떠나게 하려는 생각이었다. 그리하여 말들 바로 앞에 서서 말했다.

"자, 꼭 진영에 가실 작정이시면 아버지 제우스께 술을 바쳐 적의 진중에서 무사히 돌아올 수 있도록 비십시오. 나는 바람직하게 생각하지 않습니다만. 아무튼 그러시려면 당신부터 이데 산에 계시는 먹구름을 몰아오는 크로노스의 아드님께 기도를, 온 트로이를 굽어보시는 신께 기도를 드립시다.

그리고 새점을 원하세요. 빨리 알리는 것으로서 제우스도 가장 귀여워하시는 데다 새들 가운데서도 그 힘이 가장 센 새를 오른쪽에 주시라고. 말하자면 당신이 직접 눈으로 그 조짐을 보고 그것을 믿고 마음 놓고 날쌘 말을 모는 다나오이군의 함선들로 가실 수 있게. 만일 멀리 울리는 제우스께서 날쌘 전령인 새를 보여주시지 않는다면, 그때는 도저히 나로서는 아르고스군의 진영에 가시는 것은 아무리 바라시더라도 찬성하고 권할 수는 없습니다."

그러자 신과 같은 프리아모스가 대답했다.

"오 헤카베여, 절대로 나도 당신의 그러한 제의를 무시하지 않겠소. 제우스께 두 손을 내밀고 빈다는 것은 좋은 일이오."

이렇게 말하고 늙은 왕은 살림살이를 맡은 시녀를 재촉하여 깨끗한 물을 손에 붓도록 명령하니, 시녀는 왕 옆에 대야와 물병을 두 손에 들고 바치며 섰다. 그는 손을 씻고 나서, 이번에는 받침이 달린 잔을 아내의 손에서 받아 뜰 한가운데 서서 기원을 담아 포도주를 땅에 붓고, 하늘을 우러르며 큰 소리로 말을 이었다.

"이데 산봉우리에 사시는 지극히 영예롭고 지극히 크신 제우스여, 바라옵건대 아킬레우스에게 가거든 그 사나이가 나를 진심으로 불쌍히 여기게 하여주소서. 그리고 새를, 가장 빠르고, 새들 가운데서도 가장 힘이 세어 신께서도 가장 사랑하시는 그 새를 내 오른쪽에 보여주시기를. 내가 눈으로 그 조짐을 보고 그것을 믿는 가운데 안심하고 날쌘 말을 모는 다나오이군의 진영에 갈 수 있도록 말입니다."

그가 이렇게 빌자 제우스는 곧 독수리를 보냈다. 더할 나위 없이 확실한 전조를 알리는 새, 그것은 사냥의 명수로 검은 얼룩 독수리라고도 불리는 새였다. 그 두 날개를 펴면 돈 많은 부자의 높은 지붕을 가진 저택으로 들어가는 야무지게 빗장을 단 문만큼이나 넓었다. 그 독수리가 오른쪽으로 도시를 가로질러 날아가는 것을 보게 되자, 모두들 크게 기뻐하며 너나없이 마음이 흐뭇해짐을 느꼈다.

그래서 늙은 왕은 부랴부랴 서둘러 잘 닦은 마차에 올라타고 현관 앞에서 소리가 크게 울리는 회랑을 지나 몰고 나가는데, 그 앞쪽에는 노새들이 네 바퀴가 있는 수레를 끌고 갔다. 함께 가게 된 이는 현명한 이다이오스였다. 그 뒤를 따르는 마차에는 늙은 왕이 올라탔는데 직접 고삐를 잡고 채찍을 휘두르며 눈 깜짝할 사이에 한길을 내려가니, 집안사람들은 모두 마치 죽으러 가는 사람을 떠나보내기라도 하듯이 내내 슬퍼하며 뒤를 따랐다. 마차가 성문을 빠져 들판까지 다다르자, 그의 아들들과 사위들은 모두들 되돌아서서 일리오스로 돌아갔다. 두 사람이 들판에 나타난 것을 멀리 천둥을 울리게 하는 제우스가 놓치지 않고 보더니, 가여워하며 곧 사랑하는 아들 헤르메스에게 말했다.

"헤르메스야, 너는 언제나 인간과 동행하기를 좋아하고, 누구든지 네가 좋아하는 사람의 말을 잘 들어주니까, 어서 가서 프리아모스를 아카이아군의 배로 안내해 주어라. 펠레우스 아들의 막사에 닿을 때까지는 어느 한 사람도 다른 다나오이 편의 사람에게 들키지도 눈치채이지도 않게 하라."

이렇게 말하니 신들의 사자인 아르고스의 살인자 헤르메스도 곧 알아듣고 얼른 발에 아름다운 황금 신을 신으니, 바로 이 샌들이 물 위나 또 끝없는 뭍 위를 휙 부는 바람의 입김을 따라 그를 데려다주었다. 게다가 지팡이를 들었는데, 이것은 버릇없는 인간의 눈을 어지럽혀 잠들게 하기도 하고, 거꾸로 잠자고 있는 것을 깨우기도 하는 도구였다. 이것을 두 손으로 받쳐들고 힘센 아르고스의 살인자는 재빨리 날아가 곧 트로이와 헬레스폰토스에 이르자, 그곳의 젊은 귀공자 같은 모습으로 바꾸어 나아갔다. 수염이 갓 나기 시작한 젊음의 꽃이 유난히도 향기로운 젊은이의 모습으로.

한편 두 사람은 일로스의 커다란 무덤 옆을 지나서 수레를 몰고 나간 뒤, 노새의 수레와 마차를 스카만드로스 강가에서 멈추었다. 말들에게 물을 먹이기 위해, 또 어둠이 대지 위에 내렸기 때문이기도 했다. 그때 마침 가까이 다가온 헤르메스를 전령이 보고 알아채 프리아모스에게 큰 소리로 말했다.

"다르다노스의 후예인 왕이시여, 조심하십시오. 주의해야 할 일이 생겼습니다. 어떤 사나이가 보이는데, 우리를 죽일지도 모릅니다. 그러니 자, 마차를 몰아 빨리 달아나십시다. 그렇지 않으면 저 사나이의 무릎에 매달려 사정해 보십시오."

이렇게 말하자 늙은 왕의 마음은 내려앉고 가누지 못할 두려움에 사로잡혀, 굽은 손발의 털도 거꾸로 일어서고 담도 오므라들어 멍하니 서 있었다. 이때 도움의 신이 가까이 다가와 늙은 왕의 손을 잡고 말했다.

"이처럼 말과 노새를 급히 몰고 어디로 가시는 건가요, 영감님? 모두들 잠이 든 이 신성한 밤에 말이오. 그 기고만장한 군대가 당신은 두렵지 않으십니까? 당신의 적들이 가까이 있는데도 말입니다. 빠른 밤의 어둠을 타고 한 사람이라도 이처럼 많은 보물을 가지고 있는 당신을 보게 된다면 어떻게 하시려고요? 당신은 젊지 않은 데다 함께 있는 사람도 만일 저쪽에서 달려들면 그들을 쫓아버리기엔 너무 나이가 많습니다. 그러나 아버지 같은 생각이 들어 나는 절대로 해도 끼치지 않고 다른 사람에게서 당신을 지켜드리겠습니다."

이에 신으로도 보일 늙은 왕 프리아모스가 말했다.

"그건 그렇소, 젊은이, 그대가 말한 대로요. 아직도 어느 분인지 신들 가운데는 도움의 손길을 뻗쳐주는 분이 계셔서 이처럼 훌륭한 나그네를 만나게 해주신 것 같소. 예감이 좋구려. 당신은 풍채도 모습도 훌륭한 데다 재치도 그만한 것이 아마 훌륭한 어버이를 모셨겠지요."

그러자 신들의 전령인 아르고스의 살인자 헤르메스가 말했다.

"노인이여, 그대의 말은 진실로 모두 도리에 맞습니다. 자, 분명히 말씀해 주세요. 정말로 이렇게 많은 훌륭한 보물을 가지고 어디로 가시는 길인지요? 이 보물들을 안전하게 지켜줄 이방인에게 가져가는 것입니까? 아니면 그처럼 뛰어난 용사 헥토르가 죽었기 때문에 이제 모든 사람이 거룩한 일리오스를 두려워하고 저버리는 것인지요? 그대의 아들은 아카이아군과의 싸움에서 조금도 뒤떨어지지 않았었는데."

이번에는 신으로도 보일 늙은 왕 프리아모스가 대답했다.

"도대체 당신은 어떤 분이며, 어떤 훌륭한 부모에게서 태어났기에 가련한 내 아들의 운명을 그리도 잘 아시나요?"

그러자 신들의 사자인 아르고스의 살인자가 말했다.

"나를 시험하실 셈이군요, 영감님. 용감한 헥토르에 대해서 물으시는 걸 보니. 전사에게 명예를 주는 싸움에서 자주 그를 이 눈으로 보았습니다. 함선들이 있는 진영으로 밀어닥쳐 아르고스군을 날카로운 청동으로 쳐 죽이고 베어 눕히고 했을 때에도, 아킬레우스가 아트레우스의 아들 아가멤논에게 원한을 품고 우리에게 출진을 허락하지 않아서 우리는 탄복하면서 내내 서 있었습니다.

나는 그분의 시종으로서 튼튼하게 만든 함선을 타고 온 사람, 미르미돈족의 태생으로 아버지의 이름은 폴뤽토르라고 하지요. 아버지는 부유하며 당신과 같은 노인으로 아들 여섯 명이 있습니다. 나는 그 일곱째 아들로 형제들 가운데에서 내가 제비를 뽑아 종군하여 지금 배가 놓인 데서 이 들판으로 막 온 사람입니다. 내일 아침 일찍부터 눈을 번득이게 하는 아카이아군은 성을 둘러싸고 전투를 벌이게 될 테니까요. 가만히 앉아 있는 것에 싫증이 난 아카이아 군의 장수들도 이제는 군사들을 싸움을 하지 못하게 막을 수 없어서 그렇습니다."

그러자 신으로 보일 늙은 왕 프리아모스가 대답했다.

"만일 정말로 펠레우스의 아들 아킬레우스의 시종이라면, 어디 사실대로 좀 말해주구려. 내 자식이 아직 함선들 옆에 눕혀져 있는지, 그렇잖으면 아킬레우스가 팔이고 다리고 찢어 제 개들에게 주었는지를."

그러자 신들의 전령인 아르고스의 살인자가 말했다.

"영감님, 아니, 절대로 그분만은 개들이나 들새들도 먹으러 달려들지 않은 채 아직 그대로의 모습으로 아킬레우스의 함선 옆 막사 안에 눕혀져 있습니다. 벌써 놓아둔 지 열이틀째나 된 아침인데도 살갗이 조금도 썩지 않았을 뿐더러 구더기도 생기지 않았습니다. 전쟁터에서 싸우다 죽은 사람에게는 구더기가 꾀는 법인데도 말입니다. 빛나는 아침 햇빛이 쏟아질 때마다 아킬레우스는 그 시체를 끌고 자기 친구의 무덤 주위를 돌았지만, 절대로 몰골이 사납게 되지 않았습니다. 직접 가서 보시면 아마 틀림없이 놀라실 겁니다. 그 잠자는 모습은 싱싱하고 핏자국도 말끔히 닦여 조금도 꼴사납게 보이지 않습니다. 꽤 많은 사람들이 몰려들어 몸뚱이를 청동으로 찔렀건만 그 상처도 모두 다 아물었습니다. 축복받은 신들께서는 용감한 아드님을 시신이 되고 나서도 걱정해 주시고 마음으로부터 무척 사랑해 주시는 것입니다."

이렇게 말하자 늙은 왕은 기쁘게 생각하고 말을 받았다.

"젊은이여, 불사의 신들에게 예의를 갖춘 제물을 바친다는 것은 정말 좋은 일이오. 내 아들도—그 주검이 정말 내 아들이라면—올림포스에 계시는 신들을 결코 잊은 적은 없었다오. 그렇기 때문에 지금 이렇게 죽음의 운명에 떨어졌을 때에도 기억해 주시는 것으로 압니다. 아무튼 그럼 자, 이 훌륭한 잔을 내 손에서 받아 내 몸을 지켜도 주고, 또 신들의 가호 아래 펠레우스 아들의 막사에 닿을 때까지 안내해 주지 않으려오."

그러자 신들의 전령인 아르고스의 살인자가 말했다.

"노인이여, 내가 젊다고 하여 그대는 나를 떠보실 셈이군요. 그러나 아킬레우스 몰래 선물을 받으라고 말씀하셔도 그것은 받을 수 없습니다. 주인의 것을 훔쳐 가지는 것은 나로서는 마음으로 두려워하여 삼가는 것입니다. 나중에 재난이 덮쳐서는 안 되니까요. 하지만 당신을 모시는 거라면 나는 세상에 이름 높은 아르고스에라도 함께 가겠습니다. 당신이 빠른 함선을 타고 가시든지 걸어서 가시든지 이 동행을 깔보고 싸움을 걸어올 사람은 없을 것입니다."

이렇게 말하고 도움의 신 헤르메스는 마차 위로 뛰어올라와 곧 가죽 채찍과 고삐를 두 손에 들고 말들과 노새들에게 힘을 불어넣었다. 그리하여 배 둘레의 망루가 늘어선 호에 닿자, 마침 호위병들은 저녁 준비를 하고 있었는데, 신들의 전령인 아르고스의 살인자는 그 사람들에게 모두 잠을 쏟아부었다. 그러고는 빗장을 밀어 문을 열고, 그 안으로 프리아모스와 수레에 실은 훌륭한 선물들을 가지고 들어갔다.

마침내 펠레우스의 아들인 아킬레우스의 막사에 도착했다. 지붕이 높은 이 막사는 미르미돈의 일족이 군주를 위해서 단풍나무를 베어 지은 것으로, 그 지붕은 목장에서 솜털처럼 부드러운 이엉감의 억새를 베어와 이은 것이다. 그 둘레에는 군주를 위해서 말뚝을 촘촘히 박아 안뜰 울타리를 만들고, 출입문에는 단풍나무로 만든 단 하나의 빗장이 있을 뿐이었다. 그러나 이 빗장은 아카이아 사람 셋이 달려들어야 겨우 걸 수 있고, 이 문의 커다란 빗장을 빼기 위해서도 세 사람은 덤벼들어야 하는 것을 아킬레우스는 혼자서 움직이고 있었다.

그런데 이때는 도움의 신 헤르메스가 늙은 왕을 위해서 문을 열고 발이 날쌘 펠레우스의 아들에게 바칠 훌륭한 선물을 실은 마차를 들여놓고는, 마차에서 땅으로 뛰어내려 큰 소리로 말했다.

"노인이여, 여기까지 온 나는 불사의 신 헤르메스인데, 그대를 호위하도록 아버지가 나를 보낸 것이다. 이제 나는 여기에서 돌아가겠다. 아킬레우스의 눈앞에는 나타나지 않겠다. 불사의 신으로서 언젠가 죽게 될 인간을 데리고 있으면 다른 원한을 사게 될 테니까. 그러니 그대는 들어가서 그의 마음을 흔들고 펠레우스 아들의 무릎을 붙들고 늘어져 그의 아버지와 머리털이 고운 어머니, 또 그들의 자식을 내세워 여러 가지로 사정해 보라."

이렇게 말하고 헤르메스는 그대로 높이 솟은 올림포스로 떠났다. 프리아모스는 마차에서 땅으로 뛰어내리고, 이다이오스는 그대로 거기에 남아 말과 노새들을 지키게 했다. 한편 늙은 왕은 곧장 막사를 향해 나아갔다. 거기에는 평소 제우스가 아끼는 아킬레우스의 처소가 있었다. 그리하여 들어가니 그가 보이고, 조금 떨어져서 부하들이 앉아 있었다. 용사인 아우토메돈과 군신 아레스의 벗인 알키모스가 군주 옆에 앉아 부지런히 거들고 있었다. 막 식사가 끝난 참인지라 식탁이 아직 놓인 채였다.

그 사람들에게도 키가 큰 프리아모스는 눈치채이지 않고 들어왔다. 그러고는 아킬레우스 바로 옆에 서서 두 손을 내밀어 그 무릎을 잡고, 수없이 많은 전사들을 죽인, 게다가 자신의 많은 자식들을 죽인 그 손에 입을 맞추었다. 그때 아킬레우스는 마치 어떤 이가 무서운 미망에 사로잡혀 고향에서 사람을 죽이고 낯선 땅의 부잣집으로 피신하게 되면 그가 누구인지 알아차린 이들은 누구나 깜짝 놀라듯이, 그처럼 신으로도 잘못 볼 프리아모스가 눈앞에 있는 것을 보고 놀라니, 다른 이들도 모두 놀라 서로 눈짓을 나눌 뿐이었다. 그런 가운데서도 프리아모스는 아킬레우스에게 간절한 기원을 담은 말을 건넸다.

"아버지를 생각해 보십시오. 신과도 견줄 아킬레우스여. 꼭 나처럼 늘그막에 접어드신 아버지, 그 화와 재난을 막아주려는 이가 한 사람도 없다는 것 때문에 그 어른도 어쩌면 주위에 사는 가까운 이웃 사람들이 괴롭히고 있을지 모르니까요. 그래도 아버지께서는 당신이 살아 있다 듣고 마음속으로 기뻐하며 날마다 언젠가는 사랑하는 아들이 트로이에서 돌아오는 것을 맞을 수 있으려니 기대하고 계실 것입니다.

그런데 나는 그 얼마나 불행한 사람인지, 이 넓은 트로이에서 남달리 훌륭한 자식을 두었으면서도 그 무슨 일인지, 이제는 하나도 남지 않았습니다. 아카이아군이 쳐들어왔을 때에는 쉰 명이나 있었는데, 그 가운데 열아홉 명까지는 한 배에서 태어난 자식들이고, 다른 자식들은 모두 다 집안 여인들이 낳은 아이들입니다.

그 대부분은 기세도 대단한 군신이 무릎을 부러뜨려 놓으셨습니다. 그 가운데서도 유달리 소중한 아들, 그 몸 하나로 도시를 지켜준 자식을, 당신은 바로 얼마 전에 조국을 지키기 위해 싸우는 그를 죽이셨습니다. 헥토르를 말입니다. 그래서 지금 나는 아카이아군의 진영을 찾아온 것입니다. 당신에게 몸값을 치르고 찾아가려고 많은 선물들을 날라왔습니다.

그러하니 제발 신들을 두려워하시고, 아킬레우스여, 또 아버지를 마음에 생각하시고 이 몸을 가엾게 여겨주십시오. 나야말로 정말 가엾은 자이니. 정말로 이 세상에 태어난 사람이 아직 겪어본 적 없는 것을 나는 참고 견뎌내고 있소. 내 아들들을 죽인 전사의 얼굴에다 손을 내밀고 있으니 말이오."

이렇게 말하여 아킬레우스에게 제 아버지를 위해 울고 싶은 마음을 일으켰다. 그래서 그는 늙은이의 손을 잡고 살며시 밀어제쳤지만, 둘은 저마다의 생각으로 돌아갔다. 한쪽은 전사를 죽이는 헥토르를 생각하고 아킬레우스의 발밑에 엎드린 채 한참 통곡하니 아킬레우스도 제 아버지를, 어떤 때는 또 파트로클로스를 생각하고 슬퍼하는데 그 울음소리가 온 집 안에 가득했다.

용맹한 아킬레우스는 실컷 울어 배 밑바닥에서도 손발의 힘줄에서도 슬픈 마음이 떠나자, 곧 의자에서 일어서더니 늙은이의 손을 잡고 일으켜 세우며 하얗게 센 그의 머리털과 새하얀 수염에 연민의 정을 느끼고 큰 소리로 정중하게 말을 건넸다.

"아, 불쌍한 분, 정말로 무서운 불행을 마음에 참고 견뎌왔구려. 어쩌면 그렇게 혼자서 대담히도 아카이아군의 진영까지 찾아오셨소. 게다가 또 많은, 그리고 훌륭한 자식들을 죽인 그 사내의 눈앞에 나타나다니, 당신의 심장은 강철로 만들어진 것이오? 자, 이 의자에 앉으시오. 괴로움이 아무리 견딜 수 없는 것일지라도 잠시 동안 가슴속에 덮어두기로 합시다. 몸을 얼어붙게 하는 통곡과 슬픔도 결국은 아무런 소용도 없는 것이니까. 이처럼 신들이 비참한 인간들에게 운명의 실을 꼬아놓아서 말이오. 괴로워하면서 살아가도록. 하지만 신들은 아무런 어려움도 가지지 않았소.

듣기로는 제우스 궁의 넓은 거실에는 두 개의 병이 놓여 있는데, 그것에는 인간들에게 내려줄 것들이 담겨져 있다는 것이오. 그 하나에는 온갖 화(禍)가, 또 하나에는 행복이. 그리하여 번갯불을 던지시는 제우스가 이 두 가지를 섞어서 보낸 인간은 때로는 불행을 만나기도 하지만, 또 때로는 행복한 경우도 만나겠지요. 그러나 화만 보낸 사람은 남에게 얕잡히도록 정해져 있는 것이오. 그런 자는 줄곧 심한 굶주림에 쫓겨 거룩한 땅 위를 방황하고, 신들은 물론 인간들에게서도 천대를 당하며 정처없이 떠돌아다니게 되지요. 그처럼 펠레우스에게도 신들이 태어날 때부터 부나 행복으로 이 세상의 모든 인간들보다 뛰어나게 하고, 미르미돈족을 군주로서 다스려 오게 했소. 게다가 또 죽을 인간의 몸이면서 여신을 아내로 주신 것이오.

그런 그에게까지 신께서는 화(禍)를 더했소. 그것은 왕위를 이을 친자식이 온 집안에 아무도 태어나지 않고 단 한 사람 태어난 자식인 나는, 참으로 일찍 죽어 나이 들어가는 아버지를 모실 수도 없기 때문이오. 이처럼 고향에서 멀리 떨어진 트로이에서 당신과 당신 자식을 괴롭히며 날을 보내고 있으니.

늙은 왕이여, 당신도 전에는 영화로웠었다고 들었소. 위로는 마카르의 영지였다는 레스보스 섬에서 뭍 안은 프리기아까지, 한편으로는 끝없는 헬레스폰토스가 구획 짓는 모든 마을에서 부유함으로나 또 좋은 아들을 가진 것으로나 당신을 넘어서는 인간은 볼 수 없었다고 말이오. 그런데 이제 이 화를 하늘의 신들이 보내고 나서는 줄곧 도시를 에워싸고 전쟁이니 살육이니 하는 따위뿐이오. 그렇더라도 먼저 참고 별수 없는 일로 생각하고 그리 슬퍼하지 마오. 그러니 이제 와서 새삼스레 용감했던 아들 헥토르 때문에 상심해도 무슨 소용이 있겠소. 또 되살아나게 하기 전에 다른 화가 떨어질지도 모를 일을 가지고."

이에 신으로 보일 늙은 왕 프리아모스가 말했다.

"헥토르가 아직 막사 속에 버려져 있는 동안은 제발 나를 앉히려고는 하지 마십시오. 제우스의 비호를 받는 아킬레우스여, 그것보다도 될 수 있는 대로 빨리 내 눈으로 가까이 볼 수 있게 돌려주시고, 당신도 가지고 온 많은 몸값의 물건을 받아주시지 않겠습니까? 그러면 당신은 그 물건을 받아서 고향으로 돌아가실 수 있을 것입니다. 나를 한번 용서한 이상, 내가 오래 살아서 햇빛을 우러를 수 있도록 말입니다."

그러자 그를 노려보며 발이 날쌘 아킬레우스가 말했다.

"이제 와서 나를 성나게 하지 마오, 노인이여. 나도 헥토르를 돌려주려고 생각하고 있으니. 그것도 제우스에게서 심부름꾼으로 나를 낳은 어머니, 그 바다의 늙은이 네레우스의 딸 테티스가 찾아오셨기 때문이오. 또 당신에 대해서도 충분히 알고 있소. 나도 어느 신인가가 아카이아군의 빠른 배가 있는 데까지 안내해 온 것을 잘 알고 있습니다. 아무리 객기를 부리는 사내이기로 정말이지 죽을 인간의 몸으로 이 진중까지 대담히 올 사람은 없을 것이오. 특히 초병의 눈을 피할 수도 없을 것이고, 쉽게 우리 군의 막사 문 빗장도 풀지 못할 것이오. 그러니 지금 이 이상으로 괴로워하는 내 마음은 잡아 흔들지 않는 것이 좋소. 만일에라도 막사 안에서 기원자로서 온 당신까지 내가 손을 대어 제우스의 명령까지 거슬러서는 안 되니까."

이렇게 말하자 늙은 왕도 크게 놀라 그 말을 따랐다. 그리고 펠레우스의 아들은 막사 밖으로 수사자처럼 뛰어나갔는데, 함께 따라간 사람은 아우토메돈과 알키모스로, 둘 모두 아킬레우스가 부하 가운데서는 죽은 파트로클로스 다음으로 중히 여기던 사람들이었다. 그리하여 멍에 밑에서 말들과 노새들을 풀어주고 나서 늙은 왕을 따라온 전령을 막사 안으로 데리고 들어가 의자에 앉히는 한편, 튼튼한 바퀴의 테를 메운 수레에서 헥토르의 몸값인 많은 값진 물건들을 내리려 했다. 그런데 베 두 필과 곱게 바느질이 된 겉옷만은 수레 위에 남겨두어 그것으로 시신을 잘 싸서 가지고 돌아가게 할 생각이었다.

그러고 나서 만일에라도 프리아모스가 자식의 모습을 보고 너무도 마음이 아파 분함을 억누르지 못하게 되고, 아킬레우스 쪽에서도 마음이 어지러워져 왕을 죽이기라도 하여 제우스의 명령을 거슬러서는 큰일이기 때문에, 시녀들을 불러내 그의 눈에 띄지 않도록 보이지 않는 곳으로 시신을 가지고 가서 씻고 기름을 발라두도록 명령했다. 그리하여 헥토르를 시녀들이 씻어 기름을 바르고자, 그 몸에 아주 깨끗한 옷과 겉옷을 입혀 싸니 아킬레우스가 몸소 손을 뻗어 안아 올려서 침상에 눕혔다. 그것을 시종들이 들어 올려 잘 닦인 수레에 싣자, 아킬레우스는 그때 크게 한숨지으며 사랑하는 벗의 이름을 불렀다.

"파트로클로스여, 절대로 나를 실망스럽게 여기지 말라. 그대가 명왕의 집에 있으면서 내가 헥토르를 사랑하는 아버지에게 돌려주었다고 듣더라도. 그것은 절대로 치욕이 되지 않을 만한 몸값을 받고서 한 일이니까. 이번에는 그것을 그대에게 다시 충분히 알맞을 만큼 나눠 줄 터이니."

이렇게 말하고 막사 안으로 돌아간 용감한 아킬레우스는 방금 일어섰던 훌륭하게 꾸민 침대 의자에 앉더니 맞은편 벽 아래 있는 프리아모스에게 말을 건넸다.

"자, 이제 아들은 돌려드렸소, 노인이여. 바라신 대로. 지금은 수레 위에 눕혀져 있으니까 아침 빛이 비치기 시작하면 당신들이 직접 데리고 갈 때 볼 수 있을 것이오. 그런데 지금은 먼저 저녁을 들기로 합시다. 그 고운 머리카락의 니오베가 열두 자식들을 집 안에서 잃었다는 그때도 식사는 잊지 않았소. 그 가운데 여섯은 딸이고 여섯은 또 한창때의 아들이었소. 아폴론이 니오베에게 화를 내시어 그 아들들을 은궁의 화살로 죽이셨소. 또 딸들은 화살을 퍼부으시는 아르테미스가 죽였던 것이오. 니오베가 예쁜 볼의 여신 레토에게 자기를 견주어서, 여신은 자식이 둘뿐인데 자기는 자식을 많이 낳았다고 자랑했기 때문이었소. 그래서 레토의 자식인 두 신이 모두를 죽이신 것이오.

그 자식들은 아흐레 동안 살해당한 채 내팽개쳐지고 아무도 장사를 지내는 자도 없었기 때문에, 그 마을 사람들을 크로노스의 아들 제우스가 돌이 되게 했소. 그래서 열흘째 되어 하늘에 계시는 신들이 장사를 지내신 모양인데, 그 니오베도 눈물을 흘리며 지쳐 쓰러져서는 식사를 생각했던 것이오. 지금은 그것이 호젓한 산속 바위 속에, 즉 시필로스 산에, 아켈로오스 강 언덕을 거니는 요정들의 잠자리가 있다는 곳에 있는데, 돌이 되어서까지 신들이 보내신 고난을 원망한다는 이야기요.

그러니 자, 거룩한 영감. 우리도 마음을 돌려 식사를 합시다. 그러고 나서 사랑하는 아들을 일리오스로 데리고 가서 슬퍼하여 통곡함이 어떻소? 정말로 실컷 눈물을 흘리실 테지만."

이렇게 말하고는 발이 날쌘 아킬레우스가 훌쩍 일어서더니 새하얀 양의 목을 잘랐다. 그러자 부하들은 그 가죽을 벗겨 정해진 대로 잘 잡아서 솜씨 좋게 살코기를 잘게 썰어 꼬챙이에 꿰더니, 정성스레 잘 구워 모두를 불에서 내렸다. 그동안에 아우토메돈이 빵 따위를 예쁜 바구니에 담아 식탁에 몫몫이 나누어 내자, 아킬레우스는 살코기를 잘라 모든 사람에게 나누어 주었다. 그러고 나서 사람들은 눈앞에 잘 차려 내놓은 반찬에 손을 내밀어 식사를 했다.

이처럼 마음껏 먹고 마시고 나자, 다르다노스의 후예인 프리아모스는 찬찬히 아킬레우스를 바라보고는 그 체격이고 모습이고 자못 신이나 다름없는 데에 감탄했다. 한편 아킬레우스도 다르다노스의 후예 프리아모스의 고상한 모습을 보고 말재주를 듣더니 그 귀인스러움에 탄복했다. 이같이 서로 실컷 바라보고 나서 누구보다 신으로도 보일 늙은 왕인 프리아모스가 이야기를 꺼냈다.

"그럼, 어서 제우스의 비호를 받으시는 당신이 나를 잠자리에 들게 해주십시오. 서둘러 자리에 들어 즐거운 잠을 맛보도록. 당신의 손에 잡혀 내 아들이 목숨을 잃고 나서는, 아직 한 번도 이 눈이 눈썹 밑에 있으면서 감긴 밤이 없었을 뿐만 아니라 줄곧 울음으로 나날을 새고 지내며 수없는 번민에 괴로워한 끝에 안뜰 울의 진창에 몸을 뒹굴리기까지 했습니다. 이제 겨우 식사도 하고 반짝이는 술도 목으로 넘겼소. 정말로 여태까지는 아무것도 입에 넣지 못했습니다."

이렇게 말하니 아킬레우스는 전우들과 시녀들에게 명령해 두 손님의 잠자리를 주랑에 마련케 했다. 먼저 속에는 자줏빛 훌륭한 이불을 넣어 위에는 침대보를 펴고 부드러운 털 담요를 덮도록 준비를 명령하자, 시녀들은 횃불을 손에 들고 홀에서 나가 곧 잠자리를 마련했다. 그때 프리아모스에게 발이 빠른 아킬레우스가 재빠르게 말했다.

"그럼 이 방 안에서 주무시오, 노인. 혹시 아카이아군의 참모 가운데 누구라도 여기에 들어오면 안 되니. 그자들은 으레 있는 일이기는 하지만 줄곧 와서는 나와 의논하게 되어 있으니까. 만일 그 가운데 한 사람이 이 어두운 밤에라도 당신을 발견하면 곧 병사들의 통솔자인 아가멤논에게 알릴 것이오. 그러면 시신을 가져가는 데 무엇인가 문제가 일어나지 않는다고 확신할 수 없소. 그러니 나에게 똑똑히 이야기해 주오. 용감한 헥토르의 장례를 지내자면 며칠이나 걸릴 것인지. 그동안은 나 자신도 삼갈 것이고 병사들도 붙잡아 둘 터인즉."

그러자 신으로도 보일 늙은 왕 프리아모스가 말했다.

"정말로 용감한 헥토르의 장례를 무사히 치르게 해주실 생각이라면 이렇게 해주시오. 그렇다면 아킬레우스여, 얼마나 감사하겠소. 아시다시피 우리는 성안에 갇혀 있고, 장작은 먼 산속에서 구해오기 때문에 트로이 사람들은 무척 두려워하고 있습니다. 그러므로 아흐레 동안 시체를 집 안에서 애도하다가 열흘째에 땅에 묻고, 또 성안 사람들을 잔치에 초대하고 나서 열하루째에 그 묻은 위에 봉분을 짓겠습니다. 그리고 열이틀째에 어쩔 수 없다면 싸움을 다시 벌이기로 할까요?"

이번에는 발이 날쌘 용감한 아킬레우스가 말했다.

"그럼 그렇게 하지요, 프리아모스여, 당신이 말씀한 대로. 제의한 날 동안만, 그동안은 전쟁을 그만두기로 하겠소."

이처럼 말하고 늙은이가 마음속으로 두려움을 품지 않도록 오른 손목을 꽉 쥐었다. 그러고 나서 둘은 그대로 집 앞 홀에 누워 잠들었다. 전령과 프리아모스, 둘 모두 빈틈없는 사려를 가슴에 가진 이들이다. 또 아킬레우스는 튼튼히 지어진 막사 안에서 자고 있었는데, 그 곁에는 예쁜 볼을 지닌 브리세이스가 함께 잤다.

때문에 다른 신들은 물론 말총 술을 단 투구를 쓴 무사들도 편안한 잠에 완전히 취해 하룻밤 내내 자고 있었는데, 도움의 신인 헤르메스만은 잠들지 못하고 마음속으로 이리저리 궁리하고 있었다. 어떻게 하면 프리아모스를 거룩한 문의 문지기들에게도 들키지 않고 도망쳐 돌아가게 할까 하고 말이다. 그래서 그의 머리맡에 서서 이렇게 말했다.

"노인이여, 당신은 조금도 화를 걱정하지 않는 건가? 적들 가운데서 이처럼 잠들어 있다니, 아무리 아킬레우스가 용서했더라도. 지금은 많은 것을 가져다 주었기 때문에 사랑하는 아들의 시신도 되찾을 수 있었지만, 만일 당신이 사로잡힌다면, 아트레우스의 아들 아가멤논이나 아카이아군의 사람들 모두가 알아차렸을 경우에는 뒤에 남아 있는 자식들이 세 배 정도의 몸값을 치르지 않으면 안 될 것이다."

이런 말을 듣자 늙은 왕은 갑자기 두려움을 느끼고 전령을 흔들어 깨웠다. 그리하여 두 사람을 위해서 헤르메스는 말과 노새들을 멍에에 채우고 부랴부랴 손수 그 수레를 몰아 아카이아군의 진중을 달렸지만, 아무도 그것을 알아챈 자는 없었다.

마침내 불사의 신 제우스가 만들어 놓은 아름다운 흐름의 강가, 소용돌이 치는 크산토스 강의 나루터에 닿자, 그때 헤르메스는 높이 솟은 올림포스의 산으로 헤어져 가고, 사프란빛 옷을 걸친 새벽이 막 지상에 고루 빛을 던졌다. 둘이 도시를 향해서 슬픔의 소리와 신음 소리를 내면서 말들을 몰자, 노새들이 시신을 싣고 가는 것을 어느 한 사람도, 도시의 사나이들도, 아름다운 띠를 두른 여자들도 알아채는 사람은 없었다.

그것을 맨 처음 황금의 아프로디테와도 닮은 처녀인 카산드라가 알아보았다. 그녀는 성산 위에 올라가 있었으므로 전차에 서 있는 사랑하는 아버지와 성안에 포고령을 전하는 전령을 보았다. 그리고 노새가 끄는 수레 안에 누워 있는 사람을 알아보자 통곡하며 온 성 안에 대고 외쳤다.

"헥토르를 보시오. 트로이의 남자들도 여자들도 나와서. 한 번이라도 그가 생전에 전쟁에서 돌아온 것을 보고 기뻐한 적이 있거든. 도시에도 온 나라 사람들에게도 커다란 기쁨이었으니."

이렇게 말하니 남녀를 떠나 한 사람도 그대로 집에 틀어박혀 있는 이가 없었다. 너나없이 모두 억누를 수 없는 슬픔에 휩싸였기 때문이다. 그리하여 성문께로 가서 시신을 끌고 오는 왕을 마중했는데, 그 가장 앞에는 헥토르의 사랑하는 아내와 어머니인 왕비가 잘 만들어진 바퀴를 단 수레로 달려갔다. 그리고 그 사람의 머리에 손을 얹고 머리털을 쥐어뜯으며 슬피 울어댔다. 그것을 둘러싸고 서 있던 사람들도 울부짖는데, 어쩌면 정말로 하루해가 꼬박 서쪽으로 질 때까지 이렇게 성문 앞에서 눈물로 헥토르를 애도했을는지도 몰랐다. 만일 전차에서 늙은 왕이 사람들에게 이렇게 말하지 않았다면 말이다.

"자, 수레가 지나갈 수 있게 비켜라. 나중에 집으로 데리고 돌아가서 실컷 울 수 있을 테니까."

이렇게 말하니 사람들은 길을 비켜 수레를 지나가게 했다. 그래서 둘이 이름 높은 프리아모스의 왕궁 안으로 수레를 끌어들이자 헥토르의 시신을 훌륭한 조각이 새겨진 침상 위에 눕히고, 슬픈 노래를 부르는 노래꾼을 옆에 앉혔다. 그들이 애도의 노래를 부르니 그것을 뒤따라 여자들이 슬픔의 외침 소리를 울렸다. 그 사람들 맨 앞에 서서 흰 팔의 안드로마케가 무사들을 죽이는 헥토르의 머리를 팔로 받치면서 울며 원망했다.

"내 남편이여, 당신은 이토록 젊은데 벌써 이 세상을 떠나 나를 과부로 집안에 홀로 남겨두시다니. 아들도 아직 갓난아이인데, 친아버지인 당신도 나도 이처럼 불운한 몸이어서는 이 아이도 어른이 되기까지 도저히 크지 못할 것이오. 그 전에 이 도시는 뿌리째 온통 부서지고 말 것입니다. 그 수호자인 당신이 돌아가셨으니, 이제까지 도시를 지켜 나와 충실한 아내들과 아직 어린아이들을 보호하고 계셨는데.

여자들도 머지않아 속이 텅 빈 함선에 실려 끌려가게 될 것이오. 나도 함께. 그리고 내 아들아, 너도 나를 따라 그곳에서 천덕스러운 일에 부려먹힐 것이다. 인정머리 없는 주인 때문에 고생을 거듭하면서 말이야. 혹은 누군가 아카이아의 무사가 네 손을 잡아 망루 위에서 내던져 비참히 죽을지도 모른다. 틀림없이 제 형제나 아버지나 자식이 헥토르에게 살해당해 그것을 원망하고 있겠지. 꽤 많은 아카이아 사람들이 헥토르의 손에 잡혀 끝도 없는 대지 위에 죽어 쓰러졌다. 네 아버지는 절대로 잔인한 싸움터에서 순한 분은 아니셨다. 그래서 온 성 안의 사람들이 슬퍼하며 울어주는 것이며, 말 못할 울음의 눈물을 두 어버이에게도 흘리시게 하는 것이다.

헥토르 님, 그래도 가장 가누지 못할 괴로움은 내 것입니다. 당신이 돌아가시면서 침상에서 손을 내밀어 주시지도 않고, 마음의 준비를 할 중대한 말을 들려주시지도 않았기 때문입니다. 그것만 있으면 밤이나 낮이나 언제까지라도 생각해 내고는 눈물에 젖을 수도 있을 텐데."

이렇게 말하며 울부짖으니, 여자들은 그 뒤를 따라 슬피 울었다. 이어 이번에는 헤카베가 슬픔을 이기지 못하고는 소리 높여 말했다.

"헥토르야, 모든 자식들 가운데서도 내 마음에 가장 소중했던 너는 살아 있을 동안도 신들에게서 그토록 사랑받았는데, 이처럼 죽은 뒤까지 걱정해 주시는구나. 내 자식들은 몇이나 발이 날쌘 아킬레우스에게 붙잡혀 팔려 가기도 했다. 쓸쓸한 바다 저편의 사모스 섬과 임브로스, 화산의 연기가 자욱한 렘노스 섬 등으로 말이다.

그러나 네 목숨을 날카로운 청동의 날로 빼앗아서는 여러 차례나 네가 죽인 파트로클로스의 묘 둘레를 끌고 돌아다녔다는구나. 그래도 그를 되살아나게 하지는 못했다. 그런데 이 싱싱한 모습, 부르면 대답할 듯한, 이 집 안에 자고 있는 것은 마치 은궁을 가진 아폴론께서 친히 부드러운 화살을 쏘아 죽인 사람 같다."

이렇게 말하고 울부짖어 억누를 수 없는 비탄을 불러일으켰다. 그 뒤 세 번째로 헬레네가 여자들을 향한 슬픔의 외침을 선창했다.

"헥토르 님, 모든 시아주버니들 가운데서도 내 마음속에서 남달리 소중한 분이여, 내 남편은 신으로도 보일 알렉산드로스입니다. 그 사람이 나를 이 트로이로 데리고 왔지요. 아, 그 전에 죽을 수 있었으면 참으로 좋았을 것을! 고향을 버리고 그곳에서 떠나온 지 벌써 20년이 되었습니다. 그동안 당신에게서 한 번도 모진 말이나 심술 사나운 분부 등을 들은 적이 없을 뿐만 아니라, 누구건 집 안에서 다른 분이, 시아주버니들이건 시누이들이건 또는 훌륭한 옷을 입은 동서들이건 또는 의리가 있는 시어머니들이, 시아버지께서는 아버지와 마찬가지로 언제나 상냥한 분이시지만, 혹 나를 나무라시기라도 했을 때, 당신은 늘 상냥한 마음씨와 부드러운 말로 그를 달래시고는 말려주셨습니다. 그래서 더욱 쓰라린 마음으로 당신을, 또 기구한 운명의 내 몸을 슬퍼하는 것입니다. 이제 달리 아무도 이 넓은 트로이에서 부드러운 분도 정다운 사람도 없고, 모두가 나를 미워하며 싫어하니 말입니다."

이렇게 말하며 슬퍼하니 수없는 도시 사람들도 잇따라 통곡했다. 늙은 왕 프리아모스는 모든 사람에게 말을 건넸다.

"그럼 이제부터 트로이 사람들이여, 장작을 도성으로 날라오라. 하지만 아르고스군이 물샐틈없이 잠복하고 있겠거니 하며 걱정할 것은 없다. 아킬레우스가 검은 함선에서 나를 보낼 때 열이틀째 아침이 될 때까지는 절대로 방해하지 않겠노라고 약속했으니까."

이렇게 말하니 모든 사람은 수레 밑에서 소와 노새들을 멍에에 메우고 나서 곧 도성 앞에 모여들었다. 이리하여 아흐레 동안 모두 많은 장작을 날라오고, 드디어 열흘째 세상 사람들에게 밝은 빛을 가져다주는 새벽이 밝았을 때, 바로 그때 사람들은 용감했던 헥토르를 눈물로 장송하여, 쌓아올린 장작의 맨 위에 시신을 놓고 불을 거기에 던졌다. 그리고 이튿날 아침 꼭두새벽에 태어나 장밋빛 손가락을 뻗치는 놀이 나타났을 때, 이름난 헥토르의 장작더미 둘레에 병사들이 모여들었다.

사람들이 모두 모였을 때, 먼저 아직 타오르고 있던 불길을 반짝이는 술을 부어 완전히 껐다. 그러고 나서 이번에는 하얗게 된 뼈를 형제들이며 사이가 좋았던 벗들이 구슬 같은 눈물을 흘리면서 그러모았다. 그 뼈를 한데 모아 황금 항아리에 담아놓고 부드러운 자줏빛 천을 완전히 덮어씌웠다. 그러고 나서 곧 넓고 텅 비도록 판 구멍에 넣어, 그 위에서 틈이 없게 가득 커다란 돌을 올리고는 흙을 쌓아 올려 봉분을 지었다. 둘레 사방에는 파수꾼을 두어 훌륭한 정강이받이를 댄 아카이아군이 모든 일이 끝나기 전에 몰려오지 않도록 망을 보게 했다.

이렇게 해서 묘를 쌓고 나자 사람들은 성안으로 돌아갔다. 그런 뒤 모두 모여 제우스의 비호를 받는 군주 프리아모스의 집에서 특별히 훌륭한 잔치 대접을 받았다. 이렇게 사람들은 말을 길들이는 헥토르의 장례를 치러낸 것이다.

그리스 정신의 문호
호메로스(Homeros)

호메로스 문학 그리스 정신

호메로스(Homeros)는 그리스의 가장 오래된 위대한 서사시 《일리아스》와 《오디세이아》의 지은이라 전해지는 시인으로서, 그의 생애는 짙은 안개 속에 쌓여 있다. 그가 후대 시인들과는 달리 자기 자신에 대해서 아무런 언급도 하지 않고 있기 때문이다.

그가 태어난 해와 죽은 해도 정확히 알려진 바 없으며, 위로는 트로이 전쟁(고대 그리스인의 계산에 따르면 기원전 1159년에 해당한다)과 같은 시대라는 설부터, 그 400년 뒤라는 설(헤로도토스 《역사》 제2권 149장)을 거쳐, 기원전 686년이라고 보는 테오폼포스(기원전 378년쯤 그리스 역사가)의 설에 이르기까지 여러 가지가 있다.

하지만 기원전 8세기쯤 만들어졌다고 알려진 트로이 이야기 속에서 호메로스가 다루지 않은 부분을 노래한 몇 편의 서사시가 벌써 그의 작품을 바탕으로 하고 있으며, 기원전 7세기 첫무렵 이오니아의 시인 칼리노스가 호메로스를 서사시 《티바 이야기》의 저자라고 말하고 있는 점으로 미루어, 그가 살았던 시대는 기원전 800년 즈음으로 보아도 좋을 것이다. 또한 호메로스 시에서 나타나는 언어학적 변화나 시에서 다루는 사물 등이 기원전 800년보다 나중 시대에 속한다는 점에서, 그가 활약한 시기는 기원전 8세기 전후였던 것으로 추정된다.

호메로스가 태어난 곳에 대해서도 소아시아의 스미르나, 키오스, 콜로폰, 펠레폰네소스의 필로스와 아르고스, 아테네, 로도스, 이타케, 이오스 등이 언급되고 있지만 정확하게 알 수는 없다. 다만 트로이에 대한 지리적인 지식이 풍부하다는 점과 시에 쓰인 언어(주로 이오니아 방언)로 미루어 볼 때, 시에 등장하는 이오니아 지방(오늘의 터키 서해안 중앙부)과 깊은 인연이 있었음을 짐작할 뿐이다.

호메로스(?~?) 그리스의 서사시인

호메로스라는 이름은 '지시자' 또는 '동지'라는 뜻이라 주장되기도 했고, 한때 사람의 이름이 아니라 예술적으로 통일되고 완성된 서사시의 전형이라 여겨지기도 했다. 하지만 처음에 그의 이름은 멜레스(Meles) 강에서 태어났다는 의미에서 멜레시게네스(Melesigenes)라 했으며, 나중에 호메로스('인질'이라는 뜻)로 불렸다고 한다.

여기에 덧붙여 호메로스는 나이가 들어 눈이 멀었다는 이야기가 전해지는데, 호메로스라는 이름의 어근을 따져보면 눈이 멀었다는 뜻을 담고 있기도 하다. 또한 《오디세이아》에 나오는 눈먼 악사 데모도코스를 그의 원형으로 보는 데 그 근거를 두기도 한다.

《일리아스》에서는 아이네이아스라는 트로이의 영웅이 등장한다. 그는 트로이 왕가의 정통성을 이어가는 인물로, 정통이 아닌 트로이 왕 프리아모스보다 더 높은 신분으로 그려진다. 또한 제20장에서는 프리아모스 왕족이 무너진 뒤, 아이네이아스와 그 자손들이 트로이를 지배하게 되리라는 신의 예언이 나온다. 아이네이아스와 그의 신하들은 다르다니아인으로 불린 트로이인들과는 다른 대우를 받았고, 트로이가 그리스군과 맺은 휴전조약을 어겼을 때는 그 책임이 트로이인과 루키아 원군에게 있다고 말한다. 이는 아이네이아스와 다르다니아인의 명예를 훼손시키지 않으려는 배려라고 볼 수 있다. 한편 기원전 8세기 즈음에 트로이 지방은 아이네이아스 왕족의 후손들이 다스리고 있었다. 이러한 역사적인 사실을 통해서, 호메로스가 이 왕가를 칭송하기 위하여 자신의 시에서 그들의 선조 아이네이아스에 대한 예언을 노래하고, 아이네이아스를 프리아모스 왕족보다 높인 게 아닌가 하는 추측을 해볼 수 있다. 즉 호메로스가 기원전 8세기 무렵의 트로이 왕가와 가깝게 지내던 사람, 예를 들어 왕궁을 섬기던 시인이었으리라는 짐작을 해볼 수 있다.

《뉘른베르크 연대기》에 실린 호메로스(1493)

새로운 인간상과 가치관을 그리다

호메로스 시대는 그의 시에서 알 수 있듯이, 트로이 전쟁(기원전 13세기)이 일어난 지 500년 뒤인 기원전 8세기이다. 이는, 트로이 전쟁이 끝나자마자 북방의 도리스인들이 그리스 본토로 쳐들어오는 바람에('헤라클레스 자손의 귀환'이라 불린다) 소아시아 서해안 일대로 도망가게 된 그리스인들이 그곳에서 차츰 번영을 이루고 새로운 발전을 시작한 시기이기도 했다.

도리스인의 침략을 피해 소아시아에서 새로운 세상을 꿈꾸던 그리스인들은 '금빛 찬란한 미케네'로 불렸던 지난날 왕국의 영화와 강국 트로이를 무너뜨린 선조들의 영광을 한순간도 잊을 수 없었다. 새로운 땅에서 가난하고 고통스러운 삶을 살았기 때문에, 찬란했던 과거가 더 그리웠는지도 모른다. 특히 그들이 머물던 지역 근처에는 트로이 유적이 있어서, 실제로 그것을 본 사람들은 과거를 더욱더 그리워하게 되었을 것이다.

호메로스 시대에 《일리아스》나 《오디세이아》 같은 대서사시를 쓸 수 있었던 원동력은, 위대했던 선조들의 영광에 대한 강한 동경이기도 했다. 이러한 배경 아래 호메로스의 영웅들은 미케네 시절의 황금, 은, 청동으로 만든 무구(武具)를 몸에 두르고, 말이 끄는 전차를 몰아대는 등 오늘날과는 비교가 안 될 만큼 강력한 힘을 지니고 있었다. 그러나 한편으로는 신전, 화장(火葬), 철기, 밀집전투대형, 디감마(F, 영어의 w음에 해당하는 것)의 소실 등 문화적·역사적·언어학적으로 새로운 요소들도 받아들이게 된다.

호메로스는 기본적으로 귀족사회에 속한 인물이었으리라 짐작되는데, 이는 《일리아스》에서 되풀이되는 전투장면 묘사를 통해서 알 수가 있다. 영웅들은 명예를 무엇보다 중요시하기 때문에 바로 그 명예를 걸고 용감하게 싸운다. 그들은 온갖 고난과 죽음을 두려워하지 않고 온 힘을 다해 오로지 명예만을 좇는다. 그들이 전투에서 언제나 맨 앞에 서는 것도 왕으로서 존경을 받기 때문이고, 죽을 운명인 인간에게는 오직 명예만이 영원토록 남는다는 믿음이 있기 때문이다. 물론 인간의 목숨은 한 번 잃으면 되살릴 수도, 돈 주고 다시 살 수도 없다고 생각하는 아킬레우스와 같은 영웅이 있는 것도 사실이다. 과거에 그는 어머니로부터 "만일 트로이에 머문다면 목숨을 잃겠지만 영원히 남을 명예를 얻을 것이고 만일 고향으로 돌아간다면 명예는 얻을 수 없지만 목숨은 오래도록 이어갈 수 있을 것이다"란 예언을 듣고는 내일이라도 곧바로 고향에 돌아가야겠다고 생각한다. 《오디세이아》에서는 저승에 오게 된 오디세우스에게 아킬레우스의 망령은 "죽은 자들 가운데서 왕이 되기보다는 땅도 없이 노예로 살아가는 한이 있어도 이승에서 살고 싶다"고 고백한다. 이처럼 호메로스적 인간은 햄릿처럼 고뇌하기보다는 의지에 행동을 담는다. 자신이 바라는 것을 얻기 위해 마땅히 대가를 치르고 행동한다. 때문에 그들은 철저히 현세적이고 그렇기에 인간적이다.

《일리아스》와 《오디세이아》에서는 영웅을 단순히 명예만을 따르는 자가 아니라, 가족과 공동체 일원으로 그리고 있다. 아킬레우스의 분노는 많은 그리스군 장병들과 그의 친구 파트로클로스를 죽음으로 몰아넣게 되고, 이로 인해 그 자신도 끝내 죽음을 맞게 된다. 트로이의 총대장 헥토르는 판단을 잘못하여 아킬레우스에게 죽임을 당하게 되고, 자신이 지켜온 가족들과 트로이의 모든 시민들을 파멸시키고 만다.

〈호메로스와 그의 길잡이〉 윌리앙 아돌프 부그로, 1874.

이처럼 영웅의 삶과 죽음을 가족과 공동체의 관점에서 다루고 있다는 사실은, 명예와 부를 최고 가치로 여기는 귀족적 가치관에 변화가 일어나고 있음을 나타낸다. 다시 말해 귀족사회의 가치관이 바뀌면서 마침내는 폴리스(도시국가)를 이루게 되는 변화의 징조를 호메로스의 시를 통해서 읽을 수가 있다.

이상화된 언어와 문체

호메로스 시대에는 그리스어를 표기하기 위한 문자로서, 페니키아 문자에서 비롯된 알파벳 문자가 그리스 사회에 급속도로 퍼지고 있었다. 그리스인들은 이미 미케네 시대에 원주민 문자에서 만들어낸 선(線)문자 B를 사용하고 있었는데, 이것은 그리스어를 표기하기에는 마땅치 않았고, 도리스인들에 의해서 미케네 문화가 파괴당하면서 끝내는 사라지고 만다. 한편 알파벳은 여러 방법들을 궁리한 끝에 그리스어를 표기하기에 알맞은 문자로 개량되었다.

그러나 이 시대에 문자 보급이 되었다고 해서, 호메로스가 반드시 문자만을 사용해서 창작했던 것은 아니었다. 《오디세이아》에 등장하는 시인 페미오스와 데모도코스는 둘 다 문자를 쓰지 않고 즉흥적으로 노래를 만들고 있다. 호메로스의 시가 이처럼 구전되는 즉흥시의 전통을 이어가고 있다는 사실은 이미 19세기에 언어와 문체를 조사하면서 밝혀졌고, 이와 관련된 연구는 20세기 들어 더 활발히 진행되었으며, 특히 밀먼 패리의 연구에 의해서 뚜렷한 발전을 이루게 되었다.

호메로스의 시를 읽으면 '발이 빠른 아킬레우스', '말을 길들이는 헥토르', '반짝이는 투구를 쓴 헥토르', '지혜가 뛰어난 오디세우스', '인내심이 강한 오디세우스', '구름을 모으는 제우스', '포도줏빛 바다', '바다를 건너는 배', '빠른 배' 등 신과 사람과 사물을 꾸미는 구(句, 에피테톤)가 많다는 사실을 쉽게 알 수 있다. 또한 집회를 여는 아킬레우스가 '발이 빠른'으로, 바닷가에 끌어올려진 배를 '바다를 건너는'으로 묘사한 것처럼, 꾸며지는 인물이나 사물이 실제 놓여 있는 상황과 반드시 일치하는 않는 경우도 많다.

이러한 수식어들은 문자 그대로 단순한 장식처럼 여겨졌는데, 패리는 이것들이 시 안에서 어떻게 사용되었는지를 조사해서 하나의 규칙이 존재한다는 사실을 찾아내었다. 즉 하나의 시행(詩行) 안에 있는 특정한 위치에는 어떤 특정한 수식어만이 쓰이고, 다른 수식어는 사용되지 않는다. 예를 들어 '지혜가 뛰어난 오디세우스', '인내심이 강한 오디세우스'는 저마다 시행 안에 차지하는 위치가 정해져 있어서 이 두 구(句)의 위치를 마음대로 바꿀 수가 없다. 이처럼 엄격한 시행의 구성은 위에서 말한 수식어뿐 아니라 '아침이 온다', '식사를 한다' 등 자주 쓰이는 표현에도 적용된다. 곧 여기에는 정해진 구를 사용한 매우 효율적인 하나의 규칙이 존재한다. 이러한 규칙은 결코 시인 한 사람에 의해 만들어진 것이 아니라 시가 오랫동안 구전되는 과정에서 생겨난 것으로 서사시의 낭송에 큰 도움이 되었다.

호메로스의 시가 구전되는 즉흥시의 전통을 배경으로 만들어진 것은 분명하다. 호메로스가 문자를 썼다고 하더라도 단순한 메모였을 수도 있고, 오랜 기간에 걸쳐 부분마다 문자로 옮기면서 시를 완성했을 수도 있다. 입으로 시를 만드는 방법과 문자로 시를 쓰는 방법 사이에는 근본적인 차이가 있는데, 호메로스의 시는 앞의 방법을 사용했을 것으로 보인다.

그러나 호메로스가 문자를 이용했는지 안 했는지를 떠나서, 그의 시가 가능한 한 빨리 문자로 완성되었을 것이라고 보아야 하는 이유가 있다. 만일 입으로 전해지는 시였다면 그 과정에서 원형이 많이 손상되었을 것이다. 현재 남아 있는 호메로스 시의 파피루스 조각들 중 가장 오래된 것은 기원전 3세기 것인데, 이것을 오늘의 호메로스 텍스트와 비교하면 어구나 묘사에 조금 차이가 있음을 알 수 있다. 이러한 사실은 알렉산드리아 학자가 호메로스의 두 시를 교정(기원전 2세기)하고 오늘의 텍스트 원형이 만들어지기까지 시인의 텍스트 자체가 매우 유동적이었다는 의미가 된다. 문자로 기록된 텍스트조차 전해지는 과정에서 이렇게 변화가 일어난다고 본다면, 입으로 전해지는 경우에는 한결 더 그 변화가 심했을 것이다.

호메로스는 긴 서사시가 쓰인 시대의 거의 마지막 무렵에 나타난 시인으로, 그전에도 많은 서사시들이 있었을 것으로 추정된다. 《오디세이아》에 등장하는 시인 페미오스는 '트로이로부터 그리스인들의 귀환'을, 데모도코스는 '트로이의 목마'를 노래하듯이, 이러한 주제의 시들이 호메로스 이전에도 존재했을 것이라는 사실은 충분히 상상이 되고도 남는다. 하룻밤 즐거움을 위해 노래한 페미오스, 데모도코스의 시들도 있었지만 《일리아스》나 《오디세이아》처럼 낭송하려면 3일은 필요한 대서사시들이 그 시절에 있었으리라는 것은 호메로스의 대서사시가 존재한다는 사실만으로도 증명이 된다.

〈파르나소스〉 라파엘로. 1509~10. 로마 교황 율리우스 2세를 위해 바티칸 궁전 내부에 그린 벽화. 왼쪽에 월계관을 쓴 호메로스가 보인다.

《일리아스》는 트로이 전쟁 10년째 되는 해에 51일 동안 일어나는 사건들을 노래하는 시이고, 《오디세이아》는 10년에 걸쳐 방랑을 하던 주인공이 마지막 41일 동안 겪게 되는 사건들과 귀국에 대해 노래하는 시인데, 여기에는 트로이 전쟁의 원인이 되었던 트로이 왕자 파리스가 스파르타의 왕비 헬레네를 납치한 사건부터, 트로이 공략으로 그리스군이 귀국하는 내용과 총사령관 아가멤논이 암살당하는 사건에 이르기까지, 트로이 전쟁 전반에 걸친 주된 사건들이 회상과 예언, 예감 등의 형태로 그려진다. 이는 트로이 전쟁의 시작에서 그리스군의 귀국에 이르는 이야기가 정리되어 완성된 형태로 이미 호메로스 이전에 존재했다는 사실을 알게 해준다.

또한 트로이 전쟁의 영웅들이 살았던 세대에, 그리고 한 세대 전에 일어난 두 차례의 테바이 전쟁 이야기(테바이 왕가 계승을 둘러싼 오이디푸스의 두 왕자 사이에 일어난 전쟁과, 그 무렵 테바이 공격을 위해 일곱 장수가 선발되어 테바이를 함락시키는 전쟁에 대한 이야기)가 이미 호메로스 시대에 존재했다는 사실은, 그의 시 안에서 여러 차례 언급되면서 확인이 된다. 이러한 이야기들은 서로 어수선하게 뒤섞여서 전해진 것이 아니라, 트로이 전쟁 이야기는 '트로

라파엘로의 〈파르나소스〉 호메로스 부분 세부 묘사도 오른쪽에는 단테, 왼쪽에는 베르길리우스를 대동하고 파르나소스산에서 월계관을 쓴 호메로스

이전설'에 속한 이야기로, 테바이 전쟁 이야기는 '테바이전설'에 속한 이야기로, 헤라클레스의 모험은 열두 가지 모험과 그 밖의 모험들로 저마다 분류되어 정리되었다.

호메로스 시대는 앞서 본 것처럼 귀족사회가 폴리스사회로 넘어가는 과정에 있었다. 그리스인들 마음에 위대했던 과거 역사를 기리고 그리워하는 국민감정이 생겨났고, 한순간에 사라져버리는 말을 붙들어 놓고자 문자를 쓰기 시작했으며, 오랜 옛날부터 전해 내려오는 이야기들을 새롭게 구성하여 만들어내던 시기였다. 호메로스의 시가 탄생하고, 이것이 순식간에 그리스 곳곳에 퍼질 수 있는 기반은 이미 마련되어 있었던 것이다.

보편적 인간의 감정을 노래하다

《일리아스》와 《오디세이아》 사이에 많은 차이가 인정되기 때문에 고대에서도 두 시의 작가는 다른 인물이라는 이야기가 이미 있었고, 18세기에 이르러 그의 시 속에 드러난 꽤 많은 모순으로 보아 같은 작가의 작품이 아니라는 설이 등장하게 되었다. 그것은 두 편의 내용, 특히 종교적인 사상과 윤리적인 사조와 아름다움에 대한 의식이 서로 다른 것과 함께 외형적인 수사법이나 시의 운율과 규칙 또는 용어와 문법 등이 일치하지 않는다는 것을 증거로 드는데, 두 작품 사이에 50년 내지 100년의 시간적 격차가 있기 때문이다.

즉 《일리아스》를 기원전 8세기 전반으로 본다면 《오디세이아》는 후반으로 보는 것이다. 따라서 《일리아스》를 호메로스의 작품으로 볼 경우 《오디세이아》는 그 이후의 파와 출신을 조금 달리하는 시인의 손에 쓰였을 것으로 생각된다. 이것은 호메로스의 삶에 대한 정확한 기록이 아직 밝혀지지 않고 있다는 데 그 근본 원인이 있다.

이렇듯 호메로스에 대한 연구는, 시에서 보이는 부자연스러움과 모순 때문에 여러 시인들이 관여했을 것이라 추측하는 분석론과 관점을 바꾸어 보면 부자연스러움이나 모순이 없기 때문에 한 사람의 시인이 창조했다고 하는 통일론으로 나뉘어 날카롭게 대립해 왔다. 그러나 그 뒤 많은 민족 속에 현재도 살아 있는 서사시의 생태 연구 진보에 따라 이것들은 낭송되는 서사시의 보편적 성질이라는 것이 분명해졌다. 호메로스에게서도 볼 수 있듯이 사람들 앞에서 자유롭게 노래 부르기 위해서는 시의 형식에 알맞는 수많은 상투적인 표현과 문구를 기억하고 있지 않으면 안 된다. 이야기의 줄거리는 거의 정해져 있지만 실제로 낭송할 때에는 시인은 꽤 자유롭게 자기 노래를 만들어내면서 부르기 때문이다. 오랜 전통의 결과 성립된 상투적이고 낡은 표현은 기나긴 세월의 언어와 생활과 환경의 변화를 당연히 반영했고, 그로 말미암아 서로 모순되는 것이 공존하는 결과를 불러왔다. 똑같은 장면과 똑같은 문구의 반복이 많이 나타나게 된 것은 이 때문이다.

호메로스를 그 지은이로 하여 전해지는《일리아스》와《오디세이아》는 긴 트로이 이야기 가운데 하나의 고정된 사건을 저마다 다루고 있으며, 그것을 극적으로 모아 집중시킨 것이고, 적어도 이 두 시편은 한 사람의 지은이에 의하여 구성되었음에 틀림없다. 옛 작품의 관례로서 그것이 전승되는 동안에 다른 사람의 손이 덧입혀졌다는 것은 쉽사리 상상할 수 있다.

한편 호메로스의 시(詩)는 시인이 살아 있던 때에(혹은 그가 죽은 지 얼마 지나지 않아) 문자화되고 고정되었다고 보인다. 그러나 과연 호메로스에 의해 텍스트로 고정되고, 그 텍스트에 의한 낭송이 실제 몇 번이고 되풀이되었다고 한다면 텍스트 안의 모순이나 중복 같은 것은 제거되었을 것이 틀림없다.

그렇다면 텍스트는 언제 쓰인 것일까? 그 최초는 지금 알 수 없는 것이 통설이다. 그러나 기원전 6세기 아테네 참주(僭主) 페이시스트라토스 또는 그의 아들 세대에 호메로스의 텍스트를 편찬해 그것을 판아테나이아제(祭)(수호신 아테나 축제)에서 음유시인들에게 번갈아 낭송하도록 했다고 전해진다.

이후 이 텍스트는 알렉산드리아로 전달되어, 많은 학자들에 의해 다른 유포본과 비교 및 교합(校合)되어 현재 텍스트의 틀이 만들어졌다.

그리스인들 정신의 고향

호메로스는 그리스의 국민적 서사시인이 되었고, 그 언어와 기법은 그 후의 서사시를 규정하고, 서사시 이외의 문학에도 적지 않은 영향을 주었다. 그의 언어는 오랜 전통의 결과이자 인공과 기교의 극치임에도 자연스러운 소박함을 지니고 있으며, 그 속도와 명창(明暢)은 유례가 없다. 그의 신들, 그의 영웅상은 그 뒤의 조형미술 그 자체를 결정짓는다. 그것은 온갖 초자연적 괴기를 배제한 밝은 기사도적 세계였다.

호메로스의《일리아스》와《오디세이아》에서는 신들이 인간사에 관여한다.

보통 변장을 하고 나타나거나 꿈을 통하여 조언을 한다. 위기를 벗어나게 도와주고 무기를 공급하며 적을 질리게도 하고 심지어는 자기가 좋아하는 편으로 가서 보란 듯이 인간을 도와서 함께 싸우기도 한다. 인간들은 신을 믿고 있었기 때문에 신이 실제로 자신들을 도울 수 있다고 믿었다. 이러한 믿음은 상상적이라서 때로는 신이 인간의 마음속에 어떤 발상을 불어넣기도 했다. 이와 같은 시대상황과 의식의 흐름을 바탕으로 하여 호메로스는 자기 민족에게 전해 내려오는 구비문학을 집대성하여 자신의 천재성과 위대한 상상력과 창조력으로 이 두 서사시인 대작《일리아스》와《오디세이아》를 완성한 것이다.

호메로스의 시가 후세 문학에 끼친 영향은 이루 헤아릴 수 없다. 특히 비극시인 아이스킬로스, 소포클레스, 에우리피데스는 호메로스에게 문체뿐만이 아니라 통일적 구성 수법과 영웅관을 배웠다. 아이스킬로스는 이렇게 고백했다. "내가 그려내는 비극은 호메로스 잔칫상의 빵 한 조각에 지나지 않는다." 또한 플라톤은 다음과 같이 말했다. "호메로스는 비극시인들의 최초의 스승이며 지도자이다."

아리스토텔레스는 서술기법과 극적기법을 혼합하는 기술, 트로이 정복의 뚜렷한 주제가 아닌 아킬레우스의 분노에 시를 집중하여 통일을 꾀하는 호메로스의 솜씨에 대해 칭찬을 아끼지 않았다.

헬레니즘시대에는 칼리마코스, 테오크리토스, 로도스의 아폴로니오스 등이 호메로스의 시를 본보기로 하면서도 그것과는 다른 취향의 문학세계를 창조하려 했다.

고대 그리스에서 호메로스는 문학 교사로서뿐만 아니라 무사도(武士道), 윤리, 종교 등 인생 전반에 걸쳐 스승으로서 추앙받았다. 그리스인들은 어린 시절부터 그의 시를 읽으며, 그 영웅적 삶과 죽음을 인생의 지침으로 삼았다. 호메로스의 또 다른 매력은 그의 작품이 놀라울 만큼 세계를 총체적으로 그린다는 점이다. 그가 온갖 비유들을 그토록 자주 사용하는 것도 인간 정신의 오롯한 표현으로 볼 수 있다.

로마에서는 리비우스 안드로니쿠스가 번역한《오디세이아》가 로마인들의 최초 국민문학이 되었다. 오디세우스의 모험은 이탈리아 세계가 배경이라 생각했기 때문에 그를 로마인의 선조라고 여겼다. 로마의 대표시인 베르길리우스의 서사시《아이네이스》는 전반부에서는《오디세이아》를, 후반부에서는《일

〈호메로스〉 필립 로랑 롤랑. 1812. 루브르박물관

리아스》를 본보기로 하고 있다.

중세 유럽은 처음 라틴문학을 통해서 호메로스를 만나게 된다. 단테는 그리스어를 몰랐으나 호메로스를 최고 시인이라 평했다. 14세기에는 그리스 원문이 이탈리아에 전해져, 페트라르카와 보카치오를 감격시켰다.

프랑스에서는 볼테르의 서사시 《앙리아드》가 베르길리우스와 타소를 통해 간접적인 영향을 받았다. 18세기 루소와 디드로는 호메로스를 잘 이해했던 사람들이었다. 루소는 《오디세이아》에서 그가 주장한 '자연으로의 회귀'를 재발견했으며, 디드로는 《일리아스》 속 영웅의 전쟁과 죽음을 깊이 이해했다.

영국에서는 17세기 첫무렵 채프먼에 의해 번역본이 간행되었다. 또한 시인 밀턴과 셸리 등은 호메로스를 원문으로 읽었는데, 특히 밀턴은 시인 호메로스의 정신을 자신의 작품 속에서 제대로 살려냈다는 평가를 받는다. 20세기에는 아일랜드 출신 제임스 조이스가 《오디세이아》를 원형으로 한 소설 《율리시즈》를 쓰기도 했다.

독일에서는 18세기 괴테가 호메로스의 시에서 국민적 문학사상을 발견하고 그 영향으로 서사시 《헤르만과 도로테아》를 썼다.

리처드 몰턴은 그의 저서 《세계문학》에서 인류 문학을 다섯 가지로 나누었으며, 그 정상에 있는 것이 호메로스라고 평가했다. A. L. 로우즈도 호메로스의 위대성을 이렇게 칭찬했다.

"이야기 서술에 있어 호메로스는 위대한 거장이다. 그는 이야기에 긴박감을 불어넣는다. 그러므로 독자는 일단 책을 손에 들면 다음이 궁금해서 놓을 수가 없다. 그리고 모든 것이 너무도 자연스럽게 흘러가므로 기교에 대해서는 아무것도 생각하지 않는다. 그러면서도 기교에 관한 한 모든 작가에게 커다란 영향을 주고 있다. 참으로 놀라운 점은, 오디세우스와 페넬로페의 두 이야기를 배합하는 방법이다. 또 여러 부분을 뛰어나게 균형 잡으면서도 설득하거나 가르치거나 또는 지루하게 늘어놓거나 인물 분석이나 논평 따위는 하지 않는다. 그런 것들은 모두 이야기 줄거리에서 자연스럽게 드러난다. 등장인물의 심리는 그 인물의 말과 행동에서 나타난다. 때로는 독백 형태로 인물들의 심리가 그려지는데, 그것은 모두 이야기의 한 줄거리를 차지한다. 때로는 독자에게 소리 높여 호소하기도 하고 마치 성직자처럼 신의 메시지를 전달하기도 한다."

빌헬름 뮐러는 호메로스를 '그리스의 스승'이요, 또 그의 시는 '그리스인의 성경'이라 극찬하고 있다. 호메로스는 그리스 문학의 창시자인 동시에 완성자인 것이다.

《호메로스 찬가》

호메로스의 이름이 붙는 찬가로 33편이 현존한다. 서사시 형태로, 댁틸(장단단격 : 長短短格)의 헥사메터(6보격)로 되어 있다.

그리스 문학에서 찬가는 신들을 찬양하는 시를 일컫는 이름으로, 시형은 앞서 서술한 것 말고 서정시적인 것도 있다. 또한 내용도 단순히 신앙과 제사와 관련된 것부터 문학적인 것까지, 다양한 형태를 보인다. 《호메로스 찬가》의 경우 제8번 〈아레스 찬가〉를 제외하면 제사적 성격보다 신화적 이야기, 문학 작품으로서의 색채가 더 강하다. 또한 투키디데스가 제3번 〈아폴론 찬가〉를 서가(序歌)로 불렀기 때문에, 그 기능을 음송(吟誦)의 성공 기원이라 추측해 볼 수도 있다. 실제 제6번 〈아프로디테 찬가〉에서는 음송경연대회에서의 승리를 기원한다.

하지만 《호메로스 찬가》 전편이 그렇지는 않다. 예를 들어 제2번 〈데메테르 찬가〉, 제3번 〈아폴론 찬가〉, 제4번 〈헤르메스 찬가〉, 제5번 〈아프로디테 찬가〉의 길이는 《일리아스》 및 《오디세이아》 한 권(卷)과 비슷하며, 그 내용도 독립된 '서사시'라 불러도 될 정도이다. 이러한 작품이 '서가'일 수 있는지 의문이 생기는 부분이다. 하지만 서사시 낭독제에서 낭독자가 자신의 재능을 '서가'로 과장하려 한 가능성도 부정할 수 없으며, 긴 구성의 정리된 내용도 '경연'이란 배경을 염두에 두고 생각하면 부자연스럽지는 않다.

작품 안에서는 이오니아 방언을 바탕으로 한 인공적 언어, 잦은 정형구의 사용, 신화와 관련된 풍부한 기술 및 목록 같은 열거가 특징적으로 나타나며 제2,3,4,5 및 7번(〈디오니소스 찬가〉)에는 '신의 변신' 모티브가 공통적으로 나온다. 이것은 '서정시'에서 볼 수 있는 특징이다. 그래서 호메로스를 작가라 보는 사람도 있었으나, 고대 학자들은 이미 호메로스가 작가가 아니라 생각했다. 작품군은 '서정시의 수법과 전통'에 따라, 호메로스의 후계자들(호메리다이) 또는 아직 문학적 창조력을 갖고 있던 낭송자들에 의해 쓰인 것이라 여겨진다. 성립기는 기원전 8세기~7세기 무렵이다. 제2 및 5번은 어법과 문체와 내용 면에서, 작품군 중에서도 가장 오래된 시기(호메로스의 두 서사시의 성립 직

후쯤)에 속할 것이라 생각되며, 단편 중에는 비교적 긴 작품을 전제로 한 모사와 발췌(제13번 〈데메테르 찬가〉와 제2번, 제17번 〈디오스쿠로이 찬가〉와 제33번 등)도 있어 성립 시기가 기원전 6세기 이전인 것도 있다. 《호메로스 찬가》로 전체가 합쳐진 시기는 명확하지 않다.

제2,3,4,5번은 신을 부르며 그의 권능을 늘어놓고, 권능에 대한 일화를 소개하며, 신에 대한 기도를 올리는 구성을 취한다. 저마다의 주제는 제2번은 '데메테르와 딸 페르세포네의 이야기', 제3번은 '델로스 섬에서의 아폴론 탄생과 델포이 숭배 확립', 제4번은 '신생아 헤르메스의 소도둑질과 발명의 재능', 제5번은 '여신 아프로디테와 인간 안키세스의 사랑'이다. 이에 대해 문학에서뿐만이 아니라 신화학, 종교사, 사상사에서도 매우 흥미롭게 분석하고 있다.

앞서 이야기한 작품 말고도 다음과 같은 찬가가 있다. 제1, 26번 〈디오니소스〉, 제9, 27번 〈아르테미스〉, 제10번 〈아프로디테〉, 제11, 28번 〈아테나〉, 제12번 〈헤라〉, 제14번 〈신들의 어머니〉, 제15번 〈헤라클레스〉, 제16번 〈아스클레피오스〉, 제18번 〈헤르메스〉, 제19번 〈판〉, 제20번 〈헤파이스토스〉, 제21번 〈아폴론〉, 제22번 〈포세이돈〉, 제24, 29번 〈헤스티아〉, 제25번 〈무사이와 아폴론〉, 제30번 〈만물의 어머니 가이아〉, 제31번 〈헬리오스〉, 제32번 〈셀레네〉.

《호메로스와 헤시오도스의 시 경연》

정식 제목은 《호메로스와 헤시오도스 및 그들의 탄생과 경연에 대해》이다. 호메로스와 헤시오도스 사이에 펼쳐진 경합을 내용으로 하고 있으며, 현재 작품은 하드리아누스(재위 117–138) 시대 바로 뒤에 성립되었다 추측된다. 작자로는 그리스 고전기(古典期)인 기원전 5~4세기에 고르기아스 제자로 즉흥적 재능이 있던 알키다마스라는 설과 알키다마스보다 더 이전 시인이라는 설이 있다. 에비아 왕 장례제 칼키스에서 열린 경연에서 두 사람이 겨루게 된다는 줄거리이다. 경연은 헤시오도스의 질문에 호메로스가 답해 나가는 구성으로, 댁틸의 헥사메터로 되어 있다.

먼저 헤시오도스가 인생에 대해 질문하자, 호메로스는 그에 대해 멋지게 대답하고 갈채를 받는다. 호메로스의 우세로 질문과 대답이 이어지다가, 마지막에 두 사람에게 자기 작품 가운데 최고의 시구를 인용할 것을 요청한다. 호메로스는 《일리아스》의 전투 장면을, 헤시오도스는 《일과 날》의 〈수확의 시기〉

〈호메로스 낭독 모임〉 로렌스 앨마 태디마. 1885.

를 읊어 헤시오도스가 승자로 판정받는다. 전장과 살육을 서술한 것보다 사람들의 평화와 농사를 촉구한 사람이 승자의 자격이 있다는 이유에서였다.

'한번 얻은 인생, 어차피 하데스의 문을 지나야 한다면 빨리 가겠다'는 대답. 판정 결과의 의외성은, 이 작품이 소피스트가 대중의 흥을 돋우기 위해 만들었다는 사실을 알게 해준다. '시인의 경연' 모티브 자체는 오래전부터 있었기에 다른 작품들에도 보이지만, 그리스 최고의 시인들을 겨루게 했다는 점에서 의미가 있다. 실제로 두 사람이 델로스 섬에서 겨루었다는 이야기도 전해 내려온다.

영웅들의 위대함과 그 영원성

호메로스의 영웅들이 벌이는 신과의 싸움은 고대 그리스에만 속하는 것이 아니라, 오늘날 모든 나라에서 인간들이 실제로 겪고 있는 슬픔과 두려움과 폭력에도 맞닿아 있는 초월적이며 보편적인 이야기이다. 인간의 개성과 행위에 대한 깊은 이해와 표현을 뛰어난 문체와 통일된 구성으로 완성해 낸 호메로스는, 등장인물들을 그 위대성과 함께 한계와 모순을 지닌 존재로서 우리 앞에 보여준다.

오디세우스는 완전성과 조화성의 본보기이다. 그는 온갖 어려움 속에서도 지혜와 인내심으로 자신의 운명을 개척해나감으로써 스스로 자기 가치를 증명한다. 그는 무사로서도 일류급이지만, 다른 분야에 있어서도 뛰어난 전인(全人)이다. 시인 호메로스는 이 후자를 강조한다.

그리스 문학은 운명론으로 유명하지만 호메로스의 결론은 운명론적인 체념이나 절망은 결코 아니다. 호메로스의 영웅들은 운명론자처럼 말하지만 행동은 이와 정반대다. 자신의 힘을 대담하게 주장하여 영광과 명예를 얻지만 죽음에 맞닥뜨려서도 정신적 자유를 누린다. 헥토르는 어떤 어려움 앞에서도 절대 굽히지 않는 영혼을 끝까지 주장하면서 죽음을 맞이한다. 죽음 앞에 선 그의 주장은 명예, 질서, 인간성의 회복 등에 있다.

호메로스는 인간은 왜 죽어야 하는가를 설명하지 않는다. 호메로스는 죽음은 오로지 인간존재의 법칙이요, 따라서 인간은 그것을 인정하도록 배워야 하고 또 배울 수 있다고 믿는다. 그는 인생의 위엄과 쾌락을 그리되, 비극과 슬픔도 그렸고, 특히 죽음의 필연성을 노래했다. 보편적 인간의 감정을 읊은 훌륭한 묘사가였다.

호메로스 영웅의 인간성은 신화나 종교에서 온 것이 아니라, 그의 영감에서 온 것이다. 그러므로 때로는 과거의 종교와 신화를 거부하기까지 한다. 그의 영감에서 종교와 신화에 새로운 것이 덧붙여진다. 그는 예부터 전해오는 미개한 신화를 순화하거나 무시하고 또 오래된 일반적인 예식의 유형도 무시한다.

자유이념에 대한 동경은 더욱 간절하다. 유한성에 도전하며 자신의 노력으로 버틸 수 있다는 삶의 존엄한 길을 그보다 더 구엄하게 표현한 시인은 없다. 호메로스야말로 인간 정신의 자주적 힘을 강조한 으뜸가는 시인이다. 호메로스만이 벌써 3000년 전에, 피할 수 없는 인간의 운명과 대결하여 인간의 운명 굴레에서 벗어난 최초의 시인이었다.

이와 같은 그의 시 정신은 아직까지도 꺼지지 않고 활활 타오르고 있으며, 그가 주장한 휴머니즘은 그의 영웅주의 주축을 이루고 있고, 그 영웅주의는 오늘의 가치관에서 볼 때에도 불멸의 진리나 다름없다.

인류 불멸의 호메로스

세상에 알려진 호메로스의 작품으로는 《일리아스》, 《오디세이아》 말고도,

'테바이전설'에 속하는 서사시 《테바이스》와 《에피고노이》, 《호메로스 찬가》 33편, 풍자시 《마르키데스》, 패러디 시 《개구리와 쥐의 전쟁》이 있다. 이중 《호메로스 찬가》와 《개구리와 쥐의 전쟁》은 현존한다. 《일리아스》보다 앞서 일어난 사건을 다룬 서사시 《퀴프리아》, 《일리아스》보다 뒤에 일어나는 사건을 다룬 서사시 《아이티오피스》, 《소(小) 일리아스》, 《이리온 함락》, 《노스토이》, 그리고 《오디세이아》 다음에 주인공의 신변에 일어나는 사건들을 노래한 《텔레고니아》는 《테바이스》 《에피고노이》 《오이디포데이아》 《티탄족과의 싸움》과 함께 서사시군(群)을 이루고 있는데, 모두가 호메로스의 작품으로 여겨지던 시기가 있었다.

플라톤과 아리스토텔레스는 《일리아스》와 《오디세이아》를 호메로스의 작품으로 보고 있다. 다만 아리스토텔레스는 《마르키데스》도 그의 작품이라고 생각했다. 《호메로스 찬가》는 오래전부터 호메로스의 작품으로 여겨져 왔다. 오늘날에는 그 가운데 〈아폴론 찬가〉와 〈아프로디테 찬가〉만을 호메로스의 작품으로 보는 견해도 있다. 《일리아스》와 《오디세이아》는 내용, 작품, 영웅관 등에 있어서 생각이 다른 부분이 많다. 이미 고대 학자들 가운데 두 시가 다른 작가에 의해서 쓰여졌다고 주장하는 사람도 있다. 또한 두 시를 호메로스의 작품으로 인정하되 《일리아스》를 장년에 쓴 시로, 《오디세이아》를 노년에 쓴 시로 보는 견해도 오래전부터 있었다. 두 시를 다른 사람이 썼다고 가정했을 때 《일리아스》는 호메로스가, 《오디세이아》는 호메로스의 제자가 썼을 거라고 추측하는 학자도 있는 데 비해 두 시인이 서로 경쟁하는 관계였으리라고 보는 학자도 있다.

호메로스는 그다음 시대의 문학에 창조적 힘을 불어넣었다는 점에서 그리스 문학의, 그리스 정신의 창시자이며 서사시 시대를 마무리한 완성자로서 영원 불멸의 이름으로 인류역사에 남을 것이다.

삶과 죽음의 노래 영웅과 분노의 노래
일리아스

10년간 이어진 트로이 전쟁 막바지 51일 동안에 일어나는 이야기를 다룬 총 15,693행의 장대하고도 위대한 서사시 《일리아스》는 전사의 공훈을 중심으로 한 '삶과 죽음의 노래'이자 '영웅의 분노 노래'이기도 하다. 《오디세이아》와 함께 유럽문학에서 가장 오래된 작품이다. 기원전 8세기 중반에 만들어진 것으로 여겨지는데 시인 호메로스의 작품인지, 구승문학으로 성립했는지, 글로 쓰인 작품인지에 대해 여러 의견이 있다.

이상화된 영웅의 이야기 일리아스

왕자 파리스가 유혹해 트로이로 간 헬레네를 되찾기 위해 이어진 트로이 전쟁도 어느덧 10년이 되었다. 그리스군 가운데 가장 위대한 영웅 아킬레우스는 전리품으로 얻은 여인 브리세이스를 둘러싸고 총대장 아가멤논과 싸워 굴욕을 당한 뒤 전투에서 물러난다. 그래서 그리스의 전세는 후퇴에 후퇴를 거듭해 위기 상황에 빠진다. 아가멤논은 잘못을 인정하고 선물을 주겠다며 아킬레우스에게 전선으로 돌아오라 부탁하지만 거절당한다. 패배가 이어지자 참다못해 아킬레우스의 친구 파트로클로스가 대신 전쟁터로 나가지만 적장 헥토르에게 쓰러진다. 아킬레우스는 친구의 죽음을 슬퍼하며 마침내 다시금 전투에 참가해 일대일 승부로 헥토르를 물리친다. 아킬레우스는 헥토르의 시체를 능욕하지만 부왕 프리아모스의 부탁으로 유해를 돌려준다. 헥토르의 장례가 슬픔 속에 치러진다. 하지만 아킬레우스에게도 죽음이 다가온다.

전설상의 트로이 전쟁을 주제로 한 《일리아스》는 삶에 한없는 애착을 가지면서도 삶을 뛰어넘은 전사의 훈장을 바라는 그리스, 트로이 두 군대의 영웅들 싸움 모습을 슬픔 어린 어조로 장대하게 이야기한다. 《일리아스》는 영웅의 시이자 싸움의 시이며 죽음과 피비린내로 가득하다. 조국을 지키다 쓰러지는

ΙΛΙΑΣ

Μῆνιν ἄειδε, θεά, Πηληϊάδεω Ἀχιλῆος
οὐλομένην, ἣ μυρί' Ἀχαιοῖς ἄλγε' ἔθηκε,
πολλὰς δ' ἰφθίμους ψυχὰς Ἄϊδι προΐαψεν
ἡρώων, αὐτοὺς δὲ ἑλώρια τεῦχε κύνεσσιν
οἰωνοῖσί τε πᾶσι· Διὸς δ' ἐτελείετο βουλή·
ἐξ οὗ δὴ τὰ πρῶτα διαστήτην ἐρίσαντε
Ἀτρεΐδης τε ἄναξ ἀνδρῶν καὶ δῖος Ἀχιλλεύς.

그리스어 《일리아스》 첫 절 '그대의 무덤, 무기, 조각상, 모든 것은……'

숭고한 영웅 헥토르를 시작으로 이름 높은 영웅들도, 이름이 알려지지 않은 전사들도 사랑하는 사람들의 슬픔을 뒤로한 채 차례차례 전쟁터에서 쓰러져 간다. 《일리아스》의 인물들이 온갖 고난과 죽음을 무릅쓰고 온 힘을 다해 지키고자 한 것은 오직 명성이었다. 영웅들이 목숨보다 소중히 여긴 명예 때문에 서로 싸우는 모습을 힘차게 또 역동적인 시구로 노래 부른 장대한 만가이며, 죽어야 하는 것들에 대한 찬가가 바로 《일리아스》이다.

이 비극적이고 장대한 삶과 죽음이 교차되는 드라마는 모두 아킬레우스의 분노라는 모티프를 중심으로 전개된다. 아킬레우스는 훌륭한 젊은이의 원형으로 그가 화를 내며 전쟁터에서 떠난 일이 트로이 전쟁 전세를 바꾸었으며, 친구 파트로클로스의 죽음으로 이어진다. 그 복수로 적장 헥토르를 물리치고 트로이 함락이 예견된다. 그리고 아킬레우스에게 다가오는 죽음도 예고된다.

시대적 배경

그리스 전설을 보면, 트로이 함락은 아카이아족의 이민에서 일어난 사건으로 기원전 1184년 무렵이다. 등장인물 가운데 몇몇은 역사상 실재 인물이지만, 그리스 원정대 이야기는 여러 세기 동안 입으로 전해지면서 과장되거나 미화되고 덧붙여진 전설로 그 시작은 다음과 같다.

아킬레우스의 아버지 펠레우스와 바다의 여신 테티스가 결혼할 때 모든 신들이 초대되었으나, 불화의 신인 에리스만은 초대받지 못했다. 에리스는 화를 내며 손님들에게 황금 사과를 던져, 최고 미인에게 주라고 했다. 제우스는 아내 헤라와 딸 아테나, 그리고 아프로디테 중에서 누구 하나를 고르기가 곤란해 트로이 왕 프리아모스의 아들 파리스를 미인 경쟁의 심판자로 지명했다. 그러자 헤라는 파리스에게 재물과 힘을, 아테나는 무사로서의 영광을, 아프로디테는 더할 나위 없이 아름다운 여인 헬레네를 주겠노라 약속했다. 파리스는 마침내 결심을 하고 아프로디테에게 황금 사과를 건넸다. 그러나 헬레네에게는 이미 스파르타의 왕인 메넬라오스라는 남편이 있었다. 이에 파리스는 아프로디테의 힘을 빌려 스파르타로 여행을 하여, 메넬라오스의 환대를 받고는 이어 헬레네를 꾀어내 트로이로 납치했다.

헬레네에게는 메넬라오스와 결혼하기 전에 많은 구혼자가 있었는데, 그들은 만일 그의 남편한테서 헬레네를 뺏는 자가 있을 경우에는 모두 목숨을 내걸고 싸워 물리치겠다고 맹세한 일이 있었다. 이런 사연으로 모두 트로이를 쳐 복수를 하고, 헬레네를 찾아올 대원정군을 편성했다. 총사령관은 미케네 왕이자 메넬라오스의 형인 아가멤논이었다. 이타케 왕 오디세우스는 때마침 페넬로페와 결혼하여 아들 텔레마코스를 갓 낳았기 때문에 정신이상인 척하여 참전을 피하려고 했다. 이 술책이 들통나자 오디세우스는 할 수 없이 상인으로 가장하여 프티아의 왕 아킬레우스를 찾아서 테살리아로 갔다. 테티스는 자기 아들 아킬레우스가 트로이로 가면 죽음을 피하지 못할 것을 알고 여장을 시켜 딸들 사이에 숨어 있도록 다른 데로 보냈다. 오디세우스는 아킬레우스가 숨은 데로 가서 여자 옷을 펼쳐놓고 거기다 칼도 섞어놓았다. 딸들은 옷을 만졌으나 아킬레우스는 칼을 건드렸고, 이를 본 오디세우스가 알아채고 원정에 참가하기를 강력히 요청했다.

아카이아(그리스) 함대는 보이오티아에 있는 아울리스에 집결했다. 이때 아가멤논 왕이 사냥을 하다가 아르테미스의 신성한 사슴을 죽였는데, 갑자기 바람이 그치고 원정길이 막혔다. 이에 예언자를 불러 물으니, 아가멤논이 큰딸 이피게니아를 아르테미스에게 바쳐야만 바람이 다시 불기 시작할 것이라는 답을 들었다. 아가멤논은 오디세우스와 결혼시킨다는 핑계로 딸을 보내어 희생시킨다. 이 잔인한 행동 때문에 아가멤논의 아내 클리타임네스트라는 영영 남

《일리아스》 필사본 제8권 245~253행. 기원후 6세기 후반~7세기 초반 만들어진 그리스어 필사본

편을 용서하지 못한다.

그렇게 고국을 떠나 모진 고생하기를 9년, 아카이아군이 트로이 성을 공격하나 아무런 소득이 없었다. 《일리아스》 이야기는 원정 10년째 되는 해부터 시작이 된다.

대서사시 일리아스

"분노를 노래하소서, 여신이여, 펠레우스의 아들 아킬레우스의 파괴적인 분노를. 이는 무수한 고통을 아카이아인들에게 주었고, 수많은 굳센 목숨을 하데스에게 보냈으며 영웅들 자신은 개들과 온갖 새들의 먹이로 만들고 있었지요. 그리고 제우스의 뜻은 이루어지고 있었나이다."

그리스군의 총지휘관 아가멤논은 아킬레우스가 상으로 받은 여자 포로 브리세이스를 빼앗았고 아킬레우스는 이에 크게 화가 나서 전장을 떠나버린다. 그는 여신인 어머니 테티스에게 부탁하여, 제우스가 그리스군에게 패배를 안겨주도록 한다. 이렇게 인간들 사이에서 일어난 전쟁은 이윽고 천상계 신들을 끌어들이는 우주적 규모 전투로 발전하게 된다(제1장).

제우스가 꾸게 한 거짓 꿈을 믿은 아가멤논은 전투를 위해 전군을 불러 모은다. 여기서 그려진 그리스군과 트로이군을 통해 앞으로 이어지는 전투의 규모를 알 수 있음과 동시에 주된 등장인물을 소개한다(제2장).

두 군대가 격돌했을 때, 헬레네를 빼앗아 전쟁의 원인이 된 트로이 왕자 파리스가 그녀의 남편 메넬라오스와 일대일로 승부를 겨루어 전쟁을 끝내게 되었으며 두 군대는 휴전하기에 이른다. 두 인물의 대결은 메넬라오스의 승리로 끝난다. 그러나 신들이 트로이 측으로 하여금 휴전의 맹세를 깨뜨리게 해서 전투는 다시 시작된다. 트로이 측이 휴전 약속을 깨뜨리게 만든 것은, 일찍이 파리스가 자신을 환대한 메넬라오스의 아내를 빼앗아갔으므로 트로이 측에 잘못이 있음을 똑똑히 밝히기 위함이었다. 이를 통해 트로이가 곧 멸망한다는 것을 예고한다. 그리스군은 아킬레우스의 전선 이탈에 신경 쓰지 않고 열심히 전투에 임한다.

트로이 측 총대장 헥토르는 성으로 돌아와 아내 안드로마케와 어린 아들을 만난다. 안드로마케는, 부모와 형제가 죽고 이제 남편만이 자신 곁에 남았다 생각하여 위험한 일은 하지 말아달라고 부탁한다. 이에 대해 헥토르는 "군대장은 맨 앞에서 싸우는 사람이다. 나는 그렇게 배웠다" 답하면서 부모 형제보다도 자신이 걱정하는 사람은 아내라고 말한다(제6장).

이윽고 전투 상황은 그리스가 점차 불리해지게 된다. 그리스군은 배 주위에 성벽을 쌓았으며 트로이군은 트로이 평야로 나아가 그곳에서 야영을 한다. 아가멤논은 자신의 잘못을 인정하면서 아킬레우스에게 사절단을 보내, 브리세이스를 돌려보내고 많은 선물을 주겠노라 약속하면서 다시 전투에 힘을 빌려주도록 간청한다. 그러나 아킬레우스는 짧은 생명과 긴 생명 갈림길이 나누어졌음을 어머니에게 이야기하고 아가멤논을 위해 싸울 생각은 없다고 말한다(제7–9장).

제10장은 오디세우스와 디오메데스가 한밤에 정찰을 나가 적의 염탐꾼을 죽이고 적진으로 쳐들어가는 이야기이다. 다음 날 그리스군이 생명선이라 여

호메로스의 《일리아스》 프랜시스코 로셀리의 세밀화가 있는 필사본

아가멤논 가면
미케네에서 발견된 금박 가면. 아테네고고학박물관

기던 배를 트로이군이 공격하면서 전투가 시작되었고, 그리스군 장군은 부상을 당하여 배 주위 성벽이 무너진다. 아킬레우스의 친구 파트로클로스는 아군의 패전에 가슴을 다쳤지만 노장 네스토르 권유로 아킬레우스의 투구와 갑옷을 빌려 입고 전장으로 나선다. 파트로클로스는 적을 무찌르자마자 곧바로 돌아오라는 친구의 말을 잊어버리고 트로이 성벽에 바싹 다가가서 헥토르와 에우포르보스의 공격을 받아 목숨을 잃는다(제11–16장).

헥토르는 파트로클로스의 시체에서 아킬레우스의 투구와 갑옷을 빼앗아 자기가 입는다. 아킬레우스의 투구와 갑옷은 파트로클로스와 헥토르를 승리에 취하게 만들어 그들을 파멸의 길로 이끈다. 파트로클로스의 시체를 빼앗으려 하는 트로이군과 그를 아군 곁으로 데려오려는 그리스군이 격한 전투를 벌이던 가운데, 친구가 죽었다는 소식이 아킬레우스의 귀에 들어가게 되고 그는 엎드려 크게 탄식한다. 어머니 테티스는 아들에게서 복수하리라는 굳은 결의를 눈치채고, “헥토르가 죽었으니 죽음은 너를 기다리고 있다” 말하지만 아킬레우스는 이렇게 대답한다. “저는 지금 죽어도 됩니다. 친구를 죽음에서 구해

내지 못했으니까요." 테티스는 투구와 갑옷을 잃어버린 아들을 위해 대장장이 신 헤파이스토스에게 갑옷을 만들어달라고 부탁한다. 트로이 측 지략가 폴리다마스는 헥토르에게 군대를 트로이로 이끌도록 권하지만 헥토르는 이를 거절해 버린다(제17–18장).

그다음 날 아킬레우스는 아가멤논과 화해하여 브리세이스와 선물을 받아들인다. 다시 전장에 모습을 드러낸 그는 그리스군을 승리로 이끈다. 그러나 스카만드로스 강의 신을 화나게 만들어 하마터면 강에 빠질 뻔한 것을 헤라와 헤파이스토스가 구해준다(제19–21장).

트로이 전쟁에서 사르페돈의 주검을 옮기고 있는 히프노스와 타나토스 기원전 440년 무렵 만들어진 흰색 바탕의 아테네식 레키토스

헥토르는 폴리다마스의 충고를 무시했던 것을 후회하며 트로이인들의 비난이 두려워 성 밖으로 나가 아킬레우스와 일대일 전투를 하지만 패한다. 반죽음 상태였던 헥토르는 자신의 시체를 부모님에게 돌려주도록 부탁하지만 아킬레우스는 그것을 무시하고 그의 시체를 전차에 묶어 이리저리 끌고 다닌다. 성벽 위에서 그 모습을 보게 된 헥토르 부모와 트로이인들은 '마치 트로이의 도성이 불길에 휩싸여 무너지는 듯한 슬픔'에 빠진다. 남편을 위해 물을 끓이고 있던 안드로마케는 시끄러운 소리를 듣고 성벽으로 달려나가 모래 먼지를 일으키며 이리저리 끌려다니는 남편을 보고 충격을 받아 정신을 잃는다(제22장).

〈파트로클로스의 죽음을 슬퍼하는 아킬레우스〉 니콜라이 게. 1855.

아킬레우스는 헥토르의 시체를 욕보이면서도 파트로클로스를 화장해서 무덤을 만들고 그의 넋을 위로하기 위해 성대한 경기를 연다. 여기서는 그리스군이 한데 모인 제2장의 모습과 대응하는 형식으로 이제까지 활약한 영웅들이 다시 등장하여 평화적인 경쟁을 벌인다(제23장).

아킬레우스는 헥토르를 향한 증오를 도저히 잊을 수 없어 그 시체를 친구의 무덤 주위에서 질질 끌고 다니지만 제우스로부터 부름을 받은 테티스는 아킬레우스에게 헥토르의 시체를 그의 아버지에게 돌려주라고 명령한다. 프리아모스는 밤중에 몰래 아킬레우스를 찾아와 아들의 시체를 돌려달라고, 아킬레우스의 아버지 페레우스 이름을 걸고 애원한다. 아킬레우스는 곧 있으면 자신의 죽음에 대한 소식을 듣게 될 아버지를 떠올리면서 탄식하고 파트로클로스를 그리워하며 울지만 프리아모스는 헥토르를 떠올리며 눈물을 흘린다. 아킬레우스는 탄식하면서도 프리아모스와 자기 운명의 공통점, 즉 인간 생명 보편성을 생각하여 헥토르 아버지에게 아들의 시체를 돌려준다. 아킬레우스와 프리아

〈분노에 찬 아킬레우스〉 아킬레우스는 친구의 원수 헥토르를 죽였지만 아직 분노가 가라앉지 않아 죽은 헥토르의 시체를 전차에 매달아 질질 끌면서 진영으로 돌아왔다. 트로이성에서 이 광경을 지켜보고 있던 헥토르의 부왕 프리아모스는 크나큰 비탄에 잠겼다.

모스 사이에 12일 동안의 휴전이 결정되고, 헥토르의 시체는 트로이군의 애도와 함께 정성스레 무덤 속에 묻혔다.

《일리아스》는 '그들은 말을 길들이던 헥토르의 장례를 잘 치렀다'는 시구로 끝이 난다. 헥토르는 트로이의 유일한 수호신으로 여겨져 트로이인은 그의 죽음을 마치 트로이가 사나운 불길에 휩싸여 무너질 때처럼 크게 슬퍼했다. 아킬레우스도 어머니로부터 '헥토르 다음으로' 죽게 되리라는 경고를 듣게 된다. 헥토르의 장례가 치러진 12일 동안의 휴전이 끝나고 다시 시작된 전투에서 트로이는 함락되고 아킬레우스도 죽음을 맞이한다.

아킬레우스의 '저주스러운 분노'는, 처음에는 두 영웅의 개인적인 전투였지만 그리스군 장병들과 친구 파트로클로스를 죽게 만든 아킬레우스 자신을 파멸의 구렁텅이로 밀어넣었을 뿐만 아니라 트로이의 유일한 수호신 헥토르를 물리치고 트로이를 무너뜨린다. 시 마지막 구절에 나오는 파트로클로스의 장례는 아킬레우스 자신의 죽음을 앞당기고, 헥토르의 장례는 곧 멸망하게 될 트로이의 만가이다. 아킬레우스 분노의 노래는 주인공의 죽음에 그치지 않고 트로이 멸망을 이야기하는 《일리아스》, 즉 '일리온(트로이 별명)의 노래'로 막을 내린다.

트로이 전쟁과 서사시의 고리

전승에 따르면 트로이 전쟁은 미케네 왕 아가멤논이 총지휘관으로 그리스 대군을 이끌고 소아시아 서북부 트로이를 공격해 10년에 걸친 포위전 끝에 난공불락의 도시를 트로이 목마 작전으로 함락시킨 전쟁이다. 이 전쟁이 일어난 경위와 그 결말에 대해서는 여러 사건이 전해지는데 트로이 전쟁과 그 앞뒤 사건을 다룬 이야기를 모두 묶어 트로이 전설이라 부른다.

그리스인은 그들의 선조가 과거에 트로이 땅에서 화려한 무훈을 세운 일을 믿어 의심치 않았다. 기원전 5세기 역사가 헤로도토스나 투키디데스는 호메로스 등에서 이야기되는 사건 모두를 사실이라 생각하지는 않았지만 트로이 전쟁 자체는 역사적 사실이라 여겼다. 하지만 근대에 들어서면서 호메로스라는 시인이 실제로 《일리아스》와 《오디세이아》를 만들었는지가 의심되고 호메로스의 시에서 이야기하는 사건은 단순한 공상일 뿐이라 여기게 됐다.

환상의 도시 트로이 발굴

19세기 말 독일의 하인리히 슐리만이 이런 일반적인 생각을 뒤집었다. 슐리만은 어린 시절부터 호메로스가 말하는 일은 모두 사실이라 믿었는데 나중에 무역상으로 성공을 거두어 은퇴한 뒤 1871년 히살리크 언덕 발굴을 시작해 몇 겹으로 지어진 유적을 발견했다. 그리고 제2도시(아래서부터 2층째 도시)에서 거대한 성벽 터와 많은 보물을 찾아내 이것이야말로 호메로스의 트로이가 틀림없다고 생각했다.

하지만 그 뒤 슐리만 후계자들의 발굴 및 조사에 의해 이 도시는 호메로스

〈트로이로 돌아온 헥토르의 주검〉 로마의 석관 부조. 기원후 180~200

가 시에서 말한 시대보다 1천 년 이상 오래됐다는 게 밝혀졌다. 근대 연구에 따르면 호메로스의 트로이는 기원전 13세기 무렵 지진 또는 큰 화재의 흔적이 보이는 제6도시 또는 제7A도시라 여겨지지만 슐리만이 호메로스 세계의 실재성을 입증하는 단서를 열었다는 사실은 의심의 여지가 없다.

그때의 트로이는 터키 서북부 다다넬스 해협의 소아시아 쪽 입구에 위치한 풍요로운 땅을 가진 도시로, 흑해로 가는 무역로를 장악하고 있었다. 실제 그리스의 대군이 10년에 걸친 전쟁 끝에 이 도시를 정복했는지는 알 수 없다. 하지만 그 시대 그리스는 소아시아나 흑해 연안 지방과 활발히 무역을 했기에 트로이와 어떤 무력 충돌이 있었을 가능성은 부정할 수 없다. 아마도 이런 일이 원인이 되어 트로이 전설이 태어나 뒷날 많은 시인들이 더욱 풍부한 형태로 이야기함으로써 발전했을 것이다.

이 지방 일대에 식민지를 건설한 그리스인들에게 트로이는 그들 선조의 영광의 땅이며, 그때는 아직 눈에 보이는 형태로 남아 있었으리라 생각되는 거대한 성벽 폐허가 그들의 공상을 강하게 자극했으리라 쉽게 상상할 수 있다.

《일리아스》의 배경이 되는 트로이 전쟁이 역사적 사실이라 해도 거기에 나오는 인물들과 사건이 어디까지가 사실인지는 알 수 없다. 그러나 이제까지의 연구에 따르면 《일리아스》는 트로이 전쟁이라는 중심 사건을 바탕으로 문학적 허구와 시대와 장소를 달리하는 온갖 전설들이 덧붙여짐으로써 시간이 흐르면서 그 규모와 분량이 차츰 방대해진 것만은 틀림없다. 그리고 그 상상력의 중심에는 호메로스가 있음이 분명하다.

서사시인들이 노래하다

호메로스의 《일리아스》는 트로이 전쟁 10년째에 일어난 사건인 아킬레우스의 분노를 이야기했으며 《오디세이아》는 오디세우스의 모험과 귀국을 담았는데, 이들 시에서 그 무렵 이미 트로이 전쟁과 그 앞뒤 사건을 이야기하는 전설 또는 이야기가 매우 정리된 형태로 존재했음을 알 수 있다. 이 전설들은 호메로스와 그 시대 또는 그 이후 시대 서사시인들이 경쟁하듯 노래했다.

서사시의 고리는 트로이 전설을 하나의 관계있는 것으로 이야기한 서사시들을 말한다. 일설에 따르면 우라노스(하늘)와 가이아(땅)의 결혼에서 테바이 전쟁과 트로이 전쟁을 지나 오디세우스의 귀국과 죽음까지의 이야기를 말하는데, 일반적으로는 트로이 전쟁이 일어난 시점부터 오디세우스의 귀국과 죽음까지를 가리킨다. 본디 호메로스의 2대 서사시는 여기에 포함된다고 생각되며, 보통 서사시의 고리라 말할 때 이 둘을 뺀 나머지 시들을 가리킨다. 서사시의 고리 시는 단편 몇 편을 제외하고 흩어져 없어졌지만 2세기 문법학자(또는 5세기 철학자) 프로클로스의 요약을 9세기 학자 포티오스가 발췌한 것에서 내용을 알 수 있다.

영웅들의 이야기

《퀴프리아》(11권)는 퀴플로스 출신 스타시노스 또는 살라미스의 헤게시아스가 만들었다고 여겨지며 트로이 전쟁에 앞선 사건, 그러니까 페레우스와 테티스의 결혼, 파리스의 심판, 메넬라오스의 아내 헬레네를 유괴한 파리스, 그리스군의 아울리스 집결 등을 이야기한다. 《아이티오피스》(5권)는 밀레토스의 아르크티노스가 만들었다고 전해지며 일리아스 바로 뒤에 이어진다. 아마존 여왕 펜테실레이아와 아이티오피아 왕 멤논에 대한 아킬레우스의 승리, 아킬레우스를 죽인 파리스와 그의 매장, 아킬레우스의 무장 도구를 둘러싼 아이아

《일리아스》 속표지 존 오길비가 옮긴 벤체슬라우스 홀라의 1660년판

스와 오디세우스의 싸움을 이야기한다.

《소일리아스》(4권)는 미틸리네의 레스케스 작품이라 여겨지며 무장 도구를 둘러싼 싸움의 판정, 아이아스의 자살, 목마 계획을 이야기한다.

《이리온 함락》(2권)은 작가 아이디오피스가 만들었다고 전해지며 트로이 도성 안에 목마를 들여보낸 트로이 공략과 파괴, 그리스군의 출항을 이야기한다.

그리고 포디오스 발췌 이외의 문헌 자료에서, 《소일리아스》에서도 트로이 공략과 그리스군 출항을 이야기했다고 추정된다. 이것은 서사시의 고리에 속하는 일련의 시가 반드시 차례로 이어지는 형태로 만들어지지 않았다는 것, 그러니까 이들 시가 나중에 서사시의 고리로 정리된 것임을 알려준다.

《노스토이》(5권)는 트로이젠의 아기아스가 만들었다고 전해지며 그리스군의 출항과 귀국, 되찾은 아내 헬레네를 데려온 메넬라오스의 난파와 방랑을 다루는데 그 중심은 아가멤논의 귀국, 왕비 클리다임네스트라 손으로 죽임을 당한 아가멤논, 아들 오레스테스의 복수라 생각된다. 《오디세이아》는 이 서사시에서 이야기하는 사건을 전제로 삼는다.

《텔레고니아》(2권)는 키레네 에우가몬이 만들었다고 전해지며, 오디세우스의 이타케 귀국 뒤 모험과 방랑 중 마녀 키르케와의 사이에 태어난 텔레고노스가 아버지를 찾아 이타케로 왔지만 아버지인 줄 모르고 오디세우스를 죽이는 이야기를 그린다.

세상에 영향을 끼치다

서사시의 고리 시는 본디 호메로스의 서사시를 중심으로 만들어진 것이라 생각되지만 트로이 전쟁을 주제로 한 서사시들이 하나의 덩어리로 파악되는 것은 어떤 계기, 예를 들면 신을 모시는 큰 축제에서 읊기 위한 편집이라 생각된다.

아리스토텔레스나 알렉산드리아 학자들은 호메로스 시를 이야기 구조, 문체, 표현, 인생을 꿰뚫어보는 통찰력 등 그 예술적 완성도 때문에 서사시의 고리 시보다 뛰어나다고 평가했다. 하지만 이들 서사시가 널리 사랑받고 합창서정시와 비극 등에 많은 소재를 제공했으며, 여러 형태로 후대 작가들에게 영향을 끼쳤다는 사실은 의심할 여지가 없다. 서사시의 고리 시는 모두 사라졌지만 그 일부는 뒷날 문학작품 속에서 모습을 바꾸어 살아남았다.

주요 신들 계보

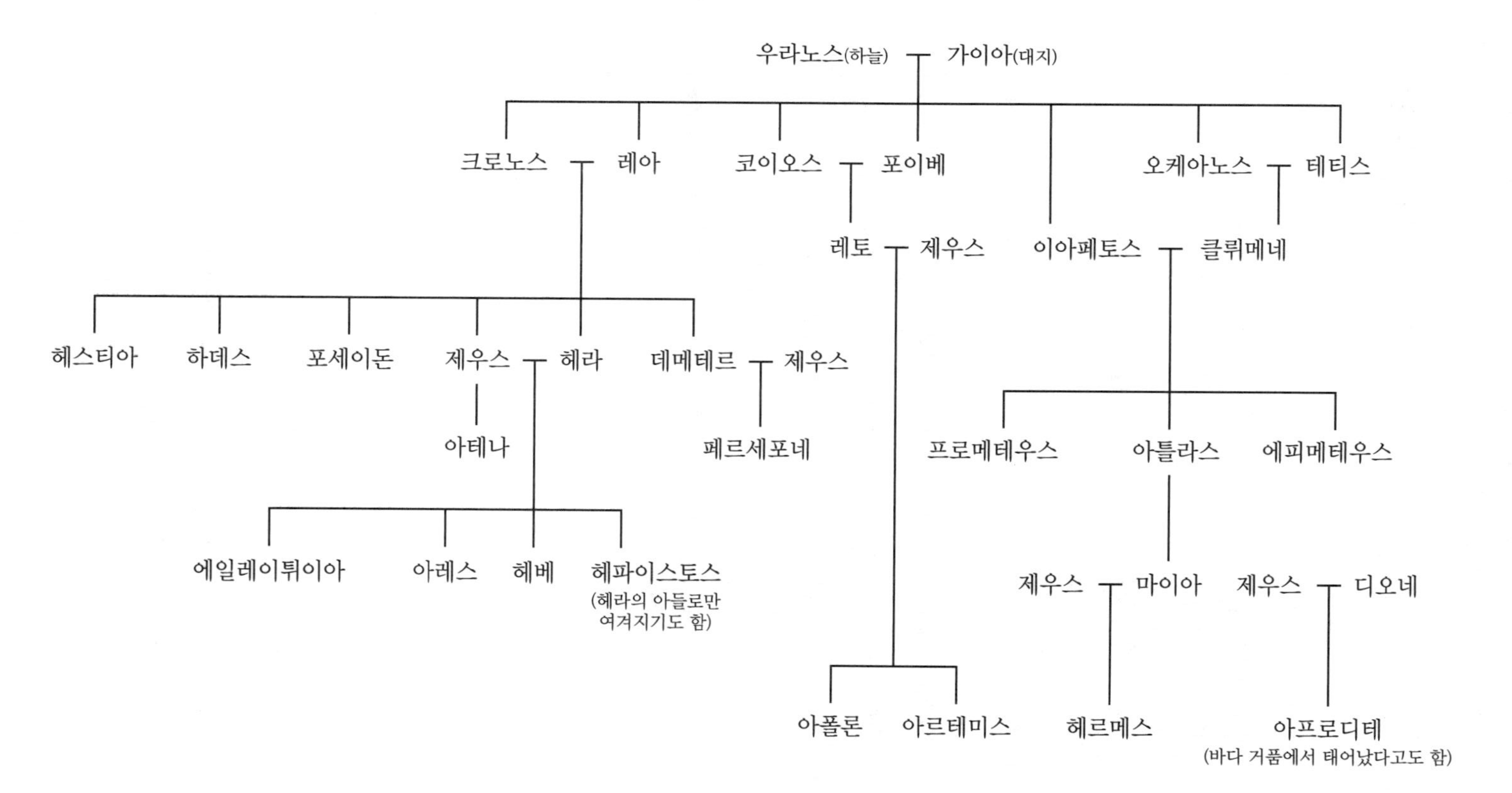

우라노스(하늘)
가이아(대지)
크로노스
레아
코이오스
포이베
오케아노스
테티스
레토
제우스
이아페토스
클뤼메네
헤스티아
하데스
포세이돈
제우스
헤라
데메테르
제우스
아테나
페르세포네
프로메테우스
아틀라스
에피메테우스
에일레이튀이아
아레스
헤베
헤파이스토스
(헤라의 아들로만 여겨지기도 함)
제우스
마이아
제우스
디오네
아폴론
아르테미스
헤르메스
아프로디테
(바다 거품에서 태어났다고도 함)

아킬레우스, 파트로클로스, 아이아스의 계보

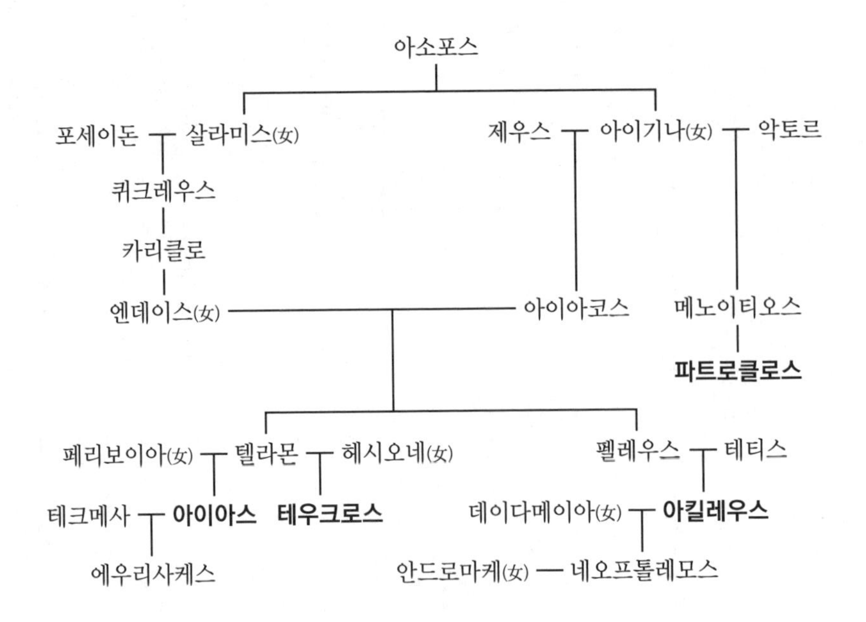

아가멤논, 메넬라오스, 이도메네우스의 계보

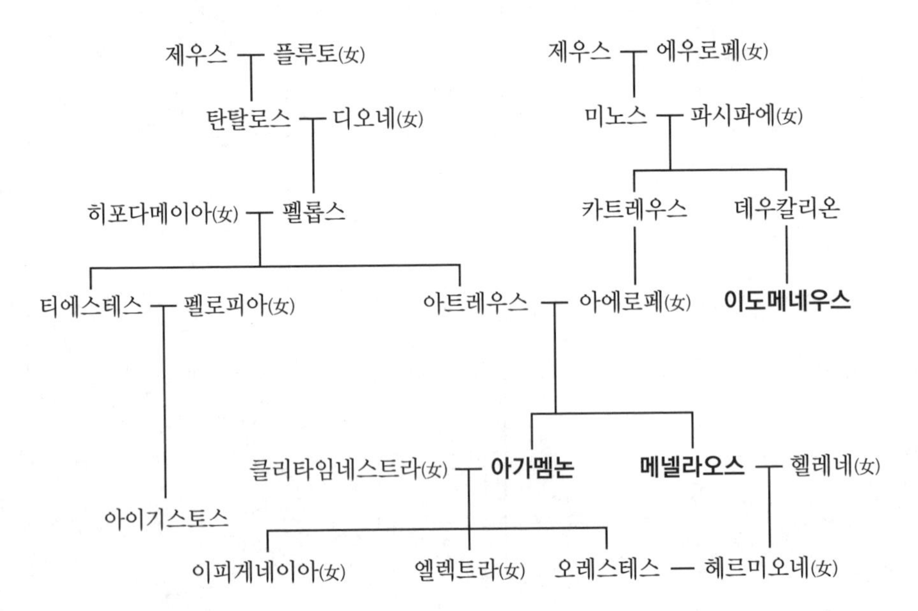

오디세우스, 디오메데스, 글라우코스, 사르페돈, 네스트로의 계보

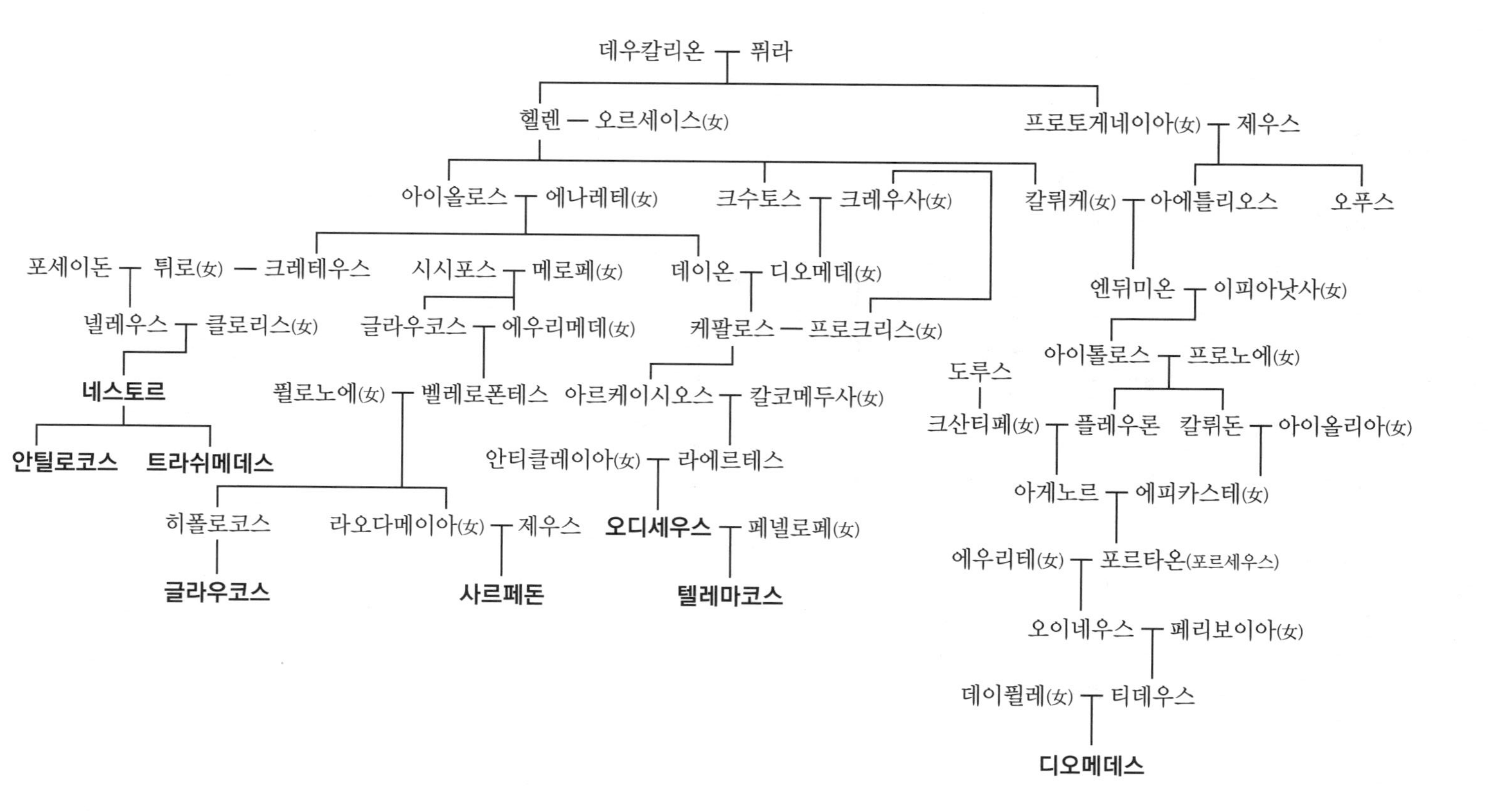

헥토르, 파리스, 아이네이아스, 멤논의 계보

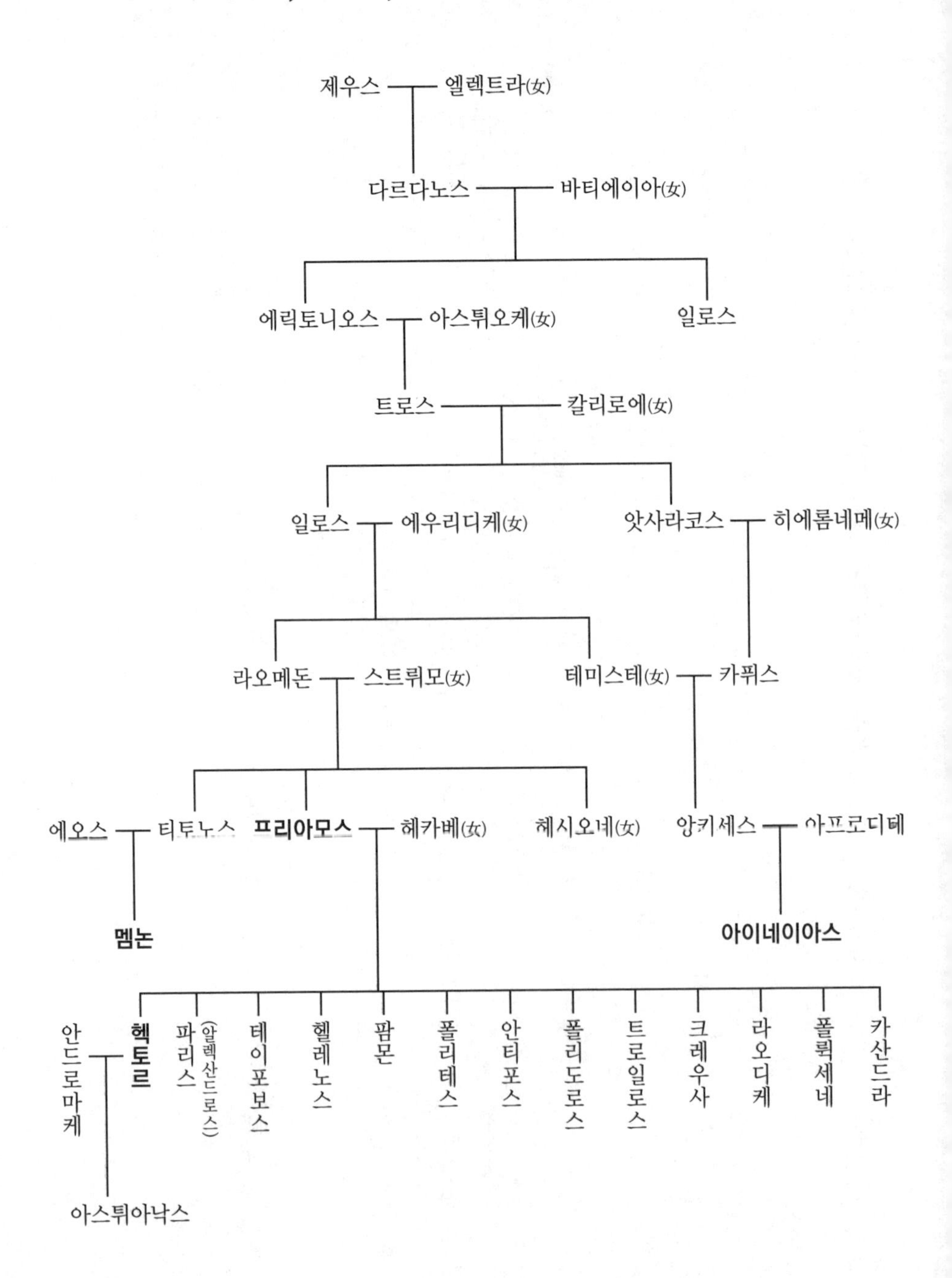

이상훈(李相勳)
서울대학교 문리과대학 언어학과 졸업
서울대학교 대학원 언어학과 졸업
이화여자대학교, 연세대학교, 서울대학교 교수 역임
그리스정부 초청 교수 역임
저서 「그리스어개론」 등이 있다.

세계문학전집001
Homeros
ILIAS
일리아스
호메로스/이상훈 옮김
동서문화사창업60주년특별출판
1판 1쇄 발행/2016. 6. 9
1판 2쇄 발행/2020. 1. 1
발행인 고정일
발행처 동서문화사
창업 1956. 12. 12. 등록 16-3799
서울 중구 마른내로 144
☎ 546-0331~6 Fax. 545-0331
www.dongsuhbook.com

사업자등록번호 211-87-75330
ISBN 978-89-497-1460-8 04800
ISBN 978-89-497-1459-2 (세트)